FANTASY

Buch

Dreiundzwanzig Geschichten über die geheimnisvollsten und unergründlichsten aller Tiere – die Katzen. Einige der besten der modernen Horror- und Fantasy-Autoren sind der Einladung der prominenten Publizistin Ellen Datlow gefolgt, den anschmiegsamen, betörenden, mysteriösen und unheimlichen Wesen ganz spezielle Erzählungen mit Gänsehauteffekt zu widmen. Neben neuen Storys von Douglas Clegg, Michael Cadnum, Lucy Taylor, Tanith Lee, Joyce Carol Oates und vielen anderen enthält der Band auch die Geschichten zweier Alt- und Großmeister, die die Endpunkte des Spektrums dieser Anthologie markieren: die Storys des unbestrittenen King of Horror, Stephen King, und des Underground-Kultautors William S. Burroughs.

Herausgeberin

Ellen Datlow ist eine der renommiertesten Herausgeberinnen auf dem Gebiet der Fantasy- und Horror-Literatur und die derzeit wohl beste Horror- und Fantasy-Expertin überhaupt. Für ihr publizistisches Wirken wurde sie bereits zum fünften Mal mit dem World Fantasy Award ausgezeichnet. Zusammen mit Terri Windling gibt sie die Anthologienreihe »Year's Best Horror and Fantasy« heraus.

Ellen Datlow (Hrsg.)

Das große Lesebuch der fantastischen Katzengeschichten

Storys von
Stephen King, Joyce Carol Oates,
William S. Burroughs, Tanith Lee,
Douglas Clegg u. a.

Ins Deutsche übertragen
von Joachim Körber

BLANVALET

Die amerikanische Originalausgabe erschien unter dem Titel
»Twists of the Tale. An Anthology of Cat Horror«
bei Dell Publishing, Inc., New York

Blanvalet Taschenbücher erscheinen im Goldmann Verlag,
einem Unternehmen der Verlagsgruppe Bertelsmann GmbH.

Deutsche Erstveröffentlichung 3/2001
Copyright © der Originalausgabe 1996 by Ellen Datlow
All rights reserved
Die Copyright-Nachweise der einzelnen Storys
finden sich am Ende des Bandes.
Copyright © der deutschsprachigen Ausgabe 2001 by
Wilhelm Goldmann Verlag, München,
in der Verlagsgruppe Bertelsmann GmbH
Umschlaggestaltung: Design Team München
Umschlagfoto: Stone/Lannen
Satz: deutsch-türkischer fotosatz, Berlin
Druck: Elsnerdruck, Berlin
Verlagsnummer: 24963
Redaktion: Patricia Haas
V. B. · Herstellung: Peter Papenbrok
Printed in Germany
ISBN 3-442-24963-5
www.blanvalet-verlag.de

1 3 5 7 9 10 8 6 4 2

Dieses Buch ist gewidmet:
Gordon van Gelder,
der sagte, dass es nicht gemacht werden sollte.
Meiner Tante Evelyn Geisenheyner,
die mich mit Katzen in Berührung brachte.

Lily und Dinah – dem neuen Schwung.

Danksagung

Ich möchte folgenden Leuten für verschiedenste Unterstützung bei der Zusammenstellung dieser Anthologie danken: Shira Daemon, Gordon van Gelder, Jeanne Cavelos, Lisa Tuttle, Merrilee Heifetz, Liza Landsman, Meredith Phelan, Pat Murphy, Beth Fleisher, A. R. Morlan, Anne Bobby, Eluki bes shalar und Kristin Kiser.

Inhalt

Vorbemerkung

Angeblich ist man entweder ein Hunde- oder ein Katzentyp. Hunde rufen Vorstellungen von Loyalität, Gehorsam und Fröhlichkeit wach. Katzen hingegen beschwören dunklere Vorstellungen – Willkür, Eigennutz, Rätselhaftigkeit.

Elizabeth Marshall Thomas legt in ihrem *The Tribe of Tiger* dar, dass Katzen aus Versehen domestiziert wurden, sozusagen als Nebenprodukt der Domestizierung von Gräsern. Als die Menschen lernten, Getreide zu ernten und einzulagern, folgten Mäuse und Ratten. Auch die Wildkatze folgte ihrer natürlichen Beute nach drinnen und entwickelte sich zur Katze, wie wir sie heute kennen. Domestiziertes Getreide, Mäuse, Ratten und Katzen breiteten sich über Nordafrika, Asien und Europa und schließlich über die ganze Welt aus, als die Menschen Schiffe erfunden hatten und den Handel erlernten. Es ist auch möglich, dass sie als Baby-Ersatz domestiziert wurden – der Schrei der Katze und der Schrei eines Menschenbabys sind sich erstaunlich ähnlich.

Seitdem hat die Hauskatze eine eigentümliche Geschichte. Um 1000 v. Chr. wurden Katzen von den Ägyptern so geschätzt (wegen ihrer Fähigkeit, Mäuse zu fangen), dass ein Ausfuhrverbot erteilt und unter Todesstrafe gestellt wurde, eine zu töten. Als Verwandte der Löwen, die wegen ihrer Wildheit verehrt und mit dem Sonnengott Ra identifiziert wurden (der auf alten Papyrusrollen als gigantische Katze mit einem Messer zwischen den Vorderpfoten dargestellt wird, mit dem er Apop köpft, die Schlange der Dunkelheit), verehrte man Katzen auch

9

als Abbild der Göttin Bast, die zum Fruchtbarkeitssymbol für junge, verheiratete Frauen wurde. Größere Katzenfriedhöfe wurden in Bubastis und Beni Hasan entdeckt, und es existieren Hinweise, wonach Katzen mit denselben Trauerfeierlichkeiten bestattet wurden wie Menschen.

Die frühe Christenheit übertrug die guten Eigenschaften von Bast auf die Jungfrau Maria. Einer alten italienischen Legende zufolge soll eine Katze im selben Moment in dem Stall Junge geworfen haben, als Maria ihren Sohn gebar. Und der *Gospel of Aradia*, der im neunzehnten Jahrhundert von dem Volkskundler Charles Godfrey Leland gesammelt wurde, bezeichnet Diana als »Katze unter Sternenmäusen«. Aber das Christentum machte sich auch die »böse« ägyptische Katze zu Eigen – Sekhmet, die Löwin, die zur Sphinx wurde – und die griechische Katze, die von der Göttin Diana geschaffen wurde, womit sie auf die Erschaffung des Löwen durch ihren Zwillingsbruder Apollo reagierte.

Diana und ihre Katze wurden zu Repräsentanten der dunklen Mondphase und zu Attributen der Hekate, der Göttin der Unterwelt, der Herrscherin über die bösen, in der Dunkelheit begangenen Taten. Christliche Künstler zeigten Katzen auf ihren Bildern des letzten Abendmahls zu Füßen von Judas.

Im zehnten Jahrhundert schätzten Iren, Waliser und Sachsen Katzen (wieder als Mäusefänger) und betrachteten sie häufig als magische Wesen. Im dreizehnten Jahrhundert führte die Kirche, die sich zunehmender Ketzerei in ganz Westeuropa gegenübersah, Hexenjagden durch, um gegen eine, wie sie es sah, organisierte Verschwörung vorzugehen, und Katzen wurden aufgrund ihrer schlitzäugigen Pupillen und nächtlichen Lebensweise dämonisiert und zu Mitschuldigen gemacht. In der Folge galten Katzen nichts mehr. Grausamkeiten waren an der Tagesordnung: Am Johannestag wurden in ganz Europa Katzen in Säcke und Körbe gesteckt, auf Scheiterhaufen verbrannt und die Asche als Talisman mit nach Hause genommen. Dieser Brauch herrschte in Frankreich bis Ende des achtzehnten Jahrhunderts vor. Anlässlich der Krönung von Königin Elizabeth I. wurden ein Dutzend Katzen in ein Abbild des Papstes aus Weidenkorb gesteckt, durch die Straßen getragen und ins Feuer geworfen. Die Schreie der sterbenden Tiere interpretierte man als Sprache des Teufels im Heiligen Vater. »Katzenorgeln« wurden hergestellt – statt Pfeifen band man zwanzig Katzen Schnüre an die Schwänze, die dann mit einer Tastatur verbunden wurden; zog man an den Schnüren, miauten die Katzen. Das große Pariser Katzenmassaker nach 1730 wurde von Lehrlingen einer Druckerei als Protest gegen niedrige Löhne durchgeführt.

Ende des achtzehnten Jahrhunderts freilich ging es Katzen schon wesentlich besser. Die Franzosen »rehabilitierten« ihre Katzen als erste Europäer. Mitte des siebzehnten Jahrhunderts hielt Kardinal Richelieu Dutzende Katzen bei Hofe und hinterließ sogar eine Stiftung für diejenigen, die seinen Tod überlebten. Der französische Astronom Joseph Jerome de Lalande benannte ein Sternbild nach der Katze (allerdings überdauerte Felis das neunzehnte Jahrhundert nicht). Adlige Damen überschütteten Katzen mit ihrer Aufmerksamkeit, Orden wurden ihnen zu Ehren geprägt. In England benützte der Maler William Hogarth sie für seine Porträts, Katzen wurden »verklärt«. Nach 1800 wurde in Großbritannien die Royal Society for the Prevention of Cruelty to Animals gegründet; 1900 entstand die American Society for the Prevention of Cruelty to Animals in New York City, in erster Linie, um zugunsten der Brauereipferde einzugreifen, aber man versuchte, alle Tiere zu schützen, Katzen eingeschlossen.

Ich lernte Katzen erst spät in meinem Leben kennen und schätzen. Ich wuchs als Hundetyp auf; meine Familie besaß einen wunderbaren Cockerspaniel, und dort, wo ich lebte (in einer Großstadt, wo die Leute ihre Haustiere selten hinaus ließen), sah ich kaum Katzen. Ich wusste von den rätselhaften Geschöpfen nur, dass sie in den verdrehten, stummen, sehr primitiven »Farmer Gray«-Trickfilmen meiner Kindheit Mäuse jagten und fingen und dass meine Tante, die in Westdeutschland lebte, regelmäßig Briefe schrieb und von den Streichen ihrer Katzen berichtete. Die Katzen (und damit auch meine Tante) hatten ständig Ärger mit den Nachbarn, weil sie mit Vorliebe Vögel töteten. Erst als ich in den siebziger Jahren nach Manhattan zog, kam ich (durch eine Zimmergenossin) zu meiner ersten Katze. Die Zimmergenossin zog ein, kaufte sofort zwei Kätzchen und entschied nach zwei Monaten, dass sie New York hasste, worauf sie zurück nach Ann Arbor zog und mir eines der Kätzchen ließ, weil ihre Eltern ihr nicht erlaubten, beide mitzubringen. Mit einem Mal war ich Katzenbesitzerin, schaffte mir alsbald eine zweite, ältere Katze an (die über dreiundzwanzig Jahre alt wurde) und bekam es schon bald selbst mit sterbenden oder toten Vögeln zu tun – ein Dach, das an mein Apartment angrenzte, gewährte den Katzen eine gewisse Bewegungsfreiheit. Seitdem habe ich stets Katzen gehabt und gehe seltsamerweise davon aus, dass mich Katzen begrüßen, wenn ich jemanden zu Hause besuche. Wenn man den nachfolgenden Geschichten glauben darf, bin ich nicht die Einzige, deren Gedanken um Katzen kreisen.

Im Laufe der Jahre wurden verschiedene Anthologien mit Katzengeschichten veröffentlicht – Sciencefiction- und Fantasy-Katzen, Krimi-Katzen, literarische Katzen, niedliche Katzen. Aber aufgrund meines Interesses an Horror wollte ich eine dunklere Sammlung Katzengeschichten als Erstveröffentlichungen zusammenstellen. Die perfekte Katzen-Horrorstory ist natürlich Edgar Allan Poes »Die schwarze Katze« – die hier nicht auftaucht, weil ich finde, dass sie schon oft genug nachgedruckt worden ist. Aber ich habe zwei Nachdrucke aufgenommen: Einer ist eine klassische Kriminalgeschichte von Stephen King, der andere eine Geschichte von William Burroughs, die als Pamphlet erschien und seither nicht nachgedruckt wurde. Ich wollte ein breites Spektrum von Geschichten mit Katzen: Metaphorisch, wie in Susan Wades Sciencefiction-Tour de force über Brandbekämpfung, Chaostheorie und gescheiterte

Beziehungen; pointiert, durch Betonung des elenden Lebens von »Außenseitern«, die mit Katzen leben, wie in der Geschichte von Joel Lane und der Gemeinschaftsarbeit von Koja-Malzberg; humorvoll, wie in Jane Yolens Gedicht über flache Fauna oder Michael Cadnums Geschichte vom »Mann, der Katzen Leid zufügte« –, um einen Band mit ungewöhnlichen, fesselnden und gruseligen Katzengeschichten zusammenzustellen, aber gequälte, böse Katzen zu vermeiden. Zugegeben, ein klein wenig Quälerei gibt es – teils ernst, teils einfach nur unheimlich. Und es könnte ein paar schlechte Katzen geben. (Böse? Da bin ich nicht so sicher.) Aber vergessen Sie nicht, dies *ist* eine Anthologie mit dunklen Horrorstorys. Viel Spaß.

Ein Großteil des Materials über die Geschichte von Katzen stammt aus *The Cat: A Complete Authoritative Compendium of Information About Domestic Cats* von Muriel Beadle (New York: Simon & Shuster, 1977).

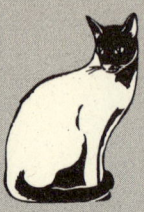

A. R. Morlan

hat in den Magazinen *Night Cry, The Twilight Zone, Weird Tales, The Horror Show* und in den Anthologien *Cold Shocks, Obsessions, Women of the West, The Ultimate Zombie, Love in Vein, Deadly After Dark: The Hot Blood Series, Sinestre* und *The Year's Best Fantasy and Horror* veröffentlicht. Ihre Romane *The Amulet* (dt: *Der Fluch des Amuletts*) und *Dark Journey* (dt: *Jahrmarkt des Schreckens*) erschienen 1991.

Morlan liebt Katzen. Das sieht man an dem liebevollen Porträt eines Mannes und seiner Katzen. Ich war so eingenommen von Hobart Gurney und den Katz-Katzen, dass ich die Autorin anrief und fragte, ob Gurney auf einem tatsächlich lebenden Menschen basiert; die Antwort ist ja und nein. Morlan sagt, dass die Figur von einem tatsächlichen Scheunenmaler inspiriert wurde (der nur Werbetexte malte, keine Katzen), aber alle Katzen in der Geschichte auf echten Katzen basieren, die die Autorin besessen hat.

Kein Himmel wird je Himmel sein …

Es gibt keine gewöhnlichen Katzen

COLETTE

Vor nicht allzu langer Zeit war es nichts Ungewöhnliches für jemanden, der Richtung Little Egypt fuhr, wo das südliche Illinois in der Nähe des Cumberland River an Kentucky grenzt, während einer drei- bis vierstündigen Fahrt vielleicht fünf bis sechs Werbeflächen für Katz' Kautabak zu sehen; in seiner Glanzzeit war Hobart Gurney ein viel beschäftigter Mann. Wenn man heute ein Beispiel von Gurneys Kunstfertigkeit sehen will, muss man nach New York City fahren oder fliegen oder kann – wenn man Glück hat – eine Wanderausstellung seiner Arbeiten besuchen. *Wenn* die Veranstalter eine Versicherung bekommen können – immerhin war Gurney gewissermaßen der Jackson Pollok der Scheunenwandwerbung; er arbeitete mit den Farben, die ihm zur Verfügung standen, und hatte es nur darauf abgesehen, die Arbeit möglichst schnell hinter sich zu bringen und seinen Lohn noch schneller zu bekommen, sobald er fertig war; aus diesem Grund müssen diese herausgesägten Teile von Scheunenwänden mit Samthandschuhen angefasst werden, als wären sie aus Zuckerwatte und Spinnweben und nicht nur aus abblätternder Farbe auf teils verrotteten Brettern. Jemand hat mir einmal gesagt, dass die erhaltenen Scheunenwandmalereien von Katz mit denselben Konservierungsmethoden behandelt werden müssen wie die Relikte aus den ägyptischen Gräbern – also *das* hätte die Fantasie des alten Hobart Gurney gekitzelt, wie er sich vielleicht ausgedrückt hätte.

Oh, nicht so sehr das mit der Konservierung, aber der ägyptische Aspekt von allem, denn Gurney malte nicht nur Werbewände für Katz' Kautabak, um seinen Lebensunterhalt zu verdienen (und zwar den größten Teil seines Lebens); er *lebte* für »Katz-Katzen«.

Und starb für sie. Aber das ist eine andere Geschichte … über die Sie nichts in den Bildbänden mit Fotos von Gurneys Scheunenreklame lesen oder in den Specials von PBS und Arts & Entertainment über sein Leben hören werden. Die Geschichte freilich kann es mit allen aufnehmen, die jemals über Katzenverehrung im alten Ägypten erzählt wurden … zumal Hobart wusste, dass seine Katzen keine Götter waren, er sie aber dennoch liebte. Und weil *sie* seine Liebe erwiderten …

Als ich Hobart Gurney das erste Mal begegnete, dachte ich, er sei nur einer von diesen alten Männern, wie man sie in fast jeder Stadt im ländlichen Kernland findet; Sie haben auch schon welche gesehen – alte Männer, unterdurchschnittlich groß, mit Hosen, die zu weit an der Taille und zu lang an den Beinen sind und von Hosenträgern oder einem Gürtel gehalten werden, der so fest zugezogen ist, dass sie kaum Luft bekommen, alte Männer mit Wirbelsäulen gleich flachen C's und Schultern, die beschützend über dem Brustbein gekrümmt sind; alte Männer, die zu saubere Baseballmützen tragen, vielleicht auch Wollmützen mit flauschigem Bommel, und sooft sie sich auch rasieren, sie scheinen stets zwei Millimeter lange, durchsichtige Stoppeln zu haben, die ihre pergamentartigen Wangen bedecken. Die Art von alten Männern, die am Bordstein schlurfen und treten, aber gedankenverloren stehen bleiben, sobald sie vom Bordstein heruntergestiegen sind. Die Art von alten Männern, die praktisch unsichtbar sind, bis sie sich räuspern und auf den Bürgersteig spucken, nicht aus Gemeinheit, sondern weil Männer das vor Jahren eben ohne nachzudenken getan haben.

Ich justierte die Blende meiner Kamera, als ich hörte, wie er sich keine zwei Schritte von mir entfernt räusperte und spuckte – dieses nervtötende Geräusch, nach dem die Konzentration völlig im Eimer ist. Und es war einer dieser Tage, an denen alle paar Sekunden Wolken vor die Sonne zogen und die Menge natürlichen Lichts auf der Scheune, deren bemalte Wand ich fotografieren wollte, vollkommen veränderten … ohne zu überlegen sah ich über die Schultern und knurrte: »Also bitte! Ich versuche, meine Kamera einzustellen –«

Der alte Mann stand nur da, Hände bis über die Handgelenke in den Hosentaschen, ein dünnes Rinnsal Tabakspeichel am Stoppelkinn, und sah mich mit blassblauen Augen im Schatten einer Schirmmütze an. Nach einigen Fehlstarts mit seinen rissigen Lippen stieß er hervor: »Keine Katze, die etwas auf sich hält, möchte Model sein … man muss sich an sie ranschleichen, wenn sie einen nicht beachten.«

»Hm-hmm«, sagte ich und drehte mich wieder zu der fast zwei Meter großen Katze neben der sorgfältig gemalten Schrift KATZ' KAUTABAK – DAS MIAU DER KATZE um. Diese Katz-Katze war eine der schönsten, die ich je gesehen hatte – ganz anders als alle anderen Katzenembleme, zum Beispiel die Eisenbahnkatze von Chessie; jede Katz-Katze war anders: unterschiedliche Farbe, andere Haltung, manchmal mehr als eine Katze pro Scheunenwand. Und diese war ein Meisterwerk: eine graue Tigerkatze, die Art Tier, bei dem man weiß, dass es ein weiches Fell hätte, jedes mehrfarbige Haar mit gerade genug Weiß an der Spitze, dass die ganze Katze einen auragleichen Schimmer verströmte, und einem kräftigen Hals, der aller Welt zeigte, es handelte sich hier um einen nicht kastrierten Kater, der alt genug war, der Vater einiger Katzenwürfe zu sein, aber noch nicht so alt, dass er gemein geworden wäre oder Kampfesnarben davongetragen hätte. Ein junges Männchen, vielleicht zwei oder drei Jahre alt. Und auch seine Augen waren sanft; vertrauenswürdige Augen, verschwommenes Grün mit einem Hauch Gelb um die ovalen Pupillen, dazu eine graurosa Nase und einen Mund, der gerade noch sichtbare Fangzähne bedeckte. Er lag auf der Seite, sodass man alle vier Pfoten sehen konnte, jede in dieser Farbe zwischen Grau und Rosa, die von beiden etwas und doch wieder nichts auf der Palette des Künstlers hat. Den umbrafarbenen Schwanz hatte er als entspannte Schleife über den Hinterbeinen geringelt. Aber etwas an dem niedlichen Gesicht sagte dem Betrachter, dass diese Katze aufspringen und in seine Arme kommen würde, wenn er sich nur auf die Brust klopfte und sagte: »Komm her –«

Aber … eingedenk der Tatsache, dass diese Katze überwiegend grau war und die Scheune zusehends verwitterte, musste ich darauf achten, dass die Blende *so* eingestellt war, sonst würde ich diese spezielle Katz-Katze nie auf Zelluloid bannen können. Zumal die Wolken immer schneller heraufzogen –

»Sieht nicht so aus, als wollte sich Fella heute fotografieren lassen«, sagte der Tabak kauende Mann hilfreich, während ich wieder den entscheidenden sonnigen Sekundenbruchteil verpasste, um diese liegende Katze einzufangen. Das reichte. Ich ließ die Kamera am Gurt auf meiner Brust baumeln, drehte mich um und sagte: »Gehört Ihnen diese Scheune? Soll ich dafür zahlen, dass ich eine Aufnahme machen darf, oder was?«

Der alte Mann sah mich lässig an, die Augen im Schatten der Mütze schauten gekränkt drein, während er mit dem Pfriem im Mund sagte: »Für die bin ich schon bezahlt worden, aber man könnte wohl sagen, es ist *meine* Katze –«

Als er das sagte, schmolzen meine Wut und Ungeduld zu einem niederschmetternden Gefühl der Scham und dem Herzklopfen der Ehrfurcht dahin – dieser alte Mann in der ausgebeulten Hose musste Hobart Gurney sein, der Schildermaler, der alle Reklametafeln für Katz' Kautabak geschaffen hatte, die überall auf Scheunenwänden im südlichen Illinois und westlichen Kentucky zu sehen waren, der Mann, der diese Tafeln noch bis vor zwei Jahren gemalt und erst damit aufgehört hatte, als er wegen seines Alters kaum noch die Leitern hinauf- und hinuntersteigen konnte.

Ich streckte die Hand aus und sagte: »He, tut mir Leid, was ich gesagt habe ... Ich – ich hab's nicht so gemeint, es ist nur so, ich habe nicht mehr viele Urlaubstage übrig, das Wetter ist auch nicht gerade hilfreich gewesen –«

Gurneys Hand war trocken und fest; er schüttelte meine, bis sie schmerzte und ich sie wegziehen musste. »Nichts für ungut«, antwortete er. »Ich schätze, Fella wird eine Weile warten, bis es den Wolken in den Kram passt, mit Ihnen zusammenzuarbeiten. Er ist geduldig, Fella, das ist er, aber scheu gegenüber Fremden.« So, wie er »Fella« aussprach, merkte ich, dass es ein Kosename für ein bestimmtes Tier war, nicht nur eine generelle Bezeichnung.

Ich sah die Wolken über den Himmel ziehen und überlegte mir, dass sich Fella auf eine lange Wartezeit einstellen konnte, daher zeigte ich zu dem Mietwagen, der wenige Meter entfernt parkte, und lud Gurney auf eine Dose Pepsi aus der Kühltasche auf dem Rücksitz ein. Gurneys Hose gab beim Gehen ein schabendes Kratzgeräusch von sich, nicht unähnlich dem Geräusch einer Katzenzunge, wenn sie einem den bloßen Unterarm leckt. Und wenn er näher kam und sprach, roch sogar sein Kautabak etwas nach Katze, wild und warm. Der alte Mann setzte sich halb in mein Auto, halb nach draußen, damit er seinen Fella deutlich sehen konnte, mit dem Oberkörper aber dennoch im relativ warmen Auto blieb. »Wie schon gesagt, keine Katze, die etwas auf sich hält, möchte einem Modell stehen«, sagte er unter lautstarkem Schlürfen, »daher bleibt einem nichts anderes übrig, als seine eigene *Katze* zu schaffen. Die Erinnerung ist das beste Modell, das es gibt –«

Ich erstickte fast an meinem Pepsi, als er das sagte; ich war die ganze Zeit davon ausgegangen, dass Gurney die Scheunenkatzen, die herumstreunten, als Inspiration gedient hatten ... aber derart akkurate, persönliche Katzen aus dem Gedächtnis und der Fantasie zu erschaffen –

»Das Komische ist, als ich damals, in den dreißiger Jahren, von Katz angeheuert wurde, wollten sie nur ihren Namen in der Öffentlichkeit bekannt machen, in so großen Buchstaben wie möglich. Es war meine Idee, Katzen für die Katz-Reklame zu nehmen – dafür wurde ich auch nicht extra bezahlt. Schien mir aber logisch, klar? Und erregte die Aufmerksamkeit der Leute. Außerdem haben mir die Katzen Gesellschaft geleistet beim Arbeiten – ist verdammt einsam da oben auf der Leiter, wenn einem der Wind in den Kragen pustet und man niemand zum Reden hat, so hoch droben. War irgendwie wie damals, als ich ein kleiner Junge war und den Stall meines Pa ausgemistet habe, da kamen die ganzen Scheunenkatzen, sind mir schnurrend um die Beine gestrichen und manchmal gleich auf die Schulter gesprungen und haben sich rumtragen lassen, während ich gearbeitet hab – bin nur nicht dazu gekommen, so vielen von den Katzen Namen zu geben, sehen Sie, weil sie kamen und gingen oder von den Kühen zerquetscht wurden – oh, die Kühe wollten ihnen nichts Böses, ist nur so, die Kühe waren so groß und die Katzen so klein, wenn sie in kalten Winternächten zu ihnen gekuschelt sind. Aber ich hab ihre Gesellschaft immer genossen. Sie lachen vielleicht darüber, aber –« Hier senkte Gurney die Stimme zu einem Flüstern, obwohl niemand da war, außer mir und dem riesigen, gemalten Fella an der Seitenwand der leer stehenden Scheune. »– aber als ich jung war, und nicht mehr ganz so jung, da hatte ich diesen Traum. Ich wollte klein sein wie eine Katze, oh, vielleicht nur eine Nacht oder so. Gerade lange genug, dass ich mich mit einem ganzen Wurf Katzen zusammenkuscheln konnte, vier oder fünf, alle gleich groß und warm im Heu, wir würden die Beine und was nicht alles zu einem warmen Knäuel übereinander schlagen, sie würden mir das Gesicht lecken und die Köpfe unter meinem Kinn begraben, und dann würden wir eine Weile schlafen. Gibt kein besseres Mittel gegen Schlaflosigkeit, als neben einer Katze zu schlafen, die einem ins Ohr schnurrt. Echt wahr. Man braucht keine Schlaftabletten, wenn man eine Katze hat.

Darum hab ich den Job bei Katz angenommen, als ich davon

gehört hab, obwohl ich nicht allzu scharf auf die Höhe war. Natürlich war auch die Weltwirtschaftskrise ein stichhaltiges Argument, aber der Name *Katz* war einfach zu schön, auf die Gelegenheit zu verzichten … und dass sie nicht störte, als ich mit ihrer Werbung herumspielte, war auch ein Geschenk des Himmels für mich. Kam mir komisch vor, als die Fernsehleute mich interviewten und so, als ich die kleinen Mädchen malte –«

Bei Gurneys Worten musste ich an das Album mit Katz-Schildern im Kofferraum des Autos denken (nicht mein einziges, sondern ein Ersatzalbum, das ich zum Nachschlagen benützte, besonders wenn ich an eine Scheune kam, die ich möglicherweise schon einmal fotografiert hatte, bei anderen Lichtverhältnissen, in einer anderen Jahreszeit); ich war so aufgeregt, dass ich kein Wort herausbrachte, als ich vom Rücksitz aufsprang und zum Kofferraum lief, während Gurney weiter von dem ›Reporterfrischling‹ erzählte, der dieses Drei-Minuten-Interview mit ihm gemacht hatte.

»– und hat mich nicht einmal nach den Namen der Katzen gefragt, als wäre das nicht wichtig für –«

»Waren das die ›kleinen Mädchen‹?«, fragte ich und blätterte die Seiten des Albums durch, bis ich den Schnappschuss einer der aufwändigsten Katz-Werbeflächen gefunden hatte: Vier Kätzchen, die sich auf einem Bett aus Stroh aneinander kuschelten; ihre winzigen Gesichter waren neugierig, aber unterschwellig argwöhnisch, als würden sie sich alle im Stroh verkriechen, wenn man nur noch einen Schritt auf sie zukam. Eindeutig ein Wurf Scheunenkatzen, selbst wenn man das Bett aus Stroh außer Acht ließ; das waren keine Weihnachtskarten-und-Wollball-Kätzchen, die herumsprangen wie lebende Dakin-Katzen für einen Künstler von der Madison Avenue, sondern halb wilde Kätzchen, die man mit etwas Glück nahe genug heranlocken konnte, dass sie einem an den Fingern schnupperten, ehe sie sich in die entfernteste Ecke der nach Dung riechenden Scheune verkrochen, wo sie zur Welt gekommen waren. Die Art von Kätzchen, die heranwuchsen und spindeldürr blieben, die sich mit langen Schwänzen um Ecken stahlen wie Fleisch gewordene Schatten oder sich von hinten an einen heranschlichen, als wollten sie entscheiden, ob sie mit scharfen Klauen nach deinem Schuh krallen sollten, bevor sie in Deckung rannten. Die Art von Katze, die, wie man genau weiß, mit nicht einmal drei Jahren schon viele Würfe zur Welt gebracht hat und mit vier Jahren hängebäuchig und defensiv daherkommt.

Aber als Gurney die Vergrößerung zwanzig-mal-dreißig sah, strahlte er über das ganze Gesicht, spannte die geschürzten Lippen zu einem erstaunlichen Grinsen und entblößte dabei Zähne, die mein Großvater stets »Supermarkt-Beißer« zu nennen pflegte, erstaunlich ebenmäßig und quadratisch, wie aus der Werbung für Chicklets Kaugummi, und gelblich verfärbt.

»Sie haben ein Foto von meinen kleinen Mädchen gemacht! Normalerweise sind sie schwierig, weil Prissy und Mish-Mish einander so ähnlich sehen, aber Sie haben sie erwischt, bei Gott, Sie haben sie genau im richtigen Licht erwischt –«

»Warten Sie, warten Sie, lassen Sie mich das aufschreiben«, sagte ich und griff über die Lehne nach Stift und Notizblock, die auf dem Beifahrersitz lagen. »Also, welche ist welche?«

Sein Gesicht strahlte vor Stolz, wie man es von Männern seines Alters kennt, wenn sie Bilder ihrer Enkel (oder gar Urenkel) zeigen. Gurney zeigte der Reihe nach auf jedes Kätzchen und strich zärtlich mit dem Zeigefinger über jedes chemisch festgehaltene Ebenbild, als wollte er sie unter den gemalten Kinnen kraulen. »Das hier ist Smokey, die Tigergraue, und hier haben wir Prissy – sehen Sie, wie keck sie mit den schmalen Fuchsaugen und den kleinen Haarbüscheln an den Ohren aussieht? – und gleich daneben Mish-Mish, obwohl sie beide gescheckt sind, ist Mishy ein wenig bunter als gewöhnlich –«

»›Mish-Mish?‹«, fragte ich, da ich nicht wusste, wie er auf den Namen gekommen war; Gurneys Antwort überraschte – und rührte – mich.

»Hab den Namen aus der Unterhaltungsbeilage des *Milwaukee Journal*, wo sie diese komischen und kurzen, schrägen Artikel unterbringen ... war ein Artikel über den Mittleren Osten, wo drinstand, dass die Araber Katzen so gern haben und ihre Version von ›Miez-Miez‹ eben ›Mish-Mish‹ ist, was in ihrer Sprache soviel wie ingwerfarben heißt, weil die meisten streunenden Katzen da unten ingwerfarben sind. Sehen Sie diesen großen ingwerfarbenen Fleck in Mish-Mishs Gesicht? Oh, ich weiß, uns soll nicht weiter scheren, was dieses Arabervolk denkt, weil sie doch der Feind sind oder so, aber Menschen, die sich so um ihre Katzen kümmern, kann man nicht böse sein. Hab gehört, dass die Ägypter ihre Katzen angebetet haben, so wie Götter ... ihre Haustiere zu Mumien gemacht, den ganzen Schmodder. Also stört mich nicht mal, wenn ihre Nachkommen sagen, dass sie uns hassen, solange sie sich um ihre Katzen kümmern – weil ein Mann, der eine Katze hasst, der kann sich selbst nicht besonders mögen, sag *ich*.«

Darüber musste ich lachen; bevor Gurney fortfahren konnte, zitierte ich aus dem Gedächtnis Mark Twain: »Wenn man Menschen mit Katzen kreuzen könnte, würden sich die Menschen verbessern, aber die Katzen verschlechtern –«

Nun musste Gurney lachen, bis er Spuckeflecken auf dem Kragen hatte. »Wie auch immer, neben Mish-Mish ist Tinker«, fuhr er fort, »aber man sieht ihr nicht an, dass sie ein Weibchen ist, weil sie nur zweifarbig ist und so, aber ich weiß aus eigener Erfahrung, dass die meisten grauen Katzen mit weißen Pfoten, die ich gesehen habe, Weibchen waren. Weiß nicht, woran das liegt ... so, wie man nie eine weiße Katze mit schwarzen Pfoten und Brust sieht, aber schwarze Katzen mit weißen Socken und Kragen schon. Komisch, wie die Natur so wirkt, nicht?« Nachdem er mir die Namen seiner »kleinen Mädchen« verraten hatte (die ich pflichtschuldig in meinem Notizbuch aufschrieb), blätterte Gurney den Rest des Albums durch und gab den bis dato anonymen gemalten Katzen Namen, die sie irgendwie real machten – wenigstens für den Mann, der sie geschaffen hatte: Ming mit dem schwarzen Körper und den weißen Pfoten, der klare, klare, grüne Augen und ein langes Fell mit ein paar Strähnchen auf der Brust hatte; die scheckige Beanie mit dem runden, grauen Kinn und den eulenartigen gelbgrünen Augen; Stan und Ollie, zwei Kätzchen mit flauschigem Fell mit schwarzweißem Frack-Muster, eines deutlich dicker als das andere, aber beide mit pummeligen Gliedmaßen und winzigen Ohren, mit denen sie zum Knuddeln aussahen; zu viele weitere, um sich alle einzeln zu merken (Gott sei Dank hatte ich an diesem Nachmittag viele freie Seiten in meinem Notizbuch), aber als jede einzelne Katze einen Namen hatte, konnte ich sie nicht mehr nur als eine von vielen Katzen von Katz' Kautabak betrachten; da ich zum Beispiel wusste, dass Beanie *Beanie* war, machte sie das zu einer echten Katze mit Geschichte und Persönlichkeit … man wusste einfach, dass sie als Kätzchen ein Tollpatsch gewesen sein musste, gegen Sachen stieß und mit ihrem eigenen Schwanz spielte, bis sie herumwirbelte wie ein Brummkreisel … Und einen Augenblick wurden Gurneys Katzen mehr als Farbe und Fantasie. Nicht anders als bei den Werken vieler regulärer Künstler mit Leinwand, Staffelei und Palette oder den geborenen Werbemalern, den legendären, die nie diese gitterähnlichen Vorlagen brauchten, um ihre Werbetafeln zu gestalten.

Eigentlich war es traurig, wie dieser Reporter die Essenz von Gurneys Arbeiten übersehen hatte; den »Reporterfrischling« schien nur zu interessieren, wie *lange* Gurney den Job gemacht hatte.

Als Gurney die letzten Scheunenbilder betrachtete, die ich gemacht und vergrößert hatte, fragte er zaghaft: »Irgendwie schüchtert mich das alles ein wenig ein … als wäre ich einer dieser Schickimickimaler in einer Galerie, oder so, nicht 'n ganz stinknormaler Arbeiter … Oh, nicht, dass ich nicht erfreut wäre … ist nur … ach, weiß auch nicht. Kommt mir nur komisch vor, dass meine Katzen in Buchform erscheinen, statt dass sie einfach da draußen *sind*, wo sie hingehören, im Freien und so. Als wären sie plötzlich domestiziert worden und keine normalen Scheunenkatzen mehr.«

Ich wusste nicht, was ich darauf antworten sollte; mir war klar, Gurney musste schlau genug sein, zu wissen, dass seine Schilder Kunstwerke *waren* – er mochte nicht der Wortgewandteste sein und nicht die beste Schulausbildung besitzen, aber er war keinesfalls ein Dummkopf – er befand sich offensichtlich in einer verzwickten Lage; einerseits stammte er aus einer Zeit, als Arbeit eben etwas war, wofür man bezahlt wurde, Punkt; andererseits musste die Tatsache, dass er für das Fernsehen interviewt worden war und mich dabei erwischte, wie ich Bilder seiner Bemühungen machte, ein Indiz für ihn sein, dass seine Arbeiten eben *doch* etwas Besonderes waren. Er kam nicht darüber hinweg, dass um etwas ein Aufhebens gemacht wurde, das er lediglich als Lohnarbeit betrachtet hatte.

Ich nahm das Buch behutsam von seinem Schoß und legte es zwischen uns auf den Sitz, ehe ich fortfuhr. »Das kann ich Ihnen nachfühlen … ich arbeite als Werbefotograf und mache Bilder von Produkten für Klienten, und wenn mich jemand für meine Kompositionen lobt, oder was auch immer, kann das ein seltsames Gefühl sein … besonders da ich nur ein Vermittler bin, wenn es um das Produkt und den Konsumenten geht –«

Gurney sah sich mit seinen blassblauen Augen um, während ich das sagte, und ich befürchtete einen Moment, ich könnte seine Aufmerksamkeit verlieren, aber stattdessen überraschte er mich mit den Worten: »Ich glaube, Fella ist jetzt nicht mehr scheu … die Sonne scheint seit einer guten Minute.«

Rasch stieg ich aus dem Auto aus und stellte mich vor die Scheune; Gurney hatte Recht gehabt, Fella war nicht mehr scheu, sondern erstrahlte in sonnenbeschienener Pracht auf der verwitterten Scheune. Merkwürdig, obwohl die Schrift neben der Katze sichtlich abblätterte, konnte ich fast jedes einzelne Haar im Fell des Katers erkennen.

Und hinter mir trank Hobart Gurney lautstark schlürfend einen Schluck seiner Limo, während er seine Worte wiederholte, wie man es bei allen alten Männern in Kleinstädten findet: »Ja, Sir, mein Fella ist nicht mehr scheu ...«

Ich verabschiedete mich zwei Stunden später vor dem Alters- und Pflegeheim, wo er wohnte, von Gurney; ich wusste ohne hineinzugehen, wie sein Zimmer aussehen musste – Einzel- bett mit abgenutzter Feinripp-Bettdecke, einige Exemplare der Großdruckausgabe *Reader's Digest* auf dem Nachttisch, ein Kleiderschrank ohne Türen mit nicht allzu vielen Kleidungs- stücken auf diesen Kleiderbügeln mit Häkelüberzug und – am deprimierendsten – keine Tiere, die ihm Gesellschaft leisteten. Es war die Art von Heim, wo sie nur Tiere hinbringen, wenn der Chefredakteur der Lokalzeitung in der Sauregurkenzeit ein paar menschlich anrührende Bilder für den Innenteil braucht – »Alte Mitmenschen mit Tieren« auf den wolldeckenver- mummten Schößen.

Nicht die Art von Unterkunft, wo plötzlich geschrumpfte Männer mit einem Wurf Scheunenkatzen im Stroh ku- scheln ...

Gurney dankte mir fast komisch förmlich für die Pepsi und dafür, dass ich ihn »die Kätzchen in meinem Album« sehen lassen hatte. Ich fragte ihn, ob er häufig herauskäme, um sich die Schilder persönlich anzusehen, bedauerte die Frage aber au- genblicklich, als er mir nonchalant vor die Füße spuckte, ehe er sagte: »Komm nicht mehr viel rum, seit ich meinen Führer- schein abgegeben hab ... meine Hände sind nicht mehr so ru- hig wie früher, sei es mit dem Pinsel oder dem Lenkrad. Einmal hab ich fast eine Katze überfahren, die über eine Nebenstraße gelaufen ist, und da hab ich mir gesagt: das war's, Hobart, ob- wohl der Katze nix passiert ist. Das Risiko ist einfach zu groß ...«

Da mir nichts einfiel, was ich sonst hätte machen können, öffnete ich die Hecktür des Autos und holte das Album heraus; zuerst wollte Gurney es nicht nehmen, obwohl ich ihm versi- cherte, dass ich in meinem Atelier in New York City noch eines davon hatte und die Negative. Wie er den Einband des Albums streichelte, als wäre das Kunstleder ein weiches, scheckiges Fell, war fast zu viel für mich; ich wusste, ich konnte nicht bleiben, konnte mir das nicht mehr mit ansehen, daher verabschiedete ich mich von ihm und ließ ihn mit dem Katzen-Album in der Hand vor dem Altersheim stehen. Ich weiß, ich hätte mehr machen sollen, aber was konnte ich tun? Wirklich? Ich hatte ihm seine Katzen wiedergegeben; sein altes Leben konnte ich ihm nicht wiedergeben … und was er mir erzählt hatte, schmerzte mich bereits zu sehr, besonders sein Traum, winzig klein zu sein. Ich meine, wie oft offenbaren einander Leute, die sich nahe stehen, wie alte Freunde oder Verwandte, derart intime Bedürfnisse – obendrein ohne gefragt worden zu sein? Wenn man so etwas über einen Menschen weiß, fällt es einem schwer, ihn anzusehen, ohne das Gefühl zu haben, als hätte man eine dieser Röntgenbrillen auf, die manchmal Comicheftchen beigelegt werden, und könnte damit in seine Seele sehen. Niemand sollte einem anderen Lebewesen derart ausgeliefert sein.

Schon gar keinem, das sie kaum kennen …

Ein paar Tage nach meiner Begegnung mit Hobart Gurney waren meine Ferien im Mittelwesten vorbei, ich kehrte in mein Atelier zurück, um leblose Produktproben in … etwas potenziell Lebensnotwendiges zu verwandeln, und das für Leute, die gar nicht wussten, dass sie besagtes Produkt brauchten, bis die aktuelle Ausgabe von *Vanity Fair* oder *Cosmopolitan* mit der Post zugestellt wurde und sie die Zeit fanden, das Heft durchzublättern, wenn sie von der Arbeit nach Hause kamen. Nicht, dass ich mich dafür verantwortlich fühlte, dass ich das Unbekannte in das Lebensnotwendige verwandelte; selbst wenn ich behalten konnte, was ich fotografierte, war es mir piepegal. Ich konnte meine Arbeit bewundern, meine besseren Leistungen einschätzen … aber ich gab nie einer Flasche Herrenparfüm einen Kosenamen, wenn Sie verstehen, was ich meine. Und ich beneidete Hobart darum, dass er liebte, was er tat, weil es ihm freistand, es so zu tun, wie *er* es wollte. Und weil es den Leuten der inzwischen erloschenen Firma Katz' Kautabak vollkommen egal war, was er neben ihr Firmenemblem malte. (Ach, hätte ich diese wunderbare Gleichgültigkeit doch auch bei meiner Arbeit erleben können!)

Aber ich bedauerte Hobart auch, denn es ist schwer, so schwer, von etwas zu lassen, das man liebt, und es macht das Ende des kreativen, *liebenden* Vorgangs umso schwerer erträglich, besonders wenn es sich um ein unfreiwilliges Ende handelt. Was hatte der alte Mann in seinem Fernsehinterview gesagt? Dass er zu alt war, um noch auf die Leiter zu steigen? Das musste so schlimm für ihn gewesen sein wie die Erkenntnis, dass er nicht mehr fahren konnte …

Und das Komische ist, ich hatte das Gefühl, *hätte* er noch auf die Leiter steigen können, dann würde er immer noch diese mannsgroßen Katzen an Scheunenwände malen, ob Katz ihn dafür bezahlte oder nicht.

Das konnte ich von *meinem* Broterwerb wirklich und wahrhaftig nicht sagen.

Ich war mitten in den Aufnahmen für eine Bilderfolge – ein neues Damenparfüm, das in einer Flasche daherkam, die mehr Ähnlichkeit mit einem industriellen Abfallprodukt hatte als mit dem Behältnis für einen Duft, der sich rühmte, ein Aroma »grüner Obertöne mit einer tieferen Strömung von Zimt« zu haben – was immer *das* bedeuten mochte, denn das Zeug roch wie ein Billigdeodorant –, als das Telefon in meinem Atelier läutete. Ich hatte den Anrufbeantworter auf »Anrufe anhören« gestellt, damit ich mithören konnte, ohne die nächste Aufnahme zu verpassen … aber ich lief hastig zum Telefon, als eine zaghafte Stimme fragte: »Ähem … Sind Sie derjenige, der Mr. Gurney vor zwei Monaten vor dem Heim abgesetzt hat?«

»Ja, Sie sprechen mit mir persönlich, nicht mit dem Anrufbeantworter –«

Die Frau am anderen Ende der Leitung kam ohne Umschweife zur Sache. »Tut mir Leid, dass ich Sie behellige, aber wir haben Ihre Karte in Mr. Gurneys Zimmer gefunden ... als er zuletzt gesehen wurde, hatte er dieses Album unter dem Arm, das Sie ihm gegeben haben, als er seinen Spaziergang machte, aber vor einer Woche machte er keinen Spaziergang –«

Ein Gefühl der Übelkeit wuchs in meinem Magen und breitete sich in Kürze über den ganzen Körper aus, als die Leiterin des Altenheims, die unaufhörlich weiterplapperte, mir erzählte, dass niemand den alten Mann mehr gesehen hatte, nachdem er von einem Auto mit einem kanadischen Nummernschild mitgenommen worden war, er mithin also überall sein konnte, aber möglicherweise auf dem Weg nach New York, da schüttelte ich den Kopf, obwohl mich die Frau nicht sehen konnte, und fiel ihr ins Wort. »Nein, Ma'am, versuchen Sie gar nicht erst, hier zu suchen. Er ist nicht weit entfernt ... ich bin ganz sicher. Wenn er sich nicht noch in Little Egypt aufhält, dann ist er über die Grenze nach Kentucky ... suchen Sie einfach nach den Tabakreklamen von Katz –«

»Den was?«

Ich drückte den Hörer an die Brust und murmelte »Du dumme alte Pute«, damit ich mich ein wenig besser fühlte, dann sagte ich zu ihr: »Er hat Reklametafeln auf Scheunenwände gemalt ... er verabschiedet sich von seinen Bildern«, und kaum hatte ich die Worte ausgesprochen, wunderte ich mich über meine Wortwahl ... aber meine eigenen künstlerischen Instinkte – Instinkte, die Gurney und ich gemeinsam hatten – sagten mir, dass ich tatsächlich die richtigen Worte gewählt hatte.

Obwohl die Frau des Altenheims die Informationen von mir bekommen hatte, machte sie sich nicht die Mühe, mich zurückzurufen, als Hobart Gurneys Leiche halb vergraben im hohen Gras vor einer leer stehenden Scheune, die seine liebevollen Kunstwerke zierten, gefunden wurde; ich erfuhr wie alle anderen von seinem Tod, als ich eines Herbstabends die Spätnachrichten auf CNN sah – der Sender wiederholte den Beitrag über Gurneys letzte oder vorletzte Reklametafel, zusammen mit einem seltsam sentimentalen Nachruf, der mit einer Aufnahme seiner »kleinen Mädchen« zu Ende ging, da der alte Mann unter diesem speziellen Schild gefunden worden war. Die Kamera zoomte auf eine Nahaufnahme von Mish-Mish mit ihrem scheckigen, braun-grau-weißen Gesicht und dem ingwerfarbenen Fleck auf einem Auge, und sie sah gestochen scharf und so *echt* aus, dass einfach jedem – ob nun Katzenfreund oder nicht – klar werden musste, was durch das anfängliche CNN-Interview, in dem deutlich zu erkennen war, wie ungebildet und plump Hobart Gurney äußerlich gewirkt haben mochte (vielleicht so sehr, dass es umso leichter fiel, seine Werke zu unterschätzen): dass Gurney mehr als ein großer Künstler gewesen war: Er war ein Genie, mühelos auf der Stufe von Grandma Moses und ihresgleichen.

J. C. Squarès war der Erste, der ein Buch über die Katz-Katzen herausbrachte, wie Gurneys Schöpfungen umgangssprachlich genannt wurden. Viele berühmte Fotografen, darunter Herb Ritts, Anne Leibowitz und Avedon waren mit ihren Arbeiten in diesem Sammelband vertreten; ich gehörte nicht dazu, aber ich steuerte etwas zu der anderen Sammlung bei, die für die Aids-Hilfe zusammengestellt wurde. Dann kamen die Sondersendungen auf den, wie Gurney sich zweifellos ausgedrückt hätte, »Schickimicki-Kunstsendern«, und man munkelt sogar von einer Briefmarke, die sein Konterfei tragen soll, zusammen mit einer seiner Katz-Katzen.

Das Ironische ist, ich bezweifle wirklich, dass Gurney das Aufhebens um seine Arbeiten wirklich genossen hätte; seine Schöpfungen waren zu privat für all *das*. Nicht, nachdem er die Bilder der Gesichter seiner »kleinen Mädchen« so liebevoll in meinem Mietwagen gestreichelt hatte, und nicht, nachdem er mir so spontan den Traum seiner fernen Jugend in den Scheunen – und mit den Scheunenkatzen – geschildert hatte, selbst so groß wie eine Katze zu sein. Aber wenigstens für mich hatte das öffentliche Interesse an seiner Person und seiner Arbeit einen Vorteil: Es gab mir die Möglichkeit, endlich herauszufinden, was wirklich mit ihm geschehen war, ohne diese deprimierende Kleinstadt besuchen zu müssen, wo ich ihn kennen gelernt hatte, oder seinen verlassenen, zellenähnlichen Raum in seinem Altenpflegeheim zu betreten.

Ein Polizist hatte seinen Leichnam dicht an der Scheune, wo er die »kleinen Mädchen« gemalt hatte, größtenteils unter hohem, trockenen Gras begraben gefunden; er war auf die linke Seite gerollt gewesen, fast in Embryonalhaltung, und hatte das Gesicht mit beiden Händen bedeckt, fast wie eine schlafende oder ruhende Katze. Angeblich Herzanfall, aber das erklärte nicht die Schürfwunden an Gesicht und Händen; eine ausschlagartige Hautrötung, die man letztendlich mit Bissen von Ameisen erklärte. Die »offizielle« Todesursache konnte auch den wonnevollen Gesichtsausdruck nicht erklären, den der Polizist in einem A&E Special beschrieben hatte; man musste kein Arzt sein, um zu wissen, dass Herzanfälle schmerzhaft sind.

Und man muss kein Experte für Katzen sein – besonders *große* Katzen –, um zu wissen, was Katzenzungen mit ungeschützter Haut anstellen können, besonders wenn sie es sich in den Kopf gesetzt haben, unablässig zu lecken, während sie sich zu einem Knäuel warmen, pelzigen Fleisches zusammengerollt haben.

Vielleicht hatte Hobart Gurney nicht *per se* vor, während der selbstverordneten Rundreise zu seinen Schöpfungen Lebewohl zu sagen; vielleicht hatte ihn einfach nur die Nostalgie gepackt, als er die Fotos gesehen hatte, die ich ihm gab. Komisch, dass er das Album mitnahm, wo er doch keine einzige Katze vergessen hatte, die er je gemalt hatte, aber andererseits wird auch niemand je erfahren, was ihn veranlasste, aus einem Job, den er während der Weltwirtschaftskrise trotz seiner Abneigung gegen Höhen annahm, mehr als nur sein Lebenswerk zu machen. Vielleicht hat *meine* Entscheidung, Fotos seiner Arbeiten zu machen, letztendlich zu seinem Tod geführt, von dem ich in den CNN-Nachrichten erfuhr. Aber wenn dem so ist, kann ich deswegen keine Schuldgefühle empfinden – schließlich hatte Gurney seit Jahren keine Katzen mehr gemalt; klar, niemand hätte ihn daran gehindert, sie auf Leinwand zu malen, aber ich glaube nicht, dass das Gurneys Ziel gewesen wäre.

Hatte er nicht gesagt, was er tat, sei Arbeit, die er tun musste? Ich glaube nicht, dass ihm, dem Pragmatiker, je der Gedanke gekommen wäre, nur für sich selbst zu malen, so wenig er meiner Meinung nach einen Tag vorhersehen konnte, an dem seine Katzen von den Scheunen getrennt werden würden, wo sie lebten, um in wandgroßen Stücken abtransportiert und in Museen und Kunstgalerien überall im Land »domestiziert« zu werden.

Oder … vielleicht hatte er *doch* eine Ahnung, was geschehen würde, und wusste, dass er seine Katzen nicht mehr lange ganz für sich allein haben würde…

Und wenn man bedenkt, was auf seinem Grabstein geschrieben steht – ich weiß nicht, wer es geschrieben hat –, bin ich möglicherweise nicht der Einzige, der vielleicht weiß, was im hohen, platt gedrückten Gras unter den »kleinen Mädchen« *wirklich* mit Hobart Gurney passiert ist … denn folgende Worte stehen auf seinem Grabstein:

> Kein Himmel wird
> je Himmel sein,
> Finden meine Katzen
> sich nicht zur
> Begrüßung ein.

Ich kann nur sagen, ich hoffe, es war warm und weich und *liebevoll*, dort im hohen, trockenen Gras, mit den kleinen Mädchen …

In memoriam Beanie, Ming, Fella, Ollie, Puddin', Blackie, Cupcake, Smokie, Prissy, Mish-Mish, Dewie, Rusty, Precious, Lucky, Eric, Sweetheart

Nancy Kress ist Verfasserin von zehn Büchern: drei Fantasy-Romane, vier Sciencefictionromane, zwei Kurzgeschichtensammlungen und ein Buch über das Schreiben mit dem Titel *Beginnings, Middles, and Ends.* Ihre jüngsten Romane sind *Beggars and Choosers* (dt: *Bettler und Sucher*), die Fortsetzung von *Beggars in Spain* (dt: *Bettler in Spanien*), das auf der mit dem Hugo und dem Nebula ausgezeichneten Novelle gleichen Titels basiert, und *Oaths and Miracles* (dt: *Verico Target*). Ihre jüngste Kurzgeschichtensammlung ist *The Aliens of Earth.*

Kress' Kurzgeschichten erscheinen regelmäßig in *Omni, Asimov's Science Fiction Magazine* und anderen wichtigen Magazinen und Anthologien. Für ihre Kurzgeschichten »Out of All Them Bright Stars« wurde sie 1985 mit dem Nebula ausgezeichnet. Kress, früher Grundschullehrerin und Werbetexterin, schreibt heute die Literatur-Kolumne für *Writer's Digest* und hält Seminare über das Schreiben von Sciencefiction ab. Sie lebt mit ihren Söhnen Kevin und Brian in Brockport, New York.

Das »Haus Ringelblume« des Titels ist eine Zuflucht für die Schutzlosen, die Hilflosen. Die Katzen, die dort hausen, sind nicht der Mittelpunkt der Geschichte, aber ihr tragendes Element.

Nancy Kress

Haus Ringelblume

Er fror so sehr, dass er nicht schlafen konnte. Mommy legte die Decke um ihn, aber die Heizung des Autos war kaputt; so fest er die Decke auch um sich zog, ihm wurde nicht warm. Kalte Luft wehte irgendwo unter seinen Füßen herein. Vielleicht war das Auto dort auch kaputt. Vielleicht würden sie auf die kalte Straße fallen und platt gewalzt werden, so wie die Maus, die er gestern an der Raststätte gesehen hatte. Er griff nach Mommys Arm.

»Timmy, nicht wenn ich fahre! Wir könnten einen Unfall haben!«

Er nahm die Hand weg und schob sie zwischen die Knie, um sie zu wärmen. Dort war sein spezieller Kissenbezug, der einmal blau gewesen war. Mommy sagte, er wäre zu alt dafür, aber er behielt ihn. Sie hatte den Kissenbezug nicht bemerkt, weil sie fuhr. Sie fuhren immerzu. Sie fuhren seit zwei Jahren immer wieder, seit er fünf war. Er fror so sehr.

»Sind wir bald da?«

»Nein. Schlaf.«

»Mir ist zu kalt zum Schlafen.«

»Und, ist das meine Schuld?«, fuhr Mommy ihn an. Im fahlen Morgenlicht wirkten ihre Wangen weiß, ihr Gesicht zerfurcht. Timmy schob sich über den Sitz und drückte sich an das Fenster. Das Glas war eiskalt.

Natürlich traf Mommy keine Schuld, dass es kalt war. Mommy traf gar keine Schuld, an nichts. Sie mussten vor Daddy fliehen, der ein böser Mensch war und Timmy Lügen erzählen

35

würde, sollte er ihn finden. Ihm Lügen erzählen und wehtun würde. Daddy hatte Schuld an der Kälte. Wie auch an allem anderen, wenn sie zwischen zwei Städten waren.

Timmy setzte sich gerader hin, damit er nicht mit der Wange das kalte Fenster berührte. Es waren mehr Häuser am Straßenrand, mehr Schilder. Vielleicht bedeutete das, dass sie *doch* fast da waren. Manchmal sagte Mommy nicht die ganze Wahrheit. Das war auch Daddys Schuld.

Timmy konnte manche der Schilder lesen; sie hatten sich seit Schulanfang in Cedar Creek aufgehalten, und er hatte den besten Lehrer der ersten Klasse in der Schule gehabt, Mr. Kennison. Alle sagten, dass er der Beste war. In seiner Klasse waren viele Jungs gewesen. Die Jungs in der ersten Klasse waren neidisch auf Timmy, aber natürlich hatte er in Dansville nicht Timmy geheißen. Da war er John gewesen. Timmy war er nur zwischen den Städten, wenn sie eine ziemlich schnell verlassen mussten, so wie heute Morgen. John – Timmy – hatte nicht einmal Zeit gehabt, seine Rockmusik-Sammlung einzupacken. Wahrscheinlich würde er Mr. Kennison nie wiedersehen.

Da wollten die Tränen fließen, aber Mommy würde wütend werden. Sie sagte, er sei zu alt, um zu weinen, und überhaupt sei dies alles viel schlimmer für sie als für ihn, das sollte ihm klar sein. Wenn er weinte, würde sie ihn wieder schlagen, und dann würde *sie* weinen. Stattdessen summte Timmy. Das half manchmal. *Three blind mice. Three blind mice. They all ran after the farmer's wife – Drei blinde Mäuse. Drei blinde Mäuse. Sie alle liefen der Farmersfrau hinterher …*

»Hör mit dem Lärm auf!«

Er hörte auf zu summen und betrachtete wieder Verkehrsschilder. Manchmal half auch das.

BREMSEN, KINDER. 30 KMH. SCHARFE KURVE. Und ein leuchtend gelbes Schild mit einer aufgemalten Blüte: HAUS RINGELBLUME AM ABLAUF. Timmy sprach das ganz langsam aus. Er hatte nicht gewusst, dass Leute Straßenschilder aufstellen durften.

»Schau her! Es war doch nicht so weit, wie ich gedacht hatte!«

Er sah seine Mutter an. Sie lächelte. Er beschloss, das Risiko einzugehen. »Mommy, auf dem Schild stand ›Haus Ringelblume am Ablauf‹. Was ist ein Ablauf?«

Sie brachte das Auto zum Stillstand. Timmy konnte keinen See erkennen. Aber das Haus war anders als die anderen zwischen den Städten. Es war groß, blütenweiß und von Rasen und Bäumen umgeben. Es sah reich aus. Nicht wie die anderen. Er fing wieder an zu summen, aber leiser.

»Na, steig aus, ja? Ich werde dich ganz sicher nicht tragen!«

Langsam stieg Timmy aus dem Auto aus. Das Haus sah zu reich aus. Er zog den Kissenbezug zwischen den Knien hervor und steckte ihn in die Manteltasche. Er musste vorsichtig sein, damit keine Ausbeulung entstand, die Mommy auffallen würde, und außerdem hatte die Tasche ein großes Loch. Aber er würde den Kissenbezug nicht wegwerfen, so sehr Mommy ihn auch schlagen mochte.

Eine große, hagere Frau mit Nickelbrille kam über den Rasen zu ihnen gelaufen. Sie trug eine orangeweiße Katze mit dichtem, langem Fell. »Betty?«

»Ja«, sagte Mommy. »Sind Sie Jane?«

»Ja. Willkommen im Haus Ringelblume. Und du musst John sein.«

»Timmy«, sagte Mommy. Sie sah Janes Mantel durchdringend an. Ein blassgoldener Pelz, wie der der Katze, und ebenso dicht und weich. Mommy zog ihren eigenen Mantel enger um sich, und ihr Mund wurde zu dieser dünnen, verkniffenen Linie. Timmy versuchte, unbemerkt von ihr abzurücken. Jane half ihm dabei, indem sie ihm die Katze entgegenhielt.

»Möchtest du Boots gern streicheln? Sie ist ganz lieb.«

Boots sah Timmy mit großen, gelben Augen an. Timmy legte ihr eine Hand auf den Kopf. Boots fing an zu schnurren, worauf Timmy ihr eindringlicher in die Augen sah. Da war etwas, ein tiefer, verborgener Ort. Er streichelte sie wieder.

Mommy schlug seine Hand weg. »Wenn Sie *gestatten*, er friert und ich auch. Könnten wir die Nettigkeiten auf später verschieben?«

Janes Gesichtsausdruck veränderte sich. »Entschuldigung. Kommen Sie hier entlang.«

Sie ging über den Rasen voran. Auf der breiten, sauberen Veranda sprang Boots von Janes Armen und verschwand gemächlich schlendernd um eine Ecke. Timmy sah ihr nach und dachte an den tiefen Ort in Boots Augen.

Er hatte ein Zimmer für sich allein. Ein Bett mit einem Superman-Bezug und zwei Kissen und ein Regal mit Spielsachen und Büchern waren darin. Timmy blieb an der Tür stehen und sah auf den Boden.

»Fass nichts an«, sagte Mommy. »Es gehört nicht dir.«

»Oh, nein, er kann spielen, womit er will«, sagte Jane. »Ich bewahre das nur für Besucher auf.«

»Ich will nicht, dass er sich an etwas gewöhnt, das er nicht haben kann«, fauchte Mommy. »Nicht alle von uns können leben wie Sie.«

Timmy wusste, Mommy war neidisch. Mr. Kennison hatte ihm dieses Wort beigebracht. Es gab eine Menge Kinder, die nicht in Mr. Kennisons spezieller erster Klasse waren, es aber sein wollten. Sie waren gemein zu Mr. Kennisons Schülern, und Mr. Kennison erklärte, dass sie neidisch wären. Mommy hörte sich genau wie diese Kinder an. Timmy wollte nicht geschlagen werden, daher sah er die Spielsachen nicht mehr an. Er ging durch das Zimmer und kletterte auf das Superman-Bett.

»Zieh zuerst deine Schuhe aus, du kleiner Scheißer!«, sagte Mommy. Timmy sah, dass sie den Tränen nahe war. Er zog die Schuhe aus. Im letzten Haus zwischen Städten hatte er mit den Schuhen geschlafen, weil er fürchtete, dass Eric Cheney, der immer dort lebte und nicht zwischen Städten war, sie stehlen könnte. Eric stahl alles.

»Ich zeige Ihnen ihr Zimmer«, sagte Jane zu Mommy. Mommy schlug die Tür zu. Timmy hörte sie den Flur hinuntergehen, Mommy stampfte. Er fragte sich, wie lange es dauern würde, bis Jane sie anschrie, dass sie gehen sollten.

Als er sicher war, dass Mommy nicht wiederkommen würde, stieg Timmy vom Bett und auf den Schaukelstuhl. Er schaute zum Fenster hinaus und sah nach Boots. Die Katze war nicht zu sehen. Die Tür ging auf, Jane erwischte ihn.

Sie würde ihn schlagen, weil er nicht im Bett war, wie Mrs. Cheney im letzten Haus. Sie würde ihm seinen Kissenbezug wegnehmen. Sie würde es Mommy sagen ... Timmy kniete erstarrt auf dem Schaukelstuhl.

»Timmy«, sagte Jane, »was ist los, Kleiner? Hast du nach etwas gesucht?«

»Nein!«

Sie kam zu ihm. Timmy duckte sich. Sie blieb stehen. »Hast du nach Boots gesucht?«

Woher wusste sie das? Mommy wusste nie, was er dachte. Er sah sie argwöhnisch an. Sie lächelte.

»Boots ist eine tolle Katze. Du kannst morgen mit ihr spielen. Aber sie hat Junge, von denen bleibt sie nicht allzu lange weg.«

Timmy nickte. Junge. Sie konnten an jenen tiefen Ort in Boots' Augen gehen. Dort würden die Jungen sicher sein. Er wollte die kleinen Kätzchen so gerne sehen, dass es ihm Schmerzen bereitete.

Jane sagte: »Wenn du nicht müde bist, möchtest du die Jungen gerne sehen?«

Er zwang sich, nicht zu antworten. Es konnte eine Falle sein. Sie konnte ihn dazu bringen, es zu tun, und ihn dann dafür schlagen, wie Mommy manchmal, wenn sie zu müde oder zu neidisch war. Er bewegte sich nicht, nicht einmal einen Muskel seines Gesichts. Aber Jane nahm seine Hand und führte ihn den Flur entlang und eine Menge Treppen hinunter in den Keller. Timmy atmete schwer. Eric hatte ihn auch mit in den Keller genommen, im Haus von Mrs. Cheney, und ... er suchte nach einem Fluchtweg.

Aber Jane führte ihn nur zu einer großen Kiste, wo Boots vier Kätzchen hatte, die an ihrem Bauch saugten. Zwei graue, eines orange, wie Boots, und eines ganz schwarz und orange und weiß gescheckt. Timmy streichelte einem den Kopf, und als Jane ihn nicht anschrie, machte er es wieder.

»Sie sind fast bereit, Boots zu verlassen«, sagte Jane. »Möchtest du ein eigenes Kätzchen? Das du für immer behalten kannst?«

Timmy zog sofort die Hand weg. »Mommy würde mich nicht lassen.«

»Ich könnte mit ihr reden ...«

»Nein!« Er stand auf. »Ich gehe jetzt wieder ins Bett.«

»Okay«, sagte Jane. Sie sah ihn stechend an, aber nicht gemein, genauso wie Mr. Kennison ihn manchmal angesehen hatte. »Du kannst jederzeit hier runterkommen und dir die Kätzchen ansehen.«

Nein, das konnte er nicht. Es würde Mommy nicht gefallen. »Mach dir keine Gedanken um etwas, das du nicht haben kannst!«, würde sie sagen. »Machst du mir nicht schon genügend Schuldgefühle darüber, wie wir leben müssen? Und alles wegen dir?«

Timmy ging zurück ins Bett. Die Superman-Zudecke war warm und weich. Sie hatte bunte Farben. Er war müde, lag aber noch lange wach und dachte über jenen tiefen, sicheren Ort in Boots' Augen nach.

»Er ist emotional fast bis zur Kommunikationslosigkeit in sich gekehrt«, sagte Jane in das Telefon. »Aber die unterschwellige Wut ist enorm. Man kann sie spüren.«

Timmy versteckte sich in einem kleinen Schrank unter der Treppe und horchte. In dem großen, alten Haus gab es viele Plätze zum Verstecken. Er hatte zwei Tage Zeit gehabt, sie alle zu finden.

»Ich kenne die Regeln«, sagte Jane. »Claudia, halt mir keine Vorträge über die Regeln, ich kenne sie bereits ... Natürlich hat sie viel durchgemacht. Aber ich sage dir eines, dies ist mehr als nur erschöpfte Missgunst wegen einer misslichen Lage. Sie schlägt ihn, sie belegt ihn mit Schimpfwörtern, sie ist zu keiner echten Beziehung zu ihm fähig. Als Stegreifdiagnose würde ich sagen, sie ist eine Grenzpersönlichkeit mit narzisstischer Charakterstruktur ... Nein, Claudia, du musst mich nicht daran erinnern, dass ich dem Opfer keine Schuld geben soll!«

Jane holte tief Luft. Sie war echt wütend. Timmy drückte den Kissenbezug fester an die Wange. Er hatte eines der Kätzchen darin eingewickelt, eines der grauen.

»Tut mir Leid, Claudia. Ich wollte nicht die Beherrschung verlieren. Aber ich sage dir aufgrund meiner beruflichen Qualifikation als Therapeutin, dieser Fall ist anders. Bitte schau dir einfach die Gerichtsakten an, wie die Sache für dich aussieht. Ich meine, wir wissen beide, dass es passieren kann, nicht jeder Mann, der das Sorgerecht bekommt, bekommt es, weil er das Geld verdient, manchmal ist eine Frau wirklich nicht geeignet, und was sie uns da erzählt, könnte eine rachsüchtige Erfindung sein ... Nein, natürlich kannst du es nicht mit Sicherheit sagen, und ich fasse es als persönliche Beleidigung auf, wenn du denkst, ich könnte ohne Erlaubnis der Organisation Kontakt mit ihm aufnehmen. Ich bin bestürzt, dass du es überhaupt ansprichst. Aber wenn du dieses Kind sehen könntest ... Nein, niemals. Nicht einmal. Ich habe nicht einmal erlebt, dass er eine Unterhaltung begonnen oder seinen Argwohn überwunden hätte. Ich sehe ihn nicht einmal je lächeln. Und sie –«

Das Kätzchen schnurrte. Konnte Jane das hören? Panisch versuchte Timmy, das Schnurren mit dem Kissenbezug zu dämpfen. Das Kätzchen schnurrte noch lauter.

»Schon gut, Claudia, schon gut. Eine Woche. Aber schau dir an, was du aus dem Protokoll der Sorgerechtsverhandlung machen kannst, versprochen? Terry kann es dir beschaffen.«

Timmy drückte das Kätzchen in den Kissenbezug. Es musste aufhören, Lärm zu machen. Es musste, sonst würde Jane es hören und ihn finden, wo er nichts zu suchen hatte, und dann ... Sein Kopf öffnete sich diesem dunklen Ort, dem Ort, den er stets an seiner Seite hatte, wo die bösen Gedanken waren. Niemand durfte ihn finden! Er drückte das Kätzchen fester. Es fing an zu wimmern.

»Ich sage dir, Claudia, Timmy unterdrückt sich selbst, und zwar auf eine gefährliche Weise, und ich meine gefährlich. Wenn er nicht bald ein Ventil für seine Gefühle findet –«

Die bösen Gedanken strömten in ihn ein. Timmy drückte fester. Das Kätzchen hörte auf zu wimmern. Plötzlich war es zu dunkel in dem Schrank, zu eng. Er bekam keine Luft mehr.

Jane legte den Hörer auf. Er hörte sie den Flur entlanggehen. Die Eingangstür wurde geöffnet und geschlossen. Timmy stolperte aus dem Schrank. Er sog Luft in gewaltigen Zügen ein. Die bösen Gedanken glitten an ihren angestammten Ort zurück ... langsam, langsam.

Er griff in den Schrank und zog den Kissenbezug heraus. Das Kätzchen kam mit ihm heraus; es lag vollkommen still. Timmy atmete schwer. Er wagte nicht, es anzufassen. *Sei nicht tot,* dachte er mit aller Macht. *Sei nicht tot.*

Nach einer Minute regte sich das Kätzchen und fing an, zu miauen.

Timmy trug es behutsam die Treppe hinunter und legte es zu den anderen in Boots' Kiste. Boots war nicht da. Er ging nach oben und setzte sich auf das Bett, zog aber vorher die Schuhe aus. Er saß ganz still, bewegte sich nicht, sagte nichts. Wenn er das machte, konnte er die bösen Gedanken manchmal fernhalten. Er musste nur vollkommen mucksmäuschenstill sein. Sich nicht bewegen. Nicht denken. Nur summen und das Summen die Stellen in seinen Gedanken ausfüllen lassen ... *cut off their tails with a carving knife, you never saw such a sight in your life* – hat ihre Schwänze mit dem Messer abgeschnitten, *so einen Anblick hast du in deinem Leben nicht gesehen* ...

Nach langer Zeit kam Jane in das Zimmer. »Timmy, wir haben fast Essenszeit. Hast du den ganzen Vormittag hier gespielt?«

Timmy antwortete nicht.

Jane sah sich in dem Zimmer um. Timmy wusste, sie suchte nach Spuren seiner Mutter. Timmy hatte Mommy seit dem gestrigen Abendessen nicht mehr gesehen, als sie Jane angeschrien hatte, weil die so hübsches Geschirr besaß. Er wusste nicht, wo seine Mutter heute Morgen steckte. »Möchtest du gern ein Erdnussbuttersandwich?«, fragte Jane sanft. »Und vielleicht können wir nach den Kätzchen sehen gehen.«

Er sah auf seine Schuhe und achtete geflissentlich darauf, nicht einmal einen Muskel seines Gesichts zu bewegen.

Er fand einen Platz draußen, an der Rückseite der Garage, unter einem großen, hängenden Busch, der eine geschützte Höhle bildete, obwohl er im Winter keine Blätter trug. Es war kalt in der Buschhöhle, aber Jane hatte ihm einen neuen warmen Mantel und Stiefel und Fäustlinge gekauft. Timmy bewahrte sie in der Höhle auf, damit Mommy ihn nicht zwingen konnte, sie zurückzugeben, und zog sie an, wenn er dorthin ging. Durch ein kleines Loch in dem Busch konnte er das Straßenschild erkennen: HAUS RINGELBLUME AM ABLAUF. Aber niemand konnte ihn sehen.

Am dritten Tag jedoch schob Jane die hängenden Zweige beiseite und kroch in die Höhle. »Timmy. Darf ich bitte reinkommen?«

Er sah sie an.

»Ich bleibe nur einen Moment. Schau her, ich habe dir ein Geschenk gekauft. Deine Mutter hat gesagt, du kannst kein Kätzchen haben, das du mitnimmst, wenn ihr in euer neues Haus einzieht, daher habe ich dir das hier besorgt.« Sie stellte eine Schachtel auf den verschneiten Boden.

»Ich will es nicht.«

»Möchtest du es nicht zuerst ansehen?«

Timmy antwortete nicht. Die Schachtel war klein, schwarz,

aus Metall. Auf einer Seite hatte sie verglaste Löcher, auf der anderen einen kleinen Schalter und eine Lasche, unter der sich eine Batterie verbarg. Jane drückte den Schalter.

Eine Katze sprang heraus.

Nein, nicht heraus, *durch* – die Katze sprang durch die Wände der Schachtel. Es war eine große, goldfarbene Katze, größer und goldener als Boots. Ihre Augen waren hellgrün. Sie ging mit steil aufgerichtetem Schwanz im Kreis herum und sah alles mit ihren Augen. Sie begann einen zweiten Kreis, diesmal einen größeren, und als sie über Timmys Knie lief, konnte er das zerrissene Knie seiner Jeans durch ihren Schwanz hindurch sehen. Die Katze bestand aus Licht.

»Das ist eine Holoprojektion«, sagte Jane. »Niemand muss je erfahren, dass du sie hast, es sei denn, du möchtest es. Der Projektor passt in deine Tasche.«

Die Katze lief im Kreis, dann sprang sie auf eine Maus, die Timmy nicht sehen konnte. Aber die Katze konnte sie sehen. Ihre grünen Augen funkelten. Sie ließ die Maus los, jagte einen Moment ihrem Schwanz hinterher, dann blieb sie still sitzen.

Timmy streckte die Hand aus und drückte den Schalter an dem Kästchen. Die Katze verschwand. Er drückte ihn erneut, und die Katze erschien wieder und saß auf dem Boden. Nach ein paar Minuten ging sie erneut im Kreis.

Timmy wartete, bis sie wieder still saß, dann duckte er sich auf dem gefrorenen Boden und näherte sein Gesicht dem der Katze. In ihren Augen war ein tiefer Ort, noch tiefer als in Boots' Augen.

Ein tiefer, sicherer Ort, wohin niemand anders gehen konnte, weil die Katze aus Licht war und Timmy den Schalter drücken konnte.

»Sie gehört dir«, sagte Jane. »Was für einen Namen gibst du ihr?«

Timmy sah die Katze an, dann zu dem Busch hinaus zu dem Straßenschild. Die handgemalte, hübsche Blume war noch darauf.

»Timmy«, sagte Jane wieder, zwang ihn aber nicht, zu antworten, und war auch nicht bereit, ihn zu schlagen oder anzuschreien, »was für einen Namen gibst du ihr?«

»Ringelblume«, sagte Timmy.

Er spielte jeden Tag mit Ringelblume. Nicht in der Höhle unter dem Busch, weil das kein geheimer Ort mehr war, aber unter der Küchenveranda, wo ein Teil des Geländers fehlte; in dem Wandschrank unter der Treppe; hinter dem langen Sofa in der Bibliothek, wo es nach staubigen Büchern roch; am oberen Ende der Treppe zu dem vernagelten Dachboden; im Wald, wo es, wie sich herausstellte, tatsächlich ein Bachbett gab, dessen Ablauf von einem großen Teich wegführte. Aber niemals im Keller, wo Boots und die Kätzchen waren. Er brauchte Boots nicht. Ringelblume war besser. Und sie schnurrte nie.

Timmy betrachtete sie stundenlang, ihr goldenes Licht, ihre grünen Augen. Er folgte ihr bei ihren Kreisen. Er summte ihr vor: *Three blind mice. Three blind mice. They all ran after the farmer's wife* ...

Mommy ging drei Tage weg. Als sie wiederkam, konnte sie nicht aufrecht stehen und erbrach sich auf den Teppich in Janes Esszimmer. Timmy, der sich ins Sideboard gezwängt hatte, zu Schachteln mit der Aufschrift SUPPENTERRINE und BOWLE-SCHÜSSEL, sah Ringelblume zu, die stumm durch die Ecken der Schachteln im Kreis ging.

»Betty!«, sagte Jane.

»Dann lassen Sie es eben ... Ihre Putzfrau ... aufputzen.« Mommys Stimme bebte.

»Wollen Sie nicht wissen, was Ihr Sohn getrieben hat, während Sie drei Tage auf Sauftour waren?«

»Sie haben sich sicher ... um ihn gekümmert.«

»Ja. Habe ich. Aber glauben Sie nicht, das wäre Ihre Aufgabe?«

»Auf jeden Fall, Schlampe. Also ... mischen Sie sich nicht ein.«

Janes Stimme veränderte sich. Sie hörte sich nicht mehr wie die Frau an, die ihm die Katze gegeben hatte. »Sehen Sie sich doch an. Sie verdienen es nicht, einen Sohn wie Timmy zu haben. Wissen Sie, was Sie ihm antun? Dieses Weglaufen dient nicht dazu, ihn vor einem gewalttätigen Vater zu beschützen, Sie machen es nur, damit Sie Ihr jämmerliches Selbstmitleid rechtfertigen und von anderen Leuten leben können, die zu gütig sind, Sie verrotten zu lassen, solange sie Timmy haben –«

Jane gab ein seltsames Geräusch von sich, und ihre Stimme veränderte sich wieder und wurde ganz steif. »Tut mir Leid. Das war sehr unprofessionell von mir. Aber Sie brauchen Hilfe, Betty. Nicht von mir, aber ich kenne jemanden, der Ihre Lage deutlich verbessern könnte, einen vertrauenswürdigen Kollegen, der wirklich sehr gut ist mit –«

»Tatsächlich? Ist er ›wirklich sehr gut‹, Jane? Wie schön für ihn. Verpissen Sie sich, Timmy und mir geht es prima. Wir brauchen Sie nicht, Sie knochenärschige Miss Etepetete mit Ihrem großen Haus und Ihren verschrumpelten Titten und Ihrem dummen Gutmenschentum. Wissen Sie, was Ihnen wirklich zu schaffen macht? Dass ich keinen Kotau vor Ihnen mache, so wie alle anderen, die armen Fotzen, denen Sie so großzügig helfen ... wir verschwinden von hier, Timmy und ich. Sie werden uns nicht wiedersehen.«

»Sie können Timmy erst hier wegbringen, wenn Claudia eine neue Identität geschaffen hat und –«

»Ach, kann ich das? Timmy, Timmy, wo, zum Teufel, steckst du?«

Timmy schaltete Ringelblume ab und steckte ihr Kästchen in die Tasche. Er hörte, wie seine Mutter im Esszimmer gegen Sachen stieß, Möbel umwarf, schrie. Sie ging in die Diele, und er hörte, wie der Wandschrank unter der Treppe aufgerissen wurde. Er versuchte, sich hinter die Schachtel mit der Aufschrift BOWLESCHÜSSEL zu drücken, hatte aber keinen Platz mehr in dem Sideboard. Er steckte den Kissenbezug in die andere Tasche. Das Sideboard wurde so heftig aufgerissen, dass die Tür aus einem Scharnier brach, dann packte Mommy ihn und zog ihn hinaus.

»Verstecken und sich verdrücken!«, kreischte sie. Ihr Gesicht war verzerrt, sie roch schrecklich. »Sehen Sie, womit ich mich herumplagen muss, Schlampe? Und Sie geben mir die Schuld, wie alle anderen auch! Er versteckt sich und verdrückt sich und belauscht mich, sodass ich nie Ruhe habe!« Sie schleifte Timmy am Arm über den Boden. Es tat weh. Er versuchte sich zu befreien, was noch mehr weh tat, aber er weinte nicht, weil Mommy ihn dann nur schlagen würde.

»Lassen Sie ihn los!« schrie Jane. Sie schlug nach Mommys Arm. Mommy ließ los. Mommy fiel zu Boden. Jane schlug weiter auf sie ein, und jetzt weinte auch Jane. Mommy schützte den Kopf mit den Armen. Timmy krabbelte weg, dann spürte er die andere Person in dem Zimmer, die große Person, und da krabbelte er nicht weiter und blieb reglos liegen.

»Was, zum Teufel, ist hier los?«, fragte Daddy.

Jane stand langsam vom Boden auf. Ihre Brille war zerbrochen, der Rock zerrissen. Ihr Gesicht sah hässlich rot aus. »Mein Gott. Mr. Collins?«

»Was, zum –«

»Tut mir Leid. Oh, es tut mir so Leid. Ich bin Jane Farquhar, ich habe Sie angerufen, damit Sie herkommen …«

Daddy sagte nichts. Timmy schaute zu ihm auf, die langen Beine und langen Arme, und erinnerte sich. Jane stand auf, strich sich den zerrissenen Rock glatt, nahm die zerbrochene Brille ab.

»Ich bin so froh, dass Sie gekommen sind, Mr. Collins. Die Situation hier hat sich verschlimmert, Ihr Sohn braucht Sie unbedingt. Betty kann einfach nicht … ist nicht …« Jane verstummte.

Daddy ging zu Mommy, die mit geschlossenen Augen auf dem Boden lag. Sein Gesicht wurde rot. Er sah Jane böse an. »Verdammt, was haben Sie ihr angetan? Wissen Sie nicht, dass sie krank ist? Was ist bloß los mit Ihnen?«

Timmy machte die Augen zu. Aber er konnte spüren, wenn Daddy ihn ansah. Er konnte es spüren.

»Timmy. Du bist hier der Mann. Habe ich dir nicht immer gesagt, es ist *deine* Aufgabe, dich um deine Mutter zu kümmern?«

Er saß im Wald, am Ufer des Ablaufs, der in Wirklichkeit nur ein Bachbett war. Ringelblume oder seinen Kissenbezug hatte er nicht dabei. Er wollte nicht, dass ihnen etwas zustieß. Er wartete und summte: *You nev-er saw such a sight in your life –*

Vielleicht würde Jane ihn zuerst finden, aber das glaubte er nicht. Daddy fand ihn immer, in allen Städten, so wie er ihn gefunden hatte, als er Mr. Kennisons Klasse in Dansville verließ. Das gehörte einfach dazu. Daddy fand sie, dann wartete Daddy ein wenig, damit sie einen Vorsprung zwischen den Städten bekamen, er und Mommy sprangen ins Auto und fuhren weg, Mommy telefonierte in Telefonzellen unterwegs, um von der Organisation zu erfahren, wohin sie zwischen den Städten gehen würden. Aber der Teil war noch nicht gekommen. Zuerst würde Daddy ihn finden.

»Timmy. Du hast mich enttäuscht.«

»Tut mir Leid, Daddy«, sagte Timmy, auch wenn das nicht half. Es half nie.

»Deine Mutter ist krank im Kopf. Das habe ich dir gesagt. Ich habe dir in Dansville gesagt, dass es deine Aufgabe ist, sie ruhig zu halten, während ich das Haus dicht mache, um euch beide nach Hause zu bringen. Das habe ich gesagt, Timmy, oder nicht?«

»Ja.« Er versuchte, an Ringelblume zu denken, an den tiefen, sicheren Ort in ihren Augen. Aber er konnte ihn nicht sehen, konnte ihn nicht spüren. Er zitterte zu sehr. Man musste ruhig sein, um dorthin zu gehen.

»Du hast mich enttäuscht, Timmy. Du hast uns beide enttäuscht. Das weißt du doch, Sohn, oder nicht?«

»J-j-ja.«

»Und ich kann dich nicht einmal angemessen bestrafen, ehe wir hier weg sind, weil diese verfluchte Jane Farquhar sich dauernd einmischt. Sie würde sich einmischen. Aber du weißt, ich werde dich bestrafen, wenn wir aufbrechen können, nicht, Timmy? Zu deinem eigenen Besten. Ja?«

»J-j-ja.«

»Ein Junge, der seine Frauen nicht beschützen kann, wird ein Jammerlappen von Mann werden.«

Timmy antwortete nicht. Daddy drehte sich um und ging den Ablauf entlang zurück. Timmy hörte seine Stiefel im Schnee knirschen. Das Zittern hörte nicht auf. Die ganzen anderen Male hatte er nicht warten müssen. Alle anderen Male hatte Daddy es gleich hinter sich gebracht. Timmy konnte nicht aufhören zu zittern. Er fror so sehr.

»Das ist eine amtliche Verfügung«, sagte Jane. Ein Polizist stand neben ihr, ebenso ein anderer Mann im dunklen Anzug mit Aktenkoffer. »Bis zur Anhörung wurde mir das Sorgerecht übertragen. Wenn sich einer von Ihnen näher als zwanzig Meter an ihn heranwagt, werden Sie festgenommen.«

Mommy stand neben Daddy. Neben ihm sah sie klein aus. Sie trug ein neues Kleid, ihr Haar war gekämmt, ihr Gesicht ganz blass. Mommy sagte nichts. Sie sagte nie etwas, wenn Daddy da war. Sie sah auf den Boden und lächelte in sich hinein. Sie und Daddy hielten Händchen.

»Von jeder kranken psychischen Hörigkeit …«, stieß Jane hervor. Sie richtete sich auf. »Gehen Sie jetzt, alle beide.«

»Das werden wir nicht vergessen«, sagte Daddy. »Timmy, wir holen dich zurück, Sohn.«

»Nicht in diesem Staat«, sagte Jane.

Timmy hörte die Autos wegfahren: zuerst das von Mommy, dann das von Daddy. So lief es immer ab. Er würde ihr bis nach Hause nachfahren.

Aber es lief nicht immer so ab, dass sie ihn zurückließen. Diesmal war es anders.

Jane kniete neben Timmy. »Jetzt bist du in Sicherheit, Timmy, hast du verstanden? Sie können nicht mehr kommen und dir wehtun. Mr. Jacobson ist Anwalt, er wird sie daran hindern, und Officer French wird sie daran hindern und ich ebenfalls. Hier, bei mir, wirst du sicher sein, Timmy, hast du das verstanden?«

Timmy antwortete nicht. Er sah zu Boden.

»Möchtest du die Kätzchen sehen? Sie sind jetzt alle drei entwöhnt.«

Alle drei. Es waren vier gewesen. Vor dem Tag im Schrank, als das graue geschnurrt hatte.

Jane sah aus, als hätte sie etwas Falsches gesagt. Timmy drehte sich um und ging nach oben. Ringelblumes Kästchen hatte er in der Tasche. Er würde nie wieder zu den Kätzchen gehen, die übrig geblieben waren, nie wieder.

»Timmy«, rief Jane ihm hinterher. »Möchtest du mir nicht sagen, ob du etwas brauchst, Liebes?«

Er antwortete nicht und drehte sich nicht um.

Nachts wachte er schwitzend auf. Sie waren nicht da. Sie waren wirklich nicht da, Mommy nicht, Daddy nicht. Sie schliefen nicht in separaten Zimmern, wie zu Hause, und sie schliefen nicht nackt aneinander geschmiegt, wie zwischen den Städten. Aber die bösen Gedanken waren noch da, in Timmys Kopf, und er wusste nicht, wie er sie aufhalten sollte. Sie waren jetzt stärker. Mommy war nicht da, vor der er sich verstecken musste. Daddy war nicht da, vor dem er sich verstecken musste. Seine ganzen Verstecke waren keine Verstecke mehr, und daher kamen die bösen Gedanken ... *cut off their tails with a carving knife, you never saw such a sight in your life* ...

Manchmal wurden die bösen Gedanken zu bösen Träumen, dann erwachte er schreiend und hatte den Kissenbezug in den Mund gestopft, damit es niemand hörte. Das mussten seine Hände allein machen, wenn er schlief.

Timmy stieg aus dem Bett, schaltete Ringelblume an und

sah ihr zu, wie sie im Kreis ging, auf die unsichtbare Maus sprang und ihrem Schwanz hinterherjagte. Die Kreise waren am besten. Er konnte sich mit dem Gesicht nahe bei ihrem hinkauern und den tiefen, sicheren Ort in ihren Augen sehen.

Aber er konnte niemals dorthin. Niemals, niemals.

»Seine innere Abwehr bröckelt«, sagte Jane am Telefon, »aber bis jetzt kein echter Durchbruch. Gott, es ist schmerzlich mit anzusehen ... Er geht dreimal pro Woche zu Dr. Lambert, hat aber bisher noch kein einziges Wort zu ihm gesagt. Und er *isst* nichts.«

Timmy ließ Ringelblume wieder eine Weile im Kreis gehen. Den ganzen Nachmittag, den ganzen Abend, einen Teil der dunklen Nacht, als er nicht schlafen konnte. *Three blind mice ...*

»Er braucht einen Ablauf für die ganze Wut«, sagte Jane am Telefon. »O Gott, es bricht einem das Herz.«

Ringelblume sprang und jagte und lief im Kreis, den wunderschönen Schwanz steil aufgerichtet.

»Timmy, Liebes, du musst etwas *essen*.«

Sie hatte keine Ahnung. Die bösen Gedanken ernährten sich von Essen. Wenn er aß, war sein Verstand ein starker Ort, den die bösen Gedanken gern aufsuchten. Wenn er nichts aß, war sein Kopf ein zu seltsamer Ort für sie, schwebend und voll Licht, goldfarbenem Licht, wie Ringelblume.

»Timmy, wenn du nichts isst, müssen wir dich ins Krankenhaus bringen. Bitte iss etwas, Liebes, nur ein klein wenig.«

Manchmal konnte er Ringelblume sogar dann sehen, wenn das Kästchen ausgeschaltet war, wie sie mit hochgerecktem Schwanz im Kreis ging. Aber eingeschaltet war es besser. Wenn er den sicheren Ort in ihren Augen jemals erreichen wollte, dann nur, wenn Ringelblume eingeschaltet war.

»Eine Katharsis«, sagte Jane am Telefon. Ihre Stimme hörte sich seltsam an, hart und verzweifelt. Timmy blieb in seinem Versteck in dem Wandschrank. Sie hörte sich an wie Mommy, wenn Mommy wollte, dass er etwas machte.

»Ja, ich verstehe, Marty«, sagte Jane. »Heute Abend. Wir treffen uns am Ende der Einfahrt.«

Ringelblume ließ sich nicht einschalten.

Timmy saß in seinem Zimmer auf dem Boden und drückte den Schalter. Nichts passierte. Er drückte wieder. Nichts. Er warf das Kästchen durch das Zimmer, kroch auf Händen und Knien hin, drückte immer wieder hektisch. Nichts.

Schwer atmend saß er vollkommen still.

Die Messer wurden in der Küche aufbewahrt. Er holte eines, schlich lautlos wie Nebel wieder die Treppe hinauf und schob die Metallplatte über der Batteriekammer des Projektors zurück. Sie war leer. Jemand hatte die Batterien herausgenommen.

Timmy beugte sich über das schwarze Metallkästchen. Ringelblume war fort. Der tiefe, sichere Ort in ihren Augen war fort, nur der Ort in seinem eigenen Kopf blieb, der Ort, woher die bösen Gedanken kamen. Ringelblume war fort –

Er schrie und warf das Kästchen durch das Zimmer. Er rannte hinterher und sprang darauf, und da lief die Katze aus Licht mit steil aufgerichtetem Schwanz durch das Zimmer. Aber sie war nicht da, sie war tot, er hatte sie in dem Wandschrank unter der Treppe getötet, weil sie zu laut geschnurrt hatte, genau wie er Mommy und Daddy tötete, wie er sie töten wollte, wie er das Messer immer und immer wieder in sie bohren wollte, wenn sie ihn geschlagen hatten, wie er sie mit dem Auto überfahren, mit Feuer verbrennen wollte … *cut off their heads with a carving knife* … die bösen Gedanken waren jetzt allgegenwärtig, weil Ringelblume tot war und er sie getötet hatte, weil er sie mit dem Messer in seiner Hand erstochen hatte, bis es so verbogen war wie jetzt und der Teppich auf dem Boden nur noch Fetzen und rot von Mommys Eingeweiden –

»Aber, aber, Timmy«, besänftigte Jane ihn und hielt ihn fest. Auch Dr. Lambert war da, so groß wie Daddy in seinem Wintermantel. »Jetzt wird es besser, Liebes. Es wird besser, wein einfach alles heraus. Ich bin da, du hast nur einen Ablauf für den Schmerz gebraucht, sachte, sachte …«

Einen Ablauf. Einen Fluchtweg. Er schluchzte und schluchzte und schlief in ihren Armen ein.

Er musste nicht ins Krankenhaus, sagte Dr. Lambert. Er musste immer noch zu Dr. Lambert gehen, aber das machte nichts, denn jetzt konnte Timmy mit ihm reden. Anfangs nur ein wenig, und dann ein wenig mehr. Über Mommy und Daddy und zwischen den Städten. Er konnte auch ein wenig essen, und dann etwas mehr. Jane lächelte.

Aber das Beste war, Ringelblume war wieder da.

Diesmal brauchte er nicht einmal ein schwarzes Metallkästchen. Ringelblume lief jedes Mal, wenn er auf eine ganz bestimmte Weise aus den Augenwinkeln sah, in großen Kreisen um ihn herum. Zuerst ging sie da, wo Boots oder die Kätzchen gingen, die inzwischen groß genug waren, die Treppe heraufzuklettern, wobei sie jede einzelne Stufe erklommen wie einen Berg. Boots oder die Kätzchen staksten durch die Zimmer, und Ringelblume war bei ihnen, eine größere Katze aus goldenem Licht, die sich zwischen den Katzen aus Fleisch und Blut bewegte. Sie konnte jedes Mal allein erscheinen, wann immer Timmy wollte, mit dem Schwanz wedeln und mit den Ohren zucken. Noch besser war, seit Timmy das Kästchen zerbrochen hatte, hatte Ringelblume sprechen gelernt.

»Das war mein Ablauf, Timmy«, sagte Ringelblume. »Ich konnte raus. Jetzt kann ich kommen, wann immer du willst, und dazwischen gehe ich an jenen tiefen, sicheren Ort. Du hast mich befreit, als du das Kästchen zerbrochen hast.«

»Du kannst dir nicht vorstellen, welche Fortschritte er in so kurzer Zeit gemacht hat«, sagte Jane am Telefon. »Es ist unglaublich.«

Ringelblume zuckte mit den Ohren und stellte den Schwanz für Jane hoch.

Timmy ging zur Schule, einer speziellen Schule, wo nur

sechs Kinder in seiner Klasse waren, und er war das einzige, das lesen konnte. Manchmal kam Ringelblume auch mit zur Schule. Meistens aber nicht; dann musste Timmy warten, bis er bei Jane war, um sie zu sehen. Die Schule war nicht gut und nicht schlecht. Meistens spielte sie gar keine Rolle.

»Er ist immer noch sehr in sich gekehrt«, sagte Jane am Telefon, »und Mary Lambertos ist höchst zurückhaltend mit ihrer Prognose. Aber ich bin optimistisch.« Mit ihrer Stimme stimmte etwas nicht.

»Jane braucht einen Ablauf«, sagte Ringelblume zu Timmy. »Dann würde sie sich viel besser fühlen.«

»Sie kann dich nicht haben«, sagte Timmy. »Ringelblume, kann ich nicht mit dir zu diesem tiefen, sicheren Ort kommen, wo du zwischen den Besuchen bist?«

Ringelblume lächelte nur und verschwand. Das hasste Timmy. Er blieb reglos sitzen, derweil die bösen Gedanken seinen Verstand bestürmten, bis Ringelblume ein paar Stunden später wiederkam, sich an der Stuhlkante rieb und mit aufgerichtetem Schwanz im Kreis lief, als wäre nichts geschehen.

Der Schnee war fast geschmolzen, als Jane zu Timmy sagte, dass sie vor Gericht müssten, um Timmys Geschichte einem netten Mann zu erzählen, einem Richter, der mithelfen wollte, dass Jane Timmy für immer behalten konnte. Timmys Mutter und Vater würden auch dort sein, sagte Jane, aber sie würden Timmy nicht anfassen dürfen, nicht einmal mit ihm reden. Wir müssen keine Angst haben.

»Mommy und Daddy sind schon hier«, sagte Ringelblume, die in Kreisen um Jane herumlief. »Jane weiß es nicht. Sie haben ein Lager auf der anderen Seite des Waldes. Sie kommen dich holen, wann immer Daddy es will.«

Timmy fing an zu weinen.

»Oh, Liebes, nicht«, sagte Jane und streckte die Arme nach ihm aus. Timmy stieß sie weg. Was wusste sie schon von dem, was Ringelblume erzählte? Von dem, was Daddy tun konnte? Von irgendwas?

Er lief nach draußen und kroch unter die Küchenveranda. Ringelblume folgte ihm. Sie saßen zusammen in der Dunkelheit. Timmy flüsterte: »Die bösen Gedanken kommen.«

»Ich weiß«, sagte Ringelblume.

»Ich …«

»Du bist verletzt«, sagte Ringelblume. Das sagte Dr. Lampert ständig, aber Timmy antwortete ihm nie, weil Dr. Lambert gar nicht wirklich *Bescheid* wusste. Er hatte nur Worte zu bieten, wie Daddy, wenn er sagte, dass Timmy Disziplin brauchte, oder wenn Mommy sagte, dass sie krank sei. Nur Worte. Aber Ringelblume wusste *Bescheid*.

»Du brauchst einen Ablauf«, sagte Ringelblume. »Wie damals, als du mein Kästchen zertrümmert und mich herausgelassen hast. Weißt du noch, wie gut das getan hat?«

»Aber böse Gedanken haben mich dazu gebracht«, sagte Timmy

»Danach waren die bösen Gedanken aber fort«, argumentierte Ringelblume. »Und weißt du, wie gut das getan hat?«

Timmy wusste es noch. Und Ringelblume auch. Von Ringelblume waren das nicht nur Worte.

»Du brauchst einen Ablauf«, sagte Ringelblume.

»… im Interesse des Kindes«, sagte der Richter. Er hatte zwei Tage lang noch eine ganze Menge gesagt. Timmy hörte gar nicht mehr zu. Es waren nur Worte, er war müde, und Mommy und Daddy saßen auf der anderen Seite des Zimmers auf harten, braunen Stühlen und versuchten, ihm zuzulächeln. Er sah sie nicht an. Er sah niemanden an. Ringelblume hatte sich geweigert, mit in den Gerichtssaal zu kommen, darum war Timmy wütend auf sie. Wie konnte sie sich weigern? Sie sollte zur Stelle sein, wenn er sie brauchte.

»… keine hinreichenden Beweise für elterliches Fehlverhalten, und wenn Sie, Mrs. Collins, das Versprechen ablegen, sich in psychiatrische Behandlung zu begeben, und wenn die Bedingungen für einen Schulbesuch Timmys erfüllt sind, sehe ich keinen Grund, weshalb die leiblichen Eltern nicht als Erstes in Betracht gezogen werden sollten, wenn – »

»Nein!«, schrie Jane. »Nein, das können Sie nicht!«

Sie stand von ihrem Stuhl auf. Timmy wünschte sich, sie würde sich setzen. Sie sah albern aus in dem langen, engen Kleid und der Brille, die ihr von der Nase rutschte.

»– keine beweiskräftigen Aussagen, wonach das Kind tatsächlich ein Band der Zuneigung zu Ihnen geknüpft hätte, Ms. Farquhar –«

»Das kann er nicht«, sagte Jane. Ihre Stimme klang jetzt ruhig, aber Timmy sah, wie sie so fest die Hände zusammendrückte, dass die Haut weiß aussah. Wie Boots' Pfoten. Er sah weg.

»Begreifen Sie nicht, Euer Ehren? Timmy hat nie gelernt zu lieben. Liebe bedeutet für ihn momentan nichts anderes als Schmerzen. Aber er ist kein grausames Kind, und im Laufe der Zeit –«

»Ich habe meine Entscheidung verkündet«, sagte der Richter. »Sie haben drei Tage Zeit, ihn seinen Eltern zurückzugeben, Ms. Farquhar. Die Verhandlung ist geschlossen.«

Jane packte Timmy an den Schultern. Das gefiel ihm nicht. Ihm gefiel auch nicht, wie Mommy und Daddy ihn ansahen. Er wollte nach Hause zu Ringelblume.

In dieser Nacht nahm er sie mit hinter das Sofa in der Bibliothek. Inzwischen ließ sie sich von ihm tragen. Es war komisch, so eine schwere Katze zu tragen, die nur aus Licht bestand. Er konnte sie vage unter seinen Händen sehen. Es war kalt in der Bibliothek – Jane machte nachts die Heizung aus – und roch, als würde sich nie jemand dort aufhalten. Timmy mochte den Geruch.

»Sie sagen, ich muss weg von hier«, flüsterte er Ringelblume zu. »Zurück zu Mommy und Daddy.«

»Ich komme mit dir«, sagte Ringelblume.

»Ich weiß. Aber Mommy wird mich schlagen, und dann werden wir fliehen und zwischen Städten wohnen und eine andere Wohnung suchen, und dann wird Daddy mich finden und schlagen, weil ich mich nicht um Mommy gekümmert habe.«

»Aber ich werde bei dir sein«, sagte Ringelblume.

»Ich weiß«, sagte Timmy kläglich. Das genügte nicht. Ringelblume genügte nicht. Wie konnte das sein?

»Die bösen Gedanken kommen schlimm, Ringelblume«, sagte Timmy. »Ich will …« Er fing an zu weinen.

»Weißt du noch, wie gut es getan hat, als du mein Kästchen zertrümmert hast?«, fragte Ringelblume.

»Bring mich zu dem tiefen, sicheren Ort, Ringelblume! Bring mich weg von den bösen Gedanken!«

»Ich kann nicht«, sagte Ringelblume.

»Bring mich an den tiefen, sicheren Ort in deinen Augen!«

»Ich kann nicht.« Ringelblume zuckte mit dem Schwanz. »Aber du kannst es, Timmy.«

»Ich fürchte mich«, schluchzte Timmy.

»Weißt du noch, wie gut du dich hinterher gefühlt hast?«

Ringelblume sah ihn an. In der Dunkelheit hinter dem Sofa wirkten ihre Augen ausgesprochen grün. Timmy konnte den tiefen, sicheren Ort darin sehen.

»Die bösen Gedanken sind da, Ringelblume!«

»Du brauchst einen Ablauf«, sagte Ringelblume mit Janes Stimme. Sie fing an zu schnurren, was sie vorher noch nie gemacht hatte. Das Schnurren hörte sich wie Summen an. Worte klangen darin mit, Ringelblumes Worte, daher mussten sie wahr sein: … *never saw such a sight in your life* …

Timmy schlich in die Küche. Die Messer waren da, die mit den scharfen Klingen, um den blinden Mäusen die Schwänze abzuschneiden. Er nahm zwei, in jede Hand eines, weil er Ringelblume nicht mehr tragen musste, sie lief vergnügt an seiner Seite. Timmy und Ringelblume gingen in den Keller. Timmy war seit der ersten Woche bei Jane nicht mehr hier gewesen. Die bösen Gedanken bestürmten ihn und taten in seinem Inneren weh, so wie Daddy ihm weh tat –

Die Kiste neben dem Heizofen war leer.

»Jane hat den Kätzchen ein hübsches Zuhause besorgt, als sie zu groß wurden«, sagte Ringelblume. Timmy sah sie an. Ihr Gesicht verriet ihm gar nichts. Das konnte er nicht ertragen.

»Ringelblume, die bösen Gedanken kommen, ich kann sie nicht aufhalten, sie tun *weh* –«

Diesmal antwortete Ringelblume nicht, was noch schlimmer war. Oh, viel schlimmer. Timmy ging nach oben, dann weiter nach oben, zu den Schlafzimmern.

Jane schlief mit offenem Mund auf dem Rücken. Sie schnarchte. Ohne die Brille sah ihr Gesicht leer aus. Die bösen Gedanken taten Timmy so sehr weh, dass er glaubte, er müsse schreien.

Timmy hob das Messer. Er sah Jane an, die mit offenem Mund schnarchte. Aber sie schnarchte nicht, sie lächelte, ging mit Boots auf den Armen über den Rasen. *Möchtest du Boots gern streicheln? Sie ist ganz lieb. Möchtest du ein eigenes Kätzchen? Das du für immer behalten kannst? Möchtest du noch ein Sandwich mit Erdnussbutter und Gelee, Liebes?*

»Ich kann nicht«, flüsterte Timmy.

»Los doch, Timmy«, sagte Ringelblume, aber jetzt hatte sie Mommys Stimme, wütend und hektisch. *Los doch, Timmy, Herrgott noch mal, kannst du denn nichts richtig machen, du kleiner Scheißer –*

Die bösen Gedanken verbrannten ihn. Erstechen und treten und verbrennen und Blut und ihre Gehirne quellen raus und ihre Arme sind weg und ihre Gedärme auf dem Fußboden … *schneid ihre Köpfe mit dem Messer ab …*

»Weißt du noch, wie gut du dich beim letzten Mal gefühlt hast?«, fragte Ringelblume. »Danach?«

Das ist für dich, sagte Jane. *Deine Mutter hat gesagt, du kannst kein Kätzchen haben, wenn ihr in euer neues Haus zieht, darum habe ich dir das gekauft. Du musst auf den Schalter hier drücken –*

… ein Anblick, den hast du im Leben noch nicht gesehen …

Und dann sah Timmy es.

Es war gleich hier, in Ringelblumes Augen. Als er ihr Kästchen kaputtgemacht hatte, da *hatte* er sich gut gefühlt, es war sein Ablauf gewesen, seine Flucht nach Innen. Der Weg zu Ringelblume, die immer da war, die ihn nie verlassen oder treten oder ihm wehtun würde, wie die bösen Gedanken wehtaten. Der Ablauf war der Weg zu dem sicheren Ort tief in Ringelblumes Augen, und die bösen Gedanken versuchten, ihn zu verwirren, weil sie böse Gedanken waren. Er hatte Ringelblumes Kästchen zertrümmert, aber das hatte Ringelblume befreit. Sie befreit, damit sie Timmy den Weg zu dem sicheren Ort zeigen konnte, wo die bösen Gedanken niemals hinkamen – den Anblick, den er im Leben noch nicht gesehen hatte –

»Danke«, sagte Timmy. Er sagte es laut und hob das scharfe Messer an seinen eigenen Hals. Ringelblume lächelte. Timmy stieß fest zu, und dann schrie jemand, zwei Leute schrien, aber das spielte keine Rolle, weil er sie nie wieder hören würde, die bösen Gedanken waren fort und er hatte den tiefen Ort in Ringelblumes Augen erreicht, den Ort, wohin die drei blinden Mäuse gelaufen waren, den Ort, wo Boots und die Kätzchen immer da sein würden, und natürlich seine Katze, *seine* Katze, den Ort, den Timmy gemacht hatte, weil ihn kein anderer für ihn machen konnte. Den sicheren Ort. Die Zuflucht, Haus Ringelblume.

Susan Wades Kurzgeschichten erschienen in *Amazing Stories, Fantasy and Science Fiction, First for Women, Snow White, Blood Red, Black Thorn, White Rose, Ruby Slippers, Golden Tears* und *Off Limits*.
Ihr erster Roman, *Walking Rain,* eine Art Hybride zwischen Magischem Realismus und Thriller, wurde gerade erst veröffentlicht. Ihr zweiter trägt den vorläufigen Arbeitstitel *Northern Lights* und ist, sagt Wade, ein »zeitgenössischer Roman mit einer Spur magischem Realismus (Tierbeschwörer und eine Märchenfigur spielen eine entscheidende Rolle) über einen komplizierten Fall von Sorgerecht für ein Kind«. Sie lebt in Austin, Texas.
»Weißer Turm, schwarzer Bauer« ist eine Tour de force über Brandbekämpfung, Physik, Schach und Eltern in Scheidung.

SUSAN WADE

Weißer Turm, schwarzer Bauer

Elliot Franklin bemerkte das seltsame Verhalten der Katzen erstmals eine Woche nachdem seine Frau mit ihrer Tochter zu ihren Eltern nach Dallas gefahren war.

»Nur den Rest des Sommers«, hatte Rita gesagt. »Damit Anna Unterricht bei Madame Duprée nehmen kann. Dieses Studio nützt ihr nichts, das kannst selbst du sehen.«

Elliot konnte nicht einsehen, was mit der Dance Theatre School nicht stimmen sollte, davon abgesehen, dass sie Theater mit »re« statt mit »er« schrieben. Besonders in Annies Alter.

Annies Tanzschule war nicht das eigentliche Thema, aber er hatte gelernt, dass es die Lage nicht verbesserte, Rita auf so etwas hinzuweisen. Daher begnügte er sich mit Annies Versicherung, dass sie *natürlich* alleine ein Ferngespräch anmelden konnte und sich *natürlich* an seine Nummer im Geschäft erinnerte.

»Und außerdem ist es Station 12 der Feuerwehr von Austin«, fügte sie hinzu, »also kann ich die Nummer nachschlagen, falls ich sie vergesse. Aber das werde ich nicht.«

»Und du weißt, welche Schicht ich –«

»Die B-Schicht«, sagte sie und verurteilte ihn mit ihren grauen Augen, weil er an ihren Fähigkeiten als Siebenjährige zweifelte. »Außerdem erinnere ich mich *immer* an deinen Dienstplan, Daddy.«

»Es ist nur so, dass ich dich vermissen werde«, sagte Elliot leutselig. »Sehr sogar.«

Annie umarmte ihn. »Ich dich auch, Daddy. Aber es sind nur sechs Wochen.«

Er wusste, wo sie diesen Ausdruck aufgeschnappt hatte. Das war Ritas Antwort auf jeden Einwand gewesen, den er vorbrachte. Und er brachte es nicht fertig, Annie darauf hinzuweisen, dass das eine Lüge sein könnte.

Rita hatte sich nie an Austin gewöhnt; sie war bis in die Knochen ein Mädchen aus dem nördlichen Dallas. Elliot vermutete, dass nur eine Anwandlung jugendlicher Rebellion sie veranlasst hatte, ihn zu heiraten. Kaum war die vorbei gewesen, wurde ihre Unzufriedenheit mit den hiesigen Lebensumständen gnadenlos.

Im Juni war er sechsunddreißig geworden. Der Geburtstag, ab dem er zu alt war, in eine andere, größere Feuerwehr einzutreten. In den vier Tagen, nachdem Rita ihre Pläne verkündet hatte, gab es Augenblicke, da hatte er vermutet, sie habe absichtlich gewartet, bis er in Austin festsaß, bevor sie endgültig nach Dallas zurückziehen würde.

Wenn sie nicht nach Hause gekommen war, bis die Schule anfing, würde er wissen, dass sie ihn verlassen hatte. Sollte er ihr das vorher vorwerfen, würde sie behaupten, dass alles in Ordnung und er lediglich paranoid sei.

Elliot glaubte, acht Jahre des Zusammenlebens mit Rita hätten den gesündesten Mann paranoid machen können. Aber das war ein ganz anderer Streitpunkt, den er im Allgemeinen als ihren »Wer ist verrückter?«-Zank bezeichnete.

Und so ließ er sie letztendlich gehen: seine unzufriedene Frau und sein einziges Kind. In seiner Niederlage war er sogar zum Kollaborateur geworden, hatte gehorsam die Reisetaschen in den Kofferraum des Buick geladen und ihnen düster nachgesehen, wie sie durch die Vorortstraße fuhren, bis sie nicht mehr zu sehen waren.

Die nächste Woche verbrachte er in auswegloser Niedergeschlagenheit, lediglich von einem strahlenden Fünkchen erhellt, als er im Haus seines Schwiegervaters in Dallas anrief und tatsächlich mit Annie sprechen durfte. Seine anderen Anrufe wurden durch Roger Waller, Ritas Vater, jäh beendet. »Sie macht ein Nickerchen«, sagte er, oder: »Sie sind im Studio wegen Annas Unterricht.« Er legte stets auf, bevor Elliot eine Nachricht hinterlassen konnte.

Elliot arbeitete seine Schicht in dieser Woche, wie immer – vierundzwanzig Stunden Dienst, achtundvierzig frei –, bezahlte seine Rechnungen und ging Lebensmittel einkaufen. Aber in ihm wuchs die Überzeugung, dass er seine Tochter für immer verloren hatte.

Erst am Samstagabend, nach einem weiteren vergeblichen Versuch, Annie anzurufen, kam ihm der Gedanke, dass sie ihm geschrieben haben könnte. Er suchte zwanzig Minuten nach dem Postschlüssel, bis er ihn endlich in einem Körbchen auf dem Tisch in der Diele fand.

Eine lange Sommerdämmerung hatte den sengend heißen Tag abgelöst, der erste kühle Abendwind kam auf, als er den Hügel hinab zum Briefkasten ging. Der Bach, der an dieser Stelle unter der Straße verlief, war überraschend hoch, wenn man bedachte, wie heiß es in letzter Zeit gewesen war.

Elliot zog die Post einer ganzen Woche aus dem überquellenden Briefkasten. Während er im Stehen den Müll von den Rechnungen trennte, flackerte etwas am Rand seines Gesichtsfelds, eine geschwinde, schemenhafte Bewegung auf dem Asphalt. Seine Nackenhärchen richteten sich auf.

Er drehte den Kopf, um genauer hinzusehen, aber die Schatten der hohen Platanen und Eichen, die am Bachbett wuchsen, machten die Dämmerung schon zur Dunkelheit. Zuerst konnte er nichts erkennen.

Er blieb reglos stehen, und als sich seine Augen anpassten, nahm allmählich ein seltsames Bild Gestalt an.

Zwei große Sturmdrainagen verliefen an der Stelle unter der Straße, wo die Kurve zur Brücke über den Bach führte. Vor der Drainage auf der anderen Seite saßen in einer ordentlichen Reihe fast ein Dutzend schwarze Katzen. Pechschwarz. Jede Katze hatte eine bestimmte Haltung an einer bestimmten Stelle eingenommen, sodass die Gruppe wie eine an Ort und Stelle erstarrte Schwadron Soldaten aussah.

Die schlanken, schmalen Jungtiere befanden sich vor den älteren Katzen, hatten die Schwänze um die sitzenden, schwarzen Leiber geschlungen und sahen mit gespitzten Ohren geradeaus. Die Posen der größeren Katzen waren unterschiedlicher, aber ihren Positionen wohnte dennoch eine seltsame Regelmäßigkeit inne. Ein enorm großer, schlanker Kater mit unproportional großen Ohren, mit denen er wie ein Fuchs aussah, saß auf dem Bordstein über der Drainage, als würde er die Reihen überwachen. Auf beiden Seiten saßen zwei Katzen zurückgelehnt auf den Hacken; jede hatte eine Pfote erhoben und die Krallen ausgefahren.

Definitiv seltsam. Elliot waren die streunenden Katzen in der Gegend natürlich schon früher aufgefallen. Durch den Bach und das unerschlossene Waldgebiet hinter den Häusern sahen sie eine Menge wilder Tiere – Opossums, Waschbären und Hunderte Eichhörnchen. Aber er hatte noch nie gesehen, dass sich die Katzen so zusammengefunden hatten.

Noch etwas huschte am Rand seines Gesichtsfelds dahin. Elliot drehte sich ganz langsam um, achtete aber darauf, dass er das Stillleben der schwarzen Katzen im Auge behielt.

Auf dieser Seite hatte sich eine weitere Gruppe vor der Drainage zusammengefunden. Die Katzen der zweiten Gruppe waren allesamt blütenweiß. Im Gegensatz zu den ordentlichen Reihen der schwarzen wirkten die Positionen der weißen Katzen unordentlich und durcheinander.

Die beiden Kompanien sahen einander über die Straße hinweg an, reglos und starren Blickes. Elliot bemerkte, dass eine der weißen Katzen neutral zu sein schien – ein mittelgroßes Weibchen, dem ein Stück von einem Ohr fehlte. Sie stand mit aufgerichtetem Schwanz gut zwei Meter vom Rest ihrer Phalanx entfernt.

Keine der Katzen bewegte sich.

Es war der seltsamste Anblick, den Elliot je gesehen hatte.

Ohne Vorwarnung lief die weiße Katze mit dem verstümmelten Ohr diagonal über die Straße. Sie packte ein Jungtier aus den Reihen der schwarzen, indem es seinen Kopf ins Maul nahm, und verschwand damit an den gegnerischen Flanken vorbei im angrenzenden Bachbett.

Das geschah blitzschnell und lautlos, ohne auch nur einen Schrei seitens des Opfers. Aber Elliot glaubte, dass er das Genick des Kätzchens brechen hören konnte, als die weiße Katze im Schatten verschwand.

Er sah ihr nach und versuchte, ihrer Spur zu folgen, aber das trübe Licht vereitelte sein Bemühen. Als er wieder zur Straße blickte, war das Stillleben der Katzen verschwunden, als wären sie nie dagewesen.

»Vielleicht habe ich Halluzinationen«, sagte er. Seine Stimme hörte sich krächzend an. Er räusperte sich und drehte sich wieder zum Haus um.

Die weiße Marodeurin saß auf der Brückenmauer und leckte sich gelassen Blut von ihrem schneeweißen Fell.

Elliot ließ seine Post fallen. Die Katze schaute einen Moment zu ihm auf, dann setzte sie ihre gemächliche Wäsche fort.

»Ich verstehe«, flüsterte Elliot. »Weißer Turm auf Damebauer drei. Ist es das?«

Als sie fertig war, sich das dunkle Blut von der Brust zu lecken, zuckte die weiße Katze lediglich mit dem Schwanz und verschwand in der Dunkelheit.

Elliots Schicht fing am folgenden Tag an, theoretisch zur Mittagszeit, aber traditionell wurden die Jungs der vorhergehenden Schicht etwas früher abgelöst, daher ging er schon um elf hin.

Station 12 verfügte über ein weiträumiges Gelände, war zuständig für den Nordosten von Austin vom Lamar Boulevard bis zum IH 35 und erhielt viele Anrufe. Die meisten waren medizinische Notfälle – normalerweise Herzanfälle; manchmal

Messerstechereien oder Schießereien. Aber es wurden auch jede Menge Brände gemeldet.

Diese Schicht war die hektischste, an die Elliot sich erinnern konnte, dabei war nicht einmal Vollmond. Der Knüller war ein Feueralarm, der um vier Uhr vier am Morgen losging. Der Alarmton ertönte – ein lautes »Huuuu-aaah« –, als Elliot sich mitten in der REM-Schlafphase befand. Normalerweise wurde Elliot schnell wach, aber dieser Alarm erwischte ihn zur falschen Zeit, und später konnte er sich an überhaupt nichts mehr erinnern, bevor sie zur Brandstätte gekommen waren.

Das Feuer loderte in einem der Reihenhauskomplexe, wie man sie im Norden von Austin allerorten findet, zwanzig Wohneinheiten in einem L-förmigen, zweistöckigen Gebäude. Schien ein echter Wohnungsbrand zu sein. Spiegelungen des Blinklichts huschten über die Fassade des Gebäudes und leuchteten wie Funken orange und rot auf den dunklen Fensterscheiben. Hypnotisch.

Dann schrie jemand, und Elliot dämmerte, dass rund zwanzig Anwohner mit Taschenlampen am Bordstein herumlungerten. Touie hatte den Wagen vor den betroffenen Wohnungen abgestellt und sah ihn an.

»Franklin?«, fragte Touie schneidend. »Alles klar?«

Elliot riss sich zusammen und ging zum Funkgerät. »Wagen 12 ist vor Ort. Vermutlich WB. Wir haben einen Apartmentkomplex mit starker Rauchentwicklung oben. Zweitfahrzeug muss Fünfzollschlauch legen. Wir rollen die Schläuche aus.«

Vasquez bemühte sich bereits, die Schläuche des Fahrzeugs herauszuziehen; Elliot eilte ihr zu Hilfe, während Touie sich bereitmachte, Wasser zu pumpen. Voigt packte einen der Schläuche und lief Richtung Treppe.

»Sind alle draußen?«, rief Elliot einem der Bewohner zu, einem großen Mann in Jeans, der aussah, als wäre er hellwach. »Wo hat es angefangen?«

Der Mann antwortete: »Im Apartment neben meinem, glauben wir«, und zeigte zur Tür oben, am Ende. »Drei-fünfundachtzig. Der Rauchalarm ist losgegangen – glaube, jeder hat ihn gehört.«

»Zählen Sie die Leute«, sagte Elliot zu ihm. »Überprüfen Sie die Nummern der Apartments. Wir werden eine Suche durchführen, aber versuchen Sie zu bestätigen, dass alle vorhanden sind.« Eine unbegründete Angst nagte in ihm. Er ging wieder zum Funkgerät. »Voigt! Sie glauben, es hat in Apartment drei-fünfundachtzig angefangen –«

Voigt war halb die Treppe hinauf; die Jacke seines Schutzanzugs flatterte ungeknöpft, während er die flache Leitung eines leeren Anderthalbzollschlauchs hinter sich herzog.

»Mach deine Ausrüstung klar und gib mir eine Schilderung des Inneren, Voigt«, sagte Elliot.

Voigt blieb vor der offenen Tür stehen, aus der Rauch quoll. Seine Stimme klang laut und aufgeregt. »Ist nicht schlimm – wir können es hier eindämmen.«

Dann stolperte Voigt fluchend gegen das obere Geländer. Sekunden später kam eine weiße Katze die Treppe heruntergerannt. Ihr fehlte ein halbes Ohr, stellte Elliot fest, als sie diagonal über den Parkplatz lief und in der Grünanlage verschwand. Als er das verstümmelte Ohr sah, wuchs Elliots Nervosität.

Etwas fiel ihm ein – eine Sicherheitsinspektion, die sie vor Monaten hier durchgeführt hatten. Er rief: »Negativ, Voigt! Ich möchte Schläuche in der benachbarten Wohneinheit. Blockieren!«

Der Zivilist in Bluejeans kam zu ihm. »Janet sagt, die Leute in drei-fünfundachtzig sind im Urlaub – wir sind ziemlich sicher, dass alle anderen draußen sind.«

Elliot zeigte dem Mann den aufgerichteten Daumen, rannte zur Treppe und zog Schlauch hinter sich her. »Vasquez – geh an deinen Platz, aber noch kein Wasser. Voigt und ich reißen die Decke in der Nachbarwohnung auf. Wir müssen verhindern, dass es sich über den Dachboden ausbreitet.«

Touie öffnete ein Ventil an der Pumpe. Voigt stand noch vor der Tür des Apartments, aber wenigstens knöpfte er seine Jacke zu. Vasquez brachte die Feueräxte nach oben, dann ging sie einen weiteren Schlauch ausrollen, ohne dass es ihr gesagt worden wäre. Sie war eine gute Kraft.

Elliot betrat das betroffene Apartment; es war völlig in wallenden Rauchschwaden verborgen. Er konnte nicht sehen, wie weit sich das Feuer schon in den Dachboden ausgebreitet hatte.

»Ich sage dir, wir können es eindämmen«, sagte Voigt weiter drinnen.

»Voigt«, rief Elliot ihm zu. »Spar dir die John-Wayne-Scheiße. Komm mit mir nach nebenan und hilf mir, die Decke einzureißen.«

»Aber nur einen Teil der Küche –«, sagte Voigt.

»Tu, was ich dir sage, Voigt.« Elliot schnappte sich eine Axt und lief in die benachbarte Wohneinheit. »Andernfalls wirst du ein Zwanziger unterschreiben.«

Elliot konnte Sirenen hören, was bedeutete, dass die nächste Gruppe auf dem Weg war; er konnte jederzeit als Befehlshaber abgelöst werden. Rauch quoll bereits aus den Luftschächten. Er schlug die Axt in die Trockenmauer über sich und riss daran mit schmerzenden Schultergelenken. *Wirst alt, Elliot.* Dann stand Voigt neben ihm und schlug ebenfalls zu. Aus dem ersten Loch über ihnen wallte Hitze. Aber noch keine Flammen – sie waren noch rechtzeitig gekommen.

»Wir verplempern hier unsere Zeit, während es drüben brennt!«, rief Voigt ihm zu. »Wir könnten es leicht dort eindämmen!«

Elliot vergeudete keine Zeit mit einer Antwort. Sie brauchten mehrere Minuten, eine Schneise über die Decke zu ziehen. Touie sagte ihnen, dass das zweite Fahrzeug unterwegs einen Stöpsel zog, um einen Nachschubschlauch zu legen.

Elliot kommandierte überzählige Leute seiner Einheit für die Durchsuchung des Gebäudes ab, während Touie einem der Männer von 15 half, den Nachschubschlauch zu legen. Innerhalb von Sekunden hatten sie den Hydranten geöffnet und pumpten zusätzliches Wasser zum Fahrzeug, dessen Schläuche sie benützten.

Elliot befahl Voigt zu einer Position am Reserveschlauch der zweiten Einheit.

»Das ist Scheiße«, sagte Voigt und spritzte ein wenig Wasser in den Dachboden. »Nichts passiert.«

»Wart's ab«, rief Elliot. Er schnappte sich den anderen Schlauch und lief nach drei-fünfundachtzig, das lichterloh brannte. Es war voll von schwarzem Rauch und heiß wie die Hölle.

Vasquez stand an ihrem Schlauch bereit, wie er es ihr gesagt hatte.

»Machen wir es alle!«, sagte er.

Sie stürmten hinein und spritzten Wasser wie breitgefächerten Nebel vor sich her. Als sie ins Esszimmer vordrangen, spendeten die orangeroten Flammen ein flackerndes Höllenlicht. Das Wasser, das sie spritzten, verdampfte zischend, sodass es noch heißer als vorher wurde.

Elliot machte sich Sorgen wegen eines Aufloderns. Ein Feuer, das richtig heiß wurde, konnte sich innerhalb von Sekunden von einem begrenzten Brandherd in einem Bereich zu einem spontanen Entflammen des gesamten Raumes ausweiten.

Schutzkleidung konnte einem bei einem solchen Auflodern nicht helfen; sie schmolz einfach auf dem Körper und frittierte einen. Noch mehr Dampf wallte auf. Die Hitze war enorm.

»Wird es zu heiß?«, fragte er.

»Wird schon gehen«, rief Vasquez. Hinter dem Visier hörte sich ihre Stimme nuschelnd an.

Dann bildete sich ein Abzug im Dach. Das konnte er daran erkennen, dass der Rauch sich verzog und die Flammen höher loderten. Aber es wurde auch ein wenig kühler – die Hitze strömte durch die Öffnung ab. Dann sanken die Flammen nieder.

»Wir schaffen es!«, rief Vasquez.

Touie meldete sich über Funk. »Kannst du hier rauskommen, I. C.? Wir haben Funkenflug über dem Dach.«

Einer der Jungs von 15 kam herein. Elliot ließ ihn bei Vasquez und rannte zum ersten Treppenabsatz hinunter.

Feuer loderte durch das Dach von drei-fünfundachtzig. Funken stoben in die Dunkelheit und schwebten träge über dem Dach.

Scheiße. Nach der anhaltenden Trockenheit bestand die Gefahr von Grasbränden. Und ein Stück weit entfernt fing ein Teil des Dachs an zu schwelen.

Die Zivilisten schrien und rannten unten herum. Im Helm hörte sich das Geräusch von Elliots Atem lauter an als ihre Schreie, sogar lauter als das Plärren aus dem Funkgerät. »Versuch, sie zu beruhigen«, sagte er zu Touie, während er nach unten rannte und das Ende des Druckschlauchs ergriff, der auf dem Dach des Fahrzeugs montiert war. Der Gummischlauch rollte sich hinter ihm auf, während Elliot das Dach auf beiden Seiten des Feuerausbruchs mit Wasser tränkte. Sein eigener Schweiß verbrühte ihn in dem Anzug, und er kam sich langsam und dumm vor. Vollkommen außerstande, die Variablen dieses Brandes zu kalkulieren.

Chaos, dachte er. Brände sind ein verfluchtes *Chaos*.

Dampfwolken stoben aus dem Loch im Dach über drei-fünfundachtzig. »Alles klar da drinnen?«, rief Elliot, der immer noch das Dach nässte.

»Wir schaffen es«, schrie Voigt.

»Ohne Scheiß«, rief Vasquez zurück. Hörte sich an, als würde sie lächeln. »Mach dir keine Gedanken, Franklin. Sieht so aus, als hätten wir es sauber eingedämmt.«

Etwas veranlasste Elliot, den Kopf zu drehen. An einem der Treppengeländer saß eine schlanke schwarze Katze. Sie sah Elliot an und gähnte zufrieden, wobei sich die rosa Zungenspitze anmutig um die spitzen Fangzähne wand.

Elliot verspürte ein Kribbeln im Rücken. Die Katze kam ihm bekannt vor.

Er drehte sich wieder um. Das Feuer war gelöscht. »Abschalten«, rief Elliot zu Voigt und Vasquez.

Dvarik, der Chef des Bataillons 4, kam herbei und nahm sich die Zeit, die Katze unter dem Kinn zu kraulen. Elliot empfand einen Heidenrespekt gegenüber Dvarik, einem alten Haudegen, der seit den vierziger Jahren Brände bekämpfte. Er ging davon aus, dass der Chef ihn ablösen würde, aber Dvarik fragte nur: »Wie ist die Lage, Franklin? Brauchen wir einen zweiten Alarm?«

»Ich glaube, wir haben es gelöscht, Chef«, sagte Elliot.

»Zivilisten alle draußen?«

»Wir schicken gerade ein Team durch«, sagte Elliot; im selben Moment meldete einer der Jungs von 15, dass das Gebäude geräumt sei.

»Schaden?«, fragte Dvarik.

»Zwei Wohneinheiten«, sagte Voigt. Es hörte sich wie ein Vorwurf an. »Und diese gottverdammte Katze hat mich total zerkratzt.«

Dvariks Mundwinkel zuckten.

»Überwiegend Wasser- und Rauchschäden an den beiden.« Das war Vasquez.

»Gute Strategie, auf beiden Seiten reinzugehen«, sagte Dvarik, ehe Elliot antworten konnte. »Ich habe hier draußen inspiziert – in den Feuerschächten des Dachbodens sind Löcher. Wenn Sie frontal reingegangen wären, hätten wir die ganze Reihe verlieren können.«

»Danke, Chef«, sagte Elliot. Voigt hielt endlich einmal den Mund.

»Ziehen Sie Ihre Leute zur Ablösung ab«, sagte Dvarik zu ihm. »Wir fangen in ein paar Minuten mit dem Ausräumen an.«

Die schwarze Katze sprang vom Geländer herunter, rieb sich an Elliots Stiefeln und schnurrte laut.

Aufgrund von Berichten, die zu schreiben waren, und einem Einsatz in letzter Minute kam Elliot spät von seiner Schicht nach Hause. Er traf gegen zwei Uhr nachmittags erschöpft daheim ein. Sie hatten die ganze Nacht nie länger als eine Stunde am Stück schlafen können.

Als er sich auf der Treppe bückte, um die Zeitung aufzuheben, schoss etwas an seinem Ohr vorbei, das wie ein winziges Propellerflugzeug dröhnte. Ein Kolibri. Er schwirrte summend ein paar Minuten um Ritas Kolibritränke herum und verschwand.

Elliot löste die Tränke von ihrem Haken und verspürte Schuldgefühle, weil er sie hatte austrocknen lassen. Er sah sich im Garten um.

Das Gras war trocken und braun an den Rändern. Er ging ins Haus und füllte die Tränke. Dann hängte er sie ans Vordach der Veranda zurück und holte Rasensprenger und Schlauch heraus. Der Wasserdruck war gering. Als er sich an den Einstellungen zu schaffen machte, um die durstigen Ränder des Rasens zu benetzen, bemerkte er eine der schlaksigen kleinen Katzen, die sich hinter einer Reihe Cannalilien beim Wasserhahn zusammengerollt hatte und ihn gleichmütig ansah.

»Du siehst halb verhungert aus, Kleine«, sagte Elliot zu ihr.

Die Katze richtete sich in eine sitzende Haltung auf und spannte den Körper, zur Flucht bereit.

»Was ist überhaupt mit euch los?«, fragte Elliot. »Was führt ihr im Schilde?«

Die Katze gab keinen Ton von sich, aber er konnte sehen, wie sich ihre Rippen hoben und senkten, so schwer atmete sie.

Er ging ins Haus, machte eine Dose Tunfisch auf, die er nach draußen mitnahm und hinter den Geißblattbusch am Ende der Reihe Cannalilien stellte. Die schwarze Katze beobachtete ihn argwöhnisch im Schatten der breiten, bananenstaudenähnlichen Blätter.

»Schon gut«, sagte Elliot. »Kannst ruhig essen kommen.«

Die Katze betrachtete ihn reglos.

Erschöpfung senkte sich wie Nebel über Elliot. Er gab auf und ging hinein, schaffte es aber nicht einmal mehr, zu duschen, bevor er sich hinlegte.

Aber sein Schlaf war unruhig; er träumte davon, dass er eine weiße Flamme bekämpfte, die katzenhaft von Dächern und Fenstern auf die Leute um ihn herum sprang und schwarze, verkohlte Leichen in ihrem Kielwasser hinterließ.

Am Dienstagvormittag rief er wieder im Haus seines Schwiegervaters an. Diesmal ging Annie ans Telefon.

»Annie!«, sagte er. »Wie geht es dir, Süße?«

»Hi, Daddy«, sagte sie. »Es ist toll hier oben. Großvater geht gleich mit mir Schlittschuh laufen und danach in einen Spielzeugladen. Er sagt, ich kann jede Barbie haben, die ich will.«

»Du möchtest eine Barbiepuppe?«, fragte Elliot. Sie hatte Modelleisenbahnen und Baseballkarten stets Puppen vorgezogen.

»Natürlich«, antwortete sie in einem Tonfall, den er kannte. Eine auf den Ton perfekte Nachahmung von Rita, bis hin zu dem kurzen »ü«, das aus »natürlich« ein zweisilbiges Wort machte. »Elizabeth sagt, wenn ich das Strandhaus von Action-Barbie habe, kann ich zu ihr kommen und spielen.«

»Wer ist Elizabeth?«, fragte Elliot.

»Oh, Daaad-dy«, sagte sie.

Auch ein Sprachmanierismus von Rita, der Elliot stets peinlich gewesen war. Als er ihn bei Annie hörte, knirschte er mit den Zähnen.

»Elizabeth Lesterfield.« Den ehrfürchtigen Tonfall hatte sie bislang für Nolan Ryan reserviert gehabt. »Sie wohnt unten an der Straße, gleich neben dem Park. Sie hat acht Skippers, fünf Kens und *sechzehn* Barbies.«

Zuerst wusste er nicht, was er darauf antworten sollte. »Das ist schön. Hör mal, Annie-Schätzchen, ich dachte mir, ich könnte hochgefahren kommen und mit dir in den Zoo gehen –«

»Da war Großvater gestern mit mir«, sagte sie.

Er zögerte. »Nun, dann meinetwegen zu Six Flags –«

»Da gehen wir morgen hin«, sagte Annie. Jemand sagte am anderen Ende der Leitung etwas in dem Zimmer. »Großvater sagt, wir müssen jetzt los. Tschüs, Daddy.«

»Tschüs, Liebes – ich habe dich lieb«, sagte Elliot, aber sie hatte schon aufgelegt.

Nach dem Gespräch mit Annie ging er hinaus, um den Rasen zu sprengen. Das Gras sah frischer aus, aber es wurde struppig. Er würde es bald mähen müssen.

Die schwarze Katze lag wieder in ihrem Bau unter den Cannalilien. Elliot sah hinter den Geißblattbusch. Die Tunfischdose war sauber geleckt.

»Schätze, du hast ziemlichen Hunger gehabt, was, Butch?«, sagte er, während er den Schlauch festschraubte. »Lass mich nur den Sprenger einschalten, dann hole ich dir noch eine Dose, okay?«

Die junge Katze sah ihn ohne zu blinzeln an und spitzte die Ohren, aber diesmal nahm sie keine Fluchthaltung ein.

»Ich hatte schon immer eine Schwäche für arme Hunde«, sagte Elliot, während er den Rasensprenger bereitmachte. »Oh, Pardon. Du bevorzugst wahrscheinlich arme *Katzen*. Wichtig ist, wir sind auf derselben Seite, du und ich. Wir versuchen, Ordnung in das Chaos zu bringen. Was meinst du, Butch?«

Die Katze streckte sich aus wie ein Löwe. Elliot konnte das leise Brummeln ihres Schnurrens hören.

Als er Butch noch eine Dose Tunfisch gegeben hatte, ging er ins Haus und versuchte, den Schreibtisch in der kleinen Abstellkammer aufzuräumen, die ihm als Arbeitszimmer diente. Nach zwanzig Minuten fand er ein altes Origamiset von Annie in einer der Schubladen.

Er verbrachte den Rest des Nachmittags damit, dass er Origamikatzen aus kleinen Quadraten schwarzen und silbernen Papiers faltete.

Bei Einbruch der Dämmerung ging er hinunter, um nach der Post zu sehen. Die Straße war ruhig. Der nachmittägliche Verkehr war vorbei, die meisten Leute in ihren Häusern beschäftigt. Was sie wohl machten? Abendessen zubereiten, Zeitung lesen, fernsehen? Elliot betrachtete die Fenster der Häuser, helle Rechtecke in der Sommerdämmerung, konnte sich aber nicht ins Innere versetzen. Die Aspekte seines Lebens, die normal waren, waren nach Dallas abgereist.

Überall liefen Sprenger, um die ausgedörrten Rasenflächen zu wässern; Grillen zirpten lautstark. Keine persönliche Post, aber eine grellbunte Postkarte des Spielwarenladens Terra Toys, der eine Sommerausstellung ankündigte. Wäre Annie zu Hause gewesen, wäre er morgen, auf dem Rückweg von ihrem Ausflug ins Schwimmbad von Barton Springs, mit ihr hingegangen.

Auf die Betonmauer der Brücke waren frische Bandenabzeichen gemalt worden, seltsame Runen, Hühnerkrakeln gleich. Elliot hievte sich nahe den Briefkästen auf die Mauer und wartete ab, was passieren würde.

Diesmal versammelte sich Weiß zuerst.

Zuerst sah er sie fast gar nicht, weil ihm die Briefkästen teilweise die Sicht auf die Drainage auf dieser Seite versperrten. Aber die Katzen waren da. Ihre Positionen hatten sich seit dem letzten Mal verändert.

Nach einer Minute nahmen die schwarzen ihre Plätze ein. Ihre erste Reihe wirkte zerrissen, da ihnen nun ein Bauer fehlte. Butch war das magerste der Jungtiere, der Knirps. Er nahm Elliot gar nicht zur Kenntnis, sondern sah nur starr geradeaus.

Elliots Nackenmuskeln verkrampften sich. Die schwarzen waren eindeutig unterlegen; die weißen Bauern waren zahlenmäßig überlegen und kräftiger, allerdings schienen die wichtigen Spielfiguren auf beiden Seiten einander ebenbürtig zu sein.

Der Bauer neben Butch machte den ersten Zug. Es war eine größere Katze, immer noch ein Jungtier, und ihre Ausgangsposition schien B-3 zu sein. Sie ging entschlossen zwei Schritte vorwärts und blieb ein gutes Stück vor der uneinheitlichen Linie stehen.

Ein defensiver Zug? Oder der Beginn einer längeren Sequenz? Das Katzenweibchen mit dem verstümmelten Ohr erlag der

Versuchung einer leichten Beute und sprang aus den Reihen der Weißen.

Elliot konzentrierte sich so sehr auf die Katzen, dass er den Bronco erst bemerkte, als er in unmittelbarer Nähe war. Er erwischte die weiße Katze frontal und schleuderte sie in den Rinnstein.

Elliot schrie erschrocken auf. Der Fahrer des blauen Bronco bremste nicht einmal. Als er um die Ecke gebogen war, waren die restlichen Katzen verschwunden. Elliot glaubte, dass der schwarze Bauer vom Hinterreifen des Autos erfasst und in die Drainage geschleudert worden war.

Die weiße Katze lag reglos am Bordstein, der Wind bewegte ihr schneeweißes Fell kaum.

»Ein Opfer«, sagte er. »Da haben deine Kumpels aber einen tollen Zug gemacht, Butch.« Seine Stimme verlor sich in der Stille und erstarb.

Er ging in der Dämmerung langsam die Straße hinauf. Oben im Haus stellte er seine Origamikatzen sorgsam in zwei Phalanxen auf, die einander auf der polierten Teakholzplatte seines Schreibtischs gegenüberstanden.

Voigt meldete sich zu B's nächster Schicht krank, und sie ging ebenso beschaulich zu Ende, wie die Schicht zuvor chaotisch gewesen war. Ein wirklich und wahrhaftig friedlicher Tag auf Station 12.

Elliot grübelte darüber nach. Vor der letzten Schicht hatte Weiß einen schwarzen Bauern geschlagen, und danach hatten sie das schlimme Feuer in dem Apartment mit der weißen Katze gehabt. Gestern hatte Schwarz einen Sieg errungen, und heute hatte Station 12 den ganzen Tag keinen Anruf gehabt.

Bestand da ein Zusammenhang? Oder bildete er sich nur etwas ein?

Dass die Katzen bei dem Brand anwesend gewesen waren, hatte er sich nicht eingebildet – Voigt hatte sich krank gemeldet, weil sich die Kratzer an seinem Hals entzündet hatten.

Aber Katzen waren überall. Diese beiden waren wahrscheinlich nur ängstliche Haustiere gewesen. Und was die wilden Katzen bei den Drainagen anging – vielleicht hatten ihm seine Augen in der Abenddämmerung einen Streich gespielt.

Auf der Station war an diesem Abend so wenig los, dass Touie Elliot zu einer Partie Schach überreden konnte. Elliot gefielen ihre Spiele, aber seit die Sache mit den Katzen angefangen hatte, machten ihn die wechselnden Positionen der schwarzen und weißen Figuren auf dem Spielbrett nervös.

»Du wirst etwas wegen Voigt unternehmen müssen«, sagte Touie, während er seinen Königsturm zog.

»Warum?« Elliot reagierte automatisch und rückte einen Bauern vor. »Er ist ein hoffnungsloser Fall. Ein Cowboy. Nichts und niemand wird daran etwas ändern.«

»Ja, aber wenn du ihm nicht einen Arschtritt verpasst, sobald er wieder einem deiner Befehle widerspricht, wirst du einmal bis zu den Knien in der Kacke stehen.«

Touie hatte Recht, Elliot wusste es. Aber er hatte im Moment nicht die Energie, sich um Voigts Aufsässigkeit zu kümmern. Worauf er sich auch konzentrieren wollte, seine Gedanken schweiften immer wieder zu Annie und Rita ab.

Okay, er und Rita waren sich nicht in allem haargenau einig. Aber eine Menge Paare kamen trotzdem zurecht. Er war ein treuer, schwer arbeitender Ehemann; er hatte stets gut für seine Familie gesorgt. Und er verbrachte eine Menge Freizeit mit Annie, ging mit ihr schwimmen oder ins Kindermuseum oder machte Ausflüge ins Naturzentrum. Er war ein guter Vater; er half im Haushalt mit; was wollte Rita sonst noch?

Er überlegte sich, was er hätte anders machen sollen, was seine Frau brauchte, das er ihr nicht geben konnte. Nach zehn Zügen des Schachspiels war er immer noch nicht dahinter gekommen.

»Du bist mit den Gedanken woanders«, sagte Touie verdrossen und schlug Elliots Läufer. »Was ist in letzter Zeit eigentlich mit dir los?«

Elliot reckte die Schultern, ließ sie sinken und versuchte, die Verspannungen loszuwerden. »Rita ist mit Annie nach Dallas gegangen.«

Touie sah vom Schachbrett auf. »Kommt sie zurück?«

Elliot zuckte die Achseln.

»Dumme Sache«, sagte Touie und zog seinen Turm.

Elliot betrachtete das Schachbrett und versuchte, sich zu konzentrieren. Aber wie auch immer er weiterspielte, Touie würde seine Dame in drei Zügen schlagen.

Als er an diesem Abend in Dallas anrief, nahm Rita ab. Ihre Stimme klang gezwungen fröhlich. Er kannte den Ton von Partys, bei denen sie sich nicht wohl fühlte, wie damals, als sie zum Grillen bei Touie gewesen waren. Wahrscheinlich hörte er selbst sich genauso an, wenn sie zu einer Ballettpremiere gingen..

»Hi«, sagte er. »Ich bin es.«

Eine Pause. »Oh.«

»Wie ist die Lage?« Eine dumme Frage. Aber eine andere fiel ihm nicht ein.

»Bestens«, sagte sie.

»Gut. Das ist gut. Hör zu, ich wollte dich fragen –«

»Du meinst, du möchtest zur Abwechslung einmal mit *mir* reden?«, fragte sie. »Die Wunder hören nicht auf.«

»Willst du mir etwas sagen, Rita? Dann raus damit.«

Er hörte, wie sie den Atem einsog, und konnte sich vorstellen, wie ihre Finger auf dem Hörer bebten. Er sprach nie schroff mit ihr, weil sie das nicht ausstehen konnte. Aber im Augenblick war sein Geduldsfaden ziemlich dünn.

Sie holte noch einmal hörbar Luft. »Ich will damit sagen«, fuhr sie übertrieben deutlich fort, »dass du – wie oft? – etwa zehnmal hier angerufen hast, um mit Anna zu sprechen? Aber mich hast du nicht *ein einziges Mal* verlangt.«

»Was hätte es zu sagen gegeben?«, fragte er. »Du wolltest mir nicht zuhören, wenn wir im selben Zimmer waren. Ich konnte mir nicht vorstellen, dass du es dir seit deiner Abreise nach Dallas anders überlegt haben würdest.«

»Was meinst du damit, ich wollte dir nicht zuhören –«

»Genau das«, sagte er brüsk. »Ich habe dich immer und immer wieder gebeten, nicht zu fahren, und du hast mich ignoriert.«

»Ich –«

»Und komm mir nicht damit, dass du nur wegen Annies Tanzunterricht hingefahren bist, weil das nicht stimmt. Du hattest nur nicht den Mumm, mir zu sagen, dass du weg wolltest.«

Diesmal dauerte die Pause länger.

»Vielleicht will ich gar nicht weg«, sagte Rita. Ihre Stimme klang dünn und ängstlich.

Elliot kniff die Augen zu. »*Was* willst du, Rita? Ich versuche seit acht Jahren, das herauszufinden, und verstehe immer noch nicht, was dich bewegt. Also *sag* es mir, um Himmels willen.«

»Das habe ich gerade«, sagte sie. »Wir sind seit zwei Wochen weg, und heute rufst du zum ersten Mal an und möchtest mit mir reden. Sagt dir das denn nichts, Elliot?«

»Was –«

»Ich möchte *sichtbar* sein, verdammt, Elliot! Ist das zu viel verlangt? Ja?«

»Ich –«

Ein lautes, vorwurfsvolles Klick ertönte aus dem Hörer, als sie auflegte. In dieser Nacht konnte er nicht schlafen. Er hörte immerzu verstohlene Schritte auf dem Dach über seinem Bett: verstohlenes Anschleichen, Rutschpartien, ab und zu Sprünge. Katzenmanöver.

Nach einer Weile sah er sie fast bildlich da oben vor sich, das anmutige, tödliche Ballett ihres rituellen Kampftrainings. Sie waren unermüdlich; die Geräusche ihrer Attacken und Rückzüge ließen nicht nach. Elliot kam zu der Überzeugung, dass er das Geräusch von Butchs Pfoten von dem der anderen unterscheiden konnte.

Während er in der Dunkelheit lag und lauschte, wurde seine Vision ihres Tanzes so klar und deutlich, dass er nicht mehr unterscheiden konnte, ob er wach war und halluzinierte oder schlief und träumte.

Am Ende musste er sein Kissen nehmen, nach unten gehen und auf dem Sofa schlafen.

Elliot hing nach seiner nächsten Schicht auf der Station herum und versuchte, mit jemandem von der C-Schicht zu tauschen, damit er das ganze Wochenende frei haben konnte.

Zuerst war ihm das Glück nicht hold; alle hatten schon ihre Pläne. Dann schlug der Captain im Dienstplan nach und merkte, dass Elliot am Labor Day frei hatte.

»Da steht mir ein Familientreffen ins Haus. Meine Eltern wollen unbedingt, dass wir kommen«, sagte der Captain. »Ich übernehme Ihre Schicht, wenn Sie meine am Labor Day übernehmen.«

Das war ein beschissener Tausch, aber Elliot nahm dennoch an. Bis zur Donnerstagsschicht hatte sich in der gesamten Station herumgesprochen, dass er große Pläne für das Wochenende hatte.

Am Freitagmorgen rasierte er sich besonders sorgfältig. Als er eingeseift im barackenartigen Waschraum der Station vor dem Spiegel stand, dachte er darüber nach, was Rita am Telefon gesagt hatte.

Es hatte sich angehört, als wollte sie mehr Aufmerksamkeit von ihm. Und es stimmte, dass er mit Annie wesentlich mehr unternahm als mit Rita. Oder mit beiden zusammen.

Aber warum begleitete sie ihn und Annie dann nicht einfach? Er schnitt sich mit dem Rasiermesser und zuckte zusammen. Weil sie sich gern in der freien Natur aufhielten, die Art von Ausflügen, bei denen sie winselte und quengelte, dass sie früher nach Hause wollte. Ihm wurde klar, dass er und Annie mit der Zeit zu Verschwörern geworden waren. Sie baten Rita immer noch, mit ihnen schwimmen zu gehen oder im Pease

Park Volleyball zu spielen. Der Trick bestand darin, dass sich ihre Bitten wenig verlockend anhörten.

Er wusch sich den restlichen Rasierschaum vom Gesicht und betrachtete sich im Spiegel.

Er *machte* gern etwas. Für ihn war es ein Spaß, den Felsen des Enchanted Rock zu erklimmen. Für Rita war es ein Spaß, sich einen Kunstfilm anzusehen, wo sie in vollklimatisierter Dunkelheit sitzen und teures Mineralwasser trinken konnte.

Sollte er seine Art von Spaß zugunsten von ihrer aufgeben? Auf keinen Fall. Er war sowieso nicht sicher, ob er für ihren Spaß verantwortlich sein wollte – warum konnte sie nicht ein eigenes Leben aufbauen? Annie hatte es getan, und sie war erst sieben Jahre alt.

Peterson ging an der offenen Tür vorbei und sah ihn vor dem Spiegel stehen. »He, Franklin, schön genug? Du weißt, du musst hübsch aussehen, wenn du eine flachlegen willst. Juhee, sieht er nicht scharf aus?«

»Was weißt du schon über schöne Menschen?«, rief Touie bellend. »Deine Mami hat mir gesagt, dass du als Kind von einer hässlichen Schlange gebissen wurdest und dich nie wieder davon erholt hast.«

Daraufhin legten alle los, sogar Vasquez, die sonst immer ziemlich still war. Sie schlossen Wetten ab, ob Elliot Glück haben würde, und zogen ihn damit auf, ob er das Wochenende wirklich mit seiner Frau verbringen wollte.

Elliot schaffte es, lachend mitzuspielen. Wenn er erkennen ließ, dass ihre Sticheleien ihm zusetzten, würde er nie wieder seine Ruhe haben.

Aber die Spötteleien verleideten ihm die ganze Situation noch mehr. Warum war Rita so unvernünftig?

Am Nachmittag reservierte er Karten für das Spiel der Rangers, dann ging er kurz in den Lebensmittelladen, um Trockenfutter für Katzen und ein paar Dosen Tunfisch zu holen.

Er machte eine Dose Tunfisch auf, dann nahm er sie zusammen mit dem Trockenfutter und einer großen Schüssel aus dem Schrank – eine von Annies alten Frühstücksflockenschalen, bemerkte er mit einem Stich ins Herz – mit hinaus. Butch war nicht an ihrem Plätzchen hinter den Cannalilien.

»Butch?«, fragte Elliot.

Er hörte das Brummen eines Schnurrens hinter sich und drehte sich um. Butch lag am Rand des Verandadaches, nicht weit von der Kolibritränke entfernt.

»Hältst nach Vögeln Ausschau, was, Junge? Komm runter und iss stattdessen das hier.« Er stellte den Tunfisch hinter den Geißblattbusch und machte das Katzenfutter auf. Butch sprang herunter, landete behände im Gras und betrachtete Elliot eindringlich.

»Ich gehe zwei Tage nach Dallas, Kumpel«, sagte er. »Tut mir Leid wegen dem Trockenfutter.« Er schüttete eine große Portion in die Schale, stellte sie neben den Tunfisch und wich zurück. »Wenn ich wieder da bin, gibt es mehr Tunfisch.«

Butch schlich zu dem Busch, sah Elliot aber weiter wachsam an.

»Ich muss meine kleine Tochter besuchen«, erklärte Elliot. »Ich habe Karten für ein Spiel der Rangers. Das wird Annie gefallen. Wenigstens hat sie Baseball früher immer geliebt.«

Butch fraß und spitzte dabei die Ohren, als würde er sich jedes Wort von Elliot anhören.

»Jammerschade, dass Ryan nicht mehr wirft«, sagte Elliot. »Ich weiß, in dem Fall würde Annie nicht widerstehen können. Er ist ihr Held. Aber in letzter Zeit hat sie sich verändert. Seit sie nach Dallas gegangen ist, weißt du.«

Butch verleibte sich den Tunfisch mit anmutigen, knappen Bewegungen seines Kopfes ein.

»Also, Butch – werdet ihr Jungs heute Nacht wieder einen draufmachen?«, fragte Elliot. »Werden die Guten gewinnen?«

Die Katze zuckte mit den Ohren.

»Wird Rita Annie mit mir zu dem Spiel gehen lassen?«, fragte Elliot leise. »Bringen wir wieder alles auf die Reihe?«

Roger Waller und seiner Frau gehörte eines der protzigsten Häuser in Highland Park. Elliot kam sich erbärmlich vor, als er den rostigen Subaru vor der Kolonialvilla parkte. Der Verkehr durch Dallas war dicht gewesen, es war fast acht Uhr.

Da er nicht sicher war, wie er empfangen werden würde, ließ er seine Reisetasche im Auto und ging zur Tür. Als er auf den Klingelknopf drückte, spielten leise Glocken die ersten Takte von »The Bells of St. Mary's«.

Annie machte auf. »Daddy!«, quietschte sie und warf sich in seine Arme.

Elliot riss sie erfreut hoch und wirbelte sie herum. »Wie geht es meinem Mädchen?«, fragte er, und fügte, ehe sie antworten konnte, hinzu: »Ich habe dich so vermisst.«

Sie legte das Kinn an seine Schulter und seufzte zufrieden. »Ich dich auch, Daddy.« Dann wand sie sich zappelnd nach unten. »Komm meine Barbies ansehen«, befahl sie und zog ihn an der Hand ins Haus.

»Okay«, sagte er. »Einen Augenblick noch. Ich muss vorher mit deiner Mutter sprechen.«

Sie blieb stehen und sah ihn verwirrt an. »Aber –«

»Nur eine Minute, Annie-Mädchen«, sagte er fest.

Roger Waller tauchte an der Tür des Foyers auf. »Elliot«, sagte er ruhig und streckte die Hand aus.

»Abend, Sir«, sagte Elliot und schüttelte sie. »Ich habe Annie gerade erklärt, dass ich mit Rita über etwas reden muss, bevor ich mir ihre Barbies ansehen kann.«

»Rita ist momentan leider nicht da«, sagte Roger.

»Sie hatte eine Verabredung«, platzte Annie heraus.

Roger sah sie stirnrunzelnd an. »Anna, das ist nicht richtig. Geh jetzt nach oben spielen. Dein Vater kommt gleich zu dir.«

Annie ging ohne Widerworte, was Elliot überraschte. Oben an der Treppe blieb sie stehen. »*Gleich*, Daddy«, sagte sie in einem Bühnenflüstern.

»Okay, Herzblatt«, sagte er und sah seinen Schwiegervater an.

Roger zeigte zum Salon. »Komm mit, eine Tasse Kaffee trinken, Elliot. Wir müssen uns unterhalten.«

Elliot übernachtete in einem Hotel und bezahlte einhundertzwanzig Dollar in einem Marriott, das nicht allzu weit vom Haus der Wallers entfernt lag. Roger hatte ohne zu zögern zugestimmt, als Elliot vorschlug, mit Annie zu dem Baseballspiel zu gehen. Roger ließ sich sogar zu der Andeutung herab, er sei sicher, sie wäre am Samstag gern mit ihrem Vater zusammen und würde noch einen Ausflug nach Six Flags machen.

Als Elliot erwähnte, dass er nicht zwei, sondern drei Eintrittskarten für das Spiel hatte, entgegnete Roger: »Gut. Ich kann natürlich nicht für Rita sprechen, aber ich finde, du hast nicht hinreichend versucht, dich mit ihr auszusöhnen. Heute Abend ist sie mit einem alten Freund von der S. M. U. ins Theater gegangen. Ich glaube, sie will sich selbst einreden, dass sie sich ohne dich nicht elend fühlt.«

»Danke, Sir«, murmelte Elliot vollkommen ratlos.

»Keine Ursache«, antwortete sein Schwiegervater. »Ich lasse Rita von deinem Besuch bei Anna wissen. Komm morgen zum Mittagessen – dann kannst du Rita persönlich zu dem Spiel einladen.«

Und genau das hatte Elliot getan. Nun saß er am Tisch im Esszimmer seiner Schwiegermutter – mit Leinentischdecke – und wünschte sich, er hätte die Geistesgegenwart besessen, stattdessen mit Rita und Annie essen zu gehen.

Marianne hatte gerade Teller mit winzigen Portionen Shrimpscocktail in einer halben Avocado, Brunnenkressesalat und warmen Käsecrackern von der Größe einer Vierteldollarmünze serviert.

Elliot versuchte, die Avocado mit der Gabel aufzuspießen, damit er sie durchschneiden konnte, aber sie rutschte zur Seite, bis sie gefährlich nahe am Tellerrand lag. Er konnte sich bereits die glibberige Schliere vorstellen, die sie auf Mariannes makellos blütenweißem Tischtuch hinterlassen würde. Stattdessen begnügte er sich mit einem Häppchen Brunnenkresse und riskierte einen verstohlenen Blick zu seiner Frau.

Ihr Haar hatte eine dunkle, atemberaubende rote Tönung, ihre Haut war blass und perfekt. Heute hatte sie dunkle Ringe unter den Augen und neigte dazu, die Mundwinkel nach unten zu ziehen. Als sie sich kennen lernten, hatte diese Aura tragischer Verwundbarkeit ihn zu absurden Höhenflügen der Ritterlichkeit angespornt. Warum ärgerte sie ihn heute nur noch?

Er erduldete das Mittagessen an Mariannes Tisch ganz umsonst. Rita lehnte seine Einladung zu dem Baseballspiel ab.

Das Spiel war kein völliger Fehlschlag; Annie hatte sich nicht so sehr verändert, dass es ihr keinen Spaß gemacht hätte. Und was Elliot anbetraf, für ihn gab es kaum etwas Aufregenderes als Baseball live. Und der heutige Tag war beinahe perfekt: Die Fans der Gastgebermannschaft waren enthusiastisch, die Rangers hatten einen guten Tag.

Aber Elliot bemerkte subtile Zeichen der Veränderung an seiner Tochter. Zunächst einmal trug sie ein Kleid. Sicher, es war ein schlichter, roter Einteiler, aber ihre flachen, roten Schuhe passten dazu. Und sie hatte eine Handtasche dabei.

Wozu, um alles in der Welt, brauchte Annie eine Handtasche? Bisher hatten ihre Hosentaschen immer ausgereicht. Zu den Haushaltsregeln gehörte, dass Elliot die Taschen von Annies Kleidungsstücken leeren musste, bevor sie gewaschen wurden, eine Regel, die in Kraft war, seit Rita einmal eine lebende Vipernnatter in Annies Kordhose gefunden hatte. Das war nach einem Ausflug nach Shoal Creek gewesen. Annie hatte ihm später gestanden, als er nach oben gegangen war, um sie in ihrem Stubenarrest zu trösten, dass sie ganz aufgeregt gewesen war, weil sie einen Trilobiten gefunden hatten, und die Schlange in die Tasche gesteckt und schlichtweg *vergessen* hatte.

Sie hatte ihn mit ihren nebelgrauen Augen angesehen und gesagt: »Warum ist sie so wütend auf mich, Daddy? Es ist nur eine Vipernnatter.«

Und er hatte mittendrin gestanden und den Vorfall von beiden Seiten gesehen: Wie ängstlich Rita gewesen war, eine lebende Schlange in ihrem Wäschekorb zu finden, und wie unbegründet die Angst ihrer Mutter Annie erscheinen musste.

Nun war er der Außenstehende, der nicht begreifen konnte, was die beiden anderen dachten. Das gefiel ihm nicht.

Annie hatte dem Spiel mehr Aufmerksamkeit geschenkt als er. Sie sprang auf die Füße und reihte sich in die Welle ein, die durch die Zuschauer lief, während er allein in einem Meer springender Menschen sitzen blieb. Als Annie im Bett war, überredete er Rita, mit ihm essen zu gehen. Auf Rogers Vorschlag hin besuchten sie ein nobles, italienisches Restaurant, das so sehr auf romantische Atmosphäre machte, dass es schwer fiel, sich darin wohl zu fühlen.

Elliot bestellte Scampis und Rita ein Pastagericht mit Aubergine und Pilzen. Er beobachtete ihre sattsam bekannten Verhaltensweisen: Wie sie die Serviette zusammenfaltete, bevor sie sie auf den Schoß legte, wie sie beim Kosten des Weins die Oberlippe vorstülpte, ehe sie ihn akzeptierte. Er betrachtete sie, jede Einzelheit ihres Auftretens, und dachte: Ich esse mit meiner Exfrau.

Der Gedanke machte ihn desorientiert und schwindelig, wie damals, als er durch herunterstürzenden Schutt bei einem Hochhausbrand eine Gehirnerschütterung gehabt hatte und sich nicht orientieren konnte und sein Gleichgewichtsgefühl völlig dahin gewesen war.

»Ich möchte, dass du und Annie nach Hause kommt«, stieß er hervor und merkte, kaum war es heraus, dass es ein Fehler gewesen war.

»Wenigstens hast du gesagt ›du und Annie‹«, antwortete sie. »Ich schätze, ich sollte dankbar sein, dass du mich mit eingeschlossen hast.«

Er seufzte und war erleichtert, als der Kellner die Salate servierte.

Als der Kellner gegangen war, sagte er vorsichtig: »Ich versuche zu verstehen, warum du gegangen bist. Aber ich möchte, dass unsere Familie wieder vereint ist. Tut mir Leid, wenn ich das nicht richtig gesagt habe.«

»Ich kann erst nach Hause kommen, wenn ich sicher bin, dass es das Richtige für mich ist.«

»Warum nicht?«, fragte er. »Warum können wir nicht zusammen daran arbeiten? Das wäre einleuchtender, oder nicht?«

Sie schüttelte den Kopf. Das Kerzenlicht machte ihr Haar zu leuchtender Glut, und er hatte eine kurze Vision von ihr als einer atemberaubenden Fremden.

»Ich kann nicht, Elliot«, sagte sie. »Verstehst du denn nicht – ich werde nicht noch einmal den Mut zu gehen aufbringen. Aus diesem Grund kann ich nicht zurückkommen, bevor ich weiß, das es das Beste für mich ist.«

»Und wie sieht es mit dem Besten für Annie aus?«, fragte er.

Sie sah ihn ungerührt an.

»Das ist ein perfektes Beispiel dafür, warum es mir schwer fällt, dir etwas zu sagen, Elliot«, meinte sie. »Du bist so selbstbezogen – nichts geht dir jemals nahe. Nichts bedeutet dir jemals etwas – außer vielleicht Annie. *Ich* ganz sicher nicht. Das ist einer der Gründe, warum ich gegangen bin – es war so weit, ich konnte mir nicht mehr vormachen, dass zwischen uns noch etwas existiert.«

»Mann – einsilbige Wörter?«, fragte er. Das war ein alter Scherz aus der Zeit, als sie einander kennen lernten und er ihr Nachhilfe in Physik gab.

Das brachte ihm ein zaghaftes Lächeln ein. »Erinnerst du dich noch«, sagte sie, »wie wir nach dem Physikunterricht um acht zusammen frühstücken gegangen sind? Wir saßen stundenlang in dieser Nische bei Kerbey – wir konnten nicht aufhören, miteinander zu reden.«

Er nickte.

»Was ist daraus geworden? Wo ist dieses brennende Verlangen geblieben, dich mit mir auszutauschen? Das wüsste ich wirklich gern, Elliot.«

Er dachte drüber nach und bemühte sich, eine aufrichtige Antwort darauf zu finden, die ihr auch zusagen würde. »Es liegt daran – ich schätze, es liegt daran, dass du inzwischen so sehr Teil meines Lebens bist, dass es mir albern vorkommt, dir etwas zu erklären.«

Sie nickte ernst. »Das wäre logisch ... wenn ich auch nur die geringste Ahnung hätte, wie dein Leben wirklich aussieht.«

»Was?« Er konnte spüren, wie allmählich die Entrüstung in seiner Brust brannte. Sie sprach die Geheimsprache der Frauen, dieses unverständliche Idiom, das ihm immer das Gefühl gab, als sähe sie die ganze Welt mit einer ganzen zusätzlichen Dimension, die er nicht wahrnehmen konnte. Wie der Unterschied zwischen Farbsicht und Schwarzweiß. Und wenn man farbenblind war, konnte man nie verstehen, worüber ein Farbsichtiger sprach oder was er sah. Sosehr man es auch versuchte.

Ihr Essen kam, und er nahm einen Bissen von seinen Shrimps. Sie schmeckten wie geronnene Grütze.

»Du gehst zur Arbeit«, sagte Rita, »und wenn du wiederkommst, ist es, als wären vierundzwanzig Stunden deines Lebens ausgelöscht worden. Oh, du erzählst mir vielleicht etwas über die Machenschaften in der Station, wie etwa damals, als Loettner versucht hat, dich beim Captain anzuschwärzen, aber du erzählst mir nie wirklich etwas darüber, was du tust. Wenn ich letzten Monat nicht die Delle in deinem Helm in den Nachrichten erkannt hätte, wüsste ich nicht einmal, dass du wegen Rauchvergiftung behandelt worden bist.«

Er erstickte fast an dieser Ungerechtigkeit und hustete. »Was ich tue, ist nicht immer schön und höflich, Rita. Ich zahle nicht den ganzen Vormittag in die Pensionskasse ein und fahre zum Power Lunch nach Turtle Creek. Was willst du? Dass ich nach Hause komme und Chaos und Dreck der Brandbekämpfung noch einmal durchlebe?«

»Was für ein Chaos? Ich weiß nichts darüber, wie es ist, Brände zu bekämpfen«, sagte sie. »Und das ist nur ein Symptom dessen, was wirklich nicht stimmt, Elliot. Du hältst zu viel Distanz zwischen uns.«

Er sah ihr in die Augen. »Bist du sicher, dass ich derjenige bin, der distanziert ist, Rita? Wenn es in unserer Ehe Distanz gibt, dann liegt das sicher teilweise daran, dass es dir so *gefällt*.«

»Es hat keinen Sinn, zu –«

»Und es wird unserer Ehe ganz sicher nicht helfen, wenn ich meinen Job mit nach Hause bringe. Glaub mir, Rita, du würdest ganz sicher nicht hören wollen, wenn ich sage: ›Herrje, Rita, heute Morgen habe ich als Erstes drei tote Teenager aus einer Drogenbude geschleppt, ich habe sie völlig verbrannt gesehen, sodass ihre Haut aussah wie rohes Fleisch, das an den Rändern verkohlt ist. Und wie war *dein* Tag, Liebling?‹«

Ritas Finger zitterten auf der Gabel, und sie hatte den Kopf gesenkt, sodass er ihre Augen nicht mehr sehen konnte.

»Ein prima Gesprächsthema beim Essen, findest du nicht auch?«

Rita legte die Gabel weg. »Ich will jetzt gehen«, sagte sie. Sie redete während der ganzen Rückfahrt zum Haus ihres Vaters kein Wort mit ihm. Ihr Schweigen hüllte ihn ein wie Hitze vor einem Auflodern, ein Vorbote der Zerstörung.

Nach seiner Rückkehr aus Dallas schrieb er die Scharmützel der Katzen in einem Spiralringbuch auf, das er im Drugstore gekauft hatte. Er hatte es von einer enormen Auslage mit Schulzubehör genommen. Als er das sah, wurde er niedergeschlagen. Rita hatte Annie wahrscheinlich schon in einer teuren Privatschule in Dallas angemeldet.

Inzwischen konnte er Individuen der beiden Katzengruppen schon deutlich unterscheiden. Die schwarze Dame war eine große, trächtige Katze mit grünen Augen und langem Haar; der schwarze Läufer war der Kater, der mit seinem glänzenden dunklen Fell und den abgerundeten, flach am Kopf anliegenden Ohren wie ein Miniaturpanter aussah. Als er sie kannte, fiel es ihm leichter, die taktischen Bemühungen ihrer Manöver zu unterscheiden.

Er nahm eine der großen Karten der Station mit nach Hause, wo das Gebiet der Station 12 in detaillierte Gitter eingeteilt war, und markierte die verschiedenen Brandstätten mit der Schar seiner Origamikatzen. Wenn das Feuer außer Kontrolle geriet, nahm er eine silberne Katze als Markierung; wenn sie es löschen konnten, nahm er eine schwarze. Nach wenigen Tagen sah die Karte aus wie eine der Gefechtsaufstellungen der Katzen.

Sie spielten nicht wirklich Schach, das war ihm inzwischen aufgegangen – außer in dem Sinne, dass auch Schach ein ritualisiertes Kampfspiel war. Aber er konnte Schach als Modell dafür nehmen, zu verstehen, was ihr Konflikt zu bedeuten hatte. Mit seinen Karten konnte er die zugrunde liegende Strategie fast begreifen, die Kräfte in dem Spiel, die ihm ermöglichten – sobald er sie durchschaut hatte –, den nächsten Zug von Weiß vorherzusehen.

Zuerst glich er nur die Einsätze seiner eigenen Station mit den Kämpfen der Katzen ab, aber nach einer Woche wurde ihm klar, dass die Brände in der ganzen Stadt davon betroffen waren.

Ihm blieb nur eine Möglichkeit: Er nahm auch Karten des Gebiets der anderen Stationen mit nach Hause und stockte seinen Vorrat an Origamipapier auf.

Elliot aß auf der Veranda vor dem Haus, weil auf dem Esszimmertisch die Karten lagen. Die Hälfte seines aufgegessenen Hamburgers bot er Butch an, der langgestreckt auf drei von Ritas kostbaren Taglilien lag. Butch schnupperte höflich, nahm das Essen aber nicht an. Sein schwarzes Fell hatte im Licht der Nachmittagssonne einen dunkelblauen Ton. In den vergangenen Wochen war er sichtlich gewachsen und sah nicht mehr wie ein kleines Kätzchen aus.

»Kann ich dir nicht verübeln«, sagte Elliot. »Ich muss anfangen, besser zu planen, statt diesen Abfall zu essen.«

90

Aber in letzter Zeit schien er keine Einkaufsliste mehr schreiben zu können, und als er zum letzten Mal im Lebensmittelladen gewesen war, hatte er vor der Gemüseabteilung gestanden und die Berge von Salat mit leeren Blicken angestarrt.

Eine junge Frau mit dunklen Augen, die ein Baby auf die Brust geschnallt hatte, sah ihn nervös an. »Alles in Ordnung, Sir?«, fragte sie mit besorgter Stimme. Er hatte ihr gedankt, sich verzogen und seinen halb vollen Einkaufswagen stehen lassen.

Da Butch ihn nicht haben wollte, warf Elliot den Hamburger in die Abfalltüte in der Küche, die zu stinken anfing. Er trug sie zum Bordstein und legte sie dort ab; die Mülleimer hatte er letzte Woche so lange draußen stehen lassen, dass jemand sie gestohlen hatte.

Um sechs Uhr am nächsten Morgen wurde er geweckt, als es an der Tür klopfte.

Elliot rollte von der Couch, wo er in letzter Zeit schlief, und strich sich mit den Händen über das Gesicht. Es klopfte wieder, diesmal beharrlicher. Er ging in Boxershorts zur Tür.

Es war der Nachbar von gegenüber – wie hieß er gleich? –, der Universitätsprofessor, der den Saab fuhr. Der Brite mit dem Akzent, den Rita immer so charmant gefunden hatte. Wahrscheinlich war er gekommen, um sich wegen dem Rasen zu beschweren. Elliot gab die Versuche auf, sich an den Namen des Mannes zu erinnern, und sagte: »Ja?«

»Huch«, sagte der Nachbar fröhlich. »Tut mir Leid, dass ich Sie geweckt habe, aber diese verdammten Katzen sind wieder am Abfall gewesen.« Er winkte zur Straße. »Ihren haben sie heute Morgen über die ganze Straße verteilt. Wir sollten die ganze Bande wirklich zusammentreiben und einfangen, wenn Sie mich fragen.«

Elliot ging auf die Veranda hinaus und sah zur Straße. Die Mülltüte war auf einer Seite aufgerissen, der ganze Abfall über die Einfahrt und im Rinnstein verstreut. Wahrscheinlich die Rache der Weißen, weil er einen ihrer Rivalen fütterte.

Vielleicht handelte es sich auch um eine Machtdemonstration vor der sicheren Zuflucht der Schwarzen. »Haben Sie die Katzen gesehen? Welche Farbe hatten sie?«

»Nein, aber ich bin sicher, dass es Katzen waren. Die Hunde gehen nur ran, wenn sie den Inhalt leicht auskippen können. Wenn die Tüten derart aufgeschlitzt sind, waren es Katzen. Wissen Sie, es gibt wirklich Dutzende hier, die wild herumstreunen.«

»Ja, ich weiß«, sagte Elliot. »Zwei verschiedene Rudel. Und sie sind alle entweder ganz weiß oder ganz schwarz. Ganz merkwürdige Sache.«

Der Mann lachte. Was für ein Idiot. »Eigentlich gar nicht so merkwürdig. Wahrscheinlich stammen sie alle aus derselben Brutgruppe. Nach dem Muster von dominanten versus rezessiven Genen bei der Farbe gilt eben, wenn eine weiße Katze nicht weiß ist, dann ist sie schwarz.«

»Pardon?«, sagte Elliot.

»Wie beim doppelten Negativ«, sagte der Mann. »Wenn das Genom-Muster des Körpers einmal sagt, dass das Fell weiß sein soll, dann ist es weiß. Aber wenn der Kode es *zweimal* sagt, dann ist es, als würde der Schalter für weiß an- und wieder ausgeschaltet werden. Und *voilá!* Eine schwarze Katze. Perfekt ausgestattet, um sie seinem Feind über den Weg laufen oder auf seinem Besenstiel mitreiten zu lassen, ganz nach Gusto.«

»Als würde zweimal falsch richtig ergeben«, sagte Elliot. »Wollen Sie mir das damit sagen?«

Der Nachbar – dieser idiotische Charmeur bei anderer Leute Ehefrauen – sah betroffen drein. »Nun, nicht exakt –«, begann er.

»Vergessen Sie es«, sagte Elliot. »Ich komme schon dahinter.« Er ging ins Haus zurück.

»Aber – wollen Sie die Schweinerei nicht wegräumen?«, fragte der Nachbar.

Elliot machte ohne eine Antwort die Tür zu. An diesem Abend kehrte die schwarze Dame zurück und brachte einen neuen Wurf Bauern mit, und Butch rückte in die Position des Dameturms auf.

Seine Feuerkarte war jetzt mit Origamikatzen bedeckt, deren Papierleiber komplexe Muster auf den Gitternetzlinien der städtischen Blocks bildeten. Er war sicher, wenn die weißen Katzen gewannen, brächen in der ganzen Stadt Brände aus, ein Anstieg von Brandstiftung und Unfällen. Siegen der Schwarzen folgte eine unnatürliche Ruhe. Aber erst nach dem unvermittelten Abklingen der schrecklichen Springfluten in San Antonio Mitte August wurde Elliot klar, dass die Kämpfe der Katzen auch mit größeren, bedeutsameren Ereignissen in Zusammenhang standen.

Elliot nahm sein Notizbuch überallhin mit, notierte alle Nachrichten, wenn er sie hörte oder las, und glich das Vorgehen im Konflikt der Katzen mit externen Ereignissen ab. Zugegeben, die Zusammenhänge waren subtil, aber für jeden augenscheinlich, der sich die Mühe machte, sorgfältig Buch darüber zu führen.

Touie bemerkte das Notizbuch und bedrängte ihn deswegen mit Fragen, warum er andauernd darüber saß und nicht mehr Schach oder Volleyball spielte.

Elliot hatte Verstand genug, nicht über seine Entdeckung zu reden. Er vertraute Touie, aber es gab so viele chaotische Kräfte in der Welt, dass er unmöglich vorschnell preisgeben wollte, was er herausgefunden hatte. Man musste sich nur alle Hinweise auf den ewigen Kampf ansehen: schwarze und weiße Schachfiguren, die schwarzweißen Sechsecke des Volleyballs, die schwarzweißen Bodenfliesen in der Station.

Dazu kamen die Beweise, die er in seinem Notizbuch sammelte. Nach dem Opferzug von Schwarz, der Weiß den zweiten Turm kostete, wurden in Mexico City endlich drei Männer wegen der »Yoghurt-Shop-Morde« vor Gericht gestellt. Als Weiß sich rächte, indem der schwere Dameläufer gefangen genommen und geschlagen wurde, weigerten sich die Behörden in

Mexiko, die Auslieferungspapiere der amerikanischen Polizei für die angeklagten Männer anzuerkennen.

Als Weiß seinen Vorteil nutzte und die schwarze Dame in einem kurzen Scharmützel bedrohte, wurde der Gesetzesantrag zur Krankenversicherung des Präsidenten im Ausschuss abgeschmettert. Dann schlug Schwarz zurück und schaltete den verbliebenen Springer von Weiß in einem wunderbar ausgeklügelten Zug aus. Noch in derselben Woche wurde ein Kompromiss erzielt, dem Ausschuss vorgelegt und vom Senat verabschiedet.

Das war noch nicht alles: Sechs Bergsteiger starben bei einer Lawine auf der italienischen Seite der Alpen, im Osten von Austin kam es zu gewaltsamen Auseinandersetzungen zwischen Banden und in Kalifornien zu katastrophalen Waldbränden. Nach einem Sieg von Schwarz gab die Polizei von Austin bekannt, dass die Nachbarschaftshilfe-Einheit einen Waffenstillstand zwischen den rivalisierenden Banden in Austin erreicht hätte, und sechzehn Teenager, die man für tot gehalten hatte, wurden aus dem Feuer in Kalifornien gerettet.

Das Wellenmuster breitete sich in immer größeren Kreisen in Elliots Nachbarschaft und seinem Leben aus.

Elliot kaufte fünfzig Pfund Katzenfutter im Sack und fütterte sämtliche schwarzen Katzen. Sein Haus schien ihre sichere Zuflucht zu sein; er sah die weißen Katzen nie irgendwo in der Nähe. Daher baute er hinter der Garage einen Unterschlupf für die Schwarzen, weil er davon ausging, dass sie häufiger gewinnen würden als ihre Rivalen, wenn sie wohlgenährter waren. Und irgendwie gab es einen Zusammenhang zwischen ihrem Sieg und seinem: Rita zurückgewinnen, seine Familie wiederhaben.

Bisher waren die Vorteile noch gering – die meisten Wildkatzen waren gute Jäger und Beutemacher –, aber wenn erst der Winter kam …

Erst in der dritten Augustwoche kam ihm der Gedanke, was passieren würde, wenn er sich direkt in ihren Kampf einmischte.

In der nächsten Schicht wurden sie als Verstärkung zu einem Feuer im Revier von Station 20 gerufen – ein Vierparteienhaus in Dove Springs. Als sie dort eintrafen, waren Rauch und Flammen zu sehen, aber da die Schwarzen in der Nacht zuvor den Sieg davongetragen hatten, machte sich Elliot keine übertriebenen Sorgen.

Antonio Garza war der Befehlshaber. »Bewohner vermisst«, rief er ihnen zu, als ihr Wagen noch nicht einmal ausgerollt war. »Durchsuchen und retten – Bewegung.«

Elliot und Voigt rannten auf das Gebäude zu. Garza befahl ihrem restlichen Team, einen weiteren Schlauch in den ersten Stock auszurollen. Sie würden direkt in das Feuer hineingehen.

»Siehst du – Garza ist keine Memme«, sagte Voigt. »Er löscht das Miststück im direkten Angriff.«

»Dieses Haus wurde nach Brandschutzkriterien erbaut«, sagte Elliot. »Das ist ein Unterschied.«

»Ja, klar. Für Memmen.«

Elliot wünschte sich sehnlichst, Voigt in den Hintern zu treten und ihn dann zu fragen, wer die Memme war. Aber dafür blieb jetzt keine Zeit. Später allerdings –

Im ersten Stock teilten sie sich und nahmen sich jeder eine Wohneinheit vor.

In dem Apartment herrschte dichter Qualm. Trotz Atemschutzgerät atmete Elliot den Gestank des Feuers ein – verbrannte Haare und Holzkohle – und konnte nichts sehen.

Durch die Hitze brach ihm sofort der Schweiß aus. In dem Haus musste es brennen wie in der Hölle. Dennoch herrschte eine sonderbare Stille. Er hörte nur seinen eigenen Atem und das leise Zischeln der Luft im Ventil.

Elliot hatte vor seiner Beförderung drei Jahre in einem Rettungsteam verbracht. Such- und Rettungseinsätze führte er stets nach dem Lehrbuch durch, tastete sich mit der rechten Hand an der Wand entlang, suchte dabei mit der linken und ließ nie eine Tür oder Öffnung aus. Fünfzehn Minuten Luft blieben ihm, dann musste er zurück, und zwar auf demselben mühsamen Weg, den er hereingekommen war. Versuchte man es, ohne mit der Hand zu tasten, verirrte man sich; verirrte man sich, starb man.

Es wurde heißer in dem Apartment, die Luft versengte ihn durch die Schutzkleidung hindurch. Das Uniformhemd unter der Jacke fühlte sich an, als würde es ihm auf den Leib gebügelt werden.

Das Problem bestand darin, dass er nicht wissen konnte, wie heiß zu heiß war. Das Chaos eines Brandes hatte zu viele Variablen.

Wahrscheinlich sollte er jetzt hinaus, aber ihm blieben noch ein paar Minuten Luft. Und Garza hatte gesagt, dass Bewohner vermisst wurden. Heute war er nicht in Stimmung, verkohlte Leichen aus den Trümmern zu graben – nicht einmal, zur Unkenntlichkeit verbrannte Leichen abzutransportieren.

In dem dichten Rauch konnte er nicht sicher sein, glaubte aber, dass er sich in einem Schlafzimmer befand, als er den Schrank fand. Eine Decke war unter die Ritze der Schranktür gesteckt worden, die Ränder der Decke schwelten bereits.

Elliot trat auf die Decke, dann riss er die Schranktür auf. Er konnte eine Sekunde sehen, ehe der Rauch einströmte. Ein etwa acht Jahre altes Kind kauerte weinend im Inneren.

Elliot schnappte sich das Kind, presste sein Gesicht an die Brust und hastete im Krabbengang hinaus – geduckt, die linke Hand immer an den Wänden. Er meldete sich über Funk und sagte: »Wagen 12 – habe ein Opfer gefunden – komme raus. Brauche Notarzt.«

Das Kind hustete inzwischen heftig und zappelte so sehr, dass Elliots Adrenalinspiegel stieg. Der Vibralarm an seinem Ventil ging los und summte am Helmvisier. Noch Luft für vier Minuten. Er hatte geglaubt, er würde schon so schnell es ging laufen, aber das Adrenalin gab ihm zusätzliche Energie.

Dann konnte er die Tür sehen.

Er hielt das Mädchen fester und rannte, immer noch geduckt, los, um sie vom schlimmsten Rauch fern zu halten. Er lief die Treppen hinunter, rannte an der Linie der Feuerwehrmänner vorbei und legte sie behutsam auf das Gras.

Das Mädchen wand sich und hustete, daher ging Elliot davon aus, dass sein Zustand ziemlich gut war. Ein Mann von Station 20 kam gelaufen und drückte ihm eine Sauerstoffmaske auf das Gesicht, bevor es auch nur die Augen aufschlagen konnte.

»Kannst du atmen?«, fragte der Mann von Station 20. »Wo tut es weh?«

Ihr Gesicht war unter einer dicken Rußschicht verborgen, sie atmete keuchend.

»Wie heißt du? Wohnst du hier?«

Elliots Vibralarm hörte auf zu summen. Keine Luft mehr. Er ging neben dem Mädchen in die Hocke und nahm den Helm ab. Sie packte ihn am Arm und schob die Sauerstoffmaske beiseite.

»Ich dachte –«, stieß sie hervor, »– ich würde verbrennen –« Sie hustete so sehr, dass ihr Tränen aus den Augen quollen und den Ruß auf ihrem Gesicht zu einem feuchten Schlamassel verdünnten. Der andere Feuerwehrmann drückte ihr die Maske wieder auf das Gesicht, und diesmal ließ sie sie da. »Konnte das Feuer – näherkommen hören«, erklärt sie Elliot mit unter der Maske leiser Stimme. »Ich hab gerufen und gerufen, aber niemand ist gekommen –«

Er zog die Handschuhe aus und hielt ihre Hand. Ihre Finger waren vom Schock eiskalt, aber ihr Griff fest und kräftig. »Ich bin gekommen«, sagte er zu ihr. »Wir haben dich rausgeholt. Jetzt bist du in Sicherheit.«

Da sah er Butch auf dem Sauerstofftank sitzen, wo er sie beide mit selbstgefälligem Blick betrachtete.

In seinen zwölf Jahren bei der Feuerwehr hatte Elliot noch nie einen Menschen gerettet. Haustiere, ja; Leichen geborgen, ja; aber nie einen lebenden Menschen. Da Rauchmelder in Mode gekommen waren, wachten die meisten Menschen auf und konnten entkommen, bevor das Feuer zu gefährlich wurde.

Entweder das, oder die Brandbekämpfer konnten nur noch einen Toten »retten«.

Dieses Mädchen war klug gewesen und hatte Glück gehabt. Klug genug, sich in dem Schrank zu verstecken, als sie das Haus nicht verlassen konnte ... und Glück, weil sie rechtzeitig eingetroffen waren. Aber die Jungs machten ein enormes Aufhebens um Elliot und sagten, er würde eine Belobigung bekommen.

Als die Schicht zu Ende war, bestanden alle in der Gruppe darauf, mit Elliot feiern zu gehen. Sie landeten im Filling Station in der Barton Springs Road, wo sie als rüpelhafter, ausgelassen fröhlicher Mob um die hufeisenförmige Bar saßen und Elliot abwechselnd importierten Tequila spendierten.

Sogar Edwards, der Chef, schaute vorbei und spendierte eine Runde für alle. »Ein Trinkspruch«, sagte er und hob die Bierflasche in Elliots Richtung. »Franklin, nicht jeder bekommt die Chance, zu zeigen, aus welchem Holz er geschnitzt ist. Sie haben heute bewiesen, dass Sie aus dem richtigen Holz sind. Also, auf Franklin – einen vorbildlichen Mann.«

Die ganze Bande johlte und brüllte und schlug Elliot auf den Rücken. Nach dem fünften Glas verlor er jegliches Gefühl in der Kehle, und das Trinken fiel ihm leichter.

Gegen sechzehn Uhr kam die Geschäftsführerin der Bar heraus und bat sie, sich etwas zu mäßigen, weil sie die anderen Gäste störten. Um sechzehn Uhr dreißig warf sie sie hinaus. Leise murrend gingen alle nach Hause.

Er und Touie blieben und aßen noch etwas, als die anderen gegangen waren. Elliot brauchte Zeit, um nüchtern genug zu werden, dass er fahren konnte.

»Sag mal, Touie. Sind dir in letzter Zeit eine Menge Katzen aufgefallen?«

»Was redest du da?« Touie baute mit Streichhölzern eine Blockhütte auf dem Tisch. Er legte die Streichhölzer so exakt aufeinander, dass die Wände der Hütte wie maschinell gefertigt aussahen.

»Bei Einsätzen«, sagte Elliot. Seine Stimme hörte sich gedämpft und wie aus weiter Ferne an. »Katzen sind bei jedem Brand. Schwarze und weiße. Sie waren auch heute am Brandherd.«

»Ja, ich hab ein paar Katzen gesehen. Katzen sind überall. Was hast du erwartet?«

»Aber das sind immer spezielle Katzen – es ist unheimlich, Touie. Die schwarzen Katzen sind wie die Mächte der Ordnung oder so, sie sind immer zur Stelle, wenn wir einen erfolgreichen Einsatz haben. Wie heute, als ich das Kind rausgeholt habe. Und dann sind da die weißen Katzen, die die Kräfte des Chaos sind – sie sind immer bei Einsätzen und Bränden, die uns außer Kontrolle geraten –«

»Willst du mir erzählen, sie sind die Katzen des Chaos?« Touie lachte so sehr, dass ihm Schweißperlen auf die Stirn traten. Da Elliot nicht einstimmte, beherrschte sich Touie langsam wieder und sah ihn prüfend an. »Du bist besoffen, Mann. Echt besoffen.«

»Aber, Touie – du hast gesagt, du hast sie heute gesehen. Und erinnerst du dich an die weiße Katze, die Voigt so sehr zerkratzt hat? Sie kam aus dem brennenden Apartment –«

»Na und? Katzen sind überall«, sagte Touie wieder. »Und außerdem hab ich nichts gegen Katzen, die es Voigt so richtig geben.«

In diesem Augenblick bracht die Kellnerin ihre Hamburger.

»Iss etwas«, sagte Touie zu ihm. »Bevor du wieder anfängst, so eine Scheiße daherzureden. Du machst mir noch eine *Katzenphobie*, Held des Tages.«

Bei Einbruch der Nacht hatte Elliot einen schrecklichen Kater, aber er hatte versprochen, Annie anzurufen und sich nach ihrer Tanzaufführung zu erkundigen. Ihm fiel keine Möglichkeit ein, die Rettungsaktion anzusprechen, ohne wie ein Angeber dazustehen, daher sagte er nichts, sondern hörte sich nur Annies Geplapper über Elizabeth Lesterfield und ihr neues Ballettröckchen und den ganzen Barbie-Mist an, den Roger ihr gekauft hatte – und wie Mommy sagte, dass sie und Elizabeth zusammen die St. Michael's-Schule besuchen konnten.

»Möchtest du nicht nach Hause kommen und in Austin zur Schule gehen?«, fragte Elliot, ehe er es verhindern konnte. Dann fügte er hinzu: »Nein, vergiss es, Annie-Mädchen – ich werde mit deiner Mom darüber reden.«

»Okay. Aber, Daddy –«

»Ja?« Er erstickte fast an dem Anflug von Hoffnung – vielleicht wollte sie ja *doch* nach Hause kommen.

»Würdest du mich bitte ›Anna‹ nennen und nicht mehr ›Annie‹?«

»Klar, Süße«, brachte Elliot heraus. Er musste sich räuspern, ehe er fortfahren konnte. »Wie du willst.«

»Dann bitte Anna«, sagte sie. Es war, als würde ihm jeder glockenhelle Ton ihrer Stimme in die Eingeweide genagelt werden. »Das hört sich würdevoller an, findest du nicht auch?«

Sie würde erwachsen und genau wie Rita werden – mit Besitz überhäuft, während sie sich gleichzeitig nach Aufmerksamkeit verzehrte. Darüber dachte er am Donnerstag auf der Fahrt zur Arbeit nach. Er hatte seine Chance vermasselt, sich mit Rita zu versöhnen, und dabei hatte er auch Annies Chancen zerstört. Sie würde aufwachsen und durch diesen Barbie-Mist verdorben werden. Das und die ganzen Waller-Vorbehalte, die ihr versicherten, dass es besser sei, zerbrechlich und hübsch zu sein als selbstbewusst und stark.

Elliot traf gegen halb zwölf auf der Station ein, womit er Durham etwas verspätet ablöste, aber niemand beschwerte sich.

Touie kochte diese Woche. Er hatte seine berühmten roten Bohnen mit Reis gemacht, daher blieben alle zum Essen. Es wurde viel über Elliots Rettungsaktion geredet und darüber, wann er seine Belobigung erhalten würde. Vasquez hatte den Artikel und das Bild – das ihn neben dem Mädchen in der Hocke zeigte, während sie den Arm auf seinen gelegt hatte – aus der Zeitung ausgeschnitten und auf ein Stück Karton geklebt.

Sie überreichte es Elliot mit den Worten: »Für dein Album, Franklin.«

Er war gerührt und verlegen. »Danke.« Etwas anderes fiel ihm nicht ein. Vasquez schien es nicht zu stören.

»Bist im Moment ziemlich weit oben, hm, Lieutenant?«, sagte Peterson mit einem leichten Unterton von Sarkasmus in der Stimme. »Wie ist es denn, ein Held zu sein?«

Elliot zuckte die Achseln und aß seine roten Bohnen. Nicht einmal Touies Kochkunst sagte ihm zu. Nichts schmeckte mehr richtig gut.

»Sag es uns, Mann«, meinte Peterson. »Sag uns, wie es war, dieses Mädchen zu retten und zu wissen, dass sie es schaffen wird.«

Elliot sah sich am Tisch um und hoffte auf Beistand. Alle starrten ihn an und warteten, dass er etwas sagte. Sogar Touie.

Elliot räusperte sich. »Es war merkwürdig.«

»Es war merkwürdig, ein Held zu sein?«, sagte Peterson. »Komm schon, Lieutenant.«

Alle anderen warteten.

»Sie sagte, sie konnte das Feuer kommen hören. Sie hat gerufen, damit jemand kommt und sie holt, aber es ist niemand gekommen. Ich denke ständig –« Er verstummte und sah sich um, aber alle schwiegen. »Ich denke ständig, wie schnell es hätte anders kommen können. Meine Luft wurde knapp – wenn ich nun früher umgekehrt wäre? Wenn das Feuer sie erreicht und verbrannt hätte, ehe ich eine neue Sauerstoffflasche holen und wieder reingehen konnte?«

Jetzt waren die Gesichter am Tisch ernst; niemand wollte ihm in die Augen sehen. »Ich denke ständig«, fuhr er fort, »dass wir hier eine verlorene Schlacht schlagen. Das Chaos ist mächtiger als die Ordnung – so läuft das im Universum. Die Chancen stehen gegen uns.«

Niemand bewegte sich oder sagte etwas.

Dann meinte Touie: »He, esst auf, Leute. Das Essen wird kalt. Wisst ihr meine Kochkunst nicht zu schätzen?«

Als wieder die normalen Tischgespräche vorherrschten, schlich sich Elliot hinaus. Er ging in den Schlafraum, setzte sich auf seine Pritsche und starrte den Spind an. Alles entglitt ihm. Annie würde in Dallas zur Schule gehen, und dann würde Rita sagen, dass sie sie während des Schuljahrs nicht von der Schule nehmen konnten. Er würde an den Wochenenden zu ihr fahren oder sie zu ihm kommen, wenn er nicht arbeiten musste.

Aber sie würde schnell vergessen, das war bei Kindern immer so. Sie würde vergessen, wie es war, im Bachbett nach Fossilien zu suchen, vergessen, an jedem Sommermorgen im eiskalten Wasser von Barton Springs zu schwimmen. Die Freude am Baseball würde aus ihrem Gedächtnis verdampfen wie Wasser auf einem heißen Bürgersteig.

Und Rita? Er kannte sie kaum noch.

Jemand machte die Tür hinter ihm auf. Elliot drehte sich nicht um.

»He, Franklin?« Das war Voigt. Er kam näher und setzte sich auf die Pritsche gegenüber von Elliot. »He, du bist ein guter Mann, Franklin. Ich hätte dich gestern nicht Memme nennen dürfen.«

»Das ist nicht wichtig.«

»Wollte es nur sagen.« Aber Voigt entfernte sich nicht wieder. Nach einer Weile fügte er hinzu: »Touie sagt, deine Frau hat dich verlassen und das Kind mitgenommen.«

Elliot konnte nicht anders; er zuckte zusammen.

»He, Mann«, sagte Voigt. »Ich weiß, wie schwer das ist. Ging mir letztes Jahr so, ja? Ich hätte dich nicht mit so einem Scheiß genervt, wenn ich gewusst hätte, was du durchmachst. Weißt du, ich weiß, wie hart das ist – unsere Familien, Mann, das ist die Hauptsache. Als meine Alte gegangen ist, hätte es mich fast umgebracht. Ich habe ernsthaft daran gedacht, meine Schrotflinte zu nehmen und mich umzulegen.«

Elliot hätte alles gegeben, um Voigt daran zu hindern, ihm das zu erzählen, aber er schien von sich aus keine Worte formen zu können.

Voigt strich mit einem Finger die Fugen der Backsteinwand des Raumes entlang. »Aber, Mann, lass dich nicht hängen. Im Augenblick denkst du, dass es keine Hoffnung gibt, aber warte nur ab. Sobald es da oben in Dallas ein bisschen ungemütlich wird – ihr Auto hat einen Motorschaden, ihr neuer Freund gibt ihr den Laufpass – eine kleine Veränderung im Status quo, und peng! Sie ist wieder da. So war es bei mir. Und ich und meine Frau, wir sind nie besser miteinander klargekommen.«

Elliot sah ihn an. »Was hast du gesagt?«

»Ich und meine Frau, wir sind nie –«

»Nein, vorher – das über den Status quo.«

Voigt zuckte die Achseln. »Es geht um dieses Chaos-Zeug, von dem du vorhin erzählt hast. Weißt du, es wird ungemütlich für sie, etwas verändert sich – irgendwas verändert sich immer – und sie kommt heim.«

Elliot war verblüfft. Er hatte so heftig darum gekämpft, die Ordnung aufrechtzuerhalten – *die gegenwärtige Ordnung* –, und gar nicht gemerkt, dass sich der Status quo seines Lebens bereits verändert hatte. Nun bestand der Status quo darin, dass Rita und Annie in Dallas lebten.

Voigt schlug Elliot auf die Schulter. »Also nicht den Kopf hängen lassen, Mann. Irgendetwas wird sich mit Sicherheit ändern, und dann läuft alles wieder anders.«

Der Alarm ertönte, der Einsatzleiter sagte: »Feueralarm, 2385 Morningside. Wohnungsbrand.«

Sie waren als Zweite vor Ort. Das gesamte Obergeschoss wurde von Rauch eingehüllt. Elliot konnte nicht begreifen, was er sah. Schläuche lagen die Treppen hinauf, aber er konnte niemanden sehen, hörte nicht über Funk, was die Leute taten.

»Wer hat das Kommando?«, rief Touie, während sie zum Stillstand kamen. »Was für Befehle?«

Niemand antwortete. »Ersatzschlauch legen«, sagte Elliot zu ihm und sprang aus dem Wagen. Voigt und Vasquez sprangen von der Pritsche, worauf sie alle drei Richtung Treppe rannten.

Der Fahrer von Wagen 16 – »Reynolds« stand auf seiner Jacke – half einer Frau in kurzen Hosen und Bikinioberteil, die große, weiße Flecken von Brandblasen auf den nackten Schultern hatte. Ihr Haar war auf einer Seite versengt, sie sah sich mit wilden Blicken ihrer großen, dunklen Augen um. Neben ihnen stand ein junges Mädchen, etwa zwölf oder dreizehn Jahre alt.

Reynolds schüttelte die Frau. »Ma'am, Sie müssen uns sagen, welche Wohnung. Wir suchen, aber was meinen Sie, wo könnte er sein?«

»Haben Sie das Kommando?«, fragte Elliot ihn. »Wie ist die Situation?«

Reynolds drehte sich nicht um. »Er war nicht bei Ihnen da drinnen – wo sollen wir suchen?«

Das junge Mädchen sagte: »Wir wissen es nicht. Er versteckt sich andauernd, nicht, Mom?«

Die Frau weinte jetzt stumm und hatte den Mund weit zu einem Schrei geöffnet, aber kein Laut kam heraus. Speichelfäden hingen zwischen ihren Zähnen.

Elliot sah das Mädchen an. »Wo versteckt er sich?«

»Er verkriecht sich gern in der Vorratskammer. Manchmal schleicht er auch in Tommys Haus, um Videospiele zu spielen.«

»Welche Einheit ist die von Tommy?« Reynolds' Stimme bebte.

Das Mädchen schüttelte den Kopf. »Weiß nicht. Wir sind erst hergezogen – er hat es mir nicht gesagt. Und letzte Woche habe ich ihn auf der anderen Seite des Komplexes in der Waschküche gefunden –«

»Wir werden ihn finden«, sagte Elliot. »Wagen 12 übernimmt das Kommando. Vasquez, beginnen Sie mit der Durchsuchung aller Einheiten dieser Reihe – ein kleines Kind, das sich gern versteckt, wird vermisst. Verstanden? Nehmen Sie das andere Funkgerät mit. Und sehen Sie in allen Schränken nach. Voigt, mitkommen.«

Er hätte hier bleiben und die Befehlszentrale übernehmen sollen, aber es sah nicht aus, als hätte 16 auch nur mit den Löscharbeiten begonnen. Als er und Voigt das obere Ende der Treppe erreichten, sah er auch den Grund dafür. Der Lieutenant der Station lag bewusstlos und ohne Helm am Boden. Sein Gesichtshaar war vollständig verbrannt, sein Atem ging abgehackt und keuchend.

Vasquez stand direkt hinter ihnen. Elliot gab ihr und Voigt ein Zeichen, den Mann zur medizinischen Versorgung nach unten zu bringen, dann folgte er den durcheinander liegenden Schläuchen ins Innere.

Einer der sechzehn Feuerwehrleute spritzte etwa drei Meter drinnen Wasser in das Apartment. »Was ist mit Ihrem Lieutenant passiert?«, rief Elliot.

Der Mann drehte sich nicht um. »Er hat die Tür eingetreten, obwohl er die Ausrüstung nicht vollständig angezogen hatte – ich glaube, er hat Feuer eingeatmet. Aber Reynolds hat ihn geholt – und ich brauche hier Hilfe. Könnten Sie sie bitten, den Schlauchdruck zu erhöhen?«

»Scheiße«, sagte Elliot. Er meldete sich über Funk in der Zentrale und bat um Notärzte und mehr Wagen, während er durch den schwarzen Rauch und Dampf sah und versuchte, die Lage einzuschätzen. Das Feuer schien in der Küche ausgebrochen zu sein, wo es durch die Decke auf den Dachboden übergegriffen hatte. Diese Einheiten stammten aus dem Bauboom der achtziger Jahre – wahrscheinlich mit defekten Brandschutzwänden. Das Wasser, das dieser Bursche spritzte, trieb das Feuer in die Dachböden der anderen Apartments.

»Bin gleich wieder da«, sagte er.

Er rannte zur nächsten Tür und schätzte ab, wie weit es sich ausgebreitet hatte, dann befahl er Reynolds, mehr Schläuche einsatzbereit zu machen. Reynolds sprach einfach weiter mit der Frau. Der Kerl war völlig nutzlos.

Das benachbarte Apartment war schon schwarz von Rauch; Elliot ging zum nächsten und trat die Tür ein.

Butch wartete mit verkrampftem Körper im Inneren. Er miaute, als er Elliot sah.

»Ist dies die Stelle, um es aufzuhalten?«, fragte Elliot und schaute auf. Dünne Rauchfähnchen quollen aus den Lüftungsklappen.

Der Status quo dieses Raums würde sich gleich ändern.

Was hatte er den anderen beim Essen erzählt? Dass sie eine verlorene Schlacht schlugen? Nun, es gab mindestens einen Weg, das zu ändern.

Einen Augenblick konnte er das Kind vor sich sehen, einen Jungen mit dunklen, runden Augen, sehr jung, der sich irgendwo versteckte und hörte, wie das Feuer sich zu ihm durchfraß – Nein.

Elliot schüttelte den Kopf, um das Bild zu vertreiben. Nein, dieser Junge war anderswo, kletterte auf Bäume oder spielte Videospiele. Das Bild verschwamm und wurde zu Annie, die den Mund zusammenkniff wie Rita und sagte: »Bitte nenn mich Anna.«

»Wagen 12 an Kommandant – Ersatzschlauch ist gelegt«, sagte Touie.

»Drei Einheiten durchsucht – das Kind bisher nicht gefunden.« Das war Vasquez über Funk, auch sie hörte sich grimmig an.

»Der Junge ist rechtzeitig weggelaufen«, sagte Elliot zu ihr.

Voigt kam hinter Elliot hereingestürmt und wäre beinahe über Butch gestolpert.

»Wo willst du uns haben?«

Elliot betrachtete die Katze, die ihn erwartungsvoll ansah. »So viel zu konservativer Taktik«, sagte er leise. »Tut mir Leid, Junge. Weißer Bauer schlägt schwarzen Turm.«

»Was?«, rief Voigt. Hinter dem Visier troff ihm Schweiß vom Gesicht. »Wie lauten deine Befehle?«

Elliot nahm ihn am Arm und schob ihn auf den Treppenabsatz hinaus. Hinter Voigt konnte Elliot die Frau und ihre Tochter am Fuß der Treppe kauern sehen. Das Gesicht der Frau war verzerrt, er konnte ihre Schultern beben sehen, aber das weiße Rauschen des Wassers übertönte jeden Laut.

»Löschen wir es«, sagte er, diesmal lauter.

Voigt sah ihn fassungslos an und schüttelte den Kopf. »Was?«

»Wir gehen rein und rollen den Schlauch frontal auf«, schrie Elliot und zeigte in das erste Apartment. »Wir löschen das Miststück!«

Voigts Gesichtsausdruck wurde entspannter. Er schnappte sich einen Schlauch und stürzte sich in den Rauch.

Elliot sah sich nach Butch um, aber die Katze war fort. Er vermutete, dass bald eine der weißen aufkreuzen würde. Und er sollte eine Befehlszentrale einrichten; es würde eine Weile dauern, dieses Feuer unter Kontrolle zu bringen.

Er drehte sich um, ging langsam die Treppe hinab und sah zu, wie sich das Chaos ausbreitete.

Für meinen Bruder Daryl,
Feuerwehrmann und Philosoph.

Gahan Wilson lebt in der Gegend von New York. Seine Arbeiten erschienen in so unterschiedlichen Zeitschriften wie *Playboy*, *The New Yorker*, *Weird Tales*, *Gourmet*, *Punch*, *Paris Match* und auf dem Titel von *Newsweek*. Seine Zeichnungen wurden in über fünfzehn Cartoon-Sammlungen nachgedruckt, zuletzt in *Still Weird*. Darüber hinaus hat Wilson Kinderbücher geschrieben und Kurzgeschichten in *Playboy*, *Omni*, *Fantasy and Science Fiction* und zahlreichen Anthologien veröffentlicht. Er ist der Verfasser von zwei Kriminalromanen, hat Storys von Edgar Allan Poe und Ambrose Bierce grafisch umgesetzt und seinen ersten Trickfilm fertig gestellt, einen makabren Kurzfilm mit dem Titel *Gahan Wilson's Diner*. Sein CD-ROM-Spiel *Gahan Wilson's Haunted House* war äußerst erfolgreich; derzeit arbeitet er an einem zweiten Spiel.

»Beste Freundinnen« wirft einen Blick auf eine ungewöhnliche Symbiose zwischen zwei Rassen.

Gahan Wilson

Beste Freundinnen

Gott, ich liebe dich so sehr, Darling! Ich vergesse immer wieder, wie sehr und wie tief empfunden.

Was für ein absolut atemberaubender Hut.

Ist dieser *abscheuliche* Regen nicht ganz grässlich? Die arme Muffin ist deswegen schon ganz niedergeschlagen, weißt du. Sitzt einfach nur brütend am Fenster, schaut sich die dummen Tropfen an, die auf die Terrasse klatschen, und *hört* einfach nicht auf mich, wenn ich ihr sage, dass sie den Kopf nicht hängen lassen soll.

Wir sind da.

Chauffeur, halten Sie hier. *Hier!* Vor dem kleinen, grünen Baldachin mit dem dicken Portier, verdammt! Jetzt ist er natürlich da hinten. Sie können das Wechselgeld behalten; nicht, dass Sie es verdient hätten.

Herrgott, es ist einfach nicht zu glauben, was für Leute heutzutage Taxis fahren! Hast du gesehen, wie der sich erdreistet hat, mir diese fiese Dritte-Welt-Fratze zu zeigen? Wahrscheinlich hat er den Bauplan für irgendeine idiotische Bombe im Kofferraum, deren Sprengstoff aus Kuhdung besteht, oder was immer sie laut den Zeitungsberichten benutzen. Ich schätze, wir müssen dankbar sein, dass sich das Pack keinen richtigen Sprengstoff leisten kann.

Lass uns um Himmels willen reingehen, bevor wir beide bis auf die Haut nass sind.

Herrje, jetzt, wo ich es sehe, wünschte ich wirklich, ich hätte dieses Restaurant nicht vorgeschlagen. Ich fürchte, es kommt leider nur zu gut an. Sieh doch nur diese abscheulichen Menschen. Kennst du *irgendeinen* davon?

Großer Gott, also wirklich, hast du die *Frisur* dieser Frau gesehen?

Ich hatte vollkommen vergessen, dass man sogar schon in den *Zeitungen* über dieses Restaurant liest. Wer mit wem hier war, wo sie gesessen haben, was sie gegessen haben und ob es gut zubereitet war, haben sie einander schmachtende Blicke zugeworfen und sind sie hinterher zusammen ins Bett gegangen?

Nun, es wird aber auch höchste Zeit, das sich endlich jemand um uns kümmert.

Ja, Andre, es ist schön, Sie zu sehen. Ja, es ist zu lange her. Ja, dieser Tisch ist hervorragend; Sie wissen noch, dass es einer meiner Lieblingstische ist. Ich setze mich auf das Bänkchen, Miss Tournier auf den Stuhl. Danke, Andre.

Als würde er wagen, mir etwas anderes als einen zufriedenstellenden Tisch zu geben, Darling. Soll er nur mal versuchen, dann fliegen die Fetzen, und das weiß er genau!

Herrgott, es ist *Jahre* her, nicht? Praktisch *Jahrzehnte*, um Himmels willen! Jetzt *musst* du mir erzählen, was passiert ist, und du darfst auf keinen Fall etwas auslassen. Zum Beispiel: Du *hast* ihn doch verlassen, nicht? Charles, meine ich?

Gut! Ich wusste, dass du mit der Zeit schon zur Vernunft kommen würdest! Ich *wusste* es. Du bist ein vernünftiges Mädchen, Melanie, Darling. Das bist du immer gewesen. Mir ist ganz gleich, was sie sagen.

Ja, Jacques. Guten Tag. Ja, ich nehme das Übliche, aber ich weiß nicht, was Mademoiselle Tournier nimmt. Was möchtest du gern, Darling? Kir Royal. Nun denn, Jacques. Nein, ich denke, wir warten noch etwas mit der Speisekarte, aber trotzdem danke.

Ich kann es einfach nicht glauben. Hast du das gesehen, Darling? Hast du gesehen, wie er uns diese verdammte Speisekarte förmlich *aufgedrängt* hat? Ehrlich, man kommt sich hier allmählich fast wie in einem beschissenen griechischen Restaurant vor. Ich fühle mich, als würde ich an einem fettigen *Tresen* sitzen und ringsum überall *Arbeiter* und dergleichen, Herrgott noch mal. Ehe man sich versieht, läuft das Personal in Hemdsärmeln und Schürzen herum. Also wirklich!

Wie auch immer, genug davon. Reine Zeitverschwendung, sprechen wir lieber von wirklich *wichtigen* Dingen.

Was ist mit Charles passiert, Darling? Bist du ihn alleine losgeworden, oder hat es Cissy geschafft?

Oh, schön für dich! Hast es ganz alleine gemacht, ja? Cissy muss so stolz gewesen sein. Er war deiner nicht wert, Darling, aber das weißt du natürlich. Wie absolut wunderbar von dir, dass du ihm in den Hintern getreten hast, dem Dreckskerl, dem Aas.

Ich wünschte nur, ich könnte dasselbe darüber sagen, wie es zwischen Howard und mir gelaufen ist. Ich nehme an, du hast davon gehört, das hat offenbar praktisch jeder. Bedauerlicherweise.

Natürlich ist die ganze Angelegenheit höchst peinlich gewesen. Normalerweise bin ich, wie du weißt, ziemlich gut darin, verwickelte Situationen zu bereinigen, aber diesmal nicht. Ich fürchte, der arme Howard hatte tatsächlich meine Nummer.

O Gott, hast du das gehört?

Hast du gehört, dass ich *das* gesagt habe?

Der *arme* Howard, na klar! Er hat meine Nummer *noch*, oder hätte sie, wenn er noch am Leben wäre. Ich kann es mir getrost eingestehen, es werden noch Monate vergehen, bis ich diesen Hurensohn vollständig aus meinem Leben verdrängt habe. Ganz bestimmt Monate. Ich weiß es einfach.

Es waren diese traurigen Augen, denen ich einfach nie widerstehen konnte, Darling. Ich konnte nicht anders, wie unverzeihlich erbärmlich und gemein er sich auch immer benommen hat, seine verfluchten traurigen Augen haben mich immer geschafft. *Immer*, verdammt! Ehrlich, er war wie ein herrenloses Tier.

Wie auch immer, als Muffin sah, dass ich schwach wurde,

kam sie mir zu Hilfe und machte ihm ein rasches Ende. Sie war natürlich wunderbar, einfach wunderbar.

Wahrlich, du hättest wirklich Howards Gesichtsausdruck sehen sollen, ich kann dir sagen, das war ein Brüller! Ich glaube nicht, dass ich jemals jemanden gesehen habe, der so durch und durch fassungslos dreingeschaut hat.

Da warf er mir keine traurigen Blicke mehr zu, Darling – dafür hatte er keine Zeit mehr, als Muffin sich wie ein weißer Blitz aus jeder Richtung auf ihn stürzte – nur seine Augen quollen aus den Höhlen, und er schlug hilflos um sich, um zu versuchen, sie irgendwie abzuwehren!

Das Erstaunliche, das Bemerkenswerte ist, dass sie den Dreckskerl nicht einmal richtig berührt hat! Hat nicht einmal einen winzigen Kratzer hinterlassen, der jemanden auf dumme Gedanken hätte bringen können.

Und es war so ein Spaß, weißt du, weil ich genau wusste, was sie im Schilde führte. Es war, als hätte ich im Fernsehen einen Film gesehen, den ich schon aus dem Kino kannte.

Sie hat ihn so fein säuberlich hinmanövriert, Darling! Sie hat ihn regelrecht *getrieben*, als wäre sie ein kleiner Schäferhund. Den ganzen Weg von der Bar über den Teppich zum Balkon und über das Geländer, und da fiel er hinunter, ka-wumm, direkt auf ein Taxi, das vor unserem Haus parkte.

Ich hoffe nur, der Fahrer war auch so ein Klotzkopf wie der, der uns vorhin belästigt hat, wirklich. Durch den Aufprall wurde das ganze Dach eingedrückt und das altmodische Licht darauf fing an zu blinken, als wäre es ein gelber Weihnachtsbaumschmuck. Und mitten aus dieser Ruine glotzte Howard zu mir herauf.

Und nun spielte dieser traurige Ausdruck natürlich *mir* in die Hände, Darling. Ich kann dir sagen, das war prima. Sie stellten Fragen und fanden heraus, wie niedergeschlagen der arme Howard stets gewesen war, wie depressiv, und sie erfuhren, wie mitfühlend und verständnisvoll ich immer gewesen war, und schon hieß es: Tod durch Selbstmord!

Wenn sich nur alle Probleme im Leben so einfach lösen lassen würden.

Nun ist es also aus, und mit ihm auch. Aus und vorbei. Endgültig finito. Ich kann nur sagen, Gott sei Dank für Muffin.

Wir können uns so glücklich schätzen, nicht?

Oh, Scheiße, da kommt schon wieder Jacques mit seiner verdammten Speisekarte. Bist du sicher, dass du dem gewachsen bist, meine Teure? Nun gut. Eigentlich brauche ich das verdammte Ding nicht, weil ich genau weiß, was ich möchte.

Ich nehme den gegrillten Steinbutt, Jacques, mit der delikaten Senfsauce. Sie wissen, welche ich meine.

Nun, wenn das heute nicht auf Ihrer kostbaren Speisekarte steht, können Sie doch ganz sicher dafür sorgen, dass es uns der Koch trotzdem zubereitet, ja? Möchtest du das auch, Darling? Gut. Es wird dir schmecken. Und eine schöne Flasche Meurseult, Jacques. Und hättest du gerne einen leckeren, kleinen Salat, Darling? Und einen netten, leckeren Salat, Jacques. Ja, für uns beide. Natürlich für uns beide. Natürlich etwas Leichtes. Danke, Jacques.

Muffin hat mir meinen Lapsus noch nicht *ganz* vergeben. Ich fürchte, sie ist nicht nur wegen des Regens so düsterer Stimmung, aber ich kann es ihr nicht verdenken. Immerhin sind noch keine drei Wochen vergangen, seit es passiert ist, und außerdem wird sie allmählich *doch* sanftmütiger. Heute Morgen, bevor ich das Apartment verließ, um mich mit dir zu treffen, da hat sie mir so einen süßen Blick zugeworfen. Wir raufen uns zusammen. Muffin und ich raufen uns immer zusammen.

Natürlich klappt das nicht bei allen.

Du hast sicher von Maddy und Clara gehört.

Wirklich nicht? Mein Gott, wo bist du *gewesen,* Darling? Ich dachte, absolut *jeder* wüsste davon. Oh, natürlich, du warst in Südfrankreich. Und ganz eindeutig hast du heute Morgen die *Post* noch nicht gelesen.

Nun, ich hätte nicht erwartet, dass es mir zufallen würde, aber ich bringe dich besser auf den neuesten Stand, bevor ich dir erzählen kann, was gestern Nacht passiert ist. Danach werde ich dir erzählen, was ich gerne mit dir zusammen machen möchte.

An sich denke ich, dass wir es unbedingt machen *müssen*, und ich bin sicher, du wirst mir zustimmen, wenn du die Geschichte gehört hast.

Wir müssen es wirklich machen.

Offenbar hatte sich die arme Maddy Hals über Kopf in diesen Mann verliebt, den sie letzten Winter im Urlaub in Rio kennen gelernt hat. Sie hatte sich rückhaltlos und *hoffnungslos* in ihn verliebt, das arme Ding, und kam nicht darüber hinweg, so sehr sie es auch versuchte. Sie verlor seinetwegen völlig den Verstand, gaga wie ein Schulmädchen.

Gott, du hättest sie mit ihm sehen sollen, es war grässlich, absolut grauenhaft, mit ansehen zu müssen, wie eine erwachsene Frau wie Maddy diesen vollkommen gewöhnlichen Mann mit einem verklärten Gesichtsausdruck anhimmelte. Ich meine, man hätte regelrecht kotzen mögen, gleich an Ort und Stelle, direkt auf die beiden.

Clara hat es sich eine ganze Weile mit angesehen. Alle stimmten darin überein, dass sie wirklich extrem tolerant und sehr, *sehr* verständnisvoll war, aber die Sache hörte einfach nicht auf und wurde immer schlimmer und schlimmer, Maddy verliebte sich immer mehr, und man merkte immer deutlicher, wie Clara die Geduld verlor; natürlich haben wir uns alle große Sorgen gemacht, was sie anstellen könnte.

Wir wissen, irgendwann reißt jedem der Geduldsfaden.

Maddy rief mich an und fragte, ob wir nicht bei Pierre Tee trinken könnten, du weißt schon, in diesem komischen Raum mit den *trompe-l'oeil*-Wänden und -Decken? Sie wollte darüber reden, was los war, und ich ließ mir die Gelegenheit natürlich nicht entgehen, weil ich wie alle anderen förmlich darauf brannte, alle grausigen Einzelheiten zu hören.

O Gott, sie war so *blass*, das arme Geschöpf, so *ängstlich*. Ich kann es nicht ertragen, eine schöne Frau so außer sich zu sehen, geht es dir nicht genauso? Ich meine, sie hat sich tatsächlich auf die Lippen gebissen und an den Nägeln gekaut, Herrgott noch mal! Und ihre Augen blieben nie still, andauernd hat sie zu den Balkonen und Treppen geschaut und hastige, verstohlene Blicke auf den Boden und zu den Türen geworfen.

Sie trug ein langärmeliges Kleid, und es *passt* nicht zu Maddy, dass sie ein langärmeliges Kleid trägt. Nicht mit ihren wohl geformten Armen und schon gar nicht in der größten Mittagshitze. Sie muss bemerkt haben, dass mir das aufgefallen war, denn nachdem sie sich gründlich in dem Raum umgesehen hatte, legte sie einen Arm auf den Tisch, streifte den langen Ärmel zurück und zeigte mir einen weißen Verband und garstige rote Kratzer, die darunter hervorlugten.

Sie betrachtete ihren Arm mit einer unvorstellbar *hasserfüllten* Miene – wie direkt aus Medea, das kann ich dir versichern – und sagte böse zischelnd: »*Clara* hat mir das angetan! Die Narben werden für alle Zeiten bleiben!«

Dann zog sie den Ärmel nachdrücklich wieder über die Verbände und beklagte sich ohne Punkt und Komma, wie unfair Clara sei und dass sie sich das nicht mehr bieten lassen würde, sie sei eine erwachsene Frau und könnte tun und lassen, was ihr gefällt, wenn sie wollte, die ganze langweilige Litanei.

Ich machte, was in solchen Situationen für gewöhnlich hilft: Ich ließ sie drauflos plappern, bis sie sich ein wenig beruhigt hatte, und dann versuchte ich, vernünftig mit ihr zu reden. Ich sagte ihr, wie viel sie Clara verdankte, wie viel wir *alle* unseren Lieblingen verdanken, und ich ging sogar so weit, sie ganz unverhohlen zu fragen, wie sie zurechtkommen wollte, wenn sie Clara *tatsächlich* wegen dieses Mannes verließ, den sie in Rio kennen gelernt hatte.

»Ich meine, ist er reich, Darling?«, fragte ich sie. »Ist er *so* reich?«

Sie drehte sich um und sah mich schmollend an.

»Nein«, sagte sie. »Er glaubt, *ich* sei reich.«

»Natürlich denkt er das, Darling«, sagte ich zu ihr. »*Alle*

115

Männer denken das. So kommt es, dass sie sich für uns entscheiden, begreifst du das denn nicht?«

Aber sie begriff es nicht, und mein gut gemeinter Rat löste lediglich eine neuerliche Tirade aus, die damit endete, dass sie sich zu mir herüberbeugte und mir das Abscheulichste ins Ohr flüsterte, das du dir nur vorstellen kannst! Das absolut Abscheulichste!

Aber da kommen unsere Salate. Danke, Jacques. Ja, der Wein ist ausgezeichnet, Jacques.

Warte einen Moment, Darling, bis er außer Hörweite ist.

Das dumme Miststück hat mir gesagt, dass sie vorhat, Clara zu töten!

Oh, es tut mir so Leid, meine Liebste, ich sehe dir an, ich hätte dich etwas schonender darauf vorbereiten sollen. Es etwas diskreter andeuten. Bitte entschuldige meine Achtlosigkeit, es ist nur so, dies war eine *grauenhafte* Sache für mich, die mich durch und durch erschüttert hat. Natürlich ist das keine Entschuldigung.

Ich hätte nicht so direkt sein dürfen.

Trink noch etwas Wein.

Besser?

Nun, ich habe sogar danach noch versucht, ihr Vernunft einzureden, auch wenn es vollkommen hoffnungslos zu sein schien. Sie hatte diesen irren, glasigen Blick, den Leute haben, wenn sie fest entschlossen sind, die größtmögliche Dummheit zu begehen, daher blieb mir am Ende nichts anderes übrig, als sie zu bitten, noch eine Weile auf drastische Maßnahmen zu verzichten, und nach einer gewissen Zeit – die mir wie Stunden vorkam – hatte ich sie dahingehend bearbeitet, dass sie es sich noch einmal überlegen und mich in ein paar Tagen anrufen würde, damit wir uns noch einmal darüber unterhalten können.

Ich war recht guter Dinge, als wir uns verabschiedeten.

Nach den ersten Schlucken schmeckt dieser Wein doch nicht so gut, oder? Ich glaube, Jacques verliert sein Gespür. Ich denke, ich sollte dieses Restaurant von meiner Liste streichen, findest du nicht auch?

Wie auch immer, es verging eine ganze Woche, bis wieder ein Anruf kam, aber es war nicht der, auf den ich gehofft hatte, um es vorsichtig auszudrücken.

Ich schlief tief und fest, da es möglich ist, dass ich ein Häuchlein zu viel getrunken hatte, und als das hübsche Telefon auf dem Nachttisch läutete, das Andre mir geschenkt hat – du erinnerst dich doch noch an Andre, nicht? Er war ein Graf, und seither habe ich nichts mehr mit einem Grafen gehabt –, wurde ich mitten aus einem grässlichen Traum gerissen, sodass ich nur halb wach war, als es mir endlich gelang, den Hörer ans Ohr zu halten, und zuerst konnte ich gar nicht begreifen, was ich da hörte, und glaube, ich sagte mindestens ein halbes Dutzend Mal »Was ist?«, mit dieser nuschelnden, undeutlichen Stimme, bis mir schließlich aufging, dass ich gar keine menschliche Stimme am anderen Ende der Leitung hörte!

Es war ein Miauen, Darling, das traurigste, süßeste Miauen, das du je gehört hast. Es hörte nicht auf, immerzu im kläglichsten Tonfall. Es vergingen noch ein paar Sekunden, bis ich es erkannte, und da durchlief mich ein grässlicher Schauer von den Zehenspitzen bis zum Scheitel, denn es war natürlich Clara. Maddys kleine Clara.

Aber danach dachte ich: Mein Gott, sie ruft mich um Hilfe! Und wusste, ich war noch nie so gerührt gewesen. Es war – ich fürchte, mir kommen die Tränen, wenn ich nur darüber spreche – eindeutig das Wunderbarste, das mir je im Leben widerfahren ist.

Dieses Vertrauen.

Die Vorstellung, dass sie zuerst an mich dachte.

Entschuldige bitte, aber ich muss mir eindeutig die Augen tupfen.

Schon besser.

»Sei unbesorgt, Süße!«, sagte ich so sanft ich konnte ins Telefon. »Sei ganz unbesorgt, ich bin jeden Moment bei dir!«

Und ich hielt Wort, Darling. Ich stand auf und zog mich an, obwohl es mitten in der Nacht war, und fuhr mit dem Taxi zum Apartmentkomplex, wo Maddy und Clara wohnten, und da machte ich dem Portier die Hölle heiß und danach dem Manager des Gebäudes, als der Portier ihn geweckt hatte – träge Schlafmützen, alle beide –, bis wir schließlich alle drei mit dem Aufzug zu Maddys Apartment fuhren und, nachdem wir Gott weiß wie lange geläutet hatten, die Tür aufmachten.

Nun, du kannst dir einfach keine Vorstellung von dem Geruch machen, Teuerste. Total außergewöhnlich. Das ganze Apartment stank; es stank schlicht und einfach. Der Gestank war wie eine solide Wand.

Der Portier atmete einen Schwall davon ein, dann drehte er sich stehenden Fußes um und kotzte sich auf dem Boden im Flur die Seele aus dem Leib. Der Manager sagte immerzu »Mein Gott, mein Gott, mein Gott«, bis es mir in den Fingern juckte, ihm in seine dumme Visage zu schlagen, damit er endlich den Mund hielt.

Aber dann hörte ich das leise Miauen und Clara trat schüchtern ins Flurlicht, kam zu mir getrippelt und sah so jämmerlich zu mir auf, dass ich sie hochnahm und ihr armes, trauriges Gesicht mitten auf die Nase küsste – trotz des abscheulichen, abscheulichen Geruchs, den sie an sich hatte, da sie ihn trotz heldenhaftester Versuche, da bin ich ganz sicher, nicht ablecken konnte.

Ich steuerte schnurstracks das Wohnzimmer an, während der stammelnde Manager mir hinterherlief, da kein Zweifel bestehen konnte, woher der Gestank kam, und da lag Maddy auf dem Teppich wie ein Hakenkreuz, mitten in einer unvorstellbaren großen Lache getrockneten Blutes, das sie im Leben nicht wieder rausbekommen werden.

Das heißt, was von Maddy noch übrig war, lag da, denn man konnte nicht übersehen, dass die arme Clara im Lauf der vergangenen Woche gezwungen gewesen war, einen nicht unerheblichen Teil von ihr zu essen.

Ich kann mir einfach nicht erklären, warum noch niemand Hirn genug hatte, einen Behälter für Katzenfutter zu erfinden, den die armen Lieblinge im Notfall selbst öffnen können, du vielleicht? Dann müssten so viele abscheuliche Dinge, von denen man hört, einfach nicht passieren.

Wie auch immer, von Maddys Gesicht war nichts mehr übrig, und ihr wunderhübscher Slip bestand nur noch aus steifen, roten Fetzen. Ich nehme an, die arme Clara war gezwungen gewesen, ihn zu zerreißen, damit sie an den Rest rankommen konnte, nachdem sie alle entblößten Weichteile gefressen hatte.

Ganz abscheulich.

Natürlich wusste ich ganz genau, dass Clara nicht allein aus Hunger die *ganzen* Teile abgebissen hatte. Hunger hätte nicht erklären können, weshalb die ganze Kehle fehlte, Darling, sogar diese zähen Knorpelstücke, die schrecklich schwer zu kauen und schlucken sein müssen, wenn man nur winzige Zähne und einen kleinen rosa Mund zum Arbeiten hat.

Ich nehme an, diese dummen Polizisten werden nie auf den Gedanken kommen, dass man die Wunde hätte sehen können, wenn die Kehle noch da gewesen wäre, und sie dann ein Problem mit ihrer Theorie bekommen hätten, wonach die arme Maddy sich mit dem Fleischermesser in der Hand die Kehle aufgeschlitzt hat, weil sie wegen ihres Freundes aus Rio so traurig gewesen war.

Es ist unwahrscheinlich, aber einer von ihnen hätte sogar schlau genug sein können, sich die Wunde anzusehen und sich zu fragen, ob nicht eine gewisse kleine Miezekatze furchtbar wütend auf ihr Frauchen gewesen sein könnte, weil es versucht hatte, sie mit eben diesem Messer in Stücke zu schneiden.

Aber es gab keine eigentliche Wunde mehr, die man sich anschauen konnte, weil Clara sie völlig weggefressen hatte, das schlaue kleine Ding.

Ah, gut – da kommt endlich unser Fisch. Ja, natürlich wollen wir ihn filetiert haben.

Danke, Jacques. Seien Sie unbesorgt, wir werden uns bemühen, ihn zu genießen.

Mein Gott, nicht mehr lange, und diese faulen Nichtsnutze werden uns bitten, unser Essen *noch selbst zu kochen!*

Jetzt aber – warum ich dich gefragt habe, ob du heute Zeit hast, Darling.

Ich habe ein Mädchen entdeckt, das in der kleinen Parfumabteilung bei Bergdorf's arbeitet. Du weißt schon, dieser winzigen, diskreten, die sie in einer Ecke fernab des Tohuwabohus in den anderen Räumen untergebracht haben?

Ich habe mich eine Weile mit ihr unterhalten und dabei bemerkt, wie sie meinen Juwelen und Pelzen Blicke zugeworfen hat. Ihr gefällt, wie ich die teuersten Parfums kaufe, ohne einen Gedanken zu verschwenden, und ich weiß, sie würde *alles* dafür tun, selbst dazu in der Lage zu sein.

Absolut alles.

Natürlich weißt du noch, wie man sich in dieser Lage fühlt, oder nicht? *Ich* erinnere mich weiß Gott noch gut daran!

Warum gehen wir nach dem Essen nicht hin, damit du sie dir ansehen kannst und wir sie gemeinsam ein wenig beschnuppern können?

Sie ist sehr hübsch.

Sie ist wie wir.

Ich glaube, sie wäre absolut perfekt für Clara!

Nicholas Royle wurde 1963 in South Manchester in England geboren und lebt heute in London. Seit 1984 hat er Kurzgeschichten in *Interzone, Dark Voices, Obsessions, Narrow Houses, Little Deaths* (dt. *Fieber*), *The Year's Best Horror Stories, Best New Horror* und *The Year's Best Fantasy and Horror* veröffentlicht. *Counterparts*, sein erster Roman, ist jüngst in den USA erschienen. Sein zweiter, *Saxophone Dreams*, erschien vor kurzem in England.

Royles Kurzgeschichten überwinden erfolgreich die Grenzen zwischen Horror, Fantasy und Sciencefiction. »Unter der Haut« ist eine dunkle Geschichte über Spiele von Männern, bei denen es nur Verlierer geben kann.

Nicholas Royle
Unter der Haut

Henderson willigte nur ein, mit auf die Expedition zu gehen, weil er dachte, Elizabeth würde mitkommen, daher kam er sich vor wie ein Kind mit einem leeren Weihnachtspaket, als er mit dem A1 (M) im Sendebereich Washington eintraf und feststellte, dass nur Bloor auf ihn wartete. Aber es war wichtig, sich seine Enttäuschung nicht anmerken zu lassen, immerhin war Elizabeth Graham Bloors Frau. Bloor wartete Hendersons Frage ab, dann gab er seine Erklärung.

»Elizabeth fühlte sich in letzter Minute doch nicht dazu imstande«, sagte er und schnippte Asche in den kleinen Folienaschenbecher, der zwischen den beiden Männern auf der Plastiktischplatte stand. »Frauensachen, Sie wissen schon.« Er hielt die Zigarette mit Zeigefinger und Daumen an die Lippen. Henderson war nicht sicher, ob er *allen* Männern misstraute, die ihre Zigaretten auf diese spezielle Art und Weise hielten, oder nur Bloor. Der Mann würde mit Sicherheit keinen Charmewettbewerb gewinnen, und Henderson vögelte *tatsächlich* seine Frau.

»Also sind es nur wir beide«, sagte Henderson, dessen Blick über Bloors wulstige Züge mit dem markanten Kiefer zu den anderen Tischen in der Cafeteria glitt. Abgesehen von zwei vierschrötigen Lastwagenfahrern, die heißen Tee aus fettigen Tassen tranken, und einem Vertreter im grauen Zweireiher, der geziert an einem Weißbrotsandwich knabberte, waren sie die einzigen Kunden. Es war noch früh, kurz nach acht. Die beiden Bedienungen – Frauen um die vierzig mit straffen Dauerwellen und rosa Schürzen – lehnten auf der anderen Seite einer Tür und unterhielten sich mit gedämpften Stimmen.

»Sieht ganz so aus, nicht?«, sagte Bloor und nahm die Zigarette zum letzten Mal aus dem Mund, ehe er sie im Aschenbecher ausdrückte.

Der Plan sah vor, dass Henderson sein Auto auf dem Parkplatz stehen ließ und mit Bloor fuhr. Der Gedanke hatte ihm gefallen, als er davon ausgegangen war, dass Elizabeth auf dem Beifahrersitz sitzen würde. Er hatte sich vorgestellt, wie er auf dem Rücksitz sitzen und den weichen Flaum der Haare in ihrem Nacken betrachten würde. Sie würde ihr Haar eigens hochgesteckt haben, denn sie war nicht dumm, wenn es darum ging, die Wirkung abzuschätzen, die sie auf andere ausübte. Aber da Elizabeth zu Hause geblieben war – sie und Bloor bewohnten ein großes, allein stehendes Haus in Gosforth –, ließ sich bedauerlicherweise nicht vermeiden, dass Henderson den Sitz neben Bloor nehmen musste. Dieser fuhr den Mercedes so, wie laut Elizabeth auch sein Verhalten im Bett war – schnell, unbeirrbar, ohne einen Blick zurück. Wie er den Arm aus dem Fenster hängen ließ, sagte schon alles.

Je mehr Meilen Bloor zwischen sie und den Sendebereich brachte, desto niedergeschlagener wurde Henderson. Nicht einmal der karge Charme des Grenzlands konnte ihn aufmuntern, da er an nichts anderes als Elizabeth denken konnte, wie sie im Bett katzenhaft den Rücken krümmte.

Sie beschwerte sich ohne Ende über Bloor, seine Gewohnheiten und die Art und Weise, wie er sie behandelte; das ölige Verhalten, das er Verkäuferinnen und Kellnerinnen entgegenbrachte, die unerschütterliche Gewissheit, dass sie ihm gehörte und ihn nie verlassen würde. Und zumindest damit schien er richtig zu liegen, nicht, dass sich Henderson imstande gesehen hätte, sie deswegen zu kritisieren: Bloors Erfolg in verschiedenen Unternehmen sorgte für jede Menge Komfort; materiell gesehen fehlte es ihnen an nichts, und Elizabeth war Materialistin. Das wusste Henderson – sie zupfte missbilligend am Stoff seines Revers und hatte für seine billigen Schuhe nur ein Stirnrunzeln übrig –, aber das beeinträchtigte in keiner Weise, was er für sie empfand. Sie war eine äußerst attraktive Frau, und Henderson wusste, er müsste wesentlich mehr verdienen als in seinem Beruf als Dozent für Wirtschaftswissenschaften, um sie für länger als eine Nacht aus ihrem Heim in Gosforth zu locken. Er machte ihr keine Vorwürfe, weil er in ihrer Situation nicht anders gehandelt hätte.

»Und wohin fahren wir?«, fragte Henderson, um das Schweigen zu beenden.

»Natürlich in die Highlands.« Bloor drückte den Zigarettenanzünder hinein.

»Ich weiß, aber wohin genau?«

»Oh, ich habe den Namen vergessen. Irgendwohin. Wir lassen das Auto stehen und gehen zu Fuß. Suchen eine Stelle, um das Zelt aufzubauen, wenn es dunkel wird. Und hoffen, dass wir entweder heute Nacht oder morgen Glück haben.«

»Aber es gibt keine Garantie, oder? Dass wir eine finden.« Hendersons Stimmung sank noch tiefer bei dem Gedanken, dass er mehr als nur eine Nacht in Gesellschaft von Bloor verbringen musste.

»Keine Garantie, das ist richtig, aber jede Menge Ansporn. Curtin bietet zwei Riesen. Sein Kunde muss ihm das Doppelte bieten.«

»Himmel«, sagte Henderson. »Warum sollte jemand vier Riesen für eine ausgestopfte Katze zahlen?« Er sah zum Fenster hinaus zu den vorübereilenden Außenposten der schottischen Kiefern und fragte sich erneut, ob es moralisch vertretbar war, was sie taten.

»Es geht nicht um eine x-beliebige Katze. Wildkatzen sind so selten wie Pferdeäpfel von Schaukelpferden. Aber zwei Riesen, was? Nicht schlecht für zwei Tage Arbeit. Und wie ich schon sagte: fifty-fifty.«

»Was ist mit Elizabeths Anteil?«, fragte Henderson.

»Was für ein Anteil? Würden Sie erwarten, dass Sie bezahlt werden, wenn sie zu Hause blieben?«

Henderson schäumte vor rechtschaffener Wut. Elizabeth stand ihr Anteil zu, sie ging mit Sicherheit davon aus, dass sie ihn bekommen würde. Immerhin hatte sie bei den Recherchen geholfen und die Stelle mit ausgesucht, wo die Wahrscheinlichkeit am größten war, eine Wildkatze zu finden. Er würde ihr etwas von seinem Anteil anbieten, wenn sie wieder zu Hause waren, vorausgesetzt natürlich, sie schafften es wirklich, eines der verdammten Biester zu fangen und zu töten, ohne sein Fell zu beschädigen. Curtin hatte Bloor ziemlich deutlich gemacht, dass sie keinen Penny bekommen würden, wenn die Katze irgendwie beschädigt war. Warum er so penibel war, blieb ein Rätsel für Henderson, der nie gedacht hätte, Taxidermisten würden sich so strikt an einen wie auch immer gearteten Ehrenkodex halten, dass einem ihrer Zunft nicht möglich war, ein Stückchen Katzenfell auszutauschen. Vielleicht war sein Kunde Experte genug, den Unterschied zu erkennen: Warum sonst sollte er eine derart absurde Summe bieten? Die vornehmliche Farbe von Wildkatzen war gelb-grau, was zwar auch für fünf von zehn streunenden Hauskatzen galt, aber denen fehlten die kräftigen, vertikalen schwarzen Balken und Rückenstreifen der Wildkatzen, ebenso der breite, buschige Schwanz, der – wie sie aus Lehrbüchern und von Elizabeth erfahren hatten – die sicherste Methode war, eine zu identifizieren. Auf gar keinen Fall wollten sie mit einem Katzenbastard bei Curtin auftauchen.

Henderson hatte freilich ernste Zweifel am Sinn der Expedition. Tatsächlich hatte man ihn überzeugen müssen, dass die Wildkatze tatsächlich existierte, da er in der festen Gewissheit aufgewachsen war, dass es keine echten Wildtiere mehr auf den britischen Inseln gab. Und in den Büchern, die Elizabeth aus der Bibliothek in Newcastle anschleppte, stand geschrieben, wie scheu die Wildkatze war, dass man bestenfalls hoffen konnte, Fußspuren im frischen Schnee zu finden oder ein Augenpaar im Licht der Autoscheinwerfer aufleuchten zu sehen.

Systematische Suche, schrieben die Naturforscher, führe selten zu einem Resultat.

Daher war Henderson durchaus der Meinung, dass ihre Chancen ausgesprochen schlecht standen, als Bloor den Mercedes in einem großen Bogen wendete und knirschend auf Kiefernzapfen und Sand am Rand der unbefestigten Straße im entlegensten Winkel der Highland-Region zum Stillstand brachte.

»Haben Sie alles?«, fragte Bloor, ehe er das Auto abschloss.

Henderson nickte, schulterte den Rucksack und sah den Pfad hinauf. Bloor bückte sich und versteckte die Schlüssel unter dem Kotflügel eines Hinterreifens.

»Hat keinen Sinn, etwas mitzuschleppen, das wir nicht unbedingt brauchen«, sagte er, »und wer sollte sich hier draußen schon herumtreiben? Gehen wir. Wir müssen so leise sein, wie es geht. Sie sind sehr scheu.«

»Glauben Sie wirklich, wir werden eine finden?«, fragte Henderson.

»Ich gehe nicht ohne eine nach Hause.« Und damit setzte er sich unvermittelt in Bewegung. Henderson folgte ihm ins Halbdunkel des Waldes. Als er sich an den Klang ihrer Schritte gewöhnt hatte, horchte Henderson nach anderen Geräuschen, aber es blieb still im Wald: Keine Fliegenschwärme summten in den sonnenbeschienenen Fleckchen, keine winzigen Kreaturen raschelten im Unterholz, und am auffälligsten – keine Vögel flatterten in den Baumwipfeln. Henderson kam Bloor nicht zu nahe, achtete aber auch darauf, dass er seine breiten Schultern, die sich zwanzig Meter voraus hoben und senkten, nicht aus den Augen verlor.

»Es wird dunkel!«, rief er, als ihm auffiel, dass die Bäume viel dichter wirkten als zuvor.

»Psst.« Bloor fuchtelte mit einer Hand in der Luft. »Wildkatzen sind Nachttiere«, sagte er und holte Luft, als Henderson ihn erreicht hatte. »Je dunkler es wird, desto besser sind unsere Chancen, aber wir müssen leise sein.«

Sie brachen wieder auf; Henderson machte den Schluss und dachte an Elizabeth. Sie hatten sich vor zwei Jahren im Urlaub auf Paxos kennen gelernt. Henderson war bei den wenigen Gelegenheiten, als er zur selben Zeit wie sie und Bloor frühstückte, der unmissverständliche Ausdruck einer gelangweilten Ehefrau aufgefallen. Eines Abends folgte er ihnen zu einer Taverne, die weit abseits der Touristenpfade lag, und setzte sich mit einem Glas Weißwein und einer Schale Oliven in eine halbdunkle Ecke. Bloor schaufelte einen Gang nach dem anderen in sich hinein, während Elizabeth über seine Schultern sah, sodass sich ihre und Hendersons Blicke ein- oder zweimal kreuzten. Auf dem Rückweg ins Hotel drehte sie sich ein paarmal um, und er war stets da, ging mit hochgekrempelten Hosen an der Brandung entlang und hatte berechnend lässig das Jackett über die Schulter gehängt. Als sie mit Bloor nach oben ging, aber eine halbe Stunde später wieder nach unten kam und Henderson trinkend an der Bar vorfand, war keiner der beiden wirklich überrascht.

Henderson bestellte noch eine Flasche Wein, die sie im Lauf einer versteckspielartigen Unterhaltung leerten.

»Sie gehen jeden Donnerstagabend zusammen einkaufen«, mutmaßte Henderson. »Sie schieben den Wagen und laden alles Lebensnotwendige ein, während er vorausmarschiert und vakuumverpackte Würste sowie Grillanzünder für die Grillfeste einpackt, die dann doch nie stattfinden.«

»Sie kreuzen sich Sendungen in der *Radio Times* an«, sagte sie und hob das Glas an die geschminkten Lippen, »vergessen aber, sie anzusehen, weil Sie stattdessen dasitzen, Musik hören und eine Flasche Bier trinken. Wahrscheinlich alte Jazzplatten oder Soundtracks von Filmen. Einlullende Musik.«

»Und wenn ich einmal daran denke, den Videorecorder zu programmieren«, fuhr er fort, »sehe ich mir die Sendung nie an, sondern überspiele sie mit der nächsten. Ich besitze ganze Bänder mit den Enden von Sendungen, die ich mir ansehen wollte.«

»Sie gehen nicht in Single-Bars –« Sie schlug die Beine übereinander, sodass der Rock hoch rutschte. »– aber Sie beobachten Frauen in Pubs, immer nur verheiratete Frauen. Sie versuchen, ihnen in die Augen zu sehen, wenn ihre Männer auf die Toilette gehen.«

»Sie duschen ausgiebig, wenn er zur Arbeit gegangen ist, und genießen das Wasser auf Ihrem Körper. Danach räkeln Sie sich vielleicht auf dem extravaganten Schaffellteppich im Wohnzimmer.«

»Wie eine Katze«, fügte sie hinzu und trank ihr Glas leer. Und danach schlenderten sie zum Meer, redeten Unsinn über die Sterne und gingen ins Hotel zurück, in Hendersons Einzelzimmer. Sie duschte und stahl sich vor Einbruch der Dämmerung in ihr Zimmer zurück, ohne dass Bloor etwas mitbekam.

In der verbleibenden Woche ließ es sich nicht vermeiden, dass Henderson in die Gruppe hineingezogen wurde; es war die einzige Möglichkeit, keinen Verdacht zu erwecken. Henderson pflegte die Freundschaft zu dem anderen Mann, während er gleichzeitig dessen Frau vögelte, die plötzlich Gefallen an langen, einsamen Spaziergängen fand, für gewöhnlich an menschenleeren Strandabschnitten, aber mitunter auch nur zu Hendersons Zimmer im obersten Stock. Bloor, obschon bereits ein erfolgreicher Geschäftsmann, fühlte sich ebenfalls zu dem älteren, nüchternen Universitätsprofessor hingezogen, ließ sich von seinen Theorien faszinieren und lauschte gebannt den Namen, die er so beiläufig einflocht: Essen mit dem Vorstand des CBI, eine Einladung zur Hochzeit der Tochter des Präsidenten von ICI.

»Wie viel davon ist wahr?«, fragte Elizabeth einmal während einer ihrer Spaziergänge.

»Genug«, antwortete er. »Der Rest ist Selbstvertrauen.«

Henderson spielte mit ihm wie mit einem Fisch und legte seine Leine aus, wenn er Bloors Scharfsinn lobte, seine Strategien mit denen angesehenster deutscher und japanischer Geschäftsleute verglich oder taktvoll einen Rat abgab wie ein

Redenschreiber, der einem Minister zuarbeitet. Bloor strahlte und plapperte die ganzen restlichen Ferien in Griechenland und machte unablässig peinliche Witze über den Namen der Insel.

»Wissen Sie, dass hier die Polsterung gemacht wird?« Er grinste und trank den Rest einer weiteren Flasche Ouzo. »Paxos«, wiederholte er immer wieder. »Paxos, Paxos.« Und verfiel in unverständliches Murmeln, während Elizabeth eine Hand auf seinem Arm liegen hatte (die andere unter dem Tisch auf Hendersons Stoffhose) und Henderson selbst verhalten lächelte.

Sie hatten denselben Rückflug gebucht, und Bloor machte tatsächlich den Vorschlag, dass Elizabeth bei Henderson sitzen sollte, statt sich in der Rauchersektion zu quälen. In Gatwick vereinbarten sie, dass Henderson nach Newcastle kommen sollte, sobald es sein Lehrplan erlaubte. Tatsächlich unternahm er dann weitaus mehr Ausflüge auf der A1 als die, von denen Bloor erfuhr. Nach einem Wochenende, das er als ihr Gast in Gosforth verbracht hatte, kam er am Mittwochabend wieder, da er alle vierzehn Tage donnerstags frei hatte, und nahm ein Zimmer im St. Mary's in Whitley Bay, wo Elizabeth zu ihm kam, sobald Bloor zur Arbeit gegangen und aus dem Weg war. Sie gingen an der windumtosten Küste entlang bis Cullercoats und machten Witze über die Ähnlichkeiten mit Paxos. Keiner sprach je von Liebe – abgesehen von Elizabeth, wenn sie von Bloor erzählte (»Er liebt mich wirklich, weißt du«) –, und doch bestand eindeutig ein beiderseitiges, wie auch immer geartetes Bedürfnis. Sie rief Henderson an, wenn Bloor kurzfristig verreisen musste, was immer häufiger vorkam, nach Kopenhagen und Brüssel, und Hendersons Auto sah sich immer größeren Belastungen ausgesetzt.

Sie verbrachten ein gemeinsames Wochenende in Alnwick, als Bloor sich in London aufhielt. Er hinterließ lange, winselnde Nachrichten auf dem Anrufbeantworter, die sie sich anhörten, als Henderson Elizabeth nach Hause begleitete, bevor er sich auf den Rückweg nach Leicester machte. Wo steckte sie? Warum hatte sie ihn nicht zurückgerufen? Dann säuselte er: »Keine Sorge, Liebling. Ich hoffe nur, du verlebst eine schöne Zeit. Wir sehen uns, wenn ich wieder da bin.« Es erfüllte Henderson mit einer grimmigen Schadenfreude, wenn er daran dachte, dass Bloor ihn an irgendeinem Punkt auf der Autobahn Richtung Norden passieren musste. Er wurde eifersüchtig auf den Mann und dachte sich Ausreden aus, damit er an den Wochenenden nicht mehr zu ihnen fahren musste; es fiel ihm nicht mehr so leicht, sie zusammen zu sehen. Er wusste nicht, ob Bloor zugenommen hatte oder ob er ihm nur dicker, langsamer und selbstgefälliger *vorkam*. Schließlich war Elizabeth trotz ihres Gebarens im Bett in Whitley Bay immer noch mit dem Mann verheiratet.

Die Expedition war schon eine ganze Weile geplant, seit Bloor bei einem Essen des Rotary-Clubs seinem alten Freund Curtin begegnet war und der Taxidermist das Thema Wildkatzen angesprochen hatte. Elizabeth erledigte die Recherchen, und plötzlich wurde der Ausflug konkret, aber minus einer Person.

Bloor war stehen geblieben, sodass Henderson ihn schließlich einholte.

»Ist es nicht allmählich zu dunkel, eine zu sehen, selbst wenn welche hier sind?«, fragte Henderson und wischte sich den Schweiß von der Stirn.

»Nicht, wenn man genau hinsieht.« Bloor zog den Rucksack hoch. Er war schwerer als der von Henderson, da sich das Zelt, ein Gaskocher und einige Vorräte darin befanden. »Wahrscheinlich sehen wir Spuren einer Katze, bevor wir die Katze selbst zu Gesicht bekommen. Den Kadaver eines Hasen oder Bussards. Versuchen Sie, die Augen offen zu halten.«

In seiner Stimme schwang ein sarkastischer Unterton mit, den Henderson noch nie gehört hatte und der ihm nicht besonders gefiel. Ihm fiel auf, dass er sich zum ersten Mal ohne

Elizabeth in Gesellschaft von Bloor befand, von den wenigen Gelegenheiten, wenn sie zur Toilette ging, einmal abgesehen.

Gegen dreiundzwanzig Uhr dreißig hatten sie immer noch keine Spur ihrer Beute gefunden, aber dafür eine winzige Lichtung, wo sie ihr Lager aufschlugen; Bloor baute das Zelt auf, während Henderson den Gaskocher anmachte.

»Manchmal beneide ich Sie«, sagte Bloor, als sie sich nach einer kargen Mahlzeit, bestehend aus Bohnen und Frankfurter Würstchen sowie einem Apfel für jeden, zurücklehnten. »Als Junggesellen.«

»Ach?«, sagte Henderson neutral.

»Nun, Sie wissen schon, die Freiheit. Sie können tun und lassen, was Sie wollen.« Bloor schnitt eine lüsterne Grimasse und bewegte die Augenbrauen.

Henderson überlegte sich seine Antwort gut. »Kann schon sein, allerdings habe ich ziemlich wenig Zeit für so etwas.«

»Ist das so?«, sagte Bloor, und Henderson fragte sich zum ersten Mal, ob er vielleicht etwas ahnte. »Ich dachte, bei Ihrem Job hätten Sie eine Menge Freizeit, und bei den vielen Studentinnen im heiratsfähigen Alter könnten Sie doch das Beste daraus machen, solange es noch geht.« Er klopfte eine Zigarette aus seiner Packung Camels und fuhr fort. »Ich frage mich manchmal, ob ich es schon hinter mir habe. Sie wissen schon. Ich bin sechsundvierzig, nicht mehr so fit wie einst. Ich frage mich, ob ich Elizabeth noch befriedigen kann.« Er sah Henderson an, dann steckte er die Zigarette zwischen die Lippen und drehte das Rad seines Bic-Feuerzeugs. »Sie ist noch eine junge Frau.«

»Ich glaube nicht, dass das Alter eine Rolle spielt«, sagte Henderson.

»Nein, eigentlich denke ich das auch nicht.« Bloor schnippte Asche über den Kocher. »Ich meine, sehen Sie sich an. Sie sind älter als wir beide.«

»Zusammengenommen«, sagte Henderson und lachte, aber es war ein nervöses Lachen, und er konnte sich nicht vorstellen, dass Bloor es nicht bemerken und sich alles zusammenreimen würde, wenn es ihm nicht ohnehin schon gelungen war.

Ein paar Minuten war das einzige Geräusch in der Nacht das Zischeln, wenn Bloor an seiner Zigarette zog, abgesehen vom vereinzelten Heulen einer Eule. Dann fuhr er fort. »Ich möchte Sie gern etwas fragen«, sagte er, worauf sich Hendersons Bauchmuskeln verkrampften. »Würden Sie ... und sagen Sie mir ruhig, wenn Sie finden, ich hätte nicht einmal fragen sollen ... aber würden Sie mit Elizabeth schlafen, wenn sie es wollte?«

Henderson war sprachlos.

Bloor drückte die Zigarette aus. »Okay, hören Sie, ich hätte nicht fragen sollen. Vergessen Sie, dass ich es gesagt habe, ja?«

Henderson konnte immer noch nicht die passenden Worte finden.

»Es war ein langer Tag«, sagte Bloor. »Ich glaube, wir brauchen beide etwas Schlaf. Morgen müssen wir die verdammte Katze finden, und je früher wir aufstehen, desto größer sind unsere Chancen.« Mit diesen Worten kroch er in das winzige Zweimannzelt.

»Ich werde noch einen Moment hier sitzen bleiben«, sagte Henderson, weil er es nicht ertragen konnte, in das Zelt zu kriechen, wenn Bloor noch wach war. »Nicht mehr lange.«

Henderson erwachte im Morgengrauen zitternd und hungrig und stellte fest, dass Bloor schon aufgestanden war. Er hatte den Schlafsack zusammengerollt und zu einem winzigen Beutel zusammengelegt, sein Rucksack stand zum Abmarsch bereit. Henderson strampelte sich aus seinem Schlafsack und trank einen Schluck aus der Mineralwasserflasche, die er eingepackt hatte. Er zog seine Kleidung an und machte halbherzig ein paar Liegestütze. Bloor tauchte auf, als Henderson gerade am Rand der Lichtung pinkelte; kurz darauf brachen sie beide auf, ohne dass sie mehr als ein »Guten Morgen« gewechselt hätten.

Am frühen Vormittag fanden sie ein Kaninchen, oder besser

gesagt, sein Fell. Etwas hatte das ganze Fleisch gefressen – Knochen lagen überall verstreut – und das Fell meisterlich gewendet liegen lassen. Bloor nahm es in die Hand und hielt es hoch, sodass es wie eine Handpuppe darüber fiel.

»Wildkatze«, sagte er.

»Tatsächlich?«

»Sie können grausam sein«, fügte er hinzu und drehte das Kaninchenfell so, dass der Kopf, der noch unversehrt war, hin und her baumelte. »Denken Sie daran, eine Hauskatze kann das ebenso mühelos.«

Sie drangen tiefer in den Wald vor. Bloor blieb vorn, und Henderson sah so angestrengt er konnte in das Halbdunkel zwischen den Stämmen hoher Kiefern, denn je schneller sie die Katze fanden, umso schneller konnten sie wieder nach Hause zurück. Überraschenderweise stellte er fest, wie sehr ihm zu schaffen machte, dass er sie nicht anrufen und fragen konnte, wie es ihr ging. Ihre Periode war für gewöhnlich schnell vorbei, höchstens zwei oder drei Tage, und auch wenn sie ein wenig darunter leiden musste, feierten sie und Henderson das Ereignis für gewöhnlich als Beweis dafür, dass sie wieder einen Monat durchgekommen waren. Sie trafen Vorsichtsmaßnahmen, aber aufgrund der Umstände sorgten sie sich jedes Mal ein wenig, wenn die drei Wochen um waren.

Als sie gerade Rast machen wollten, um zu frühstücken, gegen sechs Uhr, fanden sie das Wiesel. Es war so sauber gehäutet wie das Kaninchen. Bloor hielt es triumphierend hoch und schien Erfolg und Geld zu wittern.

»Curtin selbst hätte es nicht besser machen können«, sagte er, während er das Fell in den Händen drehte.

»Was meinen Sie damit?«

»Er macht nichts anderes. Er häutet Tiere – tote natürlich –, und dann stellt er mit dem Kadaver eine Gussform her, normalerweise aus Fiberglas, es sei denn, es ist ein kleines Tier.«

Während ihrer aufgewärmten Mahlzeit fuhr Bloor fort.

»Er lud mich einmal ein, einen Tag in seiner Werkstatt zu

verbringen, als er einen Puma aus dem Zoo präparierte. Der Puma war an Altersschwäche gestorben, und er sollte ihn für ein Museum irgendwo in Wales ausstopfen. Offenbar dauert es Wochen, eine so große Katze zu präparieren, aber ich war an dem Tag da, als er sie gehäutet hat.«

Bloor schob seinen Pappteller weg und zündete sich eine Zigarette an. Die Schatten rings um die Lichtung wurden heller, da das Tageslicht zunehmend den Himmel erleuchtete.

»Er hängte den Kadaver kopfunter an eine an einem Balken befestigte Kette, und es ist ganz erstaunlich, wie leicht sich die Haut abziehen lässt. Er zog ein wenig, dann löste sie sich wieder zwei Zentimeter oder so, danach griff er zum Skalpell und befreite sie behutsam von Fett und Knorpel. Es ist bizarr, wenn man den gehäuteten Kadaver mit den vorquellenden Augen und den Muskeln und Sehnen sieht. In gewisser Weise wunderschön.«

Henderson stellte den kleinen Kessel auf den Gaskocher – als Vorwand, damit er den Blick von Bloor abwenden konnte, dessen Gesicht Ekel und Faszination zugleich ausdrückte.

»Was fängt er mit dem Kadaver an?«, fragte Henderson.

»Er ruft die Abdeckerei an, die schicken jemanden, der ihn abholt. Es sei denn, es handelt sich um ein kleines Tier, einen Vogel oder dieses Wiesel, die wirft er auf das Feld. Offenbar leben viele ziemlich fett gemästete Füchse um das Gelände seiner Werkstatt herum.«

»Also ist das ausgestopfte Tier, das man im Museum sieht, gar kein Tier? Es ist nur eine Haut mit einer Art Füllung darin?«

»Genau. Normalerweise benützt er aufquellenden Schaum. Sie könnten einen Tiger mit einer Hand hochheben, so leicht sind sie.«

»Aber das ist doch enttäuschend, nicht?«

»Eigentlich nicht. Kommt drauf an, wo man glaubt, dass sich die Essenz des Tieres tatsächlich befindet, im Kadaver oder im Fell. Denn wenn man ein Tier gehäutet hat, haben Sie nur einen Klumpen Fleisch in der einen und das Fell in der anderen Hand, und als es noch lebte, haben Sie schließlich nur das gesehen.«

»Aber das ist nur die äußere Hülle.«

»Ist das nicht bei uns allen so?«, fragte Bloor, verzog das Gesicht und nahm die Zigarette aus dem Mund. »Was würden Sie lieber im Museum sehen, oder in Ihrem Wohnzimmer, einen blutigen Kadaver oder ein ausgestopftes Fell? Ich weiß, was ich attraktiver finde.«

Henderson schien nicht völlig von Bloors Logik überzeugt zu sein. Natürlich war das sorgfältig präparierte, herausgeputzte Ding im Schaukasten attraktiver, aber wenn man das klopfende Herz des Biestes in den Müll geworfen und alle Spuren von Gehirn aus dem Schädel gekratzt hatte, konnte man dann noch von einem Tier sprechen, wenn auch einem ausgestopften?

»Was ist mit meiner Frau?«, fragte Bloor plötzlich aus den Schatten. »Finden Sie sie attraktiv?«

Henderson suchte verzweifelt nach einer Antwort, stammelte am Ende aber nur: »Ich weiß nicht. Wissen Sie, ich habe sie nicht in diesem Licht gesehen. Sie ist Ihre Frau.«

»Aber sie ist eine wunderschöne Frau. Gewiss finden Sie sie attraktiv.«

»Nun, natürlich ist sie attraktiv. Aber ich sehe nicht, welche Rolle das spielt.«

»Wollte es nur wissen«, sagte Bloor, der an seiner Zigarette zog und das Ende, das sich immer mehr seinen Lippen näherte, zum Leuchten brachte. »Wir sehen nur die Oberfläche der Dinge, wissen Sie.«

Die blaue Flamme des Gaskochers flackerte und erlosch.

»Scheiße«, sagte Henderson. Das Wasser hatte noch nicht gekocht: »Haben Sie noch eine Gaskartusche?«

»Da drüben.« Bloor zeigte zum Rucksack. »Seitentasche.«

Henderson machte die falsche Seite auf, kramte in einer der Taschen und fand nichts. »Werfen Sie mir eine Taschenlampe rüber, ja?«

Bloor warf ihm die schmale Taschenlampe zu, die er in der Jackentasche hatte, und Henderson schaute in den Rucksack.

Das Rot war erschreckend.

In einem Fach mit Reißverschluss, der nicht zugezogen worden war, steckten mehrere zusammengeknüllte Papiertaschentücher, alle mit Flecken und Schlieren getrockneten Blutes. Ein Instinkt riet ihm, die Entdeckung vor Bloor geheim zu halten, aber nach dem Anblick des Blutes schlug sein Herz schneller, und er musste über den Rucksack gebeugt bleiben, als er die neue Kartusche schon längst gefunden hatte.

Bloors Stimme brachte ihn wieder zu Verstand. »Können Sie sie nicht finden?«

»Hab sie«, sagte er, drehte sich zu dem kleinen Kocher um und schraubte die neue Kartusche fest, während Bloor seine Zigarettenkippe ausdrückte und in die Dunkelheit schnippte. »Die Natur ruft«, sagte Henderson, stand auf und verschwand zwischen den Bäumen.

Er musste einen Moment weg von Bloor, um zu verarbeiten, was er gerade gesehen hatte. Die logischste Erklärung war, dass Bloor Nasenbluten gehabt und die Taschentücher in dem Fach behalten hatte, statt die Natur damit zu verunstalten (obwohl er seine Zigarettenkippen überall hinwarf). Aber etwas ließ Henderson keine Ruhe und nagte unaufhörlich an ihm: Schien Bloor nicht etwas viel darüber zu wissen, wie man Tiere häutete, und wo hatte er sich überhaupt so früh am Morgen herumgetrieben?

»Stimmt was nicht?«

Henderson zuckte zusammen. Bloor war nur wenige Schritte hinter ihm und musste sehen, dass Henderson nur dastand, ohne ein Rinnsal Wasser zwischen den Beinen.

»Scheint nicht zu wollen«, sagte er und tat so, als würde er den Reißverschluss zumachen. Bloor grunzte, zündete sich eine Zigarette an und drehte sich um, um in den Wald zu sehen. Inzwischen war es sehr dunkel, wie in einem alten Haus, die Baumstämme wie Tischbeine. Überall herrschte Totenstille, abgesehen vom gelegentlichen Quietschen wie von Bodendielen, wenn sich eine Eule auf einem hohen Ast niederließ.

»Sie ist irgendwo da draußen«, sagte Bloor.

Etwas auf jeden Fall, dachte Henderson. Und wenn es nur das verborgene Tier in Bloor war, die dunkle Seite seines Charakters, die Spaß daran hatte, der es gefiel, kleine Lebewesen in Stücke zu reißen. Aber wenn er wirklich dafür verantwortlich war, hatte er es vermutlich nur getan, um Henderson Angst zu machen oder zu überzeugen, dass die Wildkatze ganz in der Nähe sein musste, um ihn zu überreden, noch tiefer in den Wald und die Nacht mit ihm zu gehen.

Plötzlich war Henderson überzeugt, dass Bloor genau wusste, was zwischen ihm und Elizabeth lief.

Beide Männer starrten in das Halbdunkel. Bloor spuckte auf seine Zigarettenkippe und schnippte sie in den Wald, wo sie stumm vom Teppich der Tannennadeln aufgenommen wurde.

Als sie gepackt hatten und wieder unterwegs waren, folgte Henderson Bloor in geringem Abstand, höchst nervös, und fragte sich, was er als Nächstes sagen sollte. Er kam sich vor wie ein kleiner Junge mit einem wütenden, unberechenbaren Vater und schien, genau wie ein Kind, nicht den Mut aufbringen zu können, entweder wegzulaufen oder frei heraus zu sprechen. Mit der Zeit überlegte Henderson sogar, ob nicht die ganze Prämisse des Ausflugs erfunden sein konnte: Es gab keine Abmachung mit Curtin und sie würden in dieser gottverlassenen Ecke der Highlands wahrscheinlich eher einen Tiger als eine Wildkatze finden. Er verspürte den ausgeprägten Wunsch, die Suche abzubrechen und nach Hause zurückzufahren: Bloor war ebenso wenig ein Naturbursche wie er, aber der andere Mann hatte immerhin den Vorteil, dass er wusste, wohin sie gingen. Henderson betrachtete seine Umgebung mit größerem Interesse – wie die Hügel links von ihm zu drei deutlich sichtbaren Gipfeln anzusteigen schienen; wie der reine Kiefernwald in einen Mischwald mit Lärchen und schottischen Pinien überging –, damit er sich nicht mehr ganz so abhängig von Bloor fühlen musste.

»Was kommt als Nächstes, Graham?«, hörte er sich fragen, nur um so zu tun, als glaubte er immer noch, sie würden tatsächlich eine Wildkatze jagen und alles wäre normal.

»Schwarze Panter«, entgegnete Bloor, ohne einen Moment zu zögern. »Sie wurden gerade außerhalb von Worcester gesehen.«

»Das ist lächerlich. Es gibt keine Großkatzen in England.«

»Was wissen Sie schon davon?« Bloor wirbelte herum und sah Henderson böse an. »Hmm?« Er streckte das gespaltene Kinn vor. »Was wissen Sie schon?«

Henderson sah Bloor in die Augen, aber es war zu dunkel, um die Pupillen von der Iris zu unterscheiden; sie wirkten wie schwarze Löcher.

»Curtin kennt eine Frau namens Meech, eine Fotografin, die da unten lebt, und sie hat einen gesehen. Okay?«

Bloors sarkastischer Unterton neigte die Waagschale ein wenig, und Henderson spürte etwas Kraft in seine Richtung fließen; nur ein Tropfen, aber er leckte ihn gierig auf. »Einen schwarzen Panter?«, sagte er.

»Nun, es war schwarz, es war eine Katze, und es war so groß wie ein Wolfshund, was würden Sie also vorschlagen?« Bloor holte eine Zigarette heraus und tauchte sein Gesicht in orangeroten Schein, als er sie anzündete.

»Sie könnte sich geirrt haben.«

»Sie ist Naturfotografin.«

»Hat sie ein Foto davon gemacht?«

Bloor zog an seiner Zigarette und blies eine Rauchsäule direkt in Hendersons Gesicht. »Sie war nicht schnell genug.«

»Schade«, sagte Henderson, ging um Bloor herum und übernahm zum ersten Mal die Führung. Es gab keinen Weg, aber er ging auf der geraden Strecke weiter, der sie die letzten zwanzig Minuten gefolgt waren. Nach einem Moment hörte er, wie Bloor etwas murmelte und ihm folgte. Henderson maskierte sein wachsendes Unbehagen mit forschen Schritten, wusste aber, er besaß nicht den Schneid, das sehr lange durchzuhalten. Wenn Bloor gelogen hatte, was den schwarzen Panter betraf, dann sehr überzeugend.

Sie gingen eine halbe Stunde weiter. Soweit es Hendersons Beobachtungsgabe anging, hätten Dutzende Wildkatzen sie zwischen den Bäumen beobachten können. Seine Gedanken kreisten einzig und allein um Bloor, und er verlangsamte seine Schritte erst, als der Ruf ertönte: »Hier machen wir Rast.« In der neuerlichen Stille hörte sich Bloors Schnaufen an wie das Zischen einer Dampflok im Leerlauf. »Wir brauchen etwas Ruhe«, fügte er hinzu, als müsste er seine Anweisung rechtfertigen. »Geistig wie körperlich. Wenn wir nicht wachsam sind, haben wir keine Chance.«

Er hatte Hendersons eigener Überzeugung Ausdruck verliehen, aber der ältere Mann konnte nicht verhindern, dass er neben Bloor in dem Zweimannzelt einschlief, und als er erwachte, war Bloor weg. Das Machtgleichgewicht hatte sich, so es denn überhaupt verändert gewesen war, wieder zurückverlagert. Bloor war irgendwo da draußen und jagte Kaninchen oder Mäuse, die er mit bloßen Händen häutete, oder er beobachtete Henderson hinter einem Baum. Vielleicht suchte er wirklich nach einer Wildkatze, aber es gab einfach zu viele Wenns: Henderson hatte genug. Wenn er Recht hatte und Bloor über sie beide Bescheid wusste, dann musste Elizabeth es erfahren; andernfalls wäre sie im Nachteil, wenn Bloor nach Gosforth zurückkehrte.

Es gab im Umkreis von Meilen kein Telefon. Henderson blieb nichts anderes übrig, als zum Auto zurückzukehren und davonzufahren wie der Teufel. Er würde nicht mehr als zwei Stunden brauchen, wenn er mit Bleifuß nach Newcastle zurückpreschte. Er konnte – rascher Blick auf seine Uhr – um sieben Uhr bei ihr sein. Er war so überzeugt, dass Bloor Bescheid wusste, dass er das Risiko einging, sein Auto zu stehlen.

Henderson packte seinen Rucksack und hatte plötzlich

schreckliche Angst, Bloor könnte wiederkommen und ihn dabei erwischen, aber dann kam ihm ein Gedanke, und er kritzelte hastig eine Notiz für Bloor, dass er früh aufgewacht sei und sich auf die Suche nach ihm gemacht habe. Er nahm nur das Notwendigste aus seinem Rucksack und robbte aus dem Zelt. Der Zettel verschaffte ihm eine oder zwei zusätzliche Stunden, Zeit genug, dass Elizabeth eine Tasche packen und mit ihm kommen konnte, wenn sie wollte. Es wäre alles andere als ideal, aber wenigstens hatte sie die Wahl.

Er kroch die ersten hundert Meter zwischen den Bäumen, falls Bloor in der Nähe war, dann ging er in konstanten Laufschritt über, duckte sich und rannte zwischen den Stämmen dahin. Es war immer noch dunkel, aber ihn überraschte die deutliche Spur, die sie am Tag zuvor hinterlassen hatten: Es war leicht, dem Weg zu folgen. Als er eine Hügelkuppe erklommen hatte, blieb er wie angewurzelt stehen, das Blut hämmerte in seiner Brust, Schweiß lief ihm von der Kopfhaut herab. Zwanzig Meter entfernt kauerte eine Katze mit an den Kopf angelegten Ohren und einem buschigen Schwanz, der über den weichen Waldboden strich. Eine Wildkatze. Sie fletschte die Zähne, weiß wie Knochen, in Hendersons Richtung, dann verschwand sie mit einer blitzschnellen Bewegung und wurde von der Dunkelheit verschluckt. Henderson atmete wieder und fühlte sich erhaben und auserwählt, dass ihm diese zwei Sekunden der Intimität geschenkt worden waren. Plötzlich verspürte er eine überwältigende Dankbarkeit, dass sie keine Wildkatze gefunden hatten: *Er* hätte sie nicht töten und sicher nicht verhindern können, dass er Bloor in den Arm gefallen wäre.

Die Wildkatze war fort, Henderson stand es frei, ihrem Beispiel zu folgen. Er glitt wie ein Phantom zwischen den Bäumen hindurch und schaute zwischen den Baumwipfeln rechts auf den Hügeln hindurch, wo der Himmel allmählich im zarten Odem der Dämmerung erstrahlte. Er rannte, rannte immer weiter und überwand die Strecke und stolperte schließlich aus dem Wald heraus, der förmlich hinter ihm zuzuschnappen schien, konnte aber nicht sagen, ob sein Orientierungssinn besser war, als er gedacht hatte, oder ob es ihm gelungen war, weil er einfach keine andere Wahl hatte. Der Mercedes glänzte im Frühlicht. Henderson bückte sich, suchte unter dem vorderen Kotflügel nach dem Schlüssel, fand ihn, ließ ihn beinahe fallen, riss die Tür auf, ließ den Motor an und wirbelte Kies zu der dunklen Baumreihe, die bereits im Rückspiegel schrumpfte. Irgendwo in diesem Waldstück saß Bloor, saß vor dem Zelt und wartete auf Hendersons Rückkehr, hoffte er.

Es war still in dem Haus. Da es abseits der Straße hinter hohen Hecken lag, konnte man nicht einmal den Verkehr hören, wenn man sich nicht anstrengte. Da auf sein Läuten niemand reagierte, ging Henderson zur Rückseite – wobei er über ein hohes, weißes Holztor springen musste – und stellte fest, dass die Küchentür offen war. Er rief Elizabeths Namen, hörte aber nur das Blut in seinen Ohren rauschen. Die Küche war aufgeräumt, keine Spur von Frühstücksgeschirr, dabei zeigte die Uhr an der Wand schon 9:25. Die Rückfahrt hatte ein wenig länger als erwartet gedauert. Normalerweise sollte sie schon aufgestanden sein und gefrühstückt haben, aber natürlich erlaubte ihr Bloors Abwesenheit, von der Routine abzuweichen, sollte sie es wünschen.

Henderson ging langsam in die Diele und tastete nach dem Geländer, als wäre es aus Porzellan.

»Elizabeth«, rief er noch einmal und hörte zu seiner Bestürzung, wie seine Stimme brach. Er spürte, wie sein Gesicht brennend rot wurde und sein Magen sich zu einem Knoten zusammenschnürte.

Er blieb einige Augenblicke auf dem Treppenabsatz stehen. Es war still in dem Haus. Ein unmöglicher Luftzug richtete ihm die Nackenhaare auf, ein Kribbeln lief durch seine Kopfhaut und elektrisierte die kleinsten Härchen. Er ging noch einen Schritt auf Elizabeths Schlafzimmer zu, stieß die Tür auf und stand auf der Schwelle.

In dem Gewirr irrer Gedanken und einer Ekel erregenden Niedergeschlagenheit fragte er sich, wie lange er schon unbewusst geahnt hatte, dass er das finden würde. Er näherte sich dem Bett und war fest entschlossen, so viel Kraft in den Beinen zu behalten, dass er nicht zusammenklappen würde.

Er nahm sie in die Arme, achtete aber darauf, sie nicht zu fest zu halten, damit die Nähte nicht platzten. Er setzte sich auf das Bett und wiegte sich sanft hin und her, hin und her, und dachte dabei, von einer grenzenlosen Traurigkeit erfüllt, dass er hier die Frau hatte, in die er sich verlieben könnte, wenn er es nicht schon getan hatte. Die Erkenntnis übermannte ihn, dass er sich unbewusst schon lange wünschte, sie hätte sich von Bloor getrennt. Jedes Mal, wenn er sie ansah – die gekräuselte Haut um die Augen, den schiefen Mund – stellte er sich Bloor bei der Arbeit vor. Er lockerte den Griff.

Später fand er vor dem weißen Tor, über das er gesprungen war, um das Grundstück zu betreten, ein großes Bündel Sackleinen. Es fühlte sich feucht und klebrig an, aber er schälte die Schichten dennoch behutsam ab, um zu sehen, was sich darin befand, und das nahm er schließlich heraus und wiegte es in den Armen, ohne sich von dem durchdringenden Gestank und den nässenden Flüssigkeiten stören zu lassen.

Die Sonne zog langsam über den Himmel, über Henderson hinweg, drang aber kaum einmal durch die aufziehenden Wolken. Es blieb still in dem Haus, abgesehen vom Ächzen Hendersons, der wieder nach oben gegangen war, sich auf dem Bett wiegte, wo die Laken raschelten und der Lattenrost quietschte.

»Curtin sagte mir, dass er so angefangen hat«, sagte Bloor.

Henderson erstarrte, ließ aber nicht los. Er drehte den Kopf gerade so weit, dass er Bloor an der Tür stehen sehen konnte, wo er den glitschigen Leichnam an die Brust drückte, während Tränen aus seinen verweinten, aufgequollenen Augen liefen.

»Er stopfte alles aus, was ihm lieb und teuer war – seinen Hund und seine Katzen –, weil er es nicht ertragen konnte, als sie nicht mehr bei ihm waren. Bei Tieren muss es etwas anderes sein«, fügte er ausdruckslos hinzu. »Wer von uns hat sie jetzt, was meinen Sie?«

Henderson strich mit einem Finger über ihre Haut, die straff über den bloßen Umriss ihrer Schulter gespannt war.

»Ich weiß nicht«, sagte er. »Keiner von uns.«

Kathe Koja hat die Romane *The Cipher* (dt: *Schwarzer Abgrund*), *Bad Brains* (dt: *Schwarze Träume*), *Skin, Strange Angels* und *Klink* veröffentlicht, darüber hinaus Kurzgeschichten, die seit 1988 in *Omni, The Magazine of Fantasy and Science Fiction, Asimov's Science Fiction, The Year's Best Fantasy and Horror* und in zahlreichen Originalanthologien erschienen sind. *The Cipher* wurde in der Kategorie Erstlingsroman mit dem Bram Stoker Award der Horror Writers Association ausgezeichnet. Koja lebt mit ihrem Mann, dem Künstler Rick Lieder, und Sohn Aaron in einem Vorort von Detroit.

Barry N. Malzberg Verfasser der Romane *Beyond Apollo* (dt: *Der Sturz des Astronauten*), *Herovit's World* (dt: *Herovits Welt*), *The Remaking of Sigmund Freud, Galaxies* und vieler anderer, veröffentlicht seit 1967 Kurzgeschichten im gesamten Sciencefiction- und Krimi-Bereich und wurde 1973 für *Beyond Apollo* mit dem ersten John W. Campbell Memorial Award ausgezeichnet. Seine Werke wurden immer wieder für verschiedene Preise nominiert; eine jüngere Story, »Understanding Entropy«, 1994 für den Nebula Award.
Kathe Koja und Barry N. Malzberg schreiben seit 1992 gemeinsam, ihre Storys erschienen in *Omni, F&SF* und mehreren Originalanthologien. Sie haben den gemeinsamen Roman *God of the Mountain* vollendet.

»Zum Lob der Gewohnheit« ist eine außerordentlich be-
eindruckende Verschmelzung von Kojas und Malzbergs
Stil. Die Geschichte schildert Szenen aus den verflochtenen Lebensläufen einer Hure und der streunenden Katze,
die ihr nach Hause folgt.

Zum Lob der Gewohnheit

Bei der Katze der Hure war Katzendiabetes diagnostiziert worden, aber vielleicht, dachte die Hure, lag es nur an der schlechten Ernährung. Oder der Hitze. Oder an der Kälte, dem schmutzigen Katzenkorb oder dem Gestank in dem Apartment, dritter Stock ohne Aufzug in Hell's Kitchen: Einen Fuß vor den anderen setzen und nach einer Minute, zwei Minuten, zehn Minuten winselte man wie ein Welpe, quiekte wie ein Kätzchen, knirschte wie ein Stein. Man rollte herum wie ein Rad, abspritzen und dann die Brieftasche, obwohl es natürlich besser war, sie vorher bezahlen zu lassen, denn wenn sie nicht vorher bezahlten, bezahlten sie gar nicht, und wer braucht das schon? – die brauchten es, nur die: auf dem Bett und auf dem Boden, auf dem Esstisch, Glanz und Funkeln, Stammeln und Zusammensacken, kalt vergossenes Opium des Herzens, und die Katze der Hure auf dem Fenstersims aus echtem Marmor, aus echtem rissigem und gesprungenem Marmor, rosa wie die eklige kleine Zunge der Katze, die emsig Geschlechtsteile leckte, rosa wie eine juckende Vagina, rosa wie die Innenseite ihrer eigenen, trockenen Lider, wenn sie, wie heute Morgen, die ganze Nacht nicht geschlafen hatte.

Nicht, dass sie so beschäftigt gewesen wäre, nein. Nicht, dass sie Schlange standen, um in das Apartment im dritten Stock einzudringen, um in sie einzudringen: Nein, nein und nochmals nein, und was spielte das schon für eine Rolle? Freie Tage, laue Tage, aber die fanden sie immer, diese dummen, Mitleid erregenden Männer, sogar *dumme* Männer kamen dahinter; vielleicht nahmen die eine Witterung wahr, vielleicht spürten die sie so auf, wie eine Katze in der dunklen Küche eine Kakerlake finden konnte, und wenn die sie gefunden, wenn die sie aufgespürt hatten, was dann? Rein-raus, teeny-weeny, und dabei wollten sie nur einen geblasen bekommen, wollten nur eine Fotze sehen, die sie noch nicht gesehen hatten. Bei Nacht sind alle Katzen grau, außer wenn sie es nicht sind. Sie hatte aufgehört, in Autos zu ficken, als es zu gefährlich wurde, wie sie auch fast immer darauf bestand, dass sie sich Gummis überzogen; sie wollte nichts, das gefährlich war. Wie zum Beispiel Katzendiabetes.

»Was, zum Teufel, ist Katzendiabetes?«, fragte sie den Tierarzt.

»Das sagte ich schon«, meinte er. Weißes Zimmer, silberne Instrumente, auf seinem weißen Arztkittel Haar, Hundehaare, Katzenhaare. »Letztes Mal. Erinnern Sie sich?«

»Sagen Sie's noch mal«, bat sie. Du Arschloch, dachte sie, für dich bin ich nur, was die für mich sind, nur ein paar Piepen in einer Schlange Geld, du Arschloch, du siehst mich ja nicht mal an, wenn du mit mir redest.

»Eine Blutkrankheit«, sagte er. »Eine Fehlfunktion, schlechter Stoffwechsel. Ist schwer zu erklären, aber im Wesentlichen ist das die Diagnose.«

Na gut, sie war zu dumm, eine Diagnose zu verstehen; na klar, logo. Ihre bloßen Knie auf dem glatten Plastikstuhl überkreuzt, die Katze auf dem Tisch, ihre Hand auf der warmen, reglosen Krümmung, Knochen unter Fell. »Wird sie sterben?«

»Sie sterben alle«, sagte der Tierarzt. »Das wissen Sie.«

»Verkaufen Sie mich nicht für dumm«, sagte sie, die kalten, emsigen Finger immer noch sanft auf dem glanzlosen Fell der Katze. »*Wir* sterben auch alle, aber ich wette, Sie möchten trotzdem, dass ich die Rechnung bezahle, richtig? Die Diabetes«, ruhiger, aber nicht weniger schroff. »Wird sie daran sterben?«

»Er«, sagte der Tierarzt. »Wie oft muss ich es Ihnen noch sagen? Er ist ein Männchen, ein kastriertes Männchen.«

Ein kastriertes Männchen. Nun, wer sonst sollte ihr auf der Straße nach Hause folgen, die drei Treppenfluchten hinauf und die ganze Nacht vor ihrer verriegelten Tür schreien, bis sie Mitleid bekam und ihn herein ließ? »Das passt«, sagte sie und hätte noch mehr sagen können, viel mehr, aber was hätte es genützt? Der Tierarzt hätte es nicht verstanden, und wenn doch, hätte es alles nur noch schlimmer gemacht. Er sah nicht wie der Typ aus, der zu Huren ging – aber wem sah man das schon an? –, bei der Vielzahl konnten, mussten Tierärzte, Ärzte, Anwälte, was auch immer, dabei sein, und keiner hatte ein bestimmtes Aussehen, keine sichere Methode der Identifikation. Manche sahen wie Nieten aus und waren es auch, manche sahen nett aus und waren es nicht, aber die meisten sahen nach gar nichts aus, sie waren nur Typen mit einem Ständer und einem Problem, und der Ständer *war* das Problem, so wie das Medium die Botschaft war, oder wie immer sie das ausdrückten, aber überhaupt sagte sowieso nie einer etwas zu ihr darüber. Sie sagten nie viel, außer: *Wie viel?* oder *Hast du ein Plätzchen?* Klar, ich hab ein Plätzchen, Arschloch, gleich hier unter dieser Kaninchenfelljacke, genau da, wo es warm und dunkel und feucht und glänzend ist, glänzend wie die Augen der Katze auf dem Tisch, glänzend wie die Nadel, die in die Katze gestochen wird, oh! Hör nur, wie sie kreischt, ein grässlicher, kurzer Schrei, und sie zuckte zusammen, als die Nadel in die Katze eindrang, zuckte zusammen, als der Tierarzt die Nadel wieder herauszog, und sie sagte »Tut es weh?« – mit feuchten Augen und zitternden Händen auf der Katze, die unter ihrer Berührung zitterte. »Tut es weh?«

»Natürlich tut es weh«, sagte der Tierarzt. »Es ist eine Injektion.« Wischte sich die Hände ab, warf die Nadel weg, die waren vorsichtig hier, Katzen konnten auch Aids bekommen. Eine Menge Dinge können Katzen krank machen, die Leute hielten sie für so zähe Tiere, die unverwüstlich waren und aus Mülleimern fraßen, aber das stimmte einfach nicht, sie waren empfindlich, empfindliche kleine Wesen, die verletzt wurden und schreckliche Krankheiten bekamen und alles andere war gelogen, ein Irrtum, der durch allgemeine Verbreitung zur Wahrheit geworden war. Hast du den von der Katze gehört, die nur Rattengift gefressen hat? Und überlebte? Hast du den von der Katze gehört, die Rattengift gefressen hat und qualvoll krepiert ist? Und den von der Hure mit dem goldenen Herzen? Wie die bei Mondschein durch Hell's Kitchen spazierte, im Dunkel der Nacht, das Wimmern der Katze auf dem Fenstersims, gleich dem letzten einsamen Ruf am Ende der Welt: Erzähl mir noch einen, oh, bitte, erzähl mir noch einen davon.

Nachts, wenn die Katze draußen durch die Stadt streifte, konnte alles sich in ihre Haut hineinversetzen, konnte mittels Fantasie den feinen Spürsinn des Tieres ahnen, das zwischen Ziegeln und Backsteinen dahinschlich, dem unsichtbaren Netzwerk der verfallenen Stadt am Fluss. An den Türen konnte man Penner sehen, Müßiggänger, Ausgestoßene mit Pistolen und Messern, die nach Fleisch Ausschau hielten, egal welchem Fleisch, Katzenfleisch ... während oben, in der Schale des Himmels, die gelblichen und tödlichen Lichter der vergifteten Atmosphäre am Atem von Fremden hafteten. Aber die Katze stahl sich uneingedenk all dessen durch die Korridore, schlank und klein und an keinerlei Trauma interessiert, das nicht direkt zu einer Mahlzeit führte, auf der Suche nach dem einen, wahren Schicksal, Suchende und Gesuchte zugleich. Thunder – der Name des Katers, den ihm die Hure gleich in der ersten Nacht gab, als er sich den Weg durch ihr Apartment gekratzt und geschnuppert und mit raschen, entschlossenen Hieben die Kanten der Tische und Stuhlbeine markiert hatte – *das ist mein, das gehört mir;* und die Hure hatte er ebenfalls markiert, sich an ihrer Haut gerieben, weniger eine Liebkosung als vielmehr ein Befehl: *Mein* – und die Stadt ebenfalls, da er, kastriert oder nicht, seine Mission kannte, und manchmal drückte er ein verblüfftes Weibchen in den Staub oder auf Backsteine oder Asphalt und biss es in eine Art aufgegeilte Raserei;

manchmal waren es Fischköpfe und erbeutete Stückchen, von denen er immer kleinere und kleinere Fetzen abriss, schmerzende kleine Klümpchen an der unerbittlichen Logik seiner Zähne; manchmal waren es Ratten oder sterbende Mäuse, die gepackt und weggeschleppt wurden, um sie fallen zu lassen und zu springen und sie wieder zu packen; aber was immer der Kater verschlang, brachte ihm keinen Frieden, wenn er sich durch die Säle und Durchgänge der Stadt mampfte, Fremde anstarrte, in Halbtrance döste: zu ihrem Fenster hineinkroch, und dann wieder hinaus, in die Handfläche der Nacht, um die Jagd erneut zu beginnen, und nichts von alldem, das wusste die Hure ganz genau, kühlte das gespaltene, gestrenge Herz des Katers ab, gab Thunder, was er in den dunklen und anonymen Nächten suchte: Er kehrte durch das Fenster zurück, mattes Fell, gekrümmte Schnurrhaare, Nase und Schnauze schorfig und blutig, und legte sich stumm neben sie, legte sich hin wie eine wiedergekehrte Extremität ihres eigenen unglücklichen, erschöpften Herzens in die Streifen grellen Sonnenlichts, das keinen der beiden wärmte, das nichts brachte, außer der Kunde von einem weiteren hungrigen Tag.

Dies war der letzte Sommer im Leben der Hure, sie spürte eine Ahnung ihrer eigenen Sterblichkeit in sich wachsen und in ihre Knochen hineinbrennen wie die Sonne, zuerst ein Fünkchen, dann ein Keil und zuletzt ein Speer aus Licht: Wenn sie auf, in, unter diesem Bett mit den blauen Laken mit den Samenflecken lag, diesem Stück Matratzenbühne und Theater, Schaubühne, Theater der Grausamkeit, siebenunddreißig und verzweifelt, siebenunddreißig und auf neunundneunzig zugehend, konnte die Hure hören, wie die Männer auf dem Höhepunkt des Orgasmus Luft holten, verschweißt mit dieser erstaunten, schindenden Vision ihrer selbst, wenn sie auf den giftigen Friedhof von totem Sex und Möglichkeiten taumelten und ihre Körper – haarig, schwabbelig, hässlich, feucht – in diesem winselnden Atemzug vor der Klimax krümmten, dann konnte sie ihren eigenen Tod hören, der wie eine Stimme in einem Korridor rief, die klare und letzte Glocke ihrer eigenen letzten Passage, in ihrem Klammergriff herumrollend, wenn sie kamen, Schenkel zuckend wie die zum Greifen ausgefahrenen Krallen einer Katze; an ihnen saugend und tobend bis zur Vergrößerung, Kulmination, Auslöschung, konnte sie spüren, wie die Männer, und dann sie selbst, auf ihr starben, starben, starben, sodass Atem und Tod ihrer Orgasmen mit dieser vollkommenen Vision ihres eigenen Dahinscheidens verschmolzen, das sie als flatternden Vogel am Himmel sehen konnte, einen Vogel in Form eines Herzens, das Herz im Griff einer Vollendung, die umso vollkommener, weil unbekannt war.

Sie drehte den Kopf von einer Seite auf die andere, alle Gesichter leer, alle Augen dieselben, ihre Laute ein Laut, den sie an ihr ausstießen, so bemitleidenswert wie der der Katze, die in der Nacht, als sie ihr nach Hause folgte, Zeter und Mordio vor der Tür miaut hatte: Kopf auf dem Kissen, Kissen auf dem Bett, Bett das Ufer der verlorenen Hoffnung und alle Matrosen, alle kleinen Seeleute kamen, um in ihrem warmen, roten, inneren Meer zu segeln: Die Flotte ist eingelaufen! Und ausgelaufen und weg. Aber nie lange. Wenn sie den Blick über die Stadt schweifen ließ, festgenagelt unter ihrem lüsternen Stoßen und Grunzen, spürte die Hure in diesem dunkelnden Sommer die ganze Last ihrer Kollisionen und Austreibungen, jeden Schwanz, jeden Erguss, jedes Paar haarige, verschrumpelte Eier in perfekter, aufeinander folgender Ordnung, sie nahm alles in sich auf als Voraussetzung, alles gehen zu lassen. Zierliches und zerbrechliches Leben, Leben wie das der Katzen auf den Straßen, das ihnen gewährt und dann entrissen wurde, und alle Stufen und Windungen ihrer eigenen, unwahrscheinlichen Möglichkeit: In den Ausdünstungen von Samen, Schweiß, dem Gestank von Geld, dem leisen, kläglichen Fiepen ihrer erschrockenen Katze und in ihrem eigenen, vagen und trockeneren Schluchzen, dem Schluchzen ihres siebenunddreißigsten Jahres, ihres achtunddreißigsten Jahres, im Schluchzen alles erlangten und verlorenen Wissens spürte die Hure, dass sie zu einer neuen Art von Wissen kam, einer frischen Vision, die nur von künftigen Augen geschaut werden konnte.

Aber zu anderen Zeiten – Zeiten, wenn Thunder in der Stadt unterwegs und sie sein imaginärer Passagier war, Zeiten, wenn sie ausgetrocknet zwischen den Laken lag und weder aufwachen noch schlafen, kommen oder gehen konnte, wie alle Macker zusammengekauert zum Fragezeichen ihres eigenen Daseins – zu diesen anderen Zeiten begriff die Hure, wie unvollkommen auch immer, die Tatsache, dass sie nichts wusste oder wissen würde, dass sie und ihre Katze nur zwei Aspekte desselben abgestumpften Zeugen waren, Agenten und Behältnisse für Konsequenzen, die sie nicht verstehen, sondern auf die sie nur reagieren konnten wie ein Mund auf eine Brust reagiert, auf den Geschmack von Fleisch, den Sog der Atmung, mit der Art von Verzückung reagieren, die sie, gleich den Cheyne-Stokes-Arien der Macker, nur weiter in die Dunkelheit hinein trug, weiter von dem Ort weg, den sie als Licht kannten.

Zu Zeiten, früheren Zeiten, waren sie und Thunder gemeinsam auf die Walz gegangen, Katzenfell und Kaninchenfell, vier Beine und zwei: So gingen sie rasch auf den Straßen dahin, duckten sich manchmal in eine Bar, fanden ihre Kundschaft manchmal außerhalb, im Regen, zwischen den endlosen Müllbergen, in der Hitze und im trockenen Schatten. Meistens bemerkten die Macker die Katze gar nicht, bis die Vereinbarungen getroffen, die Präliminarien abgeschlossen worden waren und sie die ganze artige Scheiße hinter sich gebracht hatten, und dann, irgendwo auf dem Weg zur Treppe, manchmal auch erst auf den Stufen, kam die Frage: Ist das Ihre Katze, Lady? Gehört eine Katze zur Abmachung dazu? Manchmal störte es die Macker gar nicht, manchen gefiel die Vorstellung sogar, dass die Katze mitkam, die machten dann ihre kläglichen Witzchen darüber, dass sie zweimal bezahlen mussten oder zwei Muschis bekamen, ein paar blieben sogar wie angewurzelt stehen und weigerten sich, die Sache durchzuziehen, aber: Der Präliminarien ungeachtet wurden fast alle schüchtern beim Ficken, wenn ihnen klar wurde, dass die Katze, bezahlt oder nicht, auf jeden Fall Teil der Abmachung war und das Zimmer erst verließ, wenn auch die Hure ging. Manche gaben sich betont gleichgültig, aber keiner, das sah, wusste und spürte sie und war froh darüber, keiner blieb unbeteiligt, und wenn sie die Matratzengymnastik mit Thunder im Zimmer absolvierte, reagierte sie auf seinen Blick, nicht auf die Münder und Finger und Stöße festen Fleisches, sondern auf den kühlen, blassen, gleichgültigen Blick der Katze, die dies alles wie von einer hohen und heiligen Warte aus beobachtete.

Einmal, nur einmal, hatte die Katze aktiv eingegriffen und war wie auf eine Beute auf den Rücken eines Mackers gesprungen, der sich auf den Höhepunkt zugerackert und gehechelt hatte: der lautlose Sprung und der Schmerzensschrei, das ruckartige Hochfahren, mit dem er die Katze von seinem Rücken schüttelte, aber selbst in seinem Schrecken und seinem Abschwellen hatte der Macker seine Spur hinterlassen: diesen milchigen, zähflüssigen Spermaflecken auf ihrem Oberschenkel, und als er fluchend zu seinen Kleidern lief, hatte er gesagt: *Behalte das Geld*, obwohl sie ihm nicht angeboten hatte, etwas rauszugeben, *behalt das Scheißgeld, Lady, lass mich einfach hier raus, lass mich in Ruhe. Du bist verrückt, Lady, vollkommen verrückt*, und das war die Nacht gewesen, in der sie zum Passagier geworden war, vom Schatten der Katze geträumt hatte, der von Wand zu Wand huschte, über dem hilflosen, erschrockenen Macker aufragte, sprang, wie sie auf Beute, Essen, Fleisch auf der Straße springen würde, und wer war hier wirklich der Passagier, wer trug wen? – oh, mit der eigenen Katze spazieren gehen, vielleicht war es verrückt, vielleicht hatte der Macker Recht, aber was machte das schon für einen Unterschied, welches Gewicht konnte ein derartiges Urteil jemals besitzen? Auf das Urteil der Katze kam es an, das der Katze und ihr eigenes, auf ihr Leben, das gegen die immensen Ufer von Inkonsequenz und Verlust geschleudert und geschlagen wurde, ihr Wissen um diesen Verlust, Tag und Nacht, die Träume von Hunden und Männern, von Messern und Thunder, der mit ihr lief, während sie mit ihm spazierte, der mit ansah, wie sie immer und immer wieder in demselben feucht-fleckigen und unveränderlichen Bett zur selben trostlosen Selbsterkenntnis gelangte: *Vollkommen verrückt*, na und, na und? Licht und Schatten, Frau und Katze, Muschi und Muschi und immer und immerzu Muschi, Welt ohne Ende, Ende der Zeit, na und, na und? Lichtstrahlen, glibberige Spermatropfen: Ist das deine Katze, Lady? Und wenn sie es ist?

In diesen schwierigen, endlosen, anstrengenden Wochen, schmerzende Beine und Rücken, Hefepilzinfektionen und geschwollene Drüsen, spürte die Hure, wie sich die Prophezeiung ihres eigenen Todes mit immer größerer Überzeugung in ihrem Herzen einnistete, dann dem Gehirn, dann in der feuchten, unglücklichen Fotze, mit der sie in diesen gefährlichen Jahren ein so zweifelhaftes Leben gefristet hatte. Wie eine geheime Botschaft, ein verborgenes Zeichen, sobald der Code geknackt war, sah man es überall: in Dreck und Abfall auf den Straßen, in der Tasse kalten Kaffees, die man im Vorübergehen trank, in den Augen der Katze, die einem zusah, wie man sich wieder von einem ficken ließ, wieder einen Freier nach Hause brachte; dieser keuchende Atem von Orgasmus und Tod, der auf dem Sozius mitfuhr, ihre Augen hinter denen der Katze starrten sie vom Rand des Marmorsimses an, Bruchlinie, DMZ, Niemandsland von nackten Arschbacken und schwitzenden Fingern, von Schmutz und Gestank und der wartenden Stille, wenn der Macker sich wieder anzog und wieder zu dem wurde, was er gewesen war, bevor er das Zimmer betreten hatte: Seine Präsenz blieb für immer und ewig da, weniger als eine Erinnerung, nur von der Katze bemerkt, die mit ihren kurzen, wirtschaftlichen Bewegungen ihren Katzengeruch immer und immer wieder einkrallte, um die menschlichen Ausdünstungen zu überdecken, und jedes Mal der Letzte, jedes Mal die Tischbeine, die Handflächen der Hure, sauber gewaschen, frisch eingecremt, Gnadenfrist bis zum nächsten Mal, und dem nächsten Mal, und dem letzten Mal für heute.

Es war an einem dieser letzten Abende, als Thunder, der das Apartment verlassen hatte, wo die Hure als ein gekrümmtes Komma im Bett lag, am Fluss entlangstreifte, sich unter der Washington Bridge herumtrieb und auf seine gleichgültige, aber fest entschlossene Art und Weise in Abfall und Resten schnupperte und dabei in den Hinterhalt einer Hundemeute geriet. Als Streuner geboren oder ausgesetzt, auf Beutezug: Und die Hure zog in ihrem Bett die Knie dichter an das Kinn, schlug die Augen in dieser engen Verbundenheit auf, hörte mit ihren Ohren die suchenden Schritte der Hunde, dann ihr Knurren und Hecheln, ihr stolperndes Auftauchen unter den Bäumen: dann erblickten sie Thunder, und in diesem Moment sah die Hure, in einer so allumfassenden Aufmerksamkeit, dass es der Umriss ihres eigenen Mörders hätte sein können, der da zur Tür hereinkam, wie Thunder den bellenden Hunden erlag, ihren klickernden Krallen und Zähnen, und sie konnte gar nichts tun; der Bann war so unerbittlich wie der ihrer abspritzenden Macker, die Hilflosigkeit der Hure glich der von ihnen, wenn ihr Atem den Augenblick des Vergehens verkündete, Thunders Vergehens, ihr eigener trauriger und erschöpfter Erguss, wenn sie endlich alles zurückgab, strömend und spritzend, tropfend und leckend: Und kastriert oder nicht, Diabetes oder nicht, Thunder starb qualvoll und unter heftiger Gegenwehr, krallte nach den Hunden, wie die Hure nach ihren eigenen Beinen krallte, sich im Bett herumwälzte wie von Leidenschaft überwältigt, wie vom Tod überwältigt, als die Meute Thunder schließlich zu Boden riss, die Hitze der Hunde, und so sehr sie es versuchte, die Hure konnte nicht heraus, konnte nicht entkommen: Ihr Leben existierte, wie das von Thunder, nur zwischen Ellipsen des Untergangs, von diesem zu jenem Verwunden, in der Schwebe hängend, schlag um dich und kratze und lass sie ein Gummi tragen, aber es sind viele in der Meute, oh so viele, und ihre Ausdünstungen sind unauslöschlich, man bekommt ihn nie wieder raus, den Geruch, den Geruch; sie lag auf dem Bett und rollte sich auf die Seite, um zu kotzen, als sie sah, was die Hunde dort unter der Brücke zurückgelassen hatten, zu kotzen, bis sie leer war, leer genug, wieder aufzustehen.

Es ist nicht klar, ob es jener Abend war, an dem sie im Kielwasser dieses Todes auf die Straße hinausging, um ihren Mörder zu suchen und sich ihm zu ergeben, oder ob es ein paar Abende später war; die Aufzeichnungen sind unklar; wer zeichnet schon die Wege einer Hure auf? Erst am Ende, als er sie bestieg und sich mit seiner Waffe an die Arbeit machte, fand sie in Schmerzen und Entsetzen die Saat des Schlusses, das Verständnis nicht für die Zeit, sondern für das Schicksal: das vom Messer durchbohrte Herz, der schrille Schrei, ihre vereinten Schreie, als Penetration tieferes Blut zutage förderte, und in Sabber und dem Schwebegefühl ihres Todes sah sie nicht den enormen Kopf des Gerichts über sich gebeugt, mit Augen so sanft und grün wie die einer Katze, rund wie die einer Katze, abwägend wie die einer Katze, als sie alles losließ, Blut und Samen, Angelhaken-Dämmerung, Thunders Leichnam die Schablone für die Leere, zu der sie nun werden musste.

»Ob er sterben wird?«, fragte der Tierarzt. »Nun, natürlich sterben wir alle, daher schätze ich, auch er wird sterben, aber nicht bald«, sagte der Tierarzt. »Nicht so bald.«

Nicht bald genug, dachte die Hure, nichts ist jemals bald genug, und damit hinaus auf die gleichgültigen Straßen, Thunder beleidigt auf den Armen, ihr Herz und ihre Fotze nun so leer, sie hätte die ganze Welt aufnehmen können, so umfing sie die Katze wie einen Wechselbalg, verzehrte die Königin der Katzen selbst, fangen, umklammern und stottern, voll, dann leer, leer, dann dahin zur Musik der bellenden Hunde am Fluss, an der Geometrie des Schlusses, wie Geruch auf dem Fleisch selbst markiert.

Douglas Clegg wurde in Virginia geboren, lebt aber seit zehn Jahren in der Gegend von Los Angeles. Er hat mehrere Romane veröffentlicht, darunter *Dark of the Eye, You Come When I Call You, The Children's Hour* (dt: *Kinderstunde*) und *Colony*. Seine Kurzgeschichten erschienen in den Anthologien *Little Deaths* (dt: *Fieber*), *Love in Vein, Forbidden Acts, Phobias II, Southern-Fried Horror* und *The Year's Best Fantasy And Horror: Eighth Annual Collection* sowie in den Magazinen *Cemetary Dance, Deathrealm* und *Place Corbie*.

In »Die Fünf« fühlt sich ein verstörtes junges Mädchen zu einem Wurf Katzen hingezogen. Ich fragte Clegg, was er zum Zusammenhang zwischen Kindern und Katzen meint. Über seine eigenen Erfahrungen mit Katzen sagt er: »In gewisser Weise drücken Katzen die Art von bedingter Liebe aus, die in vielen durchschnittlich unglücklichen Familien vorherrscht. Als Kind habe ich der Katze nie rückhaltlos vertraut, obwohl ich sie liebte. Wenn sie unter meine Bettdecke kroch, hat sie mich an meinen Füßen terrorisiert. Wenn sie mich zu lange anstarrte, hatte ich Angst, sie könnte meine innersten Gedanken lesen. Als Kind dachte ich, dass Katzen telepathisch mit Menschen kommunizieren. Das ist sehr unheimlich und bringt mich zu der Überzeugung, dass ich einen guten Psychoanalytiker brauchen könnte, aber als Erwachsener habe ich eine deutlich normalere Beziehung zu meiner Katze – und zufällig auch zu meiner Familie.«

Douglas Clegg
Die Fünf

1

Es war die Mauer des Carports, und Naomi, die gerade in die schlaksige Phase kam, hatte sich daran ausgestreckt, als wolle sie an der Seite des Hauses bis zum Dach hinaufklettern. Sie hörte das Geräusch zuerst. Sie wusste von der Katze, der wilden, die draußen im Wash lebte. Irgendwie hatte sie die Kojoten überlebt, die dort herumstreunten, und sie hatte sich eingebildet, sie hätte das Tier ein paar Mal in die Nähe des Hauses kommen sehen. Aber es konnte kein Zweifel daran bestehen, dass es sich bei dem Geräusch um miauende Kätzchen handelte, und daher legte sie ihrem Vater das Problem dar. »Sie werden da drinnen sterben.«

»Nein«, sagte er. »Die Katzenmutter weiß, was sie tut. Sie hat die Kätzchen dorthin gebracht, damit die Kojoten sie nicht holen. Wenn sie alt genug sind, bringt sie sie heraus. Es sind Tiere, Nomy, die verhalten sich nach der Natur und ihrem Instinkt. Die Katzenmutter weiß, was das Beste ist. Und die Mauer ist auch stabil genug. Mauern sind gute Plätze, sicher vor Raubtieren.«

»Was ist ein Raubtier?«

»Alles, was eine Bedrohung ist. Alles, was eine Katze fressen könnte.«

»Wie ein Kojote?«

»Genau.«

»Wo ist der Katzenvater?«

»Bei der Arbeit.«

Er zeigte Naomi, wo sich die Schwachstelle der Wand befand und wie sie mit einem Glas das Ohr daran drücken konnte. Ihre Augen wurden abwechselnd ganz groß und zusammengekniffen, und sie ließ das Glas aus Versehen fallen, sodass es zerbrach.

Er sagte: »Das musst du wegräumen.«

Sie war barfuß und musste vorsichtig um die Scherben und die Ölflecken des Autos herumgehen, um den Besen zu holen. Sie fegte das zerbrochene Glas mit einigen wenigen Bewegungen zusammen, dann lehnte sie sich wieder an die Wand. Ihr Vater ließ zu diesem Zeitpunkt gerade im seitlichen Grünstreifen den Rasenmäher an. Sie wollte ihm mehr Fragen über die Katze stellen, aber er war beschäftigt, und da dies (diesbezüglich hatte man sie ermahnt) einer seiner wenigen freien Tage in diesem Sommer war, beschloss sie, ihn nicht weiter zu behelligen. Sie ging hinein und erzählte ihrer Mutter von der Katze und den Kätzchen, und ihre Mutter zeigte mehr Besorgnis. Ihre Mutter hatte geholfen, in der Nähe von Hemet am Straßenrand eine Opossumfamilie zu retten – die Opossummutter war von einem Auto überfahren worden, und obwohl Naomi wusste, dass die Babys wahrscheinlich todgeweiht waren, hatten sie und ihre Mutter sie in eine Einkaufstüte gepackt und zu einem Tierarzt in der Nähe gebracht, der versprochen hatte, sein Möglichstes zu tun, und damit war die Sache erledigt. Wenn es um Tiere ging, war ihre Mutter viel sentimentaler als ihr Vater, daher ging sie unverzüglich mit ihr hinaus, um sich die Mauer selbst anzusehen.

»Neben der Regenrinne ist ein Loch. Ich weiß nicht, wie sie es geschafft hat, aber sie hat sich da reingezwängt. Gut für sie. Sie hat ihre Kinder beschützt.« Naomis Mutter zeigte hinauf unter den Dachvorsprung, wo das Regenrohr nur teilweise ein Loch bedeckte, das ihr Vater aus Versehen in die Mauer gehauen hatte, als er das Dach reparierte.

»Ich habe sie schon gesehen«, sagte Naomi, »die Katzenmutter. Sie beobachtet Maulwürfe drüben auf dem Feld. Sie sieht ziemlich fies aus. Vater sagt, das macht sie aus Instinkt.«

Naomis Mutter sah von ihr zu ihrem Vater, der mähte. »Es ist sein freier Tag, und er mäht den Rasen. Wir sehen ihn beim Frühstück und vor dem Schlafengehen, und an seinem freien Tag mäht er den Rasen.«

»Das ist sein Instinkt«, sagte Naomi. Die Abgase des Rasenmähers und der Geruch des frisch gemähten Grases hingen in der Luft; Staubkörnchen und Löwenzahnsamen schwebten über dem gelben Tag.

Sie dachte den ganzen Nachmittag an die Kätzchen und fragte sich, wie viele es sein mochten.

»Ich glaube mehrere«, sagte ihre Mutter zu ihr. »Vielleicht fünf.«

»Warum bekommen Menschen ihre Babys nicht so, auf einmal?«

Ihre Mutter lachte. »Bei manchen ist es so. Die sind verrückt. Glaub mir, wenn du alt genug bist, Kinder zu haben, möchtest du nicht mehrere gleichzeitig bekommen.«

»Ich kann es kaum erwarten, Babys zu bekommen«, sagte Naomi. »Wenn ich Babys habe, dann beschütze ich sie, genau wie die Katzenmutter.«

»Du bist viel zu jung, an so etwas zu denken.«

»Du hast mich bekommen, als du achtzehn warst.«

»Also bleiben dir noch neun Jahre Zeit, und du musst dir unterwegs auch noch einen Mann suchen.«

Ihr Vater, der sich das alles angehört hatte, während er die Zeitung las, sagte: »Ich glaube, es ist nicht richtig, sie auch noch zu ermutigen, Jean.«

Ihre Mutter sah ihn an, dann wieder Naomi.

Das Wohnzimmer war ganz in Blautönen gehalten, und Naomi kam es manchmal so vor, als wäre es ein riesiges Meer, in dem sie auf einem Kissen trieb und ihre Eltern meilenweit entfernt waren, unter Wasser.

Ihr Vater sagte mit nuschelnder und undeutlicher Stimme etwas über dies und das und dass sie ihr schon einmal erzählt hätten, dass irgendetwas mit etwas anderem zu tun hätte, aber Naomi wusste, wann sie ihn ausblenden, wann sie ihn unter die Wellen tauchen musste.

Nach dem Abendessen kletterte sie mit einer Taschenlampe im Mund an der Regenrinne hinauf und kam sich vor, als müsste sie sich jeden Moment übergeben. Sie hielt sich an der Dachkante fest, schnitt sich die Finger am scharfkantigen Metall der Rinne auf und klemmte den Fuß in den Spalt zwischen Abrohr und Mauer. Sie leuchtete mit der Taschenlampe in das Loch und sah ein paar leuchtende rote Augen und eine Bewegung. Mehr nicht. Die Augen machten ihr ein wenig Angst und sie versuchte, den Fuß herauszuziehen, damit sie sich nach unten rutschen lassen konnte, aber ihr Fuß steckte fest. Die Katzenmutter bewegte sich in dem Loch nach oben, bis sie ihr Gesicht direkt vor dem von Naomi hatte. Naomi vernahm ein leises Knurren, das sich gar nicht nach einer Katze anhörte. Sie ließ die Taschenlampe fallen und spürte, wie eine Kralle über ihr Gesicht glitt. Es gelang ihr, den Fuß zu befreien, sie fiel die anderthalb Meter bis zum Boden und landete auf ihrer Kehrseite. Sie spürte einen stechenden Schmerz in den Beinen.

Ihre Mutter kam heraus, als sie den Lärm hörte, und rannte zu ihr. »Verdammt«, keuchte ihre Mutter, »was, in Gottes Namen, tust du da?« Sie lief zu Naomi und hob sie hoch.

»Mein Bein.« Es tat so weh, dass sie sich gar nicht bewegen wollte, aber ihre Mutter trug sie ins Licht des Carport. Sie hinterließ eine Blutspur. Es spritzte nicht heraus, wie sie geglaubt hatte, sondern tröpfelte und tröpfelte nur wie der Regen, wenn es nieselte.

»Das ist Glas«, sagte ihre Mutter. Sie zog den Splitter heraus; Naomi hatte keine Zeit zu schreien. Tränen quollen aus ihren Augen. Im Bein, an der Wade entlang, verspürte sie sengende Schmerzen.

Ihr Vater hatte das Geschrei gehört, auch er kam heraus. Er trug weiße Boxershorts und ein verblichenes, graues T-Shirt. Er sagte: »Was ist hier los?«

»Sie hat sich geschnitten«, sagte Naomis Mutter.

»Ich habe ihr gesagt, sie soll das Glas zusammenfegen«, dann drehte er sich zu ihr um und fuhr leiser fort: »Habe ich dir nicht gesagt, du sollst die Glasscherben zusammenfegen, Nomy?«

Naomi konnte ihn wegen der Tränen kaum sehen. Sie sah von einem zum anderen und wieder zurück, aber alles war verschwommen.

»Wir müssen sie in die Notaufnahme bringen.«

Naomis Vater sagte: »Na klar, und wer soll die dreihundert Piepen aufbringen?«

Ihre Mutter sagte nichts.

»Wir können es hier nähen, oder nicht?«

Ihre Mutter schien etwas sagen zu wollen. Fast kam ein Laut aus ihrem Mund. Aber nach einem Moment sagte sie: »Ich schätze, ich könnte es. Herrgott, Dan. Wenn es nun schlimmer wäre?«

»Es ist nur ein Schnitt. Es ist nur Glas. Du weißt, wie man so etwas näht.«

»Süße, ist dir das recht?«, fragte ihre Mutter.

»Wenn mein Vater es so will«, antwortete Naomi.

»Immer nennt sie mich so«, sagte ihr Vater. »Ist das nicht seltsam? ›Mein Vater.‹ Warum ist sie so?«

Ihre Mutter beachtete ihn gar nicht. Naomi spürte die warme Hand ihrer Mutter auf der feuchten Wange. »Es macht nichts, zu weinen, wenn etwas weh tut.«

»Sie sieht mir auch nie in die Augen. Ist dir das je aufgefallen? Du bist Mommy, und ich bekomme ›mein Vater‹. Herrgott.« Ihr Vater sagte noch etwas, aber selbst die Geräusche wurden undeutlich, weil Naomi meinte, sie könnte die Kätzchen in der Wand miauen hören, gleich auf der anderen Seite und sie wurden immer lauter und lauter.

Auch später noch, als ihre Mutter das Nähzeug holte und

Naomi sagte, es würde längst nicht so weh tun, wie es aussah, selbst da dachte sie noch, dass sie sie hören könnte.

2

Die Fäden wurden eine Woche später gezogen, und obwohl eine breite, weiße Narbe zurückblieb, sah es gar nicht so schlimm aus. Naomi konnte immer noch seilspringen, auch wenn sie ein leichtes Ziehen verspürte. Sie war nicht oft draußen gewesen – sie hatte ein Fieber bekommen, das laut ihrer Mutter von einer Infektion in dem Bein stammte. So musste sie nur herumliegen, Wiederholungen von *Hoppla, Lucy* ansehen, Saltines essen und Cola schlürfen. Nicht das schlimmste Schicksal, überlegte sie sich. Sobald sie konnte, ging sie hinaus, um nach den Kätzchen zu sehen.

Sie hatte eine Dose Tunfisch dabei – sie wusste, Katzen liebten Tunfisch, und ihre Mutter würde sie nie vermissen. Sie stellte die Leiter an die Wand und stieg hinauf.

Aber das Loch war nicht mehr da.

Es war versiegelt worden. Weißer Verputz bedeckte es.

Sie fragte ihr Mutter danach.

»Sie waren alt genug, dass sie hinaus konnten«, sagte Naomis Mutter, »und darum hat die Mutter sie mit auf die Wiese genommen, damit sie Mäuse fangen können.«

»Was ist mit den Kojoten?«

»Wildkatzen sind normalerweise schlauer als Kojoten. Wirklich, Liebes. Es geht ihnen gut.«

3

Obwohl ihr verboten war, die Wiese zu betreten, die an das Grundstück ihres Vaters grenzte, bahnte sich Naomi einen Weg durch Brombeer- und Himbeerhecken und ging trotzdem.

Das Gras auf der Wiese war hoch und gelb; Fuchsschwanzgras griff nach ihr und blieb an ihren Socken haften. Sie entfernte es sorgfältig. Mitten auf der Wiese stand ein alter, rostiger Traktor, und ganz in der Nähe fand sie mehrere kleine, steife Ballons. Sie suchte weiter im Gras. Etwas bewegte sich bei dem Hügel, wo das Gras am dichtesten war. Ein großer, nach einem Blitzschlag abgestorbener Baum stand an der Stelle Wache. Auf seiner höchsten Spitze saß ein Falke. Naomi hielt nach den Katzen Ausschau. Das Gras bebte. Der Falke flog über die Wiese davon, auf den orangefarbenen Hain zu.

Sie sah, wie sich zwei Ohren langsam über das Gras erhoben.

Ein Kojote war keine vier Schritte von ihr entfernt. Der ockergelbe Kopf wurde sichtbar. Er war wunderschön.

Sie blieb mehrere Sekunden reglos stehen.

Sie hatte einen Kojoten noch nie so nahe gesehen.

Und dann wirbelte das Tier herum und rannte über die Wiese Richtung Wash.

Naomi hatte die ganze Zeit, ohne es zu merken, den Atem angehalten. Die Sonne stand sengend hoch am Himmel; Naomi sah zum Haus zurück. Es schien so weit weg zu sein. Sie setzte sich einen Moment ins Gras und spürte, wie die Resthitze des Fiebers ihr den Schweiß auf die Stirn trieb. Sie presste die Hände zusammen wie zum Gebet und legte den Kopf daran. »Lass nicht zu, dass den Kätzchen etwas geschieht«, flüsterte sie der trockenen Erde zu.

Als sie erwachte, hatte die Sonne den Weg am Himmel schon zurückgelegt. Ameisen krochen über Naomis Hände; manche in ihrem Haar. Sie musste sie ausbürsten. Es kam ihr so vor, als hätte sie jahrelang geschlafen, so friedlich war es gewesen. Ihre Mutter rief aus dem Garten nach ihr. Sie stand auf, strich Erde und Insekten von sich und lief auf die vertraute Stimme zu. Sie sprang um die Dornenhecke herum, aber ihr Bein tat wieder weh, daher hinkte sie die Einfahrt hinauf. Sie wollte auf der Seite des Carport in den Garten, als etwas vor sie sprang.

Es war die Katzenmutter. Fauchend.

Naomi erstarrte.

Die Katzenmutter sah sie an.

Naomi schaute sich nach den Kätzchen um, sah aber keine.

Und dann hörte sie sie.

Sie folgte dem Geräusch.

Drückte das Ohr an die Mauer des Carport.

Sie hörte sie.

In der Mauer.

Die fünf.

4

Als ihr Vater von der Arbeit nach Hause kam, ging er hinein und setzte sich vor den Fernseher, um die Zweiundzwanzig-Uhr-Nachrichten anzusehen. Naomi sollte sich auf das Zubettgehen vorbereiten, aber sie drückte sich an die Wand im Wohnzimmer, weil sie glaubte, dahinter zu hören, wie sich etwas bewegte. Sie folgte den Geräuschen in das Gästezimmer. Ihr Vater schaute sie an, dann wieder zum Fernseher. Das Geräusch in der Mauer schien am Eingang des Gästezimmers aufzuhören.

Naomi blieb dort stehen und lehnte sich an den Türrahmen. »Du hast die Kätzchen nicht herausgeholt, oder?«

Er sah sie an. Seine Augen schienen in die runzlige Haut um sie herum eingesunken zu sein; seine Brille vergrößerte sie, bis es Naomi vorkam, als würde er einfach durch sie hindurchsehen.

»Nomy?«, fragte er.

»Du hast sie in der Mauer gelassen.«

Er grinste. »Sei nicht albern. Ich habe sie herausgeholt. Alle fünf. Und abgesetzt. Die Mutter hat sie in die Hecke getragen. sei nicht albern.«

»Ich habe sie gehört. Ich habe die große Katze gesehen. Sie war wütend.«

»Sei nicht albern«, sagte er nachdrücklicher. Er nahm die Brille ab.

Sie merkte, dass sie allein mit ihm im Zimmer war, das gefiel ihr nicht. Sie war nie gern allein mit ihm. Nicht im Haus.

Sie lief den Flur entlang zum Zimmer ihrer Mutter. Ihre Mutter lag im Slip auf dem Bett und las ein Buch. Sie legte es weg.

Naomi kletterte auf das Bett. »Mommy, ich habe eine Frage.«

Ihre Mutter tätschelte eine Stelle an ihrer Seite. Naomi rutschte näher hin. Sie legte sich hin und ließ den Kopf auf dem Arm ihrer Mutter ruhen.

»Es geht um die Kätzchen in der Wand.«

Naomi schaute zur Decke, die ganz weiß war, und glaubte Wolken darüber ziehen zu sehen, die beinahe ein Gesicht formten.

»Ich will wissen«, sagte sie, »ob die Katze die Kätzchen herausgeholt hat, bevor er das Loch zugemauert hat.«

Ihre Mutter sagte: »Warum?«

»Ich habe die Kätzchen vorhin gehört.«

»Vor dem Essen?«

Naomi nickte. Das Wolkengesicht an der Decke zerfloss.

»Du hast mir nicht gesagt, dass du sie gehört hast.«

»Ich war echt wütend. Ich dachte, du hättest mich belogen.«

»Ich würde dich nie belügen.«

»Ich habe meinen Vater gefragt, und er sagte, dass ich albern sei.«

»Nun, es ist nicht albern, wenn du glaubst, dass du sie gehört hast. Aber du musst es dir eingebildet haben. Ich habe sie gehen sehen. Mit der Katzenmutter.«

»Die hab ich auch gesehen. Sie sah wütend aus. Sie sah aus, als wäre sie wütend, dass ich ihre Babys einfach so in der Wand einmauern ließ.«

»Oh«, sagte Naomis Mutter und strich ihr über das seidige, dunkle Haar. »Katzen denken so etwas nicht. Wahrscheinlich wollte sie nur Milch. Vielleicht wird sie zutraulicher. Vielleicht kommt sie eines Tages mit allen ausgewachsenen Kätzchen zurück, weil du so nett zu ihr gewesen bist.«

»Ich war sicher, dass ich sie gehört habe.«

»Vielleicht wolltest du sie hören.«

Naomi war ziemlich verwirrt, hatte ihre Mutter aber noch nie lügen hören.

»Du hast dir heute einen Sonnenbrand geholt«, sagte ihre Mutter.

»Ich habe einen Kojoten auf der Wiese gesehen.«

»Du warst auf der Wiese?«

»Ich habe nach den Kätzchen gesucht.«

»Ach, du. Lass das nicht deinen Vater wissen.«

Am Morgen kehrte sie zur Mauer des Carport zurück. Sie presste ein Trinkglas daran und darauf ihr Ohr.

Nichts.

Kein Ton.

Sie klopfte mit den Fingern an die Wand.

Kein Ton.

Und dann … etwas.

Fast nichts.

Fast ein Winseln.

Und dann, als wäre ein Damm gebrochen, die kreischenden Schreie kleiner Katzen und das Geräusch panischen Kratzens.

Sie ließ das Glas fast fallen, dachte aber an ihr Bein und fing es rechtzeitig wieder auf. *Ich würde dich nie belügen*, hörte sie ihre Mutter sagen, eine Erinnerung.

Ich würde dich nie belügen.

Sie hielt das Glas an die Wand.

Nichts.

Stille.

Nur ihr eigener, rasender Herzschlag.

In dieser Nacht lag sie im Bett und konnte nicht schlafen. Tagsüber ging es ihr gut, aber nachts musste sie wegen Wesen im Dunkeln aufbleiben. Sie dachte, sie hätte vergessen, wie man Luft holt, dann merkte sie, dass sie immer noch ein- und ausatmete.

Gegen ein Uhr ging die Tür auf.

Jemand stand da, daher musste sie die Augen schließen.

Sie hielt den Atem an und hoffte, es würde nicht er sein.

Sie spürte einen Kuss auf der Stirn.

Das, und dass er sie auf der Decke anfasste, mehr machte er nie, ihr Nachtvater, aber es reichte aus, dass sie sich wünschte, sie wäre tot, und sich fragte, wo ihre Mutter war, um sie zu beschützen.

Aber als sie im Dunkeln lag, hörte sie sie wieder.

Die Kätzchen.

Wie sie leise nach Tunfisch oder Milch miauten.

Sie waren gewandert, um sie zu finden, durch die engen Zwischenräume in den Wänden, um sie zu finden und ihr zu sagen, dass es ihnen gut ging.

Sie schlief ein, ehe die Tür wieder aufging, hörte ihnen zu, fragte sich, ob sie glücklich waren, ob sie die Mäuse fingen, die, wie sie wusste, gelegentlich in andere Löcher und Leitungen und Ritzen krochen. Die fünf waren noch da, ihre Kätzchen, ihre Kätzchen, und sie wusste, jetzt würde alles gut werden.

»Was stimmt nicht mit ihr?«

»Nun, Dan, wenn wir sie in ein Krankenhaus gebracht hätten, statt der Infektion einfach so ihren Lauf zu lassen ...«

»Und dann hätte uns jemand der Kindesmisshandlung bezichtigt. Das passiert doch heutzutage immer. Und es ist nicht irgendeine Infektion, Jean. Sieh sie dir an. Warum macht sie das?«

»Ich glaube, sie ist krank. Sie hat wieder Fieber.«

»Was ist in sie gefahren?«

Naomi hörte sie, beachtete sie aber nicht, weil die Kätzchen lauter wurden. Sie waren jetzt drei Monate alt und hörten sich mehr wie Katzen an. Sie spielten dort, hinter der Diamantmustertapete in der Küche, gleich hinter dem Toaster. Eine hatte eine Maus oder so etwas gefangen, und damit spielten sie. Sie drückte die Handflächen auf die Tapete und versuchte, die Wand zu öffnen, aber so sehr sie auch drückte, sie gab nicht nach.

Ihr Vater sagte: »Sie sollte nicht so herumkriechen. Sie sieht aus wie ein Tier.«

»Liebes«, sagte ihre Mutter und strich ihr über das Haar, »glaubst du nicht, du solltest wieder ins Bett?«

Sie schaute zu ihrer Mutter auf. »Ich habe sie lieb, Mommy«, sagte sie und konnte ihr breites Lächeln nicht unterdrücken. »Ich hab sie so sehr lieb.«

Ihre Mutter sah sie nicht an. »Ich bringe sie auf der Stelle zu einem Arzt«, sagte sie.

»Hallo, Naomi.« Der Arzt war kahl und sah nett aus, wie ein Großvater.

»Hallo«, antwortete sie.

»Das Bein heilt gut. Sieht aus, als hätte derjenige, der es genäht hat, seine Sache gut gemacht.«

»Das war Mommy. Sie war einmal Krankenschwester.«

»Ich weiß. Sie hat für mich gearbeitet. Hast du das gewusst?« Keine Antwort.

»Was ist denn das Problem?«, fragte er. Er hielt ihr das Stethoskop an die Brust. Sie atmete ein und aus. Dann steckte er ihr ein merkwürdiges Thermometer, das er »Pistole« nannte, ins Ohr. Leuchtete ihr in die Augen. Ein Mundspatel wurde ihr bis in den Rachen geschoben, sodass sie fast würgen musste.

»Ich weiß nicht«, sagte sie schließlich.

»Deine Mommy macht sich große Sorgen.«

»Ich weiß nicht, warum.«

»Sie sagt, du hörst die Wände.«

Naomi schüttelte den Kopf. »Nicht die Wände. Die fünf.«

»Fünf was?«

»Kätzchen. Sie kennen mich alle. Ich hab sie so sehr lieb.«

»Wie sind die Kätzchen da reingekommen?«

Sie sah ihn an und war nicht sicher, ob sie ihm trauen konnte. »Kann ich Ihnen nicht sagen.«

»Na gut.«

Er gab ihr eine Spritze in den Arm, die sie gar nicht spürte. Sie fand das seltsam, daher sagte sie es ihm.

»Gar nicht?«

»Ich hab überhaupt nichts gespürt.«

Er legte ihr die Hand unter das Kinn. Dann griff er nach ihrem Arm und kniff sie.

»Hast du das gespürt?«

Sie schüttelte den Kopf.

Danach ging er zu einem Tresen auf der anderen Seite des Zimmers. Er kam mit einer Plastikflasche zurück. Er schraubte den Verschluss auf und hielt ihr die Flasche unter die Nase. »Riech daran.«

Sie schnupperte.

»Riech noch mal«, sagte er.

Sie schnupperte ganz fest.

»Wie riecht es?«

»Keine Ahnung. Vielleicht Wasser?«

Er versuchte, bei der Antwort zu lächeln, das sah sie, schaffte es aber nicht ganz. »Möchtest du mir etwas sagen?«, fragte er.

»Worüber?«

»Irgendetwas. Deine Mommy oder deinen Daddy. Wie du zu allem stehst.«

Sie überlegte einen Moment. »Nee.«

Und das war es. Er ging mit ihr ins Wartezimmer, wo ihre Mutter saß. Dann wurde sie gebeten, dort sitzen zu bleiben, während ihre Mutter ebenfalls untersucht wurde.

Auf dem Weg nach Hause war ihre Mutter übler Laune. »Spielst du Spielchen?«

»Nn-nnn.«

»Ich glaube doch. Versuchst du, diese Familie zu zerstören? Denn wenn das so ist, junge Dame, wenn das so ist …« Die Hände ihrer Mutter zitterten so sehr, dass sie an den Straßenrand fahren und anhalten musste.

Naomi sagte etwas, sah aber, dass ihre Mutter nicht zuhörte, daher hielt sie wieder den Mund.

Und als ihre Mutter ihr den Vortrag hielt, stellte Naomi fest, dass sie kaum ein Wort von dem hören konnte, was ihre Mutter sagte.

7

Die Nächte waren friedlich. Sie konnte das Ohr an die Wand pressen und sie hören, wie sie spielten und jagten und miteinander herumkrabbelten. Sie versuchte, sich schöne Namen für sie auszudenken, aber jedes Mal, wenn ihr einer eingefallen war, vergaß sie, welches welches war.

Und als die Zimmertür aufging – was nicht mehr so oft vorkam –, hörte sie den Katzen zu (denn die waren ziemlich gewachsen), und wenn sie die Augen ganz fest zukniff, konnte sie sich manchmal fast vorstellen, wie sie aussahen. Natürlich waren sie alle grauscheckig, wie ihre Mutter, aber eines hatte ein weißes Sternenmuster auf der Brust und zwei hatten grüne Augen, die anderen dagegen blaue. Eines war fett geworden von den vielen Mäusen und Schaben, die es im Lauf der vergangenen Wochen gefressen hatte, und eines schien nur Haut und Knochen zu sein, und noch nicht entwöhnt.

Eines Tages kam eine Frau im Anzug vorbei. Sie hatte einige Umschläge unter dem Arm. Naomis Mutter und Vater waren nervös.

Die Frau stellte viele Fragen, hauptsächlich Naomis Eltern, aber Naomi horchte nach den Geräuschen der fünf.

»Naomi?«, sagte ihr Vater. »Bitte antworte der Frau.«

Naomi schaute auf; die Stimme ihres Vaters war echt leise geworden, als wäre sie irgendwo in einem Glas gefangen und könnte nicht heraus. Naomi sah zu der Frau, dann zu ihrer Mutter. Ihre Mutter hatte Schweißperlen auf der Stirn.

»Ja, Ma'am.« Sie sah wieder zu der Frau.

»Wie geht es dir, Liebes?«

Naomi sagte: »Gut.«

»Du warst eine Weile krank.«

Naomi nickte. »Jetzt geht es mir besser. Es war die Grippe.«

»Hast du schöne Sommerferien gehabt?«

Naomi legte den Kopf auf die Seite; sie kniff die Augen zu. »Können Sie sie hören?«

»Wen?«, fragte die Frau.

»Alle. Sie haben gerade etwas gefangen. Vielleicht eine Maus. Vielleicht hat sich ein Spatz reinverirrt. Ich dachte, ich hätte einen gehört. Sie nicht?«

Als die Frau gegangen war, explodierte Naomis Vater vor Wut. »Ich habe es so durch und durch satt, so ein Leben zu führen!«

Mit wem sprach er? Naomi hörte, wie der Wurf sich an dem Vogel zu schaffen machte. Federn flogen. Manchmal konnten die fünf brutal sein. Sie jagten ihre Beute wie Löwen und fingen eine Maus oder einen Vogel rasch, aber dann spielten sie damit, bis das kleine Geschöpf mehr vor Angst als allem anderen starb. Das hatte etwas Schönes – sich etwas so Kleines zu nehmen und dann damit zu spielen.

»Es sind keine Scheißkatzen in den Scheißwänden«, ertönte die Stimme ihres Vaters störend. Er kam zu ihr, fasste sie unter den Armen und hob sie hoch. »Ich werde dir augenblicklich sagen, was aus diesen Kätzchen geworden ist«, sagte er.

»Himmel, Dan, so wirst du ihr weh tun«, sagte Naomis Mutter, aber die Stimmen ertönten unter einem unsichtbaren Glas, gefangen, stumm.

Ihr Vater schrie etwas – sie sah es an seinen Mundbewegungen –, aber sie hörte nur das Kätzchen, das sie Scamp nannte, den Kopf des Sperlings zerbeißen. Yowler zerfleischte ihm den Rücken mit seinen Krallen, konnte aber den Kopf nicht behalten, den Scamp mit einem Bissen hinunterschluckte. Hugo beachtete sie gar nicht – er nahm nicht gern daran teil, wenn Nahrung zerrissen wurde –, er zog es vor, später die Knochen sauber zu lecken, wenn der Kadaver abgenagt war.

»Ich werde es dir ein für allemal zeigen«, ertönte die Stimme ihres Vaters erneut, dann wurde Naomi zur Hintertür hinausgezerrt, um das Haus zur Mauer des Carport. Er warf sie auf den Boden und ging um die Mauer herum, in den Carport; sie hörte, wie Fiona Zelda etwas über Tausendfüßler zuflüsterte, die sie hinter der Wand, an der Rückseite des Kühlschranks, in einem Spinnennetz gefangen hatte.

Ihr Vater kam mit einem großen Hammer um die Ecke.

»Schau nur zu, dann siehst du es«, sagte er und schlug mit dem Hammer auf die Wand ein – an der Stelle, wo die Kätzchen einst zur Welt gekommen waren. Hin und her schwang er den Hammer, Trümmer der Mauer flogen hoch empor, und darunter Maschendraht, und dort, in einer kleinen Mulde, von Stofffetzen und Zeitungsschnipseln umgeben, fünf winzige, vertrocknete Dinger.

»Siehst du?«, sagte Naomis Vater und stieß die Dinger mit dem Hammer an. Aus einem kamen ein Dutzend zuckende, grauweiße Maden heraus. »Siehst du sie, verdammt?«, brüllte er, aber seine Stimme entschwand schon wieder.

Naomi sah sie an, steif und knochig und verdorrt wie Aprikosen. Ihr Herz schlug schnell; sie dachte, etwas Feuchtes würde ihren Hals heraufkommen; das Licht flackerte. Waren das die Kadaver der Mäuse, die die fünf gefangen und als Vorrat aufgehoben hatten?

Dann glaubte sie, sie müsste ohnmächtig werden. Sie sah dunkle Pünktchen am Rand ihres Gesichtsfelds tanzen, dann wurde die Sonne verfinstert. Die Welt verblasste; ihr Vater verblasste; sie griff mit der Hand in das neue Loch in der Wand und steckte auch den Kopf hinein. Ihr ganzer Körper schien vorwärts zu gleiten, und sie sah Leitungen und Kabel und Staub.

10

»Ich kann sie hören«, sagte Naomis Mutter. »Ich glaube, sie hat etwas gesagt.«

Naomis Vater sagte nichts. »Seit drei Tagen gibt sie diese unheimlichen, unverständlichen Laute von sich, und jetzt fletscht sie die Oberlippe, und du glaubst, sie ist auf dem Weg der Besserung.«

»Sie hat etwas gesagt. Liebes? Versuchst du, etwas zu sagen?«

Aber Naomi lag im Moment nichts daran, mit ihnen zu sprechen. Sie hielt Hugo im Schoß und streichelte ihn behutsam, so behutsam, weil er es nicht mochte, wenn sein Fell zerzaust wurde. Scamp spielte mit einem Wollknäuel; die anderen schliefen eng zusammenliegend.

»Sieh sie dir an«, sagte Naomis Vater.

»Liebes?«, sagte Naomis Mutter hinter der Mauer. »Versuchst du zu sprechen? Möchtest du etwas sagen?«

»Glaubst du, es hilft etwas, wenn du sie hältst?«, fragte Naomis Vater. »Glaubst du, es wird ihr je besser gehen, wenn du sie so verhätschelst? Dieses Hin-und-her-Wiegen – sie weiß, was sie tut. Sie ist nicht dumm.«

Zelda drehte sich auf den Rücken, streckte sich und öffnete die Kiefer zu einem enormen Gähnen. Ihre Schnurrhaare streiften Naomis Knöchel. Es kitzelte.

»Liebes?«, fragte ihre Mutter.

»Sie spielt das alles nur«, sagte ihr Vater, »nur um Aufmerksamkeit zu bekommen. Und schau dich an, du fällst darauf herein. Sie macht es nur, um uns zu quälen.«

»Nein, sieh dir ihre Lippen an. Sie versucht, etwas zu sagen, sieh doch, Dan. Mein Gott, sie versucht, zu sprechen. Oh, Süße, Nomy, Baby, sag Mommy, was los ist. Alles in Ordnung? Baby?«

Auf der anderen Seite der Mauer drückte Naomi das Gesicht in staubiges Fell und lauschte dem Schnurren, dem sanften, konstanten Summen unter der Haut, das wie ein Schlummerlied klang. Es war warm hier, mit den fünf, mit der Mauer ringsum.

Ihr Vater sagte: »Mein Gott, sie fängt schon wieder an.«

»Sei still, Dan. Lass sie.«

»Ich ertrage das nicht. Wie kannst du da sitzen und sie wiegen und nicht laut schreien, wenn sie das macht?«

»Vielleicht liegt mir etwas an ihr«, sagte ihre Mutter.

Naomi miaute und wiegte sich, miaute und wiegte sich, sicher vor Raubtieren, sicher in der Wand.

Sie sah, wie sich eine der Katzen aufrichtete, die Nackenhaare sträubte und ein Geschöpf jagte, das das Pech gehabt hatte, in dieses heimliche und wunderbare Reich vorzudringen.

Michael Cadnum lebt im Norden von Kalifornien und ist ein preisgekrönter Dichter. Seine jüngste Sammlung von Gedichten trägt den Titel *The Cities We Will Never See*. Außerdem hat er neun Romane veröffentlicht, darunter *St. Peter's Wolf* (dt: *Der Werwolf von St. Peter*), *Ghostwright* (dt: *Die schwarze Katze von La Guadana*), *Skyscape*, *The Judas Glass*, *Calling Home*, *Taking It* und *Zero at the Bone* (die letzten drei sind Jugendbücher).

Cadnums Kurzgeschichten erschienen in *Antioch Review* und *Beloit Fiction Journal* und den Anthologien *White Rose* und *Ruby Slippers, Golden Tears*. Seine Kurzgeschichten sind stets clever, schnell und gemein. Und damit zu Karl, einem Mann mit einem Problem.

MICHAEL CADNUM

Der Mann,
der Katzen Leid zufügte

Bei Karl ging es nicht darum, dass eine Katze angeblich neun Leben hatte. Bei Karl ging es darum, dass eine Katze praktisch in dem Moment tot war, in dem sie Karls Katze wurde. Und es ist nicht so, dass Karl ausrastete und das Tier an die Wand nagelte, ganz gleich, was Sie vielleicht gehört haben mögen.

Auf seine Weise war Karl ein großherziger Mensch, aber wenn man ihn verwirrte, regte er sich auf, und es half nichts, dass er keine Sachen werfen und herumbrüllen sollte. Der Mond stellt keine Fragen und die Sonne stellt keine Fragen, und Karl auch nicht.

Manchmal stand Karl nachts auf, wenn er nicht schlafen konnte, was aufgrund der Probleme, von denen Sie alle gehört haben, ziemlich häufig vorkam, dann goss er ein wenig Milch Marke Carnation in einen Unterteller, die, mit der kleinen Vertiefung, wo die Tasse reinpasst. Stets war eine von Karls Katzen zur Stelle, um das extradicke Labsal aufzulecken, das man eigentlich mit Wasser oder zumindest etwas löslichem Kaffee verdünnen sollte; aber Karl verdünnt nichts.

Aufgrund der Schusswaffen, die Karl hasst, aber dennoch in seinem Haus hat, könnte man vielleicht sagen, dass er eine leichtsinnige Existenz ist; ganz zu schweigen von dem leeren Swimmingpool im Garten, den Reklametafeln, die an der Motorsäge lehnen, und allen anderen Sachen, die Karl bei Auktionen ersteigert.

Aber ich habe Katzen gesehen, die bei Karl glücklich aussahen. Er hatte etwa ein halbes Dutzend, und sie schliefen auf der

177

Veranda in der Sonne, gleich neben dem Kaugummiautomaten, und auf dem Dach, wo es nach dem Erdbeben repariert worden war, an einer langen, geteerten Fuge, die die Hitze aufsog und wo die Katzen sich vor den Buschvögeln sicher fühlten. Die Vögel denken, eine Katze sei als Objekt zukünftiger Erheiterung da, wenn sie sich überhaupt jemals so tief herablassen.

Karl mochte seine Katzen, aber er verlor eine Menge Geld bei der Ausschreibung für den neuen Fernsehsender, an der er mit einer gefälschten Lizenz teilgenommen und tatsächlich versucht hatte, das Fundament auszuheben, bevor der Fernsehsender pleite gegangen war.

Als der Gasherd leckte und alles außer Karl tötete, war es nicht seine Schuld, dass einige der getöteten Tiere Katzen waren.

Und als er einen Lötkolben über den ausgetrockneten japanischen Zierteich warf, weil er dachte, in dem Giftsumach könnte sich ein Drogenfahnder versteckt haben, war es nichts weiter als ein tragischer Unfall, dass sich gerade in dem Moment der Kartäuserkater seines Nachbarn dort aufhielt und nach Wühlmäusen suchte. Das brachte ihn wieder in die Schlagzeilen, denn inzwischen war Karl im alten Sinne des Wortes berüchtigt, womit jemand gemeint ist, der dafür bezahlen würde, nicht so berühmt zu sein, wenn er könnte. Dann muss man sich noch den Fall von Nine Lives mit Lebergeschmack ins Gedächtnis rufen, wo Karl als Verbraucher das Opfer war, und man verstand klipp und klar, dass Karl als Mann, der Katzen Leid zufügte, in die Geschichte eingehen würde.

Eine Zeit lang erzählte Karl seiner Exfrau, dass es einfach nicht fair sei, und sie stimmte ihm zu, aber sie war mit ihrer Rundfunksendung beschäftigt, der mit dem Motto »Du und deine Haushaltsgeräte«, und daher konnte sie sich nicht mehr mit ihm sehen lassen. Karl erzählte allen, wie gern er Katzen hatte, selbst in ganz normale Unterhaltungen über den Smog platzte er mit Bemerkungen hinein, wie »Es geht nichts über eine Katze« oder »Was ist ein Tag ohne eine Katze?« Aber das brachte ihn nur in schlimmere Schwierigkeiten, als, nachdem die Drogenfahnder ihre Ermittlungen eingestellt hatten, der Tierschutzverein Gerüchten nachging, denen zufolge Karl Katzen zu Eintopf verarbeitete.

Dann beschloss Karl, dass er der öffentlichen Meinung nicht widersprechen wollte und versuchte tatsächlich, gemein zu der einen oder anderen Katze zu sein, Witze zu machen und einen Kater anzubrüllen, der fauchend herumlief und Hunde malträtierte. Einmal brüllte Karl eine Katze auf dem Bürgersteig an, wie er glaubte, dabei handelte es sich in Wahrheit nur um den Hut eines gastierenden Professors, den der Wind fortgeweht hatte.

Aber erst als ich selbst zur Überzeugung kam, dass Karl ein anständiger und missverstandener Mann war, und trotz aller Gedanken an Katastrophen entschied, dass er die Berührung von zarter, weiblicher Hand verdient hätte, begann Karls Abstieg in seine, wie ich es immer ausdrücke, dunkelste Stunde.

Meine Katze und ich zogen ein, ich bereitete Zwiebelomelettes und Rosinenbrot mit Datteln in der Brotmaschine zu, aber meine Katze, der ich keinen Namen gegeben hatte, weil ich der Meinung bin, dass Menschen ihre eigenen Gedanken und Hoffnungen nicht auf katzenhafte Eleganz projizieren sollten, geriet immer unter Karl. Wenn Karl sich setzte, lag die Katze da. Wenn Karl den Behälter mit gekochten Tomaten abstellte, war die Katze da und wurde von Mal zu Mal übellauniger.

Ich sagte Karl, dass eine Katze ein anmutiges Geschöpf, aber nicht zwangsläufig intelligent sei. Ich sagte ihm, dass sich Katzen nicht zusammensetzen und über einen Mann wie Karl reden. Einmal, als Kind, habe ich mich schon gefragt, was Katzenmütter ihren Kindern über den Umgang mit Menschen erzählen, aber heute weiß ich, dass beide zu keinem Diskurs fähig sind und wohl, selbst wenn sie könnten, nicht viel über uns sagen würden.

Karl sagte: »Lee Anna, das weiß ich alles, aber das Tier sieht mich sogar jetzt an«, und tatsächlich stimmte das, wenn man sagen kann, dass eine Katze überhaupt jemals etwas ansieht. Was Katzen natürlich tun, besonders Dinge, die Katzen verspeisen können.

So ging Karl immer früher seine Besorgungen machen und schaute über die Schulter, wenn er nach Hause kam, weil die Katze ihm ein- oder zweimal von der Dattelpalme auf den Rücken gesprungen war, natürlich nur verspielt, sie verschwand immer sofort wieder. Aber ich wusste, was Karl meinte, wenn er sagte, dass ihn die Katze hasste.

Als die Katze unter der Haube des Studebaker-Pritschenwagens feststeckte, wurde mir erst das ganze Ausmaß des Problems bewusst. Das war eines von Karls erlesenen Fahrzeugen, das ihn immer wieder in die Sonntagsbeilagen brachte, wenn auch keines seiner schönsten Stücke, da es ein wenig von der Sonne ausgebleicht und vom vielen Einwachsen abgenutzt war, sodass die Farbe rosa mit einem Stich ins Weiße aussah. Karl ließ den Motor an. Und das Heulen ging los.

Es war ohne jeden Zweifel ein Katzengeheul. Karl machte die Zündung aus. Sein Blick war wild. Er stieg aus dem Laster aus. Er stieg wieder ein. Er ließ den Motor an und setzte aus der Einfahrt zurück, während er die ganze Zeit die Katze heulen hörte, aber überzeugt war, er bräuchte nicht darauf zu achten, weil er sich alles nur einbildete.

Das war an dem Morgen, als die Interstate 80 gesperrt wurde, weil giftige Chemikalien ausgelaufen waren und auf der Straße vor unserem Haus so dichter Verkehr herrschte, dass Karl nicht einmal zurücksetzen konnte, weil alle es so eilig hatten und feststeckten.

Das bedeutet, als Karl endlich die Haube aufmachte, um nachzusehen, was den Lärm machte, sprang die Katze heraus. Sie krallte sich an Karls Gesicht fest, und das Kamerateam von Kanal 2 konnte ein paar ausgezeichnete Aufnahmen schießen, die sie bis zum heutigen Tag ausstrahlen, wenn sie ein Band mit Peinlichkeiten und Missgeschicken brauchen. Der Krankenwagen kam und brachte Karl weg.

Ich fasste einen Entschluss. Ich glaube, das Tier ist unser Ausblick auf eine Welt ohne Schuld und menschliche Arglist, aber vor die Wahl gestellt zwischen Leben und Würde eines Mannes wie Karl und einer Katze, beschloss ich, meine Zukunft auf Karl zu setzen.

Es stimmt, die Welt ist nicht mehr, wie sie einmal war. Ich habe Leute sich darüber beschweren hören, dass die Menschen keine, sagen wir mal, Handschrift wie früher mehr haben, alle schreiben nur noch in unleserlichen Krakeln. Und ich habe mich schon darüber beschwert, dass selbst die Verbrecher immer schlimmer werden und, zum Beispiel, tatsächlich auf dem Weg zum Fluchtwagen noch Verwünschungen brüllen.

Ich möchte hinzufügen, dass Katzen neuerdings klüger werden, weil sie sich entweder genetisch fortentwickeln oder aus einem anderen Grund. Ich kann nur sagen, als ich der Katze, die von keinem Namen besudelt wurde, auch nur die geringste Dosis Betäubungsmittel gab, fingen meine Probleme an. Nicht nur, weil die Flüssigkeit Gift war; Mayonnaise ist Gift, wenn man zu viel isst oder sie zu lange auf dem Küchentresen stehen lässt. Es war eine rein pragmatische Entscheidung, die ich bedauerte, aber ich dachte mir, dass Karl der Katze etwas Schlimmeres antun könnte, wenn er vom Kaiser Hospital zurückkam, dem neuen, das sie an der Flussmündung gebaut haben.

Es lief nicht so, wie ich es geplant hatte.

Als Karl mich fand, war ich vom Blutverlust geschwächt und überzeugt, dass ich hier, bei klarem Bewusstsein, mein Leben aushauchen würde. Als Karl während der langen Zeit, in der meine Nähte heilten, in der Intensivstation an meiner Seite saß, wusste ich, was für ein Schatz er war, und beschloss, erst zurückzukehren, wenn die Katze ein neues Zuhause fernab von unserem Wohnort gefunden haben würde.

Karl würde ein schönes neues Katzenkörbchen kaufen, um

die Katze zu transportieren, und er würde die Katze mit dem Laster nach Modestop oder Tracy oder Stockten fahren, weit in den Osten. Er würde die Katze im Farmland aussetzen, zwischen Kühen und Schafen.

Als ich von Karls Unfall auf der Brücke hörte, kam ich von der Rekonvaleszenzabteilung auf die Herzstation, und als ich hörte, dass sie den American River nach Karl absuchten, hielt ein netter Mann von der Psychiatrie meine Hand.

Als Karl in mein Zimmer gebracht wurde, können Sie sich die Freudentränen und Treueschwüre nicht vorstellen, die wir einander machten. Die Katze kam nie zurück, wahrscheinlich in der Strömung ertrunken, aber der Schaden war in den Augen all derer, die sich an Karl erinnerten, wie er gewesen ist, erdverbunden fröhlich, wenn auch etwas zu impulsiv, bereits angerichtet.

Ich möchte den Tausenden danken, die uns Grüße und Zuspruch geschickt haben. Die Spenden, selbst die kleinsten, haben mich mit der Hoffnung erfüllt, dass wir bald die Hochwassermarke unseres Kummers erreicht haben werden. Karl geht es gut. Und wenn er aus seinem speziellen Tragekörbchen kommt, um seine Kondensmilch zu holen, kann ich eine Spur des alten Karl in seinen Augen sehen, des Karls, der, wie die Psychiater schwören, wieder zurückkehren wird, wenn sich Karl bis dahin durch die Art, wie er sich neuerdings wäscht, keine gravierenden Verletzungen zugezogen hat.

Michael Marshall Smith wurde 1965 in England geboren, lebte die ersten zehn Jahre in den Vereinigten Staaten, Südafrika und Australien und kehrte dann nach Großbritannien zurück. Heute lebt er im Norden von London und arbeitet sporadisch als Werbetexter und Werbegrafiker. Zu seinen Favoriten zählen Katzen, Pommes frites, Einkaufszentren, der Winter und Katzen. Smith schlug 1990 wie eine Bombe in der Horror-Szene ein, als er aufgrund seiner ersten veröffentlichten Erzählung, »The Man Who Drew Cats« den British Fantasy Award in der Rubrik beste Kurzgeschichte und bester Newcomer gewann. Für die beste Kurzgeschichte wurde er 1991 wieder ausgezeichnet und 1992 nominiert. Seine Erzählungen wurden in der Anthologien-Reihe *Dark Voices* veröffentlicht, in *Darklands 1 & 2*, *The Mammoth Book of Zombies*, *The Mammoth Book of Werewolves* und *The Mammoth Book of Frankenstein*, in *Touch Wood: Narrow Houses 2*, in der *Best New Horror*-Reihe und in der *The Year's Best Fantasy and Horror*-Reihe. Außerdem sind seine Storys in den Magazinen *Omni*, *Exuberance*, *Chills* und *Peeping Tom* erschienen. Er hat zwei Romane veröffentlicht, *Only Forward* (dt: *Stark, der Traumdetektiv*) und *Spares* (dt: *Geklont*).

»Ohne zu winken« handelt von Liebe, Schuld und den Entscheidungen, in denen wir manchmal gefangen sind. Smiths Kommentar zum ungewöhnlichsten – und auch schmerzlichsten – Aspekt der Geschichte: »Ich habe über Bulimie geschrieben, weil eine Freundin von mir darunter litt – ich sollte betonen, dass sie keinerlei Ähnlichkeit mit der Figur in der Geschichte hat. Ich schätze, ich wollte versuchen, die seltsame Mischung aus Stärke und Schwäche einzufangen, die dieser Zustand den Menschen aufzuzwingen scheint, ohne ihn zum einzigen Brennpunkt der Geschichte zu machen; nicht zuletzt weil diese Mischung aus Stärke und Schwäche in uns allen ist. Außerdem ist es der Zustand, in dem man gefangen zu sein scheint – genau wie die Beziehung des Erzählers.

Michael Marshall Smith
Ohne zu winken

Manchmal, wenn wir in einem Auto sitzen und im Herbst über Landstraßen fahren, sehe ich vereinzelte Mohnblumen im Gras, dann möchte ich mir die Kehle durchschneiden und das Blut aus dem Fenster fließen lassen, damit es noch mehr Mohnblumen hervorbringt, viel mehr, bis der ganze Straßenrand rot erstrahlt.

Stattdessen zünde ich mir eine Zigarette an und betrachte die Straße, und nach einer Weile haben wir die Mohnblumen hinter uns gelassen, wie immer.

Am Morgen des zehnten Oktober befand ich mich in einem Zustand angemessen großer Aufregung. Ich war zu Hause und sollte arbeiten. Stattdessen aber saß ich vorwiegend an meinem Schreibtisch, trommelte mit den Fingern und sprang auf die Füße, wann immer ich vor dem Fenster den Motor eines Autos hörte. Wenn ich das nicht machte, betrachtete ich zwei große Pappkartons, die mitten auf dem Fußboden standen.

Die beiden großen Kartons enthielten je einen neuen Computer und einen neuen Monitor. Nachdem ich ein Jahr lang meinen natürlichen Technikfreak-Drang, stets die besten und neuesten Konsumartikel zu besitzen, bezwungen hatte, hatte ich dem Drang schließlich nachgegeben und meine Maschine aufgestockt. Mit der Kreditkarte in der Hand hatte ich zum Telefonhörer gegriffen und mir ein Stück Sciencefiction in Form eines Computers angeschafft, der nicht nur abging wie ein Zug, sondern auch über eingebaute Telekommunikation und

Spracherkennung verfügte. Die Zukunft war endlich da und stand auf dem Boden meines Wohnzimmers.

Aber.

Nun hatte ich zwar Mac und Monitor für dreitausend Dollar, nicht aber das Kabel für fünfzehn Dollar, mit dem man die beiden verbinden konnte. Der Hersteller, sickerte durch, betrachtete dieses Kabel als gesondertes Extra, obwohl die beiden Systemkomponenten ohne es wenig mehr als klobige weiße Ornamente einer besonders verlockenden und frustrierenden Art waren. Das Kabel musste separat bestellt werden, und im Augenblick gab es im ganzen Land kein einziges. Sie waren alle in Belgien.

Das alles wurde mir erst eine Woche, nachdem ich das System bestellt hatte, gesagt, und ich bemühte mich, in der darauf folgenden Woche meinem Händler deutlich zu machen, was ich in der Angelegenheit dachte, als sie mir erst unbekümmert versprachen, die Anlage am nächsten Tag zu liefern, dann am übernächsten – allesamt Versprechungen, die sich in Nichts auflösten wie der Morgentau. Die beiden Kisten hatten es gestern endlich bis zu mir geschafft, und durch einen bizarren Zufall waren die Kabel heute übermüdet und ausgelaugt ins Warenlager meines Händlers gekrochen. Mein Ansprechpartner bei Callhaven Direkt wusste genau, dass eines dieser Kabel auf jeden Fall für mich bestimmt war, und hatte angerufen, um mürrisch einzugestehen, dass sie lieferbar waren. Ich hatte sofort meinen Kurierdienst angerufen, über den ich manchmal Rohentwürfe an Kunden schickte. Callhaven hatte eine Lieferung versprochen, aber ich spürte irgendwie genau, dass sie *heute* nicht mehr dazu kommen würden, und ich hatte lange genug gewartet. Die Motorradfirma, die ich beauftragt hatte, beschäftigt Fahrer, die aussehen, als wären sie bei den Hell's Angels rausgeflogen, weil sie zu brutal waren. Ein Bär von einem Mann in Lederkluft, der mit der strikten Anweisung bei Callhaven auftauchte, auf keinen Fall ohne mein Kabel wegzugehen, war meines Erachtens genau der Ansporn, den sie brauchten. Und so wartete ich, trank ohne Ende Kaffee und hoffte, dass so jemand vor meiner Tür stehen und besagte Komponente triumphierend über dem Kopf schwenken würde.

Als der Summer schließlich ertönte, wäre ich beinahe vom Stuhl gefallen. Die Sprechanlage im Eingangsbereich unseres Mietshauses war mit dem Hintergedanken, Tote aufzuwecken, entwickelt worden, und ich schwöre, dass die Wände vibrierten. Ohne erst nachzufragen, wer da war, stürmte ich aus der Wohnung, die Treppe hinunter zur Eingangstür und riss sie mit einem, wie ich vermute, freudestrahlenden Gesichtsausdruck auf. Technologie bereitet mir immer viel Vergnügen. Ich weiß, das ist ein bisschen traurig – Nancy hat es mir weiß Gott oft genug gesagt –, aber, verdammt, es ist mein Leben.

Auf der Treppe stand ein Lederwarengeschäft mit einem von einem glänzenden, schwarzen Helm gekrönten Haupt. Der Motorradfahrer war deutlich schlanker als die, die sie sonst haben, aber groß. Offenbar groß genug, dass er der Aufgabe gewachsen gewesen war.

»Verdammt großartig«, sagte ich. »Ist das ein Kabel?«

»Klar doch«, sagte der Motorradfahrer undeutlich. Das Helmvisier wurde mit einer Hand hochgehoben, und ich stellte überrascht fest, dass es sich um eine Frau handelte. »Sie schienen nicht sehr erpicht zu sein, es herzugeben.«

Ich lachte und nahm ihr das Päckchen ab. Tatsächlich stand AV-Adapterkabel auf der Seite.

»Sie haben meinen Tag gerettet«, sagte ich etwas ungestüm, »und ich bin mehr als nur versucht, Sie zu küssen.«

»Das scheint mir ein wenig übertrieben«, sagte das Mädchen und griff nach dem Helm. »Aber eine Tasse Kaffee wäre nett. Ich fahre seit fünf Uhr heute Morgen und meine Zunge fühlt sich an, als wäre sie aus Mörtel gegipst.«

Ich zögerte bestürzt einen Moment. Ich hatte noch nie zuvor einen Motorradkurier zum Tee gehabt. Außerdem bedeutete es eine Verzögerung, bis ich mich durch die Kartons wühlen und die Sachen verbinden konnte. Aber es war erst elf Uhr vormittags, fünfzehn Minuten mehr würden nicht schaden. Außerdem, schätze ich, war ich ein wenig erfreut über diese seltsame Begegnung.

»Es wäre mir«, sagte ich mit Arthurscher Höflichkeit, »eine Ehre.«

»Habt Dank, edler Sir«, sagte die Kurierfahrerin und zog den Helm ab. Eine Masse dunkelbraunen Haars quoll heraus und fiel ihr ins Gesicht; sie schüttelte den Kopf, um es zu bändigen. Ihr Gesicht war kräftig, mit einem breiten Mund und leuchtend grünen Augen, in denen ein Lächeln stand. Die Morgensonne spiegelte sich kastanienrot in dem Haar, als sie mit außergewöhnlicher Anmut auf der Schwelle stand. Verdammt noch mal, dachte ich einen Moment, das Kabel vergessen in der Hand. Dann trat ich beiseite und ließ sie ins Haus.

Wie sich herausstellte, hieß sie Alice, und sie betrachtete die Bücherregale, während ich zwei Tassen Kaffee machte.

»Ihre Freundin ist im Personalwesen«, sagte sie.

»Wie haben Sie das erraten?«, fragte ich und gab ihr die Tasse. Sie zeigte auf die Bücherstapel zum Thema »Nutzung menschlicher Ressourcen« und »Wie man das verflucht Offensichtliche in fünf Minuten deutlich macht«, die unser halbes Regal beanspruchen.

»Sie sehen nicht nach dem Typ aus. Ist er das?« Sie zeigte mit der Tasse auf die beiden Kartons auf dem Boden. Ich nickte schafsköpfig. »Nun«, fuhr sie fort, »packen Sie das nicht aus?«

Ich sah sie überrascht an. Sie hatte mir das Gesicht zugewandt, ein verhaltenes Lächeln umspielte ihre Mundwinkel. Ihr Gesicht hatte die gesunde, lohfarbene Tönung, die stets mit vollem Haar einhergeht, fiel mir auf, und es war makellos. Ich zuckte etwas verlegen die Achseln.

»Doch, schon«, sagte ich unverbindlich, »Aber ich muss vorher noch etwas Arbeit erledigen.«

»Unsinn«, sagte sie nachdrücklich. »Sehen wir ihn uns an.«

Und so bückte ich mich und riss die Kartons auf, während sie es sich auf dem Sofa gemütlich machte und zusah. Seltsam war, es störte mich überhaupt nicht. Wenn ich normalerweise etwas tue, das sehr viel mit mir und allem, was mir Freude macht, zu tun hat, muss ich es allein machen. Andere Menschen verstehen selten, was einem selbst am meisten Freude macht, und ich persönlich habe nicht gern jemanden dabei, der mir die Freude ruiniert.

Aber Alices Interesse schien aufrichtig zu sein; zehn Minuten später hatte ich die Anlage auf dem Schreibtisch stehen. Ich drückte auf den Knopf, worauf der altbekannte Ton erklang und die Maschine hochzubooten begann. Alice stand neben mir und trank den Rest ihres Kaffees; wir beide wichen überrascht einen Schritt zurück, als wir den volltönenden Klang aus den Stereolautsprechern des Monitors hörten. Derweil plapperte ich von Stimmerkennung und Videowiedergabe, der Festplatte (ein halbes Gigabyte) und dem CD-ROM-Laufwerk. Sie hörte zu und stellte sogar Fragen, und zwar Fragen zu dem, was ich gesagt hatte, nicht nur leeres Geschwätz, um leeres Geschwätz zu beantworten. Nicht nur, dass sie viel über Computer wusste. Sie verstand auch, was so aufregend war.

Als auf dem Monitor die Standardnachricht aufleuchtete, dass alles in Ordnung war, sahen wir einander an.

»Heute werden Sie nicht viel gearbeitet bekommen, oder?«, fragte sie.

»Wahrscheinlich nicht«, stimmte ich zu, worauf sie lachte.

In diesem Augenblick ertönte ein langes, krächzendes Geräusch vom Sofa; ich zuckte zusammen. Die Kurierfahrerin verdrehte die Augen und griff nach ihrem Handy. Eine erschreckend brutale Stimme ließ sie wissen, dass sie dringend etwas auf der anderen Seite der Stadt abholen müsse, so ungefähr vor fünf Minuten, und warum sie nicht schon längst dort war, Süße?

»Grr«, sagte sie wie ein junger Tiger und griff nach ihrem Helm. »Die Pflicht ruft.«

»Aber ich habe Ihnen noch nichts von der Telekommunikation erzählt«, meinte ich scherzhaft.

»Ein andermal«, sagte sie.

Ich brachte sie hinaus, und wir blieben einen Moment auf der Schwelle stehen. Ich überlegte, was ich sagen sollte. Ich kannte sie nicht und würde sie nie wiedersehen, wollte ihr aber dafür danken, dass sie etwas mit mir geteilt hatte. Dann fiel mir auf, dass eine der hiesigen Katzen unten um die Treppe herumstrich. Ich liebe Katzen, Nancy aber nicht, darum haben wir keine. Ich schätze, das ist einer der kleinen Kompromisse, die man eingeht. Ich kannte diese spezielle Katze und hatte schon längst die Hoffnung aufgegeben, ihr Zutrauen zu gewinnen. Ich machte vergeblich das Geräusch, das universell Anwendung findet, um die Aufmerksamkeit von Katzen zu erringen, ohne Erfolg. Sie schaute argwöhnisch zu mir auf und schlenderte weiter.

Nach einem Blick auf mich ging Alice in die Hocke und machte dasselbe Geräusch. Die Katze blieb sofort wie angewurzelt stehen und sah sie an. Sie machte das Geräusch noch einmal, worauf die Katze sich umdrehte, ohne ersichtlichen Grund die Straße hinabsah, dann selbstbewusst die Stufen heraufkam und zwischen den Beinen von Alice hindurchstrich.

»Das ist echt erstaunlich«, sagte ich. »Eigentlich ist das keine zutrauliche Katze.«

Sie nahm die Katze auf den Arm und stand auf.

»Oh, ich weiß nicht«, sagte sie. Die Katze schmiegte sich an Alices Brust und sah sich huldvoll um. Ich streckte die Hand aus, um ihr die Nase zu reiben, und spürte die warme Vibration ihres Schnurrens. Wir kraulten sie beide einen Moment, dann setzte Alice die Katze wieder ab. Sie setzte den Helm auf, stieg auf ihr Motorrad und fuhr mit einem Winken davon.

In der Wohnung räumte ich, anal verklemmt wie ich bin, als Erstes die Kartons weg, bevor ich mich setzte, um mich mit der neuen Maschine zu beschäftigen. Impulsiv rief ich Nancy an, um sie wissen zu lassen, dass das neue System endlich eingetroffen war.

Stattdessen bekam ich eine ihrer Assistentinnen an den Apparat. Sie legte mich nicht auf die Warteschleife, und ich hör-

te Nancy im Hintergrund sagen: »Sag ihm, ich ruf ihn zurück.«
Ich verabschiedete mich mit einem hinreichenden Maß an Anstand von Trish und versuchte, nicht beleidigt zu sein.

Wie sich herausstellte, war die Software zur Stimmerkennung nicht dabei, auch nichts, das ich in das CD-ROM-Laufwerk schieben konnte. Die Telekommunikationseinrichtung
funktionierte nur mit einem teuren Zusatz, den Callahan erst
wieder in vier bis sechs Wochen erwartete. Davon abgesehen,
war die Maschine riesig.

An diesem Abend kochte Nancy. Wir wechselten uns darin ab,
obwohl sie viel besser war als ich. Nancy ist in den meisten
Dingen gut. Sie ist vollendet.

Es scheint, dass es im Personalwesen eine Menge Intrigen
gibt, und Nancy war in Hochstimmung, weil sie eine Mitarbeiterin ausgestochen hatte. Ich trank ein Glas Rotwein und lehnte am Tresen, während sie mit Zutaten jonglierte. Sie erzählte
mir von ihrem Tag, und ich hörte zu und lachte. Von meinem
erzählte ich ihr nicht viel, nur, dass er ganz okay gewesen war.
Ihre Toleranzschwelle für Geschichten über die Arbeit eines
freien Werbegrafikers war ziemlich gering. Sie hörte bereitwillig zu, wenn mir wirklich einmal etwas auf der Seele lag, aber
sie schien es nicht zu verstehen und auch nicht verstehen zu
wollen. Natürlich gab es keinen Grund, warum sie es sollte.
Ich erwähnte den neuen Computer auf meinem Schreibtisch
nicht, und sie auch nicht.

Das Abendessen war ausgezeichnet. Es gab Huhn, aber sie
hatte mit Gewürzen etwas Unglaubliches daraus gemacht. Ich
aß, so viel ich konnte, aber es blieb etwas übrig. Ich versuchte
sie zu überreden, es aufzuessen, aber sie wollte nicht. Ich versicherte ihr, dass sie nicht zu viel gegessen hätte, was manchmal hilft, aber ihre Stimmung schlug um und sie aß nicht einmal ein Dessert. Ich führte sie zum Sofa und trug das Geschirr
hinaus, um abzuwaschen und Kaffee zu machen.

Als ich an der Spüle stand, Teller schrubbte und vage an den

Berg von Dingen dachte, die ich am nächsten Tag erledigen musste, bemerkte ich eine Katze, die auf der anderen Straßenseite auf der Mauer saß. Sie war tiefdunkelbraun, fast schwarz, und ich hatte sie vorher noch nie gesehen. Sie saß geduckt und beobachtete einen zwitschernden Vogel mit jener katzenhaften Konzentration, die uneingeschränkte Aufmerksamkeit mit dem Eindruck verbindet, dass sie es jeden Moment sein lassen und sich stattdessen die Pfoten putzen könnte. Der Vogel flatterte schließlich panisch davon, und die Katze sah ihm einen Moment nach, dann richtete sie sich auf, als würde sie einen Schlussstrich unter diesen speziellen Zeitvertreib ziehen.

Dann drehte die Katze den Kopf und sah mich direkt an. Sie war gute zwanzig Meter entfernt, aber ich konnte ihre Augen ganz deutlich sehen. Sie starrte mich weiter an, und nach einer Weile lachte ich etwas verunsichert. Ich wandte sogar einen Moment den Blick ab, aber als ich wieder hinsah, saß sie immer noch da und schaute immer noch herüber.

Das Wasser im Kessel kochte; ich drehte mich um und goss es in zwei Tassen mit Nescafé. Als ich auf dem Weg aus der Küche zum Fenster hinausschaute, war die Katze verschwunden.

Nancy saß nicht im Wohnzimmer, als ich hinkam, daher setzte ich mich auf das Sofa und zündete mir eine Zigarette an. Nach etwa fünf Minuten hörte ich oben die Toilettenspülung und seufzte.

Mein Zureden hatte überhaupt nichts genützt.

Zwei Tage vergingen im üblichen Chaos von Terminen und Überarbeitungen. Ich besuchte einen gesellschaftlichen Abend in Nancys Büro und verbrachte ein paar Stunden damit, mich von ihren aufgetakelten Kolleginnen ignorieren oder von oben herab behandeln zu lassen, während sie schillernd im Mittelpunkt stand. Ich vermasselte einen Druckauftrag und musste die Kosten für den Neudruck selbst tragen. Ich schätze, es passieren auch gute Sachen, aber die schlechten bleiben einem im Gedächtnis.

Eines Nachmittags ertönte der Summer, und ich ging geistesabwesend nach unten, um die Tür zu öffnen. Als ich aufmachte, erblickte ich glänzendes braunes Haar und sah, dass es Alice war.

»Hallo«, sagte ich seltsam erfreut.

»Selber hallo.« Sie lächelte. »Hab ein Päckchen für Sie.« Ich nahm es und las den Aufkleber. Farbabzüge der Kopieranstalt. Gähn. Sie musste mir ins Gesicht gesehen haben, denn sie lachte. »Also nichts besonders Aufregendes.«

»Kaum.« Als ich den Empfang quittiert hatte, schaute ich zu ihr auf. Sie lächelte immer noch, glaube ich, aber das war schwer zu sagen; ihr Gesicht sah aus, als würde sie immer lächeln.

»Nun«, sagte sie, »Ich kann entweder gleich nach Peckham weiter und etwas anderes Langweiliges abholen, oder Sie können mir von der Telekommunikation erzählen.«

Ich sah sie einen Moment vollkommen überrascht an, dann wich ich zurück und ließ sie ein.

»Dreckskerle«, sagte sie verdrossen, als ich ihr erzählte, was alles nicht mit der Maschine mitgeliefert worden war, und sie sah aufrichtig erbost aus. Ich erzählte ihr trotzdem von dem Telekommunikationszubehör, während wir auf dem Sofa saßen und Kaffee tranken. Wir plauderten einfach nur, aber nicht sehr lange, und als sie auf dem Motorrad das Ende der Straße erreicht hatte, drehte sie sich um und winkte, bevor sie um die Ecke bog.

An diesem Abend ging Nancy auf dem Heimweg bei Sainsbury's vorbei. Ich sah ihr in die Augen, als sie die Bisquits und Kekse, die Kartoffelchips und das Gebäck auspackte, aber sie erwiderte den Blick nur, da wandte ich mich wieder ab. Sie hatte es nicht leicht bei der Arbeit. Ich richtete den Blick zum Fenster hinaus und bemerkte die dunkle Katze, die gegenüber auf der Mauer saß. Sie machte nicht viel, sah einfach vage hierhin und dorthin und beobachtete etwas, das ich nicht sehen konnte. Einen Moment schien sie zum Fenster aufzuschauen, aber dann sprang sie von der Mauer herunter und schlenderte die Straße entlang davon.

Ich kochte das Abendessen; Nancy aß nicht viel, blieb aber in der Küche, als ich ins Wohnzimmer ging, um einen Auftrag zu beenden. Als ich die Tassen mit Tee machte, die wir im Bett tranken, fiel mir auf, dass der Mülleimer geleert worden war und der graue Müllbeutel ordentlich zusammengebunden auf der Seite stand. Als ich ihn mit dem Fuß anstieß, konnte ich die leeren Verpackungen darin rascheln hören. Oben wurde die Badezimmertür zugezogen und der Schlüssel im Schloss umgedreht. Im Lauf der nächsten Wochen sah ich Alice noch einige Male. Einige wichtige Aufträge kamen gleichzeitig in die kritische Phase, ein nicht enden wollender Strom von Motorrädern schien zu unserem Haus zu kommen. Bei drei von vier Besuchen stand Alice vor mir, wenn ich die Tür aufmachte.

Mit einer Ausnahme, als sie auf Leben und Tod sofort weiterfahren musste, kam sie jedes Mal auf einen Kaffee herein. Wir plauderten über dies und das, und als die Stimmerkennungssoftware endlich eintraf, zeigte ich ihr, wie sie funktionierte. Ich hatte eine Raubkopie von einem Freund, der sie in den Staaten besorgt hatte. Man musste den amerikanischen Akzent nachahmen, damit die Maschine alles verstand, was man sagte, und meine diesbezüglichen Versuche brachten Alice über die Maßen zum Lachen. Was seltsam ist, denn Nancy schnaubte höchstens und fragte mich, ob ich den neuen Computer der Versicherung gemeldet hätte.

Nancy hatte es in diesen zwei Wochen nicht leicht. Ihr sogenannter Boss lud ihr immer mehr Verantwortung auf, während er sich aber standhaft weigerte, ihr auch die Anerkennung dafür zukommen zu lassen. Nancys Welt lag ihr sehr am Herzen, und sie hielt mich gnadenlos darüber auf dem Laufenden: Die Untaten ihres Chefs waren mir besser bekannt als die Aktivitäten der meisten meiner Freunde. Sie bekam einen besseren Firmenwagen, was hübsch war. Eines Tages fuhr sie quietschend mit etwas Kleinem, Rotem und Sportlichem vor dem Haus vor und brüllte zum Fenster herauf. Ich lief nach unten, und sie raste mit mir durch den Norden Londons, wobei sie mit ihrer gewohnten Schneidigkeit und Sicherheit fuhr. Wir folgten einer Eingebung und hielten vor einem italienischen Restaurant, das wir manchmal besuchten, und sie hatten auf wundersame Weise einen Tisch frei. Beim Kaffee hielten wir uns an den Händen und versicherten uns, dass wir uns liebten, was wir schon eine ganze Weile nicht mehr getan hatten.

Als wir vor dem Haus parkten, sah ich die dunkle Katze auf der anderen Straßenseite unter dem Baum sitzen. Ich zeigte sie Nancy, aber wie ich schon sagte, sie mag Katzen nicht besonders und zuckte nur die Achseln. Sie ging vor mir ins Haus, und als ich mich umdrehte und die Tür schloss, sah ich die Katze immer noch dort sitzen, ein schwarzer Umriss im Halbschatten. Ich fragte mich, wem sie gehörte, und wünschte mir, es wäre unsere.

Zwei Tage später schlenderte ich am Spätnachmittag die Straße entlang, als ich ein Motorrad vor dem Sad Café parken sah. Im Lauf der vergangenen paar Wochen schien ich ein Gespür für Motorräder entwickelt zu haben: Wahrscheinlich, weil ich so viele Kuriere beschäftigt hatte. »Sad« – traurig – war nicht der richtige Name des Cafés, aber Nancy und ich nannten es immer so, wenn wir am Sonntagmorgen verkatert auf der Suche nach einem warmen Frühstück die Straße entlangwankten. Als wir zum ersten Mal im Inneren über einem der Resopaltische gehangen hatten, waren wir langsam von Männern mittleren Alters mit Windjacken und beigen Bommelmützen, einer Gruppe geistig minderbemittelten Teenagern mit defekten Brillen und alten Frauen am Rande des Todes umzingelt worden. Der Mitleidsanfall, den wir beide verspürten, hätte uns um ein Haar den Rest gegeben, und seither war es für uns nur noch Sad Café, das traurige Café. Wir waren eine ganze Weile nicht mehr hier gewesen: Nancy musste neuerdings abends meist arbeiten, selbst an den Wochenenden, und das Frühstück mit den warmen Speisen schien nicht mehr auf der Karte zu stehen.

Da das Motorrad davor stand, warf ich einen Blick zum Fenster hinein und sah Alice drinnen sitzen, die eine große Tasse mit irgendetwas hielt. Ich wäre fast weitergegangen, aber dann dachte ich mir, was soll's, und trat ein. Alice schien verblüfft, mich zu sehen, entspannte sich aber, daher setzte ich mich und bestellte eine Tasse Tee.

Wie sich herausstellte, hatte sie ihr Tagwerk vollbracht und schlug die Zeit tot, bevor sie nach Hause fuhr. Ich selbst wusste auch nicht so recht, was ich mit mir anfangen sollte: Nancy musste heute Abend mit Kunden essen gehen. Es war seltsam, Alice zum ersten Mal außerhalb der Wohnung zu begegnen, und seltsam, sie nicht bei der Arbeit zu sehen. Wahrscheinlich war das der Grund für das, was sich danach irgendwie logisch ergab.

Noch ehe wir richtig wussten, wer auf den Gedanken gekommen war, fuhren wir mit ihrem Motorrad die Straße hinab und stellten es vor dem Bengal Lancer ab, dem einzigen ernsthaften Versuch eines anständigen Restaurants in Kentish Town. Ich lungerte verlegen abseits herum, während sie auf der Straße stand, ihre Lederkluft auszog und in der Satteltasche des Motorrads verstaute. Sie trug Jeans und ein grünes Sweatshirt – das Grün passte zur Farbe ihrer Augen. Dann strich sie mit den Händen durch ihr Haar, sagte »Wird wohl so genügen müssen«, und ging auf die Tür zu. Ich musste an die üblichen anderthalb Stunden Vorbereitungszeit vor dem Ausgehen denken, die Nancy brauchte, als ich ihr folgte.

Wir ließen uns Zeit, bestellten vier Gänge und waren am Ende pappsatt. Wir unterhielten uns über mehr als nur Computer und Werbegrafik, aber ich kann mich nicht erinnern, worüber. Wir tranken eine Flasche Wein, literweise Kaffee und rauchten fast ein ganzes Päckchen Zigaretten. Als wir fertig waren, stand ich wieder draußen, diesmal entspannter, während sie sich wieder in ihre Arbeitskleidung zwängte. Sie winkte, als sie davonfuhr; ich sah ihr nach, drehte mich um und ging nach Hause.

Es war ein schönes Essen gewesen. Und ein großer Fehler.

Als ich das nächste Mal einen Motorradkurier brauchte, verlangte ich ausdrücklich Alice. Danach schien es mir vollkommen normal zu sein. Auch Alice schien mir mehr Sendungen zu bringen, jedenfalls mehr, als man bloßem Zufall zuschreiben konnte.

Wenn wir diesen Restaurantbesuch nicht unternommen hätten, wäre es vielleicht nicht passiert. Nichts wurde gesagt, keine Blicke gewechselt. Ich trug das Datum nicht in meinen Terminkalender ein.

Aber wir verliebten uns ineinander.

Am darauf folgenden Abend hatten Nancy und ich einen Krach, den ersten handfesten seit einer ganzen Weile. Wir stritten selten. Sie war eine gute Führungskraft.

Dieser Streit war kurz und auch sehr seltsam. Es war spät, ich saß im Wohnzimmer und versuchte, die Energie aufzubringen, den Fernseher einzuschalten. Ich hatte keine große Hoffnung, dass ich etwas Sehenswertes finden würde, war aber zu müde zum Lesen. Vorher hatte ich Musik gehört, betrachtete die Stereoanlage und ließ mich halb von den grünen und roten Punkten der Digitalanzeige hypnotisieren. Nancy arbeitete am Tisch in der Küche, wo es dunkel war, abgesehen von einer Lampe, die gelbes Licht auf ihre Unterlagen warf.

Plötzlich marschierte sie, schon auf hundertachtzig, ins Wohnzimmer und schrie mich unverständlich an. Ich stand erschrocken halb auf und versuchte mit gerunzelter Stirn zu verstehen, was sie brüllte. Zurückblickend muss ich sagen, dass ich wahrscheinlich im Halbschlaf war, daher ängstigte mich ihre Wut, die mit ihrer schroffen Intensität das gesamte Zimmer zu durchdringen schien.

Sie schrie mich an, weil ich uns eine Katze zugelegt hatte. Es hätte keinen Zweck, es abzustreiten, denn sie hätte sie gesehen. Sie hätte die Katze unter dem Tisch in der Küche gesehen, wo sie immer noch saß, und ich müsste sie hinauswerfen. Ich wüsste doch, wie sehr sie Katzen verabscheute, und wie konnte ich so etwas überhaupt tun, ohne sie zu fragen, die ganze Sache wäre ein Musterbeispiel dafür, was für ein egoistischer und unangenehmer Zeitgenosse ich wäre.

Ich brauchte eine Weile, bis ich die Vorwürfe durchschaute und bestreiten konnte. Ich war zu fassungslos, um wütend zu werden. Am Ende ging ich mit ihr in die Küche und sah unter den Tisch. Um ganz ehrlich zu sein, war mir da schon ein wenig unheimlich zumute. Wir sahen auch in der Diele, dem Schlafzimmer und dem Bad nach. Dann noch einmal in der Küche und im Wohnzimmer.

Natürlich war keine Katze da.

Ich setzte Nancy auf das Sofa und holte uns zwei heiße Getränke. Sie zitterte noch, aber ihre Wut war verraucht. Ich versuchte, mit ihr zu reden, um herauszufinden, was genau mit ihr los war. Ihre Reaktion war übertrieben, irregeleitet: Ich bin nicht sicher, ob sie überhaupt wusste, worum es ging. Die Katze konnte nicht mehr als ein herumliegender Schuh im Halbdunkel gewesen sein, vielleicht sogar ihr eigener Fuß, den sie im Dunkeln bewegt hatte. Als ich mein Elternhaus verlassen hatte, wo es immer Katzen gab, hatte ich mir häufig auf ähnliche Weise eingebildet, ich würde welche sehen.

Sie schien nicht überzeugt zu sein, beruhigte sich aber ein wenig. Sie war so verzagt und schüchtern, und wie immer fiel es mir schwerer, sie in diesem Zustand zu trösten als in der Rolle der leitenden Führungskraft, die sie sonst immer spielte. Ich machte ein Feuer im Kamin und setzte mich davor, redete mit ihr und sprach sogar ihre Essgewohnheiten an. Abgesehen von mir wusste niemand davon. Und ich verstand es nicht. Ich spürte, dass es etwas mit dem Gefühl von zu wenig Kontrolle zu tun hatte, mit dem Wunsch, sich selbst und die Welt zu formen, aber näher kam ich nicht ran. Ich schien nichts anderes tun zu können als zuhören, aber ich schätze, das war besser als nichts.

Ein wenig später gingen wir ins Bett und schliefen vorsichtig und zärtlich miteinander. Als sie in meine Arme geschmiegt entspannt eindöste, ertappte ich mich zum ersten Mal dabei, wie ich so etwas wie Mitleid für sie empfand.

Eine Woche später gingen Alice und ich wieder essen. Diesmal war es kein Zufall mehr und fand etwas weiter von meinem Zuhause entfernt statt. Ich hatte am frühen Abend einen Termin in der Stadt, und zufällig hielt sich Alice etwa zur selben Zeit in der Gegend auf. Ich sagte Nancy, dass ich wahrscheinlich mit meinem Kunden essen gehen würde, aber sie schien mich gar nicht zu hören. Sie war beschäftigt, ein neuer Machtkampf am Arbeitsplatz, der in die entscheidende Phase ging.

Obwohl seit dem letzten Mal mehrere Wochen vergangen waren, kam es mir gar nicht seltsam vor, Alice am Abend zu sehen, nicht zuletzt, weil wir seither häufig miteinander gesprochen hatten. Sie hatte sich jedes Mal, wenn sie etwas brachte, zwei Tassen Kaffee statt einer genehmigt und mich einmal angerufen, weil sie einen Rat in Sachen Computer brauchte. Sie überlegte sich, ob sie sich auch einen zulegen sollte, allerdings wusste ich nicht genau, wofür.

Obwohl es mir seltsam vorkam, wusste ich doch genau, was ich tat. Im Wesentlichen traf ich mich mit einer anderen Frau zum Essen und freute mich darauf. Wenn ich mit ihr redete, schienen meine Gefühle und was ich tat wichtiger zu sein, als gehörten sie zu jemandem, mit dem zu reden sich lohnte. Einem Teil von mir schien das wichtiger zu sein als ein wenig Ökonomie mit der Wahrheit. Um ehrlich zu sein, bemühte ich mich, nicht zu sehr darüber nachzudenken.

Als ich nach Hause kam, saß Nancy im Wohnzimmer und las.

»Wie war dein Geschäftsessen?«, fragte sie.

»Bestens«, antwortete ich. »Bestens.«

»Gut«, sagte sie und studierte weiter ihre Zeitschrift. Ich wusste, ich hätte mit ihr plaudern können, aber das hätte sich blechern und gezwungen angehört. Schließlich ging ich zu Bett und lag verkrampft und hellwach auf meiner Seite.

Ich war gerade am Eindösen, als ich eine leise Stimme direkt neben meinem Ohr in der Stille hörte.

»Geh weg«, sagte die Stimme. »Geh weg.«

Ich schlug die Augen auf und erwartete – ich weiß nicht, was. Nancys Gesicht, schätze ich, über meinem. Es war niemand da. Ich entspannte mich ein wenig und wollte es schon als Bruchstück eines Traums abtun, als ich ihre Stimme wieder hörte, die dieselben Worte im selben gedämpften Tonfall sprach.

Ich stieg vorsichtig aus dem Bett und schlich Richtung Küche. Durch die Küche konnte ich ins Wohnzimmer sehen, wo Nancy in der Dunkelheit vor dem Fenster stand. Sie betrachtete etwas auf der Straße.

»Geh weg«, sagte sie wieder leise.

Ich drehte mich um und ging ins Bett zurück.

Zwei Wochen vergingen. In diesem Herbst schien die Zeit zu fliegen. Ich war mit diesem und jenem beschäftigt. Jeder Tag brachte etwas, das meine gesamte Aufmerksamkeit beanspruchte und mich auf Trab hielt. Ich schaute auf, und eine Woche war vergangen, ohne dass ich es groß mitbekommen hätte.

Zu den Dingen, die meine Aufmerksamkeit beanspruchten und zum regelmäßigen Bestandteil der meisten Tage wurden, gehörten meine Gespräche mit Alice. Wir sprachen über Themen, die Nancy und ich nie berührten, da Nancy sie einfach nicht verstand und sich auch nicht dafür interessierte. Alice las zum Beispiel. Nancy las auch, was bedeutet, sie studierte Aktennotizen und Berichte und weidete den aktuellen Firmentratsch aus, der aus den Staaten importiert wurde. Sie las keine Bücher, nicht einmal Absätze. Sie las Sätze, um aus ihnen herauszudestillieren, was sie für ihren Job brauchte, um herauszufinden, was es im Fernsehen gab, oder um sich über die aktuelle Lage zu informieren. Jeder Satz war eine Zielscheibe und sie las, um Informationen zu erlangen.

Alice las, weil es ihr Spaß machte. Sie schrieb auch, daher ihr zunehmendes Interesse an Computern. Ich erwähnte einmal, dass ich ein paar Artikel geschrieben hatte, vor Jahren, bevor ich mich als fast inkompetenter Werbegrafiker selbstständig gemacht hatte. Sie sagte, sie hätte ein paar Kurzgeschichten geschrieben, und gab mir Kopien davon, weil ich nicht locker ließ. Ich verstehe aus professioneller Warte nicht viel von Literatur, daher kann ich nicht sagen, wie innovativ oder klug sie waren. Aber sie packten mich so sehr, dass ich sie mehr als einmal las, und das ist gut genug für mich. Ich sagte es ihr, und es schien sie zu freuen.

Wir sprachen an den meisten Tagen miteinander und sahen uns zweimal die Woche. Sie stellte mir Lieferungen zu oder holte welche ab, und manchmal schlich ich zum Sad Café, wenn sie eine Tasse Tee trank. Alles war sehr zurückhaltend, sehr freundschaftlich.

Nancy und ich kamen miteinander zurecht, wenn zuzeiten auch nur dahingehend, dass wir unter einem Dach wohnten. Sie hatte ihre Freunde, ich meine. Manchmal trafen wir sie gemeinsam und benahmen uns wie ein Paar. Wir sahen gut zusammen aus, wie Momentaufnahmen aus einem Lifestyle-Magazin. Das Leben, wenn man es so nennen kann, ging weiter. Ihre Essgewohnheiten schwankten zwischen nicht gut und schlecht; ich sah zu und akzeptierte grimmig die Tatsache, dass ich nicht viel tun konnte, um ihr zu helfen. Ein so großer Teil unseres Lebens schien darauf ausgerichtet zu sein, ihre Vorstellungen davon umzusetzen, wie zwei junge Menschen zusammenleben sollten, dass ich es nicht fertig brachte, die Täuschung zu entlarven und sie darauf hinzuweisen, dass in unserer Beziehung etwas nicht stimmte. Ich erwähnte auch die Nacht nicht, als ich sie im Wohnzimmer gesehen hatte. Es schien sich einfach nie eine Gelegenheit zu ergeben, das zur Sprache zu bringen.

Abgesehen von der Tatsache, dass ich mich mit Alice unterhalten konnte, war die andere gute Nachricht die neue Katze in der Nachbarschaft. Manchmal, wenn ich aus dem Wohnzimmerfenster sah, war sie da, schlenderte geschmeidig vorbei oder saß auf dem Bürgersteig und beobachtete etwas, das sich in der Luft bewegte. Sie hatte die Angewohnheit, mitten auf der Straße zu sitzen und den Verkehr herauszufordern, als wüsste die Katze genau, wozu die Straße diente, es ihr aber egal wäre. Das war einmal eine Wiese, schien sie mit ihrem zuckenden Schwanz zu sagen, und soweit es mich betrifft, ist es auch noch eine.

Eines Morgens kam ich, Zigaretten und Milch an mich gepresst, vom Laden an der Ecke zurück und begegnete der Katze, die auf einer Mauer saß. Wenn man Katzen mag, ist es ziemlich deprimierend, wenn sie vor einem weglaufen, daher näherte ich mich ihr ganz vorsichtig. Ich wollte wenigstens bis auf einen Meter an sie herankommen, ehe sie in den Hyperraum davonschoss.

Zu meiner Freude lief sie gar nicht weg. Als ich direkt vor ihr angelangt war, stand sie auf, und ich dachte mir, das wäre es gewesen, aber es stellte sich heraus, dass sie nur meine Anwesenheit zur Kenntnis nahm. Sie war glücklich, als ich sie streichelte und ihr das Fell auf dem Kopf zerzauste, und als ich ihr die Brust kraulte, schnurrte sie so tief, dass es fast unterhalb der Hörschwelle lag. Aus der Nähe konnte ich die kastanienroten Strähnen in ihrem dunkelbraunen Fell sehen. Es war eine wunderschöne Katze.

Nach ein paar Minuten ging ich, weil ich dachte, dass ich weitermüsste, aber die Katze sprang sofort von der Mauer herunter, schlängelte sich um meine Beine, als würde sie eine Acht schreiben, und rieb sich an meinen Waden. Es fällt mir schon unter günstigsten Umständen schwer, einer Katze den Rücken zu kehren. Wenn sie derart ultrafreundlich sind, ist es unmöglich. Also bückte ich mich wieder, streichelte sie und schwatzte Unsinn. Schließlich stand ich vor meiner Tür, und als ich mich umdrehte, saß die Katze immer noch auf dem Asphalt. Sie sah sich um, als würde sie überlegen, was sie nach der ganzen Aufregung als Nächstes tun sollte. Ich musste gegen den Impuls kämpfen, ihr zu winken.

Ich machte die Tür hinter mir zu und fühlte mich einen Moment sehr einsam, dann ging ich nach oben, um zu arbeiten.

An einem Freitagabend trafen Alice und ich uns dann wieder, und alles wurde anders.

Nancy war wieder zu einem Treffen unter Geschäftskollegen weggegangen. Ihre Firma schien das Privatleben ihrer Angestellten gerne zu kontrollieren, wie eine fanatische Sekte, die darauf abzielte, sich in alle Aktivitäten ihrer Anhänger einzumischen. Nancy erwähnte das Ereignis in einer Weise, die deutlich machte, dass meine Anwesenheit alles andere als erforderlich war, und ich fügte mich mit Freuden. Ich gebe mir bei solchen Anlässen größte Mühe, bezweifle aber, dass ich immer aussehe, als würde ich mich wohl in meiner Haut fühlen.

Ich hatte nichts anderes vor, daher hing ich eine Weile im Haus herum, las und sah fern. Es fiel mir leichter, mich zu entspannen, wenn Nancy nicht da war, wenn wir nicht emsig damit beschäftigt waren, ein »Paar« zu sein. Aber ich fand keine Ruhe. Ich dachte ständig darüber nach, wie schön es wäre, nicht so zu denken, eine Freundin zu haben, die ich zu Hause bei mir haben wollte, damit wir zusammen herumhängen konnten. Mit Nancy lief das nicht, nicht mehr. Sie dazu zu bringen, einen geruhsamen Samstag im Bett auch nur in Erwägung zu ziehen, war an sich schon ein monumentales Projekt. Und ich hatte es wahrscheinlich auch schon eine ganze Weile nicht mehr versucht. Sie stand auf, ich stand auf. Ich war als menschliche Ressource entwickelt worden.

Ich las unkonzentriert, und am Ende schnappte ich meinen Mantel und ging einen Spaziergang durch die dunkle und kalte Straße machen. Einige wenige Paare und einsame Gestalten schlichen auf dem Weg zwischen Pubs und chinesischen Restaurants durch die Straßen. Allein durch die zwanglosen Aktivitäten um mich herum, durch das ziellose Schlendern, fühlte ich mich still zufrieden. Der Raum, wo Nancy und ihre Kollegen standen und wie Roboter berufliches Fachchinesisch die

Hierarchie hinauf und hinunter von sich gaben, kam mir in den Sinn, auch wenn ich keine Ahnung hatte, wo sie sich aufhielt. Ich dachte mir insgeheim, dass ich lieber hier war als dort.

Dann spürte ich einen Moment ganz London, das sich um mich herum erstreckt, und meine Zufriedenheit war dahin. Nancy hatte ein Ziel. Ich hatte nur Meilen endlicher Straßen im Winterlicht und schwarze Häuser, die sich zueinander beugten. Ich konnte gehen, ich konnte laufen, aber am Ende würde ich die Grenze erreichen, den Stadtrand. Und dort angekommen würde mir nichts anderes übrig bleiben, als umzukehren und wieder in die Stadt zu gehen. Ich konnte nichts jenseits der Tore spüren, konnte nicht glauben, dass etwas da war. Es war keine Sehnsucht nach dem Land oder einem fremden Klima: Ich mag London, die freie Natur nervt mich. Es war mehr das Gefühl, als wäre ein Ort, der grenzenlose Möglichkeiten parat halten sollte, von etwas gezähmt, von meiner Fantasielosigkeit und den engen Grenzen meines Lebens ausgebleicht worden.

Ich ging die Kentish Town Road Richtung Camden hinunter und war so in meiner heroischen Melancholie verfangen, dass ich an der Ecke Prince of Wales Road beinahe überfahren worden wäre. Erschrocken stolperte ich auf den Bürgersteig zurück und registrierte benommen ein rasant vorbeifahrendes gelbes Licht und eine gebrüllte Beschimpfung. Scheiß drauf, dachte ich und überquerte die Straße an einer anderen Stelle, die mich zu einer anderen Querstraße und einem anderen Abend führte.

Camden versuchte wie immer zu beweisen, dass es auch in den neunziger Jahren noch ein Plätzchen für ewiggestrige Hippie-Verlierer gab, daher mied ich die zielstrebigen Menschenmengen und landete stattdessen in einer Nebenstraße.

Dort sah ich Alice. Als ich sie erblickte, setzte mein Herz einen Schlag aus, und ich blieb wie angewurzelt stehen. Sie schlenderte in einem langen Rock mit dunkler Bluse die Straße entlang und hatte die Hände in den Taschen. Sie schien allein und ebenso ziellos unterwegs zu sein wie ich, schaute sich um, schien sich aber in ihrer eigenen Welt zu befinden. Der Zufall kam zu geschickt, ihn nicht auszunutzen, daher überquerte ich die Straße vorsichtig, um sie nicht zu erschrecken, und näherte mich ihr auf der anderen Seite.

Die nächsten drei Stunden verbrachten wir in einem lauten, verrauchten Pub. Die einzigen freien Plätze lagen dicht nebeneinander, an der Ecke eines überfüllten Tisches in der Mitte. Wir tranken eine Menge, aber der Alkohol schien nicht so zu wirken wie sonst immer. Ich wurde nicht betrunken, mir wurde nur wärmer, und ich fühlte mich entspannter als sonst. Die torkelnde Menge der Einheimischen lieferte uns hinreichend Gesprächsstoff, bis wir so ungezwungen plauderten, dass kein Anstoß mehr nötig war. Wir tranken und redeten, redeten und tranken, und als die Glocke für die letzte Bestellung ertönte, waren wir vollkommen überrascht.

Als wir das Pub verließen, fing der Alkohol plötzlich an zu wirken, wir stolperten beide über eine unerwartete Stufe, fielen hin, lachten und machten *Psst!* Ohne dass wir es eigens erwähnten, wussten wir beide, dass uns noch nicht nach Heimgehen zumute war, und so landeten wir stattdessen unten beim Kanal. Wir schlenderten langsam an den Rückseiten der Häuser entlang und spekulierten, was sich hinter den zugezogenen Vorhängen abspielen mochte; wir deuteten zum Himmel hinauf und zeigten uns Sterne, wir lauschten dem leisen Plätschern vereinzelter Enten, die an Land kamen. Nach etwa fünfzehn Minuten fanden wir eine Bank und setzten uns, um eine Zigarette zu rauchen.

Als Alice das Feuerzeug wieder in die Tasche steckte, legte sie die Hand dicht neben meine. Mir war deutlich bewusst, wie kurz die Strecke war, die ich mit meiner Hand zurücklegen müsste, und ich rauchte mit der linken, damit ich sie nicht bewegen musste. Ich vergaß mich nicht. Mir war klar, dass Nancy noch existierte, ich wusste, wie mein Leben organisiert war. Aber ich nahm die Hand nicht weg.

Dann führte uns das Gespräch wie bei einem perfekten und natürlichen Schachspiel zu dem Thema.

Ich sagte, dass die Arbeit nach der Hektik der vergangenen zwei Monate wieder in normalen Bahnen verlief. Alice sagte, sie hoffe, das Geschäft würde nicht zu sehr abflauen.» Damit ich mir weiter teure Computer leisten kann, die nicht ganz das machen, was ich erwartet habe?«, fragte ich.

»Nein«, antwortete sie, »damit ich weiter kommen und dich besuchen kann.« Ich drehte mich um und sah sie an. Sie wirkte nervös, aber trotzig, und bewegte die Hand die zwei Zentimeter, bis sie auf meiner lag.

»Du kannst es ruhig erfahren«, sagte sie. »Wenn du es nicht schon weißt. Im Augenblick gibt es drei wichtige Dinge in meinem Leben. Mein Motorrad, meine Geschichten und dich.«

Die Menschen ändern ihr Leben nicht; ein einziger Abend kann das schaffen. Es gibt Nächte, die haben ihren eigenen Schwung, Zweck und Zeitplan. Sie kommen aus dem Nichts und reißen die Menschen mit sich. Darum kann man am nächsten Tag nicht ganz verstehen, wie man tun konnte, was man getan hat. Weil man es nicht selbst getan hat. Es war der Abend.

An diesem Abend hörte mein Leben auf und fing von vorne an, und alles hatte eine andere Farbe.

Wir saßen noch zwei Stunden auf der Bank und kuschelten uns aneinander. Wir gestanden uns ein, wann wir zum ersten Mal aneinander gedacht hatten, und lachten leise über die Distanziertheit, mit der wir einander begegnet waren. Nachdem ich wochenlang verdrängt hatte, was ich empfand, es einfach nicht hatte wahrhaben wollen. Jetzt, wo ich sie hielt, konnte ich ihre Hand einfach nicht mehr loslassen. Es war so außergewöhnlich, ihr derart nahe zu sein, ihre Haut auf meiner zu spüren, ihre Nägel an meiner Handfläche. Die Menschen verändern sich, wenn man ihnen nahe kommt, sie werden viel realer. Wenn man schon in sie verliebt ist, werden sie so groß, dass sie die ganze Welt ausfüllen.

Am Ende kamen wir auf Nancy zu sprechen. Früher oder später musste das so kommen. Alice fragte, was ich für sie empfinde, und ich versuchte es ihr zu erklären und gleichzeitig selbst zu verstehen. Am Ende ließen wir das Thema fallen.

»Es wird nicht leicht werden«, sagte ich und drückte ihre Hand. Ich überlegte düster bei mir, dass es vielleicht nie dazu kommen würde. Da ich wusste, wie Nancy reagieren würde, schien ein sehr hoher Berg vor mir zu liegen, der bestiegen werden musste. Alice sah mich an, dann wieder zum Kanal.

Dort saß eine große Katze und schaute über das Wasser. Ich rückte zuerst näher zu Alice, sodass Strähnen ihres Haares meine Wange kitzelten, dann lockte ich die Katze. Sie drehte sich um und sah uns dann und kam zu der Bank getrottet.

»Ich mag zutrauliche Katzen«, sagte ich und streckte die Hand aus, um sie am Kopf zu kraulen.

Alice lächelte und gab selbst Lockgeräusche von sich. Ich war ein wenig verwirrt, weil sie die Katze dabei nicht ansah, bis ich sah, dass eine andere aus den Schatten kam. Diese war kleiner und zierlicher und kam schnurstracks zu der Bank. Ich schätze, ich war ein wenig benebelt vom Trinken, daher brauchte ich einen Moment, bis ich schaltete, als Alice in eine andere Richtung sah. Eine dritte Katze kam den Kanalweg entlang in unsere Richtung, gefolgt von einer weiteren.

Als eine fünfte aus den Büschen hinter unserer Bank kam, drehte ich mich um und sah Alice an. Sie schaute mich bereits mit einem Lächeln auf den Lippen an, einem Lächeln wie das erste, das sie mir geschenkt hatte. Sie lachte über meinen Gesichtsausdruck und wiederholte die lockenden Geräusche. Die Katzen um uns herum saßen still, und zwei weitere, die fast rannten, so eilig hatten sie es, zu der Schar zu stoßen, kamen aus der anderen Richtung. Ihre Zahl war inzwischen so groß, das ich mir belagert vorkam.

Als die nächste Katze kam, musste ich fragen.

»Alice, was geht hier vor?«

Sie lächelte sehr sanft, wie ein Gemälde, und lehnte den Kopf an meine Schulter.

»Vor langer Zeit«, sagte sie, als würde sie eine Geschichte für ein Kind erfinden, »war dies alles nicht hier. Es gab keinen Kanal, keine Straßen und Häuser, und ringsum standen nur Bäume und Gras.« Eine der Katzen, die um die Bank saßen, leckte sich kurz die Pfote; ich sah ein weiteres Paar aus der Dunkelheit auf uns zukommen. »Die großen Menschen haben das alles geändert. Sie haben die Bäume gefällt, das Gras zugeschüttet und sogar den Boden eingeebnet. Hier befand sich einmal ein Hügel, ein Hügel, der auf einer Seite steil war und auf der anderen sanft abfiel. Das alles haben sie genommen und es so wie jetzt aussehen lassen. Nicht, dass es so schlecht wäre. Es ist nur anders. Die Katzen erinnern sich noch daran, wie es gewesen ist.«

Das war eine hübsche Geschichte und ein weiterer Beleg dafür, wie sehr wir in denselben Bahnen dachten. Aber sie konnte nicht wahr sein und erklärte nicht die vielen Katzen um uns herum. Mittlerweile waren es an die zwanzig, und das war irgendwie zu viel. Nicht für mich, aber für den gesunden Menschenverstand. Woher, zum Teufel, kamen sie nur alle?

»Aber damals hatten sie keine Katzen«, sagte ich nervös. »Nicht solche. Diese Art von Katze ist doch sicher modern. Ein Import oder eine Kreuzung.«

Sie schüttelte den Kopf. »Das sagen die Leute«, antwortete Alice, »und glauben es auch. Sie sind immer hier gewesen. Die Leute haben es nur nicht immer gewusst.«

»Alice, was redest du da?« Die Anzahl der Katzen, die lautlos um uns herumsaßen, machte mir allmählich wirklich Angst. Sie kamen immer noch einzeln oder zu zweit und umringten uns im Umkreis von Metern. Der Kanal war dunkel, abgesehen von gelegentlichem Funkeln von Mondlicht auf dem Wasser, die Uferkanten und der Fußweg wirkten irgendwie schroff, angerissen, wie an einem Computerbildschirm generiert. Sie waren gut nachgebildet und sahen überzeugend aus, aber irgendwie schienen sie sich nicht recht aneinander zu fügen, als wäre ein Winkel um ein Grad verschoben.

»Vor tausend Jahren kamen Katzen zu diesem Hügel, weil er

ihr Versammlungsort war. Sie kamen, diskutierten ihre Belange und gingen wieder. Dieses war ihr Ort und ist es noch immer. Aber wir stören sie nicht.«

»Warum nicht?«

»Weil ich dich liebe«, sagte sie und küsste mich zum ersten Mal.

Es dauerte zehn Minuten, bis ich wieder aufschaute. Nur noch zwei Katzen waren da. Ich legte den Arm fester um Alice und überlegte mir, wie schlicht und unaussprechlich glücklich ich mich fühlte.

»War das alles wahr?«, fragte ich und tat, als wäre ich ein Kind.

»Nein«, antwortete sie lächelnd. »Es war nur ein Märchen.« Sie drückte die Nase an meine und rieb sie, und dann verschmolzen unsere Gesichter wieder zu einem.

Um zwei Uhr wurde mir klar, dass ich nach Hause musste, daher standen wir auf und gingen langsam zur Straße zurück. Ich wartete zitternd mit ihr auf ein Minicab und ertrug die melodramatischen Stoßseufzer des Fahrers, als wir uns verabschiedeten. Ich blieb an der Ecke stehen und winkte, bis das Taxi nicht mehr zu sehen war, dann drehte ich mich um und ging nach Hause.

Erst als ich in unsere Straße einbog und sah, dass hinter unseren Fenstern noch Licht brannte, wurde mir klar, wie real der Abend gewesen war. Als ich die Treppe hinaufging, wurde die Tür geöffnet. Nancy stand im Nachthemd da und sah besorgt und wütend aus.

»Wo bist du *gewesen*?«, fragte sie. Ich reckte die Schultern und dachte mir eine Lüge aus.

Ich entschuldigte mich. Ich sagte ihr, ich wäre mit Howard auf Zechtour gewesen, ich log ruhig und mit überzeugendem Nachdruck. Ich fühlte mich nicht einmal schlecht dabei, höchstens auf eine eigennützige, akademische Weise.

In meinem Kopf war endlich ein Schalter gedrückt worden,

und als wir schließlich im Bett lagen, wurde mir klar, dass ich nicht mehr mit meiner Freundin im Bett lag. Es war nur irgendjemand in meinem Bett. Als Nancy sich zu mir drehte und mit ihrer ganzen Körperhaltung ausdrückte, dass sie möglicherweise noch nicht an Schlaf dachte, schnürte eine Art Grauen mir die Brust zusammen. Ich brachte heraus, dass ich zu betrunken war, um etwas anderes zu tun als besinnungslos dazuliegen, da kuschelte sie sich stattdessen an mich und schlief ein. Ich blieb noch eine Stunde wach und kam mir vor, als würde ich unter freiem Himmel auf einer Marmortafel liegen.

Das Frühstück am nächsten Morgen war ein Fest bleierner Höflichkeiten. Die Küche schien zu hell zu sein, alle Geräusche hallten schroff von den Wänden wider. Nancy war guter Stimmung, aber ich konnte nichts tun als gepresst lächeln, lauter reden als sonst und darauf warten, dass sie zur Arbeit ging.

Die nächsten zehn Tage waren die schrecklichsten und zugleich besten Tage meines Lebens. Alice und ich schafften es, uns alle zwei Tage zu treffen, manchmal einen ganzen Abend lang, aber meistens nur auf eine Tasse Kaffee. Wir redeten nur, hielten Händchen und küssten uns manchmal. Unsere Küsse waren kurz, lediglich Skizzen dessen, was sein könnte. Ein schlechter Start unterminiert eine Beziehung immer, weil jeder glaubt, es könnte wieder passieren. Daher waren wir zurückhaltend und ehrlich zueinander, und das war wunderbar, aber auch schwierig.

Zu Hause zu sein war alles andere als ein Spaß. Nancy hatte sich nicht verändert, aber ich, und daher kannte ich sie nicht mehr. Es war, als würde eine vollkommen Fremde in meinem Haus leben, eine Fremde, deren Anwesenheit umso schlimmer war, weil sie einen an jemanden erinnerte, den man einst geliebt hatte. Alle Ereignisse, die meinem früheren Leben am nächsten kamen, erbosten mich zugleich am meisten, daher mied ich alles, was sie herbeiführen konnte.

Es musste etwas geschehen, und ich musste es herbeiführen.

Das Problem war, mich dazu aufzuraffen. Nancy und ich wohnten seit vier Jahren zusammen. Die meisten Freunde von uns gingen davon aus, dass wir uns bald verloben würden: Ich hatte schon ein paar entsprechende Witze gehört. Wir kannten einander sehr gut, und das zählt etwas. Während ich in diesen Wochen vorsichtig um Nancy herumtänzelte und versuchte, ihr nicht zu nahe zu kommen, wurde mir auch bewusst, wie vieles wir gemeinsam hatten, wie viel Zuneigung ein Teil von mir immer noch für sie empfand. Sie war eine Freundin, die ich mochte. Ich wollte sie nicht verletzen.

Meine Beziehung zu Nancy war nicht völlig klar. Ich war nicht nur ihr Freund, ich war auch ihr Bruder und Vater. Ich kannte einige Gründe für ihre schlechten Essgewohnheiten, Dinge, die kein anderer je erfahren würde. Ich hatte es mit ihr durchdiskutiert und wusste, wie ich damit leben musste, wie ich mich verhalten musste, damit es ihr nicht noch schlechter ging. Sie brauchte Unterstützung, und ich war der einzige Mensch, der sie ihr geben konnte. Es wäre unverzeihlich, ihr das zu nehmen, wo sie ohnehin so viel durchmachen musste.

Und so blieb eine Weile alles beim Alten. Ich traf mich mit Alice, wann immer ich konnte, aber am Ende musste ich immer wieder gehen, wir verabschiedeten uns, und jedes Mal kam es mir unvernünftiger vor, und mir fiel immer schwerer, mich zu erinnern, warum ich gehen musste. Ich hatte schreckliche Angst davor, im Schlaf Alices Namen auszusprechen oder mich zu verplappern; mir kam es vor, als würde ich mein Leben auf einer Bühne vor einem begierigen Publikum leben, das nur darauf wartete, dass ich einen Fehler beging. Ich machte Abendspaziergänge und ging die Straße so langsam wie möglich entlang, blieb stehen, um mit der Katze zu reden, kraulte sie, so lange sie wollte, ging mit ihr auf dem Bürgersteig hin und her und machte alles, damit ich nicht ins Haus zurückmusste.

Den größten Teil der zweiten Woche freute ich mich auf den Samstag. Am Anfang jeder Woche verkündete Nancy, sie würde am Wochenende mit Kollegen auf ein Seminar gehen. Sie erklärte mir, worum es ging, den Abgrund heilsgläubiger Firmen-Leere, in den sie und ihre Kollegen fröhlich sprangen. Sie unterhielt sich zu der Zeit viel öfter mit mir, wollte mich an ihrem Leben teilhaben lassen. Ich gab mir Mühe, konnte ihr aber nicht richtig zuhören. Ich wusste nur, dass ich an diesem Tag nach Cambridge fahren würde, um Muster bei einem Kunden abzugeben. Ich war davon ausgegangen, dass ich allein fahren würde. Da Nancy fest anderweitig beschäftigt war, kam mir eine andere Möglichkeit in den Sinn.

Als ich mich an diesem Nachmittag mit Alice auf einen Kaffee traf, fragte ich sie, ob sie nicht mitkommen wollte. Ihre herzliche Antwort half mir über die Abende der Woche hinweg; wir sprachen jeden Tag davon. Unser Plan sah vor, dass ich am frühen Abend daheim anrufen sollte, wenn Nancy von ihrem Seminar zurück war, um ihr zu sagen, dass ich da oben einen alten Bekannten getroffen hätte und erst spät zurückkommen würde. Damit beugten wir unsere Regel, alles streng nach Vorschrift zu machen, aber es musste sein. Alice und ich mussten einmal eine längere Zeit miteinander verbringen, und ich musste mich für das wappnen, was getan werden musste.

Am Freitagabend hatte ich mich in ein Fieber hineingesteigert. Ich ging rastlos durch das Haus und war so mit meiner eigenen kleinen Welt beschäftigt, dass ich eine ganze Weile brauchte, bis mir auffiel, dass auch mit Nancy etwas los war.

Sie saß im Wohnzimmer und studierte Unterlagen, schaute aber immer wieder wütend zum Fenster hinaus, als würde sie damit rechnen, jemanden zu sehen. Als ich sie leicht gereizt danach fragte, bestritt sie, dass sie es tun würde, aber zehn Minuten später sah ich sie wieder dabei. Ich zog mich in die Küche zurück und machte etwas Langweiliges mit einem Regal, was ich schon seit Monaten vor mir hergeschoben hatte. Als Nancy hereinkam, um sich noch einen Kaffee zu holen, und sah, was ich machte, schien sie aufrichtig gerührt zu sein, dass ich endlich dazu gekommen war. Mein Lächeln selbsterniedrigender Gutmütigkeit kam mir vor, als wäre es über die Lippen eines Toten gespannt.

Dann saß sie wieder im Wohnzimmer und schaute nervös zum Fenster hinaus, als fürchtete sie die unmittelbar bevorstehende Invasion einer Armee der Marsianer. Das erinnerte mich an die Nacht, als ich sie am Fenster stehen gesehen hatte, was mir so unheimlich vorgekommen war. An diesem Abend sah sie ausgesprochen beunruhigt aus, aber mein Mitleid war erschöpft. Ich fand es nur nervtötend und verabscheute mich dafür.

Schließlich war es endlich, endlich Zeit, ins Bett zu gehen. Nancy ging zuerst, ich meldete mich freiwillig, die Fenster zu schließen und die Aschenbecher zu leeren. Komisch, dass man immer am fürsorglichsten und zuvorkommendsten ist, wenn man am liebsten gar nicht da wäre.

Eigentlich wollte ich nur ein paar Augenblicke für mich, um ein Geschenk für Alice einzupacken. Als ich hörte, wie die Badezimmertür geschlossen wurde, sprang ich zum Aktenschrank und holte das Buch heraus. Ich riss Bänder und Geschenkpapier aus einer Schublade und packte es ein. Beim Papierfalten schaute ich zum Fenster hinaus, sah die Katze auf der Straße sitzen und lächelte in mich hinein. Bei Alice würde ich eine eigene Katze haben können, würde mit einem pelzigen Gefährten arbeiten und mit einem warmen Bündel auf dem Schoß dösen. Die Badezimmertür ging wieder auf, und ich hielt inne, zum sofortigen Handeln bereit. Als Nancys Schritte im Schlafzimmer verklungen waren, packte ich weiter ein. Als ich fertig war, schob ich das Geschenk wieder in die Schublade und nahm die Karte zur Hand, die ich mit überreichen wollte, während ich mir schon den Text überlegte.

»Mark?«

Ich wäre fast gestorben, als ich Nancys Stimme hörte. Sie kam durch die Küche auf mich zu, und die Karte lag immer noch auf dem Schreibtisch. Ich zog rasch einen Stapel Blätter zu mir und deckte sie zu, aber gerade noch rechtzeitig. Mein

Herz schlug so rasend, dass mir fast schwindelig wurde, als ich mich umdrehte, sie ansah und mich bemühte, einen nichtssagend normalen Gesichtsausdruck anzunehmen.

»Was ist das?«, wollte sie wissen und hielt die Hand vor mir hoch. Es war dunkel in dem Zimmer, daher konnte ich zuerst nichts sehen. Dann sah ich es. Es war ein Haar. Ein dunkelbraunes Haar.

»Sieht wie ein Haar aus«, sagte ich vorsichtig und verschob die Blätter auf dem Tisch.

»Verdammt, ich weiß, was das ist«, fuhr sie mich an. »Es war im Bett. Ich frage mich, wie es dort hingekommen ist.«

Gütiger Himmel, dachte ich. Sie weiß es.

Ich sah sie mit zusammengekniffenen Lippen an und war drauf und dran, ihr die Wahrheit zu sagen, es hinter mich zu bringen. Ich hätte gedacht, es könnte auf eine andere, ruhigere Weise passieren, aber man weiß eben nie. Vielleicht war dies die Pause, in die ich die Information fallen lassen musste, dass ich eine andere liebte.

Dann ging mir mit Verspätung auf, dass Alice nie im Schlafzimmer gewesen war. Seit der Nacht am Kanal hatte sie sich nur im Wohnzimmer und unten in der Diele aufgehalten. Vielleicht in der Küche, aber ganz sicher nicht im Schlafzimmer. Ich blinzelte Nancy verwirrt an.

»Das war die Scheißkatze«, schrie sie in der Art und Weise aufbrausend, die mich immer sofort entwaffnete und ängstigte. »Sie ist in dem Scheißbett gewesen.«

»Welche Katze?«

»Die Scheißkatze, die ständig draußen sitzt. Deine kleine *Freundin*.« Sie verzerrte das Gesicht zu einer unkenntlichen, höhnischen Fratze. »Du hast sie da drinnen gehabt.«

»Habe ich nicht. Was redest du da?«

»Leugne es nicht, leugne es ja nicht —«

Nancy konnte nicht zu Ende sprechen, sie stürzte sich einfach auf mich und schlug mir ins Gesicht. Erschrocken stolperte ich rückwärts, da schlug sie mir ans Kinn und trommelte dann mit den Fäusten auf meine Brust, während ich versuchte, ihre Hände zu fassen zu bekommen. Sie versuchte, etwas zu sagen, brachte aber nur ein wütendes Schluchzen heraus. Letztlich wich sie einen Schritt zurück, bevor ich ihre Hände fassen konnte, und stand vollkommen reglos da. Sie sah mich einen Moment an, dann wirbelte sie herum und verließ wortlos das Zimmer.

Ich verbrachte die Nacht auf dem Sofa und war noch lange wach, nachdem der letzte stöhnende Stoßseufzer im Schlafzimmer verstummt war. Es mag sich nach egoistischer Feigheit anhören, aber ich glaubte wirklich nicht, dass ich hinaufgehen und sie trösten konnte. Ich hätte sie nur aufmuntern können, indem ich log, daher blieb ich einfach weg.

Ich hatte genügend Zeit, die Karte für Alice zu Ende zu schreiben, aber es fiel mir plötzlich schwer, mich zu erinnern, was ich ihr hatte sagen wollen. Am Ende fiel ich in einen leichten, unruhigen Schlaf, und als ich aufwachte, hatte Nancy das Haus schon verlassen.

Ich fühlte mich müde und leer, als ich ins Stadtzentrum fuhr, um Alice abzuholen. Ich wusste immer noch nicht genau, wo sie wohnte, kannte nicht einmal ihre Telefonnummer. Sie hatte mir die Informationen nicht freiwillig gegeben, und ich konnte sie jederzeit über den Kurierdienst erreichen. Damit war ich zufrieden, bis ich ohne Heimlichtuerei in ihr Leben treten konnte.

Ich erinnere mich noch ganz deutlich, wie sie aussah, als sie auf dem Bürgersteig stand und nach meinem Auto Ausschau hielt. Sie trug einen langen, schwarzen Wollrock und einen dicken Pullover in verschiedenen Brauntönen. Die Morgensonne beleuchtete ihr Haar, und als sie lächelte, als ich an den Bordstein fuhr, plagten mich einen Moment quälende Zweifel. Ich habe kein Recht, bei ihr zu sein, dachte ich. Ich habe schon jemanden, und Alice ist einfach zu wunderbar für mich. Aber sie legte die Arme um mich und gab mir einen Kuss auf die Nase, und da verschwand das Gefühl.

Ich bin auf einer Autobahn noch nie so langsam gefahren wie an jenem Morgen mit Alice. Ich hatte Kassetten mitgenommen, Musik, die wir beide mochten, wie ich wusste, aber die Kassetten wurden nie aus dem Handschuhfach geholt. Sie waren einfach nicht nötig. Ich blieb auf der linken Spur und kroch mit sechzig Meilen pro Stunde dahin und wir unterhielten uns oder schwiegen, und manchmal sahen wir einander an und grinsten.

Die Straße führt zwischen mehreren Hügeln hindurch, und als wir die erste Schneise erreichten, entfuhr uns beiden gleichzeitig ein Seufzer. Das Ufer war ein Meer von Mohnblumen, die einhellig im Wind nickten; als wir sie hinter uns gelassen hatten, drehte ich mich zu Alice um und sagte ihr zum ersten Mal, dass ich sie liebte. Sie schaute mich lange an, und am Ende musste ich den Blick abwenden und auf die Straße sehen. Als ich wieder hinsah, schaute sie starr geradeaus, zurückgehaltene Tränen glitzerten in ihren Augen.

Das Treffen dauerte keine fünfzehn Minuten. Ich glaube, mein Kunde war höchst unzufrieden, aber wen interessiert das? Den Rest des Tages machte ich mit Alice einen Schaufensterbummel, sah mir mit ihr Bücher an, trank Kaffee. Als wir lachend aus einem Schallplattenladen kamen, schlang sie mir den Arm um die Taille, und ich legte meinen, sehr wohl wissend, was ich tat, um ihre Schultern. Obwohl sie groß war, fühlte ich mich behaglich und ließ ihn dort.

Gegen fünf Uhr wurde ich nervös, daher steuerten wir ein Café an, um Tee zu trinken und damit ich meinen Anruf erledigen konnte. Ich ließ Alice am Tisch sitzen, wo sie wartete, dass wir bestellen konnten, und ging zur anderen Seite des Restaurants, wo die Telefonzelle lag. Ich hörte das Telefon läuten und zwang mich, ruhig zu bleiben, während ich dem Raum den Rücken zuwandte, damit ich mich besser darauf konzentrieren konnte, was ich sagen wollte.

»Hallo?«

Als Nancy antwortete, erkannte ich sie kaum. Ihre Stimme klang wie die einer keifenden, alten Frau, die keinen Anruf erwartet hatte. Ich wollte sofort den Hörer wieder auflegen, aber sie merkte gleich, wer am Apparat war, und fing an zu weinen.

Ich brauchte rund zwanzig Minuten, um sie auch nur ein wenig zu beruhigen. Sie hatte das Seminar zur Mittagszeit verlassen und Übelkeit vorgeschützt. Danach war sie zu Sainsbury's gegangen. Sie hatte zwei Sara-Lee-Schokoladenkuchen gegessen, eine Cremerolle, ein Päckchen Cornflakes und drei Packungen Bisquits. Sie war auf die Toilette gegangen, hatte alles erbrochen und wieder von vorne angefangen. Ich glaube, sie hatte sich noch mindestens einmal übergeben, wurde aber nicht aus allem schlau, was sie sagte. Alles war so mit einer Unzahl von Entschuldigungen an mich durchsetzt, dass die Sätze ihren Sinn verloren und ich nicht sagen konnte, ob sie von der vergangenen Nacht oder dem halben Becher Götterspeise sprach, den sie noch in der Hand hielt.

Ich hatte solche Angst, dass ich nichts von der Welt außerhalb der Telefonzelle mitbekam, und gab mir größte Mühe, sie so weit zu beruhigen, dass ihre Worte einen Sinn ergaben. Ich ließ es sein, ihr zu versichern, das wegen gestern Nacht keine Entschuldigung erforderlich wäre, und sagte ihr am Ende nur noch, alles würde wieder gut werden. Sie versprach mir, eine Weile nicht mehr zu essen und stattdessen fernzusehen. Ich sagte, ich würde so schnell es ging bei ihr sein.

Ich musste. Ich liebte sie. Mir blieb keine andere Wahl.

Als mein letztes Kleingeld verbraucht war, sagte ich ihr, sie solle auf sich Acht geben, und legte langsam den Hörer auf. Ich starrte die Holztäfelung vor mir an und bemerkte allmählich wieder den Lärm des Restaurants auf der anderen Seite der Glastür hinter mir. Schließlich drehte ich mich um und sah hinaus.

Alice saß am Tisch und betrachtete die vorbeiströmende Menge. Sie sah wunderschön und stark aus, und ungefähr zweitausend Meilen entfernt.

Wir fuhren schweigend nach London zurück. Wir hatten uns in dem Restaurant über fast alles unterhalten. Es dauerte nicht lange. Ich sagte, ich könnte Nancy in ihrem Zustand nicht verlassen; Alice nickte einmal knapp und steckte ihre Zigaretten in die Tasche.

Sie sagte, irgendwie hätte sie es gewusst, schon bevor wir nach Cambridge gefahren waren. Da wurde ich wütend und sagte, das sei unmöglich, weil ich es selbst nicht gewusst hätte. Sie wurde ebenfalls wütend, als ich ihr sagte, wir könnten immer noch Freunde sein, und ich schätze, sie war im Recht. Es war eine dumme Bemerkung von mir.

Ich fragte linkisch, ob alles in Ordnung wäre, worauf sie antwortete, ja, in dem Sinne, dass sie es überleben würde. Ich versuchte ihr zu erklären, dass das der Unterschied war, dass Nancy das vielleicht nicht schaffen würde. Sie zuckte die Achseln und meinte, das wäre der andere Unterschied: Nancy würde nie die Probe aufs Exempel machen müssen. Je länger wir redeten, desto mehr kam es mir vor, als würde mein Kopf explodieren, als würden meine Augäpfel vor Schmerzen platzen und als blutige Gallerte meine kalten Wangen hinabfließen. Zuletzt wurde sie ganz sachlich, bezahlte die Rechnung, und wir gingen langsam zum Auto zurück.

Im Auto brachte es keiner von uns fertig, über Belangloses zu plaudern, daher war fast ausschließlich das Geräusch der Reifen auf der Straße zu hören. Inzwischen war es dunkel, und wir hatten die Autobahn noch nicht lange erreicht, da begann es zu regnen. Als wir die erste Schneise in den Hügeln passierten, konnte ich die Mohnblumen rings um uns herum spüren, wie sie vom prasselnden Regen niedergedrückt wurden. Alice drehte sich zu mir um.

»Ich wusste es.«

»Wie?«, fragte ich und versuchte, nicht zu weinen und die Autos hinter uns im Auge zu behalten.

»Als du gesagt hast, du liebst mich, hast du dich so unglücklich angehört.«

Ich setzte sie in der Stadt ab, an der Ecke, wo ich sie abgeholt hatte. Sie sagte ein paar Worte, um mir zu helfen, damit ich mich wegen meines Verhaltens nicht so elend fühlen musste. Dann verschwand sie um die Ecke, und ich sah sie nie wieder.

Als ich vor dem Haus geparkt hatte, blieb ich einen Moment sitzen und versuchte, mich zu sammeln. Nancy musste sehen, dass ich gefasst war und zu ihrer Verfügung stand. Ich stieg aus, schloss die Tür ab und schaute mich halbherzig nach der Katze um. Sie war nicht da.

Nancy machte die Tür lächelnd auf, und ich folgte ihr in die Küche. Als ich sie umarmte und ihr sagte, dass alles in Ordnung kommen würde, sah ich mich über ihre Schulter hinweg gleichgültig in dem Raum um. In der Küche herrschte makellose Sauberkeit, keine Spur mehr von der Fressorgie am Nachmittag. Der Müll war hinausgebracht worden, etwas blubberte auf dem Herd. Sie hatte mir ein Essen gekocht.

Sie aß nichts, setzte sich aber zu mir an den Tisch. Das Huhn war okay, entsprach aber nicht ihrem sonstigen Standard. Es hatte eine Menge Fleisch, war aber zu zäh und zu scharf gewürzt. Um ehrlich zu sein, es schmeckte seltsam. Sie bemerkte meinen Gesichtsausdruck und sagte, dass sie bei einem anderen Metzger gewesen wäre. Wir redeten ein wenig über den Nachmittag, aber es ging ihr schon viel besser. Sie schien mehr daran interessiert zu sein, mir zu erzählen, wie sie mit der Neuorganisation ihres Büros zurechtkam.

Hinterher ging sie ins Wohnzimmer und schaltete den Fernseher ein, während ich mich daran machte, Kaffee zu kochen und abzuwaschen, wobei ich mich hölzern in der Küche bewegte, wie auf brachliegenden Gleisen. Während aus dem Wohnzimmer Nancys hirnlose Lieblingsserie dröhnte, sah ich mich nach einer Mülltüte um, damit ich den Rest des Essens hineinwerfen konnte, aber sie hatte offenbar alles verbraucht. Ich seufzte vollkommen teilnahmslos, machte die Hintertür auf und ging nach unten, um alles direkt in die Tonne zu werfen.

Zwei Säcke standen an der Tonne, beide mit Nancys typischem Knoten zugebunden. Ich löste den ersten und öffnete die

Tüte ein Stück. Kurz bevor ich die Knochen von meinem Teller schob, erregte etwas in der Tüte meine Aufmerksamkeit. Etwas Dunkles lag zwischen den leuchtend bunten Verpackungen kalorienreicher Frustnahrung. Möglicherweise ein seltsam geformtes Stück Stoff. Ich zog die Tüte ein wenig weiter auf, um genau hinzusehen, und da fiel der Lichtschein vom Küchenfenster oben auf den Inhalt der Tüte.

Das dunkle Stück wurde zu glänzendem Dunkelbraun mit roten Strähnen, und da sah ich, dass es überhaupt kein Stoff war.

Sechs Monate später, als wir uns verlobt hatten, zogen wir um. Ich war froh darüber. Mir kam die Wohnung nicht mehr wie ein Zuhause vor. Manchmal kehre ich in die Straße zurück und denke an die Wochen, in denen ich zum Fenster hinausstarrte und vergeblich die Straße im Auge behielt. Nach zwei Tagen rief ich den Kurierdienst an. Ich wusste, dass ich gegen eine Mauer laufen würde und es unwahrscheinlich war, dass sie die Adresse herausrücken würden. Aber sie bestritten, dass Alice jemals dort gearbeitet hatte.

Nach zwei Jahren bekamen Nancy und ich unser erstes Kind, ein Mädchen, das diesen November acht wird. Jetzt hat sie eine Schwester. An manchen Abenden lasse ich sie bei ihrer Mutter und gehe spazieren. Ich gehe von eiserner Ruhe erfüllt durch schwarze Straßen unter formlosen Häusern und manchmal auch zum Kanal hinunter. Ich setze mich auf die Bank, schließe die Augen und bilde mir ein, ich könnte es sehen. Manchmal glaube ich, ich kann spüren, wie es war, als es den Hügel noch gab und geheime Treffen abgehalten wurden.

Am Ende stehe ich immer langsam auf und gehe durch die Straßen zu unserem Haus zurück. Der Hügel existiert nicht mehr, die Dinge haben sich geändert, es ist nicht mehr so. So lange ich auch sitze und warte, die Katzen kommen nicht mehr.

William S. Burroughs Autor von *Naked Lunch*
(dt: *Naked Lunch*), *Queer* (dt: *Homo*), *Cities of the Red
Night* (dt: *Die Städte der roten Nacht*), *The Place of Dead
Roads* (dt: *Dead Roads*), *The Western Lands* (dt: *Western
Lands*), *Interzone* (dt: *Interzone*), *The Cat Inside* (dt: *The
Cat Inside*), *My Education: A Book Of Dreams*, ein Sach-
buch, und zuletzt *Ghost of Chance*, ist Mitglied des
American Academy and Institute of Arts and Letters und
ein Commandeur de l'Ordre des Arts et Lettres von
Frankreich. 1993 gab Oliver Harris den ersten Band von
The Letters of William S. Burroughs heraus, daneben
wurde *El Hombre Invisible: A Portrait of William S. Bur-
roughs*, herausgegeben von Barry Miles, veröffentlicht.
William Burroughs ist ein Schriftsteller mit vielen Inte-
ressen, eines davon sind Katzen. Der »Ruski« des Titels
war in Wahrheit ein Streuner, der Anfang der achtziger
Jahre zu Burrouhgs kam und aus dem Autor (der nie ein
Haustier hatte) einen Freund aller Katzen machte. Hier
spielt Ruski eine ganz andere Rolle.

WILLIAM S. BURROUGHS
Ruski

Sie nannten ihn den Großen Gatsby. Kam aus dem Nichts, mietete ein großes Haus und gab riesige Partys mit jeder Menge gutem Fusel und Mampf. Es dauerte nicht lange, bis sie herausfanden, dass seine Gastfreundschaft nicht völlig umsonst war. Er legte seinen Gästen einen Tribut auf, und dieser Tribut hieß Ruski. Ruski war eine purpur-graue Katze. Die Farbe heißt russisch Blau, daher nannte er seine Katze Ruski.

»Sehen Sie, er ist ein Oberst des KGB und Generalsanwärter.«

Anfangs fanden sie das komisch; jemand sagte etwas, und er fragte: »Was meinst du dazu, Ruski?« Und er übersetzte Ruskis Antwort, die immer taktlos und beleidigend war.

Und Ruskis Fragen an die Gäste … persönliche Fragen.

»Ruski möchte wissen, ob ihr beiden es schon getrieben habt.« An ein diskretes schwules Paar gerichtet, das glaubte, niemand wüsste etwas von ihnen.

Und medizinische Fragen.

»Er möchte wissen, ob es einem qualifizierten Chirurgen möglich ist, eine Vene mit einer Sehne zu verwechseln.«

Doktor Stein wurde rot vor Wut. Er war nur durch das schützende Schweigen seiner Kollegen einem Prozess wegen eines Operationsfehlers entronnen.

Und Ruski *fauchte* den Arzt an. Es existierte ein unheimliches Band zwischen ihm und dem Arzt.

Und finanzielle Fragen. »Ruski möchte wissen, ob Sie Ihren Freunden Aktien von Park Utah Mine andrehen, während Sie sie gleichzeitig abstoßen, bevor sie einbrechen.«

Und rechtliche Fragen. Es versteht sich wohl von selbst, dass inzwischen alle Ruski gründlich satt haben.

Aber manche kamen trotzdem wegen kostenlosem Essen und Alkohol. Und sie wollten zweifellos beim Finale dabei sein.

»Wird niemand uns von diesem verfluchten Ruski befreien?«

»Ruski ist sauer, weil er nicht befördert wurde. Ich sage ihm immer wieder, er muss einen brillanten Coup durchziehen.«

»Sehen Sie die 5–26-Kumpels mit ihren –« Er neigte den Kopf in Ruskis Richtung. »– Cousins?« »O ja, natürlich ... die *amerikanischen* Cousins –« Kann sich Ruski nicht glänzend ausdrücken »– sind in ein sehr interessantes Goldgeschäft verwickelt, ging es nicht über Laos? Nach Hongkong.«

Wenn Ruski Operation Gasleck sabotieren könnte ... »Er nennt sie jetzt OGLe, ist das nicht niedlich??«

Ein Zimmer voller Agenten mit steinernen Mienen. Dann geht Ruski hinter das Sofa, kommt mit einem Stück vergiftetem Fleisch hervor und wirft es dem CIA-Mann vor die Füße. Das Gesicht des Mannes wird schwarz vor Wut ... er stößt ein unartikuliertes Fauchen aus, ich erwarte fast, dass eine Pilzwolke über seinem Kopf aufsteigt, und er schlägt mit einem schweren Gehstock nach Ruski. Ruskis Schädel platzt wie ein Ei, Blut und Hirnmasse spritzt auf die Gäste. Eine Frau rafft ihre Nerzstola an sich.

»Sie Bestie!«, schreit sie den CIA-Mann an; es folgt ein allgemeiner Aufbruch. Alle wollten Ruskis Tod, aber keiner wollte etwas mit der Tat selbst zu tun haben, wie Heinrich II nichts mit dem Abmurksen des elenden Becket zu tun haben wollte (sie sagten, dass es unter seinem Hemd aus Haar von Läusen wimmelte, ein lebender Affront gegen die Hygiene).

Ein Jahr später lief ich dem CIA-Mann in der Parade Bar in Tanger über den Weg. Er hatte abgenommen, seine Hände zitterten. Mir fiel auf, dass er ab und zu mit streichelnden Bewegungen auf den Boden griff.

Also denke ich mir, zum Teufel, ich muss nicht um den heißen Brei herumreden, wenn diese Gruselmumie schon am Abdrehen ist.

»Sagen Sie, erinnern Sie sich an Ruski?«

Er lächelte. »Natürlich. Wird Zeit, dass wir zum Abendessen nach Hause gehen, nicht wahr, Ruski?«

Er geht hinaus. Der Barkeeper zuckt die Achseln.

»Die Geisterkatze. Niemand weiß, ob er es wirklich glaubt … es könnte eine Schau sein.«

»Er glaubt es«, sagte ich. »Sehen Sie, ich kenne Ruski ziemlich gut. Ruski ist mein Kater … ist er immer gewesen, der alte Sportsfreund.«

Jane Yolen hat über einhundertfünfzig Bücher veröffentlicht, die meisten für Kinder und Jugendliche. Zu ihren jüngsten Publikationen gehören die illustrierten Märchen *Good Griselle* und *The Girl in the Golden Bower* sowie die Fantasy-Jugendbücher *The Wild Hunt* und *Passager*. Daneben gibt Yolen eine eigene Buchreihe im Verlag Harcourt, Brace heraus und hat Anthologien zusammengestellt, die neueste ist *Xanadu 3*. Zweimal wurden Geschichten von ihr in *The Year's Best Horror* aufgenommen, und ihre Storys und Gedichte waren mehrmals in *The Year's Best Fantasy and Horror* vertreten. Sie sagt: »*In The Wild Hunt* gibt es eine sprechende Katze, die eine Art manipulierender Schrecken ist, aber wunderschön. Und in meiner Gedichtsammlung *Raining Cats and Dogs* finden sich viele Katzen. Im Lauf der Jahre sind mir viele Katzen über den Weg gelaufen (aber ich habe nie eine überfahren). Amber, meine letzte Katze, starb an Weihnachten 1991, und ich hatte weder das Herz noch die Energie, mir eine neue zu besorgen.« Sie und ihr Mann besitzen Häuser in Massachusetts und Schottland und reisen häufig zwischen beiden hin und her.

Es gibt tatsächlich ein Buch, das *Flattened Fauna* (Flache Fauna) heißt, eine ernste Klassifizierung von überfahrenen Tieren, aber zugleich von rabenschwarzem Humor erfüllt. Der Begleitband heißt *What Bird Did That?* (Welcher Vogel hat das gemacht?), ebenfalls für Autofahrer. Ohne Flachs.

JANE YOLEN

Flache Fauna, Gedicht Nr. 37: Katzen

1.
Abdruck:
Das Zeichen des Leichenbeschauers;
Als Umriss auf dem Asphalt
Kätzchens Scheitern,
Ein Makel des Lebens,
Ein simpler Fleck.

2.
Krähen:
Schwarz wie Priester,
Ihre Absolution
Ist endgültig,
Ihre Vergebung
Im Schnabel

3.
Knochen:
Jeder ein kleiner Sarg,
Der Mark umhüllt,
Jeder ein kleines Boot
Über einen Fluss,
Ein anklagender Finger.

4.
Fell:
Zerschmetterte Hülle,
Herausquellend,
Die letzte Art
Zu häuten.

5.
Blut:
Von der durstigen Straße getrunken,
Vom Beton aufgesogen,
entleert, ausgelaufen,
Dekantiert,
Die Subtraktion.

6.
Schrei:
Es geschah zu schnell für einen Schrei,
Nur der Wind schreit
Über der Straße,
Die Krähen schreien
Über ihrer Mahlzeit,
Das Kind weint
In seinem Bett.

Storm Constantine hat neun Fantasy- und Sciencefiction-Romane geschrieben, darunter die Wraeththu-Trilogie *Enchantment of Flesh und Spirit* (dt: *Der Zauber von Fleisch und Geist*), *Bewitchments of Love and Hate* (dt: *Im Bann von Liebe und Hass*) und *Fullfillments of Fate and Desire* (dt: *Die Erfüllung von Schicksal und Begehren*). Ihr zehnter Roman, *Stalking Tender Prey*, ist eine »Dark Fantasy« vor zeitgenössischem Hintergrund und wurde vom Mythos der gefallenen Engel inspiriert.

Constantines Kurzgeschichten erschienen in Interzone und den Anthologien *Black Thorn*, *White Rose* und *New Worlds 1*. Sie ist freie Schriftstellerin, Managerin einer Rock-Band und arbeitet für mehrere andere Bands als Autorin für Presseinformationen und Fan-Magazine. Sie lebt im historischen County Staffordshire in England, wo das herrschaftliche Anwesen und die barocken Monumente zu finden sind, die als Inspiration für die nachfolgende Geschichte dienten.

Ein Großteil von Constantines Literatur changiert anmutig zwischen Sciencefiction und Fantasy und beinhaltet nicht selten Anflüge von »Techno-Schauer«. »Katze und Fell« gehört eindeutig zur Fantasy und beschwört die Macht der Katze und ihre Beziehung zu Frauen und dem Okkulten.

Katze und Fell

Sie lief in den Schatten der Bäume, bergab, die ausgetretenen Pfade entlang. Er rief ihr nach: »Nina! Nina!« Sie achtete nicht darauf. Mit Sandalen über die nackte Erde. Wieder ein Nachmittag ruiniert, wieder eine Szene. Bin ich verrückt? Nur Wut und Verzweiflung verliehen ihr die Kraft und Freiheit, zu fliehen. Und auch das würde nur von kurzer Dauer sein. Aber so lange es andauerte, war das Erlebnis atemberaubend. Er folgte ihr nicht, weil er genau wusste, irgendwann würde sie zerknirscht zurückkommen.

Bald bekam sie Schmerzen in der Brust und bremste ihren Lauf schwer atmend zu einer langsameren Gangart. Nach der Anstrengung fühlte sie sich ausgepumpt, aber auch kribbelig. Minuten, vielleicht eine ganze Stunde, war sie frei. Frei von ihm, ihrer Schwäche. Dies war ein entlegener Teil des Gartens, fernab der renovierten viktorianischen Teestuben, den streng angelegten Beeten, dem träge dahinfließenden Bach. Nina bevorzugte diese Art von Umgebung mit den großen, alten Bäumen in der Umarmung des üppigen Grases, das zu grün aussah, um echt zu sein, und möglicherweise von dunklen Geheimnissen unter der Erde genährt wurde. Tollkirsche hing über den Pfad, purpurne, samtene Blüten mit leuchtend gelben Streifen in den Herzen. Amaradulcis; das bittersüße Gift. Es schien, als wäre seit Jahren niemand mehr hier gewesen. Sonnenlicht fiel durch den hohen Baldachin der Eichen und Buchen und entlockte den Kräutern und Gräsern einen herben Duft. Nina blieb stehen und atmete tief ein. Konnte die wirkliche Welt mit ihren Schrecken, Grausamkeiten und Misshandlungen jemals in eine Idylle wie diese eindringen? Sie fühlte sich beschützt, gelassen, als hätte sich der Weg hinter ihr geschlossen. Scott würde das als weiteres Zeichen ihrer »Verträumtheit« werten, wie er sich immer ausdrückte. »Du bist zu verträumt; das ist dein Problem.« Vielleicht stimmte das, aber selbst wenn, warum sollte sie es als Makel sehen?

Die Bäume wichen und gaben den Blick auf eine kleine Lichtung unter dem Dach uralter Zweige frei. Ein grünes Zimmer. Hier schien der Weg zu Ende zu sein. Mitten auf der Lichtung stand ein verwittertes, schwarzes Monument; viele davon waren über das gesamte Grundstück des alten Hauses verteilt. Manche waren im Lauf der Jahre verunstaltet worden, andere restauriert. Dieses schien nicht von menschlichem Vandalismus gezeichnet zu sein, war aber in letzter Zeit auch nicht gesäubert worden. Zwei Stufen aus Stein umgaben einen breiten, vierseitigen Obelisken. Auf der Spitze kauerte die Statue einer schlanken Katze. Sie war in einer wachsamen Haltung erstarrt, der Pose eines Jägers, und schaute für alle Zeiten den Weg entlang, als wäre sie zum Sprung bereit. Nina setzte sich auf die Stufen und barg das heiße Gesicht in den Händen. Die ständigen Streits mit Scott, die unbegründeten Vorwürfe, das eisige Schweigen, das ihre Entschlossenheit zerfraß, das alles würde nie aufhören; das wusste sie. Und doch fühlte sie sich in finanzieller und emotionaler Hinsicht so ohnmächtig. Sie besaß etwas eigenes Geld, aber nicht viel. Sie illustrierte Kinderbücher, war aber weder besonders bekannt, noch wurde sie gut bezahlt. Scott, ein erfolgreicher Designer, hielt die Zügel ihres Lebens in Händen; sie war in seiner Spur gefangen. Aber es gab auch gute Tage, oder nicht? Und sie liebte ihn trotz seiner Eifersucht, die mürrisch und nervös und daher grausam war. Sie wusste, es war sein Problem und reichte sehr tief. Manchmal, in dunklen Augenblicken nackter Aufrichtigkeit, weinte er wie ein Kind vor Angst und Hilflosigkeit. Deswegen konnte sie ihn nicht verlassen. Er war ein Opfer seines eigenen Lebens.

Der Streit an diesem Nachmittag war sinnlos gewesen, wie üblich. Sie machten zwei wohlverdiente Wochen Ferien und hatten ein Landhaus nicht weit von der Stadt entfernt gemietet, wo sie lebten. Bisher hatten sie jeden Tag damit verbracht, historische Sehenswürdigkeiten zu besuchen. Beide interessierten sie sich für die Vergangenheit. Zugegeben, bis heute war alles bestens gewesen, kein Streit. Aber etwas hatte ihn gereizt. Die Gemälde im Saal von Elwood Grange. Nina hatte sie bewundert: verblassende Erinnerungen an eine vergangene Zeit; Lords und Ladys mit hochmütigen Mienen, schon lange tot, schauten in alle Ewigkeit auf die strömenden Massen hinab und missbilligten alle, die kamen, um in ihrem Nachlass zu stöbern. Ohne nachzudenken hatte sie gesagt, dass eines der porträtierten Paare für die damalige Zeit äußerst blendend aussah. »Sie haben fast das Aussehen des zwanzigsten Jahrhunderts«, hatte sie gesagt. »Sie sehen wie zwei Rockstars aus, oder wie Menschen, die eine abweichlerische Sekte leiten!« Ihre unbekümmerten Bemerkungen erwiesen sich als schwerer Fehler.

Zuerst sagte Scott gar nichts, aber draußen, auf der breiten Treppe, wo die Sommerhitze die bloßen Arme und Köpfe der Touristen röstete, hatte er ihr seinen Groll gezeigt. Zuerst war Nina verwirrt gewesen. Was hatte sie getan? Ihr fiel nichts ein. Nina war es gewöhnt, in ihrem Leben wie auf rohen Eiern zu laufen, und hatte ein großes Geschick dafür entwickelt. Wenn die empfindlichen Schalen heute brachen, dann kaum wegen etwas, das sie gesagt oder getan hatte, sondern wegen etwas, das im heißen, schmerzenden Nest von Scotts fruchtbarer Paranoia ausgebrütet worden war.

»Was ist denn?«, fragte sie ihn und überlegte, ob jemand anders im Grange ihn erbost haben mochte.

Er stürmte davon, zwischen zwei Eibenstämmen Richtung Fluss hinunter. Sie folgte ihm.« »Was ist denn?«

Schließlich kam der Zeitpunkt, wo er zu ihr herumwirbelte. »Immer magst du Männer, die keine Ähnlichkeit mit mir haben! Ich weiß nicht, warum du mit mir zusammen bist! Du nutzt mich nur aus!«

Nina war fassungslos. Sofort stellte sich Erschöpfung ein, da ihr Körper in der gewohnten Weise auf verbale Angriffe reagierte. »Ich weiß nicht, was du meinst«, sagte sie.

Scott gab einen aufbrausenden Laut von sich. »Diesen Schönling auf dem Gemälde!« Er stapfte davon.

Nina folgte ihm. »Scott! Mach dich nicht lächerlich!«

Sie hatten den ganzen Weg bis zum Fluss hinunter gestritten, auf dem Kiesweg, am Musikpavillon und dem albernen griechischen Tempel vorbei. Schließlich machte etwas Klick in Ninas Kopf, als wäre ihr Gehirn von einer Chemikalie überflutet worden. Genug! Sie spürte die körperliche Veränderung fast.

Mit einem unartikulierten Aufschrei lief sie davon und lenkte neugierige Blicke der anderen Touristen auf sich.

Was nun? Nina lehnte sich an den kühlen Stein. Es war so friedlich hier. Sie fragte sich, welche Bedeutung dieser Ort hatte. Warum der schmale Pfad durch den Wald zu dieser Lichtung, warum das von der Katze gekrönte Monument? Scott hatte den Reiseführer in der Tasche. Sie wünschte sich, sie hätte ihn in ihrem Schulterbeutel behalten. Es gab eine eindeutige Präsenz an diesem Ort, etwas Brütendes, und dennoch fühlte sie sich nicht unwohl. Wenn überhaupt, sah sie ihre eigene Stimmung widergespiegelt. Sie fühlte deutlich, dass ihr niemand hierher folgen würde, und bezweifelte sogar, dass andere Touristen diesen Weg einschlagen würden. Dies war allein ihre Zeit und für kostbare Augenblicke auch allein ihr Ort. Das passierte ihr manchmal. Gerade wenn sie eine Zuflucht brauchte, fand sie eine. Es konnte eine leere Garage sein, eine menschenleere Gasse, eine Holzbank im Park. Aber jedes Mal, wenn sie eine fand, verspürte sie ein allumfassendes Gefühl von Sicherheit und Abgeschiedenheit. Passierte ihr das erst, seit sie bei Scott lebte? Sie konnte sich nicht erinnern.

Nina stand auf, sprang von den Stufen hinunter, ging um die

Lichtung herum und schaute zu dem Monument auf. Sie hatte immer eine Katze gewollt, aber Scott konnte Katzen nicht ausstehen. Sie konnte nicht darauf bestehen, weil sie sicher war, wenn sie ein Kätzchen kaufte, würde es unter Scott leiden. Er würde es nicht misshandeln, aber sie konnte sich ausmalen, dass er es nachts nicht hereinlassen und ihm den Zugang zum größten Teil des Hauses verwehren würde. Er würde sich wegen des Durcheinanders und Gestanks und der Haare beschweren. Besser, sich keines zuzulegen. Ihr wurde mit verbittertem Bedauern bewusst, dass das ihre Reaktion auf alles war. Es war leichter, ihm seinen Willen zu lassen und nachzugeben. Wenn sie sich ihm nicht fügte, schien die gespannte Atmosphäre im Haus ihr jedes Mal die Haut zu verbrennen. Sie konnte es nicht ertragen.

Hinter dem Monument war der Stein von Flechten überwachsen und feucht und schien nicht ganz so verwittert zu sein. Die Details des Reliefs ließen sich mühelos erkennen. Nina stieg wieder die Stufen hinauf, die hier rutschig von Moos waren, und legte die Finger auf den Stein. Hier befand sich eine Inschrift. Eine Nachricht aus der Vergangenheit. Sie fuhr das Wort »mau« nach. Sie sah ein Relief von Sonne und Mond und die Worte »die mit hölzerner Beute spielen soll«. Vielleicht hatte die Person, die das Monument gebaut hatte, keine Katzen gemocht. Nina untersuchte die andere Seite des Obelisken, aber alle Inschriften waren in Griechisch oder Latein. Auf der verwittertsten Seite, der zum Weg hin, glaubte sie ägyptische Hieroglyphen zu erkennen. Ein kunterbuntes Mysterium. Nina lächelte. Sie hatte schon im Reiseführer gelesen, dass einer der Earls des neunzehnten Jahrhunderts sich auf dem Anwesen mit schwarzer Magie beschäftigt hatte. Wer von der Aristokratie hatte das damals nicht getan? fragte sie sich. Damals schien das allgemein üblich gewesen zu sein. In sensationslüsternen Touristikprospekten wurde von geheimnisvollen Reisen ins Ausland gepredigt, von exotischen Religionen und dem Wunsch, in einem von Wohlstand und unbedeutenden

Sorgen geprägten, langweiligen Leben das Weltliche zu überwinden. Nina und Scott hatten viele Herrenhäuser besucht, um nach den törichten Hinterlassenschaften einstiger Bewohner zu suchen, die nicht widerstehen konnten, Beweise ihrer Besessenheit zurückzulassen, damit andere sie sehen konnten. An diesen Orten hatte Nina selten etwas Ungewöhnliches gespürt, dabei war sie empfänglich für Atmosphäre.

Nun strich sie über den feuchten, kühlen Stein des Monuments und überlegte. Ihre Fantasie lieferte seine Geschichte. Die Frau auf dem Gemälde hatte den Obelisken in Auftrag gegeben, die Frau mit dem petroleumblauen Kleid, der markanten Stirn, dem modernen Aussehen. Natürlich war sie eine Hexe gewesen und hatte zusammen mit ihrem Partner mystische Wonnen praktiziert. Im Reiseführer war von Earls und gelehrtem Mystizismus die Rede; die wahre Hexerei blieb ein Geheimnis. Nina lächelte. Hier die Katze, Symbol der Frau in ihren furchteinflößendsten Aspekten. Kein Geschöpf mit Krallen und Fangzähnen, auch keines von Mutterschaft und Pflege, sondern ein Geschöpf der Nacht, dessen Heimtücke mit Beredsamkeit maskiert wurde, das mitleidlos quälen konnte, ein Geschöpf voll Heimlichtuerei, verborgener Schönheit und Verachtung, die Verlockung, die die Herzen der Männer verdorren und zerstören konnte. Nina war sicher, Männer fürchteten, dass Frauen insgeheim über all diese Fähigkeiten verfügten. Auch wenn sie nie Zeugen der wahren Hexerei der Gattung Frau werden konnten, die, wie Nina glaubte, ungeheuer persönlich und kaum auszudrücken war, fanden Männer die Vorstellung umso faszinierender und beängstigender. Sie spürte, dass Männer immer zu ergründen suchten, was in den Abgründen der weiblichen Seele vor sich ging. Sie versuchten, eine im Grunde genommen fremde Rasse zu verstehen, und bildeten sich ein, sie würden die Herzen der Frauen kennen, konnten aber nie sicher sein, ob die Geheimnisse existierten oder nicht. Und obwohl sie das Objekt ihrer Angst fürchteten und in jeder erdenklichen Hinsicht zu unterdrücken suchten, sehnten sie sich danach, dass ihr dunkler Aberglaube bestätigt werden würde. Die Göttin unter der Haut. Das mächtige, unausgesprochene Fremde, das Frauen von Männern unterschied, fand Nina, war eben genau das, was Männer an sie fesselte. Die Katze, die Vertraute der Dunkelheit, war möglicherweise das dauerhafteste Symbol dieser geheimen Macht. Nina fragte sich, ob sie sich deshalb so zu den Tieren hingezogen fühlte. Sie selbst fühlte sich weitgehend in Übereinstimmung mit allem, was die Katze darstellte. Die dunkle, rachsüchtige Schwester des fröhlichen, nachgiebigen Mädchens. Die nicht entfesselt werden durfte. Nina fragte sich, ob sie als Einzige die Gegenwart dieses lauernden inneren Wesens spürte, ein Aspekt ihres Lebens, den sie mit strenger Hand kontrollieren musste, oder ob alle Frauen es in sich lauern spürten. Nina hatte die Grausame niemals befreit und wollte es auch nicht, weil sie fürchtete, es könnte ihr nicht gelingen, sie anschließend wieder in sich zu verbergen. Aber in Augenblicken emotionaler Krisen spürte sie stets deutlich die Anwesenheit der Verborgenen, ihre Stimme.

Sie lächelte und tätschelte den Stein und sagte: »Mau!« Die Katze: Ein Symbol der Freiheit, weil kein Tier sich so gegen Fesseln wehrt wie eine Katze. Besucher, die nicht willkommen waren, taten gut daran, den Weg zu diesem Hain mit Vorsicht zu betreten.

Er wartete auf sie, saß auf der Bank an dem trägen Fluss und warf Steine in die Strömung. Nina trat hinter ihn. Sie fühlte sich niedergeschlagen und doch kraftvoll. Der Anblick seines Rückens, starr vor Elend, löste keine neuerliche Erschöpfung mehr aus. In diesem Augenblick blendender Klarheit verspürte sie ein überragendes und doch gelassenes Mitleid mit dem Mann. Er würde und konnte emotional nie erwachsen werden, und doch waren die Stärken der Kindheit in ihm abgestorben. Sie setzte sich neben ihn. Er sah sie mit bissbilligender Miene an. Sie konnte nicht darauf eingehen. »Hast du Hunger?«, fragte sie. »Gehen wir essen.«

Er erwähnte den Streit nicht, was ungewöhnlich war. Sie bildete sich ein, dass er sie den ganzen Tag voll argwöhnischer Verwirrung ansah.

Am folgenden Morgen fuhren sie in die Stadt zurück. Nina fühlte sich der Wirklichkeit entrückt; sie konnte nicht von ihren Tagträumen lassen. Scott hielt sich zurück, als würde er ihre Stimmung spüren. Sie redeten einander über eine fest gezogene Grenze hinweg an. Sie hätten noch einen Tag in dem Ferienhaus bleiben sollen, aber es regnete so sehr – ein Wolkenbruch –, dass an Spaziergänge nicht zu denken war. Und die Zimmer des Hauses waren düster; zu klein für zwei Menschen, zwischen denen Spannungen und Gereiztheit herrschten.

Nina war erleichtert, dass es nach Hause ging – wie immer –, bedauerte aber, dass sie das Katzenmonument nicht eingehender untersuchen konnte. Am Abend blätterte sie die Broschüre über Elwood Grange durch. Das Haus selbst, fand sie, war nicht so bemerkenswert, und die Gärten boten den üblichen Anblick, abgesehen von der verborgenen Stelle, wo das Monument stand. Der Obelisk stand nicht in der Liste der Sehenswürdigkeiten von Elwood Grange, aber die Karte der Gartenanlagen zeigte, dass das Buch veraltet war und die Lichtung mit dem Monument der Öffentlichkeit zum Zeitpunkt der Veröffentlichung nicht zugänglich gewesen war. Als sie die Seiten durchblätterte, fiel Nina ein Foto des Gemäldes auf, das zu ihrem Streit mit Scott geführt hatte. Lady Sydelle und Rufus, Earl of Thurlow. Das Porträt war in jungen Jahren entstanden. Dunkle Kleidung, schneidige, fast fremdländische Züge, glänzendes schwarzes Haar. Sie mussten natürlich Bruder und Schwester sein, nicht Mann und Frau, wie Nina zuerst gedacht hatte. Der Hintergrund war dunkel, wie ihre Kleidung; eine Landschaft der Dämmerung. Nur ihre weißen Hände und Gesichter erstrahlten auf dem Bild. Lady Sydelle hatte die Finger um etwas auf ihrem Schoß gekrümmt. Nina hob das Buch hoch und hielt die Abbildung dichter an die Schreibtischlampe. Das

Herz schnürte sich ihr zusammen. Auf dem Schoß der Lady saß eine Katze. Nina ließ das Buch sinken. Sie musste das Gemälde noch einmal sehen, ebenso das Monument. Ihr war, als hätte sie eine wundersame Entdeckung gemacht. Sie sah zu Scott, der eine offene Bierdose neben seinem Sessel stehen hatte und die gestrige Zeitung las. Er musste nächste Woche wieder arbeiten. Nina ebenfalls, nur musste sie dazu das Haus nicht verlassen. Sie hatte ein Kinderbuch zu illustrieren, und der Abgabetermin war schon fast erreicht. Aber sie konnte den Ausflug damit rechtfertigen, dass sie Skizzen anfertigen musste. Das Buch handelte von einer Hexe und ihrer Katze.

Sie erwähnte es Scott gegenüber im Bett. »Ich überlege, ob ich noch einmal nach Elwood Grange fahre. Ich bin so mit meiner Arbeit im Hintertreffen. Mangelnde Inspiration, glaube ich, und ich habe in Elwood ein paar tolle Plätze gesehen, die ich für meine Illus verwenden kann.«

»Es ist eine lange Fahrt für dich allein«, sagte er, was für seine Verhältnisse eine milde Beschwerde war.

»Ich nehme eine Freundin mit«, log Nina.

Als Scott zur Arbeit gegangen war, rief Nina in Elwood Grange an und sprach mit dem Tourismusbüro. Ob sie heute geöffnet hätten? Nein. Montags war das Anwesen für die Öffentlichkeit nicht zugänglich. Nina gab ihrer Enttäuschung Ausdruck, erwähnte ihre Arbeit. Die Frau am anderen Ende der Leitung zögerte nur einen Moment. »Ah, nun, vielleicht können wir in dem Fall eine Ausnahme machen«, sagte sie.

Nina sagte ihr, sie könnte in zwei Stunden dort sein, vielleicht früher, wenn der Verkehr nicht so schlimm war. Als einzigen Reisebegleiter nahm sie die Broschüre über Elwood Grange mit, die neben ihr auf dem Beifahrersitz lag. Sie wollte zurück sein, bevor Scott von der Arbeit nach Hause kam, da sie ihm heute morgen nichts von dem geplanten Ausflug erzählt hatte. Es schien besser zu sein, darauf zu verzichten.

Die Frau, mit der Nina telefoniert hatte, hieß Lydia Hunt

und hatte sich offenbar für die Dauer des Besuchs zu Ninas ganz persönlicher Fremdenführerin ernannt. Nina war enttäuscht. Sie wollte allein herumstreifen, aber vielleicht war das zu viel verlangt gewesen. Bevor sie sich in dem Haus umsahen, tranken sie eine Tasse Kaffee in Lydias Büro, und Nina erzählte von ihrer Arbeit. Lydia glaubte, eines ihrer Kinder besäße ein Buch, das Nina illustriert hatte. »Es sind schon öfter Leute hierher gekommen, um Material für Bücher zu sammeln«, sagte Lydia.

Nina nickte. »Diese alten Häuser haben Atmosphäre, nicht wahr? Faszinierend. Ein wahrer Schatz von Material, den man plündern kann!«

Lydia lächelte. »Mmm. Aber ich glaube, viele der alten Geschichten werden zu Werbezwecken übertrieben aufgebauscht.«

»Erzählen Sie mir von Lady Sydelle«, drängte Nina und lächelte verschwörerisch über ihre Kaffeetasse.

Lydia lachte. »Ah, ja! Natürlich interessieren Sie sich für sie!« Sie gestikulierte mit einer Hand, eine selbstsichere, attraktive Frau, dachte Nina. »Lady Sydelle ist auch mein persönlicher Favorit. Sie hat nie geheiratet, obwohl sie eine wunderschöne Frau war und ich mir vorstellen könnte, dass die Bewerber sich auf ihrer Türschwelle gedrängt haben müssen. Und das Geld dürften sie auch nicht verachtet haben.«

»Und was waren ihre Geheimnisse? Ich nehme an, sie hatte welche, oder wurden sie für sie erfunden?«

»Man behauptet, dass ihr Bruder, der Earl, ein ziemlicher Tunichtgut gewesen sei. Nun, offen gesagt, er war ein Okkultist.« Lydia zog eine gallige Miene. »Irregeleiteter Bursche! Er hat die Tierkreiszeichen-Decke im Musiksaal in Auftrag gegeben, ebenso die beiden Eleusynischen Mysterienschreine auf dem Gelände. Lady Sydelle wird nicht mit den doch recht ungesunden Neigungen ihres Bruders in Verbindung gebracht, aber sie ließ nach seinem Tod den faszinierenden, obskuren Obelisken im Garten errichten.«

»Das Katzenmonument«, warf Nina hastig ein. Sie fühlte sich kurzatmig, fast schwindelig.

Lydia nickte. »Es wird Cat Stane genannt. Diesen Teil des Gartens haben wir erst in der letzten Saison eröffnet, und es muss noch viel dort getan werden. Experten gehen davon aus, dass der Stane einen bitteren Spott auf Rufus' Überzeugungen darstellt – die Verschmelzung mystischer Symbole verschiedener uralter Kulturen, die alle keinen nennenswerten Sinn ergeben. Angeblich soll Sydelle der ganzen Sache skeptisch gegenübergestanden haben. Aber natürlich hielt sie große Stücke auf Rufus und war nach seinem Tod am Boden zerstört. Dennoch ist es ein seltsames Denkmal.«

»Wie ist er gestorben?« Die Atmosphäre in dem Raum schien gespannt geworden zu sein. Nina überlegte sich, dass einst die Diener von Lady Sydelle diesen Teil des Hauses bewohnt haben könnten; hier könnten in Krisenzeiten tuschelnd Gerüchte verbreitet worden sein. Vielleicht bluteten sie immer noch aus den Wänden.

Lydia zuckte die Achseln. »Darüber gibt es verschiedene Versionen, fürchte ich. Er brach sich das Genick. Manche sagen bei einem Jagdunfall, andere, dass er volltrunken die Haupttreppe hinuntergefallen sei. Wie auch immer, nach dem Unfall lebte er noch fast eine Woche; Sydelle hat ihn offenbar selbst gepflegt.«

»Keine anderen Legenden?«

Lydia kniff die Augen zusammen. »Sie sind auf der Suche nach Geheimnissen!«

Nina lachte gezwungen. »Natürlich bin ich das!«

»Ich fürchte, Lady Sydelle hat ihre Geheimnisse nie preisgegeben. Nach Rufus' Tod lebte sie bis ins hohe Alter hier und starb friedlich im Schlaf. Es gibt keine Tagebücher, keine lokalen Legenden. Nichts. Sie war eine ehrbare Frau.«

»Aber der Stane …«

Lydia stand auf. »Möchten Sie ihn noch einmal sehen?«

»Ja.« Nina stellte die Kaffeetasse hin und folgte Lydia zur Tür. »Könnte ich Sydelles Zimmer sehen?«

»Wenn Sie möchten, allerdings hat sie wenig Persönliches hinterlassen. Das Möbel ist spätjakobäisch, und nach ihrem Tod haben andere Menschen dort gelebt. Ihr Schlafzimmer gehört zur Führung – Sie haben es zweifellos schon gesehen –, aber ich kann Ihnen ihren Salon zeigen, wenn Sie möchten. Er ist nur nach vorheriger Terminabsprache zu besichtigen.«

»Warum?«

»Die Frau des derzeitigen Earl nutzt es als Büro. Aber die Familie wohnt niemals hier, wenn Elwood Grange für die Öffentlichkeit zugänglich ist.«

Nina fühlte sich niedergeschlagen, als sie und Lydia in den Garten gingen. Es war ein verhangener Tag, aber die üppige Vegetation des Hochsommers ließ sich von dem grauen Himmel nicht beeindrucken. Das Grün war beißend und atemberaubend. Die Gärten besaßen viel mehr Persönlichkeit als das Haus selbst. In den Zimmern, die Lydia ihr gezeigt hatte, hatte Nina nichts gespürt. Dort hielt sich keine Spur mehr von Sydelle.

Die beiden Frauen schlenderten gemächlich zu dem Obelisken. Nina hatte ihren Skizzenblock aus dem Auto geholt, weil sie rasch ein paar Zeichnungen anfertigen wollte, auch wenn ihr schien, dass ihr Eindruck von dem Monument sie getrogen haben konnte. Lydia erzählte, es würde eine Diskussion darüber geführt werden, ob man diesen verwilderten Teil des Gartens räumen sollte oder nicht.

»Nein, er sollte nicht angerührt werden!«, sagte Nina.

»Finde ich auch«, antwortete Lydia. »Es ist ein angenehmer Spazierweg.«

Ein kühler Windhauch kräuselte die Blätter über den Köpfen der beiden Frauen; ein Gefühl von Regsamkeit lag in der Luft. Dann, an einer Ecke, war das Monument zu sehen.

Da ist sie! dachte Nina. Die Seele des Anwesens! Ich habe mich nicht geirrt.

»Das Monument wird im Herbst gereinigt und restauriert werden«, sagte Lydia.

Nina ging die Stufen hinauf und fragte sich, ob ihre Führerin das billigen würde, während sie den Stein berührte. »Mir gefällt es so, wie es ist.«

Lydia betrachtete die Hieroglyphen. »Jammerschade, dass einige der Inschriften beschädigt sind. Die hier war wahrscheinlich die faszinierendste.«

»Wie lautet sie? Wissen Sie es?«

»Sie ist gerade noch lesbar, wenn man die Symbole übersetzen kann. Soweit ich weiß, steht da geschrieben: ›Was kann man von einer Katze besitzen außer ihrem Fell?‹«

»Wie wahr«, murmelte Nina und prägte sich die Worte ein.

Lydia warf ihr einen seltsamen Blick zu. Vielleicht hielt sie ihre Besucherin allmählich für etwas übereifrig. »Nun, soll ich Sie Ihren Skizzen überlassen? Melden Sie sich im Büro, bevor Sie aufbrechen, wir können noch etwas trinken.« Sie sah zum Himmel. »Bleiben Sie nicht hier draußen, wenn es regnet!«

»Danke«, sagte Nina.

Lydia zögerte, als wollte sie noch etwas fragen, doch dann ging sie ohne ein weiteres Wort den Weg entlang. Nina bewegte sich einen Augenblick nicht, damit sich die Atmosphäre hinter der entschwindenden Lydia schließen konnte. Danach wandte sie sich wieder dem Monument zu, damit sie zu der Katze aufschauen konnte. Vielleicht hätte sie eine Kamera mitbringen sollen. Das Tier sah aus, als würde es auf etwas warten. Nina glitt mit der Hand hastig über die Seiten ihres Skizzenblocks. Sie wollte ein originalgetreues Abbild des Obelisken malen, fühlte sich aber immer wieder versucht, das Bild einer ernsten Frau anzureißen, die direkt hinter dem Stein stand. Ninas Haut kribbelte. Sie spürte, dass sich die Gestalt bald vor ihr manifestieren würde. Lady Sydelle, die eine Hand auf dem Stein ihres privaten Vermächtnisses liegen hatte. »Was ist dein Geheimnis?«, flüsterte Nina. »Sag es mir.« Sie spürte, dass die Antwort auch für ihr eigenes Leben von Bedeutung war. Es war kein Zufall, dass sie diesen Ort gefunden hatte.

Nina sog die Atmosphäre der Lichtung in sich auf; es war, als

würde sie sich ununterbrochen in Fell herumwälzen. Als es anfing zu regnen, deckte sie ihren Skizzenblock mit der Jacke ab,
breitete die Arme zum Himmel aus und ließ die schnellen,
schweren Tropfen auf sich fallen. Regen prasselte ringsum auf
das Laub. Sie hörte Donnergrollen in der Ferne. Nina erschauerte und sah auf die Uhr. Was sollte sie tun? Wenn sie nicht
bald von hier aufbrach, würde Scott vor ihr zu Hause sein. Wo
war der Nachmittag geblieben?

Sie hatte keine Zeit mehr, noch einen Kaffee mit Lydia Hunt
zu trinken, schaute aber noch kurz im Büro der Frau vorbei und
dankte ihr für ihre Hilfe. »War mir ein Vergnügen«, sagte Lydia.
Kein Angebot, den Besuch zu wiederholen. Den Anblick von
Ninas durchnässter Kleidung und Haar schien sie als Affront
zu betrachten.

Nina raste die Landstraßen entlang und ließ Elwood Grange
hinter sich. Sie fühlte sich so aufgeregt, als wäre sie auf dem
Weg zum Rendezvous mit einem neuen Liebhaber, aber dem
war natürlich nicht so. Es war traurig, für nichts und wieder
nichts so aufgeregt zu sein. Sie schob eine Kassette in den Recorder, aber die Musik ging ihr auf die Nerven. Sie schaltete ab.
Lady Sydelle, was ist in deinem Leben passiert? Nina war, als
wüsste sie es. Die Frau hatte nie geheiratet, ihr Bruder war ein
Schurke. Frauen hatten zur damaligen Zeit, durch Konventio-
nen und finanzielle Abhängigkeit gefesselt, wenig Freiheiten
gehabt. Selbst für die Privilegierten hatten derlei Schranken ge-
golten. Waren sich die beiden auf dem Bild nicht unnatürlich
nahe für Bruder und Schwester? Worum ging es hier? Inzest?
Aber wie konnte sie einen Mann ermorden, den sie liebte? Der
Gedanke kam Nina so unvermittelt und heftig in den Sinn,
dass sie bremsen musste.

Mein Gott …

Nina fuhr auf den nächsten Parkplatz und hielt an. Sie drückte die Stirn gegen das Lenkrad. Es kam ihr so logisch vor. Sydelle war ihrem Bruder Rufus in Hassliebe verbunden gewesen.

Ihre Emotionen waren komplex gewesen, nicht leicht zu durchschauen. Magie. Dunkelheit. Eine Katze auf der Treppe. Ein Sturz. Nina hörte den hallenden Schrei. Die Schritte der Diener und eine große, schlanke Gestalt am oberen Ende der Treppe; ein blasses, wachsames Gesicht. Die Gestalt wandte sich ab von der aufgescheuchten Dienerschaft, dem Blut auf dem Marmorboden unten. Etwas Kleines huschte ihr durch den spärlich erleuchteten Flur voraus. Ein schwarzer Schemen, eine Katze. Natürlich pflegte sie ihn. Natürlich. »Wer spielt mit der verwundeten Beute?« Sie hatte seinen gelähmten Körper geküsst. Ihre Katze hatte bestimmt auf seiner Brust gesessen und seinen Atem gekostet. Ihre Seele war eigenständig; dunkel und mächtig, voll unterdrückter Kraft, einer Kraft, die jahrhundertelang in Frauen unterdrückt worden war. Er konnte ihrem Leib befehlen, aber ihrer Seele, ihrem Verstand, niemals! Was konnte er von ihr besitzen außer ihrer Haut?

Der Himmel war so dunkel, als würde es schon dämmern. Nina ließ den Motor an, schaltete die Scheibenwischer ein, setzte ihre Fahrt fort. Auf der Schnellstraße schaltete sie den Kassettenrecorder wieder ein. Schnellere Autos sausten an ihr vorbei. Sie fühlte sich entspannt und behaglich.

Als Nina das Haus betrat, war Scott schon da. »Hi!«, rief sie fröhlich. Scott, der sich mit einem Handtuch die Hände abtrocknete, kam in die Diele.

»Mein Gott, was ist passiert?«, rief Nina. Sein Gesicht war zerkratzt und blutete.

»Wo, zum Teufel, bist du gewesen?«, herrschte Scott sie an und beachtete ihre Frage gar nicht.

»Das habe ich dir gesagt: Elwood.« Nina ging seine Schnittwunden ansehen. »Du siehst aus, als wärst du angegriffen worden!«

Scott wich vor ihr zurück. »So ist es! Wie oft muss ich dir noch sagen, du sollst dich vergewissern, dass alle Türen und Fenster geschlossen sind, bevor du aus dem Haus gehst? Du hast das Küchenfenster sperrangelweit offen gelassen. Ein Glück, dass nicht das ganze Haus ausgeräumt wurde! Jeder hätte einsteigen können. Wir hatten aber auf jeden Fall einen Besucher. Ich habe sie gefunden, als sie es sich gerade auf meinem Sessel bequem gemacht hatte. Elendes Vieh!«

»Eine Katze!«, sagte Nina. Sie wollte lachen, konnte es aber gerade noch unterdrücken.

»Ich weiß nicht, was es da zu grinsen gibt. Das Mistvieh hätte mir beinahe die Augen ausgekratzt, als ich es loswerden wollte.«

»Tut mir Leid, du hast Recht. Ich hätte nach den Fenstern sehen sollen. Das vergesse ich immer wieder!« Nina rauschte an ihm vorbei in die Küche und bemerkte seinen verblüfften Gesichtsausdruck. Normalerweise hätte sie gekuscht, sich nicht entschuldigt, vor seinen wütenden Worten zurückgeschreckt, was natürlich nur noch mehr wütende Tiraden ausgelöst hätte. »Hast du schon mit dem Essen angefangen?«

Scott trottete hinter ihr in die Küche. »Nein …« Er wusste, manchmal stank es Nina total, dass immer sie diejenige war, die kochen musste, auch wenn sie es nie gesagt hätte. Er ging zur Arbeit; sie arbeitete zu Hause. Es schien nur recht und billig, dass sie die Mahlzeiten zubereitete. Sie musste nicht eine Stunde durch dichten Verkehr nach Hause fahren. »Was ist los?«, fragte er.

Nina zuckte die Achseln. »Nichts. Ich fühle mich blendend.«

»Du wirkst so … aufgekratzt.«

»Nein. Bin ich nicht. Sollen wir eine Pizza bestellen?«

»Wenn du magst.« Scott fühlte sich unbehaglich. In den Tiefen seines Verstandes rüttelten begrabene Ängste an ihren Gitterstäben.

Nina ging zum Telefon. »Was hast du mit der Katze gemacht?«

»Sie ist da rausgegangen, wo sie reingekommen ist. Hat zwei Blumentöpfe umgeworfen. Ich habe die Schweinerei weggeräumt.«

Nina bestellte das Essen. Ihr war, als müsste sie platzen. Als sie den Hörer auflegte, sagte sie: »Scott, ich möchte eine Katze.«

Er sah verwirrt drein. »Was?«

»Du hast schon richtig gehört. Ich wollte es dir heute Abend sagen. Ich habe immer eine gewollt.«

Scott schüttelte den Kopf. »Nina, mach dich nicht lächerlich. Wer würde nach ihr sehen, wenn wir auf Reisen sind? Das ist eine schwere Verantwortung. Und was ist mit dem Geruch, dem …«

»Scott, ich möchte eine Katze.«

»Ich glaube nicht …«

»Und ich werde eine bekommen.« Sie fragte sich, warum sie sich Scotts Willen immer so bereitwillig gefügt hatte. Wovor hatte sie Angst gehabt? Nun kam es ihr lächerlich vor. Scotts Strategie war Angriff; er war machtlos, wenn sie selbst in die Offensive ging. Sie marschierte ins Wohnzimmer und warf sich auf das Sofa.

»Du bist in einer sonderbaren Laune«, sagte Scott, der ihr in das Zimmer folgte. »Wo bist du wirklich gewesen? Bei wem warst du?«

Nina hob die Hände und gab einen unartikulierten Laut der Entrüstung von sich. »Ich war in Elwood Grange, allein!«

»Ich glaube dir nicht! Jemand hat etwas zu dir gesagt. Du bist nicht du selbst.«

»Ach, halt den Mund!« Ninas Stimme klang leise und verächtlich. »Weißt du, mir hängt mein Leben zum Hals raus! Ich habe deine Eifersucht und dein anmaßendes Verhalten satt. Glaubst du wirklich, wenn ich einen Liebhaber hätte, würde ich mich mit dir abgeben? Tu mir einen Gefallen! Hier muss sich einiges ändern.«

Scott setzte sich kläglich und sah sie mit runden, schockierten Augen an. Nina nahm seine unterwürfige Haltung betroffen zur Kenntnis; er sah aus wie ein Hund, der Angst hat, geschlagen zu werden. Sie hatte mit einem donnernden Aus-

245

bruch gerechnet und sich darauf vorbereitet. Mit Scotts tatsächlicher Reaktion hätte sie am wenigsten gerechnet.

»Du wirst mich doch nicht verlassen, oder?«, fragte er. Die Angst eines Kindes, im Stich gelassen zu werden.

Nina antwortete nicht sofort. Wollte sie das? Ihr wurde klar, dass sie jederzeit die Möglichkeit hatte, einfach zur Tür hinauszugehen. Sie musste sich nichts gefallen lassen, das ihr nicht gefiel. Diese Möglichkeit hatte Lady Sydelle wahrscheinlich nicht gehabt. Nina hatte ein Einkommen, ein kleines zwar, aber sie war nicht völlig abhängig. Sie hatte sich an einen gewissen Lebensstandard gewöhnt, das war alles. »Ich hoffe, wir können uns zusammenraufen«, sagte sie schließlich.

Es regnete die ganze Nacht, blieb aber heiß. Nina machte die Schlafzimmerfenster weit auf, sodass sich Pfützen auf den Fenstersimsen bildeten. Scott beschwerte sich. Nina sagte ihm, sie würde das Wasser am Morgen aufwischen. Er sagte nichts mehr. Sie beschloss, mit ihm zu schlafen, und ließ es geschehen, dass er sich danach an sie klammerte. »Ich liebe dich«, sagte er. »Ich liebe dich so sehr.« Sie strich ihm über das Haar. Döste ein.

Etwas weckte sie schlagartig. In der Dunkelheit, wo das Prasseln des Regens beharrlich in der Nacht ertönte, kam der Geruch in das Zimmer. Nina sah einen dunklen Umriss auf dem Bett. Sie hatte nur einen Moment Angst. Der dunkle Umriss streckte sich, kam langsam auf sie zu. So lang und schlank. Dann hörte sie das Schnurren. Nina zog die Katze an sich, drückte das nasse Fell an die nackten Brüste, inhalierte den Moschusduft. Das Tier schnurrte weiter wohlig und lag entspannt in ihren Armen.

Scott wachte auf, schaltete die Lampe ein, sah Nina an. Sie hatte das Gesicht in dem schwarzen Fell vergraben. Es war eine riesige Katze. Ich kenne sie nicht, dachte er, ich weiß nichts über sie. Er dachte, dass sie ihn, genau wie die Katze, verlassen könnte, durch das Fenster hinaus in die nasse Dunkelheit, wobei sie Gegenstände umwerfen und zertrümmern würde. Sie drehte den Kopf und lächelte ihm zu.

»Das ist meine Katze!«

»Das ist dieselbe«, sagte Scott ungnädig. »Die mich zerkratzt hat.«

»Ich weiß. Du hast sie hinausgeworfen, aber sie ist zurückgekommen.« Nina küsste den Kopf der Katze.

Scott riskierte ein verbissenes Grinsen. »Sie muss jemandem gehören. Sie ist so gepflegt. Du kannst die nicht einfach … behalten.«

Nina lachte. »Nein, das kann ich nicht. Niemand kann eine Katze besitzen. Aber sie wird bei mir bleiben. Das weiß ich.«

Scott betrachtete die lehmigen Pfotenabdrücke auf der weißen Bettdecke. Er sagte nichts. Etwas schien in das Haus gekommen zu sein – mehr als eine Katze.

»Sie wird bei mir bleiben, weil sie es will«, sagte Nina mit leiser Stimme. »Und das ist der einzige Grund, weshalb zwei Geschöpfe zusammenbleiben sollten.«

Scott verspürte einen stechenden Anflug von Panik. »Ist mit *uns* alles in Ordnung?«, fragte er.

Nina sah ihn einige Augenblicke an und streichelte den Kopf der Katze dabei. Dann nickte sie. »Ich denke ja. Schlaf weiter.« Die Katze rollte sich an Ninas Seite zusammen, schließlich streckte sich Nina über Scott und machte das Licht aus. Lautes Schnurren ertönte in der Dunkelheit. Nina dachte an die Lichtung in Elwood Grange, das Monument, den Schatten der lange toten Frau an dem Stein. Hatte der Obelisk nun keinen Wächter mehr? Sie fragte sich, ob sie noch einmal hinfahren und nachsehen sollte, aber das wäre vielleicht respektlos der Kraft gegenüber gewesen, die in ihr wuchs. Und überhaupt war es ein dummer Gedanke. Die Steinkatze würde immer noch auf dem Stein kauern und auf den einsamen Weg blicken. Die Statue war noch dort, aber der Geist nicht mehr. Der Geist war weitergezogen, um sich eine andere Heimstatt zu suchen. Er hatte sie gefunden.

Lucy Taylor ist freiberufliche Schriftstellerin, ehemals in Florida, aber heute lebt sie mit ihren fünf Katzen in den Bergen bei Boulder, Colorado. Ihre Horror-Storys erschienen in *Hotter Blood* (dt: *Heißes Blut*), *Deadly After Dark: Hot Blood 4, Northern Frights, Bizarre Dreams, Splatterpunks 2, High Fantastics, Little Deaths* (dt: *Fieber*), *Book of the Dead 4, The Mammoth Book of Erotic Horror* und anderen Anthologien. Außerdem wurden ihre Geschichten in den Magazinen *Pulphouse, Palace Corbie, Cemetary Dance, Bizarre Bazaar 1992* und *1993* und *Bizarre Sex and Other Crimes of Passion* veröffentlicht. Ihre Kurzgeschichten wurden in den Bänden *Unnatural Acts, Close to the Bone* und *Unnatural Acts and Other Stories* gesammelt. Ihr erster Roman, *The Safety of Unknown Cities* (der auf der Kurzgeschichte desselben Titels basiert), ist soeben erschienen.

Nachfolgende traditionelle Gespenstergeschichte stellt eine Ausnahme für Taylor dar, die mit drastischen erotischen Horror-Storys bekannt wurde. Sie spielt in einer Irrenanstalt in Schottland und demonstriert Taylors Vielseitigkeit, wenn sie über eine Frau namens Plush schreibt.

Lucy Taylor

Eingemauert

Es war kurz nach dem zweiundzwanzigsten Jahrestag ihrer Einlieferung ins Dunlop House Hospital in der Carrick Glenn Road in Glasgow, als Plush eines Nachts erwachte und etwas wimmern hörte, das in der Mauer gefangen war.

Zuerst hielt sie es für ein weinendes kleines Kind und hatte einen Moment den Eindruck, als würde ihr stockend das Herz stehen bleiben.

Sie lag wie gebannt und lauschte dem Geräusch, das mit Tönen, so klar und schneidend wie Knochensplitter, in ihr von Schuldgefühlen schweres Herz stach.

»Vergib mir«, flüsterte sie und betete, es möge Colleen sein, die in der Dunkelheit nach ihr rief.

Aber es war gar kein Kind. Eine Katze ...

...in der Mauer.

Ein Traum, dachte sie, oder eine Art von akustischer Halluzination, aber in all den Jahren hier hatte Plush nie zu den Patientinnen gehört, die überirdische Stimmen hörten, fremdartige Musik als Untermalung von Oden an Selbstmord und Verstümmelung und Gesängen über Grausamkeit. Ihr Wahnsinn war, soweit er ihr nicht durch fast zwei Jahrzehnte zerstörerischer Isolation ausgetrieben worden war, von einer vollkommen andersartigen Natur.

Da das Geräusch nicht aufhörte, stieg Plush aus dem Bett und schlich auf Zehenspitzen zum Fenster, das Ausblick auf die Straße bot. Nachts zu schleichen hatte sie sich angewöhnt, da sie das Zimmer jahrelang mit Geraldine teilen musste, die einen leichten Schlaf hatte; nach Geraldines Schlaganfall vor einem Monat war Plush in ein Einzelzimmer im Nordflügel des Gebäudes verlegt worden. Sie hob die Jalousie und spähte durch das schmiedeeiserne Gitter im akzeptablen Rokoko-Muster hinaus – Weinreben mit Spiralen und verschlungenen Schleifen –, das den Bewohnern von Dunlop House mehr den Eindruck einer künstlerischen Laune und weniger von Gefangenschaft hinter Gittern vermitteln sollte.

Um diese Zeit war die steife und kurvenreiche Carrick Glenn Road still und gottverlassen. Der Wind trieb raschelnd Abfall über den Asphalt. Zwei Frauen mit Punkfrisuren, in Leder gekleidet und mit auffälligem Lippenstift, küssten sich trunken vor dem lesbischen Jazzclub auf der anderen Straßenseite.

Plush sondierte jeden Torbogen und jeden Sims, jeden kahlen Zweig der kümmerlichen Ulme vor dem Schnellimbiss ein paar Türen weiter.

Keine Katze.

Aber die katzenhaften Klagelaute waren nicht verstummt, und Plush hegte so wenig Zweifel über ihren Ursprung wie vorher.

Die durch die Steine gedämpften, aber dennoch unüberhörbaren Schreie kamen aus der Mauer hinter ihrem Bett.

Leise schob Plush das Doppelbett von der Wand weg. Sie ließ sich auf Hände und Knie nieder, kroch auf den Bodendielen entlang und suchte nach einer Nische oder Ritze, in der sich eine Katze verstecken konnte.

Sie fand keine entsprechende Nische, auch keine hinreichend geräumige Ritze. Keinen Unterschlupf für eine Maus, geschweige denn eine Katze.

Und dennoch hörten die Schreie nicht auf.

Plush weinte vor Verzweiflung und Hilflosigkeit. Das Geräusch erinnerte sie daran, was sie vergessen wollte: dass auch sie eine Gefangene war. Wie es auch immer um das Tier in der Wand bestellt sein mochte, sie konnte dem bemitleidenswerten Geschöpf so wenig helfen, wie sie sich selbst befreien konnte.

Nichtsdestotrotz legte sie die Lippen an den kalten Stein und flüsterte: »Schon gut. Sei tapfer. Ich helfe dir.«

Obwohl sie vor zweiundzwanzig Jahren ins Dunlop House eingeliefert worden war, blieb es eine unumstößliche Tatsache für Plush, dass sie nicht vor, sondern erst während ihrer Einkerkerung hier verrückt geworden war.

Wahnsinn und Monotonie und Langeweile hatten sie in den Mauern dieser Anstalt eingeholt, wo man sie angeblich heilen konnte, und die Belastung ihres Geistes stieg exponentiell an, je mehr sie durch die Besuche kopfschüttelnder, brillentragender Ärzte eingeengt wurde, die von sich behaupteten, ein Heilmittel zu besitzen.

Was Plush indessen als geistige Normalität betrachtete, sahen ihre Ärzte als eindeutigen Beweis für das Abnormale, und zu dem Zeitpunkt, als sie, nach deren Maßstäben, durch ihre Gefangenschaft so sehr abgestumpft und gebrochen war, dass sie nach ihren trostlosen Kriterien als normal gelten konnte, fanden sie ihren Fall nicht mehr interessant genug, um auch nur an eine Entlassung zu denken.

Plush, die weder wohlhabend noch gebildet und obendrein eine Frau war (drei Umstände, die bei allen, die ihr schweres Los ernst nahmen, praktisch auf Hoffnungslosigkeit hinausliefen), war die älteste Tochter eines Viehzüchters und seiner Frau aus Stromness auf der Insel Orkney vor der Nordküste Schottlands. Als sonderbares und verschlossenes Kind hatte sie nur zu ihrem Großvater Mooney eine enge Beziehung gehabt, einem Fischer, der behauptete, er habe im Zweiten Weltkrieg als Häftling in einem japanischen Kriegsgefangenenlager eine Marienerscheinung gesehen.

Niemand hielt Mooneys Geschichte für glaubwürdig, abgesehen von Plush, die selbst genügend Visionen gehabt hatte, dass sie so etwas als alltäglich betrachtete. Sie hatte für sich sogar einen eigenen Ausdruck für die langweilige und begrenzte Welt der Wahrnehmung geprägt, in der die meisten Menschen gefangen zu sein schienen: die Enge.

Indessen hatte sie kaum Worte für die Wunder, die manchmal zu ihr kamen, sondern schlenderte stundenlang allein an der Küste der funkelnden Nordsee entlang, kniff die Augen zu schmalen Schlitzen zusammen und war wie benommen vom wirbelnden Glanz ihres privaten Universums, vom gequälten Murmeln des Windes und dem unheilvollen Lamentieren der Gezeiten.

Wie ein Künstler seine geheimsten inneren Landschaften malt, so entfalteten sich Plushs Gedanken wie eine jungfräuliche Leinwand, damit das Universum seine Rätsel und Magie auf ihre Sinne kritzeln konnte, üppige Geheimnisse, die verzauberten und lockten, sowie abstoßende, wundersame Krakel des Perversen und Blasphemischen.

Wenn ihr Sehvermögen am schärfsten war, konnte sie an der Falte des Horizonts, wo Himmel und Meer sich wie samtene Lippen berührten, zwischen beiden hindurchschlüpfen und in ein Reich geheimnisvoller Geometrie vorstoßen, wo die Zeit als Kurven und Windungen ablief und Jahreszeiten sich nicht linear entfalteten, sondern wie Spiralen, wo die Zukunft sich in sich krümmte, um Vergangenheit und Gegenwart zu gebären, und alle drei waren so eng verflochten wie eine einzige Welle, die zu mehreren kleineren zerbricht, wenn sie ans Ufer brandet.

»Ein Einfaltspinsel«, sagten die Nachbarn hinter ihrem Rücken, und »krank im Kopf«, murmelte ihre eigene Mutter. Plush wusste, sie waren es, denen die Vision fehlte, sie mit ihrer so eingeengten Sehkraft, dass es an Blindheit grenzte.

Sie sahen nur die Enge. Plush hingegen erblickte die ganze Fülle von Zeit und Gottes Schöpfung.

So hatte sie gelebt, eine bezauberte Gefangene ihres eigenen privaten Tanzes, bis sie fünfzehn war und ein Sturm plötzlich und unerwartet über die Nordsee zog, in dem Mooney und ein halbes Dutzend weitere Fischer ertranken. Trauer und Einsamkeit machten Plush unvorsichtig, tollkühn. Im Lauf der nächsten Monate suchte sie Zuflucht in den Armen jedes Jungen, der ihr einen Moment Trost bieten konnte, wurde von einem schwanger und wurde infolgedessen von ihrer Mutter mit den Worten aus dem Haus gejagt: »Keine meiner Töchter wird einen Bastard zur Welt bringen und in meinem Haus großziehen.«

Plush nahm einen Job als Kellnerin im Braes Hotel an und zog in eine kleine Hütte am Meer, wo sie wenige Monate später eine Tochter zur Welt brachte, der sie den Namen Colleen gab. Das Baby spendete Freude und Trost, und Plush verbrachte zwei weitgehend unbeschwerte Jahre – bis eines Tages eine Frau vom Jugendamt erschien, die aktiv wurde, weil Plushs Mutter einen Antrag gestellt hatte, das Sorgerecht für das Kind zu bekommen, da ihre Tochter geistig nicht imstande sei, ein Kind großzuziehen.

Plush war außer sich, hysterisch. Sie gab ihren Job auf und wanderte allein an der Küste entlang, nun ohne Visionen, und betete zu Gott, er möge ihr ihre Tochter nicht wegnehmen.

Auf den Orkney-Inseln sind die Wintertage kurz wie ein Augenzwinkern, und die Dunkelheit lässt das Land nie richtig los. Im Februar, als Plush an der kalten Küste entlangspazierte, kam Mooney zum ersten Mal aus dem Meer und begrüßte sie. Er trug Kordhosen und einen alten, geflickten Pullover, als wäre er gerade zu Hause vor dem Kamin aufgestanden, aber sein Körper war durchscheinend und strahlend, von rauchigem Licht erfüllt.

»Sag keinem, dass du mich gesehen hast, aber komm morgen allein zurück und geh mit mir spazieren«, sagte Mooney. »Sei tapfer. Ich helfe dir.«

Und damit verschmolz er wieder mit dem Funkeln des Meeres.

Plushs ekstatische Freude kannte keine Grenzen. Das ging so weit, dass sie jemanden daran teilhaben lassen wollte. Als sie am nächsten Tag zur Küste kam, brachte sie Colleen mit. Das Baby schrie und klammerte sich an der Hand der Mutter fest, als es den geisterhaften Schemen des alten Mannes aus dem funkelnden Wasser auf sie zukommen sah.

Der Geist des alten Mannes kam einige Schritte näher und blieb stehen. Seine Ränder schienen zu zerfließen, ins Meer gesogen zu werden wie Zuckerwatte von einem gierigen Kind.

Er sah sie an und schien zu seufzen und zurückzuweichen.

»Warte! Geh nicht!«, rief Plush aus.

Sie rannte ins Meer und zerrte das Kind mit sich. Das Mädchen schrie und wehrte sich, als das Wasser über ihm zusammenschlug und es umwarf.

Plush zog das Kind hoch und ließ es vor sich treiben. Ohne Rücksicht auf die Gefahr watete sie weiter hinein. Sie konnte das Phantom nun nur wenige Meter vor sich sehen, wo es über das zinnfarbene Wasser dahinglitt wie ein Tölpel im Tiefflug, aber es löste sich immer mehr auf und floss in die fast farblose Spalte des Horizonts.

Hohe Mauern schiefergrauer See schlugen über Plush zusammen, kalte Lake strömte ihr in den Mund, lähmte ihre Lungen und machte ihr das Atmen schwer, und da griffen zwei Fischer, die Austernkörbe überprüft hatten, nach Plush, zogen Colleens Leichnam aus dem Wasser und brachten sie beide ans Ufer.

Natürlich hatten sie Mooney nicht gesehen. Sie hatten nur eine Frau gesehen, die in die heftige Brandung gewatet war und ein Kind mit dem Gesicht nach unten mit sich gezerrt hatte, und sie brannten förmlich darauf, eine Aussage zu machen, wie grauenhaft der Anblick gewesen sei.

Plush wurde des Mordes und versuchten Selbstmordes angeklagt. Polizisten wurden aufgeboten, danach ein Heer von Ärzten. Die Verhandlung wurde in Inverness auf dem schottischen Festland abgehalten. Man stufte Plush als nicht schuldfähig ein und brachte sie nach Glasgow.

Dort verbrachte sie die nächsten zwei Jahrzehnte in dem zweihundert Jahre alten Haus in der Carrick Glenn Road, das im vorigen Jahrhundert ein Kloster gewesen war. In dieser Atmosphäre hatten sich Plushs Visionen, die einst ihre Zuflucht gewesen waren, unter dem Druck von Schuldgefühlen und Langeweile verflüchtigt wie ein seltenes Parfüm in üblem Gestank. Die kahle und unfruchtbare Enge hatte sich aufgetan und Plush so nach unten gesogen, wie die kalte Nordsee ihre Tochter geholt hatte.

Keine Visionen mehr, kein Universum mit Runen und Verzückungen, mit verwesendem Leben und üppig erblühendem Tod. Nur das dröge Halbleben, das den anderen als Realität galt, und ihre eigene Last der Selbstvorwürfe …

…bis zu der Nacht, als die Katze hinter der Mauer schrie und eine winzige Öffnung in die Oberfläche der Enge riss.

Die Insassen des Dunlop House wurden ermutigt, am Vormittag Zeit im Aufenthaltsraum zu verbringen, einem schäbigen und schmutzigen Salon, wo Besuche stattfanden. An den Wänden waren überall Flecken … Ekel erregende Brauntöne und das Grau von getrocknetem Sperma – und eine herzförmige Schliere, wo einst eine liebeskranke Schizophrene ihren und den Namen ihres Liebsten in ein mit ihrem eigenen Menstruationsblut gemaltes Herz geschrieben hatte.

Fast vierzehn Tage waren vergangen, seit Plush die Katze zum ersten Mal gehört hatte. Die Schreie waren nicht leiser als am Anfang, aber sporadischer; sie ertönten zu allen möglichen nächtlichen Stunden, quälten Plush, wenn sie wach war, und suchten ihre Träume heim.

»Hält jemand eine Katze?«, fragte sie Schwester Lorna und sah ihr in das hagere, verkniffene Gesicht, das so blass und glänzend wie ein abgeleckter Lutscher aussah. »Ich dachte, ich hätte gestern eine miauen gehört.«

Sie versuchte, es so beiläufig wie möglich auszusprechen, aber man verbringt nicht zwanzig Jahre von der normalen Gesellschaft abgesondert und behält die Fähigkeit zu Arglist und Täuschung.

Schwester Lorna setzte ihr »Du-armes-umnachtetes-Ding«-Gesicht auf und antwortete: »Du weißt ganz genau, dass es hier keine Tiere gibt.«

Plush versuchte, so hilflos wie möglich auszusehen, als sie sagte: »Vielleicht bin ich nur einsam und meine Ohren trügen mich. Ich vermisse Geraldine so sehr. Ich habe mich gefragt, ob ich sie besuchen könnte.«

Schwester Lorna gab ein kurzes, verschleimtes »Hrmpf« von sich, ihr Hinweis darauf, dass sie die Bitte als eine Zumutung für ihre ohnehin schon überstrapazierte Geduld betrachtete, und sagte: »Geraldine ist immer noch sehr krank. Sie ist noch nicht bereit für Besuche. Und ihr Gesicht … der Schlaganfall hat es verändert, weißt du.«

Plush nickte, brachte Schwester Lorna aber mit ihrer Hartnäckigkeit zum Einlenken. Und so wurde Plush wenige Tage später von einer Schwester zu Geraldines Bett im Krankenhausflügel der Anstalt geführt, wo ihre einstige Zimmergenossin mit einer Gesichtshälfte einen offenbar friedlich schlafenden Gesichtsausdruck zur Schau stellte, während die andere Hälfte zu einem stummen, affenartigen Heulen verzerrt war.

Plush wusste, der Schlaganfall hatte die Nerven auf einer Seite von Geraldines Gesicht zerstört, aber auf das Ausmaß des Schadens war sie nicht vorbereitet gewesen. Sie hätte sich nie träumen lassen, dass der armen Geraldine, die schließlich eine Hexe war, ehemalige Königin des Lothian Wiccan Order, so etwas Grässliches zustoßen könnte. In ihrem exklusiven Haus in Edinburgh hatte sie unter freiem Himmel heidnische Rituale durchgeführt und behauptet, ehe sie ihren trunksüchtigen Ehemann vergiftet hatte und er ins Koma fiel, sie würde mit den Geistern von Aleister Crowley und Saint Magnus in Verbindung stehen. Nun war sie nur noch bemitleidenswert und alt und hatte vor ihrem Schlaganfall die meiste Zeit damit verbracht, die historischen Romane und Krimis zu lesen, die ihre Kinder pflichtschuldig schickten. Darüber hinaus war Geraldine die inoffizielle Bibliothekarin von Dunlop House gewesen.

Und für alle, die nicht lasen oder die Anstrengung nicht riskierten, weil sie befürchteten, ihren ohnehin schon allzu stark beanspruchten Verstand noch weiter zu belasten, war sie eine Quelle von Informationen, Gerüchten und Geschichten gewesen.

Als Plush ihre alte Freundin nun mit unverhohlenem Entsetzen betrachtete, schlug diese ein Auge auf, und ein Speichelfaden floss ihr aus dem Winkel der abgestorbenen Seite ihres Mundes.

»Hier, meine Liebe.«

Eine Schwester brachte Geraldine ihr Essen: einen Teller Linsensuppe, ein Brötchen mit Butter, ein kleines Stück Hartkäse. Geraldine beschwerte sich, dass ihr das Essen schwer fiel, da nur eine Hälfte ihres Gesichts funktionierte, daher brach Plush das Brötchen in viele kleine Stücke, löffelte grüne Brühe in die gute Seite von Geraldines Mund und wischte ihr nach jedem Löffel das Gesicht sauber.

»Genug«, sagte Geraldine schließlich und schob das Essen weg. Sie betrachtete Plush mit starren, tief in den Höhlen liegenden Falkenaugen und sagte mit ihrer nuschelnden Schlaganfallstimme: »Etwas stimmt nicht mit dir. Du siehst aus wie ein ausgesetzter Hund.«

Plush, die ohnehin den Tränen nahe war, stieß hervor: »Das neue Zimmer, in das sie mich gebracht haben, als du krank geworden bist … da ist etwas bei mir drin … und es *lebt*.«

Sie hatte Angst, Geraldine könnte lachen. »In welchem Zimmer bist du?«, fragte sie stattdessen.

»Erdgeschoss«, sagte Plush, »ein Eckzimmer.«

»Nordflügel?«

»Ja.«

Geraldine legte einen gelähmten Finger an ein Kinn mit vereinzelten Bartstoppeln.

»Und es ist … nicht zufällig … eine Katze, die du dort hörst?«

Da zitterte Plushs Hand so sehr, dass Linsensuppe auf das Bett tropfte. »Woher weißt du das?«

Geraldine lächelte schief. »Ah, also stimmt es. Da *war* eine Katze.«

»Was meinst du damit, war? Hast du sie selbst gehört?«

»Nicht ich, und dafür danke ich der gütigen Gaia. Aber ich habe über etwas gelesen, das passiert ist, als Dunlop House erbaut wurde. Ich hatte keinen Grund zu der Annahme, dass es wahr ist, aber was du jetzt sagst, scheint die Darstellung in den Geschichtsbüchern zu bestätigen.«

Plush missfiel es, wenn ihre alte Freundin in Rätseln sprach. »Ich verstehe nicht.«

»Ah«, sagte Geraldine, während die gute Hälfte ihres Gesichts lächelte und die andere Hälfte sich wie Teig zu etwas formte, das morbider Wonne gleichkam, »du hast nicht gewusst, dass Dunlop House auf dem Blut einer unschuldigen Kreatur erbaut wurde?«

»Was soll das ...«

Geraldine schüttelte die grauen Medusenlocken und grinste ein zahnlückiges Doppel-doppel-Mühsal-und-Sorgen-Grinsen. »Schau nicht so furchtsam drein. Du bist nicht verrückt geworden. Du *hörst* eine Katze, so sicher wie das Amen in der Kirche.«

»Aber ... wir sollten es jemandem erzählen, oder nicht? Wir müssen sie herauslassen.«

»Sie ist tot, dumme Gans. Seit zweihundert Jahren tot, seit dieses Höllenloch gebaut wurde.«

»Aber wie ...«

»Sie haben eine lebende Katze in der Wand eingemauert. Das war ein teuflischer Brauch, der seinen Ursprung im Mittelalter hatte. Die elenden christlichen Wilden glaubten, dass Katzen übernatürliche Fähigkeiten haben, daher opferten sie eine, um dem Haus und allen, die dort lebten und arbeiteten, Glück zu bringen.«

»Bist du sicher?«

»Ich habe in den dreißig Jahren, seit ich dem Alten Strychnin in sein Haggis getan habe, eine Menge Geschichtsbücher gelesen«, sagte Geraldine. »Vieles habe ich vergessen, aber nicht so etwas Schreckliches wie das. Eine Katze wurde in der Ecke der Nordwand eingemauert, um der Familie Dunlop und ihrem Haus Glück zu bringen.«

»So viele Jahre«, sagte Plush betroffen. »Aber ich sage dir, sie lebt. Ich höre sie schreien.«

»Sie ist vor zweihundertsieben Jahren gestorben«, sagte Geraldine. »Was du hörst, wenn du überhaupt etwas hörst, ist ein Geist.«

»Ich muss ihr helfen.«

»Sie ist *tot*«, sagte Geraldine. »Und selbst wenn ihr Geist schreit, lass sie in Ruhe.«

Als das Miauen in dieser Nacht anfing, schob Plush das Bett auf die Seite und presste das Ohr an die Wand. Eine Katze, ein Baby, was auch immer … das Geschöpf in der Wand litt schreckliche Not. Sie hörte die Schreie und flüsterte tröstende Worte als Antwort. Schmerz zog Schmerz an. Plush kribbelte es am ganzen Körper. Gänsehaut breitete sich auf ihren Armen aus.

Sie machte die Augen zu.

Einen Moment konnte sie über die Enge hinaussehen, sah Colleens zierliche Gestalt, wie sie vom Meer herumgeworfen wurde. Colleen hielt die Arme über den Kopf. Funkelndes Wasser glänzte zwischen ihren Fingern wie goldene Nadeln, aber das Kind hatte ihr den Rücken zugedreht, daher konnte Plush nicht sagen, ob es lediglich im Meer dümpelte oder von Todesangst erfüllt war.

Plush hielt den Mund an die Wand. »Ich hol dich da raus«, flüsterte sie.

Sie holte den Löffel, mit dem sie Geraldine gefüttert hatte, aus dem Schuh, drückte den Stiel zwischen zwei Backsteine und schuf eine winzige Vertiefung in dem Mörtel. Ein paar Körnchen Gips rieselten herab. Sie kratzte weiter. Der Mörtel war uralt und brüchig.

Plush schob das Bett wieder an Ort und Stelle und legte sich darauf.

Sei tapfer. Ich helfe dir.

Es war immerhin ein Anfang.

Ende der Woche waren vier lose Backsteine, die sie alle herausnehmen und am Morgen wieder an Ort und Stelle bringen konnte, der Lohn für Plushs nächtelange Arbeit. Außerdem hatte sie ein Buttermesser in der Küche mitgehen lassen, als die Köchin auf dem Klo gewesen war, und versteckte es, wie den Löffel, in einem der derben, schwarzen Schuhe, die ihr ihre Schwester Belle zu Weihnachten geschickt hatte. Die Arbeit war anstrengend und mühsam, und Plush dachte oft daran, einfach aufzugeben. Aber dann fing die Katze wieder an zu schreien, Tränen liefen über Plushs Pausbacken, sie dachte an Mooney und das Töchterchen, das sie dem Meer gegeben hatte, und wie das Kind durch die Leere nach ihr rufen musste, und dann nahm sie die Arbeit wieder auf.

Nun konnte sie der Enge gar nicht mehr entkommen, nicht einmal für kurze Zeit, ausgenommen an dem einen Tag, als Plush nach dem Abendessen in ihr Zimmer zurückkehrte und sah, dass jemand einen Schal auf ihr Bett gelegt hatte. Sie griff nach dem Lichtschalter und erstarrte.

Der Schal auf dem Bett bewegte sich und wurde zu etwas vage Katzenhaftem, hatte aber keine Ähnlichkeit mit einer Katze, die Plush je gesehen hatte, als Geist oder sonst wie. Ihr Fell, das die Farbe dunkler Marmelade hatte, war nur an manchen Stellen unversehrt. Bruchstücke gebrochener Knochen konnte man unter der hauchdünnen, pergamentartigen Haut erkennen, und als sie vom Bett auf den Boden sprang, konnte Plush sehen, dass der Kopf noch ungeformt war, kein richtiger Katzenkopf, mehr eine klobige Pappmachémaske, der Mund und Wangenknochen fehlten.

»O Gott«, sagte Plush und streckte die Hand aus, um das Geschöpf zu trösten.

Das missgestaltete Ding erstarrte sofort erschrocken und sträubte die wenigen Haare, die es hatte. Es rannte in panischer Flucht durch das Zimmer, dann sprang es hoch und verschwand.

In der Wand ...

»Wach auf«, sagte Schwester Lorna. »Du schläfst neuerdings zu viel.« Die Nonne zog Plushs Vorhänge zurück und ließ Vormittagslicht in den Raum springen wie gelbe Tiger. »Pack deine Sachen zusammen. Morgen bekommst du ein neues Zimmer und eine Zimmergenossin.«

Plush drehte sich herum und war noch halb in einem Traum gefangen, in dem ein Schwarm Möwenskelette, deren winzige Knochen im Mondlicht leuchteten, Colleens Leichnam aus dem Meer zogen und zuckend und tropfend davonschleppten, sodass der Kopf des Kindes herabhing und man leere, von Fischen angefressene Augenhöhlen sehen konnte.

Die Geistermöwen stießen in das Zimmer herab, hackten nach Schwester Lornas Kopf, und Plush blinzelte heftig und wurde hellwach vor Schrecken.

»Was?«

»Ich sagte, du bekommst eine neue Zimmergenossin.«

»Aber warum?«

Schwester Lorna senkte den Blick auf ihren kümmerlichen Busen, als wäre ihr das Eingeständnis peinlich, dass eine Insassin von Dunlop House eine wie auch immer geartete Flucht bewerkstelligt hatte, und sagte: »Geraldine kommt nicht mehr zurück. Sie ist gestern ... heimgegangen.«

Plush sah ein Bild vor sich: Geraldines Seele, die sich spiralförmig, immer enger nach oben entfernte wie die Schnörkel einer Nautilusmuschel, und die Welt außerhalb der Enge, wohin Plushs Visionen sie einst geführt hatten. Die nun für sie verloren war, das Tor verschlossen.

»Sie ist gestorben.«

Die Übersetzung von blumiger Umschreibung zu nüchterner Tatsache erboste Schwester Lorna, die mit raschen, klatschenden Bewegungen imaginäre Fusseln von ihren gestärkten Schultern bürstete.

»Wie auch immer«, sagte sie, »wir haben beschlossen, die Einzelzimmer für Kurzzeitgäste zu benützen, die irgendwann einmal wieder entlassen werden. Daher verlegen wir dich morgen in ein Doppelzimmer.«

Schwarze Verzweiflung erfüllte Plush den ganzen Tag lang. In dieser Nacht schob sie ihr Bett zur Seite, kaum waren die Lichter gelöscht, entfernte die Backsteine, die sie schon gelockert hatte, und machte sich an die Arbeit.

Zweihundertsieben Jahre entfernt fing die Katze an zu wimmern. Das Geräusch vibrierte durch Plushs Nagelbetten, bebte durch die winzigen Härchen in ihren Ohren.

Sie machte sich an den Steinen zu schaffen und betete und grub mit Buttermesser und Löffel und Fingernägeln.

Da die vier entscheidenden Steine bereits herausgebrochen waren, ging es bei den restlichen leichter. Als die ockerfarbene Dämmerung kam, hatte Plush ein dreißig Zentimeter breites Loch in der Wand freigelegt. Eine dicke Mörtelschicht bedeckte den Boden, Plushs Hände und Gesicht waren mit Staub verschmiert.

Die Katze wehklagte inzwischen so laut, Plush konnte kaum glauben, dass niemand sonst es hören konnte, dass nicht ganz Dunlop House von den Schreien geweckt wurde.

Plush schob die Hände in das Loch, das sie gegraben hatte, und griff so weit hinein, wie sie sich strecken konnte.

»Wo *bist* du?«

Sie strich mit der Hand über etwas Steifes und Trockenes, bei dem sie an zwischen den Seiten eines Buches gepresste Trockenblumen denken musste. Sie stöhnte, zog die Hand zurück, versuchte es erneut. Das Ding gab unter ihrer Berührung leicht nach, kein Stein, sondern …

Behutsam streckte sie beide Arme in das Loch, löste das

Ding, das freizulegen sie solche Anstrengungen gekostet hatte, und zog es heraus – der Kadaver einer Katze, mumifiziert und durch die Jahrhunderte in der Mauer gut erhalten.

Plush drehte die Katze behutsam in den Händen und betrachtete es staunend, dieses Ding fast unwirklichen Liebreizes und Schreckens. Ohren wie Sommerfäden, durchscheinend, flach an den Kopf gedrückt, perfekt erhaltene Pfoten, bis hin zu den Stummeln der Krallen, mit denen sie versucht hatte, sich einen Weg in die Freiheit zu graben. Die Augen waren natürlich nicht mehr vorhanden, Dehydration hatte sie austrocknen lassen. Plush sah in die schwarzen, leeren Höhlen und dachte, sie könnte kreisende Sterne in einem unbekannten Kosmos sehen, könnte die ersten melodischen Akkorde einer fremden Musik vernehmen …

…und versuchte vergeblich, ihnen zu folgen.

Plush drückte die wundersamen Überreste an die Brust und wiegte sie leise singend, wie sie Colleen gewiegt hatte. Das Ding erschauerte fast so, als wäre es im Begriff, in ihren Armen zu erwachen. Dann rächte sich, dass es wieder der Luft ausgesetzt worden war, und es zerfiel zu Staub.

Etwas Totes – weniger noch, ein Häufchen Staub, so leblos wie die leeren Augen.

»Nein!« Plush ließ den Staub zwischen den Fingern durchrieseln. Sie verbarg das Gesicht in den Händen und weinte, bis ihr Schluchzen von einem kaum hörbaren Miauen unterbrochen wurde.

Sie fürchtete, sie könnte sich das Geräusch nur eingebildet haben, schaute aber trotzdem auf.

Eine Katze, durchscheinend und gescheckt, mit einem Fell, das an einen wogenden Gobelin von Kastanientönen erinnerte, räkelte sich auf dem Bett. Sie schnurrte und bewegte den Schwanz in G-förmigen Schnörkeln des Wohlbefindens. Diesmal war das Geschöpf vollständig, so perfekt wie an dem Tag, als die Erbauer von Dunlop House es ergriffen, um es seinem grässlichen Schicksal zuzuführen.

Plush betrachtete den Anblick ehrfürchtig. Wie lange war es her, seit sie zum letzten Mal ein lebendes Tier gesehen hatte, ausgenommen vor ihrem Fenster auf der Straße!

Aber dennoch war es natürlich nicht am Leben.

Der Geist leckte sich eine Pfote sauber, streckte sich zu einer S-Form und riss den Mund zu einem enormen Gähnen auf. Das Ding sprang vom Bett, strich um Plushs Beine und Pobacken, zupfte im weichen Fleisch ihres Bauches, ohne Kratzspuren zu hinterlassen.

»Geh heim«, flüsterte Plush. »Du gehörst nicht mehr hierher. Geh.«

Die Katze lief dunstige Achten zwischen Plushs Handgelenken hindurch. Ihr scheckiges Fell zerfloss zu einem Federbusch gemusterten Nebels, der an Plush vorbeisprang ...

...in die Wand.

»Nein. Geh *heim*.«

Plush streckte die Hände aus, um die Vision ein letztes Mal zu berühren – und ihre Finger wurden feucht. Sie führte die Finger zum Mund und schmeckte Salz und Nässe.

Der Teil der Wand, den Plush geöffnet hatte, pulsierte hell und schien sich auszudehnen. Plush schob die Hände in die Öffnung.

Aufgrund einer neuerlichen Schleife in der Zeit hörte Plush die Brandung und roch sie, hörte das Meer an die Felsenküste schlagen, das Rauschen der Gischt ...

in der Wand

...und spürte es plötzlich ganz um sich herum, die weiten Wellen eines endlosen Ufers, wo Mooney und Colleen und Geraldine und eine Vielzahl weiterer Seelen angespült wurden wie die verflochtenen Stränge eines riesigen, sich entrollenden Teppichs, ehe sie wieder mit dem Ganzen verschmolzen.

Plush zwängte Kopf und Arme in die Öffnung in der Wand und spürte, wie sie in einen weitaus heftigeren Strudel hineingesogen wurde, als ihn das Meer je zustande bringen konnte. Die Strömung der Toten erfasste sie und riss sie mit sich, zog sie in ihre kalten Strudel, wo die Toten an ihr vorbei- und durch sie hindurchströmten und an ihrer Seele zupften, bis sie sich ihren Verlockungen ergab und ihren Geist in die kühlen und dunklen Tiefen ihres ozeanischen Reiches sinken ließ.

»*Ich helfe dir, Mommy*«, sagte Colleen und kam auf sie zu. »*Sei tapfer.*«

Als Schwester Lorna wenige Stunden später kam, um Plush in ihr neues Zimmer zu bringen, lehnte die Frau neben der Öffnung in der Wand und atmete kräftig und gesunden Herzens, aber schlaff und stumm, mit so blinden Augen, dass nicht einmal Licht, mit dem direkt hineingestrahlt wurde, eine Reaktion auslöste. Und als sie sie in den Krankenhausflügel brachten und in das Bett legten, in dem Geraldine gestorben war, schlüpfte die Phantomkatze ein letztes Mal aus der Wand heraus und folgte ihr durch die Flure, aber nicht dorthin, wohin sie ihren Körper brachten, sondern in jenes gesegnete Gefilde des Frohsinns und der Ehrfurcht, wo Plushs leere Augen das Heilige erblickten.

Über **Stephen King** muss man nicht viele Worte verlieren. Seit der Veröffentlichung seines ersten Romans *Carrie* (dt. *Carrie*) hat King seine Leser unterhalten und Lästerer zum Schweigen gebracht, indem er immer genau das schreibt, was er will und wann er will. Dazu gehören hin und wieder auch Kurzgeschichten, die in so unterschiedlichen Publikationen wie *Playboy, Omni*, *The Magazine of Fantasy and Science Fiction, Cemetary Dance* und *The New Yorker* erschienen. 1995 erhielt er den O. Henry Award und den World Fantasy Award für seine Story »The Man In The Black Suit«.

»Die Katze aus der Hölle« erschien erstmals in *Cavalier* und ist ein schwarzes, kleines Krimi-Drama, in dem eine Katze eine prominente und störende Rolle spielt.

Die Katze aus der Hölle

Halston fand, der alte Mann im Rollstuhl sah krank, ängstlich und dem Tode nahe aus. Derlei Anblicke waren ihm wohl vertraut. Der Tod war Halstons Geschäft; in seiner Laufbahn als Auftragskiller hatte er ihn achtzehn Männern und sechs Frauen gebracht. Er wusste, wie Todgeweihte aussahen.

In dem Haus – eigentlich eine Villa – war es kalt und still. Das leise Prasseln des Feuers in dem großen, gemauerten Kamin und das leise Pfeifen des Novemberwinds draußen waren die einzigen Geräusche.

»Ich möchte, dass Sie jemanden für mich töten«, sagte der alte Mann. Seine Stimme klang zittrig und schrill, quengelig. »Soweit ich weiß, ist das Ihr Metier.«

»Mit wem haben Sie gesprochen?«, fragte Halston.

»Mit einem Mann namens Saul Loggia. Er sagt, Sie kennen ihn.«

Halston nickte. Wenn Loggia der Mittelsmann war, dann war alles in Ordnung. Und wenn eine Wanze in dem Zimmer war, konnte jedes einzelne Wort des alten Mannes – Drogan – eine Falle sein.

»Um wen handelt es sich?«

Drogan drückte einen Knopf an der Konsole in der Armlehne seines Rollstuhls, der sich summend in Bewegung setzte. Aus der Nähe konnte Halston den gelblichen Geruch einer Mischung von Angst, Alter und Urin riechen. Das ekelte ihn, aber er ließ es sich nicht anmerken.

»Ihr Opfer steht direkt hinter ihnen«, sagte Drogan leise.

Halston bewegte sich blitzschnell. Sein Leben hing von seinen Reflexen ab, daher war er allzeit bereit. Er sprang von der Couch, ließ sich auf ein Knie fallen, drehte sich, streckte die Hand in seinen speziell angefertigten Sportmantel und packte den Griff des .45er-Hybriden mit dem kurzen Lauf, der in einem Sprungfederhalfter direkt unter der Achselhöhle hing und bei Berührung förmlich in Halstons Handfläche schnellte. Sekundenbruchteile später hatte er die Waffe gezückt und angelegt ... auf eine Katze.

Einen Moment sahen Halston und die Katze einander an. Es war ein seltsamer Augenblick für Halston, einen fantasielosen Menschen ohne eine Spur von Aberglauben. In dem Moment, als er mit angelegter Waffe auf dem Boden kniete, kam es ihm so vor, als würde er diese Katze kennen, aber wenn er je eine mit einem derart ungewöhnlichen Muster gesehen hätte, wäre ihm das sicher im Gedächtnis geblieben.

Ihr Gesicht war exakt zweigeteilt: halb schwarz, halb weiß. Die Trennlinie verlief schnurgerade von der Mitte des flachen Schädels die Nase hinab bis zum Mund. Im Halbdunkel waren ihre Augen riesig, und in jeder fast kreisförmigen, schwarzen Pupille spiegelte sich prismenhaft das Feuer wie eine glühende Kohle des Hasses.

Und der Gedanke kam wie ein Echo zu Halston zurück: *Wir kennen uns, du und ich.*

Der Augenblick ging vorüber. Halston steckte die Waffe weg und stand auf. »Dafür sollte ich Sie töten, alter Mann. Ich mag Witze auf meine Kosten nicht.«

»Und ich mache keine«, sagte Drogan. »Setzen Sie sich. Sehen Sie her.« Er hatte einen prallen Umschlag unter der Decke über seinen Beinen hervorgeholt.

Halston setzte sich. Die Katze, die auf der Sofalehne gehockt hatte, sprang behände auf seinen Schoß. Sie betrachtete Halston noch einen Moment mit diesen großen, dunklen Augen, deren Pupillen von schmalen, grün-goldenen Ringen umgeben waren, dann legte sie sich hin und fing an zu schnurren.

Halston sah Drogan fragend an.

»Sie ist sehr freundlich«, sagte Drogan. »Anfangs. Das nette, anschmiegsame Kätzchen hat drei Menschen in diesem Haushalt getötet. Nur ich bin übrig. Ich bin alt, ich bin krank … aber ich möchte sterben, wenn meine Zeit gekommen ist.«

»Das darf nicht wahr sein«, sagte Halston. »Sie haben mich angeheuert, um eine Katze zu töten?«

»Bitte sehen Sie in den Umschlag.«

Halston gehorchte. Der Umschlag war voll von Hundertern und Fünfzigern, allesamt alte Scheine. »Wie viel ist das?«

»Sechstausend Dollar. Sie bekommen noch einmal sechs, wenn Sie mir den Beweis erbracht haben, dass die Katze tot ist. Mr. Loggia sagte, zwölftausend sei Ihr übliches Honorar?«

Halston nickte und streichelte mit der Hand automatisch die Katze auf seinem Schoß. Sie schlief, schnurrte aber immer noch. Halston mochte Katzen. Tatsächlich waren sie die einzigen Tiere, die er mochte. Sie kamen allein zurecht. Gott – wenn es einen gab – hatte sie zu perfekten, ungeselligen Killermaschinen gemacht. Katzen waren die Auftragskiller der Tierwelt, und Halston empfand Respekt vor ihnen.

»Ich muss nichts erklären, möchte es aber«, sagte Drogan. »Wer gewarnt ist, ist bereit, sagt man, und ich möchte nicht, dass Sie die Sache unvorbereitet angehen. Und mir scheint, als müsste ich mich rechtfertigen. Damit Sie mich nicht für verrückt halten.«

Halston nickte wieder. Er hatte sich bereits entschieden, den Auftrag anzunehmen, daher waren weitere Erklärungen überflüssig. Aber wenn Drogan reden wollte, würde er zuhören.

»Als Erstes, wissen Sie, wer ich bin? Woher das Geld stammt?«

»Drogan Pharmaceuticals.«

»Ja. Einer der größten Pharmahersteller der Welt. Und der Eckstein unseres finanziellen Erfolges ist das hier.« Er holte ein kleines, neutrales Fläschchen mit Tabletten aus einer Tasche seines Morgenmantels und gab es Halston. »Tri-Dormal-

Phenobarbin, Wirkstoff G. Wird fast ausschließlich an unheilbar Kranke verschrieben. Macht extrem süchtig, wissen Sie. Eine Mischung aus Schmerzmittel, Beruhigungsmittel und leichtem Halluzinogen. Es trägt bemerkenswert dazu bei, dass unheilbar Kranke sich ihrem Zustand stellen und sich daran gewöhnen.«

»Nehmen Sie es?«, fragte Halston.

Drogan beachtete die Frage nicht. »Es wird auf der ganzen Welt verschrieben. Ein synthetischer Wirkstoff, der in den fünfziger Jahren in unserem Labor in New Jersey entwickelt wurde. Unsere Versuche wurden, wegen der einmaligen Eigenschaften des Nervensystems von Katzen, fast ausschließlich mit diesen Tieren durchgeführt.«

»Wie viele haben Sie alle gemacht?«

Drogan schniefte. »Das ist eine unfaire und voreingenommene Ausdrucksweise.«

Halston zuckte die Achseln.

»Während der vierjährigen Testphase, bis Tri-Dormal-G von der FDA genehmigt wurde, sind rund fünfzehntausend Katzen … äh, verschieden.«

Halston pfiff leise. Etwa viertausend Katzen pro Jahr. »Und jetzt glauben Sie, diese hier ist zurückgekommen, um Sie zu holen, hm?«

»Ich verspüre nicht die geringsten Schuldgefühle«, sagte Drogan, aber seine Stimme hatte wieder diesen zittrigen, quengelnden Unterton. »Fünfzehntausend Versuchstiere sind gestorben, damit Hunderttausende Menschen –«

»Sparen Sie sich das«, sagte Halston. Rechtfertigungen langweilten ihn.

»Die Katze kam vor sieben Monaten hierher. Ich habe Katzen nie leiden mögen. Widerliche Bazillenträger … immer draußen auf den Feldern … kriechen in Scheunen herum … haben Gott weiß was für Krankheitserreger in ihrem Fell … versuchen ständig, einem etwas ins Haus zu schleppen, dem die Eingeweide heraushängen, damit man es sich ansieht … meine Schwester wollte sie aufnehmen. Sie hat es herausgefunden. Sie musste dafür bezahlen.« Er sah die Katze, die auf Halstons Schoß schlief, hasserfüllt an.

»Sie sagten, die Katze habe drei Menschen getötet.«

Drogan setzte zu einer Erklärung an. Die Katze döste auf Halstons Schoß und schnurrte unter den sanften Streichelbewegungen seiner kräftigen und geübten Killerfinger. Ab und zu explodierte ein Kieferknoten im Kamin, dann spannte sie sich an wie mit Fell und Muskeln bespannte Stahlfedern. Draußen heulte der Wind um das große Haus weit draußen im ländlichen Connecticut. Das Heulen kündete vom baldigen Winter. Die Stimme des alten Mannes plapperte ununterbrochen.

Vor sieben Monaten hatten sie zu viert hier gelebt – Drogan, seine Schwester Amanda, die mit vierundsiebzig zwei Jahre älter als Drogan war, ihre gemeinsame alte Freundin Carolyn Broadmoor (»von den Westchester-Broadmoors«, sagte Drogan), die ein schlimmes Emphysem plagte, und Dick Gage, ein Bediensteter, der seit zwanzig Jahren bei den Drogans war. Gage, selbst schon über sechzig, fuhr den großen Lincoln Mark IV, kochte und servierte den abendlichen Sherry. Tagsüber kam ein Hausmädchen. So hatten die vier fast zwei Jahre gelebt, eine langweilige Gruppe alter Leute und der Gefolgsmann der Familie. Ihre einzigen Freuden waren *The Hollywood Squares* und das Warten, wer wen überleben würde.

Dann kam die Katze.

»Gage sah sie als Erster winseln und um das Haus schleichen. Er versuchte, sie wegzujagen. Er warf Stöcke und kleine Steine nach ihr und traf sie sogar ein paar Mal. Aber sie ging nicht weg. Sie roch natürlich das Essen. Sie war fast nur Haut und Knochen. Wenn der Sommer zu Ende ist, setzen die Leute sie am Straßenrand aus, damit sie sterben, wissen Sie. Eine schreckliche, unmenschliche Angewohnheit.«

»Schlimmer als ihre Nerven zu grillen?«, fragte Halston.

Drogan beachtete den Einwurf nicht und fuhr fort. Er hasste Katzen. Schon immer. Da die Katze sich nicht vertreiben ließ, hatte er Gage angewiesen, vergiftetes Futter auszulegen. Große, verlockende Schüsseln Katzenfutter, nebenbei, mit Tri-Dormal-G. Die Katze rührte das Futter nicht an. An diesem Punkt hatte Amanda Drogan die Katze bemerkt und darauf bestanden, dass sie sie ins Haus holten. Drogan hatte lautstark Einwände vorgebracht, aber Amanda hatte sich durchgesetzt. Offenbar schaffte sie das immer.

»Aber sie hat es herausgefunden«, sagte Drogan. »Sie hat die Katze selbst hereingetragen, auf ihren Armen. Das Tier hat geschnurrt, so wie jetzt. Aber es kam nicht in meine Nähe. Nie … noch nicht. Sie hat der Katze eine Schale Milch eingeschenkt. ›Oh, sieh dir das arme Ding an, es ist ganz ausgehungert‹, gurrte sie. Sie und Carolyn wurden nicht fertig mit Gurren. Widerlich. Natürlich war das ihre Art, es mir heimzuzahlen. Sie wussten seit den Tests für Tri-Dormal-G vor zwanzig Jahren, was ich von Katzen hielt. Es gefiel ihnen, mich zu ärgern, mich mit der Katze zu ködern.« Er sah Halston grimmig an. »Aber sie haben dafür bezahlt.«

Mitte Mai war Gage aufgestanden, um das Frühstück zu machen, und hatte Amanda Drogan inmitten von Porzellanscherben und Brekkies am unteren Ende der Haupttreppe gefunden. Ihre aus den Höhlen quellenden Augen starrten blind zur Decke. Eine Menge Blut war ihr aus Mund und Nase geflossen. Ihr Rücken war gebrochen, beide Beine waren gebrochen, ihr Genick war buchstäblich zersplittert wie Glas.

»Die Katze schlief in ihrem Zimmer«, sagte Drogan. »Sie behandelte sie wie ein Baby … ›Hattu Hunger, Spatzi? Muttu raus und Pipi machen?‹ Obszön war das bei einer alten Schabracke wie meiner Schwester. Ich glaube, das Vieh hat miaut und sie aufgeweckt. Sie hat den Napf geholt. Sie sagte immer, dass Sam seine Brekkies nicht mochte, wenn sie nicht mit etwas Milch eingeweicht wurden. Sie wollte nach unten gehen. Die Katze rieb sich an ihren Beinen. Amanda war alt und nicht mehr ganz sicher auf den Füßen. Im Halbschlaf. Sie kamen zur Treppe, und die Katze trat vor sie … stellte ihr ein Bein …«

Ja, so hätte es passieren können, dachte Halston. Vor seinem geistigen Auge sah er die alte Frau, zu erschrocken, um zu schreien, nach vorne fallen. Die Brekkies wurden herumgeschleudert, während sie kopfüber die Treppe hinunterpurzelte, der Napf zerschellte. Schließlich bleibt sie unten liegen, die alten Knochen gebrochen, Augen aufgerissen, Blutrinnsale aus Nase und Ohren. Und die schnurrende Katze geht langsam die Treppe hinab und mampft dabei zufrieden ihre Brekkies …

»Was hat der Leichenbeschauer gesagt?«, fragte er Drogan.

»Tod durch Unfall, natürlich. Aber ich wusste es besser.«

»Warum haben Sie die Katze danach nicht aus dem Haus geschafft? Wo Amanda nicht mehr da war?«

Weil Carolyn offenbar damit gedroht hatte, in dem Fall würde sie ausziehen. Sie war hysterisch und besessen von dem Thema. Sie war eine kranke Frau und verrückt auf Spiritismus. Ein Medium in Hartford hatte ihr (für nur zwanzig Dollar) gesagt, dass Amandas Seele in den Körper der Katze Sam übergegangen sei. Sam wäre Amanda, ließ sie Drogan wissen, und wenn Sam gehen musste, würde *sie* auch gehen.

Halston, der eine Art Experte darin geworden war, zwischen den Zeilen eines Menschenlebens zu lesen, vermutete, dass Drogan und die alte Spinatwachtel Broadmoor vor langer Zeit einmal etwas miteinander gehabt hatten, daher wollte der alte Kupferstecher sie nicht wegen einer Katze gehen lassen.

»Es wäre auf Selbstmord hinausgelaufen«, sagte Drogan. »Ihrer Meinung nach war sie immer noch eine wohlhabende Frau, die es sich leisten konnte, die Katze zu nehmen und mit ihr nach New York oder London oder sogar Monte Carlo zu ziehen. Sie war tatsächlich der letzte Spross einer wohlhabenden Familie, lebte aber aufgrund zahlreicher Fehlspekulationen in den sechziger Jahren von der Wohlfahrt. Sie wohnte im zweiten Stock in einem eigens abgedichteten Zimmer mit besonders hoher Luftfeuchtigkeit. Die Frau war siebzig, Mr. Halston. Mit Ausnahme der letzten beiden Jahre ihres Lebens ist sie eine starke Raucherin gewesen, und das Emphysem war sehr schlimm. Ich wollte sie in meiner Nähe haben, und wenn die Katze bleiben musste ...«

Halston nickte und sah vielsagend auf die Uhr.

»Ende Juni starb sie in der Nacht. Der Arzt schien es als natürlichen Tod anzusehen, er kam einfach und stellte den Totenschein aus, und damit war der Fall erledigt. Aber die Katze war in dem Zimmer. Gage hat es mir gesagt.«

»Wir müssen alle einmal gehen, Mann«, sagte Halston.

»Natürlich. Das hat der Arzt auch gesagt. Aber ich wusste Bescheid. Ich erinnerte mich. Katzen holen sich gern Babys und alte Leute im Schlaf. Und stehlen ihren Atem.«

»Ein Ammenmärchen.«

»Aber es beruht auf Tatsachen, wie so viele so genannte Ammenmärchen«, antwortete Drogan. »Sehen Sie, Katzen kneten gerne weiche Dinge mit ihren Pfoten. Ein Kissen, einen dicken Flokatiteppich ... oder eine Decke. Eine Babydecke oder die Decke eines alten Menschen. Das zusätzliche Gewicht auf jemandem, der ohnehin schwach ist ...«

Drogan verstummte, und Halston dachte darüber nach. Carolyn Broadmoor schlafend in ihrem Zimmer, wo sie mit ihren angegriffenen Lungen keuchend atmete, ein Geräusch, das fast von den speziellen Luftbefeuchtern und der Klimaanlage übertönt wurde. Die Katze mit dem sonderbaren Schwarzweißmuster springt lautlos auf das Bett der alten Jungfer und betrachtet das alte und runzlige Gesicht mit diesen leuchtenden, schwarz-grünen Augen. Sie schleicht auf die schmale Brust und lässt sich mit dem ganzen Gewicht darauf nieder, schnurrt ... der Atem geht langsamer ... langsamer ... und die Katze schnurrt, während die alte Frau langsam unter dem Gewicht auf ihrer Brust erstickt.

Halston war kein Mann mit Fantasie, aber er erschauerte doch ein wenig.

»Drogan«, sagte er und streichelte die Katze weiter. »Warum haben Sie sie nicht einfach einschläfern lassen? Das hätte Ihnen jeder Tierarzt für zwanzig Dollar gemacht.«

Drogan sagte: »Die Beerdigung war am ersten Juli, ich ließ Carolyn neben meiner Schwester in unserem Familiengrab beerdigen. Wie sie es gewollt hätte. Am dritten Juli rief ich Gage in dieses Zimmer und gab ihm eine Weidenbox ... so eine Art von Picknickkorb. Wissen Sie, was ich meine?«

Halston nickte.

»Ich sagte ihm, er solle die Katze hineinsetzen und zu einem Tierarzt in Milford fahren und sie einschläfern lassen. Er sagte: Ja, Sir, nahm den Korb und ging hinaus. So typisch für ihn. Lebend habe ich ihn nicht mehr gesehen. Ein Unfall auf der Mautstraße. Der Lincoln raste mit über sechzig Meilen pro Stunde gegen einen Brückenpfeiler. Dick Gage war sofort tot. Als sie ihn fanden, hatte er Kratzer im Gesicht.«

Halston schwieg, während das Bild, wie es sich abgespielt haben könnte, vor seinem geistigen Auge Gestalt annahm. Kein Laut war in dem Zimmer zu hören, außer dem friedlichen Prasseln des Kaminfeuers und dem friedlichen Schnurren der Katze auf seinem Schoß. Er und die Katze vor dem Kamin hätten eine prima Illustration für dieses Gedicht von Edgar Guest abgegeben, das folgendermaßen geht: »Mit dem Feuer im Herd und der Katze bei mir, bin ich ein glücklicher Mann, das sage ich dir.«

Dick Gage war mit dem Lincoln auf der Mautstraße Richtung Milford gefahren und hatte die Geschwindigkeitsbeschränkung dabei um rund fünf Meilen überschritten. Die Weidenbox stand neben ihm – so eine Art von Picknickkorb. Der Fahrer behält den Verkehr im Auge, vielleicht überholt er gerade ein großes Wohnmobil und bemerkt das sonderbare Gesicht – schwarz auf der einen Seite, weiß auf der anderen – nicht, das auf einer Seite des Korbs herausschaut. Auf der Fahrerseite. Er bemerkt es nicht, weil er eben gerade dieses große Wohnmobil überholt, und in dem Moment springt ihm die Katze fauchend und krallend ins Gesicht, kratzt ihm ein Auge aus, durchbohrt es, dass es ausläuft, blendet es. Sechzig Stundenmeilen, der starke Motor des Lincoln schnurrt, die andere Pfote ist ein Gages Nasen-

bein festgekrallt, gräbt sich hinein, die Schmerzen sind über-
wältigend, teuflisch – vielleicht schert der Lincoln nach rechts
aus, auf die Spur des Wohnmobils, das ohrenbetäubend die
Hupe ertönen lässt, aber das kann Gage nicht hören, weil die
Katze miaut, die Katze hängt ausgestreckt über seinem ganzen
Gesicht wie eine riesige, pelzige, schwarze Spinne, sie hat die
Ohren angelegt, ihre Augen leuchten wie Scheinwerfer aus der
Hölle, die Hinterbeine zucken und graben sich in die weiche
Haut am Hals des alten Mannes. Das Auto schwenkt abrupt in
die andere Richtung. Der Brückenpfeiler ist zu sehen. Die Kat-
ze springt herunter und der Lincoln, ein schwarz glänzender
Torpedo, prallt gegen den Beton und geht hoch wie eine Bombe.

Halston schluckte heftig und hörte ein trockenes Klicken in
der Kehle. »Und die Katze kam zurück?«

Drogan nickte. »Eine Woche später. Tatsächlich sogar an
dem Tag, als Dick Gage beerdigt wurde. Genau wie es in dem
alten Lied heißt. Die Katze kam zurück.«

»Sie hat einen Autounfall bei sechzig Meilen überlebt?
Kaum zu glauben.«

»Man sagt, jede Katze hat neun Leben. Als sie zurückkam …
da fragte ich mich, ob es nicht eine … eine …«

»Katze aus der Hölle?«, schlug Halston leise vor.

»In Ermangelung eines besseren Wortes, ja. Eine Art Dämon,
der geschickt wurde, um …«

»Sie zu bestrafen.«

»Ich weiß nicht. Aber ich habe Angst vor ihr. Ich füttere sie,
oder besser gesagt, meine Zugehfrau füttert sie. Sie mag das
Tier auch nicht. Sie sagt, dieses Gesicht sei ein Fluch Gottes.
Natürlich ist sie eine Hiesige.« Der alte Mann versuchte zu lächeln, aber es gelang ihm nicht. »Ich möchte, dass Sie die Katze töten. Ich habe die letzten vier Monate mit ihr gelebt. Sie
lauert in den Schatten. Sie sieht mich an. Sie scheint zu … warten. Jede Nacht schließe ich mich in meinem Zimmer ein und
frage mich trotzdem, ob ich nicht eines Morgens in aller Frühe
aufwache und sie … schnurrend … auf meiner Brust vorfinde.«

Der Wind pfiff einsam draußen und erzeugte ein seltsames, kläglich heulendes Geräusch in dem gemauerten Kamin.

»Schließlich setzte ich mich mit Saul Loggia in Verbindung. Er hat Sie empfohlen. Ich glaube, er nannte Sie einen Wolf.«

»Einen einsamen Wolf. Das bedeutet, ich arbeite allein.«

»Ja. Er sagte, Sie wären noch nie aufgeflogen oder auch nur in Verdacht geraten. Er sagte, sie scheinen immer auf den Füßen zu landen ... wie eine Katze.«

Halston sah den alten Mann im Rollstuhl an. Und plötzlich verweilten seine langen Finger und muskulösen Hände über dem Hals der Katze.

»Ich mache es gleich hier und jetzt, wenn Sie wollen«, sagte er leise. »Ich breche ihr das Genick. Sie wird nicht einmal merken –«

»Nein!«, rief Drogan aus. Er holte lange und bebend Luft. Farbe schoss in seine blassen Wangen. »Nicht ... nicht hier. Bringen Sie sie weg.«

Halston lächelte humorlos. Er streichelte Kopf und Hals der schlafenden Katze wieder sanft. »Na gut«, sagte er. »Ich nehme den Auftrag an. Möchten Sie den Kadaver?«

»Nein. Töten Sie sie. Begraben Sie sie.« Er machte eine Pause. Er beugte sich in dem Rollstuhl nach vorn wie ein steinalter Geier. »Bringen Sie mir den Schwanz«, sagte er. »Damit ich ihn ins Feuer werfen und zusehen kann, wie er verbrennt.«

Halston fuhr einen 1973er Plymouth mit serienmäßigem Cyclone-Spoiler-Motor. Das Auto war hochgelegt und abgeblockt, die Haube beim Fahren im Winkel von zwanzig Grad zur Straße geneigt. Differentialgetriebe und Heck hatte er selbst frisiert. Die Schaltung stammte von Pensy, die Kupplung von Hearst. Bei den Reifen handelte es sich um Breitreifen der Marke »Bobby Under Wide Ovals«, und die Höchstgeschwindigkeit lag bei knapp über einhundertsechzig.

Er verließ Drogans Haus kurz nach halb zehn Uhr abends. Die kalte Rinde der Mondsichel zog über zerrissenen Novemberwolken dahin. Er hatte alle Fenster geöffnet, weil der gelbliche Gestank von Alter und Todesangst sich in seiner Kleidung festgesetzt zu haben schien, und das gefiel ihm nicht. Die Kälte war beißend und schneidend, letztendlich wie betäubend, aber sie tat gut. Sie wehte den gelblichen Gestank fort.

Bei Placer's Glen verließ er die Mautstraße und fuhr mit vollkommen akzeptablen fünfunddreißig Stundenmeilen durch die ausgestorbene Stadt, die an der Kreuzung von einer einzigen, gelb blinkenden Ampel bewacht wurde. Als er die Stadt hinter sich gelassen hatte und auf der S. R. 35 fuhr, ließ er dem Plymouth etwas mehr Spielraum und gab Stoff. Der aufgemotzte Spoiler-Motor schnurrte so, wie die Katze an diesem Abend auf Halstons Schoß geschnurrt hatte. Halston lächelte grinsend. Sie fuhren knapp über siebzig durch die frostweißen Felder mit den skelettartigen Maisstauden.

Die Katze befand sich in einer doppelt verstärkten Einkaufstüte, die er oben mit einem dicken Hanfseil zugebunden hatte. Die Tüte lag auf der Rückbank auf der Beifahrerseite. Die Katze war schläfrig gewesen und hatte geschnurrt, als Halston sie in die Tüte verfrachtet hatte, und sie hatte die gesamte Fahrt über geschnurrt. Möglicherweise spürte sie, dass Halston sie mochte, und fühlte sich bei ihm geborgen. Die Katze war ein einsamer Wolf, genau wie er.

Seltsamer Auftrag, dachte Halston und stellte zu seiner Überraschung fest, dass er es tatsächlich als einen *richtigen* Auftrag betrachtete. Das Sonderbarste aber war womöglich, dass er die Katze tatsächlich mochte, sich ihr verbunden fühlte. Dass sie es geschafft hatte, die drei alten Mumien loszuwerden, sprach nur für sie ... besonders Gage, der sie nach Milford bringen wollte, wo sie eine tödliche Verabredung mit einem Tierarzt mit Bürstenschnitt gehabt hätte, der sie ohne jede Skrupel in eine emaillierte Gaskammer von der Größe eines Mikrowellenherdes gesteckt hätte. Er fühlte eine Verbundenheit, sah aber keine Veranlassung, den Auftrag abzulehnen. Er würde der Katze den Gefallen tun und sie schnell und schmerzlos töten. Er würde an einem dieser novemberkahlen Felder am Straßenrand halten, sie aus der Tüte holen und streicheln und ihr dann das Genick brechen und ihr den Schwanz mit seinem Taschenmesser abschneiden. Und den Kadaver, dachte er, werde ich ehrenvoll begraben und vor Aasfressern schützen; ich kann ihn nicht vor den Würmern bewahren, aber vor den Maden.

Diese Gedanken gingen ihm durch den Kopf, während er wie ein dunkelblaues Gespenst durch die Nacht glitt, und da lief ihm die Katze ins Blickfeld; sie stolzierte auf dem Armaturenbrett entlang, hatte den Schwanz arrogant in die Höhe gestreckt, wandte Halston das schwarz-weiße Gesicht zu und schien ihn mit dem Mund anzugrinsen.

»Psssst –«, zischte Halston. Er schaute nach rechts und konnte einen Blick auf die doppelt verstärkte Einkaufstüte werfen, in deren Seite ein Loch gebissen – oder gekrallt – worden war. Er sah wieder nach vorn … und da hob die Katze eine Pfote und schlug verspielt nach ihm. Die Pfote glitt über Halstons Stirn. Er zuckte zurück, und die breiten Reifen des Plymouth quietschten auf der Straße, als der Wagen unkontrolliert von einer Seite des schmalen Asphaltstreifens auf die andere schlingerte.

Halston schlug mit der Faust nach der Katze auf dem Armaturenbrett. Sie versperrte ihm die Sicht. Sie fauchte ihn an und machte einen Buckel, wich aber nicht. Halston holte wieder aus, aber statt zu fliehen, sprang das Tier ihn an.

Gage, dachte er. Genau wie bei *Gage*.

Er trat auf die Bremse. Die Katze klammerte sich an seinem Kopf fest, nahm ihm mit ihrem pelzigen Körper die Sicht, zerkratzte ihn, krallte nach seinen Augen. Halston hielt das Lenkrad verbissen fest. Er schlug die Katze einmal, zweimal, dreimal. Und plötzlich war die Straße weg, der Plymouth fuhr in den Straßengraben und wippte auf den Stoßdämpfern auf und ab. Dann warf der Aufprall Halston in den Sicherheitsgurt, und als letztes Geräusch hörte er das unmenschliche Wimmern der

Katze, die Stimme einer Frau unter Schmerzen oder in den Zuckungen des sexuellen Höhepunkts.

Er schlug mit den geballten Fäusten nach ihr und spürte nur das nachgiebige, federnde Gewebe ihrer Muskeln.

Dann der zweite Aufprall. Und Dunkelheit.

Der Mond war untergegangen. Es war eine Stunde vor der Dämmerung.

Der Plymouth lag inmitten von Nebelschwaden in einer Mulde. Ein Stück Stacheldraht hatte sich im Kühler verfangen. Die Haube war aufgesprungen, Dampfschwaden wehten aus dem gebrochenen Heizungssystem und verschmolzen mit dem Nebel.

Kein Gefühl in den Beinen.

Halston sah nach unten und stellte fest, dass die Kabine des Plymouth durch den Aufprall eingedrückt worden war. Die Rückseite des großen Cyclone-Spoiler-Motorblocks war gegen seine Beine geprallt und klemmte sie ein.

Draußen stieß in der Ferne eine Eule mit dem Krächzen eines Raubvogels auf ein kleines, wuselndes Beutetier herab.

Im Inneren, ganz nahe, das Schnurren der Katze.

Sie schien zu grinsen, genau wie Alices Cheshirekatze im Wunderland.

Vor Halstons Augen stand sie auf, machte einen Buckel und streckte sich. Mit einer plötzlichen, geschmeidigen Bewegung, wie wogende Seide, sprang sie auf Halstons Schulter. Halston versuchte, die Arme zu heben, um sie abzuwehren.

Er konnte die Arme nicht bewegen.

Wirbelsäulentrauma, dachte er. *Gelähmt. Vielleicht vorübergehend. Wahrscheinlich aber für immer.*

Die Katze schnurrte in seinem Ohr wie Donner.

»Geh weg von mir«, sagte Halston. Seine Stimme klang heiser und trocken. Die Katze verkrampfte sich einen Moment, dann wich sie zurück. Plötzlich hieb sie mit den Pfoten nach Halstons Wangen, und diesmal hatte sie die Krallen ausgefahren. Heiße, schmerzende Striemen bis zu seinem Hals. Und das warme Rinnsal von Blut.

Schmerzen.

Gefühl.

Er befahl seinem Kopf, sich nach rechts zu drehen, und der Kopf gehorchte. Einen Moment war sein Gesicht in glattem, trockenem Fell vergraben. Halston schnappte nach der Katze. Sie gab einen erschrockenen, missfälligen, kehligen Laut von sich – *mau!* – und sprang auf den Sitz. Sie starrte wütend und mit angelegten Ohren zu ihm herauf.

»Damit hast du nicht gerechnet, was?«, krächzte Halston.

Die Katze riss das Maul auf und fauchte ihn an. Als er das seltsame, schizophrene Gesicht vor sich sah, konnte Halston verstehen, warum Drogan sie für eine Katze aus der Hölle gehalten haben mochte. Sie –

Sein Gedankengang brach ab, als er ein dumpfes, kribbelndes Gefühl in beiden Händen und Unterarmen spürte.

Gefühl. Es kam wieder. Nadelstiche und Kribbeln.

Die Katze sprang ihm mit ausgefahrenen Krallen fauchend ins Gesicht.

Halston machte die Augen zu und den Mund auf. Er biss in den Bauch der Katze, erwischte aber nur Fell. Die Katze hatte die Krallen der Vorderpfoten in seine Ohren geschlagen und grub sie hinein. Die Schmerzen waren ungeheuer, grell, stechend. Halston versuchte, die Hände zu bewegen. Sie zuckten, aber vom Schoß konnte er sie nicht heben.

Er beugte den Kopf nach vorn und schüttelte ihn hin und her wie ein Mann, dem Seife ins Auge gekommen ist. Die Katze klammerte sich fauchend und maunzend fest. Halston konnte Blut über seine Wangen fließen spüren. Das Atmen fiel ihm schwer. Die Katze hatte ihm die Brust auf die Nase gedrückt. Durch den Mund konnte er etwas Luft bekommen, aber nicht viel. Und was er bekam, wurde durch das Fell gefiltert. Seine Ohren fühlten sich an, als wären sie mit Feuerzeugbenzin übergossen und angezündet worden.

Er riss den Kopf zurück und schrie vor Schmerzen auf – er musste sich die Halswirbelsäule verletzt haben, als der Plymouth aufgeprallt war. Aber die Katze hatte nicht mit der Gegenbewegung gerechnet und flog davon. Halston hörte, wie sie auf der Rückbank landete.

Blut lief ihm ins Auge. Er versuchte wieder, die Hände zu bewegen und eine zu heben, damit er das Blut abwischen konnte.

Die Hände zitterten in seinem Schoß, aber es gelang ihm immer noch nicht, sie zu bewegen. Er dachte an seine .45er Special im Halfter unter seinem linken Arm.

Wenn ich an das Teil rankomme, Kätzchen, geht der Rest deiner neun Leben den Bach runter.

Das Kribbeln wurde stärker. Dumpfe, pochende Schmerzen in seinen Füßen, die unter dem Motorblock begraben und mit Sicherheit gebrochen waren, Kribbeln und Stechen in den Beinen – sie fühlten sich genau wie eingeschlafene Gliedmaßen an, wenn das Blut wieder durch sie strömt. In diesem Augenblick waren Halston seine Füße egal. Ihm genügte zu wissen, dass seine Wirbelsäule nicht gebrochen war, dass er sein Leben fortan nicht als lebloser Klumpen Körper an einem sprechenden Kopf verbringen musste.

Vielleicht hatte ich selbst noch ein paar Leben übrig.

Kümmere dich um die Katze. Das war das Wichtigste. *Dann raus aus dem Wrack* – vielleicht würde jemand vorbeikommen, damit wären beide Probleme auf einen Streich gelöst. Um halb fünf Uhr morgens schien das auf einer Nebenstraße wie dieser nicht gerade besonders wahrscheinlich zu sein, aber auch nicht völlig undenkbar. Und –

Und was machte die Katze da hinten?

Er hatte sie nicht gern im Gesicht, aber hinter sich, wo er sie nicht sehen konnte, hatte er sie auch nicht gern. Er versuchte es mit dem Rückspiegel, aber der war nutzlos. Durch den Unfall war er verschoben und zeigte nur das Gras der Mulde, in der das Auto gelandet war..

Ein Geräusch hinter ihm wie das leise Reißen von Stoff.

Schnurren.

Katze aus der Hölle, von wegen. Sie ist da hinten eingeschlafen.

Aber selbst wenn nicht, selbst wenn sie irgendwie einen Mord plante, was konnte sie tun? Sie war ein mageres kleines Ding, wog tropfnass wahrscheinlich keine vier Pfund. Und bald ... bald würde er die Hände wieder so weit bewegen können, dass er an seine Waffe rankam. Er war ganz sicher.

Halston saß da und wartete. Das Gefühl strömte allmählich wieder als Kribbeln in seinen Körper ein. Absurderweise (vielleicht auch als natürliche Reaktion darauf, dass er dem Tod so nahe gewesen war) bekam er eine oder zwei Minuten eine Erektion. *Dürfte momentan ziemlich schwierig sein, mir einen runterzuholen*, dachte er.

Im Osten wurde ein schmaler Streifen der Dämmerung am Himmel sichtbar. Irgendwo sang ein Vogel.

Halston versuchte es wieder mit den Händen und schaffte es, sie fünf Millimeter zu bewegen, ehe sie in den Schoß zurückfielen.

Noch nicht. Aber bald.

Ein leises Poltern auf dem Rücksitz hinter ihm. Halston drehte den Kopf und sah in das schwarzweiße Gesicht, die glühenden Augen mit den großen, dunklen Pupillen.

Halston redete mit der Katze.

»Ich habe noch nie einen Auftrag vermasselt, den ich angenommen habe, Kätzchen. Das könnte mein erster sein. Ich bekomme wieder Gefühl in den Händen. Fünf Minuten, höchstens zehn. Soll ich dir einen Rat geben? Spring zum Fenster raus. Sie sind alle offen. Geh und nimm deinen Schwanz mit.«

Die Katze starrte ihn an.

Halston versuchte wieder, die Hände zu bewegen. Er konnte sie heftig zitternd heben. Einen Zentimeter. Zwei Zentimeter. Er ließ sie schlaff zurückfallen. Sie rutschten von seinem Schoß auf den Sitz des Plymouth. Dort glommen sie blass wie große tropische Spinnen.

Die Katze sah ihn grinsend an.

Habe ich einen Fehler gemacht? fragte er sich verwirrt. Er war ein instinktiver Mensch, und das Gefühl, dass er einen gemacht hatte, war plötzlich überwältigend. Dann spannte die Katze den Körper, und noch während sie zum Sprung ansetzte, wurde Halston klar, was sie vorhatte, und er machte den Mund auf, um zu schreien.

Die Katze landete mit ausgefahrenen Krallen in Halstons Schoß und schlug zu.

In diesem Augenblick wünschte sich Halston, er *wäre* gelähmt gewesen. Die Schmerzen waren gigantisch, grauenhaft. Er hätte sich nie träumen lassen, dass es solche Schmerzen auf der Welt geben konnte. Die Katze war eine fauchende Sprungfeder nackter Wut und krallte nach seinen Hoden.

Nun schrie Halston *tatsächlich*, riss den Mund weit auf, und da änderte die Katze die Richtung und sprang auf sein Gesicht, auf seinen Mund. Und in diesem Augenblick wusste Halston auch, dass es mehr als nur eine Katze war. Es war etwas, das von bösartiger, mörderischer Absicht beseelt war.

Er konnte einen letzten Blick auf das schwarz-weiße Gesicht unter den angelegten Ohren, auf die hasserfüllten Augen einer Irren werfen. Sie hatte drei alte Leute aus dem Weg geschafft, und nun würde sie John Halston aus dem Weg schaffen.

Die Katze schoss in seinen Mund wie ein pelziges Projektil. Er würgte daran. Die Katze bewegte die Vorderpfoten und schredderte seine Zunge wie ein Stück Leber. Sein Magen drehte sich um, er musste sich übergeben. Das Erbrochene lief ihm in die Luftröhre und erstickte ihn.

In dieser Extremsituation überwand sein Lebenswille endlich die Lähmung durch den Aufprall. Er hob langsam die Hände, um die Katze zu packen. *O Gott*, dachte er.

Die Katze zwängte sich immer tiefer in seinen Mund, machte den ganzen Körper flach, schob sich immer weiter und weiter hinein. Er spürte, wie sein Kiefer immer weiter und weiter aufgerissen wurde, damit sie Platz hatte.

Er wollte sie ergreifen, herausziehen, zerstören ... bekam aber mit den Händen nur den Schwanz der Katze zu fassen.

Irgendwie hatte sie den ganzen Körper in seinen Mund gezwängt. Ihr seltsames schwarz-weißes Gesicht musste direkt in seinem Hals feststecken.

Ein schrecklich belegter Würgelaut entrang sich Halstons Kehle, die anschwoll wie ein Stück flexiblen Gartenschlauchs.

Er zuckte am ganzen Körper. Die Hände fielen ihm wieder in den Schoß, die Finger trommelten sinnlos auf den Oberschenkeln. Seine Augen wurden milchig, dann glasig. Blicklos starrten sie durch die Windschutzscheibe des Plymouth in die beginnende Dämmerung.

Fünf Zentimeter buschigen Schwanzes ragten aus seinem offenen Mund heraus ... halb schwarz, halb weiß. Der Schwanz zuckte träge hin und her.

Und verschwand.

Irgendwo schrie wieder ein Vogel. Danach brach die Dämmerung in atemloser Stille über den frostbedeckten Feldern des ländlichen Connecticut an.

Der Farmer hieß Will Reuss.

Er war auf dem Weg nach Placer's Glen, um die Prüfplakette seines Lastwagens erneuern zu lassen, als er die Vormittagssonne auf etwas in der Mulde am Straßenrand funkeln sah. Er fuhr rechts ran und sah den Plymouth in einem trunkenen, schiefen Winkel im Graben liegen; Stacheldraht hatte sich in dem Kühler verfangen wie ein aus Stahl gestricktes Zähnefletschen.

Er arbeitete sich nach unten vor und holte tief Luft. »Jemineh«, murmelte er in den klaren Novembertag. Ein Mann saß stocksteif hinter dem Lenkrad und sah mit glasigen Augen blicklos in die Ewigkeit. Den würde die Roper-Organisation nie wieder an ihrer Abstimmung zum Präsidenten teilnehmen lassen. Sein Gesicht war blutverschmiert. Er hatte den Sicherheitsgurt noch umgelegt.

Die Fahrertür klemmte, aber es gelang Reuss, sie mit beiden Händen aufzubekommen. Er lehnte sich in das Wageninnere und öffnete den Sicherheitsgurt, um nach einem Ausweis zu suchen. Als er gerade in die Manteltasche greifen wollte, bemerkte er, dass sich das Hemd des Toten dicht oberhalb der Gürtelschnalle bewegte. Sich bewegte … und aufblähte. Blutflecken erblühten darauf wie düstere Rosen.

»Um Himmels willen!« Er hob die Hand, packte das Hemd des Toten und zog es hoch.

Will Reuss sah hin – und schrie.

Über Halstons Nabel war ein unebenmäßiges Loch in die Haut gekrallt worden. Das blutüberströmte Gesicht einer schwarzweißen Katze mit riesigen, aufgerissenen Augen schaute heraus.

Reuss taumelte kreischend rückwärts und schlug die Hände vor das Gesicht. In einem angrenzenden Feld stob krächzend ein Schwarm Krähen in die Höhe.

Die Katze zwängte ihren Körper aus der Öffnung und streckte sich obszön räkelnd.

Dann sprang sie zu dem offenen Fenster hinaus. Reuss konnte noch sehen, wie sie durch das hohe, abgestorbene Gras stapfte, dann verschwand sie.

Sie schien es eilig zu haben, erzählte er später dem Reporter einer Lokalzeitung.

Als hätte sie noch etwas zu erledigen.

Ray Vukcevich hat Geschichten an *Aboriginal SF,
Asimov's Science Fiction Magazine, Fantasy and Science Fiction, Pulphouse* und andere verkauft. Er ist wis-
senschaftlicher Mitarbeiter am Institute of Cognitive
and Decision Sciences der Universität von Oregon und
arbeitet momentan an einem Roman.
»Fangen« ist eine merkwürdige kleine Story, die in einer
Welt angesiedelt ist, die Ähnlichkeit mit unserer hat,
und doch auch wieder nicht.

Fangen

Dein Gesicht, sage ich, ist heute Morgen ein wildes Tier, Lucy, und ich bin froh, dass es im Käfig ist. Ihr Zähnefletschen ist so starr, ich kann mir kaum vorstellen, dass sie je ohne gewesen ist. Das gelbliche Haar bildet einen zerzausten Heiligenschein um die Drahtmaske herum. Meine Bemerkung missfällt ihr.

Ich weiß, was ich getan habe. Ich weiß nur nicht, warum sie so angepisst ist, und da ich es nicht weiß, ich unsensibles altes Arschloch, wird sie es mir ganz sicher nicht sagen.

Sie hebt die Katze über den Kopf und wirft das Tier nach mir. Wirft ganz fest. Ich fange die Katze auf und schleudere sie aus der Unterhand zu ihr zurück. Die Katze ist oben grau und unten schneeweiß und so gut wie reglos; die Augen sind in den Kopf zurückgedreht, und die belegte Zunge hängt schlaff aus dem Mundwinkel. Ich weiß aus Erfahrung, dass sie bald sterben wird; dann wird ihr Alarmkragen losgehen und einer von uns wird sie in den Graben werfen, der zwischen uns verläuft. Ein frisches, wütendes Bündel mit Zähnen und Krallen wird aus der Klappe in der Decke fallen, und dann werden wir die neue Katze zwischen uns hin und her werfen, bis unsere Staffel zerbricht und jemand unsere Plätze einnimmt. Es geht darum, das Tier vierundzwanzig Stunden am Tag in Bewegung zu halten.

In diesem Beruf tragen wir Leinenhemden und Handschuhe und Drahtgitter vor den Gesichtern. Manchmal träume ich, wir hätten unsere Jobs verloren, Lucy und ich. Welch ein Albtraum. Was können wir denn anderes?

Mein Ersatzmann kommt hinter mir herein. Er nimmt den Reisigbesen, taucht ihn in das Wasser des Grabens, der durch die Wurfbox verläuft, und wischt die Fäkal- und Urinspuren von Wänden und Decke. Einen Augenblick später ertönt der

Summer, worauf er den Besen wieder in die Ecke stellt. Ich trete zur Seite, und Lucy wirft ihm die Katze zu. Ich schlüpfe aus der Box in die Katakombe meiner fünfzehnminütigen Pause, bevor ich in die nächste Box hineinmuss.

Lucy und ich arbeiten den ganzen Tag lang eine Stunde mit jeweils fünfzehn Minuten Pause dazwischen. Wenn wir von einer Wurfbox in die nächste gehen, kreuzen sich unsere Wege immer wieder einmal. Ich bin etwa eine halbe Stunde nicht synchron mit ihr, gerade lange genug, dass sie eine richtige Wut entwickelt.

Die Katakombe ist ein Labyrinth breiter Tunnel mit Betonkabinen. Ein Metallrohr verläuft von der Decke zur Oberseite jeder Box. Die Boxen sind alle gleich groß, und in jeder Box hängt eine Glühbirne, aber da nicht alle Glühbirnen funktionieren, gibt es Lücken in der grellen Lichterkette. Die Boxen sind kleine Zimmer mit einer Holztür auf jeder Seite, damit die Fänger ausgetauscht werden können, ohne die Würfe zu unterbrechen. Die Betonwände der Tunnel sind, genau wie die Betonwände der Boxen, schwarzweiß gestreift und von perlender Feuchtigkeit überzogen. Die Böden bestehen aus aufgerautem Beton. Alles riecht nach nassem Stein und Tod.

Also was habe ich getan?

Als Lucy sich heute Morgen für die Arbeit angezogen hat, spielte ich mit Megan, unserem Säugling, warf sie in die Luft, fing sie wieder auf und pustete ihr auf den Bauch, während sie mich an den Haaren zog und kicherte, bis sie Schluckauf bekam.

Als Lucy hereinkam, warf ich ihr das Baby in hohem Bogen quer durch das Zimmer zu. Megan flog mit einem perfekten Salto rückwärts durch die Luft. Lucy wurde leichenblass. Sie fing Megan auf und drückte das Baby an die Brust.

»Gut gefangen«, sagte ich.

»Wage es nicht«, sagte Lucy mit belegter und drohender Stimme, »wage es nicht, das noch einmal zu tun, Desmond! Niemals.«

Dann stapfte sie hinaus und nahm Megan mit.

Was sollte das? Ich hatte genau gewusst, es war vollkommen unmöglich, dass Lucy sie nicht fangen würde. Sie ist ein Profi. Ich verließ mich darauf, dass sie die Liebe meines Lebens, meinen Augenstern, Daddys kleines Mädchen auffangen würde, und das hielt ich für ein verdammt großes Kompliment. Aber Lucy wohl nicht. Sie ließ es mich sogar nicht einmal erklären, sondern sagte stattdessen nur: Ach, halt den Mund, Desmond, halt einfach nur den Mund, und danach fuhren wir stumm und übellaunig zur Arbeit, während unsere verletzten Gefühle wie ein Sack zerbrochener Spielsachen zwischen uns lagen.

Jetzt spricht sie nicht mit mir. Es wird ein langer Tag werden.

Der Summer ertönt, ich betrete die nächste Box. Ich tue meine Pflicht mit dem Besen, und als der Summer wieder ertönt, trete ich die Nachfolge des anderen Fängers an. Die Katze ist ein fauchendes, orangerotes Monster; ich habe alle Hände voll zu tun. Bei einem derart frischen Tier erinnert die Wurftechnik ein wenig an Volleyball. Man möchte nicht länger als nötig in der Nähe dieses Dings sein.

Als Lucy wieder den Platz mir gegenüber einnimmt, habe ich meinen Rhythmus gefunden und kann der Katze hin und wieder sogar etwas Drall geben. Ich muss sie Lucy zuwerfen. Sie fängt mühelos, und schon wenig später fliegt das Tier reibungslos zwischen uns hin und her.

Die Tiere durchlaufen verschiedene Stadien, während wir sie werfen und fangen. Zuerst Trotz, dann Widerstand, gefolgt von Resignation, dann Verzweiflung und schließlich dem Tod. Dieses hier befindet sich höchstwahrscheinlich im Stadium des Widerstands, es kämpft nicht ungestüm, sondern wartet auf eine Gelegenheit, etwas Schaden anzurichten. Ich lege eine Hand auf die Brust der Katze, die andere auf ihre Kehrseite, und werfe sie Lucy in sitzender Haltung zu. Sie will sich nicht übertrumpfen lassen und schickt mir das Tier immer noch sitzend, aber auf den Kopf gestellt zurück. Vielleicht haben die albernen

Stellungen das Wunder bewirkt. Wie auch immer, ich kann spüren, wie das Tier ins Stadium der Resignation übergeht.

Ich werfe die Katze, sodass sie sich überschlägt, ein klägliches Wimmern ausstößt und einen Speichelfaden hinter sich herzieht. Ob Lucy je wieder mit mir reden wird?

»Okay, es tut mir Leid«, sage ich und füge mich darin, dass ich möglicherweise nie genau wissen werde, was genau mir nun eigentlich Leid tut.

Ich sehe, wie ihr Tränen in die Augen steigen, sie zaudert und lässt die Katze um ein Haar fallen. Ich möchte zu ihr. Ich möchte sie trösten, weiß aber, es wird einige Zeit dauern, bis wir beide gleichzeitig Pause haben, und da wird mir plötzlich klar, dass es bis dahin zu spät sein wird. Bis dahin wird es schlicht und einfach keine Rolle mehr spielen.

Mein Nachfolger kommt herein und wischt auf. Dann ertönt der Summer. Ich trete beiseite.

Lucy weint nicht mehr.

Ich greife nach der Türklinke.

Steven Spruill   wurde 1946 in Battle Creek, Michigan, geboren. 1976 fing er an zu schreiben und brachte es auf vier Sciencefictionromane und eine Novelle. Seit 1990 hat er die Medizin-Thriller *Painkiller* (dt. *Schmerzkiller*), *Before I Wake* (dt.: *Psychokill*) und *My Soul To Take* geschrieben. *Rulers of Darkness* (dt.: *Sohn der Nacht*), ein moderner Vampir-Roman/Medizin-Thriller, wurde 1995 veröffentlicht. Außerdem hat er rund ein halbes Dutzend Kurzgeschichten geschrieben. Er und seine Frau haben die ganzen fünfundzwanzig Jahre ihrer Ehe über Katzen gehabt.

Spruills Metier ist der flotte, temporeiche Thriller. »Humane Gesellschaft« zeigt dieselbe Begabung auch im Bereich der Kurzgeschichte.

Humane Gesellschaft

Es erboste Dr. Paula Parks, dass sie sich ihnen nie ohne Angst stellen konnte. Sie konnte die Angst auch jetzt wieder spüren, wie sie anschwoll und gegen ihre Magenwände drückte, als sie den kurzen, schmalen Flur entlang zur Arrestzelle ging. Der Wachmann sah sie durch den Diamanten des schalldämpfenden Glases an. Das Klirren des Schlüssels, der im Schloss herumgedreht wurde, jagte ihr einen eiskalten Schock über den Rücken. Absurd. Was Louis Wingo auch immer getan haben mochte, da drinnen konnte er ihr nichts anhaben. Und bald würde er sein, wo er gar keinem mehr etwas anhaben konnte.

Paula dachte an Susan. Dreizehn Jahre alt, ging zur Tür hinaus, um in Ginger's Market eine Backmischung zu kaufen. Sie hatte vor, ihre Mutter zu überraschen, wenn sie von der Arbeit nach Hause kam. Susan sagte zu ihr: »Nein, Paula, du bleibst zu Hause und machst die Backform fertig«, und sie hielt sich daran, nicht nur, weil sie erst neun war, sondern weil sie alles getan hätte, was Susan sagte. Susans rotes Haar wogte in der Sonne, als sie den Bürgersteig entlanglief. Nur vier Blocks bis zu Ginger's Market, aber es war das letzte Mal, dass sie jemand sah. Außer ihrem Mörder.

Okay, dachte Paula. Sie reckte die Schultern und betrat die Arrestzelle, wobei sie sich des Stakkatoklangs ihrer Absätze auf dem Beton deutlich bewusst war. Wingo, der wie alle Häftlinge einen neongrellen orangefarbenen Overall trug, saß auf der anderen Seite der Maschendrahtbarriere. Er hatte sich wie immer von ihr abgewandt. Im Profil passte sich sein rastloser, muskulöser Körper starr den rechten Winkeln des Stuhls an. So saß er jedes Mal, weigerte sich, sie anzusehen, und sah statt dessen zu dem hohen, vergitterten Fenster auf seiner Seite der Trennwand, als könnte er unter Aufbietung seiner Willenskraft zu diesem Fenster hinaus in die Freiheit schweben. Erleichterung, dass er heute wieder nicht imstande schien, sie anzusehen, riss vorübergehend ein Loch in ihre Angst, sodass sie ihm seltsam kühl und unbeteiligt entgegentreten konnte. Jeder, der nicht wusste, wer Louis Wingo war, hätte ihn für gut aussehend gehalten. Dichtes, schwarzes Haar, eine gesunde Bronzefarbe, die engelsgleiche Schönheit eines Luzifers, der gerade aus dem Himmel verstoßen worden ist. Wieso war er so sicher, dass ihn jede lebende Frau abweisen würde?

Ihr blieben nur noch sieben Tage, um das herauszufinden.

Paula stellte den Tragekorb auf ihrer Seite der Trennwand auf die Ablage. Der Wachmann öffnete ihn, holte Rip heraus und reichte ihn durch die kleine Öffnung in dem Maschendrahtgitter. Rip gab ein lautes Miauen zur Begrüßung von sich, und Louis Wingo drehte sich um und nahm ihn. Sein Mund blieb ausdruckslos, aber er sah die Katze mit größter Konzentration an. Er zog Rip an die Brust und vergrub die Nase in dem schwarzen und orangefarbenen Fell. Rip duldete es einen Moment, dann fing er an zu zappeln. Wingo setzte ihn sofort ab. Der Kater lief in der Betonkabine herum, schnupperte in den Ecken und versuchte, die Pfote unter dem Spalt der Tür hinter Wingo durchzuschieben. Wingo beobachtete jede seiner Bewegungen, und Paula ebenfalls. Sie verliebte sich zusehends in die Katze und hasste es, sie hierher zu bringen, aber nur so war Wingo überhaupt bereit, mit ihr zu reden.

Und schließlich gehörte Rip Wingo.

Seltsam, dass Wingo so sehr an der Katze hing. Misshandlung von Tieren gehörte häufig zum psychologischen Profil von Serienmördern. Andererseits konnte Wingo kaum in die Mäuse und Nagetiere vernarrt gewesen sein, deren Knochen man in seinem Apartment gefunden hatte. Offenbar hatte er sie gekauft und freigelassen, damit er zusehen konnte, wie Rip sie jagte und tötete.

Die Katze ging zu ihrem Besitzer zurück und rieb sich an Wingos Beinen. Rip wich ein wenig zurück und schnupperte an dem orangefarbenen Hosenbein. Der Kater kniff die Augen zusammen und machte den Mund etwas auf, damit er den Geruch kosten konnte. Sein verzückter Gesichtsausdruck erinnerte Paula an sein Herrchen. Sie fragte sich, was er so gebannt schnupperte. Sie konnte lediglich den durchdringenden Kieferngeruch von Desinfektionsmittel riechen, der von den Poren des Betonbodens aufstieg wie der Geruch von einem Leichnam.

»Sieht aus, als hätte er zugenommen«, sagte Wingo. Seine Stimme klang leise, tonlos vor Depressionen. Paula fröstelte. Sie wusste, warum er deprimiert war, und zwar nicht nur, weil er in der Todeszelle saß. Es lag daran, dass er ohne das gehen musste, was er am meisten liebte.

»Das Tierheim füttert ihn gut«, sagte sie.

»Ich wünschte, Sie würden ihn selbst nehmen, Doktor.«

»Ich sagte Ihnen schon, das kann ich nicht.«

»Sie können nicht oder wollen nicht?«

»Ich bin viel unterwegs. Es wäre dem Haustier gegenüber nicht fair.«

»Rip ist kein Haustier. Wenn Sie hart genug daran arbeiten würden, wäre er damit zufrieden, Ihr Freund zu sein. Er ist sehr unabhängig. Stellen Sie ihm einfach etwas Futter hin. Oder noch besser, bauen Sie eine Katzentür in ihre Hintertür ein, dann geht er hinaus und sucht sich sein Futter selbst.«

Sirenen ertönten in ihrem Kopf. Wie kam Wingo darauf, dass sie auf dem Land lebte? Hatte er irgendwie sie ausgeforscht, während sie ihn ausforschte?

Sie sagte: »Ich sagte Ihnen doch, ich wohne in einem Apartment im zwanzigsten Stock.«

»Ja, das sagten Sie.«

Einen Moment schien es, als würde er sie ansehen, aber nein, sein Blick streifte ihr Gesicht lediglich auf dem Weg zur Decke. Manchmal wünschte sie fast, er würde sie ansehen. Wenn er sie echt ignorieren würde, wäre das eines, aber er war sich ihrer Anwesenheit offenbar akut bewusst. Ihm entging keines ihrer Worte. Sie musste aufhören, vor dem Abend Parfüm aufzulegen, denn vor vier Wochen hatte sie gesehen, wie er es inhalierte, die Nasenlöcher blähte und einen Ausdruck zwischen Schmerz und Verzückung in den halb geschlossenen Augen hatte.

Paula stellte ihren Sony auf den Tisch und drückte RECORD. »Letztes Mal sprachen wir darüber, wie Sie Ihre Opfer ausgesucht haben.«

»Tatsächlich?«

»Machen Sie keine Schwierigkeiten, Louis. Ich halte mich an meinen Teil der Abmachung.«

»Was wird aus Rip?«

Paula unterdrückte ein Seufzen. Sie wollte nicht über die Katze sprechen. Wenn Wingo erriet, was sie wegen Rip bereits unternommen hatte, blieb ihr nichts mehr zum Verhandeln, falls er sich wieder abschottete. Nächste Woche, wenn alle Sitzungen zu Ende waren und sie erfahren hatte, was sie konnte, würde sie es ihm sagen. Bis dahin war es das Beste, sich an ihr Drehbuch zu halten. Sie sagte: »Das Tierheim hat eingewilligt, Rip bis dreißig Tage nach … Vollzug Ihrer Strafe zu behalten. Er ist ein wunderschöner Kater. Ich bin sicher, jemand wird ihn nehmen.«

»Und wenn ihn niemand will?«

»Würden sie ihn einschläfern.«

»Wie mich«, sagte Wingo mit tonloser Stimme. »Die humane Gesellschaft.«

»Es wird sehr human sein, ja.« Über wen redete sie, Rip oder Wingo? In Wingos Fall würde der erste Anspruch der Gesellschaft auf Humanität den Frauen gelten, die er töten würde, sollte er je wieder auf freien Fuß kommen. Auch ohne Bewährung bestand immer Fluchtgefahr. Louis Wingo war schon einmal aus Attica ausgebrochen. Vier Frauen hatten deswegen sterben müssen.

Wingo sagte: »Wenn das Tierheim ein Zuhause für Rip findet, werden sie ihn vorher kastrieren?«

Paula verspürte einen Anflug von Missfallen, doch dann fiel ihr ein, dass Louis keinen Grund hatte, durch die Blume zu sprechen. »Ja, sie werden ihn kastrieren.«

»Lassen Sie das nicht zu.« Die tonlose Stimme klang plötzlich schneidend. »Er hat nichts getan. Er folgt nur seiner Natur.«

»Haben Sie das auch gemacht?«

»Ja. Aber ich bin nicht klein und niedlich. Ich habe kein hübsches, weiches Fell.«

Paula sah zum Recorder und vergewisserte sich, dass sich die Spulen noch drehten. »Glauben Sie, das Leben eines Menschen ist nicht anders als das einer Maus?«

»Natürlich nicht. Eine Maus ist unschuldiger. Und Mäuse übervölkern die Erde nicht.«

»Also sind Sie nur ein Raubtier, eine Art großer Kater ohne Fell, der dazu beiträgt, das Bevölkerungswachstum zu begrenzen.«

Wingo hob und senkte die Schultern und stieß einen langen Seufzer aus. »Machen Sie sich über mich lustig, Doktor?«

Paula schluckte. Einen Moment war ihre Kehle so trocken, dass sie nicht schlucken konnte. Sie konnte ihr Herz in der Brust schlagen spüren. Doch mit der Angst kam ein seltsames Hochgefühl. Bei Gott, ja. Sie *hatte* sich gerade über ihn lustig gemacht. Und das tat gut. »Warum haben Sie diese Menschen getötet, Louis?«

»Doktor, sind Sie wirklich so dumm? Denn in dem Fall hätte es keinen Sinn, dass wir uns unterhalten.«

»Wenn ich dumm bin, warum machen Sie mich dann nicht schlau?«

»Ich glaube, Sie wissen bereits, warum ich sie getötet habe.«

»Weil Sie es wollten.«

Einen Moment sah er ihren Mund an. Seine Augen waren schwarz und leblos wie Knöpfe. Paula spürte, wie kalte Affenklauen der Angst sich in ihre Schultern gruben. Sie merkte, dass sie nicht richtig Luft bekam. Sie atmete lang und tief durch, aber ganz leise, damit er es nicht merkte.

»Sie sagen ›wollten‹, als wäre es eine Laune«, murmelte Wingo. »Sagen Sie mir, Doktor, was wünschen *Sie* sich am meisten auf der Welt? Das Eine, wofür Sie alles andere aufgeben würden?«

»Wir sind nicht hier, um über mich zu sprechen.«

»Nicht einmal, wenn Sie so Ihre Antworten bekommen?«

Paula versuchte, ihren Widerwillen zu beherrschen. Bildete sich dieser Mörder, diese Bestie in Menschengestalt, tatsächlich ein, er hätte etwas mit ihr gemeinsam? Sie wollte ihm nichts von sich geben, keine Trophäen wie Unterwäsche und Fotos, wie die Polizei sie unter einer Bodendiele im begehbaren Wandschrank gefunden hatte.

»Ihr Ärzte seid alle gleich«, sagte Wingo leise. »Ihr sondiert uns und analysiert uns, dabei seid ihr blind. Erhöhtes Auftreten von Hirnverletzungen, sagt ihr. Gewalttätige Väter und Mütter, die uns nicht behütet haben. Ihr seht die ganzen Nicht-Mörder um euch herum nicht, die auch gewalttätige Väter und gleichgültige Mütter hatten – die Priester und Lehrer, wie ich zu behaupten wage, die Psychiater. Ihr schreibt, wir seien von unterdurchschnittlicher Intelligenz. Dabei vergesst ihr, dass die Gruppe, die ihr studiert, nur aus denjenigen von uns besteht, die ihr zu *fassen* bekommt.«

Dich haben wir zu fassen bekommen, oder nicht? Wollte Paula sagen, aber die Worte blieben ihr im Halse stecken. Sie hatte ihn schon einmal aufgezogen. Selbst hier drinnen, wo er nur noch sieben Tage zu leben hatte, war Wingo kein Mann, den man verspotten konnte. Und er hatte Recht. Ob es auf Klugheit oder Glück zurückzuführen war, manche seiner Gruppe wurden nie gefasst. Wie derjenige, der Susan vor so vielen Jahren ermordet hatte. Paula sah Wingo an. Ich wünschte, du wärst es gewesen, dachte sie. Ich würde kommen und dich sterben sehen.

»Was wünschen Sie sich mehr als alles andere, Doktor? Es erfordert Mut, hierher zu kommen und bei mir zu sitzen. Sie verabscheuen mich. Ich mache Ihnen Todesangst. Und dennoch sind Sie hier.«

Paula spürte, wie der Druck in ihrer Brust sich dem Siedepunkt näherte. »Wenn ich herausfinden könnte, warum Sie so sind, wie Sie sind«, sagte sie, »wenn ich verhindern könnte, dass es auch nur einem einzigen anderen Mann zustößt, könnte ich viele Frauen retten.«

Wingo nickte weise. »Sie möchten diejenige sein, die den Kode von Serienmördern knackt. Nicht schlecht. Aber mir ist es irgendwie zu … abstrakt. Wen versuchen Sie wirklich zu retten? Sich selbst? Versuchen Sie, Ihre Ängste zu überwinden?«

Paula sah ihn an. Er schaute wieder zum Fenster hinaus, in eine andere Welt, aber gleichzeitig auch direkt in ihren Kopf.

»Sie sind so wunderschön«, sagte Wingo. »Ich würde gern mit Ihnen spielen, wenn ich Sie von Ihrer Angst geheilt habe. Wir könnten gute Freunde sein. Bis sie anfangen zu riechen.«

Paula nickte dem Wärter zu. Er drückte einen Knopf, die Tür hinter Wingo ging auf. Ein zweiter Wärter kam herein, schnappte sich Rip und reichte ihn durch das Gitter. Paula setzte die Katze in den Tragekorb und ging hinaus. Sie übergab sich erst, als sie wohlbehalten draußen auf dem Flur stand.

Als Paula sich an diesem Abend in ihrer warmen, hellen Küche in Sicherheit befand, stellte sie überrascht fest, dass sie Hunger hatte. Sie putzte Romanescusalat in der Spüle und genoss, wie ihr das Wasser seidig über die Hände floss. Die Maistauden auf dem nördlichen Feld leuchteten vor ihrem Fenster wie geschmolzenes Gold in der untergehenden Sonne. Ein rotes Ahornblatt blieb auf dem Weg nach unten am Fliegengitter kleben. Sie schnupperte und nahm den Cidregeruch überreifer Äpfel wahr. Jedes Jahr nahm sie sich vor, sie zu pflücken, aber wenn die Zeit kam, war sie immer mit Arbeit beschäftigt, sodass die Äpfel zu Boden fielen und im hohen Gras verfaulten. Nun ja, sie mochte den Geruch.

Paula machte einen Salat mit Schalotten, Romanescu und den großen Fleischtomaten, die sie auf dem Heimweg an einem Straßenverkauf in Hickory Corners mitgenommen hatte. Als es dunkel wurde, sehnte sie sich nach einer menschlichen Stimme und schaltete den Fernseher auf dem Tresen ein. Sie holte das Hähnchen von gestern heraus und stellte es in die Mikrowelle. Eine tolle Erfindung, die Mikrowelle. In keiner ländlichen Küche sollte eine fehlen …

Und wie kam Louis Wingo auf die Idee, dass sie irgendwo wohnte, wo sie seine Katze zum Jagen hinauslassen konnte?

Ganz ruhig, Paula, sagte sie sich. In sieben Tagen spielt das überhaupt keine Rolle mehr.

Sie holte eine gekühlte Flasche weißen Bordeaux aus dem Kühlschrank und setzte sich an den Tisch. Der Salat war köstlich, das Hähnchen weniger, da es sie an Wingos Irrglauben erinnerte, er sei auch nur ein natürliches Raubtier, wie seine Katze. Natürlich stimmte das nicht. Katzen jagten und töteten ihresgleichen nicht. Katzen konnten lieben – geben und empfangen. Und Louis Wingo mochte kein Fell haben, aber sein Äußeres war nicht das Hässliche an ihm –

»…floh vor wenigen Stunden aus Attica«, hörte sie im Fernseher und wusste sofort, dass es Wingo war. Ihre Gabel fiel klirrend zu Boden. Sie betrachtete das Stück Hähnchen, das sie mit den Zinken aufgespießt hatte. Stahlbänder legten sich um ihre Brust.

»…nicht Wingos erster Ausbruch«, sagte der Sprecher. »Vor zwei Jahren nahm er einen Wärter als Geisel und …«

Mit einem Mal konnte Paula ihre Lähmung abschütteln. Sie rannte zum Telefon und wählte. Besetzt. Hektisch drückte sie die Wahlwiederholung, noch einmal, noch einmal –

»Wachlokal.«

Sie erkannte die Stimme von Edwina Rees, die für die Öffentlichkeitsarbeit zuständig war. »Edwina, hier spricht Paula Parks. Er wird hierher kommen.«

»Dr. Parks?«

»Ja. Ich bin zu Hause. Louis Wingo wird hierher kommen.«

»Einen Augenblick, Doktor.«

Paula sah sich panisch in der Küche um. Hol dir ein Messer, dachte sie. Das große Tranchiermesser aus der dritten Schublade. Ihr Blick wanderte zum Fenster über die Spüle. *O Gott, offen!* Sie ließ den Hörer fallen, rannte zum Fenster und zerrte am Griff. Feuchtigkeit hatte den Rahmen aufquellen lassen, das Fenster bewegte sich keinen Millimeter. Sie stieß grunzend dagegen, und da knallte es herunter. Die Eingangstür – hatte sie abgeschlossen?

»…Dr. Parks? Dr. Parks?« Eine blecherne Stimme aus dem baumelnden Telefonhörer.

Sie riss den Hörer an sich. »Ja?«

»Hier spricht Wärter Pelosi. Ich habe die State Police schon verständigt. Sie sind auf dem Weg zu Ihrem Haus. Schließen Sie alle Türen und Fenster. Haben Sie ein Zimmer mit Telefon, dessen Tür Sie abschließen können?«

Die Frage erforderte Nachdenken, sie musste nachdenken, sie konnte nicht nachdenken – das Schlafzimmer. »Ja.«

»Gut. Legen Sie nicht auf, lassen Sie nur den Hörer liegen. Gehen Sie einfach in das Zimmer, das Sie abschließen können. Nehmen Sie dort ab. Bleiben Sie in der Leitung –«

Die Verbindung wurde unterbrochen, während sie den Hörer hielt. Eben hatte die Verbindung noch bestanden, hatte Töne und Wärme und Leben übermittelt, und dann brach sie ab wie ein Tunnel, der durch einen Einsturz verschlossen wurde. »Wärter? Wärter?«

Paula unterdrückte ein Schluchzen, ließ den Hörer fallen und rannte zur Schublade. Sie zerrte so heftig daran, dass die Schublade aus der Laufschiene gerissen wurde. Messer und Schöpfkellen und Löffel rutschten klirrend über die Fliesen. Auf Händen und Knien wühlte sie panisch in dem Durcheinander und versuchte, den schwarzen Griff des Tranchiermessers zu finden.

»Suchen Sie das hier?«

Sie schrie und wich zurück, bis sie mit den Fersen gegen den Küchenschrank stieß. Er stand unter dem großen Torbogen zum Esszimmer. Er hielt das große Messer ans Licht, aber die toten Knopfaugen, die sie im Gefängnis stets gemieden hatten, waren nun ausschließlich auf sie gerichtet. Ihr Blick war gierig. Sie rang keuchend nach Luft. Sand schien ihre Lungen zu füllen. Er kam auf sie zu. »Jetzt haben Sie Angst, aber bald werden Sie keine mehr haben. Keine Bange, ich werde sie nicht aufschlitzen, wenn Sie mich nicht dazu zwingen. Das ist nicht mein Stil.«

Nein, dachte sie. Erwürgen ist dein Stil. »Die P-p-polizei ist auf dem Weg.«

Er lächelte. »Guter Versuch, Doktor. Aber an Sie werden die gar nicht denken. Letztes Mal bin ich per Anhalter gefahren und in den ersten beiden Stunden hundert Meilen weit gekommen. Davon werden sie wieder ausgehen.«

Sie konnte seinen Worten keinen Sinn abgewinnen. Seine Augen machten Worte überflüssig, diese schrecklichen, starren Augen, mit denen er sie jetzt, wo er wusste, dass er sie haben konnte, ohne Unterlass anstarrte. Sie versuchte, auf die Beine zu kommen. Sie spürte, wie er die Hände in ihr Haar krallte und sie in die Höhe zog. Sie schlug mit den Fäusten um sich, hämmerte auf seine Brust. Er lachte. Sie trat nach ihm, traf sein Schienbein. Er wirbelte sie herum und drückte ihr den Arm auf den Hals. Sein Schweiß drang ihr in die Nase, ein grässlicher Bocksgeruch. Sie spürte, wie er sie über den Boden zerrte, und dann sah sie ihrer beider Spiegelbild in dem schwarzen Küchenfenster. Er sah ihr direkt ins gespiegelte Gesicht, und sie spürte, wie er ihr mit dem Arm den Hals zudrückte. *Ich werde sterben, bitte hilf mir, Susan, SUSAN –*

»Miiiauuuu.«

Der Griff um ihren Hals wurde gelockert. Wingo wirbelte sie

herum, sodass sie dem Fenster den Rücken zudrehten. Durch einen roten Nebel sah sie Rip durch das Besteck auf dem Boden zu der Stelle gehen, wo ihre Gabel lag. Zimperlich riss er das Stück Hähnchen los, kaute es und kniff die Augen zu schmalen Schlitzen des Wohlbehagens zusammen.

»Rip!«, sagte Wingo. »Sie haben Rip aufgenommen.«

Paula verspürte einen verzweifelten Anflug von Hoffnung. »Ja. Ich habe ihn aufgenommen. Ich werde ihn behalten. Aber wenn Sie mich töten, dann *wird* er ins Tierheim kommen. Er wird sterben. Oder sie werden ihn kastrieren.«

Sie spürte, wie Wingo sich an sie drückte, aber der Druck auf ihren Hals ließ weiter nach. »Wissen Sie, Doktor, so lange habe ich noch nie eine Frau gehalten, ohne sie zu töten.«

Rip fraß das Hähnchen auf, kam herüber und rieb sich an Wingos Knöchel. Dann rieb er sich an Paulas Knöchel. Sie konnte ihn schnurren hören. Rip wie Jack the Ripper.

Rip wie Rip Van Winkle.

»Er schläft gern den ganzen Nachmittag«, sagte sie. Ihre Stimme klang sehr schrill. Sie zwang sich, tiefer zu sprechen, das Zittern zu unterdrücken. »Gegen Sonnenuntergang geht er dann gern hinaus.«

»Und geht jagen«, sagte Wingo. »Bringt er Ihnen denn auch Mäuse mit?«

»Manchmal.«

»Was machen Sie dann?«

»Ich lobe ihn und gebe ihm eine Belohnung. Im Katzenbuch steht, dass man das tun soll. Er versucht, einem etwas Wertvolles zu geben, dafür darf man ihn nicht bestrafen. Ich werfe die Mäuse in den Müll, aber nur, wenn er es nicht sieht.«

»Ich könnte Rip mitnehmen«, sagte Wingo nachdenklich.

»Auf der Flucht? Er würde Sie aufhalten. Wenn sie ihn hier nicht finden, werden sie wissen, dass Sie ihn mitgenommen haben. Die Polizei kann die Leute auffordern, nach einem Mann Ausschau zu halten, der mit einer Katze reist. Und was wird aus ihm, wenn Sie erwischt werden? Letztes Mal ist ihnen das gelungen, und sie werden es wieder schaffen ...« Paulas Zähne klapperten. Sie biss die Kiefer zusammen. »In der Scheune leben zwei Katzenweibchen«, sagte sie. »Ich glaube, dass Rip nachts nicht nur jagt.«

Wingo seufzte. Sie spürte, wie er mit dem ganzen Körper gegen sie sackte. »Ich will dich so sehr. Aber es gibt noch andere Frauen auf der Welt. Ich bin wieder frei. Ich kann jede haben, die ich will.« Sie erschauerte, als sein Atem ihr Ohr streifte. Nein, dachte sie wütend. Mich nicht, und auch keine andere Frau.

»Versprechen Sie mir, dass Sie ihm nie ein Glöckchen umhängen.«

»Ja.«

»Sie lassen ihn nie kastrieren?«

»Ich verspreche es.«

»Sie behalten ihn, bis er an Altersschwäche stirbt?«

»Das hätte ich sowieso gemacht. Er ist ein lieber Kater.«

Wingo lachte, ein kurzer, bellender Laut, der rau in ihrem Ohr klang. »Er ist ein Killer, genau wie ich.«

Und dann war er fort, zur Tür hinausgerannt. Paula sank auf die Knie und schluchzte vor Angst und Erleichterung. Eine Stimme schrie durch ein Megafon: »*State Police. Halt, oder wir schießen*«, dann hörte sie ein lautes Poltern, gefolgt von einem Höllenlärm von Gewehrschüssen. Rip rannte in Panik davon, rutschte aber mit Krallen und Pfoten auf den glatten Fliesen ab. Schließlich schaffte er es, Halt zu finden, rannte die Treppe hinauf und verschob in seinem panischen Bemühen, unter das Bett zu kommen, den Teppich auf jeder einzelnen Stufe.

Später, als der Leichnam weggebracht und die Polizisten gegangen waren, hob Paula das durcheinander gewirbelte Besteck vom Boden auf und legte es in die Spülmaschine. Sie hatte immer noch Angst, aber nicht mehr so sehr. Er wollte mich, dachte sie, und jetzt ist er tot. Ich bin noch da. Und einige andere Frauen auch. Sie wünschte sich, sie hätte gewusst, wen er getötet haben würde. Nur ihre Namen, damit sie sie aus der Ferne beobachten konnte, wie sie ihre Kinder abholten, Lebensmittel einkauften oder voller Pläne, was sie noch alles erledigen mussten, zur Arbeit fuhren.

Rip rieb sich an ihrem Bein, ging zur Tür und miaute, damit sie ihn hinausließ.

Joel Lane wurde 1963 in England geboren und wuchs in Birmingham, England, auf, wo er heute als freier Lektor und Autor arbeitet. Seine Kurzgeschichten erschienen in *Ambit, Panurge, Critical Quarterly*, den preisgekrönten Anthologien *Darklands* und *Darklands 2, Sugar Sleep, Little Deaths* (dt: *Fieber*) und anderswo. Eine Auswahl seiner Gedichte wurde in *Private Cities* veröffentlicht, einem Sammelband mit drei Dichtern von Stride Publications. Die Kurzgeschichtensammlung *The Earth Wire* kam bei Egerton Press heraus und wurde mit dem British Fantasy Award ausgezeichnet. Lane arbeitet an einem Roman mit dem Titel *Neighborhood Watch*.

»Kratzen« spielt in den bildhaft geschilderten Teilen von England, die Margaret Thatcher geschaffen hat – graue Viertel von Armut, Gewalt und Depression. Lane hat mehrere futuristische Geschichten in diesem Milieu angesiedelt.

Hier versucht ein junger Mann, mit Hilfe einiger Freunde zu überleben. Die stärkste und möglicherweise wichtigste Bindung hat er zu seiner Katze, einem Tier, das viele als Inbegriff des Einzelgängers ansehen.

Joel Lane
Kratzen

Wissen Sie, dass ich mich nicht an den Namen erinnern kann, den meine Mom ihr gegeben hat? Ich erinnere mich nur an meinen geheimen Namen für sie, Sara. Ohne »h«. Das war der Name meiner Schwester. Verstehen Sie mich nicht falsch, ich versuchte nicht, so zu tun, als *wäre* sie meine Schwester. Es sei denn, man verändert etwas, indem man ihm einen anderen Namen gibt. Aber nicht einmal das glaube ich. Ich glaube nur, dass es Muster gibt. Wie Musik oder Rache oder Liebe.

Meinen Vater habe ich nie gekannt. Falls doch, dann wusste ich nicht, dass er es war. Meine Mom hat ihn auch nur ein paar Stunden gekannt. Er gab ihr keine Telefonnummer, daher konnte sie sich nicht mit ihm in Verbindung setzen, als sie herausfand, dass sie schwanger war. Über ihn sagte sie immer nur zu mir, dass Männer, die nicht genug Verstand haben, ein Kondom zu benützen, nicht zu Eltern taugen würden. Darüber musste ich lachen. Saras Dad blieb ein wenig länger, ein paar Monate, glaube ich. Daher war sie eigentlich in Wirklichkeit meine Halbschwester. Aber sie nannte mich immer ihren Bruder. Sie war rund achtzehn Monate älter als ich.

Wir lebten auf einem Landgut in Oldbury. Oldbury ist eine hübsche Stadt, aber die Landgüter gehören nicht dazu: Sie liegen inmitten der Fabriken und Kraftwerke, wo ununterbrochen Verkehr herrscht, es aber keine Geschäfte oder Häuser gibt. Es gab zwei große Landgüter. Eines war eine Straße mit drei oder vier Stockwerken identischer Würfel, wie etwas aus dem Kindergarten. Heute sind sie alle eingestürzt oder ausgebrannt, fast niemand lebt mehr dort. Das andere war eine Gruppe von turmartigen Wohnsilos auf einer Müllhalde am Hang. Dort hausten wir. Im neunten Stock. Alle Fenster hatten Drahtgitter, um das Glas zu schützen. In dem Gebäude war es zu jeder Jahreszeit kalt.

Nach meiner Geburt bekam meine Mom Depressionen und musste behandelt werden. Eine Weile halfen die Nachbarn, nach uns zu sehen. Danach hatte sie eine Operation, damit sie nicht mehr schwanger werden konnte. Menschen unterscheiden sich dahingehend von Katzen, dass sie immer weiterficken, ob sie Babys machen können oder nicht. Viele verschiedene Männer hielten sich in der Wohnung auf, als Sara und ich klein waren. Manchmal nur eine Nacht, manchmal Wochen. Einer kam und ging etwa ein Jahr lang. Ich wusste, er war verheiratet, weil er und meine Mom ständig darüber stritten, was er tun würde: Seine Frau verlassen oder nicht. Er verließ sie nicht.

Manche Männer brachten meiner Mom Geschenke. Aber sie ging nie auf den Strich. Manche nahmen etwas mit, ich meine abgesehen davon, was sie alle nahmen. Ich kann zu unseren vielen Daddys nur eines sagen, normalerweise blieben sie nie länger, als sie willkommen waren. Aber einer schon. Das passierte, als Sara acht war. Sie ging nicht zur Schule, weil sie die Grippe hatte. Ich ging gerade in die örtliche Grundschule, dieselbe, die sie auch besuchte. Als ich nach Hause kam, waren Polizisten in der Wohnung. Mom war ganz blass. Sie versuchte, eine Tasse Tee zu trinken, aber ihre Hände zitterten zu sehr. Wenn sie etwas sagte, klang ihre Stimme heiser, als hätte sie stundenlang geschrien. Ich kann mich nicht erinnern, was sie sagte. Als ich ins Nebenzimmer gehen wollte, wo die Betten von Sara und mir standen, hielt mich ein Polizist auf.

Sie haben ihn nie erwischt. Mom hat sich nie verziehen, dass sie ihn auf Sara aufpassen ließ, wenn sie zur Arbeit ging. Ich mochte ihn: Er war nett zu mir und Sara gewesen. Ich nahm an, dass er es war. Als ich nach der Beerdigung wieder in die Schule ging, schienen alle mehr darüber zu wissen als ich. Ich lernte zwei neue Wörter: *vergewaltigt* und *erdrosselt*. Aber niemand redete groß mit mir. Kinder, die auf mir herumhackten, hatten Angst, böse zu wirken; Kinder, die freundlich zu mir waren, hatten Angst, etwas Falsches zu sagen. Oder sie glaubten, dass ich Unglück bringen würde. Mom sagte auch nicht viel. Sie sprach nur von der Chance, ihn zu finden, und was sie dann tun würde. Sie fing an, solche Sachen wie Messer, Rasierklingen und Glasscherben zu sammeln. Manchmal breitete sie sie auf dem Tisch aus, betrachtete sie und prüfte ihre Schärfe, indem sie sich den Arm damit aufritzte. Ich konnte nur an Sara denken. Jeden Tag, wo immer ich war, konnte ich sie lächeln sehen, ihre Stimme hören, wenn sie einen Witz erzählte, ihre Hände spüren, wenn sie mich am Morgen wachrüttelte. Alles war zu hell, wie das, was man sieht, wenn man Fieber hat.

Lange Zeit kamen keine Männer mehr. Jeden Dienstag kam eine Sozialarbeiterin und unterhielt sich mit meiner Mom. Ein paar Mal unterhielt sie sich mit mir allein. Fragte mich, ob ich anderswo glücklicher wäre. Ich wusste es nicht. Mom hatte mir gesagt, wenn ich in Fürsorge gebracht würde, würde ich wahrscheinlich geschlagen und missbraucht werden. Ich wurde eine Zeitlang zur Adoption angeboten, aber niemand wollte mich haben. Später lernte ich, wenn man irgendeine Scheiße durchgemacht hat, dann wollen einen die Leute nicht mehr, weil man nicht mehr unschuldig ist. Die meisten Menschen wollen Unschuld, weil sie Unwissenheit mögen. Manche Menschen wollen Unschuld, damit sie sie missbrauchen können. Ich war weder unwissend noch unschuldig. Ich war irgendwie abgeschottet. Wenn ich heute zurückblicke, wird mir klar, dass ich drei Jahre mit fast niemandem gesprochen habe.

Ausgenommen Sara. Das heißt, die Katze. Meine Mom hat sie gekauft, damit sie mir in der Wohnung Gesellschaft leistet. Der Stadtrat wollte uns umquartieren, aber überall, wohin sie uns bringen konnten, war es schlimmer. Wären wir aus der Gegend weggezogen, hätte es meine Mom schwerer gehabt, ihren

Job zu behalten und sich um mich zu kümmern. Sie verpackte nur an einem Fließband, aber Arbeitslosigkeit wurde in Black Country zu einem echten Problem.

Die Katze war ein kleines Weibchen. Sie war überwiegend schwarz, mit einigen wenigen weißen Flecken: obere Gesichtspartie, Vorderpfoten und Schwanz. Und diese schmalen, graugrünen Augen, die einen immerzu beobachteten. Meine Mom stellte ihr ein Katzenklo auf den Treppenabsatz. Ein Wohnsilo ist ein verflucht beschissener Platz für ein Haustier, aber die Katze schaffte es, sich zurechtzufinden. Trotz der Alarmanlagen, mit denen Fremde aus den Gebäuden ferngehalten werden sollten. Sie streifte oft auf dem Gelände herum und brachte manchmal tote Mäuse oder Spatzen mit, bis meine Mom ihr das austrieb. In der Wohnung saß sie nur wenige Schritte von mir entfernt vor dem elektrischen Kaminfeuer und machte gar nichts. Sterilisierte Katzen sind normalerweise so. Ich glaube, sie hat der menschlichen Rasse nie verziehen, dass sie ihr die Identität genommen hat.

Die Leute sagen, es gibt keine domestizierte Katze, und das trifft auch zu. Besonders auf Weibchen. Was immer man ihnen zu fressen gibt, sie jagen trotzdem. Wenn sie einem etwas bringen, das sie gefangen haben, ist das kein Geschenk. Es ist eine Lektion. Sie versuchen, einem etwas beizubringen, als wäre man ein Kätzchen. Und wenn sie sich an einem reiben, ist das keine Liebe: Sie drücken einem ihren Geruch auf, um einen als Bestandteil ihres Territoriums zu markieren. Die Welt einer Katze ist voll von Territorien, Freunden und Feinden, sicheren Wegen und gefährlichen Wegen. Mustern.

Ich weiß nicht, warum ich angefangen habe, sie Sara zu nennen. Oder warum sie mich so ins Herz geschlossen hat. Manchmal folgte sie mir durch die ganze Wohnung und kam mit ins Freie, wenn ich einen Spaziergang machte oder etwas einkaufen ging. Nachts rollte sie sich oft am Fußende meines Betts zusammen. Ich gewöhnte mich an ihr fast völliges Schweigen und die lautlose Art, mit der sie sich bewegte. Ohne sie fühlte ich mich – nicht allein, weil ich mich immer allein fühlte, sondern so, als wäre ich gar nicht da. Meine Mom ließ mich Sara nur zu gern füttern. Sie hatte andere Probleme, die ihr Kopfzerbrechen bereiteten. Männer kamen und gingen, wie vorher auch, aber nun war häufig kreischendes Gezänk mitten in der Nacht zu hören und das Poltern von Sachen, die geworfen oder zerschmettert wurden. Manchmal war Blut in der Diele, wenn ein Mann verletzt gegangen war. Manche schlugen zurück – sie wurde zweimal ins Krankenhaus eingeliefert. Ich drückte mir das Kissen auf die Ohren und blieb still liegen, und Sara hatte sich wie eine Art Schutzengel an der anderen Seite der Decke zusammengerollt. Meine Mutter schien allmählich im Ruf zu stehen, verrückt zu sein, denn die Männer kamen immer seltener und seltener.

Jahre vergingen, und es änderte sich nicht viel. Uns beiden schien es zu genügen, dass wir einfach weiterleben konnten. Aber das stimmte nicht. Manchmal ist es einfacher, Opfer als Zeuge zu sein.

Als ich die Grundschule in Warley besuchte, kam ich viel öfter aus der Wohnung heraus. Ich ging nach Birmingham und schlenderte einfach herum, machte Schaufensterbummel oder drückte mich mit gerade genug Geld, dass ich mir eine Dose Cola kaufen konnte, in Musik- oder Videogeschäften herum. Am Abend war es besser, da konnte ich Sara mitnehmen – außer im Bus – und Freunde besuchen oder im Stadtzentrum herumhängen und Leute beobachten. Es war ein wenig wie Kabelfernsehen: so viele verschiedene Gesichter und Stimmen, wie man wollte. Es fiel mir schwer, außerhalb der Schule Freunde zu finden. Mein Alter schreckte einige Leute ab und lockte andere an, die ich nicht mochte. Aber ich war gut zu Fuß und konnte mich prima verstecken. Im Geiste sah ich ein Bild vor mir, das einer großen Familie, von Leuten, die zueinander gehörten, aber zu sonst niemandem.

Meine Mom gewöhnte sich daran, dass ich an Wochenenden

wegblieb. Manchmal schlief ich bei Freunden auf dem Fußboden oder in Gästebetten. Mädchen meines Alters mochten mich, weil ich still war und erwachsen wirkte. Sex machte ich nicht viel. Ein wenig. Mit dreizehn ist das irgendwie seltsam, als würde man zu einer Musik tanzen, die man noch nie vorher gehört hat. Ich war gerne in Gruppen, wo man beisammen saß und in einem Zimmer schlief, dann konnte ich spüren, wie ich von einem Verstand zum nächsten glitt. Die Schule war Zeitverschwendung. Mein Lehrer nannte mich den Unsichtbaren, weil er mich nie zu Gesicht bekam. Ich war kein Rebell, es war mir nur einfach egal. Aber als sie den Schulpolizisten ein paar Mal geschickt hatten und meine Mom an die Decke ging, musste ich versuchen, sie alle glücklich zu machen. Nicht, dass sie je etwas von mir erwartet hätten. Es war ein Zirkus: Sägemehl auf dem Boden des Klassenzimmers.

Richtig gut gefiel mir, nachts durch die Stadt zu schlendern. Oder zwischen den Städten – Industrieparks und Umgehungsstraßen und Uferwege von Kanälen. Mit Sara. Durch sie sah ich Dinge, die ich selbst nicht sehen konnte. Telefonkabel, die wie Netze zwischen den Gebäuden gespannt waren. Glasscherben an eingeschlagenen Fenstern. Teile von Stromgeneratoren, die vor sich hinrosteten. Tiere, die auf dem Boden herumwuselten, bis der Regen sie festnagelte. Das Silber. Das Rot. Ich machte unter Torbogen Halt, schlief ein, erwachte mit einer Erektion und einem Mund voll Staub. Weinend. Ich fand eine Packung Zigaretten und rauchte alle, um mich aufzuwärmen. Diese Nächte schienen ewig zu dauern, und ich hasste sie, wollte aber nicht, dass sie aufhören.

Eines Nachts auf dem Snow Hill. Ich stand vor Hamley's, dem großen Spielwarenladen, der vor ein paar Jahren zugemacht hat. Heute steht das Gebäude nicht mehr. Aber damals gab es noch das große Schaufenster mit Spielsachen und Plakaten und so weiter. Die Straße war ruhig, nur ein paar Kinder mit benommenen Gesichtern warteten auf den Abendbus, und ein Obdachloser wühlte in den Mülltonnen. Dann sah ich die

Mäuse im Fenster, die in einer Reihe gingen. Eine Mutter und sechs Junge. Ein schriller Laut ertönte, als würde jemand in weiter Ferne schreien. Die Mäuse verschwanden in der Wand. Einige Augenblicke später kam die Mäusemutter in Straßenhöhe aus einem Abluftrohr gekrochen. Die Jungen folgten ihr.

Das Schreien ertönte hinter mir. Es war Sara. Sie kauerte auf einer niederen Mauer, jenseits der Grasnabe am Zugang zur U-Bahn. Das Maul hatte sie weit aufgesperrt, ihre Schultern bebten vor Anspannung. Sie folgte den Mäusen mit ihrem Blick, als sie langsam eine nach der anderen herauskamen. Als würden sie in einem Schneesturm marschieren. Sara sprang in das Gras, wo dicht an der Mauer eine Abflussrinne verlief. Die Mäusemutter balancierte linkisch am Rand der Rinne dahin und fiel. Sara schlug nur einmal zu. Ein Junges nach dem anderen folgte. Mir fiel ein, dass ich sie bisher noch nie töten gesehen hatte. Erst als die gesamte Mäusefamilie tot am Boden lag, fing sie an zu fressen. Und die hohe, dünne Stimme verstummte.

Ein Junges hob sie für mich auf. Nein, ich aß es nicht. Als ich Mikki davon erzählte, nannte sie Sara den Rattenfänger von Hamleys. Aber das war viel später. Als ich versuchte, dorthin zurückzukehren, von wo ich geflohen war.

Ein paar Tage nach dem Vorfall bei Hamleys verbrachte ich die Nacht bei einem Fremden in Birmingham. Meine Mom und ich kamen nicht gut miteinander aus, daher wollte ich nicht nach Hause. Aber ich hatte kein Geld und seit dem Abend zuvor nichts mehr gegessen. Es wurde schon spät. Ich saß auf der Mauer eines Parkhauses und beobachtete Sara, wie sie versuchte, einen Star zu fangen. Als der Vogel schließlich auf das Dach eines chinesischen Restaurants flog, bemerkte ich den Kerl, der mich ansah. Er war gerade dabei, in sein Auto einzusteigen – einen weißen Metro. Es war mir wirklich peinlich, als ich ihn fragte, ob er ein Pfund erübrigen könnte. Er kam näher und sah nervös drein. Sogar, als hätte er Angst, aber nicht vor mir. Er war etwa vierzig, kurz geschnittenes, dunkles Haar, Brille.

»Hast du Hunger?«, fragte er. Pause. »Möchtest du vielleicht eine Pizza essen?« Ich überließ Sara sich selbst. Er fragte nicht nach meinem Alter, und ich wollte ihn nicht verschrecken, indem ich es ihm sagte. Damals war ich vierzehn, sah aber älter aus, weil ich so viel Zeit auf der Straße verbrachte. Ich schlang die Pizza hinunter (Schinken, Peperoni und schwarze Oliven), und da fragte er mich, ob ich mitkommen wollte, was trinken. Im Auto sagte ich ihm, dass ich einen Schlafplatz für die Nacht brauchte. Sein Gesicht strahlte vor Erleichterung.

Es war anders, als mit einem Mädchen ins Bett zu gehen. Eigentlich nicht, weil er ein Mann war, sondern mehr, weil es nicht darum ging, was wir miteinander teilen konnten – es ging um seine Macht über mich und meine Macht über ihn. Diesbezüglich besaß ich einen untrüglichen Instinkt. In den letzten Augenblicken schien ich mich selbst zu sehen wie in einem Spiegel: über ihn gebeugt, die Fingernägel in seine Seiten gekrallt, den Kopf gesenkt wie eine Katze, die Milch aufleckt. Als ich aufwachte, schlief er tief und fest neben mir im Bett. Es dämmerte noch nicht, aber ich konnte gut sehen. Meine Kleidungsstücke lagen auf einem Haufen am Boden. Daneben lagen seine Jeans halb unter dem Bett. Ich filzte die Taschen: fünfundzwanzig Pfund und etwas Kleingeld. Ich nahm einen Zehner und überlegte mir, vielleicht merkte er gar nicht, dass er beraubt worden war. Und wenn doch, würde er begreifen, dass ich nicht aus Habgier, sondern aus Not gehandelt hatte. Als ich den Kopf hob, konnte ich sehen, dass er mich beobachtete. Ich steckte das Geld ein und verließ die Wohnung. Irgendwie fand ich den Weg in die Stadt zurück. Sara fand mich binnen einer Stunde. Ich bekam den ganzen Tag den Geschmack nicht aus dem Mund, was ich auch aß oder trank. Danach verlangte ich immer Geld.

Ich war derjenige, der sie fand. An einem kalten, stillen Tag im März. Ich war kurz nach Einbruch der Dämmerung nach Hause gekommen und gleich ins Bett gegangen. Als ich gegen drei

Uhr aufstand, war es still in der Wohnung. Ich machte die Heizung an, sah fern und fragte mich, wohin meine Mom gegangen sein könnte. Es war Sonntag, normalerweise hätte sie hier sein sollen. In letzter Zeit hatte sie gedroht, mich loszuwerden, mich als *entfremdet* einstufen zu lassen. Die Wohnung war ein einziges Durcheinander. Ich dachte mir, wenn ich mit dem Staubsauger durchgehen würde, könnte das ihre Laune verbessern. Als Letztes wollte ich das Schlafzimmer meiner Mom saugen. Dort lag sie bewusstlos auf dem Bett. Kein Atem. Kein Herzschlag. Als ich merkte, wie kalt sie war, gab ich die Wiederbelebungsversuche auf.

Sie sagten mir, dass sie an einer Überdosis Morphium gestorben war. Fragten mich, ob sie süchtig gewesen sei. Ich sagte nein, obwohl ich es eigentlich gar nicht wusste. Die Polizei setzte sich mit ihrer Schwester in Bromsgrove in Verbindung, die ich vorher noch nie gesehen hatte. Sie war wie eine ältere, dickere Version meiner Mom. Lebte mit ihrem Mann in einem kleinen Terrassenbau, keine Kinder. Sie kümmerten sich eine Weile um mich und Sara. Ich weinte nicht bei der Beerdigung, erst ein paar Tage später, als ich allein zum Friedhof ging. Plötzlich fiel mir ein, wie es anfangs gewesen war, bevor meine Schwester starb. Auch ihr Grab war dort. Als ich es fand, fing ich an zu weinen, dann zu schreien. Eine Art von weißer Lähmung wuchs in meinem Kopf wie Narbengewebe. Ich fiel auf Hände und Knie. Dann schlug ich mir selbst ins Gesicht, bis ich die Grabsteine nur noch verschwommen sah. Ich flehte meine Mom an, sie möge mir verzeihen, dass ich ihr nicht geholfen hatte. Die einzige Antwort waren die Schreie in meinem Kopf. Es war ein ruhiger Morgen, hell und richtig kalt.

Eine Woche später wurde ich in eine private Herberge in Birmingham verlegt. So eine Art Tagesstätte für Kinder mit »Problemen«. Alle Zimmer waren in einer Art Froschgrün gestrichen, mit feuchten Flecken darauf, wie Warzen. Die Fenster waren winzig. Auf den Treppen lag immer Abfall, aber niemand machte sich die Mühe, ihn wegzuschaffen. Küche und

Bäder waren alle verwahrlost, nichts funktionierte richtig. Das Haus wurde von drei dicken Männern geleitet, die den ganzen Tag hinter einer dicken Glasscheibe in ihrem Büro herumsaßen und einander erzählten, was für Helden sie einst beim Raufen und Ficken gewesen waren.

Wenigstens hielt ich mein Zimmer sauber. Ich hatte ein paar alte Fotos und Bilder, die ich in der Schule gemalt hatte. Ich zündete billige Kerzen an und stellte mir vor, ich würde in einem Keller unter einer ausgebombten Stadt sitzen. Weil ich erst fünfzehn war, kam jede Woche eine Sozialarbeiterin vorbei, um nach mir zu sehen und sich zu vergewissern, dass ich zur Schule ging. Sie hasste das Gebäude auch. Die meisten anderen Kinder waren älter als ich und völlige Schwachköpfe. Langsam, meine ich. Oder sie waren aus Langeweile oder vom Lösungsmittelschnüffeln so geworden. Oder sie hatten zu sehr Angst, sich der Welt zu stellen. Ein paar waren gefährlich. Einer bedrohte mich mit einem Messer und zwang mich, ihm einen zu blasen. Jedes Mal, wenn ich dort mit einem ging, schien ich danach einen Tripper oder die Krätze oder eine nicht ganz versehentliche Verletzung zu haben. Ich sammelte Entschuldigungen, wie andere Leute leere Flaschen sammeln. Da war es schon viel besser, nachts in den Schlepptaupfad des Kanals zu gehen. Dort gab es eine riesige gemauerte Brücke mit Alkoven halb voll Geröll. Da runter kam die Polizei nie. Manche Männer waren betrunken und ungeschickt, andere fast romantisch. Ich sah auf das schwarze Wasser und stellte mir vor, dass ich durch den Tunnel in das leuchtende Rot und Silber der Dämmerung schwamm.

Am meisten hasste ich an dem Heim, dass sie mich Sara nicht behalten ließen. Ich musste sie bei Mikki lassen, einer Schulfreundin. Mikki war der einzige Mensch, dem ich so sehr vertraute, dass ich ihr von Sara erzählte. Sie kamen gut miteinander aus. Normalerweise war Sara immer argwöhnisch, außer bei mir, aber sie ließ sich ohne Probleme in Mikkis Haus nieder. Ich schätze, jeder braucht ein Zuhause. Mikki und ich hatten uns immer nahe gestanden, aber die unterschiedliche Scheiße, die wir durchmachen mussten, verhinderte, dass wir etwas miteinander anfingen. Sie ging gern mit älteren Jungs aus, die Jobs und Motorräder und so hatten. Sie schmissen sie immer wieder raus oder schwängerten sie. Sie war ein Jahr älter als ich, hatte kräftige Wangenknochen und ein Spinnwebtattoo auf einer Seite am Hals. Ich wusste, sie kam überhaupt nicht mit ihren Eltern aus. Mit vierzehn war sie durch das Haus gegangen und hatte sämtliche Fensterscheiben eingeschlagen. Um der Wahrheit den Weg zu öffnen, hatte sie gesagt. »Du landest im Irrenhaus«, hatte ihre Mom zu ihr gesagt. Sie antwortete: »Vorher musst du mich aus diesem hier rauswerfen.« Da hatte ihr Dad sie verprügelt. Sie hatte nie wieder etwas in dem Haus kaputt gemacht.

Als ich sechzehn wurde, schmiedete ich Pläne, mir einen Job zu suchen und auszuziehen. Sobald mein Schuljahr zu Ende ging. Dann stand Mikki mit Sara und einem großen Koffer vor meiner Tür. Sagte mir, sie sei rausgeflogen. Ich schröpfte einen Nachbarn, der mir was schuldete, um ein paar Dosen Bier, und wir führten ein langes Gespräch. Wir schliefen zum ersten Mal miteinander. Als wir am Morgen aufwachten, lag Sara zusammengerollt zwischen uns auf der Decke. Das war wie ein Zeichen. Die Familie.

Aber wir hatten beide keinen Job. Ein paar Wochen blieben wir bei Freunden von Mikki im obersten Stock eines Hauses in Balsall Heath. Ich konnte Gelegenheitsarbeiten im Bull Ring Market bekommen, wo ich am Abend die Ställe sauber machte. Wir saßen in der üblichen Falle – kein Job ohne festen Wohnsitz, kein fester Wohnsitz ohne Job. Wenigstens war die Schule nicht mehr hinter mir her. Wenn man sechzehn ist, ist man denen scheißegal. Man qualifiziert sich nicht einmal mehr für Wohltaten. Als wäre man nicht mehr der Unschuldige, sondern das Problem. Inzwischen war es Frühsommer, daher hatten wir wenigstens nicht mehr das Problem mit der Kälte. Inzwischen war Sara daran gewöhnt, sich selbst zu versorgen.

Es gab nur eine Möglichkeit, wie wir ein eigenes Zuhause finden konnten. In den Nebenstraßen an der stadtwärts gelegenen Seite von Balsall Heath, im Rotlichtbezirk, gab es einige alte Terrassenhäuser, die seit Ewigkeiten zugenagelt waren. Wahrscheinlich konnte ihr Besitzer sie nicht verkaufen und hatte sich nicht die Mühe gemacht, sie zum Vermieten zu renovieren. Also brachen wir in eines davon ein, auf der Rückseite, von einem betonierten Hof, der halb mit losen Mauersteinen übersät war. Im Inneren waren die Bodendielen verrottet und die Farbe blätterte von einem Teil der Tapeten ab, die Nässeflecken hatten. Wir brachten Kerzen, eine Matratze, Bettzeug und unsere Koffer und Kisten dorthin. Das Wasser war noch nicht abgedreht worden. Strom gab es keinen, aber Mikki konnte Batterien für ihr Radio beschaffen. Von vorne hätte man gedacht, dass das Haus immer noch unbewohnt war.

Das war die beste und die schlechteste Zeit. Die beste, weil alles so anders war. Wir waren endlich in der Welt angelangt, von der ich immer als Katzenwelt geträumt hatte. Reden, Geld oder Tageslicht waren überflüssig. Wir benützten die Duschen des hiesigen Schwimmbads. Viele Obdachlose gingen dorthin. Mikki besorgte etwas billige Farbe und malte Bäume mit einander verflochtenen Ästen. Und dazwischen einige schmale Gebäude, die verfallen und leer aussahen. Haufenweise abgefallenes Laub auf dem Boden. Die Nächte waren am besten. Wir kuschelten unter der Decke aneinander und liebten uns, angefangen mit den Mündern. Oder wir machten lange Spaziergänge in der Stadt und hielten Händchen, wobei uns Sara folgte. Am Rand des Stadtkerns lag ein hochgezogener Gebäudekomplex, ein Ring von Wohnsilos um einen leeren Parkplatz und einen Spielplatz herum. Unmittelbar dahinter lag ein enormes Baugelände, wo sie gerade eine Häuserzeile fertig stellten und bereits neue Unterkünfte planten. Zuerst konnte man nur eine Menge Holzpfosten und Gräben im Schlamm sehen, dann brachten sie Metallcontainer mit neuen Backsteinen und Sand. Die Wohnsilos waren teilweise bewohnt, standen aber halb leer. Eine Menge eingeschlagene oder zugenagelte Fenster. Wir lernten ein paar Hausbesetzer von dort kennen, die nachts da herumhingen. Es hätte ein neues Zuhause für uns werden können, wenn. Mikki und ich gingen mitten in der Nacht da runter und spielten auf dem kleinen betonierten Spielplatz. Wie in einem Schwarzweißfilm. Wir setzten uns auf die Schaukeln und Wippen und hingen kopfunter am Klettergerüst. Das war das Beste.

Das Schlechteste war der Morgen. Was in der Nacht so geheimnisvoll wirkte, wurde schmutzig und wertlos. Staub funkelte in der Luft und überzog alles. Sara schlief irgendwo und ich hatte nicht mehr ihre Augen. Ich für mich allein wäre zurecht gekommen, aber Mikki und ich fauchten einander nur noch an und vergaßen, wie man miteinander redet. Das waren die Zeiten, wenn wir trinken mussten, früh am Morgen. Tageslicht war eine Bedrohung. Aber nicht nur das Tageslicht. Nach jedem Kontakt mit der Außenwelt wurde es schlimmer. Das Sozialamt sagte uns, unsere Familien seien die Einzigen, die für unser Wohlergehen zuständig seien. Und das war im Büro in Moseley, wo man nicht einmal einen festen Wohnsitz brauchte, um sich eintragen zu lassen. Da machten wir schon beide Sex für Geld. Ich kam besser damit klar als Mikki, aber sie verdiente mehr Geld. In Balsall Heath wimmelte es von minderjährigen Prostituierten, Hunderten. Sie standen in Gruppen herum und trugen T-Shirts und enge Jeans oder Miniröcke. Mikki lernte, genau wie ich, den betrunkenen Flussschiffern aus dem Weg zu gehen. Aber sie wurde trotzdem ein paar Mal vergewaltigt, einmal von einem Polizisten. Und ein Kerl hat sie geschlagen und nicht einmal extra dafür bezahlt. Ich versuchte, sie zu trösten, weil sie ganz außer sich war, konnte aber nicht einmal sagen: *Ich will dich hier rausbringen*. Es war, als wäre Gewalt ein Bestandteil meines Lebens, man kam nicht davon los. So empfand ich, seit ich ein Kind war. Irgendwie betäubt. Wenn man früh genug lernt, braucht man kein Morphium.

Eines Morgens sagte mir Mikki, sie hätte einen Typen getroffen, der wollte, dass sie bei ihm einzog. »Ich werde es tun«, sagte sie. Ich lachte, aber sie sah mich nur an, und da wurde mir klar, dass sie es ernst meinte. Wir setzten uns auf die Matratze, und sie legte die Arme um mich. »Ich kann hier nicht bleiben«, sagte sie. »Es ist gar nichts, es ist, als würde man sterben. Im Winter werden wir erfrieren. Du kommst auf dich allein gestellt besser zurecht, Sean. Du wirst ein Zimmer in einer Herberge bekommen, kein Problem. Dieser Typ – er ist okay, er hat Geld, er will mich. Ich habe keine andere Wahl, Sean. Gar keine andere Wahl.« Sie wollte mich küssen, aber ich wandte mich ab. Sie packte ihre Koffer, während ich über das »auf dich allein gestellt« nachdachte. Mikki wusste, was ich dachte, das wusste sie immer. »Ich nehme Sara mit«, sagte sie. »Ich kann mich um sie kümmern –«

»Von wegen, Schlampe. Sara gehört zu mir. Sie ist kein Besitz.« In diesem Moment fühlte ich mich so elend und einsam, dass ich zu weinen anfing. Sara hatte sich in einer Ecke des Zimmers zusammengerollt und schlief. Wie ein Kind. Aber auch wie eine weise Frau, die älter als wir beide war und alle Arten von Verrat gesehen hatte. Ich zog den Mantel an. »Bis bald.« Draußen konnte ich kaum glauben, dass die Sonne schien. Die Stadt kam mir so dunkel vor, so voll von freien Plätzen, wo nichts leben konnte. Ich lief stundenlang herum und schlief auf einer Parkbank in Yardley Wood ein. Als ich in das Haus zurückkam, waren Mikki und Sara fort. Ich hatte etwas Geld von einem Aufriss in der Nacht zuvor, daher kaufte ich vier Dosen Starkbier und trank sie. Im Dunkeln kam es mir vor, als wäre das Zimmer leer. Als wäre ich gar nicht da.

Einen Tag später kam Sara zurück. Sie wartete im Hof hinter dem Haus auf mich und hatte diesen seltsam besessenen Ausdruck in den Augen, den ich schon vor dem Spielzeugladen gesehen hatte. Als ich sie hochhob, fing sie an zu schnurren. Sara hatte noch nie geschnurrt. Ich strich Bruchstücke abgefallener Blätter und trockener Zweige aus ihrem dunklen Fell. Und ein paar Tage später sah ich Mikki in Balsall Heath auf der

Straße warten. Sie war allein. Es war fast Mitternacht. Ich ging näher hin und konnte einen frischen Kratzer auf ihrer linken Wange sehen. Sie umarmte mich. »Schön, dich zu sehen«, sagte sie. »Wird nicht mehr lange hier sein. Er schickt mich nach London.«

»Schickt dich?« Ich sah ihr ins Gesicht. Neues Make-up. Neues Parfüm. Der Kratzer.

»Ja. Ich arbeite für ihn. Es gibt zwei Arten von Männern, Sean. Dreckskerle und größere Dreckskerle.«

Ich drückte ihre Hand. Wir küssten uns zum Abschied – zärtlich, wie man jemanden küsst, den man mag. Ich strich ihr über die Wange. »War das Sara?«

»Was?« Mikki lachte. »Herrgott, nein. Das war er. James.« Plötzlich erstarrte sie. »Da kommt er. Er kontrolliert mich.«

Er war ein feister Mann mittleren Alters mit kurzem Haar, wie Bruder Tuck in der Fernsehserie *Robin of Sherwood*. Ich ging zu ihm und sagte: »Wie ich sehe, sind diese Woche ein paar neue Beine fällig.« Er kapierte es nicht. Da sah ich Mikki zum letzten Mal. Zwei Tage später schickte der Besitzer des Hauses, wo ich wohnte, jemanden vorbei, der meine Sachen hinauswarf und Fenster und Hintertür zumauerte.

Ein paar Nächte verbrachte ich auf der Straße. Selbst im Sommer ist es kalt. Der viele Beton speichert die Kälte wie ein riesiger Kühlschrank. Ich musste an meine Mutter denken und wie ich sie tot gefunden hatte. Ich wollte wirklich eine sichere Unterkunft, wo ich bleiben konnte. Nicht wieder eine Abrissbude. Also ging ich zur Herberge der Heilsarmee in der Stadt, und die gaben mir ein Zimmer. Einfache Regeln: kein Alkohol, keine Drogen, keine Haustiere. Jeder missachtete die ersten beiden Regeln und kam damit durch.

Ich dachte mir, Sara würde ein paar Tage zurechtkommen, während ich jemanden suchte, der sich um sie kümmern konnte. Aber ich betrank mich ständig. Die Vergangenheit wurde in mich hineingeweht wie Herbstlaub. Meine Schwester. Meine Mom. Die vielen Männer. Mikki. Als Gegenleistung für das

Übliche bekam ich Valium von einem der Männer in der Herberge. Alles verschwamm. Dann ging ich in die Wohnung zurück, wo Mikki und ich gewohnt hatten, als wir uns kennen lernten. Zwei neue Leute waren eingezogen, aber eine von Mikkis Freundinnen, Janice, war noch da. Ich überredete sie, sich ein wenig um Sara zu kümmern. Gab ihr etwas Geld, um Katzenfutter zu kaufen. Alles war okay. Aber Sara war fort und ich konnte sie nicht finden.

Ich suchte den ganzen Tag und die ganze Nacht. Kurz nach Einbruch der Dämmerung, als der Verkehrslärm wieder anschwoll, fand ich sie. Sie wollte es. Es war in Nechells, dieser Wohnanlage mit dem Spielplatz. Kaum war ich da und sah das kalte Sonnenlicht wie ein Notsignal in den obersten Fenstern eines Wohnsilos leuchten, wusste ich Bescheid. Sara war auf dem niederen Holzzaun an der Seite des Parkplatzes. Sie war mit Nägeln durch Hals und Pfoten daran festgemacht worden. Ein Schatten getrockneten Blutes überzog den Zaun, fast schwarz. Fliegen krochen über ihr steifes, verfilztes Fell. Ihre Augen waren nicht mehr da. Aber ich konnte sie in meinem Kopf sehen. Aus der Nähe war der Geruch unerträglich. Ich musste würgen und mich ein Stück entfernen, damit ich wieder aufhören konnte. Der Parkplatz war menschenleer. Niemand bei klarem Verstand würde hier parken.

Es dauerte eine Weile, bis ich es über mich bringen konnte, wieder zu dem Zaun zu gehen und die Nägel herauszuziehen. Ihre Beine blieben in der Haltung, ausgestreckt, als würde sie fliegen. Sie war kalt. Ein Plüschtier, das ganz hinten im Schrank vergessen worden war. Fliegen krochen über meine Hände. Ich wollte schreien, konnte aber den Mund nicht aufmachen. Ich trug Sara zur Baustelle hinter den Reihenhäusern, legte sie in eine der Gruben und schaufelte Erde auf sie. Dann ging ich zum Spielplatz zurück, setzte mich auf eine Bank und wartete. An dem Morgen war es bewölkt. Hin und wieder kam die Sonne heraus und erhellte alles so strahlend, dass die Straßen unwirklich aussahen.

Gegen Abend kam eine Gruppe Kinder aus dem nächstgelegenen Wohnsilo und spielte Fußball auf dem Parkplatz. Ich zählte insgesamt acht, das jüngste fünf, das älteste etwa neun oder zehn. Als es dunkel wurde, ging eines nach drinnen. Dann kamen zwei weitere und machten bei dem Spiel mit. Die größeren Kinder machten die Sache weitgehend unter sich aus. Sie waren ein verwahrloster Haufen. Alle weiß. Einige mit Pflastern oder geschwollenen Gesichtern. Ich fragte mich, wie viele von den Erwachsenen, bei denen sie lebten, geschlagen oder gefickt worden waren. Wie viele sinnlose Tränen über diese blassen, leeren Gesichter gerollt waren. Dann stand ich auf, ging zur Mauer zwischen Spielplatz und Parkplatz und kletterte hinauf. Die Kinder hörten auf zu spielen, drehten sich um und sahen zu mir herüber. Ich sah sie an. Dann sang ich mit einer hohen, dünnen Stimme, die ich nur einmal gehört hatte. Wie ein Schrei aus weiter Ferne. Von einem Ort, wo das Weinen nie aufhört.

Sie kamen zu mir. Langsam, als würden sie unter Wasser gehen. Ich balancierte auf der Mauer entlang, sprang herunter und entfernte mich immer noch singend. Sie folgten mir zwischen die Wohnsilos. Ihre Gesichter blieben ausdruckslos. Ihre Augen waren stumpf, als würden sie fernsehen. Ich ging ihnen voraus zu der Baustelle und sprang in die erste Grube. Auf der anderen Seite befanden sich Sand- und Erdhaufen und aufgeschichtete Backsteine. Dort stellte ich mich hin und ließ den Mund offen, damit das Geräusch weiter herauskam. Die Kinder sahen mir direkt in die Augen. Die jüngsten kamen als Erste. Ich hatte den Holzzaun bereits entfernt. Sie schwiegen. Neun Kinder. Neun Leben.

Als sie alle in der Grube waren, warf ich Backsteine nach ihnen. Sie wehrten sich nicht, die meisten bewegten sich nicht einmal, wenn sie getroffen wurden. Mir war zum Weinen zumute, aber ich weinte nicht, so wenig wie sie. Ich sang einfach nur. Dann schaufelte ich Sand und Erde auf sie, bis sie ganz zugedeckt waren. Mir kam es vor, als würde ein Teil von mir mit ihnen beerdigt werden. Ich schaufelte weiter Erde hinein, bis der Boden mehr oder weniger eben war. Dann ging ich in die Herberge zurück und schlief den ganzen nächsten Tag hindurch.

Es gibt Muster. Man muss zu Ende bringen, was man angefangen hat. Es eben machen. Gleich. Kratzen.

Danach verließ ich die Midlands. Fuhr per Anhalter nach London. Da unten ist eine Stadt voll von obdachlosen Kindern, aber ich komme zurecht. Wussten Sie, dass die Indianer alle ein spezielles Tier als Totem haben, als Geistwesen? Manchmal kann eine Familie dasselbe Totem haben, manchmal ein ganzer Stamm. Wie viele Leben sind Teil von mir? Werde ich mit einem Messer im Hals in einem Bett oder auf dem Dach eines Autos enden? Ich kann mir etwas zu essen suchen und mich sauber halten. Ich mag Menschen, aber ich brauche sie nicht. Und ich traue nie jemandem. Ich habe meine Krallen eingezogen. Sie sind tief in mir.

Joyce Carol Oates hat mehr als dreiundzwanzig Romane, zahllose Kurzgeschichten, Gedichte und Theaterstücke veröffentlicht. Ihre jüngsten Kurzgeschichtensammlungen sind *Haunted: Tales of the Grotesque* (dt.: *Das Spukhaus*) und *Will You Always Love Me?*, und ihr Roman *What I Lived For* wurde für den Pen/Faulkner Award nominiert. 1994 erhielt sie den Bram Stoker Award für ihr Lebenswerk im Bereich der Horror-Literatur. Ihre Texte erschienen in *Omni, Playboy, The New Yorker, Harper's Magazine, The Atlantic* und in Literaturzeitschriften und Anthologien wie *Architecture of Fear, Dark Forces* (nicht in der deutschen Ausgabe), *Metahorror* (dt.: *Metahorror*), *Little Deaths* (dt.: *Fieber*) *Ruby Slippers, Golden Tears* und in der Reihe *The Year's Best Fantasy and Horror*. Sie gesteht, dass sie sich seit langem im Besitz wechselnder Katzen befindet.

Dies ist eine ihrer Geschichten aus der Sicht eines Kindes. Darin wurde die Familie gerade mit einem Neuankömmling »gesegnet«. Oates bedient sich eines speziellen Aberglaubens über Katzen, um Qualen und Eifersucht zu schildern, wenn ein Erstgeborenes von den Eltern vernachlässigt wird.

Niemand kennt meinen Namen

Sie war ein frühreifes Kind, neun Jahre alt. Sie begriff, dass eine Gefahr bestand, noch ehe sie die Katze mit dem distelwolle-grauen Fell wie Atem und den goldenen und unbeirrten Augen sah, die sie aus dem Beet scharlachroter Pfingstrosen betrach-tete.

Es war Sommer. Babys erster Sommer, sagten sie. Am Lake St. Cloud in den Adirondack Mountains im Sommerhaus mit den dunklen Schindeln und Natursteinkaminen und dem brei-ten Balkon im ersten Stock, der, wenn man darauf stand, los-gelöst von allem frei in der Luft zu schweben schien. Am Lake St. Cloud konnte man die Nachbarhäuser kaum zwischen den Bäumen erkennen, und das gefiel ihr. Geisterhäuser waren sie und ihre Bewohner Geister. Nur Stimmen drangen manchmal herüber, oder Radiomusik, und früh am Morgen von irgendwo am Seeufer Hundegebell, aber Katzen machten keinen Lärm – das war eine der Besonderheiten an ihnen. Als sie die distelwollegraue Katze zum ersten Mal gesehen hatte, war sie zu überrascht gewesen, nach ihr zu rufen, die Katze hatte sie angestarrt und sie die Katze, und ihr war es vorgekommen, als hätte die Katze sie erkannt, oder jedenfalls den Mund zu einer stummen Nachahmung von Sprache geöffnet – kein »Miau« wie in albernen Zeichentrickfilmen, sondern ein Menschen-wort. Aber im nächsten Augenblick war die Katze verschwun-den, und sie stand allein auf dem Balkon und spürte den Ver-lust wie Atem, der aus ihr gepresst wurde, und als Mommy he-rauskam und das Baby trug, das hübsche Zuckerwattetuch über der Schulter, damit der Sabber des Babys ihr nicht auf die Schulter lief, da hatte sie zuerst gar nicht gehört, wie Mommy mit ihr sprach, weil sie so angestrengt nach etwas anderem horchte. Mommy wiederholte, was sie gesagt hatte: »Jessica …? Schau mal, wer da ist.«

Jessica. Das war das Wort, der Name, den die distelwolle-graue Katze nachgeahmt hatte.

Daheim, in der Stadt, waren in der Prospect Street, das war ihre Straße, alle Häuser entblößt wie in einer Hochglanzreklame. Die Häuser waren groß und aus Backsteinen oder Naturstein gemacht, die Rasen ebenfalls groß und gepflegt und niemals voreinander verborgen, niemals heimlich wie am Lake St. Cloud. Die Nachbarn kannten ihre Namen und sagten immer hallo zu Jessica, selbst dann, wenn sie sahen, dass Jessica anderswo hinschaute und dachte: *Ich sehe keinen, sie können mich nicht sehen*, aber immerzu diese Störungen, und auch die Gärten grenzten aneinander und wurden nur durch Blumenrabatten oder Hecken getrennt, über die man sehen konnte. Jessica liebte das Sommerhaus, das Grandma gehört hatte, ehe sie starb und wegging und es ihnen hinterließ, aber sie war nie sicher, ob es *real* war oder nur etwas, das sie träumte. Manchmal fiel es ihr schwer, sich zu erinnern, was *real* war und was *Traum* und ob sie jemals ein und dasselbe sein konnten oder immer unterschiedlich sein mussten. Es war wichtig, das zu wissen, denn wenn sie die beiden verwechselte, würde Mommy es merken und Fragen stellen, und einmal hatte Daddy nicht anders können als vor aller Augen über sie zu lachen, als sie aufgeregt plapperte wie ein schüchternes Kind, das es plötzlich kaum erwarten kann zu reden, und erzählt hatte, wie man das Dach des Hauses hochheben und hinausklettern konnte, indem man die Wolken als Treppe benützte. Daddy unterbrach sie und sagte zu ihr nein, nein, Jessie, Süße, das ist nur ein Traum; er lachte über den betroffenen Ausdruck in ihren Augen, und sie verstummte, als hätte er sie geschlagen, und wich zurück und rannte aus dem Zimmer, um sich zu verstecken. Und zerrte mit den Zähnen an ihrem Daumennagel, um sich selbst zu bestrafen.

Hinterher kam Daddy zu ihr und ging vor ihr in die Hocke, damit er ihr auf einer Höhe in die Augen sehen konnte, und sagte, es täte ihm Leid, dass er gelacht hatte, und er hoffte, sie wäre nicht wütend auf Daddy, sie sei nur so *niedlich* gewesen, ihre Augen so *blau*, ob sie Daddy verzeihen konnte? Und sie nickte, ja, aber in ihren Augen standen Tränen des Schmerzes, der Wut, und in ihrem Herzen: *Nein! nein! nein!* aber Daddy hörte es nicht und gab ihr einen Kuss wie immer.

Das war lange her. Sie war damals noch im Kindergarten gewesen. Selbst ein Baby, so albern. Kein Wunder, dass man über sie gelacht hatte.

Eine schreckliche Sorge war eine Zeit lang, sie könnten in diesem Sommer nicht hinauf zum Lake St. Cloud fahren.

Es war wie schweben – allein der Name. Lake St. Cloud – der Wolkensee. Und Wolken spiegelten sich im See, zogen über die aufgewühlte Wasseroberfläche. Es war *hinauf* zum Lake St. Cloud in den Adirondacks, wenn man in der Karte des Staates New York nachsah, und es war *hinauf*, wenn Daddy auf kurvigen, manchmal verschlungenen Straßen in die Vorgebirge und in die Berge fuhr. Sie konnte die Fahrt *hinauf* spüren, und es gab kein Gefühl, das so wunderbar und so seltsam war.

Werden wir zum See fahren? Jessica wagte nicht, Mommy oder Daddy zu fragen, denn die Frage zu stellen hätte bedeutet, eben die Angst zu artikulieren, die die Frage beseitigen sollte. Und dann die Gefahr, das Sommerhaus könnte doch nicht *real* sein, sondern nur Jessicas Traum, weil sie es sich so sehr wünschte.

Bevor das Baby geboren wurde, im Frühling. Nur zweitausendfünfhundertneunundsiebzig Gramm. Vor der C-Sektion, von der sie sie so oft am Telefon sprechen hörte, wenn sie Freunden oder Verwandten berichteten. »C-Sektion« – sie sah geometrische Figuren schweben, Achtecke, Sechsecke, wie in einer von Daddys Architekturzeitschriften, und Baby war in einer davon und musste herausgesägt werden. Die Säge war eine spezielle Säge, das wusste Jessica, ein chirurgisches Instrument. Mommy wollte eine natürliche Geburt, aber es musste »C-Sektion« sein, und das war Babys Schuld, aber niemand sprach darüber. Es hätte Wut auf das Baby herrschen sollen, Zorn und Abscheu, weil Jessica so viele Monate *gut* war und das künftige Baby *böse*. Aber niemand schien das zu merken oder zu bedenken. *Gehen wir dieses Jahr zum See? Liebst du mich noch?* – Jessica wagte nicht zu fragen, aus Angst vor der Antwort.

Das war das Jahr, das Jahr von Mommys anschwellendem Bauch, als Jessica plötzlich eine Menge Dinge wusste, ohne zu wissen, woher sie sie wusste. Je mehr ihr nicht gesagt wurde, desto mehr begriff sie. Sie war ein ernstes, zierliches Kind mit blauen Perlmuttaugen und einem fein geschnittenen Oval von einem Gesicht, wie das Gesicht einer Keramikpuppe, und hatte die von allen Erwachsenen missbilligte Angewohnheit, ihren Daumennagel abzubeißen, bis es blutete, oder sogar am Daumen zu lutschen, wenn sie sich unbeobachtet glaubte, aber vor allem besaß sie die Gabe, sich manchmal unsichtbar zu machen und zu beobachten und zu horchen und mehr zu hören, als gesagt wurde. Die Zeiten, wenn Mommy diesen Winter nicht wohl war, die dunklen Ringe unter ihren Augen, ihr wunderschönes kastanienfarbenes Haar stumpf hinter die Ohren gekämmt, ihr keuchender Atem, wenn sie nur die Treppe hochging oder das Zimmer durchquerte. Oberhalb der Taille war Mommy immer noch Mommy, aber unterhalb der Taille, wo Jessica nicht gerne hinsah, da war das Ding, künftiges Baby, künftige Schwester, grotesk in ihr angeschwollen, sodass es aussah, als würde ihr Bauch jeden Moment platzen. Mommy konnte Jessica vorlesen oder ihr beim Baden helfen, wenn plötzlich die Schmerzen zuschlugen, wenn Baby sie fest trat, so fest, dass Jessica es auch spüren konnte und die gesunde Farbe aus Mommys Gesicht wich und ihr heiße Tränen in die Augen schossen. Dann küsste Mommy Jessica rasch und ging weg. Und wenn Daddy zu Hause war, rief sie mit dieser speziellen Stimme nach ihm, die bedeutete, dass sie ruhig zu bleiben versuchte. Daddy sagte: *Liebling, mach dir keine Sorgen, es ist alles in Ordnung, ich bin sicher, es ist alles in Ordnung,* und er half Mommy, sich irgendwo bequem hinzusetzen oder mit hochgelegten Beinen zu liegen, oder langsam, wie eine alte Frau, den Flur entlang zum Badezimmer zu gehen. Darum lachte Mommy so oft und war außer Atem und fing unvermittelt an zu weinen. *Diese Hormone!* sagte sie lachend. *Oder ich bin zu alt! Wir haben zu lange gewartet! Ich bin fast vierzig! Gott steh mir bei, ich wünsche mir dieses Baby so sehr!* Und Daddy würde sie trösten, nachsichtig schimpfen, er war es gewöhnt, Mommy in ihren Launen beizustehen. *Pssst! Was ist das für dummes Zeug! Möchtest du Jessie Angst machen, möchtest du* mir *Angst machen!* Und Jessica konnte es hören, auch wenn sie schlafend in ihrem Zimmer im Bett lag, und wusste es, und am Morgen erinnerte sie sich daran, als wäre das, was *real* war, auch ein *Traum,* mit der heimlichen Macht des *Traums,* einem ein Wissen zu vermitteln, von dem andere nicht wussten, dass man es besaß.

Aber Baby kam zur Welt und bekam einen Namen: _____. Den Jessie flüsterte, aber in ihrem Herzen nicht *sagte.*

Baby kam im Hospital zur Welt, es wurde wie geplant aus der C-Sektion gesägt. Jessica wurde mitgenommen, um Mommy und Baby _____ zu besuchen, und die Überraschung, *die beiden zusammen zu sehen,* Mommy so müde und doch glücklich, und Baby, das ein *es* gewesen war, eine hässliche Schwellung in Mommys Bauch, war so schmerzhaft wie ein Stromschlag, der blitzschnell durch Jessica hindurchschoss, als Daddy sie an Mommys Bett auf dem Knie balancierte, aber keine Spur hinterließ. *Jessie, Liebling – schau mal, wer da ist. Dein Schwesterchen _____, ist sie nicht wunderschön! Sieh dir ihre winzig kleinen Zehen an, ihre Augen, sieh die Haare, sie haben dieselbe Farbe wie deine, ist sie nicht wunderschön!* Und Jessica blinzelte nur ein- oder zweimal und konnte mit ihren trockenen Lippen sprechen, konnte antworten, was sie von ihr erwarteten, als würde sie in der Schule aufgerufen werden, wenn ihre Gedanken in Scherben lagen wie ein zerschellter Spiegel, sie sich aber nichts anmerken ließ, weil sie die Macht hatte; man darf Erwachsenen nur erzählen, was sie von einem erwarten, dann lieben sie einen.

Baby kam also zur Welt und alle Befürchtungen waren unbegründet. Und Baby wurde im Triumphzug in das vor Blumen überquellende Haus in der Prospect Street gebracht, wo speziell für das kleine Mädchen ein Kinderzimmer eingerichtet und neu gestrichen worden war. Und acht Wochen später wurde Baby im Auto hinauf zum Lake St. Cloud gefahren, denn Mommy war jetzt wieder kräftig genug, und Baby nahm so zu, dass selbst der Kinderarzt beeindruckt war, es konnte einen schon ansehen und lächeln, oder scheinbar lächeln, und den kleinen, zahnlosen Mund staunend aufsperren, wenn es seinen Namen hörte _____! _____! _____! den die Erwachsenen so unermüdlich aussprachen. Denn alle vergötterten Baby, jeder Pups versetzte sie in Entzücken. Alle waren erstaunt über Baby, das nur blinzeln und sabbern und gurgeln und mit rotem Gesicht krächzen musste, wenn es die Eingeweide in seine Windel entleerte, oder in der batteriebetriebenen Wiege unvermittelt einschlafen, wie hypnotisiert – *ist sie nicht wunderschön! Ist sie nicht allerliebst!* Und Jessica wurde die Frage immer, immer, immer wieder gestellt: *Bist du nicht glücklich, dass du ein Schwesterchen hast!* Und Jessica kannte die Antwort, die sie geben musste, mit einem Lächeln geben musste, ein rasches, schüchternes Lächeln und ein Nicken. Denn jeder brachte Geschenke für Baby, wo sie einst Geschenke für ein anderes Baby gebracht hatten. (Aber, wie Jessica erfuhr, als sie Mommy belauschte, die sich mit einer Freundin unterhielt, es kamen viel mehr Geschenke für Baby als für Jessica gekommen waren. Mommy gestand ihrer Freundin, dass es wirklich *zu viele* waren, sie fühlte sich schuldig, denn jetzt, wo es ihnen gut ging, wo sie nicht mehr sparen und knausern mussten wie bei Jessicas Geburt, *jetzt* wurden sie mit Babysachen überschüttet, fast dreihundert Geschenke! Sie würde ein ganzes Jahr lang Dankeskarten schreiben müssen.)

Am Lake St. Cloud, dachte Jessica, wird alles anders werden. Am Lake St. Cloud wird Baby nicht mehr so wichtig sein.

Aber sie täuschte sich: Sie merkte gleich, dass sie sich täuschte und es vielleicht ein Fehler gewesen war, hierher kommen zu wollen. Denn noch niemals vorher hatte in dem alten Sommerhaus eine derartige *Regsamkeit* geherrscht. Und so ein *Lärm*. Manchmal bekam Baby eine Kolik und schrie und schrie und schrie die ganze Nacht hindurch, und bestimmte spezielle Zimmer, wie etwa das Sonnenzimmer im ersten Stock mit den wunderbaren, vergitterten Fenstern und Blick auf den See, wurden Baby gegeben und nahmen bald Babys Geruch an. Und manchmal wurde der Balkon oben, wo Fichtenfinken, zahme, kleine Vögel, die in den Bäumen flatterten, ihre lieblichen, fragenden Rufe ausstießen, Baby gegeben. Die weiße Babywiege aus Korb, ein Familienerbstück mit weißen und rosa Seidenbändern, die in das Korbgeflecht geflochten waren, und einem Gazeschleier, der manchmal zugezogen wurde, um Babys empfindliches Gesicht vor der Sonne zu schützen; der Wickeltisch, auf dem sich die Windeln stapelten; Babydecken, Babyschuhe, Babyhöschen, Babypyjamas, Babylätzchen, Babypullover, Babyrasseln, Mobiles, Plüschtiere – überall. Wegen Baby kamen mehr Besucher als vorher zum Lake St. Cloud, entfernte Tanten und Onkel, die Jessica nicht kannte; und die Fragen, die Jessica gestellt wurden, waren immer: *Bist du glücklich, dass du ein Schwesterchen hast, ein wunderschönes Schwesterchen?* Vor diesen Besuchern graute Jessica mehr als vor Besuchern in der Stadt, denn sie waren Eindringlinge in diesem speziellen Haus, dicsem Haus, wo Jessica angenommen hatte, alles würde wie immer sein, vor Baby oder auch nur einem Gedanken an Baby. Aber selbst hier war Baby das Zentrum des Glücks und der Mittelpunkt der Aufmerksamkeit. Als würde strahlendes Licht aus Babys runden, blauen Augen leuchten, das alle *außer Jessica* sehen konnten.

(Oder taten sie nur so? Bei Erwachsenen war so vieles gespielt oder regelrecht gelogen, aber man wagte nicht, danach zu fragen. Denn dann wussten *sie*, dass *man* Bescheid wusste. Und sie liebten einen nicht mehr.)

Dieses Geheimnis wollte Jessica der distelwollegrauen Katze mit dem Fell wie Atem erzählen, aber dem ruhigen, abschätzenden und gelassenen Blick der Katze entnahm sie, dass die Katze es schon wusste. Der Kater wusste mehr als Jessica, denn er war älter als Jessica und schon lange vor ihrer Geburt hier am Lake St. Cloud gewesen. Sie hielt ihn für die Katze eines Nachbarn, aber in Wirklichkeit war er ein wilder Kater, der niemandem gehörte – *ich bin, wer ich bin, und niemand kennt meinen Namen*. Aber er war wohlgenährt, denn er war ein Jäger. Seine braungoldenen Augen sahen in der Dunkelheit, wie es Menschenaugen niemals konnten. Wunderschön mit seinem glänzenden grauen Fell, kaum wahrnehmbar mit Weiß durchzogen, und dem weißen Lätzchen, den weißen Pfoten, der weißen Schwanzspitze. Er war ein Angorakater, halb Perserkatze, mit dichterem und flauschigerem Fell als jede andere Katze, die Jessica jemals zuvor gesehen hatte. Schultern und Schenkeln sah man an, dass er kräftige Muskeln hatte, und natürlich waren seine Bewegungen unvorhersehbar – eben noch sah es so aus, als würde er zu Jessicas ausgestreckter Hand laufen, um ein Stück Frühstücksspeck von ihr zu nehmen und sich streicheln zu lassen, wenn sie »Miez-miez-miez! Oh, Kätzchen –«, gurrte, und im nächsten Moment verschwand er im Gebüsch hinter den Pfingstrosenstauden, als wäre er nie da gewesen. Ein leises Rascheln in seinem Kielwasser, dann nichts mehr.

Sie zog mit den Zähnen an ihrem Daumennagel, bis Blut kam, um sich selbst zu bestrafen. Denn sie war so ein dummes Kind, so ein hässliches, dummes, vernachlässigtes Kind, dass sogar die distelwollegraue Katze sie verabscheute.

Daddy war eine Woche von Montag bis Donnerstag in der Stadt, und als er anrief, um mit Mommy zu reden und mit Baby Babysprache zu reden, lief Jessica weg und versteckte sich. Später schimpfte Mommy sie aus. »Wo warst du? Daddy wollte dir hallo sagen«, und Jessica antwortete mit vor Enttäuschung großen Augen: »Mommy, ich war die ganze Zeit hier.« Und brach in Tränen aus. Die distelwollegraue Katze springt hoch, um eine Libelle in der Luft zu fangen und zu fressen.

Die distelwollegraue Katze springt hoch, um einen Fichtenfink zu fangen, dem sie mit den Zähnen die Federn ausreißt und den sie am Rand der Lichtung frisst.

Die distelwollegraue Katze springt von einem Kiefernast hoch zum Balkon und läuft mit hochgestrecktem Schwanz auf dem Geländer entlang zu Baby, das in der Wiege schläft. Und wo ist Mommy?

Ich bin, wer ich bin, und niemand kennt meinen Namen.

Jessica wurde im Kiefernduft dieses kühlen Zimmers, das sie zuerst nicht wiedererkannte, aus dem Schlaf gerissen, weil ihr etwas über das Gesicht strich, ein Kribbeln auf Lippen und Nase, und ihr Herz klopfte vor Angst – aber Angst wovor, denn was es gewesen war, das ihr den Atem auszusaugen und sie zu ersticken drohte, was es war, wer es war, das wusste sie nicht.

Es hatte auf ihrer Brust gekauert. Schwer, pelzig-warm. Mit ruhigen, golden leuchtenden Augen. Küsschen? Küsschen-Küsschen, Baby? – aber *sie war nicht Baby*, niemals Baby!

Es war Juli, die scharlachroten Pfingstrosen verblüht, und jetzt kamen weniger Besucher. Baby hatte einen Tag und eine Nacht Fieber gehabt, und Baby hatte sich irgendwie (wie? In der

Nacht?) mit dem eigenen winzigen Fingernagel unter dem linken Auge gekratzt, und Mommy war schrecklich aufgeregt und musste daran gehindert werden, mit Baby neunzig Meilen zu einem speziellen Kinderarzt in Lake Placid zu fahren. Daddy gab Mommy und Baby auch einen Kuss und schimpfte mit Mommy, weil sie zu überängstlich war, um Himmels willen, Liebling, nimm dich zusammen, das ist nichts, gar nichts, das weißt du, wir haben es schließlich schon einmal durchgemacht, oder nicht? – und Mommy versuchte mit ruhiger Stimme zu antworten und sagte: Ja, aber jedes Baby ist anders und ich bin jetzt auch anders, ich liebe _____ mehr, als ich Jessie je geliebt habe, Gott vergib mir, aber ich glaube, das ist so. Und Daddy seufzte und antwortete: Nun, ich schätze, das gilt auch für mich, wahrscheinlich liegt es daran, dass wir jetzt beide reifer sind und wissen, wie unsicher das Leben ist, und wir wissen, wir werden nicht ewig leben, wie einst, und vor zehn Jahren *waren* wir jünger – und hinter mehreren dicken Wänden, nachts im Sommerhaus über dem See, wo Stimmen weiter tönten als in der Stadt, lutschte Jessica am Daumen und horchte; und was sie nicht hörte, das träumte sie.

Immer, seit Mommy letzten Winter nicht wohl gewesen war und das künftige Baby ihren Bauch anschwellen ließ, hatte Jessica gewusst, dass Gefahr bestand. Darum lief Mommy so vorsichtig, und darum hörte sie sogar auf, Weißwein zu trinken, den sie zum Abendessen so gern hatte, und darum durfte kein Besucher, nicht einmal Onkel Albie, den alle liebten und der ein Kettenraucher war, mehr im Haus rauchen. Nie wieder! Und selbst im Sommer bestand die Gefahr, einen Zug zu bekommen – Baby war anfällig für Infektionen der Atemwege, obwohl es inzwischen fast doppelt so viel wog. Und es bestand die Gefahr, dass jemand, ein Freund oder Verwandter, Baby unbedingt halten wollte, aber nicht wusste, wie er Babys Hals und Kopf stützen musste, die empfindlich waren. (Nach zwölf Wochen hatte Jessica ihre kleine Schwester noch nicht in den Ar-

335

men gehalten. Sie war schüchtern, sie war ängstlich. *Nein, danke, Mommy,* sagte sie leise. Nicht einmal, wenn sie dicht neben Mommy saß, sodass die drei sich an einem gemütlichen, regnerischen Tag vor dem Kamin aneinander kuscheln konnten, nicht einmal wenn Mommy Jessicas Hände führte – *Nein, danke, Mommy.*) Und wenn Mommy nur ein wenig aß, das nicht gut für das Baby war, zum Beispiel Salat, wurde Baby quengelig und unruhig nach dem Stillen, weil es Gase mit der Muttermilch einsog, und weinte die ganze Nacht. *Aber niemand war wütend auf Baby.*

Doch alle waren wütend auf Jessica, als Baby eines Abends in seiner Wiege neben Mommy keuchte und um sich trat und schrie und Jessica plötzlich ihr Essen auf den Teller spuckte und die Hände auf die Ohren drückte und aus dem Esszimmer rannte, während Mommy und Daddy und die Gäste im Wochenendhaus ihr hinterherstarrten.

Und dann ertönte Daddys Stimme: »Jessie? Komm hierher zurück –«

Und dann Mommys Stimme, ganz erstickt, so gekränkt war sie. »Jessica! Das ist *garstig* –«

In dieser Nacht kam die distelwollegraue Katze auf den Fenstersims geklettert, wo ihre Augen im Schatten leuchteten. Jessica blieb ängstlich vollkommen reglos im Bett liegen. *Saug mir den Atem nicht weg! Nicht!* und nach einer langen Pause hörte sie ein leises, heiseres Vibrieren, ein tröstliches Geräusch, wie Schlaf, und das war die distelwollegraue Katze, die schnurrte. Und da wusste Jessica, sie war in Sicherheit, und sie wusste, sie würde schlafen. Und sie schlief.

Erwachte am Morgen, weil Mommy schrie. Sie schrie und schrie, und ihre Stimme stieg an wie etwas, das an einer Wand hinaufkletterte. Sie schrie, aber jetzt war Jessica wach und hörte die Schreie eines Hähers vor dem Fenster in den Kiefern, wo ein Schwarm Häher hauste, und wenn etwas sie störte, dann kreischten sie, flogen pfeilschnell davon und flatterten mit den Flügeln, um ihre Jungen zu beschützen.

Die distelwollegraue Katze lief hinter dem Haus entlang, hatte den Schwanz steil in die Höhe gereckt, den Kopf erhoben und einen zuckenden Vogel mit blauem Gefieder zwischen den kräftigen Kiefern.

Die ganze Zeit gab es etwas, worüber Jessica nie nachdachte, niemals. Ihr Magen drehte sich dabei Ekel erregend um, und ein greller, heißer Gallegeschmack schoss ihr in den Mund, *darum dachte sie niemals darüber nach.*

Auch Mommys Brüste in den weiten Hemden und Blusen sah sie nicht an. Brüste voll warmer Milch, wie Ballons aufgebläht. *Stillen* nannte man es, aber Jessica dachte nicht daran. Das war der Grund, warum Mommy sich nie länger als eine Stunde von Baby entfernen konnte – tatsächlich liebte Mommy Baby so sehr, dass sie es nie mehr als wenige Minuten ertrug, von ihm getrennt zu sein. Wenn es Zeit wurde, wenn Baby anfing zu quengeln und zu schreien, entschuldigte sich Mom, Stolz und freudige Erregung im Gesicht, und trug Baby zärtlich weg, in Babys Zimmer, wo sie die Tür schloss. Jessica lief aus dem Haus und drückte die Fäuste auf die Augen, während sie krank vor Scham davonrannte. *Ich habe das niemals getan. Ich war kein Baby, niemals.*

Und noch etwas lernte Jessica. Sie hielt es für einen Trick der distelwollegrauen Katze, ein geheimes Wissen, das ihr vermittelt wurde. Eines Tages wurde Jessica plötzlich klar, dass es mitten unter Augenzeugen (eingeschlossen Mommy, die so hellsichtig war, dass sie Baby mit offenen Augen »ansehen« konnte und Baby doch nicht »sah«), wenn Baby in der Wiege lag oder im Kinderwagen oder in Mommys oder Daddys Armen, *eine Leere gab.*

So wie sie imstande war, Babys Namen zu hören, _____, und diesen Namen _____ falls erforderlich auch auszusprechen und ihn doch im Innersten ihres Herzens nicht zur Kenntnis zu nehmen.

Ihr war klar, dass das Baby bald weggehen würde. Denn als Grandma krank geworden war und ins Krankenhaus gebracht wurde, Grandma, die Daddys Mutter war und einst das Sommerhaus am Lake St. Cloud besessen hatte, war Jessica nervös und schüchtern in Gegenwart der alten Frau gewesen, obwohl sie die alte Frau liebte, als sie erst einmal den süßlichen Orangengeruch wahrnahm, der von Grandmas verschrumpeltem Körper ausströmte. Und wenn sie Grandma anschaute, kniff sie manchmal die Augen zusammen, sodass sie, wo Grandma lag, verschwommen wie im Traum eine Gestalt und danach Leere sah. Damals war sie ein kleines Mädchen gewesen, vier Jahre alt. Sie hatte in Mommys Ohr geflüstert: »Wo geht Grandma hin?«, und Mommy sagte ihr, sie solle still sein, einfach nur still sein. Die Frage schien Mommy aus der Fassung gebracht zu haben, daher wusste Jessica, dass sie nicht noch einmal fragen durfte, auch ihren Daddy nicht. Sie hatte nicht gewusst, ob sie sich vor der Leere fürchtete, wo Grandma war, oder ob sie beunruhigte, dass sie so tun musste, als wäre da etwas in dem Krankenbett, irgendetwas, das mit *ihr* zu tun hatte.

Nun sprang die distelwollegraue Katze jede Nacht auf Jessicas Fenstersims, wo das Fenster offen stand. Mit einem Schwung der weißen Pfote drückte sie das Fliegengitter nach innen, damit sie hereinkonnte; ihre goldbraunen Augen glommen wie Münzen und das kehlige Miauen klang wie eine spöttische Menschenfrage – *Wer? Du?* Und das tiefe, vibrierende Miauen, das wie Gelächter klang, wenn der Kater lautlos auf das Fußende von Jessicas Bett sprang und näher stapfte und unter ihren staunenden Blicken die Schnauze – die Schnauze, die warm war und klebrig vom Blut der Beute, die er gerade getötet und verschlungen hatte – an ihr Gesicht drückte! *Ich bin, wer ich bin, und niemand kennt meinen Namen.* Die distelwollegraue Katze lag schwer auf Jessicas Brust und drückte sie nieder. Sie versuchte, das Tier wegzuschieben, konnte es aber nicht. Sie versuchte zu schreien, nein, sie lachte unbeherrscht – die steifen Schnurrhaare kitzelten so. »Mommy! Daddy! –« Sie versuchte, Luft zum Schreien zu holen, konnte es aber nicht – denn die riesige Katze, die auf ihrer Brust hockte, saugte ihr den Atem aus.

Ich bin, wer ich bin, und niemand kennt meinen Namen. Niemand kann mich aufhalten.

Es war ein kühler, himmelblauer Morgen in den Bergen. Um diese Tageszeit, zwanzig nach sieben, war der Lake St. Cloud ruhig und einsam, keine Segelboote oder Schwimmer, und das Kind saß barfuß, in kurzen Hosen und T-Shirt am Rand des Stegs, als sie von der Küchentür nach ihr riefen und sie es zuerst nicht zu hören schien, aber sich dann doch langsam umdrehte und zum Haus zurückkehrte, wo sie ihren seltsam verkniffenen Gesichtsausdruck bemerkten und sie fragten, ob sie sich unwohl fühlte – stimmte etwas nicht? Ihre Augen hatten eine durchscheinende, perlmuttartige blaue Farbe, die nicht zu den Augen eines Kindes zu passen schien. Leichte, aufgedunsene Schwellungen unter den Augen. Mommy, die Baby in der Armbeuge hielt, blieb linkisch stehen und strich Jessica das ungekämmte Haar aus der Stirn, die sich kalt und wächsern anfühlte. Daddy, der Kaffee brühte, fragte sie lächelnd und stirnrunzelnd, ob sie wieder schlecht geträumt hatte? Sie hatte als kleines Kind beängstigende Träume gehabt und damals bei Mommy und Daddy geschlafen, zwischen ihnen in dem großen Bett, wo sie in Sicherheit gewesen war. Aber sie sagte ihnen zurückhaltend, nein, sie wäre nicht krank, es ginge ihr gut. Sie sei nur früh aufgewacht, mehr nicht. Daddy fragte sie, ob Babys Schreien mitten in der Nacht sie gestört hätte, worauf sie erwiderte, nein, sie hätte kein Schreien gehört, und Daddy sagte wieder, wenn sie Albträume hätte, sollte sie es ihnen sagen, und sie antwortete mit ihrer ernsten, bedachten Stimme: »Wenn ich Träume hatte, kann ich mich nicht daran erinnern.« Dann lächelte sie, nicht Daddy an, oder Mommy, ein flüchtiger Ausdruck der Verachtung. »*Dafür* bin ich zu alt.«

»Niemand ist zu alt für Albträume, Kleines.« Mommy lachte traurig und beugte sich herunter, um Jessica auf die Wange zu küssen, aber Baby zappelte und quengelte und Jessica wandte sich ab. Sie würde sich nicht von Mommys Tricks einlullen lassen, oder von Daddys. Nie wieder.

So passierte es, als es passierte.

Auf dem Balkon unterhielt sich Mommy in sonnigen Windstößen, dem Duft von Kiefernnadeln und den Schreien von Kiefernfinken mit einer Freundin am schnurlosen Telefon, und Baby, das gerade gestillt worden war, lag schlafend im Erbstück, der Wiege mit den flatternden Satinbändern; Jessica, die an diesem Nachmittag Unruhe verspürte, lehnte über das Geländer und betrachtete den gläsernen See mit Daddys Fernglas – das andere Ufer, wo Pünktchen, für das bloße Auge lediglich als helle Tupfen zu erkennen, zu winzig kleinen Menschen wurden – ein Schwarm Stockenten in einer Bucht an der Grenze des Grundstücks – das dichte Gras und Unterholz hinter dem Pfingstrosenbeet, wo Jessica eine Bewegung gesehen hatte. Mommy murmelte: »Oh, verdammt! – diese Verbindung!«, und sagte Jessica, sie würde das Gespräch unten fortsetzen, am anderen Telefon, sie sei nur ein paar Minuten weg und ob Jessica auf das Baby aufpassen würde? Und Jessica zuckte die Achseln und sagte, ja, natürlich. Mommy, die barfuß war und ein weites Sommerkleid trug, so tief ausgeschnitten, dass Jessica die Augen zusammenkneifen musste, sah in Babys Wiege, um sich zu vergewissern, dass Baby *tatsächlich* fest schlief, dann eilte Mommy nach unten, und Jessica konzentrierte sich wieder auf das Fernglas, das schwer in ihren Händen lag, sodass ihre Handgelenke schmerzten, wenn sie sie nicht auf dem Geländer abstützte. Sie zählte verträumt die Segelboote auf dem See, fünf befanden sich in ihrer Sichtweite, und das machte sie mürrisch, weil es schon nach dem vierten Juli war und Daddy versprochen hatte, er würde das Segelboot richten und mit ihr hinausfahren, im vergangenen Sommer war Daddy um diese Zeit schon gesegelt, obwohl er immer sagte, dass er kein begnadeter Segler sei, er brauchte perfektes Wetter und heute wäre der ganze Tag perfekt gewesen – aber Daddy war heute in seinem Büro in der Stadt und würde erst morgen Abend wieder hier sein –, und Jessica war mürrisch, kaute auf ihrer Unterlippe und dachte daran, dass jetzt Baby da war und Mommy wahrscheinlich sowieso nicht mit ihnen in dem Boot segeln würde, alles hatte sich verändert. Und würde nie wieder so sein wie früher. Und Jessica sah Vögel hektisch in den Kiefern flattern und einen verschwommenen Schemen, grau wie Dunst, der aus ihrem Gesichtsfeld sprang, war das ein Vogel? Eine Eule? Sie versuchte, ihn in den Kiefernzweigen zu finden, die so unheimlich vergrößert wurden, jeder Zweig jede Nadel, jedes Insekt überproportioniert und scheinbar nur zwei Zentimeter von ihren Augen entfernt, als Jessica feststellte, dass sie ein seltsames, nervtötendes Geräusch hörte, ein röchelndes, keuchendes Geräusch und ein rhythmisches Knirschen von Holz; sie drehte sich verblüfft um und sah keine drei Meter hinter sich die distelwollegraue Katze in der Wiege sitzen, auf Babys winziger Brust, wo sie die Schnauze auf Babys Mund drückte …

Die Wiege schaukelte unter dem Gewicht der Katze und den groben, knetenden Bewegungen ihrer Pfoten. »Nein! – O nein –«, flüsterte Jessica, und das Fernglas rutschte ihr aus den Fingern. Ihre Arme und Beine waren gelähmt, als wäre dies ein Traum. Die riesige Katze mit den leuchtenden Augen und dem wie Pusteblumensamen wogenden Fell hatte die weiße Schwanzspitze steil erhoben und schenkte Jessica nicht die geringste Beachtung, während sie heftig an Babys Mund sog und die kleine Beute knetete und krallte, die um ihr Leben kämpfte, man sollte nicht meinen, dass ein nur drei Monate altes Kind solche Gegenwehr leisten konnte, mit den winzigen Armen und Beinen strampelte, bis das Gesicht rot anlief, aber die distelwollegraue Katze war stärker, viel stärker, und ließ sich nicht von ihrem Ziel abbringen – *Babys Atem einzusaugen, es zu erdrosseln, mit der Schnauze zu ersticken.*

Jessica konnte sich eine ganze Weile nicht bewegen – das sagte, gestand sie später. Und als sie zu der Wiege lief und in die Hände klatschte, um die Katze wegzujagen, wehrte Baby sich nicht mehr, sein Gesicht war immer noch gerötet, aber die Farbe wich zusehends daraus, wie eine Wachspuppe, und die runden, blauen Augen, in denen Tränen funkelten, starrten blicklos an Jessicas Kopf vorbei.

»Mommy!«, schrie Jessica.

Jessica packte ihre Babyschwester an den Schultern, um sie ins Leben zurückzuschütteln, das erste Mal, dass sie die Babyschwester, die sie so sehr liebte, wirklich berührte, aber es war kein Leben mehr in dem Baby – es war zu spät. Sie weinte und schrie. »Mommy! Mommy! Mommy!«

Und so fand Mommy Jessica – über die Wiege gebeugt, wo sie das tote Kind wie eine Flickenpuppe schüttelte. Das Fernglas ihres Vaters lag mit zwei zerschellten Gläsern zu ihren Füßen.

Harvey Jacobs ist der Verfasser der Kurzgeschichtensammlung *The Egg of the Glak* und von drei
Romanen, *Summer on a Mountain of Spices*, *The Juror*
und die Satire *Beautiful Soup, a Novel for the 21st Cen-
tury* (dt.: *Herrliche Suppe. Ein Roman für das 21. Jahrhundert*). Seine Storys erschienen in vielen bedeutenden
Magazinen, darunter *Omni*, *Esquire* und *Playboy*, sowie
in rund vierzig Anthologien, darunter *Blood Is Not
Enough* und *Snow White, Blood Red*. Er hat mehrere
Drehbücher für die Fernsehserien *Tales of the Darkside*
und *Monsters* geschrieben. Zwei Filmdrehbücher, *The
Juror* und *A Race for the Cup*, sind im Entstehen. Im Augenblick arbeitet er an einem weiteren Drehbuch, *Too-
nerville*, und einer neuen Kurzgeschichtensammlung. Er
lebt in New York.
In dieser Story macht eine Katze, was Katzen eben so machen – und Frauchen lernt, damit zu leben.

Harvey Jacobs
Hab Dank dafür

Hab Dank dafür, hab Dank dafür,
Du wunderbares Katzentier.

Darleen Krantz war keine Dichterin. Das Lied fiel ihr einfach ein und ging ihr nicht mehr aus dem Sinn. Sie war auch keine Sängerin, ein Versuch beim Chor hatte in einem Fiasko geendet, aber sie sang ihr Katzenlied jedes Mal, wenn Jubal ihr ein Geschenk brachte. Niemand außer Jubal bekam es je zu hören, also welche Rolle spielte es schon im großen Weltenplan?

Darleen kümmerte sich die meiste Zeit um Kleinigkeiten im Haus. Ein Leben in Einsamkeit, das war ihre Wahl in einer Welt voller Unruhen und Gewalt. Ihre ruhige, stille Stadt war zu einem Schlachtfeld geworden. Wenn die Sonne unter- und der Mond aufging, schien seine spezielle Schwerkraft bis hier unten zu wirken und Schleim aus den Kloaken zu ziehen. Es war einfach nicht sicher, nach Einbruch der Dämmerung auszugehen. Das war ein Grund, warum sie sich eine Katze zulegte. Sie wollte eine Gefährtin in ihrem in sich geschlossenen Universum.

Jubal begann mit ihren Geschenken, als sie noch ein Kätzchen war, kaum so groß wie eine Untertasse. Sie tollte durch das Gras und kam mit einem Blatt oder Zweig und manchmal einem dicken Wurm oder einer Made nach Hause, die sie Darleen vor die Füße legte. Darleen verstand die Geste. Sie machte immer ein Aufhebens wegen Jubals Gaben und tat so, als würde sie sich glücklich schätzen, worum immer es sich auch handelte, und wartete damit, es in den Müll zu werfen, bis Jubal nicht mehr zu sehen war und sein Geschenk vergessen hatte. Da fiel ihr das Lied ein, kaum hatte Darleen Jubal aus dem städtischen Tierheim geholt, noch fast ehe die Katze einen Namen hatte.

Hab Dank dafür, hab Dank dafür,
Du wunderbares Katzentier.

Wenn sie gesungen und Freude geheuchelt hatte, fütterte Darleen Jubal, gab ein Geschenk für ein Geschenk, für gewöhnlich eine Leckerei, manchmal ein neues Spielzeug aus dem K Mart. Dann rollte sich Jubal auf den Rücken und ließ sich den Bauch kraulen. Darleen wusste, manche Menschen hielten Katzen für kalt und gleichgültig, stolz und hochnäsig, zu keiner echten Gefühlsbindung fähig. Sie wünschte sich, diese albernen Kritiker könnten Jubals Augen sehen, wenn das kleine Ritual durchgespielt wurde.

Jubal wuchs ziemlich schnell. Sie wurde eine recht große Katze, gut gebaut, schwarz wie die Nacht, mit einem weißen Fleck, der wie eine Mütze auf ihrem Kopf saß. Jubal war eine bodenständige Katze, eine Mach-mich-nicht-an-Nachfahrin von Straßenkatzen, keine Anwärterin für ein blaues Schleifchen, aber mit einer ganz eigenen Schönheit. Und sie *war* ein wunderbares Katzentier, ein ideales Haustier für Darleen, die von einer kleinen Erbschaft lebte, die zurecht kam, indem sie Rabattmarken aus den Anzeigen der Supermärkte ausschnitt und Verlockungen wie Kabelfernsehen widerstand.

Darleen beobachtete Jubals Herumtollen, tat aber dabei so, als wäre sie beschäftigt, und wartete, bis die Katze sich streckte und einen Buckel machte. In diesen Augenblicken, fand sie, sah Jubal wie eine lebende Kathedrale aus, einer dieser ganz besonderen Tribute an einen launischen, liebenden Gott. Selbst Jubals Streiche waren eine Art von Geschenk.

Hab Dank dafür, hab Dank dafür,
Du wunderbares Katzentier.

Als Jubal älter wurde, wurden auch die Geschenke anders. Unschuldigere Geschenke wichen Mäusen und sogar kleinen Vögeln. Das lag natürlich in der Natur des Tieres und war kein Anzeichen für besondere Bösartigkeit. Darleen akzeptierte die Geschenke mit verhaltener Kritik und versuchte, durchblicken zu lassen, dass tote Nagetiere und Sperlinge nicht die begehrtesten Trophäen waren. Aber Darleen achtete stets genau darauf, die Geste zu würdigen und die gute Absicht zu belohnen. Sie wischte Blut und Federn vom verwirrten Gesicht ihrer Katze und sang ihr Lied.

Jubals neue Überraschungen waren nicht immer leicht zu beseitigen, denn die schlaue Katze behielt Darleen scheinbar stundenlang im Auge, nachdem sie die Kostbarkeiten gebracht hatte. Sie legte sich hin und beobachtete sie, während Darleen ihre gespielte Freude auch dann aufrecht erhielt, wenn das Herumrollen und Bauchkraulen längst absolviert war. Wenn Jubal schließlich in ein anderes Zimmer ging oder das Haus durch die Katzentür verließ, um durch den Garten zu streifen, warf Darleen den steifen Kadaver in eine Plastiktüte und band sie fest zu. Jubals Gedächtnis immerhin schien mit der Zeit nicht besser zu werden. Die Katze wurde nie mürrisch, wenn ihre Geschenke auf geheimnisvolle Weise verschwanden.

Die Plastiktüten wanderten in einen Blecheimer, der zweimal wöchentlich von der städtischen Müllabfuhr geleert wurde, die vor Einbruch der Dämmerung kam, um Darleens Restmüll, Papier, Plastikabfall, Flaschen und Dosen zu entsorgen. Falls der Müllmann sich Gedanken über die Tüten mit winzigen Schwänzen, Flügeln, Beinen und Schnäbeln machte, fasste er sie nie in Worte. Darleen gab ihm zu Weihnachten ein Trinkgeld und ein Früchtebrot.

Hab Dank dafür, hab Dank dafür,
Du wunderbares Katzentier.

Als Jubal auf Anraten des Tierarztes sterilisiert worden war, sah Darleen Jubal im Haus herumlungern. Eine Weile fühlte Darleen sich niedergeschlagen. Sie empfand Schuldgefühle, obwohl sie wusste, dass es das Beste war. Der Tierarzt sagte, es grenze an ein Wunder, dass Darleen bei Jubals Herumstreunen noch nicht Großmutter geworden sei. Kätzchen überschwemmten den Markt. Es wäre unmöglich gewesen, Jubals Wurf an den Mann oder die Frau zu bringen, und unerträglich, einfach zuzusehen, wie sie eingeschläfert wurden. Es lag Darleen nicht im Blut, zu einer der Katzenfrauen zu werden, über die die ganze Nachbarschaft sich lustig machte. Eine Katze reichte ihr voll und ganz. Aber Jubal erholte sich rasch und vollständig. Nach wenigen Wochen war sie wieder ganz die Alte, wenn auch nicht mehr ganz so frivol. Sie setzte Speck an, ihr Fell wurde rauer, dunkler, die goldenen Augen blickten aus tiefen Höhlen. Sie wurde eine ernstere Katze und damit zu einer noch besseren Gefährtin für Darleen.

Jubal verbrachte mehr Zeit im Haus. Aber wenn sie ins Freie ging, überwand sie die einstigen Grenzen – Zaun, Tor, Straße – und brach zu neuen Ufern auf. Sie streifte durch die Stadt. Darleen, die nichts lieber mochte, als in den engen Grenzen von Haus und Garten zu bleiben, verfolgte Jubals neue Ausflüge nervös.

Auf dem Markt, in der Kirche erwähnten die Leute, sie hätten ihre Katze durch entlegene Straßen und fragwürdige Viertel streifen und gefährliche Autobahnen überqueren sehen. Darleen überlegte, ob sie die Katzentür abschließen sollte, aber die Vorstellung, Jubal wie eine Gefangene zu halten, missfiel ihr. Sosehr die Wanderungen der Katze sie beunruhigten, weckten Jubals Neugier und Mut auch ein positives Gefühl von Stolz. Gefahr, das wusste Darleen, war der Preis der Freiheit.

Monatelang gab es keine Geschenke, keine Insekten, Mäuse oder Vögel, nicht einmal trockenes Laub, das Jubal einst so gerne mit dem Mund zerbröselt hatte. Darleen stellte fest, dass sie ihr Lied den ganzen Herbst über nicht gesungen hatte. Aber im Winter fand Jubal zu ihrer umsichtigen Zuneigung zurück. Darleen stand in der Küche, als sie etwas Kaltes an den Knöcheln spürte. Sie wusste, das war ein Luftzug von der Katzentür. Und tatsächlich kam Jubal nach einer Nacht in der Stadt zurück. Sie setzte sich vor Darleens Füße und schüttelte etwas zwischen den Zähnen. Darleen seufzte. Sie hielt es für ein kleines Tier, stellte aber bald fest, dass es sich um einen menschlichen Finger handelte. Zum ersten Mal schlug Darleen ihre Katze. Dann hob sie Jubal hoch und entschuldigte sich. Die Katze konnte nichts dafür, dass das abscheuliche Ding dort gelegen hatte, wo sie es finden konnte.

Hab Dank dafür, hab Dank dafür,
Du wunderbares Katzentier.

Darleen hob den abgeschnittenen Finger mit einer Papierserviette hoch und legte ihn in die Spüle. Unter Jubals Blicken rief sie die Polizei an. Als sich jemand am anderen Ende meldete, legte sie auf. Sie brachte sich und die Katze in Gefahr. Wer konnte wissen, was die Polizei tun oder sagen würde? Womöglich kam die Geschichte in die Zeitung, am Ende noch mit einem Bild. Und zu welchem Zweck? Der Finger war schon verloren. Er schien so verschrumpelt zu sein, dass man ihn nicht mehr annähen konnte, nicht einmal mit den Wundern der modernen Medizin.

Als sie sich nicht mehr Jubals kritischen Blicken ausgesetzt sah, holte Darleen eine frische Plastiktüte. Aber das ging nicht. Wind konnte die Mülltonne umwerfen. Waschbären plünderten überall. Wenn der Müllmann einen abgetrennten Finger in einer Mülltüte fand, könnte sie das nicht erklären. Selbst sie lachte über das lächerliche Verhör, das so eine Entdeckung nach sich ziehen würde.

Darleen wickelte den Finger in Aluminiumfolie und legte ihn in die Gefriertruhe. Sie brauchte Zeit, um über alles nachzudenken. Sie fand Jubal auf dem Teppich im Badezimmer und hielt der Katze einen mahnenden Vortrag, aber eher streng als böse. Natürlich hatte die Katze keine Ahnung, welchen Grund Darleens langer Vortrag hatte, und rollte sich auf den Rücken, um sich den Bauch kraulen zu lassen.

Drei Nächte später brachte Jubal wieder ein Geschenk mit nach Hause. Sie hatte es im Maul versteckt. Die Katze rieb sich an Darleens Bein und hustete einen Augapfel aus. Das Auge war unversehrt, ein braunes, glibberiges Auge lag auf dem Teppich. Es schien zu der Wand zu schauen, wo Darleen Familienfotos aufgehängt hatte. Das Auge war nicht so leicht zu handhaben. Es hielt zusammen, aber als Darleen es mit einer Serviette anstieß, zerfloss es. Sie musste eine Schaufel aus Alufolie formen, das Auge in ein leeres Einmachglas werfen und es seitlich in die Gefriertruhe legen.

Darleen hatte das Auge so verstört, dass sie vergaß, für Jubal zu singen. Die Katze wollte nicht weichen, miaute und sprang vom Tisch auf den Boden. Es war eigentlich süß, zu wissen, dass Jubal das Liedchen tatsächlich kannte und es ihm fehlte.

Hab Dank dafür, hab Dank dafür,
Du wunderbares Katzentier.

Darleen schaute durchs Fenster zum nebligen Mond hinauf, dem Magneten, der so viel Böses aus seinem Versteck zog. Sie kraulte Jubals Bauch und erklärte der Katze, dass sie in schwierigen Zeiten lebten und es in schwierigen Zeiten besonders wichtig war, Maßstäbe zu setzen, und sei es nur für einen selbst. Es war sicher verlockend, dem Grauen und seinen Spuren nachzuforschen, aber man ließ sie doch besser liegen, wo sie waren. Die Überbleibsel willkürlicher Gewalt sollte man nicht für Modeschmuck oder Blumen halten. Jubal gähnte.

Darleen beschloss, sich keine Nachrichten im Fernsehen mehr anzusehen. Zwar glaubte sie eigentlich nicht, dass die Nachrichten Einfluss auf Jubal hatten, aber es könnte sein. Jeder Bericht handelte von urbanem Verfall, von Gewalttaten, schrecklichen Unfällen, Gräueltaten und Betrug. Auf Anraten von Freunden ließ Darleen eine Sicherheitsanlage einbauen, die einen Alarmton von sich gab, sobald ein Eindringling das unsichtbare Siegel aufbrach. Außerdem kaufte sie eine größere Gefriertruhe, da Jubal weiter die unbekannten Straßen durchstöberte.

In Einmachgläsern, Gefrierbeuteln, Flaschen, Dosen und Papiertüten, Zellophan und Wachspapier bewahrte Darleen die Bruchstücke eines Täters oder Opfers, oder von beiden, in ihrer Gefriertruhe auf. Sie hatte Fetzen eines Gesichts, ein Stück Kopfhaut, Ohren, Zehen, ein mit Sternbildern tätowiertes Bein, einen Ellbogen, Hände, Organe, die sie gar nicht kannte, ein vollständiges männliches Genital und ein Herz mit kränklichem Äußeren. So oft sie auch auf Jubal einredete, die Botschaft ging unter im Wunsch der Katze, gefällig zu sein, die Güte und Liebe zu vergelten, die Darleen ausströmte. Und, einen gerechten Lohn dafür zu bekommen.

Hab Dank dafür, hab Dank dafür,
Du wunderbares Katzentier.

Von Zeit zu Zeit begutachtete Darleen ihren Vorrat an Geschenken, starr, stumm, durch Kälte und Zeit gereinigt, friedlich gemacht, geheilt, vergeben, verzaubert, geweiht, in Eiskristalle verwandelt. Sie gab ihrer Sammlung einen Namen, Errol, stattete Errol mit einer Geschichte aus, einer Vergangenheit, einer Gegenwart, am wichtigsten aber, einer Zukunft. Sie errötete, wenn sie sich eingestand, dass sie sich nicht mehr so einsam fühlte.

Jubal wurde alt und träge, aber Darleen drängte sie zur Jagd, spendete Leckereien und Lob und sang natürlich ihr Lied.

Martha Soukup gehört zu der aussterbenden Gattung von Schriftstellern, die ausschließlich Kurzgeschichten schreiben. Ihre Storys wurden in zahlreichen Sciencefiction-Magazinen und Anthologien veröffentlicht, und kürzlich hat sie einen Nebula in der Rubrik Kurzgeschichte gewonnen. Ihre Geschichten wurden auch für den Hugo und den World Fantasy Award nominiert. Ihre Story »Over the Long Haul« wurde für *Showtime* adaptiert. In ihrem Haus in San Francisco wartet sie darauf, dass ihr noch mehr Geld aus Hollywood in den Schoß fällt. Sie besitzt seit 1980 dieselbe Katze, Scaramouche, ohne ihr jemals etwas Schreckliches anzutun. Hier haben wir, wie im Fall von »Weißer Turm, Schwarzer Bauer« auch eine Geschichte über Besessenheit, wenn auch eine völlig andere – diesmal geht es um die Nemesis der Katze: die Ratte.

Martha Soukup
Um Ratten zu töten

Dies ist die einzige Möglichkeit, Ratten zu töten.

Ich habe mit Mäusen in einer Art duldendem Hass oder hasserfüllter Duldung gelebt. Ich habe ihnen Fallen gestellt, und sie haben über die Fallen gelacht. In der Nacht konnte ich sie miteinander tuscheln hören und beinahe die mäusischen Einzelheiten hören, wenn sie ihre Pläne schmiedeten, wie sie an die Käsestücke oder Klumpen Erdnussbutter auf dem gefährlichen Hebel herankommen könnten, der ihnen das Genick brechen und den Tod bringen sollte. Ich konnte sie kichern hören, wenn er ihnen stattdessen Nahrung brachte.

Hasserfüllt, schicksalsträchtig: Mäuse lieben Rhythmen, lieben alle Arten von trivialen, närrischen Spielen; Mäuse haben mir diesen idiotischen Rhythmus in den Kopf gesetzt. Das ist auch ein Grund, warum ich Mäuse nicht mag. Aber ich kann mit dieser Plage leben. Mäuse sind Narren mit ihren närrischen Spielen, und sie können bestenfalls auf ein Patt hoffen, ein kleines Ärgernis, über das ich erhaben bin, schließlich bin ich ein Mensch und sie nur Nagetiere.

Ratten führen Krieg. Du oder die Ratte, die Ratte oder du. Ratten versuchen, um jeden Preis zu gewinnen. Man muss ebenfalls versuchen, um jeden Preis zu gewinnen.

Ich muss um jeden Preis gewinnen.

Zuerst habe ich es mit allem versucht, was sie vorschlagen, diese Verkäufer aus den Geschäften, die keine Ahnung vom Krieg haben, höchstens vom Handelskrieg. Ich habe es mit den größeren, grausameren Rattenversionen der Fallen versucht, über die schon die Mäuse gekichert haben. Die Ratten holten sich die Leckerbissen lautlos, Guerillas, die sich in die Schlacht schlichen und wieder verschwanden, bevor der Feind – ich – sie sehen konnte, keine Spur einer sichtbaren Bewegung, kein Flüstern eines Geräuschs.

Ich vergiftete die Köder und sie ließen das Gift mit ihrer teuflischen Rattenschläue liegen. Ich kaufte Kleber, von dem die Verkäufer versprachen, dass er haften bleiben und ihre hässlichen, kleinen Pfoten festhalten würde, und am Morgen hielt ich Ausschau nach dem hasserfüllten Blick eines reglos festklebenden Nagetiers, aber ich fand nie eines. Eine Ratte kennt den Unterschied zwischen den achtlos weggeworfenen Essensresten der Menschen und ihren absichtlich ausgelegten Ködern. Ratten machen keine Witze und kichern nicht, aber irgendwo, in meinen Wänden versteckt, verspotteten sie mich.

Bevor ich die Willenskraft aufbrachte, die erforderlich war, um die Mäuse zu ignorieren, kaufte ich einmal für fünf Dollar eine Katze bei einer banalen kleinen Hausfrau hier in der Straße, da ich mir dachte, ein fremder Eindringling im Haus wäre erträglicher als die Gegenwart von Dutzenden fiepsenden, dummen, kleinen Nagetieren. Die Katze war fett und weiß, mit leeren, blauen Augen und einem grotesken Namen – Fluffy oder Muffins –, den ich in dem Moment ablehnte, als ihn mir die dumme Frau nannte, begleitet von Beteuerungen, dass sie das Vieh verwöhnt haben würde, bis es an Altersschwäche gestorben wäre, wenn ihre rotznäsige Tochter nicht eine Katzenallergie entwickelt hätte.

Als ich die Katze in ihrem Tragekorb nach Hause geschafft und ihr gesagt hatte, dass sie sich ihren Lebensunterhalt hier mit Gemetzel verdienen müsse, fand ich ziemlich schnell heraus, dass sie auch nicht viel mehr war als Ungeziefer. Das Vieh saß nebem meinem Stuhl oder am Fußende des Betts und starrte mich an, als erwartete es etwas von mir. Such dir dein Fressen selbst, dachte ich.

Aber es weigerte sich. Obwohl fette Mäuse in den Wänden wuselten, ging das unglückselige Mistvieh davon aus, dass es sich bei mir durchschmarotzen könnte, genau wie die Mäuse. Dabei besaß es noch die Stirn, davon auszugehen, dass ich es freiwillig durchfüttern würde. Seine Art wurde immer dreister, als wäre das sein Haus, nicht meines. Es starrte mich stundenlang an. Unerträglich. Schließlich schubste ich das abgemagerte Ding wieder in den Tragekorb, wozu ich einen Besen benützte, den ich später entsorgte, und brachte es in ein kleines Wäldchen Meilen von meinem Haus entfernt.

Diese Bettelei hat keinen Sinn, sagte ich zu dem Vieh, als es sich weigerte, aus dem Korb herauszukommen und sich im Wald zurechtzufinden. Du bist ein Mann, der niemandem verpflichtet ist, oder du bist Ungeziefer. Und dann ging ich weg, wohl wissend, dass ich mit den Mäusen leben musste, aber fest entschlossen, nie wieder das Haus mit etwas derart Egoistischem und Anmaßendem zu teilen. Hinter all ihrer Angeberei sind Mäuse wenigstens Feiglinge.

Aber da hatte ich die Rechnung ohne die Ratten gemacht.

Die Mäuse hatten den Katzeneindringling kaum beachtet. Erst die Ratten vertrieben sie nach ihrer Ankunft. Als die Ratten da waren, hörte ich nie wieder ein Kichern. Die Mäuse wussten, wer die wahre Bedrohung darstellte.

Um Ratten zu töten, muss man drastischere Maßnahmen ergreifen als die, die schon gegen die Mäuse nichts gefruchtet hatten.

Ich kaufte Waffen. Ich saß in einer Nacht bis spät in der Küche, und in der nächsten Nacht, der nächsten Nacht, der nächsten. Ich schlief tagsüber und meldete mich krank, denn Ratten sind geduldig und können eine, zwei oder drei Nächte warten. In der fünften Nacht spazierte eine ganz gelassen vor den Herd. Ich konnte ihre Klauen auf dem Linoleum klickern hören. Langsam hob ich den Lauf meiner Neun-Millimeter-Pistole. Das Vieh blieb wie angewurzelt stehen und sah mich an. Es war fast so groß wie meine beiden Fäuste, und die gleichmütigen Augen blickten hasserfüllt. Ich zielte genau auf den dunklen, verfilzten Körper und drückte ab. Der Lärm war ohrenbetäubend, daher brauchte ich ein paar Augenblicke, bis ich nach den Fetzen des Kadavers suchen konnte. Ich sah nur das scharfkantige schwarze Loch in der Aschekastentür des Herds. Die Ratte war fort.

In den folgenden drei Nächten kamen und gingen sie, wie es ihnen gerade beliebte, durch die Küche. Mit Schaumgummistöpseln in den Ohren schoss ich, wenn ich auch nur den Schatten einer Bewegung sah. Meine Hand ist ruhig, meine Augen sind gut, aber ich erlegte nicht eine von ihnen. In der dritten Nacht klopften Polizisten an meine Tür, und als ich es endlich geschafft hatte, sie wieder abzuwimmeln, wobei der Kleinere mir noch einen argwöhnischen Blick zuwarf, nahm ich die Magazine aus den Waffen. Es sollte nicht die Aufmerksamkeit des Gesetzes auf einen lenken, wenn man sein Heim verteidigt, aber so war es eben.

Die Ratten hätten so einen Sieg akzeptiert, auch wenn sie ihn nicht selbst errungen hatten, diese ehrlosen Betrüger, aber ich wollte ihn ihnen nicht lassen. Mensch gegen Kreatur: Sie würden mich schaffen oder ich sie. Ich wollte nicht zulassen, dass sie meine Mitmenschen zu ihren Verbündeten machten. Ich schloss die Waffen in einen Schrank ein.

Ich steckte die hellsten Lampen in jede Steckdose, schloss Flutlicht an die Deckenkabel an, schraubte 150-Watt-Birnen hinein. Ich trug eine Sonnenbrille; ich schlief tagsüber und band mir ein schwarzes Tuch um die Augen. Selbst mit der dunklen Brille war das Licht unerträglich. Ich stolperte, wenn ich nur die paar Schritte ins Bad ging. Diese Tortur würde sie ganz sicher schreiend aus den Löchern treiben, bis sie hilflos zuckend auf meinem Boden lagen. Hinter den Mauerbrettern war die Dunkelheit, die sie wollten, aber wenn sie dort blieben, würden sie verhungern. Und heraus konnten sie nicht.

Und dennoch. Ich tastete mich durch mein überhitztes, grell erleuchtetes Haus zum Schrank, um eine Packung Flakes vom

Regal zu nehmen, und fand neue Löcher, die in den Pappkarton und die Plastiktüte im Inneren gefressen worden waren. Neben verschütteten Haferflocken fand ich mehrere getrocknete Kotkegel, die selbstbewusste Signatur eines unverschämten Parasiten.

Wie machten sie das nur? Kniffen sie die Knopfaugen wegen des Lichts fest zusammen und schlichen sich nur mit ihrem listenreichen Gedächtnis durch mein Haus? Ich wollte es herausfinden, konnte aber in dem grellen Licht ihre Spuren nicht finden. Wieder einmal hatten sie meine Offensive zu ihrem Vorteil genutzt.

Wenn ich sie indirekt nicht aushungern konnte, musste ich es direkt versuchen. Ich entfernte jeden essbaren Krümel aus der Küche. Ich aß Pizza und chinesisches Essen, das ich mir ins Haus liefern ließ, wickelte die Reste in Plastiktüten und fuhr sie nachts zu Mülltonnen in Gassen, die eine halbe Meile von meinem Haus entfernt waren.

Die Ratten verschwanden nicht. Ich konnte sie hören. Kegel lagen mitten auf dem Boden, wo ich – grässlich! – darauf ausrutschte, bevor ich richtig hinzusehen lernte. Neben meinem Bett, in der Diele, mitten in der Badewanne. Unverschämt.

Ich schrubbte die gesamte Küche. Kein angetrockneter Spritzer Orangensaft mehr an einer Schranktür, kein Krümelchen Toast blieb übrig. Ich staubsaugte stundenlang. Es gab keine Stelle in meinem Haus mehr, die nicht chirurgisch keimfrei gewesen wäre.

Und dennoch blieben die Ausscheidungen der Ratten, die meine Wege kreuzten.

Ihr Witz hatte keinerlei Humor: Er war todernst und zielstrebig. Sie riefen sich zu Herren und Meistern meiner Menschenbehausung aus; mit nichts anderem als meiner totalen Kapitulation, meiner völligen Niederlage, würden sie sich mehr zufrieden geben. Das konnte ich in den Bissspuren lesen, die sie in den Füßen meiner Möbelstücke hinterließen. In Rattenschrift forderten diese Spuren meine Kapitulation. Obwohl ich seit jener Ratte, die meiner ersten Kugel entkommen war, keine mehr gesehen hatte, übernahmen sie mein Haus gründlich und gnadenlos. Es war mir nicht gelungen, sie zu töten.

Wie sollte ich sie auch töten? Ratten sind keine Beute für Menschen, aber ihre unfreiwilligen Nutznießer. Bevor es Menschen gab, führten die Ratten ein erbärmliches Leben und lagen im Wettstreit mit hundert ehrbaren Tieren. Als der Mensch erschien, jubelten die Ratten. Die menschliche Zivilisation war auch ihr Aufstieg. Es wäre gerecht gewesen, die Zivilisation zu vernichten, und sei es nur, um ihnen ihren faulen, verbrecherischen Triumph zunichte zu machen.

Diese Gedanken gingen mir durch den Kopf, als ich in der Küche saß, einem kalten, grellen und sterilen Raum, aber dennoch ein Spielplatz von Ungeziefer. Kein sichtbarer Hinweis darauf, dass sie da waren, oder dass die Mäuse, die sie mit ihrem Muskelspiel verjagt hatten, vor ihnen da gewesen waren. Aber ich konnte ihre Anwesenheit spüren. Ich wusste, inzwischen waren sie so dreist, durch jedes Zimmer meines Hauses zu spazieren, gerade außerhalb meines Gesichtsfeldes; aber die Küche blieb ihr Bollwerk, obwohl es keinen Krümel mehr zu essen dort gab. Ich saß mit Feuerzeug und Kerze und den Morgenzeitungen der letzten vierzehn Tage, die ich fein säuberlich in einer Einkaufstüte gestapelt hatte, in meiner Küche. Aber das ordentliche Erscheinungsbild hatte einen Makel. Sie hatten eine Ecke zerbissen und Papier gestohlen. Irgendwo wurde daraus ein Nest gebaut, damit sich abscheuliche, nackte, rosa Rattenbabys darin tummeln konnten.

Ich machte das Feuerzeug an und aus. Ich zündete die Kerze an und hielt sie an die Tüte. Zwei Zentimeter weg, dann näher. Ich machte das Feuerzeug aus, entfernte die Kerze wieder und sah die zerrissene Zeitung im orangenen Leuchten. Wenn ich das Haus niederbrannte, würden sie sterben, würden zwischen den Wanddielen zu verschrumpelten, verkohlten Kadavern verbrannt werden. Die Schläuche der Feuerwehrleute würden sie in die Rinnsteine spülen.

Ich hielt die Flamme an die Tüte. Ich konnte spüren, wie winzige Augen mich anstarrten. Dann wurde mir klar, dass das Feuer keine Gefahr für sie darstellte, dass sie sich schon aus dem Staub machten, wie sich Ratten immer aus dem Staub machen. Die Flammen würden ihnen nichts anhaben. Sie würden das Feuer aus den Büschen hinter dem Haus beobachten, und wenn die Asche abkühlte, würden sie zurückkehren und die letzte Beute aus den Ruinen holen.

Gelbe Flammen züngelten von der zerfetzten Zeitung hoch. Ich trat sie aus. Selbst das erste und tödlichste Werkzeug der Menschen bedeutet den Ratten nichts. Ein schwarzer Fleck im beigen Linoleum legte Zeugnis vom letzten Sieg der Nagetiere ab.

Solange der Mensch auf Erden existiert, wird der Parasit Ratte von den Früchten seiner Arbeit schmarotzen. Um die Ratten auszurotten, müsste ich jedes Gebilde von Menschenhand vernichten. Das übersteigt meine Fähigkeiten.

Aber dies ist ein Krieg. Ihn aufgeben hieße Unterwerfung, Unterwerfung hieße Versklavung.

Der chemische Gestank des verbrannten Linoleums hüllt mich ein. Ich kann spüren, wie sie um die Schränke und Armaturen herumspähen, um nachzusehen, was aus meinem Feuer geworden ist. Zweifellos sind sie enttäuscht, dass ich die Sache nicht zu Ende gebracht, mein Haus niedergebrannt und mich zum Obdachlosen gemacht oder selbst verbrannt habe, während sie einfach in das nächste Haus in der Straße gezogen wären. Ein Mensch weniger, zwei Dutzend Ratten mehr.

Ich kann sie rastlos wuseln hören. Ich glaube, ich sehe zuckende Schnurrhaare. Sie sind rings um mich herum und fragen sich, was ich als Nächstes tun werde, was für ein jämmerlicher, vergeblicher Versuch es sein wird. Ihr störrisches Beharren auf Leben um jeden Preis lehrt mich, dass Tiere tatsächlich mehr Lebenskraft haben als wir. Ich dachte, ich hätte alles in diesen Krieg investiert, aber sie hatten mehr zu geben als ich.

In diesem Augenblick wäre ich fast verzweifelt. Ich tat alles Erdenkliche, alles Menschenmögliche, und ihre schiere, tierische Hartnäckigkeit besiegte mich.

Ich gebe fast auf, aber stattdessen gebe ich weiter.

Keines Menschen Anstrengung kann ihnen etwas anhaben. Ihre Tierwelt ist zu klein, allgegenwärtig, vital. Ich kann nicht aus meiner erhabenen Welt hinabgreifen und Zerstörung über sie bringen.

Nur in ihrer Tierwelt können sie gefangen und gefasst und getötet werden, aber in dieser Welt kommt nichts dem lodernden Hass meiner menschlichen Seele gleich. Nur eine Menschenseele kann es mit der einer Ratte aufnehmen, was Hass betrifft. Nur menschlicher Hass und tierische Gier zusammen können es mit ihrem Hass und ihrer Gier aufnehmen. Eine von ihnen zu töten, das wäre jedes Opfer wert. Die Gier, Ratten zu töten, wächst. Sie verzehrt mich. Ich folge ihr, wohin sie mich führt.

Ich muss kleiner sein, um ihnen zu folgen, wenn sie vor mir fliehen. Ich muss behände sein, damit ich ihren verschlungenen Pfaden folgen kann. Ich muss sie riechen. Ich muss sie hören. Ich forme mein breites Gesicht zum spitzen eines Jägers, dem dreieckigen Schädel eines Raubtiers. Ich ziehe die Ohren hoch, ganz hoch, damit ich das Geräusch ihres stinkenden Atems hören kann. Ich mache die Pupillen meiner Augen weit, bis keine Dunkelheit eine Ratte vor mir verbergen kann. Ich beuge meine Beine zu Sprungfedern. Ich krümme die Hände zu Klauen. Ich bin Zähne und Klauen. Ich höre sie in alle Richtungen laufen. Zu spät für sie.

Ich bin die Zerstörung.

Die Katze zerrt an dem Stoff, der sie beengt, an hängenden Ärmeln und Reißverschlüssen, in denen das Fell hängen bleibt, bis sie sich befreit hat und mit einer geschmeidigen Bewegung hinter den Kühlschrank springt.

Stundenlang sind vom Keller bis auf den Dachboden seltsame Geräusche, Fauchen, Knurren und hohe, dünne Schreie zu hören.

Schließlich erklären die Behörden das Haus für verlassen.

Als es zum Verkauf ausgeschrieben wird und der Makler es inspiziert, sagt er, dass es, abgesehen von dem Einschussloch in der Küche, das sauberste Haus sei, das er seit Jahren gesehen habe.

Sarah Clemens hat, wie viele Schriftsteller, eine kunterbunte Laufbahn hinter sich und als Illustratorin medizinischer Fachbücher gearbeitet, getürkte Horoskope erstellt, Porträts gemalt und Filmkritiken geschrieben. Sie lebt in Florida, das für sie eine große Inspiration im Horror-Bereich ist. Ihre erste Story erschien 1988 in *Ripper!*, ihre zweite 1994 in der britischen Ausgabe von *Little Deaths*. Dies ist ihre dritte.

Die Geschichte wurde von einer Reise nach Rom inspiriert, von der Clemens sagt: »Die Katzen sind überall, genau wie die Zigeuner. Die Römer lieben ihre Katzen und füttern sie täglich. Es sind sehr unabhängige Katzen, die kommen, wenn man die Hand ausstreckt, oder auch nicht. Die Ruinen des alten Rom gehören eindeutig den Katzen.«

Sarah Clemens
I gatti di Roma

»Das ist also die Hölle«, sagte Melina, als sie sich umdrehte und feststellte, wie Renata sie finster anstarrte. Niedergeschlagen kehrte sie dem Konstantinsbogen den Rücken und drängte sich durch die nachmittägliche Menschenmenge zu der älteren Frau, die die aufgequollenen Füße leicht gespreizt und die Lippen geschürzt hatte. Mario stand wie gewöhnlich hinter Renata, rauchte und sah starr geradeaus. Er hätte auch in Tupelo sein können. Es war Sommer, die Touristen waren wie übergewichtige Stechmücken, die um Bogen und Kolosseum schwärmten. Melina hatte vor wenigen Wochen hier Aufnahmen beendet, aber dennoch konnte sie das grandiose und eindrucksvolle Bauwerk mit seinen Steinmetzarbeiten und Skulpturen früherer Monumente nicht einfach ignorieren. Die Römer plünderten frühere Werke schamlos, um zu bauen, was immer sie wollten, aber das Endergebnis sah selten so wunderbar harmonisch aus wie der Konstantinsbogen. Im grellen Sonnenschein ging Melina auf Renata zu, die einen abgeschabten Schuhkarton unter dem Arm hielt.

»Was schaust du an?«

»Du meinst, welche spezielle Szene?«

»Lasst das«, sagte Mario. »Bringen wir es einfach hinter uns.«

»Nimm die Asche.«

»Okay, Mama.«

Sie gab ihm den Schuhkarton und griff nach Melinas Arm, an dem sie sich festhielt, während sie die Straße überquerten. Renatas Hand war weich und feucht, die Nägel wie rote Klauen. Am meisten verabscheute Melina, wie Renatas Finger unaufhörlich zuckten, als hätten sie ein Eigenleben entwickelt.

Sie traten in den Schatten des Kolosseums und stellten sich hinter einer Gruppe farbenfroh gekleideter Ungarn in die Schlange.

»Dein Vater hat Rom geliebt«, sagte Renata, ließ Melinas Hand los und strich ihr über die starre Frisur. »Er würde glücklich sein, wenn er wüsste, dass seine Asche hierher kommt.« Sie kamen aus der Arkade im Erdgeschoss in das Kolosseum selbst. Gingen die Sandsteinstufen zu einer Galerie hinauf – und da waren sie und hatten Ausblick auf grandiosen Verfall. Wenn man ganz still blieb, bekamen die Schatten der Vergangenheit Farben und Töne. Man konnte den Boden der Arena sehen, wo Schwerter in zuckende Leiber gerammt wurden; man konnte die Wärme und den Kupfergeruch des Blutes wahrnehmen. Echos der Gewalt gab es genug im Kolosseum. Pragmatischer gesehen hatten die Aufnahmen, die Melina dort gemacht hatte, ihrer Karriere als Fotografin Schwung gegeben. Sie hatte die Aufnahmen für ihre Doktorarbeit über römische Architektur gemacht, und ihr Professor hatte vorgeschlagen, sie solle sie einer Galerie zeigen.

»Wie wäre es hier?«, fragte Renata.

Melina drehte sich um und sah sie über das Geländer blicken. Der Boden der Arena war schon lange dahin, verfallene Reihen unterirdischer Mauern füllten den enormen Raum aus wie spitze Zähne. »Hier ist es gut«, sagte sie leise.

»Ich möchte ein paar Minuten allein sein«, sagte Renata und bekreuzigte sich.

Melina und Mario schlenderten am Geländer entlang davon.

»Glaubst du, es ist so groß wie das Astrodome?«

Melina holte tief Luft. »Es konnte siebzigtausend Menschen aufnehmen. Und das ist mehr als ich über das Astrodome weiß.«

»Mm. Ziemlich groß.« Mario rauchte seine Zigarette zu

Ende und schnippte die Kippe über das Geländer. »Hat dir deine Mutter von dem Brief erzählt, den Dimi hinterlassen hat?«

»Nein.« Ihre Mutter hatte sie vor etwas mehr als einer Woche angerufen und ihr gesagt, dass Papa Selbstmord begangen und sich die Pulsadern aufgeschnitten und ihr sein gesamtes Geld vermacht habe. Während Melina noch fassungslos zuhörte, fügte ihre Mutter hinzu: »Liebes, du solltest jetzt nach Hause kommen. Dein Cousin Nick arbeitet für ein großes Atelier und verdient viel Geld, indem er Fotos von Highschool-Kindern für Jahrbücher macht. Er könnte dir dort einen Job beschaffen, du könntest bei deiner Familie sein ...« Melina hatte gewohnheitsmäßig abgelehnt und sich verabschiedet. Dann war sie zusammengebrochen. Aber als der erste Kummer abgeklungen war, wollte sie mehr wissen. Das *Warum*.

»Er wusste, dass Mama abergläubisch ist«, fuhr Mario fort und zündete sich eine neue Zigarette an, »daher hat er einen Brief hinterlassen und ihr gesagt, es würde ein Fluch über sie kommen, wenn sie seine Asche nicht auf der Akropolis verstreut. Aber weil sie so wütend wegen dem Geld war ...«

»Ist sie nicht nach Athen geflogen. Sie kam hierher.« Für Renata war ein Ort der Antike so gut wie der andere, daher war sie nach Rom gekommen, wo sie verstehen konnte, was die Leute redeten. Melina lächelte verhalten. »Wenn Renata nur eine Ahnung hätte. Im sechzehnten Jahrhundert soll Benvenuto Cellini hier eine Seance abgehalten haben. Er und ein Priester haben einen magischen Kreis gezogen und alle Zaubersprüche aufgesagt, danach sollen Dämonen erschienen sein –«

»Ich bin bereit«, verkündete Renata.

»Okay, Mama.« Mario stellte den Schuhkarton auf das Geländer und zündete sich wieder eine Zigarette an.

Melina sah über das Geländer hinunter und erblickte eine Katze, die ausgestreckt auf den gelben Steinplatten lag, eine königliche gelbe Tigerkatze mit weißer Brust. Dem Getümmel über ihm schenkte der Kater keine Beachtung. Er lag ausgestreckt wie eine kleinere Version der Löwen, die hier gekämpft hatten, dann sah er Melina direkt an und schaute ihr einen Moment in die Augen. Dann wandte er sich ab und putzte sein Fell.

Renata zupfte am Klebeband, mit dem der Schuhkarton zugebunden war, und murmelte dabei: »*Come sei stato crudele a trattarmi in questo modo? Come potresi fare una cosa del genere?*«

… wie grausam von dir, mich so zu behandeln … wie konntest du so grausam sein? Melina musste Tränen unterdrücken. Wie konnte Renata es *wagen*, so über ihren Vater zu sprechen? Wenn sie zwanzig Jahre mit Renata hätte zusammenleben müssen, hätte sie sich auch die Pulsadern aufgeschnitten.

Die Schachtel fiel von der Balustrade, als Renata die Plastiktüte mit der Asche darin nahm. Der Kater sprang blitzschnell auf die Füße, als der Karton auf dem Boden landete, erholte sich aber ebenso schnell wieder, streckte neugierig den Schwanz in die Höhe und ging hin, um zu schnuppern.

»Leb wohl, Dimi«, sagte Renata mit einem verlogenen Beben in der Stimme. Sie drehte die Tüte um, die Asche regnete hinab. Melina beobachtete angewidert, wie Staub und Pulver sich über die Katze ergossen.

»Was macht die Katze da?«, kreischte Renata.

»Herrgott, Renata!«, rief Melina zurück. »Hast du sie nicht gesehen?«

Der Kater miaute, rannte davon und schüttelte Wolken weißen Staubes ab. Er hielt an, leckte sich die Pfoten und rannte weiter. Plötzlich drehte er sich um und schaute hasserfüllt zu ihnen auf.

Mario lachte still in sich hinein und blies Zigarettenrauch aus der Nase.

Melina wandte sich ab und bemühte sich, ihre Wut zu beherrschen.

»Diese verdammte Katze!«, schrie Renata. »Was ist nun, wenn sie Dimis Seele gestohlen hat?«

»Lass das, Mama.«

»Jesus, Maria und Josef, was soll ich nur tun?«

»Katzen stehlen keine Seelen, Mama.«

»Vielleicht weiß ein Priester, was zu tun ist.«

»Hör auf, Mama.«

»Melina, wir müssen einen Priester finden.«

Sie drehte sich unvermittelt zu ihnen um. »Er hat Selbstmord begangen, Renata! Ein Priester wird ihm nicht helfen.«

»O Jesus, hilf mir«, stöhnte Renata. »Herr Jesus Christus, hilf mir.«

Sie brachten Renata ins Hotel zurück, wo Mario sich um sie kümmern und ihr ein paar Highballs einflößen konnte. Melina verabschiedete sich und fuhr mit dem Bus zu ihrem Apartment zurück. Sie hatte schon fast vergessen gehabt, wie anstrengend Renata sein konnte, und die unangenehmen Erinnerungen steigerten dieses Gefühl noch. Dimitri Pappas hatte seine Frau und ihre achtjährige Tochter wegen Renata Testa und ihrem zehnjährigen Sohn verlassen. Ehemann Nummer eins war vor mehreren Jahren an einem Schlaganfall gestorben, als er gerade Renatas Frühstück machte. Melinas Mutter mochte eine Nervensäge sein, aber was hatte Papa je an Renata gefunden? Zugegeben, sie war einst auf ihre dralle italienische Art eine Schönheit gewesen, aber Melina hatte sie nie zur Kenntnis genommen. Wie sie Melina in die Wangen kniff, wenn sie zu Besuch gekommen war, und sagte: »Was für ein dickes kleines Mädchen!« Renata hatte hämische Freude über Melinas Dickleibigkeit als Kind und ihr kantiges, hässliches Äußeres empfunden. Ihr Sohn Mario war so hübsch.

Jede erdenkliche Oberfläche in dem Haus war mit Plastik bedeckt gewesen, abgesehen von einer teuren Couch im Wohnzimmer, auf der niemand sitzen durfte. Noch schlimmer war ihre zwanghafte Besessenheit, über alles und jeden in ihrer Umgebung völlige Kontrolle zu haben. Sie hatte keinen Begriff von Privatsphäre. Jedes Mal, wenn sie zu Besuch kam, erinnerte sich Melina, hatte Renata mehrmals in der Nacht die Zimmertür aufgerissen, sie in ihrem Bett angestarrt und die Tür wieder zugeschlagen. Sie durfte die Badezimmertür nicht abschließen, und auch da kam Renata öfter hinein. Und Mario musste das die ganze Zeit aushalten. Er besaß nie Spielsachen; dafür verschwendete Renata kein Geld. Ein Hündchen, das er haben durfte, wurde ins Tierheim gebracht, als es zu groß wurde, und Mario erzählte sie, es sei von einem Auto überfahren worden. Er durfte nicht an der Klassenfahrt nach Washington, D. C., teilnehmen, weil fünf Tage zu lange und das Ganze sowieso nur Geldverschwendung war. Melina erlebte alle exquisiten Formen von Folter, die sich Kinder für ihre hässlichen Artgenossen ausdenken können, aber besonders graute ihr vor Mario. Da er keine Kontrolle über sein eigenes Leben hatte, machte er sie zu seinem Lieblingsprojekt. Wenn sie zum Spielen hinausgeschickt wurden, hielt er sie fest, spuckte sie an, trat sie und griff ihr grob zwischen die Beine und an die Brüste. Als Melina zwölf war, brachte sie endlich den Mut auf, es ihrem Vater zu sagen, der zu Renata ging, die ihn zwei Stunden ohne Unterbrechung anschrie.

»Ich kann dich nur beschützen«, sagte er ihr hinterher und betrachtete dabei seine Hände, »wenn ich dich zu deiner Mutter nach Hause schicke.« Sie empfand eine schreckliche Scham und sah ihren Vater mehrere Jahre nicht, weil sie nicht über seine Schwäche hinwegkam. Von allen Emotionen, die sie empfand, als sie von seinem Tod erfuhr, hatte die Wut sie am meisten überrascht. Sie wollte in der Zeit zurückkreisen, ihn an den Schultern schütteln, ihm sagen, dass er Renata verprügeln, sie verlassen sollte – irgendetwas. Als sie daran dachte, stellte sie fest, dass sie die Fäuste ballte.

Mit siebzehn verschwand das Fett und ein hübsches Gesicht kam zum Vorschein, eines mit schlanker, griechischer Form und ausdrucksvollen dunklen Augen. Und auf dieselbe Weise wurde sie zu einem anderen Menschen, der auch wie ein Mensch behandelt wurde. Zuerst besuchte sie das College, um ihrer Familie zu entkommen, die ihr ganzes Leben verplant hatte, weil sie übergewichtig war und nie einen Mann finden würde. Nun schien die ganze Zukunft ein aufregendes Abenteuer zu sein und die Schule nur der erste Schritt davon. Renata war fassungslos gewesen, als Melina vor dem College noch einmal zu Besuch gekommen war. Mario wurde ein Stubenhocker und setzte Fett an; er hatte denselben resignierten Ausdruck, den Melina bei ihrem Vater gesehen hatte. Aber wo Papa traurig und zerstreut ausgesehen hatte, war Mario verschlossen und nervös. Als sie zum ersten Mal allein gewesen waren, hatte er sie an eine Wand gedrängt und wie früher festgehalten.

»Weißt du noch, wie ich das immer gemacht habe?« Er tastete grinsend nach ihren Brüsten.

Sie wandte sich ab und rammte ihm durch reinen Zufall den Ellbogen in den Solarplexus. Als er zusammenklappte und auf die Knie ging, empfand sie eine garstige Freude und sagte: »Fass mich nie wieder an. Nie wieder. Herrgott, du widerst mich an.«

In dem Moment war Papa hereingekommen, hatte sich alles zusammengereimt und gequält das Gesicht verzogen. Melina deutete den Ausdruck richtig und verspürte ebenfalls Qual, weil sie sich an den Tag erinnerte, als sie zwölf war und mit ansehen musste, wie ohnmächtig er war, woran sich bis zu diesem Tag nichts geändert hatte.

Melina stieg in den Bus ein, der zu ihrem Apartment fuhr, und setzte sich neben eine alte Römerin in Schwarz, die ihr silbernes Haar zu einem Knoten frisiert hatte, genau wie Melina. Die Straßen zogen vorüber, es flossen stumme Tränen, während Melina starr geradeaus schaute und von Erinnerungen und Emotionen überwältigt wurde. Die alte Frau klopfte auf ihr Knie, worauf Melina zur Seite rückte und sie vorbei ließ. Sie hielt sich an Melinas Schulter fest, als der Bus anhielt, und sagte freundlich: »*Sei troppo belle e giovane per avere lacrime negli occhi.*«

Du bist zu jung und hübsch, um Tränen in den Augen zu haben.

Melina sah der alten Frau nach, wie sie aus dem Bus ausstieg, und der Knoten in ihrem Inneren löste sich ein wenig. Wenn eine Katze nun *doch* die Seele ihres Vaters gestohlen hatte, sein *animus*, wie die Römer sagen würden? Dimitri Pappas wäre es gewiss die höchste Freude, als Kater durch das Kolosseum zu streifen, Nickerchen in der Sonne zu machen und von Kämpfen in der Arena zu träumen … Das wunderbare Rom mit seinen schmalen Straßen, den Terrakottafarben, der barocken Pracht und den alten Ruinen. Seinen freundlichen Menschen. *Leb wohl, Papa.*

An diesem Abend aß sie allein mit Mario. Renata ruhte sich in ihrem Zimmer aus und jammerte wahrscheinlich auf Italienisch vor sich hin.

»Wie lange bleibst du hier?«, fragte er sie.

»Bis Spätsommer. Ich habe diesen Herbst eine Ausstellung mit den Bildern, die ich gemacht habe, in New York.«

»Bilder von den ganzen Katzen?«

»Ja. Sie werden auch als Buch veröffentlicht.«

»Warum?«

»Eine Menge Menschen mögen Katzen, Mario.«

»Und wie viel Geld verdienst du damit?«

»Ich spreche nicht über Geld.«

Sie aßen eine Weile, bis er wieder das Wort ergriff. »Sie will morgen den ganzen Tag ausruhen, also kann ich mir doch mit dir die Sehenswürdigkeiten ansehen.«

In einem Augenblick der Schwäche hatte sie versprochen, ihm die Sehenswürdigkeiten zu zeigen. Am Flughafen hatte er ziemlich harmlos ausgesehen. »Vergiss nicht, dass ich mit meiner Freundin von der amerikanischen Botschaft essen gehe. Du wirst dich eine Stunde oder so allein beschäftigen müssen.«

»Kein Problem.«

Kein Problem, von wegen. Wahrscheinlich würde er am Tor der Botschaft stehen und auf sie warten. Er war es gewöhnt, dass Frauen sich für ihn um alles kümmerten. Mario lächelte in Gegenwart seiner Mutter oft, ein selbstgefälliges »Jetzt aber, Mutter«-Lächeln. Aber in ihrer Abwesenheit wurde sein Blick glasig, und er zuckte nicht einmal mit den Mundwinkeln. Er war über dreißig und vollkommen hilflos unter Leuten seines Alters, besonders seit ihn Kelly nach kürzester Ehe verlassen hatte. Die hübsche, offene Kelly, die das Gute in Mario gesehen und ans Licht gebracht hatte. Es musste Renata wahnsinnig gemacht haben, nicht nur die Kontrolle über ihren Jungen zu verlieren, sondern obendrein noch an eine Frau, die sie durchschaute und vollkommen links liegen ließ. Melina hatte sich immer gefragt, warum Mario und Kelly sich getrennt hatten. Was auch immer der Grund gewesen sein mochte, seither ging es rapide bergab mit ihm. Sein unregelmäßiger, eckiger Haarschnitt; seine billige Kleidung; alles an Mario war ein wenig … daneben.

Ihre Mutter hatte ihr jüngst in einem Brief geschrieben, dass es Mario »einfach bestens ging. Er ist ein so anständiger Junge und lebt nach seiner Scheidung wieder bei seiner Mutter.« Dass sie sich von der Familie fern hielt, hatte Melinas Einsicht eindeutig geschärft und sie in ihrer Absicht bestätigt, den Bitten ihrer Mutter nicht nachzugeben und wieder in das alte Viertel zu ziehen. Die Anerkennung als Fotografin hatte ihr eine völlig neue Welt erschlossen. Sie hatte Freunde, die ihre Möbel nie abdeckten oder Altäre aus Plastik in ihrer Diele stehen hatten. Leute, die Bücher schätzten und intelligente Gespräche führen konnten.

Am nächsten Morgen begannen sie ihre Rundfahrt in der Nähe der Botschaft auf der Via del Quirinale mit der Kirche Sant' Andrea, einem von Bernini entworfenen kleinen Juwel barocker Architektur. Die ovale Kirche stellte das Martyrium des Heiligen Andreas und seine Himmelfahrt dar; sämtliche architektonischen Linien lenkten den Blick auf die Skulptur des Heiligen selbst, die von Putten und Girlanden und Symbolen des Fischers umgeben war – Netze, Ruder, Muscheln, Schilf …

»Das lernt man alles im College?«, wollte Mario wissen, als sie wieder draußen standen. Auf der Treppe von Sant' Andrea strich eine Katze um Melinas Beine, und sie bückte sich, um das Tier zu streicheln.

»Das meiste. Ah, noch ein paar Blocks und wir kommen zur Ecke des Quattro Fontane. An jeder Ecke steht ein Brunnen, und von jeder Kreuzung hat man eine andere Aussicht.« Papa hatte viel Geld für ihre Ausbildung in Geschichte ausgegeben, darunter ein mehrjähriges Studium in Rom. Sie war die Einzige in der Familie mit einem Hochschulabschluss und kam sich wie eine Außerirdische vor, wenn sie die Familienmitglieder in ihren billig möblierten Häusern besuchte, wo sie Quizsendungen ansahen. Melina hatte sich große Mühe gegeben, ihre Mutter nach Rom zu holen, damit sie ihr neues Leben begreifen konnte. Aber Mama weigerte sich, da sie sich vor fremden Orten fürchtete.

Mario folgte ihr, drehte den Hals und schaute dorthin, wohin Melina zeigte, sah aber durch jeden Stein und jede Statue hindurch. Sie hatte noch nie jemanden kennen gelernt, der so desinteressiert war. Nur während seiner kurzen Ehe hatte er vorübergehend Anzeichen gezeigt, als würde er zum Leben erwachen.

»Wir kommen zur Fontana del Tritone, ebenfalls von Bernini«, sagte sie. »Er liegt auf einer großen Piazza, der Piazza Barberini, dort könntest du etwas essen, während ich mich mit Heather treffe.«

Zwei Katzen mit dem mageren und selbstbewussten Äußeren römischer Straßenkatzen schwebten an ihnen vorbei. Melina merkte sich vor, Reste vom Essen mitzubringen.

»Katzen gibt es genug in dieser Stadt«, sagte Mario.

Melina verfiel wieder in ihren Schulmeisterton. »*I gatti di Roma*. Sie sind so berühmt wie alles andere hier. Die Römer haben sie aus Ägypten mitgebracht und mit nach Britannien genommen. Sie leben überwiegend rings um denkmalgeschützte Ruinen wie dem Forum und dem Kolosseum, und die Römer fütterten sie.« Eine Schwarzweiße saß auf der windaufwärts gelegenen Seite des Brunnens, wo die verwehte Gischt von Tritons Muschel sie nicht erreichen konnte.

»Und wo ist die Botschaft?«

Melina sah an der Katze vorbei und zeigte. »Einfach dieser Straße nach, Via Veneto. Da wurden Teile von *La Dolce Vita* gedreht.«

Mario sah sie verständnislos an.

»Vergiss es.« Sie konnte nicht verhindern, dass sie auf die Uhr sah.

»Gibt's noch was zu sehen, bevor du zum Essen gehst?«

»Nun, da wäre noch der Fontana delle Api, der Brunnen der Bienen –« Sie verstummte.

»Ja?«

»Fast hätte ich es vergessen. Santa Maria della Concezione.«

Mario sah müde drein. »Noch eine Kirche?«

»Aber eine einzigartige.«

Er zuckte die Achseln, folgte ihr über die Piazza, und da kam ein dickliches Mädchen aus der Menge, etwa dreizehn, mit einem jämmerlichen Gesichtsausdruck. Sie hielt eine Zeitschrift in der ausgestreckten Hand. Sie kam direkt auf Mario zu und plapperte wie ein Maschinengewehr. Alles an ihr wirkte ungewöhnlich verwaschen, von der Haut bis zu dem braunen, fettigen Haar. Ihre Kleidung bildete eine seltsame Melange gleichgültig zusammengewürfelter, altmodischer Stile.

»Das ist eine Zigeunerin«, sagte Melina. »Wenn du sie gar nicht beachtest, belästigt sie dich nicht weiter.«

Das Mädchen packte Marios Hose und zog daran.

»Ihre Eltern haben ihr beigebracht zu betteln. Normalerweise arbeiten sie in Gruppen, damit eine dich ablenken kann, während die andere aus deinen Taschen stiehlt. Sie versucht gerade, dir eine Zeitschrift von letzter Woche zu verkaufen.«

Melina ging weiter, und Mario stieß das Mädchen mit einem angewiderten Gesichtsausdruck weg. Sie wich zurück, und der jämmerliche Gesichtsausdruck verschwand, während sie nach einem neuen Opfer suchte.

Auf dem schattigen Bürgersteig der Via Veneto holte er Melina wieder ein, und sie zeigte bergauf zu dem eindrucksvollen Palazzo Margherita, wo die amerikanische Botschaft untergebracht war. »Wir treffen uns dort am Tor, wo die Wachen stehen. Okay?«

»Ja. Dieses Mädchen war mir das Widerlichste, das ich je gesehen habe.«

»Alle hier hassen sie. Sie sind Taschendiebe, Bettler, aber auf schwerwiegende Verbrechen lassen sie sich nicht ein. Meine europäischen Freunde halten mich für verrückt, aber mir tun sie einfach nur Leid.«

»Mir ist zum Kotzen zumute.«

Melina verkniff sich eine Antwort. Sie gingen die Treppe einer grauen, unscheinbaren Kirche hinauf. Im Inneren zeigte ein Mönch in einem kleinen Vorraum auf den Opferstock und ein Schild mit der Aufschrift FOTOGRAFIEREN VERBOTEN.

»Was ist das Besondere?«, fragte Mario.

»Wirst schon sehen.«

Sie steckte ein paar Geldscheine in das Kästchen und führte ihn nach unten in die Kapuzinergruft. »Hier ruhen über viertausend Mönche.«

Die Mönche hatten die Gebeine ihrer Brüder als Schmuck für vier enge Kapellen benutzt. Schichten altersdunkler Schädel bedeckten die Wände und formten Bögen. An den weißen Stuckdecken waren rostbraune Brustkörbe und Wirbelsäulen in makabren, arabesken Mustern angeordnet. Oberschenkelknochen und Schulterblätter bildeten einen Lüster, eine Uhr und einen Altar, wo ein Skelett im Mönchsgewand zwischen Mauern aus Knochen eingezwängt kauerte.

»Ach du Scheiße«, sagte Mario nach ein paar Minuten.

Als Melina zum ersten Mal hierher gekommen war, war sie überzeugt gewesen, es müsse einen Geruch hier geben, möglicherweise den Gestank von Verwesung. Natürlich gab es keinen, nur die stickige Luft des Erdbodens. Die Knochen waren viel zu alt, um zu riechen.

»Das ist toll!«, sagte er. »Was haben sie gemacht, jeden Einzelnen abgekocht, der den Löffel abgegeben hat?«

Melina zuckte die Achseln. Darüber hatte sie nie nachgedacht, als wäre es zu privat. »Ich muss jetzt gehen, Mario. Wenn du Postkarten willst, sie haben alle möglichen dort draußen, wo der Mönch ist.«

»Damit Mama sie findet?«

Da hatte er nicht Unrecht. Renata stöberte in allem herum, das Mario gehörte.

»Viel Spaß«, sagte sie und ging.

Er sah ihr nach, schlank und strahlend, obwohl sie als das Kind, das er terrorisiert hatte, so dick und unansehnlich gewesen war. Mama hasste Melina wegen ihrer Bildung und der Verachtung, die sie der Familie gegenüber empfand; als sie herausfand, dass Dimi Melina sein ganzes Geld vermacht hatte, hatte sie beinahe den Verstand verloren. Der alte Mann hatte sich nie gegen Mama durchsetzen können, als er noch am Leben war, aber was er ihr im Tod angetan hatte! Mario war es einerlei. Er dachte daran, Melinas dichten Haarknoten zu lösen und sie so festzuhalten, dass sie ihm nicht mehr entwischen konnte wie beim letzten Mal. Seit damals hatte er oft an diesen Augenblick gedacht, und die Reise nach Rom war eine einmalige Gelegenheit, bei der er sich ... stark fühlte, bereit. Er betrachtete die Masse der aufgetürmten Knochen lange Zeit. Dachte an den Tod, den sie versinnbildlichten. Dann ging er hinaus und die Via Veneto hinunter zu dem Brunnen, der wie alle anderen aussah. Das dicke Zigeunermädchen war immer noch da und nervte die Leute mit ihrer schrillen Stimme und der Zeitschrift. Er konnte sich vorstellen, was Mama über sie sagen, wie sie jammern und jammern und die Göre wahrscheinlich mit seiner Exfrau Kelly vergleichen würde, und da spürte er in seinem Inneren eine Schale aufplatzen, spürte dickflüssige Säure über seine Wirbelsäule fließen, in seine Lungen, sodass jeder Atemzug heiß und mühsam wurde. Das Zigeunermädchen war fett, wie es Melina gewesen war, bevor sie ihn verschmäht hatte. Fett, wie Mama.

»Was hast du da?«, fragte er sie. Sie lief zu ihm und redete italienisch. Er ließ das Kleingeld in seiner Tasche klimpern und lächelte ihr zu. Sie erwiderte dasselbe hohle Lächeln.

Er atmete ein wenig schneller, als er ihr den Rücken zuwandte und das Kleingeld in seiner Hosentasche wieder klingeln ließ. Er wusste ohne hinzusehen, dass sie ihm folgte. Durch eine Seitenstraße in irgendeine Toreinfahrt. In den Schatten.

Nun zögerte sie, da sie sich zweifellos der Gefahr bewusst war. Einer plötzlichen Eingebung folgend, zog er einen Fünfzigtausendlireschein aus der Tasche und deutete durch Gesten an, dass sie den Rock heben und ihn sehen lassen sollte, was darunter war. Sie zog den schmutzigen Rock hoch und wieder runter und streckte die Zunge aus dem Mund. Dann streckte sie die Hand nach dem Geld aus. Er packte sie im Nacken, presste ihren fetten, stinkenden Körper an seinen und drückte ihr mit beiden Händen den Hals zu, während sie zappelte und zuckte. Das Leben entschwand so mühelos. Aber er hielt sie noch eine Weile fest, um ganz sicher zu sein. Ihre Zunge hing aus dem Mund, ein dünner Speichelfaden berührte Marios Finger. Er zog ruckartig die Hand zurück, ließ sie auf den Boden des Alkovens gleiten, wischte die Nässe an ihrer Bluse ab und suchte in den Schatten nach dem Fünfzigtausendlireschein. Eine Katze saß darauf und schaute mit leuchtend gelben Augen und Pupillen wie schwarzen Löchern zu ihm auf. Er trat nach ihr, aber die Katze wich lediglich mit angelegten Ohren zurück und hinterließ staubige weiße Pfotenabdrücke. Mario schnappte sein Geld, sah zur Toreinfahrt, ehe er seiner Wege ging, und da saßen drei Katzen mit ausgestreckten Schnurrhaaren und zuckenden Schwänzen.

Er wartete am Tor.

»Hast du etwas zu Mittag gegessen?«, fragte sie. Mario hatte einen merkwürdig schlaffen Gesichtsausdruck, aber seine Augen strahlten seltsam lebhaft, und er sah sie unverwandt an. »Nee – ich hab mich nur – etwas umgesehen.«

Sie tat seine vage Antwort mit einem Achselzucken ab und kaufte ihm ein Sandwich.

»Morgen gehe ich in den Vatikan. Bei den vielen Geschäften dort kann ich mir günstig ein neues Kruzifix kaufen.« Renata tupfte mit einer Serviette und verschmierte Spaghettisauce auf den Lippen. Sie trug ihr gutes Kleid, ein blau-weißes Kunstfaserding, das über ihrem Bauch und den Brüsten spannte. Plastikperlen und Ohrclips passten in der Farbe fast zum Blau des Kleides. Mit einer knotigen Hand voll blauer Venen schob sie die Brille auf der Nase hoch und sah zum Bad, wo Mario verschwunden war. Sie aßen in einer Tavola calda, wo das Essen vom Buffet billig war und man keinem Kellner ein Trinkgeld geben musste.

»Habt ihr beiden morgen etwas vor?«, fragte Renata.

»Am Vormittag.«

Sie lächelte einschmeichelnd, was Melina ein wenig nervös machte. »Er möchte einfach in deiner Nähe sein, Liebes. Weißt du, diese Kelly hat er nie geliebt.«

»Oh, ich fand, sie waren ein hübsches Paar. Mario schien so glücklich zu sein.«

»Anständige Mädchen sind nicht in der Armee und gehen nicht nach Arabien, um an einem Krieg teilzunehmen, wenn ihr Platz an der Seite ihres Mannes ist.« Renata machte eine Pause und trank Wein. »Sie hat ihm Briefe geschickt, weißt du, aber ich war daheim, wenn die Post kam, und habe sie alle versteckt.« Sie blinzelte übertrieben. »Er dachte, sie hätte gar nicht geschrieben.«

Melina wurde speiübel. »Mein Gott.«

»Er schrie sie an, als sie nach Hause kam, und sie sagte ihm, sie hätte geschrieben und ich hätte die Briefe wahrscheinlich versteckt. Mario hat für mich Partei ergriffen, daher ist sie gegangen.«

»Weiß Mario, was du getan hast?«

»Er fand es heraus. Aber da hatte ich ihm schon gezeigt, wie sie wirklich war. Das kannst du nie verstehen, weil du selbst nie ein Kind gehabt hast, Liebes. Er war in mir, Fleisch von meinem Fleisch; niemand kann ihn so lieben wie ich.«

In betroffenem Schweigen sah Melina, wie Mario wieder zu ihrem Tisch kam. Heute Abend schien er seltsam lebhaft zu sein.

»Kein Dessert? Nun, ich möchte eines, also werde ich selbst bezahlen ...« Er wühlte in seiner Tasche und holte einen zerknitterten Fünfzigtausendlireschein mit einer Menge weißem Staub darauf heraus. »Hat heute eine Menge Staub angesetzt«, sagte er nachdenklich. »Komisch, dass der Staub von Rom wie Asche aussieht, findest du nicht auch, Mama?«

Melina fuhr am nächsten Morgen mit ihm nach Ostia Antica. Sie hatte das Gefühl, wenn sie Mario gefragt hätte, wäre er am liebsten wieder in die Kapuzinergruft gegangen. Sie fuhren mit der U-Bahn, dann mit dem Zug; Mario starrte zum Fenster hinaus, wo schäbige Mietskasernen vorbeirauschten.

»Boah! Was war das?«

Sie sah gerade noch rechtzeitig hinaus, dass sie eine Autobahnüberführung sehen konnte, unter der verfallene Wohnwagen standen, die meisten ohne Räder. Es war ein mit Abfall übersätes, dreckiges Lager. »Zigeuner«, sagte sie zu ihm.

Er drehte den Hals, bis die Bäume ihm die Sicht nahmen. »Sie leben wie die Tiere«, sagte er.

Sie antwortete achselzuckend: »Sie leben, wo sie eben können, weil die Leute sie verabscheuen.«

Der Zug fuhr in den Bahnhof ein, und Melina fiel auf, dass sich Mario den Namen der Haltestelle merkte. Danach dauerte die Fahrt nach Ostia Antica, der aus Schlamm und Schlick des Tiber ausgegrabenen Hafenstadt, nicht mehr lange. Sie schritten durch die uralten Straßen, sahen in verfallene Gebäude und bewunderten die Mosaiken und verwitterten Skulpturen. Ostia schlummerte unter den leisen Schritten der Neugierigen, und Melina entspannte sich zum ersten Mal seit Tagen etwas. Mit Mario im Schlepptau zeigte sie auf die Baracken der Feuerwehrleute und die Tempel. In dem Theater, das Septimius Severus gebaut hatte, machten sie eine Ruhepause, saßen etwa in der Mitte der Sitzreihen aus Stein und betrachteten die grauen Wolken, die vor die Sonne zogen. Ein kühler Windhauch strich über sie hinweg, und als Melina nach unten schaute, sah sie einen majestätischen Kater, ähnlich wie der aus dem Kolosseum. Nein, *exakt* wie der aus dem Kolosseum. Er sah Melina mit herzzerreißend gütigen Augen an, ehe er die Stufen herauf sprang und sich an ihren Beinen rieb. Sie streckte höflich die Hand aus, worauf er mit dem Gesicht an ihren Fingern entlangstrich und tief und laut schnurrte.

»Wie bist du mitten aus der Stadt hierher gekommen?«, fragte sie laut.

Er sah sie wonniglich blinzelnd an und behielt sein Geheimnis für sich. Dann sah er sie wieder an und Melina spürte eine Regung tief in ihrem Innersten, ein Wiedererkennen …

»Katzen«, sagte Mario, der auf den Stufen über ihr lungerte. »Sie hängen mir zum Hals raus.«

Der Kater erstarrte, als er Mario sah, und seine Augen wurden so weit, dass fast nur noch das Schwarze zu sehen war. Er legte die Ohren an, und sein Schnurren schien zu einem tiefen Knurren zu werden, wie von einem Löwen. Dann schoss er an Mario vorbei und verschwand hinter den Steinreihen.

Sie gingen wenig später, und Melina hatte den Eindruck, als wären überall Katzen, wohin sie auch schaute, mehr als sie je zuvor hier gesehen hatte. Und alle beobachteten Mario. Unter Steinbänken folgten sie ihm mit Blicken ihrer großen Augen, hatten die schlanken Körper angespannt und ließen die Schwänze dicht über dem Boden zucken. Aus verfallenen Fenstern und Torbogen betrachteten sie ihn mit angelegten Ohren. Sie spähten aus Löchern und Mauerritzen nach ihm, bis er die Schultern hängen ließ und rascheren Schrittes ging, damit sie Ostia Antica umso schneller verlassen konnten.

Mario kam schweißgebadet aus dem Hotelzimmer. »Mama, warum hast du die Klimaanlage abgeschaltet? Ich bin aufgewacht, weil es so heiß war.«

Sie hievte sich aus dem Sessel und drehte an der Skala. »Jetzt ist sie an.« Sie lehnte sich zurück, faltete die Hände in ihrem plumpen Schoß und sah sich eine italienische Seifenoper im Fernsehen an. So konnte sie stundenlang sitzen, ohne sich zu rühren.

»Wenn du Italienisch verstehen würdest, könntest du mit mir fernsehen«, sagte sie und wandte den Blick einen Moment vom Bildschirm ab.

»Du weißt, ich verstehe kein Wort, Mama.« Als er ein Kind war, hatte sie damit geprahlt, dass er nur Englisch sprach.

»Melina spricht Italienisch und Griechisch.«

»Schön für Melina. Ich gehe aus.«

»Aber es ist fast dunkel! Wo willst du hin?«

»Ich bin schon groß, Mama. Und Rom ist weitaus sicherer als Miami. Sagt Melina.«

»Diese Melina ist auch nicht allwissend. Du gehst nicht mehr aus.«

»Wir sehen uns, wenn ich wieder da bin.«

»Lass mich nicht allein! Du weißt nicht, was einer Frau zustoßen kann, wenn ein Mann sie allein überrascht.«

Er lächelte insgeheim.

»Mario! Ich will, dass du *hier* bleibst. Wenn ich nun einen meiner Anfälle habe? Unser Herr Jesus Christus möge mir beistehen, wenn mein Sohn ausgeht und mir so etwas passiert.«

»Sei still, Mama.«

»Bist du krank, dass du so mit mir redest? Du bist schon den ganzen Abend so merkwürdig. Als wärst du glücklich.«

»Ich bin glücklich, Mama. Hier kann ich Sachen anstellen, die ich zu Hause nie konnte.« Und damit ging er hinaus. Sie rief ihm nach und flehte Maria, die Mutter Gottes, an, dann verfluchte sie ihn, als er die Tür zumachte und zu den Fahrstühlen ging. Ihr Gekeife war so unwichtig wie der Regen, der draußen auf ihn fiel. In der U-Bahn saß er in dem grell erleuchteten Wagen, betrachtete die müden, ausdruckslosen Gesichter der Pendler und bemühte sich, ruhig zu bleiben und wie einer von ihnen auszusehen. An der Haltestelle des Zigeunerlagers stieg er aus. Er verspürte keinen echten Zwang, aber es hatte ihm so gut getan, sich das kleine Zigeunermädchen vorzunehmen, als hätte ihm das magische Kräfte verliehen. Genug Willenskraft, Mama Widerworte zu geben. Es war jetzt völlig dunkel, und als er die Haltestelle hinter sich ließ, befand er sich auf einer Straße mit baufälligen Zäunen, winzigen Häusern und Katzen, die durch die Schatten schlichen. Nieselregen fiel. Über den Bergen rings um die Stadt zuckten Blitze, und in weiter Ferne konnte er Donnergrollen hören.

Unter einer Straßenlaterne, die den Regen beleuchtete wie silberne Nadeln, stand ein Mädchen. Eine Zigeunerin mit denselben bunt zusammengewürfelten Kleidungsstücken wie das Mädchen – altmodische Klamotten mit bunten Bändern und Fetzen moderner Stoffe. Aber wie jeder Teenager pfiff sie auf die Tradition der Zigeuner, indem sie eine Punkfrisur trug und die Ohren mehrfach gepierct hatte. Er bot ihr Zigaretten an und gab ihr Feuer, als sie eine aus der Packung gerissen hatte.

»Sprichst du Englisch?«, fragte er und rechnete mit einem Nein.

»Etwas«, sagte sie. »Du Amerikaner, hm?«

»Ja«, antwortete er nüchtern.

Sie sog gierig an der Zigarette und schaute zu ihm auf. »Nicht viele amerikanische Zigaretten. Viel Geld.«

Er nahm die Packung aus der Tasche und gab sie ihr, fassungslos, wie ruhig er bleiben konnte.

»Wie viel für dich?«, fragte er.

»Nun ja«, sagte sie, lächelte und fuhr mit den Händen über ihre Halsketten. »Nicht viel.«

Er zog eine stattliche Banknote aus der Tasche. Sie zog eine Braue hoch, nahm sie und zeigte in die Büsche. Sie zog ihn zwischen tropfenden Zweigen hindurch zu einem primitiven Unterstand. Auf dem Boden lag ein alter Schlafsack, auf den sie sich beide legten, worauf sie sich mit dem ganzen Körper an ihn drückte und mit den Händen nach seiner zunehmend steiferen Männlichkeit tastete. Er schaute auf und erblickte zwei leuchtende gelbe Augen, die ihn aus elfenbeinfarbenen Schatten unter den tropfenden Zweigen betrachteten. Ein Fauchen, und die Augen verschwanden. Er atmete den feuchten, erdigen Geruch des Bodens ein, hörte den Regen lauter prasseln. Und dann hatte er die Hände an ihren warmen Hals gelegt, schob die absurden Halsketten beiseite, streichelte ihre Haut. Er wälzte sich auf sie und packte fester zu. Sie zappelte, aber er war viel schwerer, seine Hände kräftig. Es war nur eine Frage des Durchhaltens, des Zupackens, bis ihre Gegenwehr schließlich nachließ. Er ließ sie los, betrachtete sie nachdenklich und holte seine Zigaretten und das Geld aus ihrer Tasche. Es war wunderbar, wie hilflos sie war, und er schob ihren Rock hoch, während er überlegte, was er als Nächstes tun sollte.

»*Come sei stato crudele a trattarini in questo modo!*«

Renatas Worte gingen Melina nicht aus dem Sinn. *Wie grausam von dir, mich so zu behandeln!*

Es war ein strahlender Morgen mit klarer Luft und kühlen, tropfenden Schatten. Regen und Gewitter der vergangenen Nacht hatten vor Anbruch der Dämmerung aufgehört; Rom machte einen verklärten, ruhigen Eindruck. Melina blätterte in ihrer Dunkelkammer mehrere Fotos durch, ohne sie zu sehen. Wütend machte sie sich über einen Stapel Fahnenabzüge und Andrucke her. Wunderbare Aufnahmen von Katzen auf umgestürzten Säulen im Forum oder in den Bädern der Caracalla.

»*Come sei stato crudele …*«

Etwas daran, wie Renata diese Worte ausgesprochen hatte, wie ein Zorn darin mitschwang, der über ihre sonstige Kleinkariertheit hinausging.

Seufzend legte Melina Bilder und Fettstift weg. Was hatte

Papa bewogen, sich die Pulsadern aufzuschlitzen? Etwas musste ihm den Rest gegeben haben. Sie konnte Renata nicht fragen, aber vielleicht wusste es Mario. Widerwillig griff sie zum Telefon und wählte.

»Oh, hallo, Melina. Mama ist zur Messe in den Vatikan gegangen.«

»Nun … Ich wollte nur wissen, ob dir immer noch nach einem Stadtbummel zumute ist. Schließlich reist ihr morgen wieder ab.«

»Ah …« Melina hörte raschelnde Laute und wusste, sie hatte ihn aufgeweckt. »Klar. Wenn du willst.«

»Du hast gesagt, du wolltest das Forum sehen.«

»Den ganzen Klumpatsch beim Kolosseum?«

»Äh … ja. Aber, Mario, könnten wir es ohne deine Mutter machen? Ich muss dir ein paar Fragen stellen.« Sie verzog allein bei der Vorstellung das Gesicht, er könnte jetzt denken, dass sie an ihm interessiert sei.

»Kein Problem. Sie wird nach der Messe Freunde besuchen. Wahrscheinlich quatschen sie den ganzen Tag italienisch.«

»Okay, dann treffen wir uns in einer Stunde?«

»Einverstanden.« Er legte auf, ohne auf Wiedersehen zu sagen.

Sie schafften es am frühen Nachmittag zum Forum.

»Ist aber nicht mehr viel übrig, was?«, sagte er nur, als sie die Stufen zum Forum hinuntergingen und von einem Bruchstück zum nächsten schlenderten.

Sie zeigte auf den Bogen des Septimius Severus, die Stellen, wo mehrere Tempel gestanden hatten, und die massiven Überreste der Basilika des Maxentius, bis sie sich schließlich resigniert eingestand, dass sie Mario für nichts interessieren konnte. Sie setzte sich auf Steine beim Tempel der Vestalinnen und ließ den Blick über das Unkraut schweifen, während Mario sich eine Zigarette aus seiner zerdrückten Packung anzündete.

»Also, was ist los?«, fragte er sie.

»Ich weiß, Papa hat sich die Pulsadern aufgeschnitten, ich

weiß, ich habe das Geld bekommen, aber mir scheinen einige Teile des Puzzles zu fehlen.«

Er schnaubte erheitert. »Er ... hat eine Riesenschweinerei gemacht, weißt du? Sein Blut war im ganzen Badezimmer, auf den Teppichen, auf der verdammten Couch, die sie so gern mag. Auf der keiner sitzen darf. Herrgott, er hat im Bad derart geblutet, dass sie es neu kacheln lassen muss.«

Melina kämpfte gegen Tränen und ließ die Hand sinken, die auf etwas Weichem landete, dem Rücken einer Katze. Taub vor Trauer streichelte sie das Tier einfach, und es schaute mit seinen altbekannten Augen zu ihr auf. *Augen wie die von Papa.* Der Tigerkater mit der weißen Brust. »Und das ist alles?«, fragte sie schließlich.

»Fast.« Mario stand auf und rückte von der Katze ab, die ihn nicht aus den Augen ließ. »Dimi hat eine Riesenversicherungspolice abgeschlossen, ein enormes Aufhebens darum gemacht, und Mama war ... wie sagt man –«

»Begünstigte.«

»Mama ist am Tag nach seinem Tod losgegangen, um sie zu kassieren, zusammen mit allem anderen, das sie in ihrer Kassette aufbewahrt, und weißt du, was? Alle älteren Policen lauten nicht mehr auf Mama, du bekommst alles. Und die neue? Die ist wertlos, weil Papa Selbstmord verübt hat.«

Eine kleine, schwarze Katze strich an Melinas Beinen entlang, während sie das verdaute.

»Ich muss gestehen, ich kann keine Katzen mehr sehen«, sagte Mario. »Gibt es hier einen Flecken, wo es keine Katzen gibt?«

»Pompeji ist voller Hunde«, sagte sie geistesabwesend und ohne zu merken, dass sich eine dritte Katze zu den beiden anderen gesellt hatte.

»Ich dachte, Mama würde auf der Stelle einen Herzanfall bekommen. Der alte Kallikrates, der Versicherungsmensch, hat mich angesehen, als wollte er sagen: Schaff sie hier raus, bevor sie mir wegstirbt! Sie hat den ganzen Heimweg auf Italienisch gejammert.«

Melina stellte fest, dass Mario das alles einen Heidenspaß machte, und er grinste, während er es erzählte. »Dimi war okay, aber Mama hatte ihn unter dem Joch, genau wie mich. Aber er hat auf jeden Fall zuletzt gelacht.«

»Warum ... hat er es getan?«

»Keine Ahnung«, sagte er ausweichend.

Sie sah ihm zum ersten Mal, seit er nach Rom gekommen war, wirklich in die Augen. Er erwiderte ihren Blick mit emotionsloser Miene, wie eine Statue. Was hatte sie erwartet? Mitgefühl? Sie hatten nie etwas gemeinsam gehabt und würden wahrscheinlich auch nie etwas haben. Eine Katze, eine gescheckte, fauchte ihn an – eine von sieben oder acht, die jetzt zu ihren Füßen lagen, und Melina sah betroffen ihre flehentlichen Gesichter und großen Augen. Sie sahen sie an, als könnten sie ihre Trauer verstehen. Aber dieselben sanften Gesichter und Schnurrhaare wurden ausdruckslos und verkniffen, wenn sie sich zu Mario umdrehten. Ihre schlanken Körper waren vielsagend in ihrer Feindseligkeit.

»Ich bringe dich zum Bus zurück«, sagte sie. »Ich möchte eine Weile allein sein.«

Er zuckte die Achseln und folgte ihr.

Melina saß einige Stunden in einem Straßencafé, das weit genug vom Forum und dem Kolosseum entfernt war, dass man keinen Touristen begegnete. Sie trank geistesabwesend von ihrem Mineralwasser, das langsam abgestanden wurde, und sah dem Kellner zu, wie er Kerzen anzündete, während ein legendärer römischer Sonnenuntergang der Dunkelheit wich. Schließlich erwachte sie durch die Regsamkeit und den nächtlichen Lärm der Stadt aus der stillen Isolation ihrer Traurigkeit. Hörte hupende Autos und Motorroller und ein Stimmengewirr fließender italienischer Wortschwalle. Der Kellner kam zu ihr, aber nicht, um sie zum Aufbruch zu drängen.

»*La signorina desidera un giornale? C'e un signore che ha laschito il suo ...*«

Das war eine Höflichkeitsgeste, ihr die Zeitung eines Kunden anzubieten, der gegangen war. Sie lächelte dankbar, nahm sie und schlug sie auf.

»*Scoperta Seconda Vittima Zingara.*«

»Zweites Zigeunermädchen ermordet aufgefunden.« Sie las von dem ersten erwürgten Mädchen nahe der Piazza Barberini und dem zweiten in der Nähe des Lagers. Bis jetzt noch keine Tatverdächtigen, die Polizei verfolgte mehrere Spuren und würde vermutlich bald eine Festnahme durchführen …

Sie legte ein Bündel Geldscheine auf den Tisch, ging durch die Straßen und nahm Verkehrslärm und Gespräche wieder wie aus weiter Ferne wahr. Das moderne Rom war zivilisiert im Vergleich zu der antiken Stadt, wo zwei derartige Morde kaum für Aufregung gesorgt hätten. Dennoch war es eine Schande, hier zwei derartige Verbrechen zu erleben. Fast rechnete sie damit, weiches Fell an ihrem Bein zu spüren, und bückte sich automatisch, um den Tigerkater mit der weißen Brust zu streicheln. Er drängte gegen ihre Hand und machte vor Wonne einen Buckel.

»Die Vorstellung, dass du mein Papa sein könntest, ist schön.« Sie seufzte. »Seine Augen hast du auf jeden Fall.« Er lief ihr voraus, dann drehte er sich um und miaute zum ersten Mal. Melina legte einen Zahn zu, damit sie mit ihm Schritt halten konnte, während er die Straße entlanglief. Nach einigen Biegungen wurde ihr klar, dass sie auf dem Weg zum Kolosseum waren. Als der dunkle Umriss zu sehen war, hob Melina den Kater auf und trug ihn auf den Armen über die dicht befahrene Straße, wobei er wohlig schnurrte.

Nachts war das Kolosseum nicht hell erleuchtet, aber das hinderte die Leute nicht daran, zu den Eisengittern zu gehen und hineinzuschauen. Sie setzte den Kater ab und sah ihm nach, wie er zwischen Gitterstäben hindurchging und sich zu ihr umdrehte, als solle sie seinem Beispiel folgen.

»Menschen können nicht so einfach durch Gitter«, flüsterte sie, und seine Augen leuchteten sanft aus den Schatten.

Eine Hand wurde ihr auf den Rücken gelegt, sie zuckte zusammen.

»Mario! Du hast mich erschreckt!«

Seine Augen lagen im Schatten, fahles Licht von oben zerlegte sein Gesicht in geometrische Muster. »Ich bin aus dem Bus ausgestiegen und habe dich im Café beobachtet. Ich wollte dir etwas sagen.«

»Was?«, fragte sie und entfernte sich von dem Torbogen.

»Dimi hat Kellys Briefe gefunden. Mama hat sie unter dem Teppichboden im Schlafzimmer versteckt, und als Kelly gerade vom Golf zurückkam, hat Dimi geputzt, und da waren sie. Er brachte sie zu mir, aber Kelly hatte schon die bösen Worte über Mama gesagt –« Er wandte sich ab. »Kelly war fort, weil ich zu Mama gehalten habe.«

»Es war schrecklich von Renata, so etwas zu tun.«

Er drehte sich wieder um. »Nun, das fand Dimi offenbar auch. Ich habe gesagt, ich wüsste nicht, warum er sich selbst abgemurkst hat. Ich glaube, dass er diese Briefe gefunden hat, das war der Tropfen, der das Fass zum Überlaufen brachte. Er konnte die Scheiße nicht mehr ertragen, die Mama baute.«

»Das wusste ich nicht.« Sie konnte die Tränen nicht mehr zurückhalten.

Er kam näher, und ihr blieb nichts anderes übrig, als zurückzuweichen, fast bis zu den Gitterstäben. »Mein Verstand wirkt heute so messerscharf, Melina, mir ist fast, als könnte ich in die Dunkelheit sehen. Als könnte ich alle Geister sehen, oder was immer sie waren.«

»Was!«

»Du weißt schon, was du mir über den Burschen erzählt hast, der hier eine Séance abhielt.« Er kam noch näher, aus dem Licht, sein Gesicht wurde zur schwarzen Silhouette.

»Benvenuto Cellini. Er brachte einen Priester mit –« Sie wich zurück, berührte mit einer Hand Stein, wischte sich mit der anderen die Tränen ab, während ihr Hals wie zugeschnürt war. »Er brachte einen Priester und einen Jungen mit, sie haben einen Kreis gemalt und Beschwörungen aufgesagt.«

Sie waren jetzt weit unter dem Torbogen, und Melina fragte

sich, wo der Kater abgeblieben war. Wenn sie ihm nur folgen und unsichtbar in einer Mauerritze verschwinden könnte.

»Und was ist passiert?«

»Äh, nun, der Priester sagte, er habe Dämonen gesehen, und der Junge sagte, er habe eine Million Krieger gesehen.« Sie tastete panisch um sich, konnte aber die Gitterstäbe nicht finden, zu denen sie mittlerweile zurückgewichen sein sollte. Die Nacht war vollkommen still, als wäre sonst niemand am Leben.

»Was hat Cellini gesehen?« Seine Worte hallten zischelnd von den Steinmauern wider.

»Rauch und Schatten.« Sie war vollkommen desorientiert und rannte auf das Licht zu, das sie sah. Sie hätte gegen eine Mauer laufen sollen, einen Vorsprung aus Stein, aber da war nichts außer Leere und einem Sandboden …

Sie konnte Mario hinter sich hören, und sie stürzten beide, als er sie ansprang. Sie lief Amok, trat um sich und spuckte grobkörnigen Sand aus. Er tastete sich mit den Händen zu ihrem Hals vor, sie schlug mit den Nägeln nach seinem Gesicht, zerkratzte ihm das Gesicht und schrie zwischen keuchenden Atemzügen.

Licht und Raum. Sie konnte es spüren, als sie seine Handgelenke packte und sich unter seinem schweren Körper wand. Ein donnerndes Geräusch ertönte, ein Schnurren, das unmöglich von einer kleinen Katze stammen konnte – eine tiefe, grollende Kakophonie, aus der man das Fauchen großer Tiere heraushören konnte. Mario ließ sie los und versuchte, von dem Geräusch fortzukriechen. Die ovale Arena des Kolosseums erstreckte sich im grauen Licht; es wimmelte von den rastlosen Schatten von einer Million Katzenkriegern.

Die Löwen. Eine Vielzahl kämpfte hier jeden Tag, zusammen mit Pantern und sogar Tigern, Vorspiel für die Gladiatorenkämpfe. Seit fast fünf Jahrhunderten wurden sie mit den *bestiari* konfrontiert, verschlangen die Unglücklichen, die Verbrecher und standen dann trotzig dem eigenen Tod gegenüber.

Das Echo ihres Brüllens hüllte Melina ein, während sie im Sand kauerte und den warmen Körper einer Katze unter ihrem Arm aufstehen spürte, ein edles Tier mit gelben Augen, zotteliger Mähne und weißer Brust. Ihre riesige, löwengleiche Katze sah sie an, blinzelte, lief davon und gesellte sich zu den anderen, die Mario umzingelt hatten. Melina spürte, wie ihr Blick vor Überwältigung verschwamm. Der Eid der Gladiatoren hallte wie Donner in ihrem Kopf: »*Uri, vinciri, verberari, ferroque mecari patior.*« Er schwor bereitwillig, sich verbrennen, fesseln, schlagen und vom Schwert erstechen zu lassen, ein heiliger Schwur, in den gewaltsamen Tod zu gehen. Melina sah einen *bestiarius* aus dem Rauch kommen, einen niederen Gladiator, dessen Spezialität es war, gegen Tiere zu kämpfen. Er war mit Kurzschwert, Schild und Armschiene ausgestattet, und die Löwen umkreisten ihn hungrig, während er sich unruhig drehte und das Schwert hielt, als wäre es etwas Fremdes für ihn. Eine Katze sprang so schnell, dass Melina nur aufstöhnen konnte, als sie den Mann zu Boden warf und ihm den Helm vom Kopf riss. Es war Mario. Sie konnte seinen entsetzten Gesichtsausdruck sehen, das Blut auf seiner Wange, wo sie ihn gekratzt hatte. Er rappelte sich auf die Beine und hielt Schwert und Schild linkisch vor sich. Ein Panter kam mit leuchtenden Augen und angelegten Ohren auf ihn zu. Er riss Mario den Schild aus der Hand und wich dem Schwert behände aus. Marios Lippen formten Worte, als mehrere Löwen sich gleichzeitig auf ihn stürzten und ihn zu Fall brachten. Sie drängten sich um ihn, und die kläglichen Laute seiner Schreie tönten schwach aus dem Brüllen und Fauchen, während Klauen Fleisch, Knochen und Muskeln zerfetzten. Melinas Löwe sprang mit beängstigender Anmut und Schnelligkeit und schlug die Kiefer über dem bloßen Hals zusammen. Er riss den Kopf hoch, Blut troff von seinen Lefzen wie dunkle Juwelen.

Melina beobachtete alles wie gelähmt, angeekelt, und bemerkte dennoch, wie ab und zu Löwen durch sie hindurchgingen, um ihre Beute zu umkreisen. Sie rissen Mario in Stücke, als bestünde er aus Papier, und der Sand sog sein Blut auf, während die Tiere verschlangen, was noch übrig war, Knochen zermalmten und Knorpel schluckten.

Dann entspannten sie sich, legten sich hin und putzten sich. Ihr tiefes Schnurren ließ den Boden vibrieren. Melinas Kater kam auf sie zu und schwenkte den Kopf dabei, um Blut von den Lefzen zu lecken. Er schnupperte an ihrem Haar, legte ihr eine riesige Pfote auf die Schulter und wich zurück. Er stieß einen leisen Klagelaut aus und sank neben Melina auf den Boden, während sie abgehackt atmete und ihm eine Hand auf die Mähne legte. Er drehte sich um und sah sie mit diesen großen, gelben Augen an.

»*Melina* ...«

»*Baba.*« Sie gab ihm den alten griechischen Kosenamen, den sie gebraucht hatte, als sie klein und er ein kräftiger, wunderbarer Vater gewesen war, der sie auf den Armen trug und vor der Welt beschützte. Sie hielt seine Mähne umklammert und weinte und schlotterte, während er schnurrte und sie sanft stützte. Schließlich ließ sie ihn los, und dann verblassten die Löwen wie gehauchtes Flüstern, ihre goldenen Leiber zerflossen zu vielen Farben – schwarz, orange, gescheckt, gestreift ...

Als sie sich wieder zur Arena umdrehte, war auch Marios zerfetzter Leichnam verschwunden, der aufgewühlte und nasse Sand klebte an Armen und Gesicht einer liegenden Gestalt, die sich gerade noch bewegte.

Melina stand auf und ging mit *i gatti di Roma* durch die dunkle Arkade auf den Bürgersteig hinaus. Sie lehnte sich an die uralten Steine, machte die Augen einen Moment zu, schlug sie wieder auf und sah Autos vorübersausen, Passanten schlendern. Die Stäbe waren da, wo sie sein sollten, und sperrten sie aus dem Kolosseum aus. Aus dem Inneren sahen ein paar kleine Augen zu ihr heraus und blinzelten. Der Moschusgeruch von Löwen hing in der Luft.

»Melina!«

Sie hatte gehofft, sie müsste diese in der Morgenluft wie Fingernägel auf einer Schiefertafel kreischende Stimme nie wieder hören. Melina ging zum Fenster und sah hinaus. Renata stand unten und hatte die Hände in die Hüften gestemmt. Ein Taxi wartete am Bordstein.

»Du musst runterkommen und auf Wiedersehen sagen!«

»Ich muss gar nichts«, murmelte sie und entfernte sich vom Fenster. Ihr übermächtiger Wunsch war, im Apartment zu bleiben, aber nach unten zu gehen, das würde ihr ein Gefühl der Vollendung geben. Schließlich würde sie sie nie wiedersehen. »Bin gleich da!«, rief sie Renata zu und ging so langsam wie möglich nach unten, um die Taxigebühr in die Höhe zu treiben.

Irgendwie hatte sie es in der Nacht zuvor geschafft, nach Hause zu kommen. Während sie unsicheren Schrittes auf dem Bürgersteig ging, sah sie ihren Kater, der beim Kolosseum blieb. Als sie in ihrem Apartment wie benommen die Kleidung auszog, rieselte Sand der Arena aus ihren Taschen. Impulsiv schüttete sie ihn in eine Schale und rührte ihn mit den Fingern um. Er war so trocken, so rau. Wie Asche. In den nächsten Tagen würde Melina ein Ticket nach Athen kaufen.

»Mario steigt nicht aus dem Auto aus!«, kreischte Renata. »Ich weiß nicht, was mit ihm los ist. Er will sich nicht von dir verabschieden.«

»Kein Problem.« Melina lächelte und sah zu der schemenhaften Gestalt auf dem Rücksitz des Taxis.

»Hattet ihr Streit oder so?«

»Nein.«

Renata schürzte die Lippen, als lägen ihr tausend Fragen auf der Zunge, doch als sie fortfuhr, war sie seltsam leise. »Er kam letzte Nacht mit Kratzern auf der Wange zurück. Hat kein Wort gesagt.« Hinter der Brille sahen ihre Augen riesig und unnatürlich feucht aus. »Er hat sich *verändert*.«

Der Taxifahrer ließ den Motor aufheulen.

»Er hat mir gesagt, er würde nie wieder verreisen.«

»Diese Wirkung hat Rom auf manche Leute«, sagte Melina. Sie wartete stumm, während Renata zappelte und albern lächelte. »Nun, Liebes, ein wohlhabendes Mädchen sollte reisen, also komm uns besuchen. Miami ist so eine schöne Stadt.«

Melina lächelte zurückhaltend und sah ein letztes Mal zur Rückbank des Taxis. Renata ging auf die andere Seite und stieg ein; das Taxi schwankte.

Mario schnippte eine Zigarette auf den Bürgersteig und beugte sich zum Fenster hinaus. Salbe glänzte auf seiner Wange, die Kratzer darunter schienen rot zu glühen. Er sah sie mit leerem, in sich gekehrtem Blick an und schien die Erinnerung an die letzte Nacht zu sehen. Auch sie erinnerte sich daran, und nun hatten sie endlich doch etwas gemeinsam. Dann senkte er den Blick, und sie sah echte Gefühle, die Angst, die ihn quälen, für alle Zeiten in ihrem Rauch und ihren Schatten festhalten würde. Als sie das weiche Fell an ihren Beinen spürte, da wusste sie, warum.

Nina Kiriki Hoffman lebt in Eugene, Oregon. *The Thread That Binds The Bones,* ihr erster Roman, wurde als bester Erstlingsroman mit dem Bram Stoker Award ausgezeichnet. *The Silent Strength of Stones,* ihr zweiter Roman, erschien im September 1995. Außerdem schrieb und veröffentlichte sie ein Jugendbuch in Zusammenarbeit mit Tad Williams: *Child of an Ancient City.*

Ihre Kurzgeschichten erschienen in zahlreichen Magazinen der Genres Sciencefiction, Fantasy und Horror sowie in den Anthologien *The Ultimate Witch, The Ultimate Zombie, Bruce Coville's Book of Aliens, Weird Tales From Shakespeare, 100 Vicious Vampires, Sisters of the Night, Heaven Sent,* der Reihe *The Year's Best Horror,* der Reihe *Best New Horror* und der Reihe *The Year's Best Fantasy and Horror.*

Vor Jahren tranken Nina und ich auf einer Convention etwas zusammen und ich erzählte ihr von den verschiedenen Anthologien, an denen ich arbeitete. Als das Gespräch auf die Anthologie mit Katzen-Horror kam, sagte ich ihr, dass Katzen nicht in allen Geschichten die entscheidende Rolle spielen müssten und ich nichts gegen eine oder zwei »zufällige« Katzen hätte. Diese Geschichte bekam ich von ihr.

Zufällige Katzen

Es war kein besonderer Trick für die erste und wichtigste Katze, die Geschichte des Kommt-aus-dem-Mund-Stoffes zu lesen. Die Katze verbrachte den ganzen Tag damit, die Geschichte von etwas durch seinen Geruch zu lesen und jedes Wesen, dem sie begegnete, neu kennen zu lernen; nichts durfte der Katze zu nahe kommen, ohne beschnuppert zu werden. Selbst wenn die Katze die Person bereits kannte, musste die Person beschnuppert werden, denn jede neue Erfahrung, die die Katze machte, fügte der Sammlung von Gerüchen der Person neue hinzu.

Die Person, die die Katze am häufigsten beschnupperte, war die Person, bei der sie lebte, ihr Baum-Beine. Die Katze musste wissen, ob Baum-Beine anderen Katzen außer der zweiten und zweitwichtigsten Katze begegnet war, die bei der ersten Katze und ihrem Baum-Beine lebte.

Von allen Gerüchen, die die Katze schnupperte, erforderte Kommt-aus-dem-Mund-Stoff ganz besonders schnelles Handeln. Wenn die Katze ihn roch, musste die Katze ihn vergraben, auch wenn sie keine Erde zur Verfügung hatte; wenn die Katze ihn nicht vergrub, bekam jemand anderes vielleicht einen Hauch davon mit und fand alles heraus, was die Katze wusste. Und es war wichtig, derjenige mit den meisten Informationen zu sein.

Der meiste Kommt-aus-dem-Mund-Stoff, auf den die Katze stieß, war entweder von der Zu-schnell-gegessen-Art oder von der Art, die entstand, wenn die Katze ihr eigenes Fell leckte.

Manchmal war der von der Zu-schnell-gegessen-Art so nahe am Essen dran, dass die Katze ihn noch einmal essen konnte.

Aber dieser Kommt-aus-dem-Mund-Stoff war anders.

Die Katze hatte ihn auf dem Boden des vorderen Zimmers entdeckt, als sie von einem Streifzug zurückkam, und sich durch die Katzentür zwängte. Ein Stuhl war umgefallen, eine Lampe war zerbrochen, und da lag Baum-Beine der Katze mit diesem falschen Kommt-aus-dem-Mund-Stoff. Dieser Kommt-aus-dem-Mund-Stoff hatte keinen Essensgeruch in sich, nur dunkle, naseätzende Gerüche, totes Blut und noch etwas.

Dieser Kommt-aus-dem-Mund-Stoff kam vom Baum-Beine der Katze, und Baum-Beine aßen alles Mögliche, das die Katze niemals angerührt hätte, zum Beispiel Orangen und andere Dinge, die die Katze nur zu sich nahm, wenn sie ihren eigenen Kommt-aus-dem-Mund-Stoff machen wollte – Gras-Dinge –, aber normalerweise produzierte Baum-Beine hinterher keinen Kommt-aus-dem-Mund-Stoff.

Der Kommt-aus-dem-Mund-Stoff hatte den Geruch von Tod in sich.

Die Katze umkreiste den gestürzten Baum-Beine und schnupperte an ihm. Das Gesicht des Baum-Beines lag in seinem Kommt-aus-dem-Mund-Stoff, und das war nicht richtig. Als sie eine Weile auf dem Teppich gekratzt und versucht hatte, den Kommt-aus-dem-Mund-Stoff zu vergraben, aber nur Teppichfusseln und ihre eigenen, ausgefallenen Haare zu Tage förderte, ging die Katze zur Passt-wie-angegossen-Seite von Baum-Beine und kuschelte sich daran. Wenn die Katze das machte, begannen die Kratz-Kraul-Teile von Baum-Beine mit ihrer Katzenverehrung, aber diesmal nicht. Die Katze erkannte am Geruch von Baum-Beine auf dem Boden, dass alles anders geworden war. Da die Katze Veränderungen hasste, tat sie so lange wie möglich, als hätte die Veränderung nicht stattgefunden.

Obwohl die Katze sich an ihn schmiegte, wurde Baum-Beine kälter. Als der Schlüssel in der Tür klirrte, lief die Katze unter das Sofa zu ihrem Glöckchenball und dem Beißspielzeug, um sich zu verstecken. Die Katze lugte zwischen den Fransen hervor.

Schon bevor die Tür aufging wusste die Katze, wer es war. Baum-Beine-die-der-Katze-den-Platz-im-Bett-stahl hatte stets den Geruch tierischer Geschlechtsorgane und welker Blumen an sich, und zwar so stark, dass die Katze nicht gern in einem Raum mit ihr war. Die Katze beobachtete.

Die Tür stieß Baum-Beine der Katze an und verharrte still. Sie wurde geschlossen und dann mit etwas mehr Wucht aufgestoßen, sodass Baum-Beine der Katze ein Stück über den Teppich geschoben wurde. Katze-den-Platz-gestohlen kam herein, machte die Tür zu und stieg über die Beine der Leiche. Als ihr Geruch das ganze vordere Zimmer durchdrungen hatte, ging sie zum Zimmer mit dem Bett. Die Katze schlich ihr geduckt hinterher. Sie beobachtete von der Tür, wie Katze-den-Platz-gestohlen Schubladen der Kommode auf- und zumachte, und wühlte die Sachen in jeder Schublade durch, auf der die Katze gern schlief oder die sie zum Spielen herauszog, wenn sie die Möglichkeit hatte, Seidenteile, die an Krallen hängen blieben, starrer Stoff, in den die Katze hineinkrallen konnte, andere Dinge, die die Katze nur deshalb begehrte, weil ihr Baum-Beine versuchte, sie vor ihr zu verbergen.

Etwas stieß die Katze von hinten an. Die Katze drehte sich fauchend um und stellte fest, dass die andere Katze sich an sie herangeschlichen hatte. Sie rempelte die andere Katze an. Sie fauchten und knurrten einander an. Die erste Katze sprang auf die zweite Katze, biss ihr in den Nacken und drückte sie eine ganze Weile nieder, bis beide wussten, wer der Boss war.

Tote Blumen und tierische Geschlechtsteile von Katze-den-Platz-gestohlen waren jetzt sehr weit weg. Die erste Katze sprang von der zweiten herunter und stellte fest, dass Platz-gestohlen über ihnen stand.

Sie sagte knurrend etwas und trat nach den Katzen. Die erste Katze sprang; die zweite Katze flog von Platz-gestohlens

Schuh bis zur Wand. Die erste Katze jaulte, sprang an Platz-gestohlens Beine, schlug alle Krallen hinein und kletterte an Platz-gestohlen hinauf, wie Katzen es normalerweise bei Bäumen tun. Platz-gestohlen schwenkte ihre Handtasche, die nach den Sachen roch, die sie aus der Kommode von Baum-Beine geholt hatte. Sie schlug immer und immer wieder damit auf die Katze ein. Sachen fielen aus der Tasche und rollten über den Teppichboden in der Diele. Platz-gestohlen war kräftig und kreischte. Es gelang ihr, die Katze trotz des Klammergriffs abzuschütteln.

Sie lief aus dem Haus, ehe die erste Katze entscheiden konnte, ob sie nochmals angreifen oder weglaufen und sich verstecken sollte. Die Rippen der ersten Katze taten weh; sie schmeckte ihr eigenes Blut wegen etwas, das Platz-gestohlen mit ihrem Gesicht gemacht hatte.

Die erste Katze kroch zur zweiten Katze und schnupperte daran. Die zweite Katze lag reglos mit geschlossenen Augen da, bewegte aber noch die Flanken und stieß Luft mit der Nase aus. Die erste Katze leckte der zweiten Katze das Gesicht, dann ging sie zurück ins vordere Zimmer. Platz-gestohlen hatte die Tür offen gelassen.

Die Katze wartete eine Zeit lang unter der Couch und sah zwischen den Fransen hindurch. Niemand kam mehr in das Haus. Die Katze ging in die Küche und schnupperte an den Futternäpfen. Sie waren leer. Die Katze krallte an dem Schrank, wo Baum-Beine die guten Sachen aufbewahrte, aber die Tür ging nicht auf. Baum-Beine hatte ein Schloss angebracht, nachdem die Katze sie mehrmals selbst geöffnet und ein Loch in die Futtertüte gebissen hatte. Die Katze wünschte sich, die Tür würde wie früher funktionieren, aber sie leistete weiter Widerstand.

Noch so viel Kratzen der Katze bewirkte nicht, dass Baum-Beine hereinkam und den Schrank öffnete. Die Katze ging wieder ins vordere Zimmer und schnupperte an Baum-Beine und dem Kommt-aus-dem-Mund-Stoff. Veränderungen, grässliche Veränderungen.

Die Katze ging wieder in die Diele und schnupperte an den Sachen, die aus Platz-gestohlens Handtasche gefallen waren. Eines davon war ein dickes Bündel weichen Papiers, dem der Geruch von vielen verschiedenen Plätzen und Baum-Beinen anhaftete. Die Katze schlug die Krallen tief hinein und zerfetzte das zähe, aber hilflose Papier in einer Orgie der Verzückung, warf es in die Luft und riss es in Stücke, ehe es wieder landete. Die Katze stieß das Papierbündel die gesamte Diele hinauf und hinunter.

Als sie das Spielzeug vollkommen zerfetzt hatte, ging sie wieder an der zweiten Katze schnuppern. Sie leckte der zweiten Katze das Gesicht, bis die zweite Katze aufwachte und das Lecken erwiderte.

Sie gingen beide in die Küche. Die zweite Katze versuchte es mit einem anderen Schrank und schaffte es, ihn zu öffnen. Hinter der Tür befand sich ein Abfalleimer. Die zweite Katze stieß ihn um, dann kämpften beide darum, wer als Erster in die Tüte kriechen konnte. Die erste Katze konnte Fisch und Hühnerknochen riechen. Und mit dem verlockenden Hühnergeruch plötzlich der Dem-Tode-Nahe-Geruch, genau wie er vom Kommt-aus-dem-Mund-Stoff des Baum-Beine ausströmte. Und ganz schwach auch der Geruch von welken Blumen und tierischen Geschlechtsteilen von Katze-den-Platzgestohlen.

Die erste Katze miaute und wich aus der Tüte zurück. Sie rannte von der Küche ins vordere Zimmer. Sie schnupperte wieder an Baum-Beine und dem Kommt-aus-dem-Mund-Stoff.

Keine Veränderung.

Die zweite Katze kam und schnupperte an Baum-Beine und dem Kommt-aus-dem-Mund-Stoff. Sie nieste und schüttelte den Kopf. Nach einem Moment sprang sie auf die Couch, wo die Katzen nichts zu suchen hatten, wenn Baum-Beine zu Hause war. Die erste Katze wartete auf den Schrei, das Klatschen, den Schlag mit der zusammengerollten Zeitung, um die zweite Katze von der Couch zu verjagen, aber nichts davon passierte. Die erste Katze sah Baum-Beine an, dann sprang sie zur zweiten Katze auf die Couch.

Sie warteten.

Wer würde sie füttern?

Die erste Katze schlief ein.

Tanith Lee wurde in London geboren, fing mit neun an zu schreiben, konnte Anfang zwanzig erstmals etwas veröffentlichen und ist seither in Fantasy, Sciencefiction und Horror aktiv. Ihre letzten Romane sind *Elephantasm*, *Darkness*, der Vampir-Roman *I, Vivia*, der futuristische Roman *Eva Fairdeath* sowie *Reigning Kats and Dogs*, ein in einer Parallelwelt angesiedelter viktorianischer Schauerroman und das Jugendbuch *Gold Unicorn*; »Louisa the Prisoner«, eine Novelle, erschien als Buch bei Wildside Press. Zweimal erhielt sie den World Fantasy Award für ihre Kurzgeschichten, die mehrheitlich in den Bänden *Tales from the Flat Earth: Night's Daughter*, *Red as Blood, or Tales From the Sisters Grimmer* (dt.: *Rot wie Blut*), *Tamastara, or the Indian Nights* (dt.: *Indische Nächte*), *The Gorgon And Other Beastly Tales*, *The Secret Book of Paradys Nightshades* und anderen gesammelt wurden.

Lees Geschick bei der überzeugenden Schilderung von Örtlichkeiten trägt viel dazu bei, dass ihre in der Vergangenheit angesiedelten Geschichten besonders wirkungsvoll sind. »Blumen als Gesichter, Dornen als Füße« spielt zu einer für Katzen – und eine gewisse Art von Frauen – ganz besonders ungünstigen Zeit. Lee flicht eine komplexe Geschichte von Horror, Grausamkeit, Güte und Vergebung in ihre Geschichten in Geschichten ein – die allesamt die mannigfaltigen Beziehungen zwischen Katzen und Menschen erhellen.

Tanith Lee

Blumen als Gesichter, Dornen als Füße

In einem Dorf nahe beim Dach der Welt, das von gewaltigen Bergen, deren Gipfel Schwerter aus Schnee waren, gehalten wurde, lebten zwei junge Frauen. Eines Morgens kam die jüngere Frau zu der älteren.

»Annasin«, sagte die jüngere Frau, »ich bin hier, um dich zu warnen.«

»Mich wovor zu warnen?«

»Sie sagen, der Schnee auf dem Pass ist geschmolzen, und ein Mann kommt.«

»Was für ein Mann? Wieso sollte mich das interessieren? Glaubst du, ich suche einen Ehemann?«

»Nein, er ist ein Hexenjäger.«

Da setzte sich die ältere Frau, die gerade mal dreiundzwanzig war, auf ihren Hocker. Sie sagte: »Ich bin keine Hexe.«

»Nicht? Andere behaupten etwas anderes. Und außerdem war ich überall im Dorf und habe diese Neuigkeit verbreitet, und viele Frauen, denen ich es erzählt habe, wurden leichenblass und haben gesagt: ›*Ich bin keine Hexe.*‹«

»Mariset, geh weg«, sagte Annasin. »Das ist alles Unsinn.«

Mariset nickte und verließ das Haus.

Annasin setzte sich auf ihren Hocker und dachte nach. Sie dachte an den Winter, als sie nur durch ein Fingerschnippen das Feuer zum Brennen brachte. Sie dachte an die Sommernächte, in denen sie auf der Hochwiese getanzt hatte, und wie sie später scheinbar zum Mond hinaufgeschwebt war. Und sie hatte Zahnschmerzen und Husten geheilt. Und bei einem

Mann, der versucht hatte, im Wald Hand an sie zu legen, hatte sie dafür gesorgt, dass er sich vor Bauchgrimmen krümmte.

Annasin schob ihre Kekse zum Backen in den Herd, aber ihr Herz war schwer wie Blei. Eine Stunde später stolzierte eine schlanke, graue Katze, fahl wie der erste Morgenschimmer, durch die offene Tür in ihr Haus.

»Komm mit mir, Annasin«, sagte die Katze. »Komm mit mir, das musst du.« Die Katze redete in der Menschensprache, und als Annasin das hörte, spürte sie, wie sie schrumpfte, und dann stand sie auf vier Pfoten auf dem Boden, hatte die spitzen Ohren am Kopf aufgestellt, den Schwanz im Mehl und den Geruch backender Kekse in der dunkelgrauen Nase.

»Ein Eimer Wasser für dich, Mariset«, sagte Annasin.

»Komm mit«, sagte Mariset.

Gemeinsam stolzierten sie aus dem Haus und die Straße entlang.

Niemand schenkte zwei Katzen Beachtung. Sie liefen hinter den Holzhandlungen und unter den Schatten von Ziegenpferchen hindurch, und nicht einmal die Ziegen, deren gelbe Augen nicht gelber waren als die Augen von Annasin und Mariset, versuchten sie aufzuhalten.

Annasin und Mariset kamen zu einem Hügel über dem Dorf. Sie liefen den Hügel hinauf und dann einen anderen Hügel, durch die Kiefernwälder, bis sie zu den Hochwiesen gelangten, wohin im Sommer die Ziegen zum Weiden gebracht wurden. Hier wuchsen bereits erste Grassprossen, und ringsum erhoben sich die Schwertberge und dann der Himmel.

»Gehen wir zum Wasserfall«, sagte Mariset.

Und so liefen sie auf dem feuchten Boden des Hügels entlang zum Fuß der Berge, wo ein weißer Schwall Wasser entsprang. Und hinter dem Wasserfall setzten sie sich in einer Höhle blauer Blumen auf einen moosbewachsenen Stein, die beiden Katzen.

»Jetzt sind wir verloren«, sagte Annasin.

»Nein, wir sind in Sicherheit«, antwortete Mariset.

Aber Annasin erinnerte sich überdeutlich, wie sie ihren jungen Körper im Haus vor dem Herd hatte sitzen lassen, und sie wusste, auch Mariset hatte ihren jüngeren Körper in ihrem Haus nahe der Kirche gelassen.

»Was werden sie von uns denken?«, fragte Annasin.

»Sie werden sagen, unsere Seelen sind aus uns gewichen«, sagte Mariset, »und uns in Ruhe lassen.«

»Das glaube ich nicht.«

Mariset wälzte sich in den Blumen auf dem Rücken. »Es gibt schlimmere Schicksale, als eine Katze zu sein.«

Annasin stimmte zu. »Zum Beispiel den Tod.«

»Wer weiß«, sagte eine Stimme, »ob es schlimmer ist, tot oder lebendig zu sein.«

Und vor der Höhle stand eine dritte Katze. Ein Kater, wie sie alle deutlich sehen konnten, denn seine Hoden, fest wie Walnüsse in einem Futteral glänzenden, schwarzen Fells, zeigte er ihnen, immer höflich, als Erstes. Dann ließ er den seidigen schwarzen Schwanz sinken, kam näher und stupste höflich ihre beiden Nasen mit seiner an. Er war vollkommen schwarz, sogar seine Zunge, mit Ausnahme einer einzigen Stelle, gelb wie eine Butterblume, zwischen seinen pechschwarzen Augen.

»Nun«, sagte der schwarze Kater, »werden wir in der Katzensprache sprechen.«

»Bedaure, Sir, aber die kennen wir nicht«, sagte Mariset. »Wir sind keine echten Katzen.«

»Oh, dann wird es aber Zeit, dass ihr sie lernt«, sagte der Kater, »denn mir kommt ihr echt genug vor. Als Erstes«, sagte er, »will ich euch meinen Namen sagen. Man nennt mich Pfeil.«

Annasin und Mariset sahen einander mit ihren Butterblumenaugen an. Tatsache war, der Kater hatte in einer anderen Sprache gesprochen, aber beide Frauen verstanden sie sofort perfekt. Und als sie die Sprache ausprobierten, stellten sie beide fest, dass sie sie auch fließend sprachen.

»Pfeil ist ein schöner Name«, sagte Mariset. »Aber wer hat dich so genannt?«

»Ich selbst, denn einst hatte ich einen anderen Namen. Ich habe mich so nach meinem schnurgeraden Fall getauft.«

»Deinem Fall«, sagte Annasin. »Demnach bist du irgendwo heruntergefallen.«

Der schwarze Kater sah sie fragend an. »So ist es in der Tat. Und muss ich euch sagen, wo?«

Mariset gab ein nervöses Maunzen von sich, während Annasin nach einem imaginären Floh suchte. Beide begriffen, dass sie ein Gespräch mit einem gefallenen Engel führten.

Pfeil hingegen blieb vollkommen entspannt und legte sich zwischen den Blumen nieder. Er sagte gelassen: »Es war ein großer Streit um eine Kleinigkeit. Könnt ihr es erraten?«

»Du wolltest König sein«, sagte Mariset risikofreudig.

Der schwarze Kater lachte nach Art der Katzen. Er sagte: »Warum sollte ich, oder irgendjemand von uns, das wollen? Der König hat die ganze Arbeit. Wir waren recht glücklich. Nein, es verhält sich folgendermaßen. Wisst ihr, wir hatten sie im Garten gesehen, die Frau und den Mann. Und wir sagten unter uns: ›Seht her, *Er* hat sie verschieden geschaffen. Der Mann ist fast so weise wie die Frau, aber nicht ganz. Das ist sicher ungerecht.‹ Und so redeten wir mit *Ihm*, denn in jenen Tagen war *Er* recht umgänglich. *Er* schien überrascht und sagte uns, wir würden uns irren, denn es sei sein Plan gewesen, sie, den Mann und die Frau, anders herum zu erschaffen – sie geringer als ihn. Und unser Prinz – ihr werdet seinen Namen kennen – der lachte, lachte so sehr, bis er ohnmächtig wurde. Wie hübsch er aussah, als er *Ihm* so zu Füßen lag, mit seinen ausgebreiteten Schwingen und dem goldenen Haar. Aber dann wurde *Er* wütend. *Er* hat uns verstoßen. Wir fielen. Aber wir waren zuerst aus den Kristallfenstern gesprungen.«

Annasin putzte sich hinter dem Ohr. Sie gab keinen Kommentar ab. Aber Mariset, die Jüngere, lief los und spielte mit Pfeil, der ein gefallener Engel war. Sie wälzten sich und strampelten, bissen einander und lachten schrill miauend.

Schließlich sagte Annasin: »Also sind wir echte Hexen.«

»Und beinahe echte Katzen«, sagte Pfeil und sprang auf einen Stein, ehe Mariset an seinem Schwanz knabbern konnte. »Aber auch Katzen werden manchmal verkannt. Sie haben hübsche Gesichter, wie die Blumen, aber spitze Zähne im Mund und scharfe Krallen an den Füßen, genau wie Dornen, nur schneller.«»Unsere beiden Körper«, sagte Annasin, »sitzen in unseren Häusern.«

»Vielleicht wird niemand sie finden«, sagte Mariset.

Dann liefen sie zu dem Bach, der unter dem Wasserfall begann, und dort fischten sie ihr Essen und verzehrten es. Sie aßen es natürlich roh, und Fisch hatte niemals so köstlich geschmeckt, kalt und frisch aus dem Bergbach.

Als sie fertig waren, gingen sie wieder die Hügel hinab und sahen in der Dämmerung unten das Dorf, wo trübe rote Lichter brannten und Rauch aus den meisten Kaminen aufstieg. Zwei Pferde standen vor dem Gasthaus, wo Reisende abstiegen, und dort stand eine helle Lampe im Fenster.

»Er ist da, der Hexenjäger«, sagte Annasin.

»Ein Glück, dass wir Katzen sind«, meinte Mariset.

»Ich werde euch eine Geschichte erzählen«, sagte Pfeil. Und das machte er.

Die erste Geschichte – Die Herdkatze

Es war einmal eine Frau, die hatte in ihrem Leben nie etwas Schönes gesehen, außer vielleicht den Himmel, aber sie hatte kaum Zeit, ihn zu bewundern. Seit ihrer Geburt lebte sie in einem kahlen und öden Land, und mit dreizehn wurde sie mit einem grausamen Dummkopf verheiratet, der sie wie eine Sklavin behandelte und häufig schlug. Sie hatte Todesangst vor ihm. Er für seinen Teil hasste sie, wie überhaupt alles, außer essen und schlafen und trinken. Er wohnte seiner Frau nicht einmal bei, nachdem er sie einige Male im Bett gehabt hatte, weil er zu träge dazu war. Sie war froh, diesbezüglich in Ruhe gelassen zu werden, und schlief auf dem Boden, auf den kahlen Brettern neben seinem Sofa, mit dem Kopf auf einem Bündel Stroh und einer alten Decke, die sie über sich zog.

Es kam ein grässlicher Winter, der einem langen Atemzug aus der Eisehölle gleichkam. In dieser Gegend fiel der Schnee dicht und gefror wie Glas. Auch auf das hässliche Haus des Mannes fiel er und überzog es, bis es aussah wie ein schmutziger Zuckerwürfel. Jeden Morgen bahnte sich die Frau unter Mühen einen Weg zum Brunnen und schlug mit einem Stock Eis lose. Den ganzen Tag kümmerte sie sich um das Feuer im Herd. Im Sommer war sie zum Markt gegangen und hatte auf den Schultern einen Sack Scheite nach Hause getragen, denn es gab keine Bäume in der Nähe. Nun unterhielt sie mit den Scheiten das Winterfeuer, damit der Mann bequem in seinem Sessel sitzen konnte. Und auf dem Herdfeuer kochte sie ihm sein Essen und wärmte mit einem heißen Eisenstab das Bier, das er trank. Sie aber trank das eiskalte Wasser aus dem Brunnen und aß die Krumen, die er übrig ließ. Den Rest des Tages ging die Frau ihrer Arbeit nach, putzte das Haus, schrubbte die Töpfe und wusch die Kleidung, aber die beiden letzten Aufgaben erledigte sie in der Waschküche in bitterer Kälte, weil er nicht mochte, wenn sie ihn störte.

Am Abend zündete sie für ihn die Lampe an und bereitete sein Essen zu. Dann stieg er die Leiter zu seinem Bett hinauf, und wenn sie ihn den ganzen Tag nicht erzürnt hatte, schlug er sie nicht. Aber häufig schlug er sie doch, und manchmal tropfte ihr rotes Blut auf den Boden des Hauses.

Wenn er ins Bett gegangen war, saß die Frau allein am Herdfeuer, das langsam niederbrannte, denn ihr war nicht gestattet, es brennen zu lassen, wenn der Mann sich zurückgezogen hatte. Nichtsdestotrotz schaute sie in die goldene Glut, und manchmal träumte sie ein wenig, aber nie von angemessenen Dingen, denn man hatte ihr nie etwas erzählt, das der Träume wert gewesen wäre, und sie hatte auch nie etwas gesehen. Und auch wenn die Glut auf ihre Weise wunderschön war, bedeutete sie für die Frau, dass die kalte Nacht kam, ihr unruhiger Schlaf auf den harten Dielen und der freudlose Morgen.

Eines Morgens in diesem Winter wachte die Frau wie immer auf, als das erste, kalte Licht der Dämmerung zu sehen war. Sie erhob sich steif und wund von ihrem elenden Lager, und der Mann räkelte sich in seinen Fellen und Laken und sagte: »Mach nicht solchen Lärm, du verfluchte Kuh.«

Dann schlich sie nach unten, ging zum Herd, schichtete Scheite auf und entfachte das Feuer mit Anfeuerholz; wenn sie das alles erledigt hatte, wärmte sie sich ein paar Minuten. Wenn sie die Haustür aufmachte, begrüßte sie wie immer der Winter, als wäre der Sommer gestorben und würde nie mehr wiederkehren. Kahl wie der Tod erstreckte sich die weiße Ebene des Landes und vereinigte sich irgendwann mit dem niederen, weißen Himmel. Die Frau nahm ihren Eimer und ging hinaus, wo die Kälte ihr so brutal zusetzte wie der Mann manchmal, plötzlich und tückisch, und da stand sie mit ihrem Elend mitten in der Wildnis, als plötzlich ein kalter Sonnenstrahl durch die Wolken brach. Da sah die Frau, dass sich auf dem toten Antlitz der Welt außer ihr noch etwas bewegte.

Erstaunt sah sie hin und stellte schließlich fest, dass es eine Katze war. Sie hatte vorher noch nie eine gesehen, nur von ihnen gehört, aber niemals, dachte sie, von so einer. Denn es war eine Katze von der Farbe einer Orange, schlank und seidig, mit zwei bernsteinfarbenen Juwelen als Augen im Kopf. Als die orangefarbene Katze die Frau in ihren Lumpen an der Tür stehen sah, kam sie zu ihr gelaufen und gab dabei leise musikalische Töne von sich.

Sofort ging der Frau das einsame Herz über. Sie bückte sich und streichelte die Katze. Sie fühlte sich angenehmer als Seide an und war warm wie ein frischer Kuchen.

»Oh, meine Schönheit«, sagte die Frau.

Aber in diesem Moment hörte sie die lauten Schritte des Mannes, der die Treppe im Haus herunterkam, und einen weiteren Moment später stand er hinter ihr an der Haustür.

»Was stehst du hier herum, dumme Kuh?«, sagte er und gab ihr einen Schlag auf den Kopf. »Geh Wasser holen. Wo ist mein Bier? Wofür habe ich dich, du dumme Schlampe.«

Und da sah er die Katze, die so hell im weißen Schnee leuchtete wie ein Stückchen der Sommersonne.

»Und was ist das für ein dreckiges Vieh? He, du Mähre, hast du die ganze Zeit heimlich ein Schoßkätzchen gehalten? Ihm mein Essen gegeben?« Und er belohnte die Frau mit einem Stoß, sodass sie umfiel, und holte zu einem kräftigen Tritt gegen die Katze aus, aber die Katze schoss wie ein Blitz durch den Schnee davon. Da hob der Mann einen Stein neben der Tür auf und warf ihn nach der Katze, verfehlte sie aber, da sie um die Waschküche verschwand. »Denk daran«, sagte der Mann. »Wenn ich das Vieh erwische, ziehe ich ihm die Haut ab. Ich mache mir einen Kragen daraus.« Mit diesen Worten ging er ins Haus zurück, denn es war zu kalt, um im Freien eine Tracht Prügel zu verabreichen.

Es war der Frau nie eingefallen zu weinen, aber als sie jetzt zum Brunnen stolperte, da weinte sie, und die Tränen gefroren ihr auf dem Gesicht. Sie dachte: Was soll draußen, in der bitteren Kälte nur aus der Katze werden? Doch dann stand sie vor dem Brunnen, hackte Eis los und lief hastig zurück, um dem Mann sein Essen zu machen.

Die Frau dachte den ganzen Tag an die Katze. Sie dachte voll Staunen und Furcht an sie, denn wie sollte das Tier im dichten Schnee überleben? Als sie die Töpfe schrubben ging, ließ sie die Tür der Waschküche offen stehen, falls die Katze kommen und dort Schutz suchen würde, aber sie konnte das Tier nicht sehen.

Was den Mann angeht, er verlor kein Wort mehr über die Katze, aber er hatte seine Schlinge und das Messer hervorgeholt und schärfte die Klinge, bis blaue Funken flogen. Während der Tag von Grau zu Dunkelheit wechselte, stand er sogar einmal auf und ging zur Tür, setzte aber keinen Schritt davor. Der Schnee war so hart, dass man keine Fußspuren darauf erkennen konnte, nicht einmal die der Frau von ihren zahlreichen Besorgungen, geschweige denn von den leichten Pfoten einer Katze.

Die Frau wärmte das Bier und brachte es dem Mann, der trank und trank und sich dann in seinen Sessel setzte, und sie dachte: Vielleicht vergisst er es.

Aber sie vergaß es nicht. Sie fragte sich, wie es der Katze ergehen mochte.

Als er sein Abendessen zu sich genommen hatte, ging der Mann ins Bett. Als er an der Frau vorüberging, schlug er sie, sodass ein dünnes Rinnsal Blut von ihrer Lippe rann. »Das ist, weil du so verdammt nutzlos bist«, sagte er.

Sie hörte seine Schritte entschwinden, kauerte vor dem Herdfeuer und aß ein paar Krusten und Rinden. Aber er hatte Schlinge und Messer bei seinem Sessel liegen lassen.

Schließlich brannte das Feuer nieder und nur ein schwacher roter Schein erhellte den Herd. Die Frau stand auf und schlich leise wie ein Flüstern zur Haustür und machte sie auf. Sie hatte keine Lampe, weil sie keine haben durfte, aber es lag ein Hauch wässrigen Mondscheins über dem Land. Sie hörte den Mann oben schnarchen.

Sie sah zum Abfall, und dort sah sie, wie einen Wunsch, der in Erfüllung gegangen war, wie eine Goldmünze Farbe im Schnee leuchten.

Sie dachte Folgendes: Ich werde die Katze ins Haus lassen, damit sie sich eine Nacht aufwärmen kann. Bevor er aufwacht, bringe ich die Katze hinaus. Ich bringe sie zu der Stelle, wo die Straße zum Markt beginnt, vielleicht findet sie jemand und gibt ihr ein Zuhause. Er jedenfalls wird nicht so weit gehen, um sie zu fangen.

Dann ging die Frau in den Schnee hinaus zu der Stelle, wo die Katze sich an der Mauer zusammengerollt hatte. Als sie sich bückte und das Tier berührte, fühlte es sich kalt an, daher nahm sie es in die Arme. Die Katze schlug die bernsteinfarbenen Augen auf und sah sie an. »Wie schön du bist«, sagte die

Frau. »So eine wie dich habe ich noch nie gesehen.« Und sie trug die orangefarbene Katze zum Haus und nahm sie mit hinein.

Oben schnarchte der Mann immer noch und grunzte in seinem aufgedunsenen Schlaf; die Frau nahm lautlos ein wenig Brühe vom Kessel über dem abgekühlten Feuer und gab sie der Katze, obwohl das eigentlich das Essen des Mannes war. Die Katze beobachtete sie. Dann leckte sie die Brühe auf. Schließlich gab sie ein wunderbares, tiefes Geräusch von sich, aber die Frau hielt einen Finger an die Lippen, worauf die Katze verstummte.

»Du bist so kalt«, murmelte sie. »Schau her, das Feuer ist ausgegangen, aber die Schlackesteine sind noch warm. Ich werde dich bis morgen früh im Herd schlafen lassen.«

Und sie setzte die Katze in den warmen Staub des Feuers. Die Katze wehrte sich nicht, und als sie die Wärme spürte, kuschelte sie sich hinein, rollte sich zusammen, machte ihre sonnengleichen Augen zu und schlief.

Dann ging die Frau nach oben und lag bis zum ersten Schein der Dämmerung hellwach auf ihrem Strohkissen, damit sie die Katze wegbringen konnte, ehe der Mann ans Aufstehen dachte. Sie lag hellwach und steif wie ein Stock, und dann hörte sie ein lautes Quietschen. Wind war aufgekommen wie ein Geist über dem Schnee und schlug die Tür der Waschküche hin und her, die die Frau zu schließen vergessen hatte. Die Tür quietschte immer und immer wieder. Bis der Mann sich schließlich auf seinem Bett regte.

»Draußen ist die Tür offen«, sagte er. »Geh und mach sie zu, du nichtsnutziges Miststück. Und morgen früh bekommst du eine Tracht Prügel.«

Und so stand die Frau wieder auf und ging nach unten. Im Raum unten herrschte völlige Dunkelheit, der Herd lag im Schatten. Sie lief hastig zur Haustür und hinaus, denn sie musste verhindern, dass die andere Tür diesen Lärm machte, bevor er seinerseits beschloss, nach unten zu kommen.

Sie rannte über den harten, weißen Boden. Als sie zur Waschküche kam, schloss sie die Tür. Und dann hörte sie vom Schleier des Mondes, aus der Nacht selbst, aus den Hügeln, aus dem Boden eine Stimme nach ihr rufen.

Bleib ganz still im Schnee, mein Kind
Bis deine Sorgen vorüber sind.

Die Frau bekam es mit der Angst und versuchte sofort zu fliehen. Aber es war, als würden eiserne Hände ihre Füße festhalten, und sie musste mit vor Kälte klappernden Zähnen stehen bleiben, derweil sie im Haus Licht angehen sah und vor Grauen laut aufschrie, denn sie glaubte, er wäre nach unten gekommen, hätte die Lampe angezündet und würde die Katze im Herd finden.

Aber es war nicht der Mann. O nein.

Im Herd des Hauses loderte das Feuer wieder hoch. Die alte Schlacke hatte wieder Feuer gefangen. So sah es jedenfalls aus, denn über dem Herd brannte ein Feuer gelb-orange wie der Sonnenaufgang. Aber das Feuer hatte eine Gestalt, es hatte einen schlanken Leib und vier Beine, ein Gesicht wie ein Herz mit zwei spitzen Ohren, einen Schwanz wie ein lodernder Stängel.

Und dann trat das Feuer aus dem Herd, anmutig wie eine Maid im goldenen Kleid. Aber es war eine Katze, eine Katze ganz aus Feuer.

Sie trat in das untere Zimmer des Hauses, und unter ihrer Berührung fing der Boden Feuer. Sie streckte eine Pfote aus und hieb nach dem Sessel des Mannes, und der Sessel wurde zu einem brennenden Busch.

Dann lief die Katze aus Feuer behände die Treppe hinauf, die hinter ihr hell emporflackerte. Während oben der Mann im Rauch hustete und sich aufrichtete und brüllte: »Was machst du jetzt wieder, du Kuh? Habe ich dir nicht gesagt, du darfst das Feuer nie anmachen, außer für mich?«

Und die Katze aus Feuer antwortete: »Oh, aber es ist für dich«, aber sie sagte es in der Katzensprache, daher verstand es der Mann nicht.

Derweil leuchtete der Lichtschein im Haus immer heller, das Miststück musste alle drei Lampen angezündet haben, und daher richtete er sich im Bett auf, ballte schon einmal die Faust, und in diesem Moment tänzelte die Katze aus Feuer zur Tür herein, und das Schlafzimmer verwandelte sich in einen erblühenden Baum aus Gold.

»Gott – Gott rette mich!«, schrie der Mann. Aber Gott ist manchmal im Urlaub, wie so viele zu ihrem Kummer herausfinden müssen.

Das Feuer fraß sich durch das Bett und das Fleisch des Mannes. Zuerst brannten seine Füße, dann seine Beine. Dann wurde sein ganzer Körper zum Freudenfeuer, schwarzer Rauch drang aus seinen Nasenlöchern, Flammentränen aus seinen Augen. Er zerplatzte wie eine faule Frucht, das Haus stürzte ein, und der weiße Schnee fiel zischend mitten hinein, sodass eine Wolke in die Höhe stieg und den Mond verdeckte.

Das alles hatte die Frau schluchzend und schreiend mit angesehen, aber sie dachte nur an die arme Katze, die sie in den Herd gelassen hatte, damit sie es schön warm hatte, und nun hatte sie das Einzige getötet, das ihr lieb und teuer war.

Aber als der letzte Balken des Hauses gefallen war, kam ein goldenes Feuer aus einem Loch in den Ruinen gelaufen, das die Form einer Katze hatte. Da konnte die Frau die Beine wieder bewegen, und sie lief der Katze entgegen, bückte sich und drückte das feurige Fell an ihr Herz, bis ihr rundherum warm wurde.

Dann ging das Paar davon, die Frau und die orangefarbene Katze, fort über die verschneite Ebene, und ihre beiden Fußspuren waren tiefschwarz, ein Abdruck nach dem anderen bei der Frau, zwei Abdrücke nach zwei anderen bei der Katze, und Rauch stieg von den Fußspuren und von ihnen selbst auf, als Katze und Frau schon lange nicht mehr zu sehen waren.

Es war Nacht geworden, die drei Katzen auf dem Hügel hatten sich auf der bloßen Erde niedergelassen. Die Sterne am Himmel waren wie die Augen schwarzer Katzenmütter, die über sie wachten.

»Warum hast du uns diese Geschichte erzählt?«, fragte Annasin.

»Um euch zu zeigen, dass Katzen nicht immer sind, was sie zu sein scheinen«, sagte Pfeil.

Mariset sagte: »Aber das wissen wir. Wir vor *allen* Katzen.«

»Dann«, meinte Pfeil, »um zu zeigen, dass man nicht immer weiß, was das Herz begehrt.«

Sie schliefen eine Weile, aber der Mond ging auf. Nun war die Nacht erleuchtet wie ein Ballsaal, aber im Dorf waren alle Lampen gelöscht und jeder Kopf ruhte auf seinem Kissen. So wie Annasin und Mariset in einigen Nächten des Jahres geschlafen hatten.

»Keine anderen haben sich hier zu uns gesellt«, sagte Mariset. »Ich hätte geschworen, dass hier in unserem Dorf mindestens noch drei weitere Frauen Hexen sind.«

»Oder sie haben es nur behauptet«, sagte Annasin. Und sie dachte an die Vettel Margotta, die Ziegen verzaubern konnte, sodass ihre Milch sauer wurde, behauptete sie jedenfalls. Und an die Mädchen Vebya und Chekta, die behaupteten, sie könnten fliegen. Aber Annasin hatte, wenn sie in Sommernächten vor dem Mond schwebte, manchmal Mariset gesehen, aber niemals Vebya oder Chekta. Die saure Milch freilich hatte sie gekostet, glaubte aber, dass Margotta etwas hineingeworfen hatte.

Pfeil stand auf, ebenso Annasin und Mariset, die grauen Katzen. Sie spielten zusammen im Mondschein und rannten, um in den weiten Kiefernwäldern, die im Mondlicht funkelten, als wären sie mit Silber und Diamanten geschmückt, Falter zu jagen. Sie spielten und jagten die ganze Nacht und hinterließen in den letzten Flecken weißen Schnees Abdrücke ihrer Blumenfüße, die Dornen hatten.

Als die rosa Dämmerung anbrach, betrachteten sie sie. Dann tranken sie aus einem Teich, alle drei, und sahen, wie Pfeils schwarze Zunge schlabberte. Sie schliefen Brust an Rücken in einem uralten Bau. Annasin gelüstete es nach Pfeil und sie schämte sich, aber irgendwann im Schlummer des Tages bestieg er sie, sie spürte ihn und ihr ganzer Körper bebte vor Lust. Nach langem, und ihr kam es wahrlich lange genug vor, ließ er von ihr ab, und dann folgten stechende Schmerzen. Sie drehte sich um und schlug ihm ins Gesicht. Er verbeugte sich und ging hinaus, um die Farne vor dem Bau zu markieren.

»Dornen«, sagte Annasin. »Nicht nur an unseren Füßen.«

»*Er* hat die Welt geplant«, sagte Pfeil. »Das ist eine wundersame Tat, die wir nie fertig gebracht hätten. Aber in seiner Eile, alles zu Ende zu bringen, hat *Er* gewisse Akte nicht erprobt und bestimmte Elemente unzulänglich gelassen. *Er* wollte nichts Böses. Das will *Er* nie. *Ihm* dürft ihr keine Schuld geben.«

Am Nachmittag war es warm im Wald. Sie standen alle auf und putzten einander von den Schwanz- bis zu den Nasenspitzen. Danach jagten sie unbarmherzig und stellten Schreckliches an, das weder ihre Schuld noch die Gottes war, sondern lediglich ein Gesetz in der überhasteten Planung eines großen Genies. Sie aßen gut, und die Sonne sank wie ein flammendes Auge herab.

Während des Sonnenaufgangs herrschte Aufregung im Dorf. Annasin und Mariset liefen los, um alles vom Aussichtspunkt eines nahe gelegenen Hügels anzusehen, und Pfeil saß hinter ihnen.

Ein großer, alter Mann stand auf der Straße. Er war dunkel und finster und in rostiges Schwarz gekleidet. In der Hand hielt er ein Kruzifix, das wie der Wald in der Nacht leuchtete, daher wussten sie, dass es aus Silber war. Kräftige Männer zerrten grob einige Frauen aus den Häusern. Die alte Margotta wurde geholt, sie fluchte und spuckte in ihren stinkenden Kleidern, danach die weiße Vebya und die braune Chekta, schluchzend. Danach kam der Holzfäller aus dem Haus von Annasin und trug über der Schulter eine reglose Gestalt, in der Annasin ihren eigenen menschlichen Körper erkannte, dessen langes Haar bis zum Rücken reichte.

»Seht, sie ist verhext«, sagte der Holzfäller.

Aber der grimmige alte Mann, der Hexenjäger, der sagte: »Nein, in der Hexentrance. Ihre Seele ist unterwegs, Schabernack anstellen. Sie fliegt auf einem Besen über die Kamine oder saugt Lämmern und Kindern das Blut aus.«

»Alter Narr«, sagte Mariset. Aber sie hatte eine ganze Maus verschlungen, sie durfte sich kaum ein Urteil anmaßen.

»Ich bin in Gefahr«, sagte Annasin. »Ich sollte besser umkehren.«

Gerade da ertönten neue Schreie, und die Tür von Marisets Haus bei der Kirche wurde aufgerissen. Sie zerrten ihren Körper an den Haaren heraus, und Mariset wimmerte.

»Was soll ich tun?«

Die fünf Hexen, echte und falsche, wurden in das Krankenhaus geschleppt, das bereits hell von Lampen erleuchtet wurde, als wäre die aufziehende Nacht dunkel, und die Türen wurden zugeschlagen.

Stille herrschte auf dem Hügel, bis eine Eule mit Katzenaugen über ihnen dahinflog.

Sie schauten zu der Eule auf, Pfeil und seine Damen. Dann sagte Pfeil: »Ich will euch eine zweite Geschichte erzählen.«

»Wir haben keine Zeit für Geschichten«, verkündete Mariset kläglich miauend.

»Dafür ist immer Zeit«, sagte Pfeil, »denn Zeit existiert nur durch die Gnade von *Ihm*.«

Die zweite Geschichte – Die Meerkatze

Das Schiff der Piraten war schwarz gestrichen, die Galionsfigur war ein Mann aus Holz mit gezücktem Schwert und einer abgetrennten Hand zwischen den Fingern. Sie befuhren die Meere, die ganze Schar, und hielten sich für gerecht. Denn wenn sie einem anderen Schiff begegneten, raubten sie es aus, töteten aber nur diejenigen, die Widerstand leisteten oder versuchten, ihre Besitztümer zu verstecken.

Außerdem besaßen sie, diese Piraten, eine Art Glücksbringer oder Sündenbock. Der Maat, der gern schnitzte, hatte ihn aus einem Stück Treibholz gemacht; es war eine sehr grobe und unschöne Holzkatze, ein Auge groß und rund, das andere länglich und schmal. Hatten sie Glück gehabt, überschütteten die Diebe diese Glückskatze mit Wein, war etwas schief gegangen, dann schlugen sie Nägel hinein, traten sie und spuckten ihr ins Gesicht. Sie hatten ihr einen Namen gegeben, der Rattenfänger bedeutete.

Es begab sich, dass sie einen ganzen Monat lang großes Glück gehabt hatten, vier Schiffe ausrauben und sich mit kostbarer Beute aus dem Staub machen konnten, Ballen von Samt, Halsketten aus Perlen und einigen Fässern Wein, den sie überaus mochten. Eines Abends, als die Sonne gerade untergegangen war, sahen sie am Horizont einen Sturm an sich vorbeiziehen, gleich einer rasenden Felswand aus Wind.

Da salbten sie Rattenfänger und setzten sich zum Essen hin. Kaum hatten sie das getan, ertönte lautes Gebrüll vom Krähennest über ihnen.

Der Kapitän der Piraten lief nachsehen, was vor sich ging, und der Großteil seiner Männer begleitete ihn, und als sie an der Reling Ausschau hielten, sahen sie etwas auf der Wiege des schwarzen, nächtlichen Meeres treiben.

»Das ist ein Fass Rum«, rief einer.

Aber ein anderer meinte: »Nein, hört doch die Schreie. Das ist ein Baby.«

Es kam über das Meer daher, dieses treibende, schreiende Ding. Und im Osten ging der Mond auf.

Nun waren sie aber Meilen weit vom Land entfernt und ringsum nichts zu sehen. Keine Insel, kein Segel, nichts, von dem sie wussten. Aber da, auf dem Wasser, trieb ohne einmal unterzugehen ein Umriss, gleich einer blauen Blume. Und miaute zu ihnen empor, wenn es den Kopf hob. Es war eine Katze.

»Wie kann sie an der Oberfläche bleiben?«, fragte einer der Piraten.

Und einer antwortete: »Sie muss schwimmen.«

Darauf meinte der Kapitän: »Beeilt euch und zieht sie an Bord. Das bringt Glück, aber Pech, sie da draußen zu lassen. Aber sprecht ihren Namen nicht aus.«

So warfen sie ein Netz aus, fingen die blaue Katze und brachten sie an Bord. An Deck schüttelte sie sich und war gleich trocken. Eine hübsche kleine Katze mit spitzem Gesicht und großen Augen.

»Nennt sie Rum«, sagte der Kapitän, »denn dafür haben wir sie zuerst gehalten.«

Dann gaben sie Rum eine Schale Fische, und Rum saß schnurrend unter dem Mast, sah sie sanft an und putzte sich hinter den Ohren.

»Seht ihr, sie ruft einen günstigen Wind«, sagte einer der Piraten, und dieser günstige Wind kam tatsächlich und wehte sie dahin, wohin sie wollten.

Als sie gegessen hatten, gingen die Diebe in ihre Kojen, nur der Kapitän und der Maat blieben in der Kabine, wo Rattenfänger in der Ecke stand, und würfelten. Wenig später kam Rum herein, schnurrte und rollte sich auf der Koje des Kapitäns zum Schlafen zusammen.

»Seht«, sagte der Maat, »wie sich Rattenfängers Augen im Schein der Lampe zu bewegen scheinen. Er ist eifersüchtig auf Rum.«

Der Kapitän lachte, und in diesem Augenblick ertönten wieder Rufe oben an Deck. Der Kapitän und der Maat gingen nachsehen und fanden den Piraten, der die Wache übernehmen sollte, brüllend oben stehen, während der Pirat, dessen Wache zu Ende ging, tot am Steuer lag, ohne einen Atemzug in und ohne eine Spur an sich.

»Männer sterben«, sagte der Kapitän. »Einer weniger ist ein Anteil weniger abzugeben. Werft ihn über Bord.«

Sie gehorchten, dann gingen der Kapitän und der Maat, die die neue Wache mit verdrehten Augen auf Posten ließen, in ihre Kojen. Rum war fort, wie es sich für eine Katze geziemte, streifte er über das Deck, derweil der kalte Mond das Schiff betrachtete. Das Schiff schwankte sanft wie ein Schlummerlied.

Bei Sonnenaufgang ertönte wieder lautes Gebrüll. Nun gingen mehrere nach oben. Und als sie zum Steuer kamen, sahen sie, dass die dritte Wache die zweite tot aufgefunden hatte, so wie die zweite die erste. Auch sie lag wie ein Stück Holz da und hatte keine Spur an sich.

»Hier geht etwas vor«, sagte der Kapitän. Und er teilte drei Mann als Wachen am Steuerrad ein und ließ die anderen den zweiten Toten über Bord werfen. Dann ging er frühstücken, und er und der Maat schlugen Rattenfänger und schütteten ihm Weinreste ins Gesicht. Aber sie aßen gut, blieben lange sitzen, zählten das Geld ihres letzten Beutezugs und überlegten, wie es jetzt weitergehen sollte.

Ein- oder zweimal ertönten Schreie an Bord, aber die Piraten schrien sich oft an, denn sie tranken in der Nacht und waren tagsüber streitlustig, bis sie wieder trinken konnten.

Zur Mittagszeit kam ein Mann, der sehr blass war, zu dem Kapitän. »Verflucht sei Rattenfänger«, sagte der blasse Pirat, »aber ich habe die ganze Länge des Schiffs abgeschritten, und jeder Mann an Bord, außer Euch und mir, liegt tot an Deck, ohne eine Spur an sich.«

In diesem Moment kam Rum zur Tür herein und setzte sich vor Rattenfängers Pfoten, um sich zu putzen. Das sah der Kapitän und sagte: »Rum hat uns doch kein Glück gebracht.«

»Sie muss auch über Bord«, sagte der Maat. Da sah Rum ihn mit ihren hübschen, runden Augen an, und der Maat fuhr fort: »Aber ich bringe es nicht übers Herz, es zu tun.« Obwohl er fünfzig Männern die Kehlen aufgeschlitzt hatte.

Doch der Kapitän meinte: »Was kann Rum schon tun? Nicht

mehr als Rattenfänger, der ein Stück Holz ist. Es handelt sich um eine Pestilenz. Lass uns Wein trinken, denn das ist die beste Medizin.«

Und so tranken die drei, der Kapitän, der Maat und der letzte Matrose, Wein aus Pokalen und gingen an Deck, um die toten Männer auf dem Schiff anzusehen.

Manche waren bei der Arbeit gestorben, beim Deckschrubben oder Segelflicken. Einer lag sogar im Krähennest, Kopf zurück gelegt, als würde er entspannen. Das Ruder war ein wenig vom Kurs abgekommen, aber auch das behoben sie. »Sie müssen alle ins Meer geworfen werden, sonst fangen sie an zu stinken«, sagte der Kapitän. Folglich hoben sie jeden Mann auf und warfen ihn über die Reling, und das Meer nahm jeden mit seinen gütigen, blauen Armen auf. »Jetzt«, sagte der Kapitän, »setzen wir Kurs auf den nächsten Hafen. Denkt daran, wie reich wir sind, wir drei.« Und er schickte den letzten Matrosen los, um die Segel zu setzen, und übernahm persönlich das Steuer.

Der Kapitän stand den ganzen Nachmittag über am Steuerrad seines Schiffs und löschte seinen Durst hin und wieder mit Hilfe des Weinfasses, das neben ihm stand. Ein- oder zweimal sah er die blaue Gestalt der hübschen Rum auf und ab gehen, beachtete sie aber nicht. Aber am Ende hörte er keinen Laut mehr auf dem Schiff, abgesehen von den Stimmen der Holzbalken und dem Murmeln der Segel über ihm. Daher rief er nach dem Maat und dann nach dem anderen Piraten, dem letzten verbliebenen Matrosen. Niemand antwortete.

Als die Sonne ihre Bahn zog, der Himmel dunkel wurde und der gleichmäßige Wind weiterwehte und sie Richtung Hafen trug, band der Kapitän das Steuerrad fest, wie er es haben wollte, zückte sein Messer und ging nachsehen.

Den letzten Matrosen fand er mittschiffs, mausetot, mit einem Lächeln auf dem Gesicht, aber ohne eine Spur von Gewaltanwendung. Den Maat fand der Kapitän an der Schatztruhe liegen; er hatte ein paar Münzen in der Hand, lächelte und wies keinerlei Spuren auf.

Danach ging der Kapitän zu Rattenfänger, spuckte auf Rattenfänger und gab Rattenfänger etwas Wein. »Ich werde«, sagte der Kapitän, »der reichste Mann seit Urzeiten sein. Wenn ich überlebe.«

Aber der Kapitän überlebte nicht, denn als die Sonne unterging, kam die hübsche Rum leise in seine Kabine und sah den Kapitän an. Und er sah in ihre Augen, und ihm schien, als hätte er niemals zuvor ein derart tiefes und verlockendes Meer gesehen. Auf diesem Meer segelte er hilflos in der milden Brise, und Rum schnurrte ein schöneres Lied, als es die Sirenen oder die Meerjungfrauen singen können, die Seeleute in den Tod locken. Der Kapitän legte sich träumend auf seine Koje, und Rum kam leise zu ihm und legte sich auf des Kapitäns Gesicht. Und so wurde er träumend erstickt und starb wie alle anderen.

Als der Kapitän tot war, ohne dass er eine Spur davongetragen hätte, sprang Rum herunter und putzte sich; der Wind flaute ab und das Schiff trieb reglos im Ozean. Rum schaute sich mit ihren leuchtenden Augen um und bemerkte den hölzernen Rattenfänger, der sie betrachtete.

Rattenfänger sagte in der Katzensprache: »Nun wirst du wieder ins Meer springen und auf das Nächste warten.«

»So ist es«, entgegnete Rum höflich.

»Nimm mich mit«, sagte Rattenfänger.

»Nun denn«, meinte Rum, »leider bist du mir überhaupt nicht nützlich. Tut mir sehr Leid.«

»Du irrst dich«, sagte Rattenfänger. »Gewähre mir nur die Gabe der Bewegung, dann zeige ich dir, was ich kann.«

Da streifte Rum Rattenfänger mit ihrem seidigen Schwanz, und Rattenfänger erwachte zum Leben, aus Holz und voller Splitter, mit allen Nägeln, die die Piraten in ihn geschlagen hatten, die aus ihm herausragten, und allen Flecken und Spuren ihrer Tritte und Becher.

Aber Rattenfänger stolzierte wie ein abgenutzter Stuhl die gesamte Länge des Decks entlang. Beim Bug angekommen, glitt er hinunter. Rum saß gespannt auf der Reling.

Rattenfänger kletterte zu der hölzernen Galionsfigur mit dem gezückten Schwert und der abgehackten Hand. Und dort rollte Rattenfänger sich zusammen, genau wie Rum auf den Gesichtern der Piraten. Nach einiger Zeit fiel das Schwert aus dem hölzernen Handgriff der Galionsfigur, danach die abgehackte Hand. Dann zappelte und krümmte sich die Galionsfigur selbst. Rattenfänger sprang hoch, als die Galionsfigur ins Meer stürzte, und danach ächzte das ganze Schiff und brach entzwei, als wäre es auf eine Klippe aufgelaufen, und wenig später sank es.

»Du kannst Menschen töten, ich Schiffe«, sagte Rattenfänger zu Rum, als die beiden im Meer trieben.

Rum antwortete: »Dann komm mit mir, Bruder.«

Mariset seufzte. »Warum hast du uns diese Geschichte erzählt?«, fragte sie.

»Damit ihr wisst«, entgegnete Pfeil, »dass die Menschen Katzen fürchten.«

»Wenn deine Geschichte wahr ist«, sagte Annasin, »haben sie auch allen Grund dazu.«

»Schon möglich.«

Unten im Dorf brannten die Lichter noch, obwohl es spät war. Vage und Furcht einflößend drang Lärm aus dem Gasthaus, und trotz Pfeils melodischem Miauen konnten sie ein- oder zweimal das Keifen der Hexen verstehen, aber keine Worte. Und später die Schreie hören.

»Wie schön es hier ist«, sagte Mariset, »auf den Hügeln.«

»Wie sicher es ist«, sagte Annasin. »Aber ich frage mich immerzu, was haben sie mir da unten angetan?«

»Ich hatte noch nie einen Liebsten«, sagte Mariset leise.

Annasin entgegnete: »Das brauchst du auch nicht. Sie sind Rüpel.« Aber dann dachte sie an Pfeil und seinen Samt, an den Dorn des Schmerzes nach dem Aufruhr der Begierde.

Und Mariset stand auf und rieb ihr Gesicht an Pfeils Gesicht.

Annasin rollte sich zu einem Fellknäuel zusammen und

machte die Augen zu und schlief ruhig, bis sie Mariset kreischen und Pfeil rückwärts durch einen wilden Rosenstrauch springen hörte, um ihren Krallen zu entkommen. Da stand Annasin auf und ging zu Mariset und putzte sie, sie lachten und Pfeil lief herum, markierte die Büsche und hatte den Mondschein in den Augen.

»Ist es jetzt besiegelt, dass wir mit dem Teufel geschlafen haben?«

»Wer weiß?«, antwortete Annasin. »Wen kümmert es?«

Dann spielten sie alle drei wieder auf dem Hügel, aber schließlich ging der Mond unter, und die Nacht wurde dunkler. Sie tranken am Teich, wo Annasin sagte: »Ich will nicht unhöflich sein, aber ich muss ins Dorf zurück. Ich muss wieder in meine menschliche Gestalt. Vielleicht bin ich eine Närrin, dass ich das tue.«

»Ich hatte ein hübsches Gesicht und glänzende Haare«, sagte Mariset. »Aber ich habe nicht den Mut, dorthin zurückzugehen. Ich bleibe lieber hier, auf den Hügeln. Wie kalt die Berge vor den Sternen aussehen! Ich entlasse dich aus meinem Zauber, Annasin, damit du in deinen Körper zurückkehren kannst. Du weißt selbst gut genug, wie du wieder herauskommst.«

Annasin schlich den Hügel hinab wie ein schlanker, grauer Schatten. Sie stahl sich an den Kuhställen und Hütten vorbei, und nicht ein Hund bellte. Sie kam auf die Dorfstraße, und da war ihr Haus, schwarz wie eine Grube, während alle anderen Häuser hell erleuchtet waren.

Sie lief auf vier Füßen zum Gasthaus, wo die draußen festgezurrten Pferde wieherten und die Augen verdrehten. Daher ließ Annasin sich gehen und ihre Katzengestalt verschwand. Eben noch schwebte sie in der Luft, und dann war sie in ihrer Haut, in ihrem Haus.

Das Licht war trübe und dunkel, eine Art Braunton, und sie lag auf einem Haufen stöhnender, wimmernder Frauen und hatte Schmerzen.

Ihr wurde klar, dass man Nadeln in sie gebohrt und sie mit glühendem Eisen berührt hatte, damit sie wieder zu sich kam. Ihr ganzer Körper war zerkratzt, selbst unter der Kleidung. Außerdem war sie mit einem kräftigen Seil gefesselt worden, und viel zu fest obendrein, das an einem Fleischerhaken an der Wand befestigt war. Alle anderen Frauen hatte man ebenso behandelt.

»Seht«, flüsterte eine Stimme. Das war Vebya, die an Schläfen, Handgelenken und Füßen blutete. »Annasin ist wach. Oh, Annasin – rette uns. Ruf einen Dämon, der uns befreit.«

»Das kann ich nicht«, sagte Annasin. »Ich bin keine Hexe.«

»Doch, das bist du«, kreischte Vebya. »Denn ich habe dich über die Wiese schweben sehen.«

»Doch, das bist du«, sagte Chekta, die gepeitscht worden war, sodass ihr Kleid und ihr ganzer Rücken in Fetzen hingen, »du kannst mit einem Zauberwort Feuer machen. Ich habe dich beobachtet.«

»Was ich vollbringen kann, hat seine Grenzen«, sagte Annasin.

Ganz in der Nähe räusperte sich die schmutzige Margotta und spie aus. Die Finger ihrer rechten Hand waren gebrochen. Sie sagte: »Ich habe die Herrscher der Hölle gerufen, aber sie kommen nicht, die Verräter. Vierzig Jahre habe ich ihnen gedient. Und der Teufel hat mich in meiner eigenen Küche genommen. Das alles habe ich erzählt, damit sie mit dem Hammer aufhören. Und ich war getreu, aber wo ist er jetzt, der Dämon, der in mir war?«

Dann eine Bewegung, ein Stuhl wurde zurückgeschoben, und aus dem braunen Licht stürmte der Schatten des Hexenjägers. Sein gemeines, gequältes Gesicht ragte gelb im Schein seiner Kerze über Annasin auf. Er hob das silberne Kruzifix hoch, doch als Annasin sich davor verbeugte, riss er es zurück.

»Verspottest du Gott, du Schlampe?«, schrie er.

Annasin sagte nichts.

Der Hexenjäger spie aus wie die alte Margotta, aber in das niedergebrannte Feuer. Er sagte: »Sprich jetzt, Hexe, da du erwacht bist. Wo bist du gewesen, auf deinem Hexenbesen oder deinem Albtraumpferd? Wen hast du vergiftet? Hat der Teufel dich genommen?«

Annasin kniff die Lippen zusammen. Sie sagte: »Ihr wärt besser in einer Kirche aufgehoben, Väterchen, wo Ihr um eine bessere Gesundheit beten solltet.«

»Nimm dich zusammen, Weib. Versuch nicht, mich zu verfluchen. Ich bin sicher in den Armen Gottes.«

»Ihr werdet in sieben Monaten sterben«, sagte Annasin. Und hätte sich auf die Zunge beißen können. Was war in sie gefahren? Aber es stimmte, denn sie sah seinen Schädel durch den Kopf wie einen Stein in der Suppe.

Der Hexenjäger versetzte ihr einen heftigen Schlag in den Magen; Annasin fiel um. Sie fiel gegen Marisets lebloses Körper, und Vebya kreischte: »Lasst sie erzählen, wo die andere Hexe ist. Lasst sie von Mariset erzählen.«

Aber Annasin konnte nicht sprechen, und den Hexenjäger interessierten keine Geständnisse mehr.

»Morgen werdet ihr brennen, alle fünf. Brennen und in die Hölle fahren, wohin ihr gehört, und der Teufel wird euch mit seinen Gabeln und Messern erwarten.«

Dann ging der alte Mann zu seinem Sessel zurück und schenkte sich mehr Alkohol in seinen Becher ein.

Die verletzten Frauen stöhnten und murmelten und verstummten.

Annasin stellte sich vor, dass man sie als Hexe verbrennen würde. Ihr brach das Herz. Sie konnte nichts dagegen tun, auch für die anderen nicht, auch nicht für Mariset. Jede musste sich selbst retten, so gut sie konnte. Wenn sie konnte.

Durch die Ritzen in Türen und Fenstern drang der Geruch der Nacht herein und wehte über den Gestank von Blut und sinnloser Qual und Angst und Menschenfleisch.

Als sie in ihrem schlanken, grauen Pelz wieder den Hügel hinaufgegangen war, fand Annasin Mariset und Pfeil am Bach, wo sie mit den Pfoten sternenfunkelnde Wellen erzeugten.

Mariset kam zu ihr gelaufen, und Mariset fragte, und Annasin erzählte ihr alles Stück für Stück, widerstrebend, aber ohne etwas zu verschweigen. Katzenweinen. Natürlich ohne Tränen. Mariset und Annasin weinten am Bach, dann gingen sie zu Pfeil, der sich an sie kuschelte, und sie legten die Köpfe auf seinen straffen, männlichen Bauch, als wollten sie Muttermilch saugen.

»Ich will euch jetzt eine dritte Geschichte erzählen«, sagte Pfeil, während über ihnen langsam die Sterne ihre Bahnen zogen.

Die dritte Geschichte – Die Turmkatze

Als die Leute das Geräusch hörten, das über die weiten Kornfelder bis zu den knochengleichen Hügeln dahinter hallte, sagten sie: »Die Raben sind heute aber laut«, oder sie sagten: »Hör, das ist Donner.« Oder sie sagten nichts. Aber insgeheim hatten sie einen Namen für dieses Geräusch: das *Mahlen*, so nannten sie es.

Was wurde gemahlen? Es war, als wären es Ziegelsteine, Felsbrocken, die immer und immer wieder zermalmt wurden. Wie große Stücke, die zu kleinen Stücken zerstoßen wurden. Aber es ging nie zu Ende.

Was, dachten sie, erzeugte das *Mahlen*? Auf der Ebene stand eine Kirche, und in dieser Kirche stand ein Priester. Er war ein dicker Mann, groß, mit schwarzer Haartracht, und er herrschte über das Land wie ein König. An jedem heiligen Tag war seine Kirche voll; keiner wagte, ihr fernzubleiben. Und er predigte schroff. Er hatte keine Güte in sich. Er erzählte ihnen von ihrer Verdorbenheit und wie ein Gott, der in seinen Schilderungen wie ein Feuer speiender Drache aussah, sie dafür bestrafen würde. Dann ließ er seine silberne Schale die Runde machen, und alle gaben etwas, was sie sich eben leisten konnten, und mehr. Manchmal besuchte er sie auch, der Priester, ihre Hütten und Häuser, ihre Gehöfte und Mühlen und Schänken. Und was immer er verlangte, das bekam er, Essen und Trinken, Andenken, Wein und Tuch. Sogar die goldenen Ringe von ihren Fingern, wenn sie goldene Ringe hatten, und hin und wieder warf er ein Auge auf ein Mädchen, das mit ihm kommen musste. Sie versteckten ihre Schwestern, Ehefrauen und Töchter wo immer sie konnten, aber es war nicht immer möglich. Er war ein gieriger Mann, ihr Priester.

Aber er war mit Sicherheit mehr als das. Wie gelang es ihm, sie derart einzuschüchtern? Er war ein Magier.

Manchmal strahlte in der Nacht vom Kirchturm, der hoch und befestigt war wie eine Burg, kaltes Licht in den Himmel. Und wer die Kirche um Mitternacht passieren musste, der wich von der Straße ab und ging über die Felder, sodass dort ein neuer Weg entstand.

Vom Turm, von der Spitze, kam das Geräusch, das sie insgeheim das *Mahlen* nannten. Sie wussten nicht, was es sein könnte, und wollten es auch nicht wissen. »Die Eulen«, sagten sie. »Ein Sturm«, sagten sie und zogen die Decken über die Köpfe. Manche beteten, er möge sterben, aber allen, die so beteten, stieß Schlimmes zu. Einem fiel eine Axt auf den Fuß, deren Klinge die Zehen abtrennte und ihn zum Krüppel machte. Einem begegnete in der Dämmerung etwas auf dem Hügel und er verlor den Verstand; sie mussten ihn anketten. »Gott segne den guten Priester«, sagten sie dann.

Es gab ein Mädchen, das der Priester gesehen hatte, als es zehn war, aber er wartete, so jung wollte er sie nicht. Ihr Vater und ihre Mutter versteckten sie, wohl wahr, aber ihr Haar leuchtete wie Kupfer in der Sonne, und er erinnerte sich daran, der Priester, als er an dem Gehöft vorbeikam.

»Was leuchtet da so?«, fragte der Priester.

»Das ist die alte Pfanne an der Küchenwand.«

»Nein, niemals eine Pfanne. Antworte noch einmal.« ·

»Die Sonne, die sich in den Fenstern spiegelt.«

»Antworte noch einmal.«

»Das Haar meiner Tochter.«

»Schick sie«, sagte der Priester, »zu mir. Lass sie gleich nach Sonnenuntergang kommen. Sie muss jetzt dreizehn sein.«

Die Mutter spie in den Sand, sagte aber: »Entschuldigt, heiliger Vater. Ich habe einen schlechten Geschmack im Mund, da ich unreife Früchte gegessen habe.«

Und der Vater sagte: »Ich bringe sie auf den Weg zu Euch.«

Und da es keinen Zweck hatte zu zögern, brachten sie sie auf die Straße, ihr Mädchen mit dem Kupferhaar, als die Sonne niederbrannte wie eine Kerze und lange Schatten auf die Felder fielen.

Sie ging den ganzen Weg, auch wenn funkelnde Tränen aus ihren Augen fielen. Wie Gold waren ihre Tränen, während die Sonne unterging, aber wie Silber, als sie untergegangen war. Und im Mondschein wie Glas.

Dann stand sie vor der Kirchentür und der Priester forderte sie auf, zu ihm einzutreten.

Er verging sich unter dem Altar an ihr, und sie hatte Verstand genug, nicht zu klagen. Als er mit ihr fertig war, waren ihre Tränen versiegt. Sie lehnte an der Seite von Gottes Tisch und hörte über sich das *Mahlen*.

»Soll ich dir verraten«, sagte der Priester, »was dieses Geräusch verursacht?«

Das Mädchen antwortete: »Die alten Steine der Kirche knirschen aufeinander.«

»Nein«, sagte der Priester. »Komm mit und sieh selbst.«

Das war eine Laune, der sie nicht widerstehen konnte, daher erklomm sie die Wendeltreppe des Kirchturms unter großen Schmerzen, denn er hatte ihr Gewalt angetan, bis sie schließlich auf dem Dach stand.

Dieses Dach lag offen unter dem hohen Himmel, und der Mond schien darauf. Dem Mädchen bot sich ein seltsamer Anblick. Im Zentrum des Hofes, in dem riesige Monsterstatuen aus grauem Granit standen, war ein Muster auf dem Schiefer eingezeichnet. Und in der Mitte davon war ein Mühlstein, ein riesiges Rad aus Stein. An diesem Rad war ein kleines Geschöpf festgebunden, das immer im Kreis herumging, und das Rad mahlte etwas kleiner und kleiner, aber es wurde nie fertig.

»Das ist eine Katze«, sagte der Priester. »Siehst du sie?«

Das Mädchen bejahte. Und sie konnte das Tier auch sehen, das Geschöpf, das an das Rad gebunden war, das sich immerzu drehte, ohne je still zu stehen. Es war eine Tigerkatze, dünn und stumm, wie ein ganz gewöhnlicher Mäusefänger auf den Gehöften, und ihre Augen blickten so kalt wie die Sterne.

»Ich werde dir die Wahrheit sagen«, meinte der Priester, »denn ich fürchte, Fräulein, heute Nacht wirst du sterben. Draußen in den knochengleichen Hügeln. Jammerschade.«

Das Mädchen sagte: »Mir egal.«

»Vielleicht nicht«, sagte der Priester, »denn ich habe dich einem Dämon versprochen. Aber dennoch sollst auch du etwas bekommen. Ein wenig Wissen. Wisse also, dass diese Katze, ein gewöhnlicher Kater, den ich vor Jahren auf meinen Reisen gefunden habe, die große Magie aller Katzen in sich trägt. Und ich kann diese Magie herauslassen. Ich habe den Kater an meinen magischen Mühlstein gefesselt. Das Rad dreht sich und zermalmt alles, das gegen mich ist. Keine Krankheit, keine bösen Wünsche, kein Ungemach kann mir etwas anhaben. Das Altern wird zermalmt, das Pech wird zermalmt. Und das alles macht meine liebe Katze für mich.«

»Kann sie niemals ausruhen?«, fragte das Mädchen, denn sie besaß ein empfindsames Herz.

»Nein, sie ruht niemals aus. Frisst niemals. Sie besitzt nur ein Leben als mein Geschöpf. Und jetzt kannst du zu dem Dämon gehen. Bestell ihm schöne Grüße von mir.«

Das Mädchen mit den kupferfarbenen Haaren ging die Treppe hinunter und zu der Kirche hinaus und über die dunklen Felder, die der Mond mit silbernen Streifen überzog. Sie ging direkt zu den knochengleichen Hügeln und zögerte nicht; sie doch nicht.

Aber als sie das Gras unter ihren Füßen spürte, sah sie ein

fahles Feuer nicht weit entfernt und wusste, wenn sie dort angekommen sein würde, würde sie sterben. Da blieb sie stehen.
Und sie drehte sich zu der Kirche um. Und sie sagte Folgendes:

> *Kätzchen, Kätzchen, das Rad musst du drehen,*
> *Welt oder Rad müssen still stehen.*
> *Kätzchen, Kätzchen, ich befehle es dir,*
> *Welt oder Rad, denn ich sterbe hier.*

Und dann lachte sie und lief zu der fahlen Flamme, und keiner
hat sie je wiedergesehen.

Aber der Priester aß geröstetes Fleisch und Trauben und
trank Wein und schlief friedlich in seinem weichen Bett. Und
derweil ging das *Mahlen* auf dem Turm über ihm leise weiter.

Was hatte es nun mit der Katze auf sich? Nun, er hatte sie
selbstverständlich verhext. Er hatte die Magie herausgelockt,
aus der sie bestand, die so alt ist wie die Erde selbst. Und während sie unter der Sonne und dem Mond und den funkelnden
Sternen immer im Kreis herumging, hatte sie nichts im Kopf,
keine Erinnerung und kein Begehr. Aber als der Priester in dieser Nacht schlief, schoss eine Sternschnuppe vom schwarzen
Himmel herab wie eine fallende Seele. Und die Katze schaute
auf. In diesem Augenblick wurde sie zur Katze. Sie richtete
sich auf die Hinterbeine auf und krallte in die Luft, in die
Schwaden magischer Luft, die über dem Rad hingen, sie krallte und hieb und rief auf diese Weise, nach Art der Katzen, einen Sturm herbei.

Die ersten Blitze des Sturms waren trübe, wie blaues Erröten
auf den Wangen der Nacht. Und schwach der Donner. Doch
dann rückte der Sturm näher.

Der Sturm sammelte sich um den Turm herum, den höchs-
ten Punkt der Ebene, und der Wind wehte. Regen schnitt wie
Schwerter herab. Der Priester wälzte sich ahnungslos im
Schlaf. Aber überall in den Häusern und Hütten, in den
Mühlen und Schänken, hatten sie Angst.

Denn der Sturm war wie ein Tier, das gegen den Himmel anstürmte, vielleicht sogar etwas wie der grässliche Gott, von dem der Priester predigte, böse und unberechenbar und voll Eifersucht und Zorn.

Die Katze zog ihre ewige Bahn und drehte das Mühlenrad, aber sie hob den Kopf in den Regen, den sie gerufen hatte, und ihr Fell war tropfnass und schwarz wie Ruß. Sie war nass wie ein Fisch.

Ein Blitz zuckte vom Himmel und schlug in den Turm ein wie eine Peitsche. Blaues, leuchtendes Feuer, das die Monsterstatuen eine nach der anderen zerstörte. Hier brannte etwas wie ein Bär mit dem Schwanz einer Schlange, dort etwas wie ein Mensch mit der Maske eines Wiesels. Doch dann schlug der Blitz in eine aufrechte Steinfigur ein, schlank und geflügelt, aber mit dem Kopf einer Katze.

Der Donner grollte vom Himmel herab wie ein großer, weicher Ball. Das Flackern der Blitze wurde schwächer und erlosch. Der Regen ließ nach.

Nun war sie wieder ebenmäßig, die Nacht. Aber da oben, auf dem Kirchturm, ging die Katze immer weiter, immer im Kreis herum, halb ertrunken, aber mit Augen wie blaue Saphire.

Sie hatte an diesem Tag ein Gutteil Böses gemahlen, denn das Geräusch war leise geworden, das Geräusch des *Mahlens*.

Doch dann ertönte ein anderes mahlendes Geräusch. Es war der Klang eines Arms aus Stein, der in eine Pfote aus Granit überging, die gestreckt wurde. Und daneben noch einer. Und dann ein Prasseln, als würden Kieselsteine in einen Teich fallen, das waren die vom Regen nassen Schwingen der Katzenstatue, deren Feuersteinfedern geschüttelt wurden.

Sie stieg von ihrem Sockel, die Statue, und sie bewegte das Katzengesicht und sprach, während sie auf die magische Katze des Priesters hinabschaute. »Möchtest du hier bleiben?«, fragte sie. »Oder möchtest du mit mir kommen?«

»Was bist du?«, fragte die Katze in der Sprache der Katzen, die die Statue selbst fließend gesprochen hatte.

»Ich«, antwortete die Statue, »bin ein Engel deiner Art.«

»Wie schön du bist«, sagte die Tigerkatze.

»Ich wollte dasselbe sagen.«

Dann bückte sich der Engel und biss mit kräftigen Steinzähnen das Zaumzeug durch, nahm die Katze auf den Arm und schwang sich himmelwärts, dorthin, wo die Sterne waren, und weiter. Zweifelt nicht daran, dass es einen Himmel für ihre Art gibt. Es gibt immer einen Himmel.

Doch der Priester drehte sich nicht einmal um in seinem Schlaf, er spürte keine Gefahr, wurde nicht gewarnt. Auch die Welt hatte nicht aufgehört, sich zu drehen. Nur sein Rad.

Aber. Als er erwachte, fiel ihm sofort auf, dass etwas Schreckliches geschehen sein musste. Er hörte das Geräusch nicht mehr, das ihm so vertraut war wie das Geräusch seines eigenen Atems. Das Geräusch des *Mahlens*.

Er überlegte sich, dass vielleicht nichts Böses in der Nähe war und das Rad daher nichts zu tun hatte – aber das Rad arbeitete immer. Daher stand er auf und zog sich an und ging die Treppe seiner entweihten Kirche hinauf, und als er auf dem Dach stand, sah er es.

Die Katze war fort, das Rad stand still. Und eine wartende Menge stand außerhalb.

Das Alter kam über ihn mit seinen abgebrochenen Zähnen, dem borstigen Haupt, das Pech kam mit seinen Klauen, Krankheiten mit ihrem Kneifen und Zwicken, und dann, hinter allem, etwas Schattenhaftes, das kein Gesicht hatte.

Der Priester schrie. Er rannte von seinem Turm hinunter, fiel unterwegs und brach sich das Bein. Danach lag er heulend im Kirchenschiff.

Und dann brachen Schwären und Pusteln an seinem Körper auf, er schwitzte und wurde grün vom Fieber, Rotz lief ihm aus der Nase und Blut von den Lippen. Sein schwarzes Haar wurde matt und fiel aus. Linien zerfurchten sein Gesicht, als hätte ein Pflug sie gezogen. Die Saat des Todes war gesät, und zu zeiten kam der Tod selbst herab.

Der Tod stand den ganzen Morgen über dem Priester, der kreischte und Auswurf hustete und fortkriechen wollte, es aber nicht konnte. Und das Sonnenlicht machte den Boden scheckig.

Schließlich stand die Sonne hoch über dem Turm, und da berührte der Tod den Priester. Der Priester krümmte sich rückwärts, bis sein Körper einem Bogen glich, und brach in der Mitte entzwei. Aus seinem Bauch und Geschlechtsorgan wuselten Schlangen, aus seinen Augen kamen lange Würmer, die nicht sehen konnten. Und dann zerfloss er und war eine schmutzige Lache auf dem Boden. Aber die Sonne trocknete sie.

Danach blieb die Kirche an heiligen Tagen leer. Gerüchte machten die Runde. Drei Sommer vergingen, bis jemand nachsehen kam, und da war nichts mehr zu sehen, außer einem trockenen schwarzen Fleck unter dem Altar.

Sie schlossen die Kirche und pflanzten Bäume um sie herum, die sie zuwachsen und die Steine zertrümmern sollten, was letztendlich auch geschah, aber bis dahin verging eine lange Zeit, und der Priester war längst vergessen, genau wie das Geräusch des *Mahlens*.

Es dämmerte sanft und gelb am Himmel, und Annasin und Mariset sahen in das Gesicht von Pfeil, ihrem Herrn.

»Und warum *diese* Geschichte?«, fragte Annasin.

»Um euch zu zeigen«, sagte er, »dass Rache normalerweise möglich ist, genau wie Flucht.«

Die Wolken waren golden und flauschig wie Vlies. So mild und bereit für den Frühling war das Hochland unter dem Dach der Welt. Selbst der Berg leuchtete, und der Wasserfall glich einem Juwel.

Aber sie putzten sich, und dann gingen sie den Hügel hinab zu der Stelle, wo man das Dorf sehen konnte.

Die Dorfbewohner waren bereits emsig. Auf dem großen Platz vor der Kirche errichteten sie einen großen Stapel aus Holz und Stöcken, aus alten Möbelstücken und Balken, die sie aus Ställen und Hütten gerissen hatten. Das war der Scheiterhaufen für die Hexen, die der Hexenjäger gefunden hatte.

Sie arbeiteten tüchtig. Manche der Frauen sangen. Fröhliche Lieder. Und die Kinder tanzten im Kreis und quiekten: »Verbrennt die Hexe! Verbrennt sie zu Asche!«

Ein Mann, den Annasin vom Wundbrand geheilt hatte, schichtete lange Bretter trockenen Holzes auf. Und da war die Frau, die Mariset mit einem Baby gesegnet hatte. Aber da waren auch die Frauen der Männer, deren Männern Vebya und Chekta beigewohnt hatten, da war ein Mann, dessen Ziegen saure Milch gegeben hatten, und auch derjenige, der behauptete, Margotta habe ihn sich den großen Zeh mit einer Sichel abschneiden lassen.

Ja, sie arbeiteten tüchtig, und noch ehe die Sonne ihren höchsten Stand erreicht hatte, war alles bereit.

Dann kam der Hexenjäger aus dem Gasthaus, und der Wind brachte den Geruch von Alkohol mit sich. In einer Hand hielt er sein silbernes Kreuz, in der anderen ein schwarzes Buch.

Danach wurden die Hexen gebracht.

Vebya und Chekta schrien und besudelten sich, Margotta keifte Verwünschungen. Mariset und Annasin waren schon wie tot, ihre reglosen Leiber so schlaff wie die Seile, die an ihren Knöcheln hingen. Alle wurden an den Pfosten des Scheiterhaufens festgebunden.

Nur Vebya flehte weiter schreiend um Gnade. Armes Ding, sie hatte nichts gelernt.

Der Hexenjäger sprach ein paar Worte, aber der Wind verwehte sie und trug sie fort. Nur ein Durcheinander kam auf dem Hügel an. *Gott*, sagte der Hexenjäger immer wieder. Als wäre Gott ein Name, den man leicht vergaß und der daher ständig wiederholt werden musste.

Der Hexenjäger selbst zündete den Scheiterhaufen an. Er tat es mit einer Fackel, die einer der Männer gemacht hatte. Der Hexenjäger ging einmal ganz um den Haufen Holz und Frauen herum, hielt die rote Blume hierhin und dorthin und warf die

Blume schließlich auf die Füße von Mariset, die auf ihrem glänzenden Haar lag.

Mariset konnte es nicht ertragen. Sie sah ihr Fleisch verkohlen und rannte kreischend fort, in den Wald. Aber Annasin blieb und betrachtete gelassen, wie ihr menschlicher Leib verzehrt wurde, seine Blütenblätter fielen, seine Gebeine, nur in Rauch gekleidet, übrig blieben.

Das Schreien und Kreischen der drei wachen Frauen war grässlich. Annasin betete, dass sie bald sterben und Frieden finden würden. Schließlich sagte sie verbittert zu Pfeil: »Kannst du gar nichts machen?«

Der schwarze Kater antwortete: »Nun denn. Wir haben eine gewisse Macht über *Ihn*, denn *Er* ist vernünftig. Aber nicht über Menschen.«

Schließlich verstummten die Schreie. Schließlich stürzte der Scheiterhaufen ein.

Einige Dorfbewohner nahmen Knochen als Glücksbringer mit. Der Hexenjäger ging in das Gasthaus zurück. Er wirkte verschrumpelt und sehr müde, als hätte er jede Hoffnung verloren.

Annasin und Pfeil liefen Mariset suchen. Sie fanden sie mühelos unter einem Kiefernbaum, wo sie wimmerte.

Sie leckten sie und küssten sie, bis sie sich hinlegte. Alle drei schliefen auf einem sonnigen Fleckchen, während über ihnen die Vögel flogen.

Am Spätnachmittag ging Pfeil allein auf die Jagd und brachte ihnen drei dieser Vögel mit. Sie führten einen bösen Tanz mit ihnen auf. Aber daran traf niemanden Schuld, und am Ende aßen sie. Arme Welt, sie hatte nichts gelernt.

Die Sonne ging unter wie Feuer, doch dieses Feuer prasselte und kreischte nicht.

»Jetzt sind wir Katzen bis ans Ende unserer Tage«, sagte Annasin.

Mariset erwiderte: »Ich bin nie etwas anderes gewesen. Aber bin ich noch eine Hexe?«

»Das werden wir herausfinden müssen.«

Pfeil lachte.

»Und wenn du eine bist«, sagte er, »was wirst du mit deinen Hexenkräften mit dem Dorf anstellen, das dich verbrannt hat?«

Annasin und Mariset sahen einander in die butterblumengelben Augen und dann in das dritte butterblumengelbe Auge auf Pfeils Stirn, über den beiden schwarzen.

»Ich werde euch«, sagte Pfeil, »die vierte und letzte Geschichte erzählen.«

»Warum?«, fragten Annasin und Mariset.

»Um euch zu helfen, eure Rache zu planen.«

Die vierte Geschichte – Die Grabkatze

Mitten in einer Wüste verlief ein grüner Fluss, an dessen Ufern Dörfer und Städte aus Marmor wie Lilien erblüht waren. Aber jenseits des Flusses erstreckte sich die geheimnisvolle und lebensfeindliche Wüste, aus der viele Geschichten überliefert wurden. Statuen stünden dort, die bis in den Himmel ragten. Brunnen führten bis in die Unterwelt. Seltsame Tiere sollten dort existieren, geflügelte Löwen und Drachen, und sonderbare Magier würden zwischen den Felsen leben.

Schließlich kamen aus der Wüste Erzählungen über ein Grab. Es sollte am Fuße eines Berges liegen, der die Form des Kopfs eines Riesen hatte. Und in diesem Grab sollten, Kammer für Kammer, unermessliche Reichtümer angehäuft sein. Aber mitten in diesem Grab sollte, in wunderbarer Pracht, eine freie Couch stehen. Obschon wie für einen König gerichtet, ruhte niemand dort. Das Grab war leer.

Gewisse Lords und Edelleute der Städte begehrten dieses Grab, seine Schätze und Reichtümer, mit denen sie in die Geschichte eingehen würden, aber auch in ein anderes Leben, nach dem Tod.

Sie schickten ihre Kapitäne und Krieger, das Grab zu finden, aber keiner kehrte je zurück.

In einer Stadt mit hohen Toren lebte eine Prinzessin. Sie war alt und auf ihre Weise böse, aber auch sie wollte, wohl wissend, dass ihre Zeit bald kommen würde, für sich das geheimnisvolle Grab in der Wüste finden, da die Magier ihr versichert hatten, dass es existierte. »Aber«, sagten sie, »es gibt einen Wächter, der den Weg versperrt. Aus diesem Grund kehrt kein Mann von dort zurück.«

»Männer«, entgegnete die Prinzessin, »sind entbehrlich.« Und sie rief den ersten ihrer drei mächtigsten und tapfersten Ritter zu sich.

Der erste Ritter trat vor sie. Er war jung und kräftig, er trug die Narben vieler Schlachten und die Abzeichen großer Tapferkeit. Sie dachte, da er jung und kräftig war, würde es ihm recht geschehen, zu verschwinden. Sie befahl ihm, das Grab für sie zu erobern, und ermahnte ihn nur, dass ein Wächter dort stehen würde, mit dem er zweifellos kämpfen müsste. Da grinste der Krieger und ließ seine kräftigen jungen Zähne sehen. Die alte Frau lachte und entblößte dabei ihre alten und kariösen. Mitleidlos schickte sie ihn fort.

Der erste Krieger ritt aus der Stadt, wo die Mädchen Blumen auf seinen Weg streuten, und kam in die Wüste, wo nur der heiße Wind wehte und über die Dünen aus weißem Sand pfiff.

Er richtete seinen Kurs, wie es ihm die Magier gezeigt hatten, nach Sonne und Mond aus, wenn sie am Himmel standen. Er hörte nicht auf die Stimmen, die aus dem Wind riefen, oder seine Lieder, er trank wenig Wasser und Wein, die er mitgebracht hatte, und in der Dämmerung des fünften Tages kam er zu der genannten Stelle.

Vor dem lavendelfarbenen Himmel ragte der ockergelbe Berg auf, der wie der Kopf eines Riesen aussah. An seinem Fuß entsprang ein silberner Bach aus dem Fels und bildete einen funkelnden Teich. Aber keine Bäume oder sonstigen Pflanzen wuchsen an dem Teich, und dahinter befand sich eine runde, dunkle Öffnung in dem Felsgestein. Auf jeder Seite begrenzte eine Säule die Öffnung, die jeweils von einem Federbusch aus

Stein gekrönt wurden. Aber in der Dunkelheit war nichts zu sehen.

Der erste Krieger stieg ab und führte sein Pferd zu dem Teich, damit es trinken sollte, aber es wollte nicht. Als er nach unten schaute, erblickte der Mann sein Spiegelbild im Wasser, aber es war nicht mehr seines, sondern zeigte einen Totenschädel.

»Ich kenne Magie«, sagte der erste Krieger. »Ich habe keine Angst davor. Auch vor der Dunkelheit nicht.«

Dann zündete er eine Fackel an und ging ohne Umschweife in die Höhle zwischen den beiden Säulen.

Anfangs war der Weg schmal, aber die Wände waren auf beiden Seiten mit in Stein gemeißelten Blumen und Stängeln, Kriegswaffen und Tieren geschmückt, sogar mit den Mondphasen. Schließlich wurde der Gang breiter, und der erste Krieger hielt die Fackel hoch und stellte fest, dass er sich in einer Kammer aus rosa Marmor befand, und in die Wände waren Schriftrollen aus Gold sowie Smaragde und Amethyste enormer Größe eingelassen. In der Mitte dieser ansonsten leeren Kammer stand ein Marmorschrein mit flacher Oberseite, und darauf ruhte ein Gesicht aus Gold.

»Was«, fragte das Gesicht, das die Lippen mit seltsamer Anmut öffnete, »ist dein Begehr?«

»Dieses Grab für die Prinzessin zu fordern, meine Herrin.«

»Geh zurück und sage ihr«, antwortete das Gesicht, »dass dieses Grab nicht für *sie* bereitet wurde.«

»Sie ist eine edle Dame«, sagte der erste Krieger. »Sie ist so reich wie drei Könige, in der Magie bewandert und wird bald sterben.«

»Aber das Grab ist nicht für sie. Kehr um.«

»Niemals«, sagte der erste Krieger.

Das Gesicht sagte: »Dann geh in die zweite Kammer.«

Und so ging der erste Krieger, der nun sein Schwert gezückt hatte und die Fackel in die Höhe hielt, daran vorbei, trat über die Schwelle des Raumes aus rosa Marmor und gelangte in einen Raum aus schwarzem Marmor. An den Wänden ragten enorme Truhen und Urnen aus Gold auf, und auf allen Juwelen, die rosa und blau und grün und purpurn funkelten. Auf einer Truhe aus Silber saß nur dies: eine schneeweiße Katze, die sich stumm putzte.

Doch dann sprach die Katze zu dem ersten Krieger, aber nicht in der Sprache der Katzen, sondern in der Sprache der Menschen.

»Kehr um«, sagte die Katze, »oder du musst mit mir kämpfen.«

Der erste Krieger lachte. Und dann lachte auch die Katze. Sie sprang leicht wie eine Feder herunter, und als ihre vier Pfoten den Boden berührten, da wuchs sie. Sie wurde groß wie ein Hund, dann wie ein Löwe. Sie leuchtete im Schein der Fackel, und ihre Augen waren blassgrün.

»Ich werde trotzdem mit dir kämpfen«, sagte der erste Krieger.

»Schau dich um. Sieh dir alle an, die gegen mich gekämpft haben.«

Der erste Krieger drehte sich um. Er bemerkte, dass zwischen den Urnen und goldenen Truhen elfenbeinfarbene Stöcke und runde elfenbeinfarbene Kugeln lagen, das waren die Gebeine und Schädel von Menschen. Aber der erste Krieger wusste, er war zu jung zum Sterben. Er warf die Fackel weg und hob das Schwert.

Dann sprang ihn die weiße Katze ohne Umschweife an, und sie war nicht wie Muskeln oder Haut oder Fell, sondern wie ein Blitz. Das Rückgrat des jungen Mannes brach unter der Wucht ihres Sprunges, und noch während er fiel, raubten ihm Krallen aus Stahl das Leben.

Als der erste Krieger nicht wiederkam, ließ die alte Prinzessin seine Familie ohne Entschädigung auf die Straße werfen. Der Gedanke an seine vergeudete Jugend amüsierte sie, aber sie war auch wütend. Sie hatte nicht bekommen, was sie wirklich wollte. Also ließ sie nach dem zweiten Krieger schicken.

Auch er war kräftig, wenn auch nicht so jung wie der erste. Seine Narben waren mannigfaltiger, und er trug Juwelenschmuck, den er erobert hatte. Sie schickte ihn mit einer verschlagenen, verzerrten Grimasse hinaus. Auf der Straße zeigten Kinder auf ihn und sahen ihn ehrfürchtig an, aber in der Wüste wehte nur der Wind, doch er schenkte keinem Beachtung.

Fünf Tage reiste er. Und am fünften Tag, in der Dämmerung, als der Himmel scharlachrot war, kam er zum Berg, der wie der Kopf eines Riesen aussah.

Das Pferd wollte nicht aus dem Teich trinken, und als der zweite Ritter hineinschaute, sah er gar nichts, was er für eine Täuschung des Lichts hielt.

Er betrat das Grab furchtlos mit seiner Fackel und gelangte durch den Flur in die Kammer aus rosa Marmor, wo er mit dem Gesicht aus Gold sprach, ihm trotzte und den schrägen Durchgang hinauf in die Kammer aus schwarzem Marmor ging, wo die Truhen und Urnen und Gebeine waren, und er sah die Knochen sofort, und dann die weiße Katze, die sich auf der silbernen Truhe putzte.

Er rannte zu der Katze und schwang sein Schwert, um ihr den Kopf abzuschlagen. Doch die Katze sprang herunter, wurde groß wie ein Hund und groß wie ein Löwe, spie ihm in die Augen und er wurde blind, der zweite Krieger. Als er fiel, zertrümmerte ihm eine Pfote wie eine Axt die Brust.

Als der zweite Krieger nicht wiederkehrte, ließ die alte Prinzessin seine Familie einmauern, damit sie verhungern sollte. Dann rief sie den dritten Krieger zu sich.

Dieser Mann war nicht mehr jung; er kam in die Jahre, war aber freilich noch nicht so alt wie sie selbst. Er hatte seine Narben, so viel steht fest, aber keinen Juwelenschmuck oder Auszeichnungen. Das alles hatte er verkauft, um seinen Lebensunterhalt zu verdienen, denn die Prinzessin zahlte ihm seit Jahren keinen Lohn mehr.

»Was denkst du?«, fragte sie ihn.

»Dass Ihr, Madam, dieses Grab nicht bekommen werdet«, sagte der dritte Krieger.

Die grausamen Augen der Prinzessin blitzten hasserfüllt. Man behauptete, dass ihre Blicke töten konnten. »Du bist ein Feigling und hast Angst, dich für mich zu messen.«

»Ich werde gehen«, sagte er. »Ich habe keine Familie, die Ihr ermorden oder misshandeln könnt. Ich verspüre keinen ausgeprägten Wunsch, zu sterben, aber auch keinen ausgeprägten Wunsch, zu leben. Warum nicht?«

In der Stadt mit den hohen Toren bemerkte niemand den alten Krieger, der allein zu Fuß aufbrach, denn sein Pferd hatte er schon vor langer Zeit verkauft. Er ließ die Straßen hinter sich und vernahm in der Wüste die Stimmen des Windes. Er hörte Frauen um ihren verlorenen Liebsten wehklagen und bedauerte sie. Er hörte Männer wütend brüllen und hätte sie beschwichtigt, so es in seiner Macht gestanden hätte. Dreizehn Tage marschierte er durch den Sand, bis seine kargen Vorräte und sein Wasser verbraucht waren.

In der Dämmerung des vierzehnten Tages sah er den Berg, der wie der Kopf eines Riesen aussah, aber ihm kam er mehr wie der Kopf einer alten Frau mit einem gemeinen Mund vor.

Er ging zu dem Brunnen und trank dankbar, und das Wasser schmeckte süß wie Wein.

Dann zückte der dritte Krieger sein Schwert. Es war alt und schartig und stumpf, aber das Heft zierte eine Figur aus Eisen, eine eiserne Katze. Diese küsste er, damit sie ihm Glück bringen würde, und steckte das Schwert wieder in die Scheide.

In Dunkelheit ging er durch das Grab, die Dunkelheit nahm ihn auf, und nach einer Weile konnte er auf eine rätselhafte Weise sehen, als wäre ihm diese Gabe gewährt worden. Und so sah er die Fresken an den Wänden, die rosa Kammer mit den Juwelen und das Gesicht aus Gold, das zu ihm sagte: »Was ist dein Begehr?«

»Es gibt eine alte Vettel«, sagte der dritte Krieger, »die will dieses Grab, damit sie im Tode friedlich schlafen kann. Ich für meinen Teil bin nur neugierig.«

»Geht weiter«, sagte das Gesicht, »in die zweite Kammer.«

Und so ging der dritte Krieger, der alte Ritter, in die Kammer aus schwarzem Marmor. Er sah Juwelen und Gold und Gebeine, doch dann gewahrte er die weiße Katze, die sich auf der silbernen Truhe putzte.

»Meine untertänigsten Grüße, Schönheit«, sagte der dritte Krieger. »Darf ich näher treten und dein Fell kraulen? Ich habe von etwas gehört, das Schnee heißt, aber bis auf den heutigen Tag habe ich nie welchen gesehen.«

»Komm näher«, sagte die Katze in der Sprache der Menschen.

Der dritte Krieger gehorchte und streichelte die Katze immer wieder vom Kopf bis zum Schwanz, viele Male. Und die Katze sah ihn mit blassgrünen Augen an und schnurrte.

»Nie in meinem Leben«, sagte der dritte Krieger, »habe ich jemanden kennen gelernt, der mir so sehr das Gefühl gab, willkommen zu sein.«

»Nie in meinem Leben«, sagte da die Katze, »habe ich jemanden kennen gelernt, der es wert gewesen wäre, willkommen geheißen zu werden.«

»Das ist eine Schande«, sagte der dritte Krieger. »Kann ich dir in irgendeiner Weise dienen?«

»Nein, denn ich habe meine Aufgabe, genau wie du. Ich hüte das Grab für einen, der kommen wird. Aber du kannst dich selbst bedienen. Nimm dir etwas von diesem Ort, das du magst, Juwel oder Pokal.«

»Gib mir stattdessen«, sagte der dritte Krieger, »eines dieser schneeweißen Schnurrhaare, die aus deinem Gesicht wachsen.«

Da schüttelte sich die Katze, und ein langes, weißes Schnurrhaar fiel in die Hand des Ritters. Da wuchs es, bis es lang wie ein Palmwedel war, und an seinem Ende entsprangen Knospen und Blüten aus Smaragden und Diamanten.

Der dritte Krieger sagte: »Gott segne dich, weiße Katze.«

Die weiße Katze verbeugte sich, und der dritte Krieger verließ das Grab in der Wüste. Dreizehn Tage ging er durch den

Sand, und am vierzehnten betrat er die Stadt und ging zum Palast der Prinzessin.

Sie quiekte, als sie hörte, dass der Ritter zurückgekommen war. Und sie rannte ohne ihre Perücke zu ihm, kahl wie ein Ei.

»Gehört es mir?«

»Nein, Madam, es gehört Euch nicht.«

Das Gesicht der Prinzessin schrumpelte grässlich, als wäre sie noch einmal um zehn Jahre gealtert. »Was ist dann dort?«, wollte sie wissen.

»Eine Katze, die schnurrt«, sagte der Ritter.

Da sprang die Prinzessin auf, um ihn mit bloßen Händen zu töten, und das war zu viel für sie, denn sonst ließ sie andere ihre Gewalttaten für sich erledigen. Sie fiel tot zu Boden, und der dritte Krieger lebte den Rest seines Lebens als wohlhabender Mann am Fluss.

Aber eines Tages sah der Ritter zufällig einen armen Bettler, einen Leprakranken, durch die Straßen wandern und ging hinaus, um ihm zu essen zu geben. Aber der Junge beachtete ihn gar nicht und ging seines Weges. Dann kamen einige Bewohner der Stadt, um den Jungen zu steinigen, weil er ein Leprakranker und ein Bettler war, und unschuldig. Der alte Ritter jagte sie fort. Er begleitete den Jungen zu den hohen Toren der Stadt und ließ nicht zu, dass ihm jemand ein Leid zufügte. Doch von dort ging der Junge in die Wüste, und der Ritter dachte, dass er ihn ziehen lassen musste, denn nun würde sich die Wüste seiner annehmen.

So geschah es. Vom Himmel flogen Raben herab und fütterten den Jungen mit kleinen Stücken Honig. Und aus den Felsen entsprangen dünne Rinnsale Milch.

Der Wind sang für den Jungen und drängte ihn sanft weiter, und Sonne und Mond leiteten ihn.

Nach fünfzehn Tagen kam er zu dem Berg, der wie der Kopf eines Riesen aussah, wo er kurz verweilte, um in den Teich zu schauen, aber er verstand nicht, was er da sah. Das Sonnenlicht lockte ihn in den Schatten des Grabes.

In dem Korridor berührten die Fresken an den Wänden den Jungen sanft. Sie zogen ihm die Lumpen aus und salbten ihn mit Ölen und Essenzen. In der Kammer aus rosa Marmor lächelte das Gesicht aus Gold stumm und schloss die Augen.

Der Junge schenkte den juwelenbesetzten Wänden keine Beachtung, und in der Kammer aus schwarzem Marmor, da beachtete er gar nichts, als er sie betrat, abgesehen von der weißen Katze, die sich an ihm rieb.

»Alles ist für dich vorbereitet«, sagte die Katze in einer Sprache, die möglicherweise die Sprache der Menschen war. »Komm jetzt mit mir.«

Die Katze führte den Bettlerjungen in eine dritte Kammer. Diese bestand aus grüner Jade mit Beryllen und Rubinen, und in der Mitte stand, in der Form eines Löwen, ein wunderbares Bett aus Ebenholz.

»Leg dich hin, mein Kind, denn bald wirst du schlafen«, sagte die Katze. »Hier bist du sicher. Und ich werde dich bewachen, wie ich bis zu deiner Ankunft dein Bett bewacht habe.«

Und so legte sich der Junge auf das Bett, das die Couch der Gruft war, und die Katze ruhte an seiner Seite.

»Einst«, sagte die Katze, »war ein junger Gott, der Sohn Gottes, und er war so perfekt, dass viele ihn liebten und noch mehr ihn fürchteten. Und weil jedes seiner Worte unerträglich wunderbar war, ergriffen sie ihn schließlich und geißelten ihn und töteten ihn, sodass er unter Qualen, verspottet und verlacht, auf einem entlegenen Hügel starb. Doch als er starb, vergab er ihnen. Er hatte gelobt, dieser Gott, dass er, nach seinem Tod Fleisch geworden, wieder aus dem Grabe auferstehen würde, um zu beweisen, dass der Tod keine Macht hatte. So kam es, dass er zuerst in die Hölle fuhr, wo die Dämonen vor ihm knieten, denn sie liebten ihn noch mehr als seinen Vater. Und dann wurde er wieder Fleisch und erwachte in diesem Grab, dessen Tür für ihn geöffnet worden war, auf dass er hinaus in die Welt der Menschen gehen und zeigen konnte, dass er unversehrt war. Aber er lag erschöpft in der Dämmerung dieses Ortes. Und er sagte: »Ich habe darum gebeten, dass ich diesen Wein des Todes nicht trinken muss, aber ich habe ihn getrunken. Doch nun erspart mir diese letzte Drangsal des Fleisches. Ich bin so müde. Gewiss habe ich genug getan.«

Der Junge, der auf dem Löwenbett lag, lächelte, und die Katze lächelte ebenfalls, wie es ihrer Art entspricht. Die weiße Katze sagte: Als der junge Gott das sagte, kam zufällig eine Katze zur offenen Tür des Grabes herein, denn Katzen sind stets neugierig, und als die Katze die Seele des jungen Gottes in seinem Leib erstrahlen sah, sprang sie leichtfüßig auf ihn, blieb stehen und sah ihm ins Gesicht. Als der Gott das blumengleiche Gesicht der Katze sah, da dachte er: *Es gibt noch Schönheit auf der Welt.* Aber die Katze zuckte neugierig mit dem Schwanz, und der Schwanz strich dem jungen Gott über die Lippen. Er dachte: *Es gibt noch Sanftheit auf der Welt.* Und die Katze bückte sich, wie es ihre Art ist, und leckte und putzte dem jungen Gott das Haar, das von Staub und Blut verklebt und schmutzig war. Als er dieses mütterliche Putzen spürte, da dachte der junge Gott: *Es gibt noch Zärtlichkeit auf der Welt.* Aber da trat die Katze achtlos mit einer ihrer Krallen, die wie Dornen waren, auf seinen Hals. Auch diese Berührung kannte er. Er sagte laut: *Und es gibt noch Schmerz auf der Welt. Ich muss zurück.* Und so erhob er sich und trat hinaus in den Garten vor dem Grab.

Der Junge lächelte, und während er lächelte, starb er furchtlos und ruhig, derweil die Katze an seiner Seite lag.

Ein Sturm zog über die Wüste. Der Himmel wurde schwarz wie die Nacht. Steine regneten herab und verschlossen den Eingang des Grabes im Berg, und der Berg selbst hatte nun gar keine Gestalt mehr, er war formlos, wild und stumm.

Aber im Teich vor dem Grab war das Spiegelbild des Bettlerjungen geblieben, ein Gesicht wie Gold, von Rosen gekrönt, die keine Dornen hatten. Bis die Dunkelheit kam und die Spiegelbilder verblassten und nur das Wasser übrig blieb, das klare Wasser.

Es hatte eine ganze Weile gedauert, diese letzte Geschichte zu erzählen. Möglicherweise Tage und Nächte. Vielleicht ein halbes Jahr. Aber als sie zu Ende ging, war die Nacht gekommen und gegangen, die Sterne machten die Augen zu und ein scharlachroter Streifen erhellte den Osten.

»Nicht gerecht«, sagte Mariset. »Du bist nicht gerecht.«

»Immerhin war es eine sanfte Geschichte«, sagte Annasin. »Überwiegend.«

»Aber habt ihr euch entschieden, was mit dem Dorf geschehen soll?«, fragte Pfeil.

Mariset gähnte. »Soll der Himmel darauf fallen«, sagte sie.

Und Annasin meinte: »Sie sollen alle verbrennen, so wie wir.«

Dann lachten beide. »Vielleicht wäre es viel lustiger«, sagte Pfeil, »solche Macht über sie zu haben, dass ihr sie glücklich machen könnt.«

»Hasst du Gott?«, fragte Mariset kühn.

»Ich erdreiste mich, ihn zu lieben«, entgegnete Pfeil und errötete katzengleich trotz seines schwarzen Fells. »Das ist, ich gestehe es, eine ungeheure Anmaßung.«

»Dann sind die Geschichten über deine Art nicht wahr.«

»Wenige Geschichten sind völlig wahr.«

»Aber jemand anderen liebst du mehr«, sagte Annasin listig.

Pfeil antwortete: »Junge Leute sind immer gleich. Sie stecken zusammen. Söhne von Vätern … versteht ihr?«

»Aber du hast gesagt, dass *Er* –«

»Vielleicht habe ich nicht von *Ihm* in dem Grab gesprochen«, sagte Pfeil und putzte sich den Schwanz. »Habe ich einen Namen genannt? Nein. Na also.«

Sie spielten mit Sonnenstrahlen im Wald. Dann beschworen sie ein paar Mäuse, die nicht echt waren, sich aber wie echte verhielten und, wurden sie gierig verschlungen, wie echte schmeckten und die Bäuche der Katzen füllten.

Dann beschworen sie einen Quell aus dem Fels, tranken und ließen ihn wieder verschwinden.

Sie gingen nach unten, um in das Dorf zu sehen.

Alles ging seinen üblichen Gang. Ziegen wurden gemolken und Kinder geschlagen. Frauen kochten und klatschten, Männer klatschten und reparierten Sachen. Selbst in den Häusern von Mariset und Annasin kam Rauch aus den Kaminen.

»Das ist meine Rache«, sagte Mariset. »Sollen blaue Blumen auf sie regnen.«

Sofort setzte ein Regen blauer Blumen ein, der dicht wie Schneetreiben auf das Dorf fiel, die Dächer bedeckte, die Straßen überzog und sich in den Haaren der Frauen verfing.

Die Dorfbewohner schrien und kreischten. Die Worte drangen kaum verständlich auf den Hügel: »Gott steh uns bei, der Himmel stürzt ein!«

Und dann warfen sie sich alle auf die Knie, weinten und beteten.

Annasin sagte: »Dann goldene Blumen. Wie könnten sie die missdeuten?«

Die goldenen Blumen regneten herab.

Die Dorfbewohner brüllten vor Panik, rappelten sich auf und flohen in ihre Häuser. »Die Luft steht in Flammen!«

Stille senkte sich hernieder, und der Blumenregen hörte auf. Sie lagen lieblich duftend auf den Straßen und Dächern. Niemand kam, um sie aufzuheben.

»Es ist oft schwer«, sagte Pfeil, »denen Gutes zu tun, die einen hassen.«

Und dann schwangen sie sich in die Lüfte, die drei Katzen, in die Lüfte, wo die Blumen gewesen waren, dorthin schwangen sie sich auf und flogen davon, und wer weiß, wohin sie gegangen sind?

Nachweise

- Kein Himmel wird je Himmel sein ... (»No Heaven Will Not Ever Heaven Be«) Copyright © 1996 by A. R. Morlan
- Haus Ringelblume (»Marigold Outlet«) Copyright © 1996 by Nancy Kress
- Weißer Turm, schwarzer Bauer (»White Rook, Black Pawn«) Copyright © 1996 by Susan Wade
- Beste Freundinnen (»Best Friends«) Copyright © 1996 by Gahan Wilson
- Unter der Haut (»Skin Deep«) Copyright © 1996 by Nicholas Royle
- Zum Lob der Gewohnheit (»Homage to Custom«) Copyright © 1996 by Kathe Koja & Barry N. Malzberg
- Die Fünf (»The Five«) Copyright © 1996 by Douglas Clegg
- Der Mann, der Katzen Leid zufügte (»The Man Who Did Cats Harm«) Copyright © 1996 by Michael Cadnum
- Ohne zu winken (»Not Waving«) Copyright © 1996 by Michael Marshall Smith
- Ruski (»Ruski«) Copyright © 1988, 1996 by William S. Burroughs reprinted with the permission of Wylie, Aitken & Stone Inc.
- Flache Fauna, Gedicht Nr. 37: Katzen (»Flattened Fauna Poem 37: Cats«) Copyright © 1996 by Jane Yolen
- Katze und Fell (»Of a Cat, But Her Skin«) Copyright © 1996 by Storm Constantine
- Eingemauert (»Walled«) Copyright © 1996 by Lucy Taylor
- Die Katze aus der Hölle (»The Cat from Hell«), Copyright